LES CLEFS DU POUVOIR
SONT
DANS LA BOÎTE À GANTS

ŒUVRES DE SAN-ANTONIO

DANS PRESSES POCKET :

SAN-ANTONIO

LES CLEFS DU POUVOIR SONT
SONT
DANS LA BOÎTE À GANTS

roman

ÉDITIONS FLEUVE NOIR

© 1981, Éditions Fleuve Noir, Paris.

ISBN : 2 - 266 - 01331 - 9

Pour Françoise
à qui j'ai écrit ce livre

Toute leçon, il est vrai, paraît, sur le moment, un sujet de tristesse, non de joie ; mais elle procure plus tard, à ceux qu'elle a formés, le bonheur de paix et permet de devenir des justes.

Héb. XII, 11

Qu'il vive !
Qu'il vive !
Qu'il vive et soit heureux
Ce sont là nos vœux.
(Chanson populaire suisse)

Tout écrivain digne de ce nom
doit pouvoir parler et écrire de tout.
Professeur Schwartzenberg

A TOI, QUI VAS LIRE CE LIVRE

Des années d'écriture m'ont appris que mon métier ce n'est pas d'être écrivain, mais d'être San-Antonio.

Une espèce de saltimbanque de la littérature.

Comme tous les saltimbanques, je sais faire une foule de petites choses.

Par exemple, je sais amuser.

Ou faire grincer des dents.

Donc, pratiquant l'ingrat métier de San-Antonio, je signe ce livre San-Antonio.

Quitte à troubler, voire même à décevoir, mes « fans », comme on dit en langage potager.

En réalité, il ne s'agit pas exactement d'un livre, mais plutôt d'une tapisserie célébrant les hauts faits et les méfaits des principaux personnages de *Y a-t-il un Français dans la salle ?* (qu'il est superflu d'avoir lu pour s'attaquer au présent ouvrage).

Si tu parviens en bas et à droite de ma tapisserie qui comporte le mot « Fin », c'est que, peut-être, San-Antonio aura su faire semblant d'être un écrivain.

Et aussi parce que les mots, quand on se met à les suivre conduisent irrémédiablement au blanc immaculé qui les reçoit.

L'auteur

PREMIÈRE PARTIE

FISTON

I

Ennobli par sa détermination, il se sent princier. Son miroir est formel, qui a su capter l'invisible. Sa nudité se pare d'un mystérieux rayonnement. Depuis qu'il a décidé que ce serait pour aujourd'hui et qu'il a donné le feu vert à Marien, il se sait autre, indiciblement nouveau, et cette transmutation le grise.

Alors il se contemple avec émoi, redoutant de découvrir quelque fêlure dans l'intense harmonie de sa personne. Son regard d'autoportrait l'inquiète un instant, car il croit y lire du dédain ; mais il se rassure en comprenant que cette expression est due à l'acuité de son examen.

Princier !

Le terme lui revient parce qu'il est sans synonyme.

Princier, donc très beau, infiniment gracieux.

L'un de ses premiers amants (mais le terme lui répugne car une notion orthodoxe des mœurs subsistera toujours en lui) prétendait qu'il possédait un corps d'adolescent grec et le conserverait toujours. Vieil amant momifié, décédé depuis longtemps. Eric ne peut se défendre d'imaginer sa carcasse en tombe, allongée dans la mort, comme jadis à côté de lui sur une couche frelatée ; allongée après d'évasifs, de douteux orgasmes ; terrassée par la recherche d'un plaisir sans autre aboutissement que cet exténuement d'animal en faiblesse.

Vieil amant racé, un peu maniéré, à la voix lointaine comme si elle ne devait proférer que des évocations ou de louches promesses. Il était passionné de numismatique hellène et promettait de montrer sa collection de monnaies anciennes comme un lovelace vantard promet des transports à des niaises. Il ne tenait jamais parole, ses statères d'or, drachmes et tétradrachmes dormant au creux d'une banque dans un coffre de grigou.

Eric chasse de sa pensée la dépouille du vieil homme qui caressa son corps et l'aima par raffolement. Je dis raffolement car tel est mon bon plaisir, mon pote, auquel il faudra bien te faire si tu pousses plus loin l'aventure qui est, pour moi, d'écrire ceci, et pour toi de le lire.

Il est capable *d'enfuir* une pensée mauvaise, à cet instant, étant devenu princier par la divine grâce de sa décision. Et, en effet, la pensée macabre disparaît pour laisser place seule à sa nudité d'éphèbe délicat susceptible de faire chialer vieux et vieilles.

Il s'assoit (ou s'assied) sur le rebord de la baignoire, regrettant de ne pas disposer d'un siège plus confortable qui lui permettrait de prendre des poses. Il aime cette glace légèrement ambrée qui semble le parachever. Son ventre musclé y est plus plat que sous la caresse de ses doigts pourtant bienveillants. Son sexe est abandonné sur ses cuisses croisées, mais sans paraître y gésir car une ardeur constante y sommeille ; lui aussi est harmonieux ; lui aussi princier.

Eric fait doucement frémir les poils de sa poitrine en promenant circulairement sa main sur la toison claire. « Il faut être heureux, décide-t-il. Gloutonnement heureux ; heureux de ces poils qui chuchotent, heureux de cette gueule d'aristo pervers ; heureux d'imaginer ce qui va s'accomplir et qui — ô divine surprise attendue — cessera, en s'accomplissant, de correspondre à ce que j'imagine. »

Il se sourit avec bienveillance, complice de lui-même, séduit par sa séduction. Un grand moment de miséricorde, de confiance extrême. L'existence se relâche docilement, comme se défont certains nœuds faciles lorsqu'on tire un bout du lien.

L'envie lui prend de se parfumer. Il aime les parfums, mais en use modérément car le Président les déteste et renifle ostensiblement quand il se présente à lui, les pores trop lestés d'*Habit rouge* de Guerlain ou d'*Equipage* d'Hermès. Comme il ne rencontrera pas le Président aujourd'hui, et pour que la fête soit complète, il va se parfumer. Eric se lève, avec un lent développement de lévrier voluptueux. La glace aux suaves mordorances bascule,

16

découvrant des étagères de verre chargées de flacons. Le jeune homme hésite. Il s'empare d'une bouteille dont il dévisse le bouchon toujours un peu théâtral, hume le contenu, remet le flacon en place pour passer à un autre. Cette revue olfactive ne fait qu'accroître sa perplexité. Soudain, il pouffe comme à une grosse blague et va cueillir un parfum de pharmacie embusqué au second rang des fioles de luxe. *Old Spice*, son premier *after-shave* qui lui valut les compliments de sa première conquête et dont il continue d'user, parfois, pour attiser d'obscurs regrets, car la mélancolie a besoin d'odeurs et de musique. Il ôte l'espèce de clou de plastique obstruant la bouteille en faux grès et laisse couler le liquide au creux de sa main. Il s'en gifle vitement, puis flaire sa paume humide. Odeur d'une autre fois. Odeur d'un temps sans retour qui modifia le cours de sa vie. *Old Spice,* vieil épice... Il est attendri par le trois-mâts échevelé qui orne la bouteille.

Eric cueille sa montre sur le lavabo et constate qu'il est temps.

Sa tenue de prince de l'Apocalypse l'attend sur son lit, d'un noir bleuté de squale. Eric aime le cuir, le contact du cuir. Il caresse la combinaison qui, à plat, paraît bien trop grande pour lui. La peau en est froide, d'un froid abyssal. Il est fasciné par cette tenue vaguement guerrière ; symbole de force. Il s'est muni d'une boîte de talc et se saupoudre le corps largement, les jambes principalement, ainsi que les épaules et les hanches, car il va entrer nu dans le vêtement barbare. Cette combinaison lui devient bientôt une seconde peau qui le rend invulnérable. On la lui a confectionnée spécialement, non pas à proprement parler sur mesure, mais en obéissant à des directives précises, inhabituelles pour ce genre de vêtement. Malgré le talquage généreux, il éprouve quelques difficultés à s'y glisser.

Une fois investie, la combinaison cesse toute obstruction et semble s'assouplir, épousant langoureusement les formes de son corps. Il s'y sent presque à l'aise comme dans un pyjama. Eric enfile alors une paire de chaussettes de laine, puis passe ses bottes également noires, mais ornées d'une espèce de languette jaune sur le coup de pied. Reste le plus important, le plus grisant : le casque. Il le prend avec dévotion sur la commode où il trônait, le tient sous son

II

Et alors, arrive l'instant où tu dois la connaître. Le moment de grande appréhension où il me faut te la donner à vivre, avec de simples mots qui toujours font déraper la pensée. Des mots de gueux.

Afin que tu la perçoives mieux, je préfère ne pas te la livrer en bloc, en vrac ; mais te la confier au fil du déroulement. L'expression est un grand bonheur, pourtant c'est aussi une immense misère, car elle reste obligatoirement en deçà de toute vérité. Dire, c'est trahir. Pour bien parler, il n'y a probablement que les larmes et la musique.

Je vais néanmoins m'efforcer, étant tâcheron obstiné de la plume, homme libre mais consciencieux. Et qu'importe si j'échoue, n'ayant à encourir que ton jugement, ce qui est bien peu hormis l'idée que tu t'en fais ou que je pourrais m'en faire si j'étais moindre. Dieu m'ayant accordé le temps, le temps m'a rendu imbrisable ; je ne le suis que par la mort, or ma mort, même si elle m'arrivait de toi, ne concernerait que moi. La solitude nous ronge, en fait elle représente notre unique force. Me voici suffisamment fort pour supporter mes pires faiblesses. Merci.

T'expliquer avant toute chose qu'elle ne me doit que son prénom : Eve.

Etant femme, femelle et féminine au point que tu vas voir, elle méritait d'être appelée ainsi. C'est un nom qui est tout et évasif à la fois, donc, à mon sens, parfaitement apte à distinguer un personnage.

Avant de te l'aller chercher, un certain découragement me met en haine d'entreprendre. Tant à dire : qui elle est, quelles sont ses occupations, comment et où se déroule sa vie. Il va falloir parler de son passé et de ses goûts, de son physique surtout, bien sûr. Son niveau social, son Q.I., ses habitudes, ses relations. Ce que je fais spontanément pour tant et tant de mes héros, me paraît, pour Eve, insurmontable. Que ressent la tapissière, face à son canevas neuf, en préparant ses brins de laine ? N'est-elle pas tentée de rouler sa toile quand elle comprend qu'elle devra combler cette étendue, millimètre après millimètre ?

San-Antonio-Pénélope ! Tapisserie au petit point ! Beauvais, Aubusson, Gobelins... Moi qui adore écrire au goudron, dessiner à la truelle ! Pour Eve, impossible. Je vais devoir faire ma main toute menue et affûter ma plume très pointue. Découvrir l'encre de Chine. Devenir Japonais, si besoin.

Eve...

Comment peindre l'indéfinissable ? Le plus prudent c'est de la laisser vivre ; simplément te la désigner, silhouette à travers la vie. Sois patient et, si tu le peux, fraternel. N'ai-je pas accepté ton cadeau ? Ne t'en ai-je pas fait un ? Le même : on se ressemble. Ça crée des haines et quelques liens ténus. Aide-moi à te passer la personnalité d'Eve sous silence, au début. Exerce-toi un peu à l'aimer avant de la connaître.

Tiens, commençons par son travail.

Un quotidien : *le Réveil*. Journal destiné à des intelligences blasées. L'aristocratie d'une gauche non arracheuse de pavés. Écrit par des gens d'esprit pour des gens qui pensent en avoir. Ironie mordante ; scepticisme fervent. Vérités toujours bonnes à dire. Profession de foi : la Justice, avec un « J » majuscule. Monture de rechange : la liberté, avec un « l » qui s'accommode d'être minuscule. Mise en page aérée, articles de fond clairs et percutants. Des talents ! Des idées, mais journalistiques. Mieux qu'un journal : une habitude. Pour une forte tranche de la population, *le Réveil* correspond à une nécessité : celle d'y être abonné. « Le » quotidien qui donne à beaucoup l'impression d'être aventureux et d'aimer la hardiesse.

Parmi les talents en essaim dans ses pages : celui d'Eve Mirale. En réalité, elle s'appelle Miracle, mais elle n'a pas osé signer de ce nom d'exception : première révélation sur son caractère. Une forme de pudeur, voire de crainte ? Un aveu de faiblesse, peut-être ? Elle se nomme Miracle et se fait appeler Mirale. D'un petit « c » gommé, elle s'est voulue anonyme.

Sa chronique politique constitue le fer de lance du *Réveil*. Après les gros titres de la une, c'est elle qu'on lit en priorité. Sa plume est une clé à molette qui lui permet de déboulonner les statues. Vingt lignes d'elle entretiennent vingt mille conversations parisiennes, une journée entière. Talent à recette : elle a le sens de la formule. On se répète ses définitions et ses sauvages sobriquets restent accrochés pendant des mois aux basques de certains politicards.

Elle fait mal ; et dans son métier, cela s'appelle « faire mouche ». Drôle d'expression.

Elle occupe un bureau qui n'a rien de commun avec le reste du journal. Même les odeurs d'encre et de papier s'arrêtent à sa porte. Il s'agit plus exactement d'un salon à la sobre élégance : canapé trois places, deux fauteuils, une table espagnole à tiroirs, avec piétement maintenu par du fer forgé. Une bibliothèque en bois peint, au soubassement garni de placards. Les murs sont tendus de papier de chez Laura Ashley et les deux fenêtres garnies de rideaux aux motifs identiques. Un certain désordre sur la table de travail, mais qui paraît affété tant il est élégant. Quelques reproductions bien encadrées : Delvaux, Wunderlich, et une minuscule aquarelle de Léonor Fini dédicacée. Une espèce de sas permet le passage entre ces deux milieux si différents que sont le salon et la rédaction : le bureau d'Artémis, la secrétaire d'Eve Mirale, ainsi surnommée parce qu'elle se nomme Artème, et dont les deux principales fonctions consistent à noter les appels téléphoniques destinés à la chroniqueuse et à soigner Mouchette, sa dalmatienne. Une fois par jour, vers le milieu de l'après-midi, Mme Artémis dactylographie les deux feuillets au vitriol concoctés par Eve. C'est une assez forte femme, délurée, dont le drame est de ne pouvoir fumer pendant son travail car Eve est intraitable sur ce point. Célibataire, Artémis a un vieil amant marié qui passe lui faire l'amour en double file, une ou deux fois la semaine, et l'emmène six jours en vacances, au mois de juillet, pendant que son épouse séjourne chez une amie d'enfance.

Elle éprouve une profonde vénération pour Eve Mirale, cet attachement fanatique des subalternes subjugués.

Et alors voilà, à quoi bon tergiverser davantage ? Il faut bien qu'Eve vienne à nous, n'est-ce pas ?

∴

Elle pousse la porte, sans cesser de se relire. C'est l'instant où Artémis la trouve particulièrement belle. Cette crispation inquiète lui sied bien, parachève son visage harmonieux, toujours pâle. Son regard bleu est assombri par la fixité ; il devient marine. Une mèche pend sur son front et sa bouche s'entrouvre légèrement, comme si elle allait exhaler une plainte. Artémis ne peut s'empêcher de penser qu'Eve doit être à peu près ainsi dans l'amour : tendue, avec ce regard de folle appréhension et ces lèvres parées pour la détresse. Que redoute-t-elle en lisant ? D'avoir laissé passer des impropriétés de termes ? Ou de n'avoir pas accompli parfaitement son dessein ? Ce doit être terrifiant d'écrire, surtout d'écrire sur les gens. S'emparer d'une personnalité et la poignarder à coups de stylo (un énorme Mont-Blanc noir à encre noire) demande une certaine témérité et pas mal de cruauté aussi.

Quand Artémis prend connaissance du *papier*, elle déguste dans un premier temps. Et puis, en le dactylographiant, elle prend peur. La froide maîtrise d'Eve, son cynisme mordant donneraient à croire qu'elle est insensible ; chaque fois, Artémis appréhende le prochain regard qu'elles échangeront, car elle redoute de s'être trompée jusqu'alors sur le compte de celle qu'elle appelle : « la patronne ».

Sa tendresse admirative ne s'est-elle pas nourrie d'illusion ? Ne lui a-t-elle pas accordé mille vertus uniquement parce qu'elle est belle et séduisante ? Elle craint une brusque révélation qui flanquera l'idole à terre. Mais chaque fois, elle est instantanément rassurée par ces yeux rayonnant de bienveillance.

En remettant à Eve sa prose, dûment calibrée sur des feuillets spéciaux, il lui arrive de murmurer, d'un ton de presque reproche :

— Vous êtes terrible !

Alors Eve jette un œil sur l'article, parcourt un paragraphe et murmure, un peu triste :

— Mais non.

Toujours ces deux mots brefs : *mais non*. Avec plein de regrets autour. Regrets de n'être pas allée plus loin, de ne pas avoir frappé plus fort. Tout pamphlétaire a des limites : elle déplore les siennes.

Eve s'arrête, au jugé, à deux pas du bureau métallique d'Artémis. Elle demande, tout en continuant de lire :

— Vous avez fumé ?

— Sûrement pas, proteste la secrétaire, vous savez bien que je ne me permettrais pas.

— Alors ce sont vos vêtements qui sont imprégnés.

Elle dépose les feuilles couvertes de sa large écriture oblique dans la corbeille à courrier.

— Si je devais dormir chez vous, une nuit, je mourrais, dit-elle distraitement.

Et, instantanément, Artémis est triste à la pensée qu'Eve ne dormira jamais chez elle.

Mouchette se met à gambader. Elle sait qu'il est « l'heure ». Une fois son article pondu, rituellement, sa maîtresse l'emmène pour une promenade en forêt. Davantage que l'animal, Eve a besoin de s'aérer, de marcher dans de l'humus en écoutant craquer des branchages morts sous ses semelles.

Elles partent dans la Mercedes break bleu métallisé équipée pour la turbulente Mouchette ; l'arrière étant séparé des sièges par une grille tubulaire chromée. La chienne retient ses aboiements, mais fait d'étranges bonds en avant, ses pattes antérieures allongées, le museau bas, émettant de curieux éternuements très brefs. Eve emprunte les voies sur berge, puis traverse le parc de Saint-Cloud. Elle suit un itinéraire immuable qui la conduit à la lisière d'un bois dont elle ignore le nom et qu'elle a découvert en musardant, à une quinzaine de kilomètres de la capitale. Mais le béton gagne et le bois mourra bientôt pour céder la place à quelque cité-dortoir dite résidentielle. Eve s'accorde une heure de plein air au cours de laquelle la bête s'en donne à cœur joie. Après quoi, Eve rentre chez elle, à Auteuil, pour prendre le thé. Elle retourne au journal en fin de journée, mais sans Mouchette cette fois.

— Du nouveau ? questionne Eve.

Artémis ramasse son bloc.

Elle ne note que les communications « valables ». Il y en

a tellement d'insignifiantes. La plupart émanent de lecteurs protestataires qui ergotent sur les termes du dernier « papier ». Artémis les écoute avec flegme, fait valoir des arguments, puis prend congé avec fermeté. Celles-là, elle les passe sous silence, sachant combien Eve est sensible aux moindres critiques. Elle met en pièces les carrières les mieux établies, flagelle les réputations, ridiculise les glorieux, mais cette « mère fouettard » du journalisme est démoralisée par une simple objection, guerrière impétueuse qu'une égratignure terrasse.

— Vous êtes invitée au prochain congrès des radicaux de gauche.

— Vous avez répondu que j'irai ?

— Bien sûr. Antenne 2 vous propose de participer le 14 février à une « table ouverte » avec Simone Veil.

— Non.

Artémis sourit car elle avait prévu la réponse, elle connaît parfaitement la « patronne ». Pas folle, la petite Mirale, elle n'a rien à gagner face à une autre femme qui, de surcroît, a le cœur du public.

— Le Président Tumelat vous convie à déjeuner en petit comité, lundi ou mercredi de la semaine prochaine. Il a appelé en personne.

Eve a un sourire amusé.

— Le vieux forban veut m'amadouer à propos de son petit protégé que j'ai malmené récemment, dit-elle.

— Je refuse ?

Eve hésite. Il est toujours agréable de se faire remettre les clés de Calais quand on est Edouard III d'Angleterre. Tous les mêmes, ces routiers de l'hémicycle : on les traîne dans la merde et c'est eux qui demandent pardon.

— Va pour mercredi, consent-elle, c'est un bon jour.

Et elle décroche la laisse de Mouchette.

Ce qui la surprendra le plus, après ce qui va lui arriver, c'est de n'avoir pas eu le moindre pressentiment, elle qui cependant respire l'événement longtemps avant qu'il se produise.

III

— T'es pas croyable, pouffe Marien : t'as l'air d'un mec.

Et c'est vrai que Boulou ressemble à un petit homme, avec son pantalon de velours, son gros pull dont l'énorme col roulé évoque une fraise, sa casquette à carreaux et ses lunettes. Elle a si peu de seins que ceux-ci disparaissent dans les replis du pull de trois tailles trop grand pour elle. Elle fait songer à ces individus menus qui traînent dans le monde des courses hippiques : anciens jockeys sans gloire ou lads en chômage, à la démarche arquée, culottés de jodhpurs jusqu'à leur mort.

Elle se veut vaillante, mais ne peut dissimuler tout à fait son angoisse.

— C'est plutôt dingue, tout ça, non ? murmure-t-elle en contemplant l'horizon morose où une brume sale a traînassé toute la journée.

— Mais non, c'est marrant, riposte Marien.

Un optimiste. D'ailleurs il est joufflu. C'est ce qui plaît en lui : cette santé morale et physique à toute épreuve. Il arrive que le bien-être soit communicatif. Marien est en continuel état de bien-être et transmet sa sérénité par ondes ou osmose. Avec lui, l'existence prend une allure rassurante et semble conduire quelque part. Boulou ne l'aime pas d'amour, simplement elle est bien avec lui. Sortant meurtrie d'un bref mariage raté, elle prolonge sa convalescence avec Marien, le considère comme un amant intérimaire. Mais l'intérim se titularise au fil des mois.

— Cette affaire peut dégénérer, insiste-t-elle.

Au lieu de répondre, Marien branche la radio, déclenchant une brutale agression sonore. Surprise par la violence du son, Boulou pousse un cri et se bouche les oreilles. Marien s'empresse de couper, mais il semble que des ondes rageuses continuent de vrombir dans l'habitacle de la R 5.

— Quoi, dégénérer ? fait-il paisiblement. J'ai collé des chiffres bidons sur les plaques minéralogiques et décoré la carrosserie verte d'un beau ruban adhésif noir. Nos gueules sont méconnaissables, quant à l'arme...

Il tire de sa poche un pistolet dont il presse la détente ; la partie supérieure du pistolet se soulève, démasquant un petit faisceau de cigarettes.

Il rit. C'est le client idéal pour les marchands de poil à gratter.

Boulou prend le parti de la confiance aveugle. Dans le fond, avec un garçon aussi content de vivre, rien de bien fâcheux ne pourrait se produire.

— Je crois que c'est elle ! dit Marien qui louche sur son rétroviseur.

Effectivement, le break bleu survient en se dandinant par le chemin de terre aux ornières visqueuses. Il double la voiture. Dans la partie arrière, Mouchette, sachant la liberté imminente, s'agite si follement qu'on pourrait croire l'auto emplie de dalmatiens.

Eve a pris les occupants de la R 5 pour un couple d'amoureux en mal de caresses. Discrètement, elle va stopper bien au-delà de sa limite habituelle.

Avant de quitter son siège, elle chausse des bottillons de caoutchouc ; après quoi, elle sort de la Mercedes qu'elle contourne pour aller ouvrir la porte arrière. La chienne s'élance en aboyant, ivre de vie, et se met à zigzaguer sur le chemin, la truffe au sol, revenant soudain sur ses pas pour foncer de plus belle. Eve la suit, les mains dans les poches de sa veste de lynx (22 points minimum au scrabble). Elle respire profondément l'odeur pourrissante de l'hiver. Elle aimerait faire le vide dans sa tête, mais son cerveau reste plein d'incitations et d'un froid tumulte. Par moments, elle ressent une lassitude à être une pile perpétuellement chargée et qu'une mystérieuse dynamo alimente plus rapidement qu'elle ne peut se vider. Pourquoi sa pensée est-elle constamment en quête de perfection ? Eve est fatiguée de charrier son intelligence d'une idée à une autre idée, si vite que son irrigation sanguine ne peut pas suivre le rythme.

Elle marche en direction du bois désert. La présence de sa chienne lui est un plaisir indéfinissable. Un être, mais primitif ! Un schéma d'existence. Elle comprend ces vieilles personnes qui terminent leurs jours en compagnie d'un animal. Ne suffit-il point d'un regard, d'un mouvement, d'une chaleur de bête pour rompre l'isolement ? Et même, un échange sexuel est-il inconcevable, entre un humain et un chien ou un chat ? Elle a lu dans une revue qu'un homme ne pouvait éjaculer hors la présence de son épagneul. Peut-on parler de déviation ? Tout est explicable. Il ne s'agit que de convention physique.

Elle s'efface pour laisser passer l'automobile qu'elle entend survenir.

Elle se sent un peu triste, comme chaque fois dans ce bois, mais d'une tristesse réparatrice. Il s'agit d'un calme abandon à une sérénité grise qui ressemble aux arbres sans feuilles. Elle sait que la vie nous échappe et qu'il n'existe aucun moyen de la contrôler. Contre toute apparence, nos instants sont aussi dépourvus de véritable cohérence que nos pensées. Nous nous agitons par rapport aux autres, lesquels sont eux-mêmes en porte à faux vis-à-vis de nous. Tout cela constitue un effarant malentendu ; une course au vide assez misérable à contempler de haut. Les senteurs âcres et le presque silence du bois l'aident à faire le point, un semblant de point. Le froid est plutôt vif, mais imprégné de cette humidité endémique propre à l'Ile-de-France. A travers les fûts rigides, elle aperçoit encore une étendue de plaine au fond de laquelle ronronne un tracteur qui arpente les labours avec une maladresse d'insecte.

La petite voiture vert d'eau, à grosse bande noire, stoppe à quelques mètres d'elle. La portière du conducteur s'ouvre. L'homme descend à reculons car il fait jouer l'inclinaison de son siège afin de permettre le passage vers l'arrière. Et puis il se redresse pour faire face à Eve qui parvient à sa hauteur. L'homme a enfilé un passe-montagne et porte des lunettes teintées. Il braque un pistolet sur la jeune femme.

Eve le considère sans terreur. Elle se dit seulement, avec incrédulité : « Donc ce genre de chose peut m'arriver. » Certes, elle ressent de la crainte, pourtant celle-ci comporte une part d'intérêt, voire, si on pousse plus loin, d'enjouement.

Elle attend. Elle pense à sa chienne qui continue de

gambader dans les halliers, chavirée par les mille odeurs sauvages qui la sollicitent.

Il se passe un instant à vide. Elle regarde l'homme, l'homme la regarde. Elle distingue vaguement le second personnage à bord de la voiture. Le temps décrit des espèces de volutes. Eve se voit au seuil d'une aventure sordide dont elle sent qu'elle sortira sans grands dommages physiques, mais avec des blessures morales incolmatables. Ce n'est pas une femme que l'on peut contraindre. Elle va céder à la force, pourtant son être sera secoué par une insurrection noire, car céder n'implique pas une acceptation ; on peut se soumettre en refusant.

Mouchette jappe à petits coups devant quelque terrier, au pied d'une souche. Là-bas, invisible, le tracteur continue de s'évertuer à faire rendre gorge au sol. La jeune femme enregistre tout cela. Mille sensations l'investissent. Sa tête est un ordinateur en folie qui s'empiffre de données sans rien décoder.

— Montez ! ordonne l'homme au pistolet.

Il est clair qu'il déguise sa voix ; faisant appel à des aigus inhabituels. Voix de tête, ridicule comme une voix de clown. Il ponctue l'invite du revolver, histoire de la rendre plus pressante.

Eve décide de parler, tout en sachant que ce sera inutile. Elle redoute de faire des couacs à cause de l'émotion. Toujours cette phobie du ridicule, ce pire ennemi de l'humain.

Elle croasse, du moins le pense-t-elle, car en réalité, son ton reste normal :

— Ça consiste en quoi ?

Par cette question badine, elle prend quelque distance avec la situation. Son interlocuteur y est sensible. Il doit sourire sous sa cagoule de laine et répond, toujours en travestissant sa voix :

— Vous verrez, ça risque d'être drôle !

Puis, pour conserver le contrôle de l'opération :

— Allons, bougez votre joli cul, madame !

Eve se cabre. Une misère hurlante lui déchire la poitrine jusqu'à l'âme.

— Supposons que je refuse ? demande-t-elle.

— Supposons tout ce que vous voudrez, mais grimpez, bougre de grande connasse !

28

Il passe derrière Eve et, du genou, sans violence, lui administre une bourrade aux fesses.

Elle se dit, au plus froid de la rage : « Serait-il décent pour moi de me laisser trucider plutôt que d'obéir ? » Elle essaie depuis son adolescence de se familiariser avec l'idée de la mort pour être conditionnée, l'instant venu. Peut-être peut-elle débusquer cet instant, là, au détour du quotidien, sans préalable. Ouvrir la porte noire presque gratuitement, seulement pour la jubilation de ne pas obéir à un brigand. Le silence craquant du bois a quelque chose de brusquement funèbre. Vaincue, elle se baisse pour pénétrer à l'arrière de la R 5. Sensible aux odeurs, elle détecte immédiatement un parfum féminin plutôt commun et des fragrances femelles. Le deuxième passager ne l'accueille pas et reste rigide sur son siège, sans lui accorder le moindre regard.

Marien tend d'autorité son pistolet à Boulou et lui dit :

— Prends ça, Paulo, et veille à ce qu'elle reste tranquille.

Il retrouve place au volant, claque la portière et, tu ne sais pas ? Boucle sa ceinture. Le détail amuse Eve malgré elle.

Pendant que le conducteur manœuvre pour faire demi-tour, elle cherche Mouchette des yeux, par la vitre arrière. Indifférente à ce qui se passe, la chienne fouille le sol avec rage devant la souche recouverte de mousse. La porte de la Mercedes est restée ouverte, côté conducteur, libérant le commutateur de la lampe de bord.

Eve pense que si la portière demeure ouverte pendant des heures, la batterie va se vider. Hémorragie de courant. Cette petite lumière en train de compromettre un circuit de fonctionnement la fait songer à son orgueil bafoué. Une déperdition de personnalité s'opère déjà en elle.

IV

Le coiffeur, longue biche décolorée aux yeux languides, touille avec un pinceau plat une crème brunâtre dans une sébile de plastique. Le Président Tumelat, pensif, l'observe dans le grand miroir flatteur du salon serti d'ampoules électriques à la lumière orangée.

Il hésite. S'efforce à un constat loyal. Quel âge donne-t-on à cette gueule fatiguée posée sur une cape bleue d'aspect vaguement clinique ?

« Si je ne me connaissais pas, se dit-il, quel chiffre articulerais-je ? »

La question l'amuse, déclenche des ramifications. « Se connaître ! » Est-il admissible qu'un individu puisse se connaître ? Malgré son esprit critique, n'est-il pas enclin à de secrètes indulgences ? L'être humain le plus exigeant se pardonne en définitive le pire, à commencer par son physique. Même s'il le déplore, il ne peut se défendre de l'aimer parce que c'est le sien.

— Non, Hervé, plus jamais ! décide le Président.

La biche paraît aux abois. La surprise lui humecte le regard et sa bouche de dessin animé, admirablement tracée par un pinceau diabolique de discrétion, s'écarte comme pour attendre un baiser.

— Comment cela, plus jamais, monsieur le Président ? On arrêterait la teinture ?

Tumelat prend un air rigolard, celui qui lui vient dans les assemblées de notables quand il les esbaudit d'une boutade.

— Oui, Hervé : on va l'arrêter.

— Mais vous êtes fou, Président ! égosille le coiffeur qui

sait user de la familiarité avec ses clients les plus illustres, mieux encore que de ses ciseaux.

Et d'ajouter, ambigu :

— Ce n'est pas le moment !

Le sourire de Tumelat disparaît.

— Quel âge me donnez-vous, Hervé ?

L'interpellé feint de supputer alors que sa flagornerie est déjà sur le sentier de la basse complaisance.

— En « besoin », tel que maintenant, vous faites la cinquantaine, monsieur le Président. Mais une fois la recharge opérée, vous tombez dans les quarante-cinq.

— Et si j'arrête de me peinturlurer, Hervé ?

L'éphèbe tient son bol de produit devant soi, comme s'il contenait un potage chinois qu'il s'apprêterait à manger.

Il adresse par le truchement du miroir une mimique désolante au Président.

— Alors là, nous nous enfoncerions dans la grisaille, et en trois semaines nous prendrions une dizaine d'années dans le portrait.

— J'ai soixante et un ans, Hervé.

— Il n'y a que votre carte d'identité qui puisse se douter de la chose, répond le jeune coiffeur.

— On ne colore pas ses artères, Hervé.

— A quoi cela servirait-il du moment qu'elles sont bien cachées, monsieur le Président ? Il faut s'occuper du visible ; la face cachée de l'iceberg est peut-être dangereuse, mais elle n'intéresse personne. Voilà bientôt deux ans que nous avons commencé à nous teindre. Cela nous va bien. Notre physionomie est connue en noir, pas en blanc. Pensez-y, monsieur le Président : les vieillards sont de plus en plus jeunes. Et puis il n'y a pas que cela, reprend l'impertinent garçon, outre l'image de marque électorale, nous devons tenir compte de notre vie privée. Personne n'ignore que nous sommes un homme à femmes.

Un nuage passe dans le cœur d'Horace Tumelat. Un homme à femmes ! Il n'y a pas si longtemps, quand on lui servait un compliment de ce genre, tout son être devenait pour un instant capiteux. La formule lui parlait au sexe, le mettait en état de prébandaison. Des fesses déferlaient dans sa mémoire et, en un éclair, l'univers tout entier entrait en pâmoison ; mais depuis ce qu'il nomme « ses gros ennuis », son comportement physique s'est modifié. Certes, il lui arrive toujours d'aller passer un brin d'heure chez quelques notables salopes ayant, comme il se plaît à le dire, pignon sur rut. Maintenant, le cœur n'y est plus. Seules ses génitoires continuent de fonctionner, sobrement. L'acte n'est plus qu'une fonction qu'il entretient et qui ressortit du footing ou de la culture physique. Il baise comme on va à l'institut de physiothérapie, par souci de se maintenir.

Vieux !

Le terme le harcèle. Il s'est longtemps insurgé, contre l'âge, au point de tomber amoureux, voilà deux ans, d'une collégienne blonde et de vouloir en faire sa femme. Il a vécu avec la gamine un amour partagé, un amour éperdu qui a failli lui coûter sa carrière et, se dit-il parfois, sa raison. Pour elle, il a renversé un gouvernement, Horace. Et il allait ramasser le pouvoir tombé à ses pieds, quand le drame s'est produit...

Il soupire. Un homme à femmes !

Il évoque la sienne, si terne, si bourgeoise, qui s'obstine à partager son toit après avoir mené des années durant une vie séparée en compagnie d'un grand con de peintre...

Non, il n'est pas homme *à* femmes ; mais homme *de* femmes. Il croyait avoir barre sur elles, les manipuler comme des électeurs, et en douce, ce sont elles qui ont bricolé son destin. Il est leur victime, le Président. Elles ont gentiment rogné ses dents, sa puissance et son tonus. A présent, prisonnier de ses soixante et un ans, il vacille en secret. Lui seul le sait, du moins l'espère-t-il. Il est au seuil d'une reconversion mystérieuse. Il doit opter. Mais opter pour quoi ? Pour une vieillesse délibérée ? S'y engager comme dans une armée en décomposition ? Marcher à l'inévitable ? Son tempérament de lutteur regimbe. Il lui faut trouver autre chose, une autre bataille à livrer ; Tumelat a besoin de combats, car il a besoin de victoires.

Et son instinct de vieux mec lui conseille de se libérer des vains artifices. L'heure n'est-elle pas venue de se montrer à visage découvert ?

La gazelle d'or touille à nouveau sa peinture dont les vapeurs piquent les yeux.

— Alors, qu'est-ce qu'on décide ? demande-t-elle. Le liquide visqueux s'épaissit et brunit dans le petit récipient de plastique, il sera bientôt inutilisable.

— C'est tout décidé, riposte Horace Tumelat de ce ton tranchant qui panique ses interlocuteurs.

— Vous avez tort ! risque le coiffeur, boudeuse.

— On n'a jamais tort d'obéir à son instinct, soupire le Président.

Le jeune homme hausse les épaules et, en grande ostentation, va vider le produit inutile dans la cuvette couleur miel du lavabo ; il rince longuement ses ustensiles à l'eau chaude, sans se gêner pour maugréer des présages.

Le Président ne s'en émeut pas et écoute une rumeur indécise qui se rassemble en lui. Bientôt il pourra discerner les appels qui la composent, sachant qu'une vérité est en train de poindre.

Et pendant qu'il médite et se tourne vers sa confiance d'existant, je pense à toi, moi, l'auteur en détresse. Je pense à tes larmes si brûlantes, à ton chagrin inguérissable dont il a bien fallu qu'il guérisse. Je pense à ton souffle que le malheur rendait animal, rauque comme un halètement de bête en agonie.

J'y pense et je m'agenouille.

∴

Quand il regagne sa Mercedes verte, stationnée en double file (dans ces cas-là, le chauffeur ôte la cocarde tricolore pour éviter de se faire houspiller par les autres voitureurs), César lui annonce, avant qu'il ne prenne place ;

— Madame qui passait m'a prié de dire à Monsieur qu'elle l'attend au salon de thé d'à côté pour lui faire part d'une importante communication.

Le Président jette un œil à sa montre. Il a rendez-vous au siège avec Pierre Bayeur, son turbulent « dauphin », afin d'arrêter avec lui les grandes lignes du prochain congrès.

— Téléphonez à Bayeur que j'aurai une demi-heure de retard, dit-il.

Il a la réputation de n'être jamais à l'heure, Tumelat, excepté avec Bayeur qui est un maniaque de l'exactitude.

Le chauffeur décroche le téléphone fixé au tableau de bord. Horace fonce vers le salon de thé. Il est d'autant plus contrarié qu'il déteste ce genre d'endroit ; bien que militant pour une politique conservatrice, il a gardé de son enfance plus que modeste la peur des lieux snobs où un certain maniérisme est de rigueur. Et pour lui, ce salon de thé chic, plein de vieillardes enfanfreluchées, constitue un temple de la futilité triomphante.

Il y entre, comme un séminariste au bordel, sa tête fraîchement pomponnée dans les épaules, le col de sa pelisse relevé. Il ne lui déplaît pas tellement d'être un homme qu'on reconnaît, mais à certains moments et surtout dans certains établissements, la chose lui insupporte. Il souhaiterait vivre dans la Venise de Casanova et s'affubler d'un masque lorsque sa soif d'anonymat le prend.

Adélaïde est là, près de la porte, à le guetter, bien sûr, son manteau d'astrakan rejeté sur les épaules. Elle porte par-dessous une robe de lainage grise agrémentée d'une broche de bon ton.

Son époux marche à elle sans regarder personne de peur de reconnaître quelqu'un. Les perruches se sont tues. Il hait ce silence de surprise qui marque sa venue.

Il pense qu'un jour il fera un formidable pet, ou bien un rot ; peut-être les deux pour en finir avec il ne sait quoi au juste. On peut rêver, non ?

Adélaïde lui tend sa main à baiser. La règle du jeu ! Il cueille cette petite patte fripée, s'incline. Quand il était môme, dans son village breton, il avait assisté à la projection d'un film, au patronage, où l'on voyait un châtelain baiser la main d'une châtelaine, et tout le jeune public s'esclaffait. Depuis trente ans, le Président Tumelat pratique le baisemain. Et chaque fois, durant une poussière de seconde, il se retrouve dans la grande salle du patro, mal obscurcie par des rideaux noirs qui laissaient filtrer le jour, parmi des garnements mis en joie. Les petits-enfants de ses condisciples d'alors se claqueraient-ils les cuisses en le voyant jouer au mondain ? Lui qui, comme eux, allait débusquer des araignées de mer à marée basse et dont les galoches empestaient le poisson et le goudron.

Se « faire une situation » implique l'acceptation d'un tas de simagrées. Il convient de se composer l'image que les autres — ces foutus salauds — attendent de vous.

Il prend place, du bout des fesses sur un siège capitonné. Une serveuse vêtue en soubrette de comédie s'empresse, rougissante. D'un geste bref il lui signifie qu'il ne prendra rien. Jadis (toujours ce sale jadis qui vous colle au cœur,

34

comme un schwing-gum mâché colle à votre semelle) il n'aurait jamais osé pénétrer dans un café sans consommer. Maintenant, il s'en fout, et il lui arrive d'aller pisser dans un trois-étoiles, ou d'y réclamer un verre d'eau pour prendre un cachet.

— Que se passe-t-il ? demande Horace Tumelat à son épouse.

Il la couve d'un œil dépourvu non seulement de toute tendresse, mais aussi de tout intérêt. Elle grassouille un peu depuis quelque temps. Ses joues s'alourdissent. Elle reste impeccablement attifée, avec son éternelle coiffure blonde « à l'ange » parfaitement anachronique et son maquillage de grande bourgeoise. « Une peau, songe Tumelat. C'est ça, une peau. »

— J'ai reçu un coup de fil du père, annonce-t-elle.

Horace Tumelat sourcille et part mentalement à la recherche des ecclésiastiques de ses relations.

— Quel père ?

Elle prend son regard fuyant de vieille connasse pimbêche.

— Le père de « cette fille ».

Cette fille ! Elle n'a pas trouvé d'autres qualificatifs pour parler de Noëlle, son frêle amour perdu. Un poids d'une tonne choit dans la poitrine du Président. Il pique un sucre de canne dans la soucoupe d'argent et le croque pour se donner une contenance.

— Nous avons longuement parlé, enchaîne Adélaïde.

— Je te fais confiance !

Elle pince sa bouche aux commissures vachement striées par mille petits coups de rasoir, tout comme les coins des yeux. L'âge qui *les* attaque à l'arme blanche.

— Qu'entends-tu par là ?

— J'entends que je te fais confiance. Tu adores bouffer dans ce genre de gamelle, ma pauvre vieille. Alors, que t'a-t-il raconté, le papa ?

— Que tu es une ordure.

Il sourit froidement.

— C'est pas nouveau, chaque semaine je lis cela dans une certaine presse.

— La petite fait de l'anorexie.

— Qu'y puis-je ?

Son cynisme volontaire déroute Mme Tumelat. Elle lève

les yeux sur lui et ils renferment pas mal d'incrédulité méprisante.

Elle soupire :

— Tu sais, Horace, si tu ne me dégoûtais pas, tu me ferais peur. Ce pauvre bonhomme a raison : tu es une ordure, une fantastique ordure.

Elle s'exprime à voix basse, à cause des dadames qui tendent l'oreille aux tables avoisinantes. Le ton feutré renforce la dureté des mots.

Elle ajoute :

— Tu as séduit cette gamine. Elle a arrêté ses études à cause de toi. Ta putain de secrétaire qui était folle de jalousie a mis le feu à la bicoque qui abritait vos amours...

— Coupables ! murmure le Président.

— Pardon ?

— Nos amours *coupables*, n'oublie pas : cou-pa-bles, il serait dommage que tu abandonnes ton parler seizième, ma belle.

Ils sont là, dans ce salon de thé, à se déchirer à voix basse. Presque en se souriant. Ils se haïssent sans démonstration, maîtrisant leurs pulsions.

Adélaïde Tumelat relève le défi :

— Ta putain de secrétaire qui était folle de jalousie a mis le feu à la bicoque qui abritait vos amours *coupables*, reprend-elle. Cette gosse a failli périr...

— On est mort ou vivant, coupe doucement le Président. Elle, est vivante !

— Peut-être, mais dans quel état !

— Tu l'as vue ?

— J'ai vu un reportage sur elle. Elle est défigurée à vie.

Horace évoque l'ancien visage de Noëlle, si délicat, si doux. Visage d'ange blond au regard céleste. Maintenant, sa figure est celle d'un monstre malgré les interventions d'un maître de la chirurgie esthétique. Figure de cire, figée, presque synthétique, dans laquelle les yeux ressemblent à deux trous obliques. Horace ne peut supporter cette vision. Il a espacé ses visites, puis les a interrompues tout à fait. Il n'a pas le courage de se faire mal, pas le temps de vivre en état de détresse, pas de place pour les remords. Ne plus aller de l'avant c'est reculer. Il ne reculera jamais. Une ordure ? Pour la galerie, sûrement. Pour lui, c'est moins évident. Non qu'il se complaise dans l'auto-indulgence, mais ce qu'il ressent est trop diffus, trop complexe, pour pouvoir être catalogué d'un mot.

— Oui, Adélaïde, je sais : elle est défigurée à vie. J'ai remué ce qu'il y a de mieux en France dans le corps médical pour la secourir, essayer de la réparer. Ils ont fait ce qu'ils ont pu ; je n'y peux rien si ce n'est pas suffisant. Je sais qu'elle m'aime. Et tu vois, sans fanfaronnade de mâle, je pense qu'elle m'aimera toujours, d'autant que désormais elle n'a pas d'autres ressources que de sanctifier par sa fidélité l'amour qui l'a conduite là où elle est. Elle sombre dans l'anorexie ? Hélas ! je ne puis aller lui donner la becquée trois fois par jour : une cuiller pour le passé, une autre pour le présent, une troisième pour l'avenir. Sans doute le devrais-je, mais je n'en ai pas le courage. Moi aussi, dans une certaine mesure, j'ai été victime des circonstances. En mettant le feu à la maison où nous nous retrouvions, une furie a démoli le dernier étage de ma carrière. Son acte a fait scandale. Juste au moment où les portes du pouvoir m'étaient ouvertes à deux battants ! Le drame n'est pas venu du drame, mais du ridicule. Le vieil amant éperdu de chagrin, c'était bravo ! bravo ! encore ! pour la presse à sensation. Mais cette carne de Ginette Alcazar, avec sa sale gueule de pyromane en délire, clamant sa passion pour moi, annonçant à tous les échos qu'elle était ma folle maîtresse vengeresse a déclenché une telle hilarité nationale que je ne m'en remettrai sans doute jamais.

Adélaïde a un rire tout en canines.

— Ce n'est quand même la faute de personne si le vieux bouc que tu es sautait cette bique névrosée.

Il se lève, sans mauvaise humeur apparente.

— Ravi de ce délicat tête-à-tête, Adélaïde.

Elle a un mouvement prompt pour lui saisir le bras.

— J'ai promis au père que tu passerais la voir ce soir.

— Ta compassion t'honore, mais tu as eu tort de prendre un tel engagement, ma vieille, car je n'irai pas, ni ce soir, ni un autre jour.

— Tu vas la laisser mourir de faim ?

— Non, dit Horace : d'amour.

V

Sous un ciel à la Vlaminck, la route secondaire ressemble à un cours d'eau tant sa luisance est vive dans le jour déclinant.

Elle traverse des champs brumasseux, des boqueteaux inertes, et plonge vers un horizon incertain. Sur la droite, se dresse une maison en agonie, du genre anglo-normand, avec des colombages blancs raclés par les intempéries. Des volets de fer, rouillés, ne protègent plus les baies dont les vitres ont été brisées. La mauvaise herbe reprend possession de la propriété et des ronces s'entortillent aux balustres du balcon.

Marien a repéré cette grande masure quelques jours auparavant. Quand on contemple le paysage, on comprend que cette résidence due au caprice d'un natif du coin enrichi, probablement, ou d'un homme épris de solitude, n'ait plus trouvé d'amateurs après lui. L'endroit est sans charme et devient carrément sinistre dans le crépuscule hivernal.

La Renault 5 stoppe sur le terre-plein où l'asphalte qui subsiste par plaques contient mal l'élan des plantes sauvages.

— C'est ici que les Athéniens s'atteignirent ! annonce l'homme au passe-montagne.

Il dégrafe la ceinture de sécurité et coule un regard dans le rétroviseur pour s'assurer que tout est bien.

Eve considère les lieux avec angoisse. Ils ont roulé près d'une heure, sans parler, sur des voies discrètes. Elle a remarqué que son kidnappeur pilotait prudemment pour ne pas provoquer l'intervention d'éventuels gendarmes.

Elle regarde la maison hostile dont la décrépitude dégage quelque chose de menaçant.

Déjà, elle s'imagine ligotée dans la cave de cette bicoque. Elle envisage le froid, la faim, les rats et mille brimades. Ce qui la terrifie le plus, c'est qu'on l'amène ici sans lui bander les yeux, selon la bonne tradition des rapts. Ses ravisseurs ne craignent donc pas son témoignage postérieur ? S'ils ne le redoutent pas, c'est qu'ils n'envisagent pas qu'elle retrouve un jour sa liberté.

Marien reprend le faux pistolet à Boulou.

— *Go out !* lui ordonne-t-il.

Et Boulou descend de voiture. Elle est presque penaude, honteuse, sur ce terre-plein pourri. La nuit tombante est glaciale. Le « petit mec » frissonne.

— Allez, ma gosse, arrachez votre fessier, je vais vous faire visiter la *Villa Beau Séjour*.

Eve s'extrait de la petite auto. Effectivement, une plaque émaillée, décorée d'une branche de lierre peint annonce *Villa Beau Séjour* sur le pilastre.

— Je peux connaître vos intentions ? demande-t-elle.

— Ce n'est pas ce que vous croyez, déclare Marien. On ne cherche pas du pognon, mon copain et moi, ce qu'on aime, c'est partouzer. On fait dans le lubrique, vous verrez !

Eve devrait être rassurée, pourtant cette révélation la glace. Des sadiques ! Cela tue, parfois, un sadique !

Elle tente une diversion :

— Il est lesbienne, votre copain ?

Marien tique. Décidément, elle est avisée, cette fille.

Il empoigne un bras de sa victime et la pousse en direction de la maison. Eve regimbe. C'est instinctif chez elle. Une fois à l'intérieur de cette ruine, elle sera captive. Il ne lui reste que quelques secondes pour disposer de ses mouvements. D'une détente elle s'arrache à l'étreinte de l'homme et se met à courir. Marien lance une exclamation de rage. Eve court comme elle n'a encore jamais couru, en relevant sa robe. Ses bottillons caoutchoutés produisent un bruit ridicule sur la route. Un bruit de succion, comme lorsqu'on tète avec un chalumeau le fond d'un verre. Elle sait bien que sa fuite éperdue est vaine. L'homme va la rattraper. C'est alors que le miracle se produit. Elle perçoit un bruit de moto. Se peut-il que le salut lui vienne in extremis ? Elle se dit que faire des signes ne suffira peut-être pas. Les gens d'aujourd'hui ne répondent pas aux appels des autres, surtout s'ils sont de détresse. Sa qualité de femme décidera peut-être l'arrivant à intervenir ? Alors elle s'arrête, décrit une volte et se place au milieu du chemin, bras en croix.

La scène semble s'enliser. Elle enregistre tout, comme si elle assistait à une projection au ralenti. Le petit être accompagnant son kidnappeur vient de remonter en voiture. L'homme au passe-montagne s'est arrêté et hésite. Le motard ralentit. C'est un guerrier noir, sorte de robot à califourchon sur la foudre. Il se redresse, freine de plus en plus. Alors le tourmenteur d'Eve court à la R 5 et y grimpe en voltige. Démarrage en trombe, demi-tour sans manœuvrer. Les roues de droite escaladent le talus. La petite automobile rugit et s'en va. Eve a envie de crier sa joie. Si elle avait un soupçon de foi, elle prierait sûrement. Le garçon noir, avec son casque fendu d'une bande jaune qui devient fluorescente dans l'obscurité montante, se trouve à présent face à elle. Une visière fumée garde ses traits indiscernables.

— Vous avez des ennuis ? demande-t-il.

Sa voix correspond à son accoutrement : elle est lisse, métallisée. Eve comprend que cet effet est dû à l'appareil acoustique fixé à la base du casque et qui permet au motard de correspondre avec l'extérieur sans poser son heaume ni en remonter la visière. Eve, en cet instant béni, ne peut s'empêcher d'admirer la technique.

Que je te dise : c'est là une des particularités de cette femme : elle bée devant les prouesses du machinisme. Un avion à réaction, la télévision, un appareil à calculer miniaturisé l'épatent encore et l'épateront toujours.

Elle ne s'habitue pas au perfectionnisme insensé de notre existence ; pour Eve, comme pour K. Horney, il constitue une inadaptation au réel. Cette course au facile, à l'économie de l'individu, est magistrale et vénéneuse. Elle l'entraîne vers une espèce de paralysie mentale et physique. Robotisation. Rien n'est plus beau qu'un robot. Toutefois, il encourt un seul grief : il n'a pas d'âme.

En attendant, ma merveilleuse Eve se met à discourir avec un casque noir à bande jaune. Quelque part, un oiseau nocturne lance un cri nostalgique. Des odeurs de nature engoncée dans sa boue et sa froidure arrivent enfin à Eve parce qu'elle revit.

— J'ai été enlevée, explique-t-elle. Un couple bizarre. Pendant que je promenais ma chienne... Ils voulaient m'entraîner dans cette masure.

— Vous voulez aller à la gendarmerie ?

La question la trouble. Chose surprenante, pas un instant elle n'a songé à une intervention policière dans cette affaire.

— Eh bien, il me semble, n'est-ce pas ? fait-elle, comme si elle posait une question au lieu de fournir une réponse.

— Oui, dit le casque, il me semble aussi. Montez !

Eve prend alors conscience de la moto : un merveilleux engin, lourd de chromes étincelants ; formidable.

Il l'effraie. Grimper sur cette machine lui semble aussi irréalisable que d'enfourcher un cheval sauvage quand on ignore tout de l'équitation.

— Votre moto est terrible, balbutie-t-elle.

Le casque récite, fièrement :

— C'est la nouvelle Honda 750 FA ; 4 cylindres ; 79 chevaux a 9 000 tours-minute. Vitesse maximum couché : 260 kilomètres-heure virgule 8.

— Je ne me suis jamais déplacée à moto, bredouille Eve Mirale.

— Vous ne pouvez pas rêver un plus beau baptême, répond le robot noir ; vous n'aurez qu'à passer vos bras autour de ma taille et me serrer fort ; venez !

Eve comprend qu'il ne lui est pas permis d'hésiter davantage : ce garçon vient probablement de lui sauver la vie. Alors elle se trousse jusqu'à mi-cuisse et passe sa jambe gauche par-dessus la partie arrière de la selle. Elle est satisfaite de constater qu'un dosseret maintient ses fesses calées. Le casque lui explique où et comment elle doit poser ses pieds.

— Vous n'irez pas trop vite, n'est-ce pas ? supplie-t-elle.

Il répond que non, en riant. Eve le ceinture à pleins bras, impressionnée par le somptueux et froid contact du cuir ; par son odeur aussi. « Odeur allemande », songe-t-elle, en pensant aux cuirs de sa Mercedes qui sentent un peu pareil.

Un grondement bondit dans son ventre. Elle l'éprouve jusqu'en ses moindres muscles. Eve ferme les yeux et pose sa tête sur dos de cuir du pilote. Tout son être, follement contracté, appréhende le rush. Il s'opère. Bien plus terrifiant encore que ce qu'elle supposait. Un arrachement féroce en démesure avec sa capacité de résistance. Elle hurle. Un rire lui répond. L'engin de feu est une flèche lancée par quelque monstrueuse arbalète. Tout en Eve s'insurge. Elle est folle de terreur ; sa peur est plus totale, plus animale que celle qu'elle ressentait dans l'auto de ses ravisseurs.

— Non ! Arrêtez ! crie la jeune femme.

— Tiens-toi fort ! répond l'appareil acoustique.

La vitesse croît. Eve chevauche un typhon grondant qui l'entraîne aux pires abîmes.

— Je vous en supplie, arrêtez-vous !

— Cent ! annonce une voix de triomphe.

Eve est fascinée par l'horreur qui l'envahit. Il lui arrive fréquemment de rêver qu'elle court sur une falaise surplombant l'Océan de plusieurs centaines de mètres. En bas, il y a un amoncellement de roches acérées battues par le flot écumant. Elle regarde, regarde : jusqu'à l'extase et se jette dans le vide, se donnant à l'infini. Et la voici qui vit ce rêve. Elle se dit qu'elle va sauter de la moto. Une autre volonté que la sienne l'y pousse.

— Je vais tomber ! annonce-t-elle piteusement.

— Cent quarante ! répond l'autre.

Il ajoute :

— A deux, on ne grimpera pas à plus de cent quatre-vingts.

La route déferle à une allure inconcevable.

Il est donc con jusqu'à la démence, ce motard de l'enfer ? Il se grise de son jouet et croit griser les autres ; sans comprendre qu'il les précipite dans le néant ! Quelle ignoble idiotie ! Mourir de ça, de cette sotte prouesse d'imbécile heureux !

La Honda s'écarte en souplesse d'un tracteur mal éclairé. Son léger mouvement paraît une fantastique embardée à Eve. Elle manque lâcher prise. Pour comble, le motard retire une main de son guidon et la pose sur les doigts glacés de sa passagère.

— Ça va s'arranger, promet-il.

— Arrêtez ! Laissez-moi descendre !

La main du garçon s'en va. Elle remonte jusqu'à son casque dont elle actionne la molette de dégivrage. Sa visière se soulève. Il glisse alors l'extrémité de sa main par l'ouverture et serre les pointes du gant entre ses dents pour retirer celui-ci. La chevauchée devient acrobatique. La vitesse augmente toujours. Eve se colle étroitement au motard. Elle s'attend à l'explosion finale. D'une seconde à l'autre ils vont se disloquer.

Le pilote dégage le gant qui lui est resté en bouche et le fourre dans l'échancrure de sa combinaison dont il a fait jouer la tirette supérieure. Sa main repart, de plus en plus téméraire, paraissant animée d'une vie propre. Elle vient chercher la cuisse d'Eve par-derrière, s'y plaque, la pétrit. Puis, au bout d'un instant, elle remonte en direction du sexe. Le casque se met à parler. Sa voix métallique de robot s'efforce au ricanement.

— Tu as ta foutue chatte écartée, hein, ma salope !

Les doigts s'exaspèrent contre les mailles du collant, cherchant à les forcer. Le motard tourmente salement l'intimité de sa passagère, avec une sombre volonté d'humilier, de fouailler, de déshonorer le plus bassement possible.

Et la moto continue son train d'enfer. Elle traverse en rugissant un bourg tranquille, épouvantant quelques ruraux qui circulent dans la rue principale. Eve se cramponne à l'homme qui la souille. C'est le rêve de la falaise, pendant la chute. Ordinairement, dès qu'elle saute, elle se réveille ; mais ici le rêve continue, la chute continue ; elle tournoie dans une horreur hypnotique.

L'engin retrouve la campagne désolée, opaque sous le ciel bas qui ressemble à un amas d'entrailles putréfiées. Il se rue vers l'apocalypse dans son vacarme héroïque. Son conducteur injurie Eve par le truchement de la phonie bricolée sur le casque.

— Tu mouilles de frousse, hein, vacherie ? Sans cette saloperie de collants, je t'enfoncerais mon poing dans la connasse. Mais attends, bouge pas...

Sa main repart et s'affaire sur la partie avant de la combinaison. Hébétée, Eve continue de voltiger dans un gouffre empli de clameurs pareilles à celles que les cinéastes prêtent aux damnés. Des cris d'âmes en peines, d'âmes errantes qui ne trouvent plus de chemin.

Une main glacée saisit les siennes, s'efforce de décroiser ses doigts marmoréens, noués comme sur un ventre de gisant.

— Donne ta main, salope ! hurle le motard.

Le micro saturé a une vibration d'eau bouillante.

Eve crie :

— Non, non ! Je vais tomber !

A cet instant, le bolide percute un animal (chien ou chat) qui traversait la route. Il décrit une embardée que son pilote corrige avec un sang-froid confondant. Puis l'homme fonce de plus belle, sans cesser de vouloir décroiser les doigts de la jeune femme. Le paysage est de plus en plus obscur, la route devient livide. Eve se prend à hurler, elle pousse des cris de folie dont les ondes doivent fêler les tympans du motard.

— Ta gueule, bourrique merdeuse ! gronde-t-il au bout d'un instant. Ecoute ce que j'ai à te dire.

Son souffle est devenu rauque. On dirait celui d'une bête fauve que l'on entrave.

La moto dévore la campagne endormie. Par moments elle vire à angle droit après un bref ralentissement qu'Eve ne se sent pas capable de mettre à profit pour sauter. Elle reconnaît un château d'eau, à gauche, et réalise qu'ils suivent un circuit choisi par le pilote parce qu'il est désert ; en effet, l'agglomération parcourue en trombe un instant plus tôt déferle à nouveau de part et d'autre de la machine.

— Tu m'écoutes, sac à merde ?

— Oui, oui !

— Je vais ralentir, mais ne cherche pas à te tirer car tu te ferais éclater le crâne. On ne saute pas d'une moto en marche, quand bien même elle roule doucement, tu comprends ça, puante ?

— Oui, oui.

— Bon. Quand j'aurai ralenti, tu me donneras une main ; tu n'auras plus besoin des deux puisqu'on roulera peinard. Pigé ?

Elle ne répond pas. Il ralentit néanmoins, mais en conservant sa main libre sur celles d'Eve Mirale.

— Allez, donne ta patte, petite chienne. Donne-la vite !

Elle ne se résout pas à décroiser ses doigts ; le motard remet la sauce et son bolide pique des quatre. Eve a une plainte misérable.

— Tu vas donner la patte, Mirza ?

— Oui.

— On va voir.

Nouveau ralentissement. L'engin se calme. L'air feule avec moins de violence. Eve se plaque encore plus étroitement à son tourmenteur et arrache sa main droite de la gauche. Le pilote l'emprisonne et la guide vers le bas de la combinaison. Eve découvre que le vêtement de cuir comporte des ouvertures en « V » sous le ventre. La main geôlière fourre la main prisonnière par une échancrure. Eve est stupéfaite de constater qu'il est nu en dessous. Ses doigts dont le sens tactile est émoussé perçoivent néanmoins une peau tiède à la fois douce et velue. Elle a un mouvement instinctif pour se dégager de l'ouverture, mais la force de l'homme l'en empêche.

Un rire quasi joyeux sort de l'appareil. Alors la terreur d'Eve connaît un répit. Il lui semble qu'un parachute vient de s'ouvrir et qu'elle ne s'écrasera pas sur les rochers : elle se met à guérir de son cauchemar. Elle éprouve au plus profond de sa personne le sauvage bonheur d'être épargnée. Epargnée pour la seconde fois en moins d'une heure. Elle se sent soudain parfaitement en équilibre sur la moto dont le grondement sauvage s'est mué en un somptueux ronron de mécanique bien dressée.

L'appareil acoustique grésille car la voix qu'elle transmet est hachée par une brusque émotion :

— Caresse-moi, putain !

Elle ne réagit pas à l'insulte ! Curieusement, elle se soumet, à cause peut-être du soulagement organique résultant du ralentissement. Son corps libéré de la panique l'incite aux pires acceptations. Une sombre résignation réduit Eve, l'orgueilleuse Eve, l'insolente ; Eve, la souveraine. Docile, elle enfonce sa main sous la combinaison, entre deux peaux : peau froide de cétacé, peau tiède d'homme en ardeur de vie. Brutal, il a un coup de patte sur l'avant-bras d'Eve pour qu'elle se presse et aille vite au but. Ils roulent lentement dans la campagne noire et argent qui ne s'anime que de rayons épars. Tout paraît à la fois compact et incertain et a l'air privé d'hommes. Ils ne sont plus qu'eux deux, à califourchon sur les quatre cylindres de feu toussant leur gaz à grandes gorges.

Eve rencontre le sexe de son compagnon, dressé le long de son ventre. Elle a quelque difficulté à s'en saisir car le vêtement de cuir le presse durement contre la chair. Le membre est parcouru d'étranges frémissements.

— Allez, allez, va ! gronde le motard.

Elle continue de bien vouloir, tente même de vaincre la gaucherie résultant de leurs postures et de sa répulsion.

Eve réalise le saugrenu de cette situation. Elle se dit qu'elle est plus grotesque qu'obscène, et que quelque chose d'irrémédiable s'opère en elle, qui la marquera pour toujours car rien ne saurait l'effacer.

— Plus vite ! fait l'homme, les dents crochetées.

Il s'agit à la fois d'un ordre et d'une supplique.

Eve s'active rageusement, elle voudrait arracher ce sexe, à tout le moins le meurtrir, mais la pression du vêtement de cuir réduit son mouvement, et sa vigueur satisfait au contraire son compagnon. Il se libère impétueusement, en poussant un interminable gémissement.

Eve sent sa main abondamment souillée et sa frénésie mauvaise cesse aussitôt.

Il se passe un instant de flou. La moto semble rouler sur son erre. Elle décrit même quelques courts zigzags au milieu de la route avant de stopper. Le pilote tient son guidon à deux mains. Sa tête est penchée en avant, comme entraînée par le poids du casque. Une sorte d'immense accablement arque ses épaules. Il met un pied à terre et soupire :

— Allez, fous le camp, roulure ! Tu me dégoûtes.

Eve ne se le fait pas répéter et quitte le bolide. La moto démarre fougueusement. Ses feux arrière, ouatés par la fumée d'échappement, dansent très longuement avant de s'engloutir dans la nuit tombée.

Les jambes d'Eve tremblent convulsivement. Elle ne peut plus marcher, alors elle va s'asseoir sur le talus et essuie sa main dans l'herbe.

acharne, bien que ce ne soit pas français, mais tu n'ignores pas ma façon de concevoir, n'est-ce pas l'ami ? De me concevoir, moi ; de vous concevoir vous tous, les témoins que cause Mishima ; de concevoir l'inimportance des règles, cultes, traditions, bazarderie en tout genre. Et donc je reprends la question que se pose Victor Réglisson, employé de la S.N.C.F. (trafic Ouest), ex-militant communiste, père à toute épreuve, mari fidèle par manque d'occases et de conviction adultérine. Qu'est-ce qui nous acharne à vivre. La vie ? Tu crois ? Le côté : puisque j'y suis j'y reste. Le jour, le cul, l'entrecôte ? On peut s'en délester quand la peine est démesurée. Et alors accepter de cesser si tu existes trop inconfortablement.

Georgette, l'épouse, est plus combative parce que plus solide, moins sous l'emprise des sentiments majeurs. Elle a une conception ménagère de l'existence. Belle ou moche, il faut s'en accommoder. Le balai n'est pas une monture seulement pour les sorcières. Certes, elle souffre du drame survenu à sa fille. D'autant que, femelle, elle connaît mieux qu'un homme la valeur d'un minois. Avant cet incendie criminel, Noëlle était jolie à crier. D'une harmonie si parfaite qu'il faisait bon s'arrêter devant elle pour la regarder, comme tu contemples le mont Blanc sous la lune ou un lionceau aux mamelles de sa mère. A présent, c'est fini. Elle a cessé d'être un ravissement, cessé pour toujours. C'est un « être », tu comprends ? Voilà : simplement un être. Masculin, quoi, tu m'as saisi ? On incline à retarder la qualité féminine de ce masque inexpressif, de cette hideur pensive. Mais quoi ? Que peut-on y faire ? Elle touche une pension correcte : le Président s'en est occupé. Quand elle se sera refabriqué un moral, l'avenir deviendra probable. Il faut du courage pour vivre. Mme Réglisson en a pour les trois. Quand le temps est trop lourd, elle va traînasser dans l'épicerie italienne de M. Favellini (produits de 1er choix, c'est écrit sur sa boutique), si les circonstances le permettent, il la baise gentiment, en camarade, dans son arrière-boutique qui sent la farine de maïs, sur les sacs de lentilles et de pois cassés. Après quoi, sans mot dire, il glisse un salami ou une bouteille de chianti dans le sac de la ménagère. Quand les circonstances ne le permettent pas, ils parlent de l'Italie, tout ça : les Pouilles, la voyoucratie qui s'empare... Ce sont des moments « en marge », de ceux dont une femme alourdie d'ennuis familiaux a besoin pour tenir sa route.

Depuis sa cuisine dont la porte est toujours ouverte, elle peut surveiller simultanément sa fille et son époux. Elle n'aperçoit que la partie inférieure de Victor juché sur sa planche, mais Noëlle lui faisait face. La jeune fille se tient à la table du living, devant un livre qu'elle ne lit pas car elle n'a tourné aucune page depuis au moins dix minutes. Elle a les bras croisés bizarrement, sa tête est inclinée. Ses cheveux qu'elle laisse pousser, mais qui manquent sur la partie frontale à cause des cruelles brûlures, tombent bas derrière ses oreilles. Par instants, de loin, Georgette dont la vue change, croit qu'elle a retrouvé son visage d'avant. Mais qu'elle s'avance seulement de quelques pas et elle constate les irréparables dégâts : ces plaques de chair pâle et lisse, comme émaillées, l'absence de sourcils (qu'elle dessine au pinceau, quelquefois, de moins en moins) et cette espèce de pelade asymétrique au-dessus des tempes. Restent les yeux, si bleus, si profonds, qui continuent derrière le masque et expriment sinistrement la pire misère qui se puisse endurer par un être fait pour la grâce et l'amour. Voilà plusieurs jours qu'elle ne s'alimente plus, ou presque, se contentant d'avaler du lait froid. La veille, elle l'a surprise en train de manger la peau d'une banane après avoir jeté la chair du fruit à la poubelle. Folle d'inquiétude, Georgette a téléphoné à leur médecin de famille : un jeune plein de bonne volonté. Il a expliqué ce qu'était l'anorexie et a laissé entendre qu'on devrait bientôt hospitaliser Noëlle.

L'hôpital ! Elle y a traîné si longtemps, la pauvre petite, après l'incendie : des mois. Sans parler des traitements de neige carbonique, ensuite. Georgette, malgré sa vaillance est d'accord avec son mari : si leur fille retourne à l'hôpital pour y être alimentée contre son gré, elle n'en ressortira pas. Les médecins ne soignent que des cas, ils ne tiennent pas toujours compte de la personnalité, du caractère des patients.

Ce matin, Victor qui est de congé a pris un coup de sang et il a téléphoné chez le Président. Il veut que l'autre vieux branleur, comme il l'appelle avec haine, soit informé et fasse quelque chose. Qu'il paie un peu de sa personne, il doit bien cela à Noëlle. Noëlle qu'il a ensorcelée — comment, grand Dieu ? — en usant de quels charmes frelatés, lui si vieux, si faisandé ?

Georgette tourne les pommes de terre dans ses doigts habiles ; la courte lame pointue de son méchant couteau, dûment affûtée par Victor, se joue de la peau du tubercule, la transforme en serpentins bruns d'un côté, jaune pâle de l'autre. Les pommes de terre épluchées ont une odeur rassérénante, pense Georgette. Une odeur qui naît en même temps que la faim dans l'estomac et qui promet.

On sonne. Elle regarde Noëlle, espérant que la jeune fille ira ouvrir. Mais Noëlle reste prostrée.

« On a sonné ! » lance Victor, depuis son perchoir. Sa voix résonne curieusement dans la chambre vidée de son mobilier. Georgette abandonne sa besogne et quitte son tablier pour aller ouvrir. Au passage, elle jette un regard surpris au gros visage blafard du réveil. Il indique six heures vingt. Ce n'est pas une heure pour les visites d'employés administratifs. Une voisine, probablement.

Elle écarte sa porte et trouve sur leur palier une dame d'un certain âge, bon chic bon genre, portant un manteau d'astrakan à col de renard noir et un sac de croco dans les gris fumé.

Georgette croit à une visiteuse, bien que les dames du social ne soient pas aussi élégantes. Déjà confuse de n'être que ce qu'elle est, Georgette Réglisson délivre avant toute chose un sourire de timidité obséquieuse.

— Bonjour, fait doucement l'arrivante, pardonnez-moi de vous importuner : je suis madame Horace Tumelat.

Après cette présentation, tu peux compter qu'il y a un sacré temps mort. On entendrait battre les cœurs de tous ces gens. Le sourire de Georgette se décolle de sa figure.

— Je vous en prie, dit-elle en s'effaçant.

La dame franchit le seuil de leur F3. Un peu partout, dans l'immense ruche, les télés se mettent en branle et on reconnaît l'indicatif de « C'est la Vie ».

Georgette referme la porte. Le sang bat à ses tempes. Elle est effarée par cette visite. Mme Tumelat ! Jusqu'à présent, elle est toujours restée dans l'ombre, cette dame. Victor, qui a entendu, descend de son échafaudage. Il s'avance, les doigts poisseux de peinture blanche dans son ignoble blouse grise servant aux très basses besognes. Il a les cheveux en brosse, comme qui dirait, tant ils sont coupés court. Une frime de hérisson, avec un nez pointu et un regard écarté.

Mme Tumelat accepte la chaise proposée par Georgette. Quelle classe ! La manière dont elle dégage son manteau de fourrure en le faisant, d'un simple mouvement du cou, glisser sur ses épaules.

Son intérêt se porte sur la jeune fille. Elle est un peu surprise car elle la croyait plus endommagée. Certes Noëlle Réglisson est défigurée, mais ses brûlures ne provoquent pas de répulsion.

Noëlle se met à regarder l'arrivante.

— Bonjour, lui dit aimablement Adélaïde, ainsi c'est vous...

— Oui, c'est moi, répond Noëlle.

Victor et Georgette se tiennent gauchement derrière la chaise de leur fille, comme des parents. Victor attend l'opportunité de saluer l'arrivante, mais elle tarde car Mme Tumelat ne semble pas l'avoir vu. Cette totale indifférence n'affecte pas Réglisson. Bon, il y a des moments où les gens se soucient de toi, et d'autres où ça n'a pas d'importance pour eux que tu existes, il est au courant.

Adélaïde n'en finit pas de scruter Noëlle. On dirait qu'elle cherche à comprendre. Et la preuve, c'est qu'elle finit par murmurer, pour soi-même :

— Je comprends.

D'accord, le visage est en ruine, pourtant l'âme continue de transparaître pour qui sait voir. A cette minute, Adélaïde Tumelat comprend ce qui a séduit le Président chez cette gamine. Une chose ténue, à côté de laquelle il est facile de passer, mais qui fascine ceux qui la perçoivent. Cette chose, c'est le don de passion. Une passion indomptable, une passion infiniment grave, totale.

— On s'excuse pour le désordre, dit Georgette en désignant les meubles empilés dans le living, mon mari refait la chambre de Noëlle. En attendant, elle dort dans le séjour.

Qu'est-ce qu'elle en a à branler, de ces détails, Mme Tumelat, tu peux le dire à Georgette ? Quand une pulsion secrète vous amène à faire une telle visite, les empilades de meubles, hein ?

Adélaïde découvre ce qu'est un être capable de passion, et elle reste éperdue devant lui, comme devant une œuvre d'art, elle qui a toujours rêvé de s'abîmer dans le tumulte des sentiments les plus fous, et qui toujours est restée maîtresse d'elle-même, indifférente à l'amour qu'on lui vouait, si lointaine dans sa chasteté de bourgeoise éconduite par la volupté.

— Ma visite doit vous surprendre, dit-elle. J'ai eu envie de vous connaître ; je suis sûre que vous me comprenez ?

Noëlle acquiesce. Ce qui l'étonne c'est que Mme Tumelat ait attendu quelque dix-huit mois avant de la rencontrer.

— Je pense que vous préféreriez voir mon mari, reprend Adélaïde, sans la moindre ironie ; mais...

Noëlle a un petit hochement de tête confus. Oui, oui : elle sait. Elle aime trop le Président pour ne pas le connaître d'instinct. Elle a bien compris qu'elle était définitivement sortie de son existence puisqu'elle ne correspond plus à ce qu'il a aimé en elle. Ce battant impitoyable ne s'attarde pas dans les nostalgies ; il rejette les gens, les instants et les circonstances qui ont cessé de le servir. Peut-être souffre-t-il d'être ainsi ? Seulement il ne peut être autrement. Son temps doit se montrer productif, utile à un compartiment quelconque de son activité. La pitié est un sentiment trop superflu, trop dégradant pour lui. Oh ! elle sait, elle sait bien tout cela et n'en conçoit ni regrets ni amertume, seulement du chagrin, un chagrin mortel.

Le « mais » suspensif de Mme Tumelat confirme la justesse de sa pensée.

Noëlle considère l'épouse sans ambiguïté, simplement elle est un peu surprise que cette femme, un jour, ait éveillé l'intérêt d'Horace Tumelat. Elle est si conventionnelle, si « épouse de Président »...

Et puis un temps saugrenu s'écoule. Chacun se demandant un peu pourquoi l'autre est là. Avaient-ils quoi que ce soit à se dire, ces gens d'espèce et de pensée différentes ?

Réglisson décide de prendre en pitié la dame Adélaïde, seconde victime du vieux scélérat.

— Vous savez, madame, lui rassemble-t-il à grands raclements de gosier, vous savez : tout ce qui est arrivé est triste également pour vous, nous nous en rendons bien compte, ma femme et moi, n'est-ce pas, Georgette ?

Ah ! non, elle n'est pas là pour entendre ce genre de sornettes, Mme Tumelat ! On ne va pas entrer dans les lamentations de concierge ! Pourquoi est-elle venue, au fait ? Elle se le demande tout à coup, au milieu de ce capharnaüm, parmi ces humbles chagrinés. Elle préférait Réglisson quand il tonnait son martyre de père au téléphone. Jusqu'à ce matin, la petite ne l'intéressait pas. Elle l'avait classée jouvencelle-gourgandine, victime des circonstances. C'est en apprenant qu'elle se mourait d'amour pour son mari qu'il y a eu en elle ce grand tressaillement, cet élan de curiosité. Elle a voulu vérifier la réalité du fait.

— Ça vous ennuierait que nous bavardions en tête à tête ? demande-t-elle à la jeune fille.

Noëlle hausse les épaules. Elle est hors d'atteinte. Rien ne peut l'ennuyer vraiment, et rien vraiment lui faire plaisir.

Les parents se regardent, contrits par leur présence. Ils se voient horriblement *de trop* et se demandent comment ils vont faire pour ne plus être là, l'idée de se retirer ne leur venant pas.

Mais Adélaïde dissipe leur embarras :

— Allons faire un tour, Noëlle, propose-t-elle assez catégoriquement.

Passive, Noëlle se dresse.

— Il faut mettre ton manteau ! dit sa mère.

Elle court le lui décrocher dans la garde-robe. La blessée prend des lunettes noires sur une console. Mme Tumelat enregistre le geste et se dit que « tout n'est pas perdu » puisqu'elle a encore le souci de dissimuler ce qu'elle peut de son visage mutilé.

Elles sortent sans s'occuper des parents.

Quand la porte est refermée, Victor va se servir un grand verre de vin rouge à la cuisine. Son épouse retourne à ses patates dont les épluchures oxydées brunissent.

Elle en pèle une entière avant de demander :

— Qu'est-ce que tu en penses, Vic ?

VII

Elle est très calme, presque souriante. Maryse, la vieille bonne, l'accueille comme tous les autres soirs, en lui annonçant triomphalement une nouvelle d'ordre ménager. Il est toujours question du plombier défaillant, d'un livreur impertinent, d'une entourloupe du boucher qu'il va bien falloir quitter un jour ou l'autre.

Mouchette bouscule la petite femme dans son allégresse de retrouver l'appartement. Maryse vacille, sa blouse rose à col blanc lui donne l'aspect d'une fillette disgraciée à figure de vieillarde.

La chienne court à la cuisine pour laper son écuelle d'eau.

— Je suis terriblement en retard, dit Eve, Monsieur est là ?

— Il regarde la télévision avec Boby !

Eve éprouve un sentiment de libération, elle est grisée par la quiétude du petit hôtel particulier, coincé entre deux immeubles neufs, dont la façade art déco a été classée. Ce qu'elle ressent lui rappelle l'une des rares escalades qu'elle ait faites en Suisse, dans les montagnes bernoises. Elle a atteint, après des heures d'efforts, un sommet arrondi, dont la culminance donnait à penser qu'il constituait « le toit du monde ». Elle a fermé les yeux, émue inexplicablement, et bien qu'elle n'eût pas la foi ce qu'elle a éprouvé alors ressemblait à de la reconnaissance.

Elle s'examine dans la grande glace du hall, tandis que Maryse évacue sa veste de fourrure. Eve se trouve sans faille, portée par cette énergie languissante qui assure le plus clair de son charme. « Intacte », pense-t-elle. Le mot est lourd de signification.

Mouchette revient vers elle, les babines emperlées d'eau. Lorsque la jeune femme a pu regagner sa voiture, elle a retrouvé la chienne endormie sous le tableau de bord. Eve a ri de soulagement. Quelques années plus tôt, elle a lu dans son propre journal l'histoire de ce tigre enfui de son camion cage accidenté. Cent personnes avaient été mobilisées pour opérer une battue qui dura toute la nuit et, à l'aube, on retrouva le tigre endormi dans sa cage.

Elle pousse la porte du salon. Un dessin animé japonais captive Boby. Il s'agit d'un feuilleton, style Superman, bourré d'engins interplanétaires et de canons laser. Son fils est trop fasciné par les exploits du héros pour s'apercevoir de sa venue.

Luc qui rêvassait avec le gosse coincé entre ses jambes tend ses lèvres à Eve. Leur baiser est rapide, distrait.

— Tu es drôlement à la bourre, remarque Luc.

Aucun reproche dans sa voix, nulle jalousie : il constate un fait.

— Conseil de rédaction, répond Eve.

Voilà, elle a décidé de taire sa mésaventure. Jusqu'au moment de pousser sa porte, elle ignorait sa réaction. Question « d'opportunité ». Eh bien, elle juge inopportun de la relater. La chose est trop mesquine, trop ridicule aussi. Elle se tait par flemme autant que par respect humain. Trouver des mots, expliquer, répéter, quel pensum !

— Bonjour, Boby !

Le gamin pousse un grognement. Il est déjà en robe de chambre et sent l'eau de Cologne du soir. Eve s'agenouille sur le tapis pour baisoter la tête blonde aux cheveux de soie.

— Tu as été sage, à l'école ?

L'enfant n'a même pas entendu cette question saugrenue.

— Attends que le vaisseau spatial ait regagné sa galaxie, voyons ! plaisante Luc.

Il consulte sa Rolex d'or :

— C'est l'affaire de cinq minutes !

Tous deux passent dans la salle à manger où nul couvert n'est dressé car ils doivent repartir chacun de son côté : Eve pour le journal, Luc pour sa réunion du Rotary.

Ils se regardent avec une certaine tendresse complice.

— Comme tu as les joues fraîches, remarque Luc Miracle.

— Il gèle, répond Eve Mirale.

Elle pose ses mains sur la nuque de son époux pour lui faire constater la froidure.

— Chiche que je te réchauffe !

Elle a une brusque tristesse, peu explicable.

— Tu sais bien que nous n'avons pas le temps.

— On a toujours le temps de baiser sa femme quand elle vous fait cet effet.

Il applique sa main contre son pantalon pour découvrir à Eve l'intéressant volume qui vient de s'y produire.

— Il faut que je couche Boby dans quatre minutes !

— Oh ! lui, il ne demande qu'à visionner la pub, elle l'intéresse autant que le dessin animé ; la force des publicitaires c'est les mômes ! Ils investissent les foyers par le bas. Viens !

Résignée, elle le suit jusqu'à leur chambre à coucher qui ressemble à une boîte capitonnée. Tout y est blanc écru, très riche, avec un peu trop de froufrous pour le goût d'Eve, mais Luc l'a voulu ainsi. De même a-t-il, contre son gré à elle, fait poser un panneau de glaces aussi bordéliques que vénitiennes. Eve rougit chaque fois qu'elle ouvre sa chambre à une amie. Quand ils sont entrés, il assure le verrou de cuivre et tourne le régulateur d'intensité lumineuse afin de descendre l'éclairage au plus bas. C'est un mari très ardent, capable de faire l'amour à sa femme plusieurs fois par jour. Mais il raffole des « ambiances ». Eve va s'agenouiller sur leur lit, parallèlement au panneau de glaces. Elle se penche jusqu'à ce que son front touche le couvre-lit de fourrure blanche, les coudes écartés servant d'appui. Luc se met derrière elle et la fait manœuvrer, de ses deux mains posées sur les fesses d'Eve. Elle pense chaque fois qu'elle est une jument qu'on déplace pour la seller. Lorsqu'il l'estime en bonne posture, il la trousse, rabat le collant et s'enfouit le visage dans l'intimité de sa femme. Il est à ce point passionné qu'elle ne peut résister à ses manœuvres effrénées ; le désir s'installe en elle, bon gré mal gré.

Elle s'éloigne du rivage quotidien sans avoir besoin de se montrer vraiment consentante. Il s'agit d'une forme secrète de viol, somme toute. Luc ne se lasse pas de cette pratique,

c'est elle qui finit par crier grâce. Alors il la prend doucement, avec une infinie paresse, tout en suivant leurs ébats
dans la glace afin de survolter son désir. Il est rare qu'Eve
regarde aussi. Ce qui la retient, c'est moins la gêne de se
voir ainsi prise, comme une bête, que l'abandon de son
partenaire. Luc témoigne d'une lente et indicible fureur qui
le désolidarise, pense Eve, de l'espèce pensante. Son comportement a quelque chose de noir et d'un peu crapuleux ;
à ce moment si aigu de l'union, il se fait une rupture entre
eux et elle a hâte qu'il s'assouvisse. Hâte de se reprendre.

Ce soir, elle regarde. Elle regarde pour se sécuriser.

Deux heures auparavant, elle se tenait à califourchon sur
un bolide de feu et masturbait un sadique en maraude.

La mort hurlait à ses oreilles. Elle traversait le moment le
plus fou de sa vie. Et la voici sur son lit, livrée à l'appétit de
son mari ; s'abandonnant à lui pour le combler de tout son
être. Elle se persuade que le sexe qui la pénètre langoureusement, la guérit de l'ignoble mésaventure. Elle le veut
résolument. « Oui, oui, enfile-moi, Luc, mon époux, mon
mâle élu. Je suis là pour t'assouvir, pour te recevoir, défi-
guré que tu es par le désir. Prends-moi bien, mon gentil
animal, rassasie-toi de moi, ta compagne d'existence. O cher
pauvre homme en furie d'amour. Explose et redeviens toi-
même, mon tendre équipier, mon copain, mon amant. Je
suis malade d'une autre honte. Soigne-moi en me rendant
ta femme. Tiens, je vais à toi. Je t'aide, cher chéri. Je me
veux en état d'esclavage pour toi, rien que pour toi. »

Et bon, que je te fasse rire : le téléphone sonne. D'ordinaire, ils le décrochent avant l'amour pour ne pas risquer
d'être sottement troublés. Tout à l'heure, ces deux idiots
ont omis de le faire. Lui, si fougueux, si bandeur, tu penses ! Elle toute traumatisée en secret.

La sonnerie insiste. Luc force l'allure, espérant se libérer
dans les délais. Il comprend qu'impossible. Eh bien, que
cette ronflerie abominable continue. Il triomphera d'elle en
passant outre. Alors il s'applique à n'en pas tenir compte,
mais c'est duraille, tu sais. Et pour comble, la vieille Maryse vient toquer à la porte et clame : « Téléphone ! » Saloperie !

Luc se retire, à grande ragerie, navré de voir son sexe
d'apothéose qui dodeline, aussi hagard que lui, désorienté
à plein, le malheureux nœud en déculade !

VIII

Les membres de ce que Tumelat appelle par dérision « son soviet suprême » viennent de partir, et le Président reste seul avec Pierre Bayeur. La pièce est un peu solennelle pour les tête-à-tête à bâtons rompus. L'immense table vernissée, avec ses sous-main et ses lampes individuelles, lui paraît lugubre, et plus encore les boiseries républicaines qui semblent se souvenir d'Edouard Herriot. Une atmosphère compassée et chagrine leur choit sur les endosses, à ces deux politicards retors. La ruse et le louche ont besoin d'espaces clos.

— Tu as le temps de venir prendre un pot ? questionne Tumelat.

Bayeur acquiesce.

Ils ont des choses délicates à se dire, bien qu'aucune allusion préalable n'eût été faite par l'un ni par l'autre. Seulement ils se savent par cœur et des ondes secrètes leur permettent d'échanger d'impondérables messages.

Bayeur range des paperasses dans une vieille serviette râpée qu'on lui a toujours connue, objet fétiche dont il est évident qu'il ne se séparera jamais. Sans doute cette serviette lui a-t-elle servi dans ses études ?

Horace regarde les mouvements placides de son « dauphin ». Bayeur est un homme d'esprit capable de se maîtriser. Un certain embonpoint l'aide à conserver son calme en toute circonstance. Sa mise un rien négligée inspire confiance. Il cultive l'image du bon gros, solide et discret, aux boutades souvent très « saignantes ». Son nœud de cravate relâché pend au niveau du troisième bouton de la chemise ; sa chevelure d'un châtain tirant sur le roux est ébouriffée, style Stan Laurel et il est pourvu de lunettes à forte monture qui se promènent de ses lèvres à son front, de ses doigts à la poche supérieure de son veston, mais qui ne reposent pratiquement jamais sur son nez.

— Où, ce pot ? demande-t-il.

— Pourquoi pas chez moi ? C'est sur ton chemin.

Bayeur accepte. Il suit le Président en traînant légèrement la patte gauche, conséquence d'un méchant accident de voiture. Dans la cour du Palais-Bourbon, chacun monte dans sa propre auto et ils partent, non à la queue leu leu, mais parallèlement.

Dix minutes plus tard, ils se rejoignent dans le hall super-luxe de l'immeuble, tapissé de glaces et de plantes vertes. Sans mot dire, ils prennent l'ascenseur capitonné où flotte un amalgame de parfums dont un flacon gros comme un petit doigt équivaut à la semaine de salaire d'un smicard. Immeuble interdit aux mendiants et marchands ambulants. D'ailleurs, le gardien, un ancien gendarme, fait bonne garde.

Juan-Carlos, le domestique espingo du Président, vient ouvrir : gueule à la Greco, œil de feu, veste blanche au col amidonné. Stylé tu verrais comme ! Muet et déférent. C'est pas lui qui s'écrierait « Bonjour, messieurs », comme tu en trouves à présent. Une inclinaison du buste, les pompes restant jointes et le bras le long du corps. Il s'empare des lardeusses, et, lesté, va néanmoins délourder le salon, pas freiner la manœuvre.

Bayeur y retrouve « son coin », près de la cheminée dans laquelle on ne fait jamais de feu (elle fume : il n'existe plus de bons « âtriers » de nos jours). Il se glisse dans un profond fauteuil, comme dans une baignoire-sabot, laisse pendre ses bras courtauds sur les accoudoirs et développe ses jambes au plus long qu'il le peut car il n'est pas mondain. Souvent, Tumelat lui a déclaré qu'il aurait dû être socialiste ; bien que les gens du P.S. soient devenus drôlement smart...

— Ta femme va bien ? pense-t-il à s'informer, uniquement parce qu'ils se trouvent dans l'appartement du couple.

— Qu'est-ce que ça peut te foutre ! soupire le Président.

Qui ajoute, entre ses dents : « Et à moi, donc ! »

Juan-Carlos est déjà là, attendant les instructions, bien qu'il sache déjà ce que l'un et l'autre vont boire.

— Ton éternel Ricard ? demande Tumelat.

— Bien boueux ! précise Bayeur.

Tumelat se tourne vers son valet :

— Et pour moi, un verre de rouge, Juan-Carlos : celui de la cuisine.

Car il raffole du petit vin de table, le Président, un brin canaille, un peu pauvret, comme on en buvait à la maison dans sa dure enfance laborieuse.

Pierre Bayeur se fend la pipe :

— Marchais boit du whisky, pour ses coronaires, dit-il.

Il regarde autour de lui le grand salon au luxe conventionnel. Il déteste ce manque d'ambiance. Il lui faut des lieux personnalisés. Chez lui, c'est fait de bric et de broc, mais chaque élément a son pedigree sentimental. Il aime les logis-tanières, avec des mômes qui foutent la merde et des objets dont il retrouverait la place exacte s'il devenait aveugle. Chez Tumelat, on sent le luxe « obligatoire ». Les décorateurs ont assumé tout ça sans grande participation des futurs occupants. Devis, choix du mobilier sur catalogue et carte blanche !

— A quoi penses-tu ? demande Horace.

Pierre Bayeur hoche la tête :

— Je me rappelle un artiste de music-hall. Il y a pas mal de temps, peut-être était-ce Devos ? Il jouait de la guitare juché sur un dossier de chaise. Par moments il s'arrêtait, se mettait à réfléchir et déclarait : « Je pense à la vie. » Et puis il recommençait à jouer *allegro*.

— Eh bien, commence à jouer *presto*, fait le Président. Tu as quelque chose à me dire, pas vrai ?

L'interpellé fait une moue cocasse.

— En réalité, Horace, c'est toi qui as quelque chose à me dire ; moi j'ai à te répondre. Alors vas-y.

Juan-Carlos arrive avec un plateau en argent massif Régency supportant démocratiquement un Ricard chargé à bloc et un coup de rouge de facteur. Il dispose les verres sur une table basse. Ses gestes sont onctueux malgré les biceps de déménageur qui gonflent ses manches.

— Il est parfait, déclare Bayeur quand le domestique s'est retiré.

— Depuis quelque temps on a des problèmes avec lui, confie Tumelat : il bat sa femme.

— Le veinard ! dit Bayeur, il y en a tellement qui n'osent pas.

— Pendant le service !

— Oui, évidemment.

— Et cette conne se met à chialer en espagnol, tu vois le topo ?

Pierre Bayeur avale une lampée de Ricard.

— Il vaut mieux être latin que d'être sourd, fait-il. *Nobody is perfect*. Bon, je t'écoute.

Le Président, toujours à l'aise en apparence, marque un certain embarras.

— Il s'agit « des autres ».

— Quand ça merdouille, il s'agit toujours des autres, riposte son adjoint.

— Tu as remarqué la gueule qu'ils ont faite lorsque j'ai posé la question qui est de savoir si nous devons présenter un candidat aux présidentielles ? Et leur silence embarrassé ? On aurait dit que je leur proposais la dissolution du groupe...

— Comment n'aurais-je pas remarqué une telle évidence, répond Bayeur.

— Et tu interprètes ça comment, toi ?

Le bon gros pêche ses lunettes dans sa poche, et développe leurs branches. Il prend un regard de myope lorsqu'il les a en main, comme s'il se rappelait soudain qu'elles lui sont nécessaires. Il va pour les chausser, se ravise, et se colle une branche dans la bouche, comme un mors. Ce corps étranger rend son élocution plus épaisse, chuintante.

— Je l'interprète comme toi, Horace ; parce qu'il n'est qu'une façon de l'interpréter. Si nous présentons un candidat, ce candidat ne peut être que toi, n'est-ce pas ?

Il retire ses lunettes d'entre ses dents pour les placer en serre-tête dans ses cheveux ébouriffés.

— Et alors ? insiste Tumelat. Vas-y, fiston, j'ai la peau dure.

— Alors, depuis... ce que tu sais, les compagnons ne comprennent plus très bien pour quelle maison ils voyagent. Mets-toi à leur place : tu joues les Napoléon au pont d'Arcole et tu les conduis à renverser le gouvernement ; très bien : les clefs du pouvoir te sont pratiquement livrées sur un coussinet de brocart. A cet instant précis, drame !

« Le jeune amour qui défrayait la chronique et te valait somme toute une réputation flatteuse sombre dans des flammes allumées par ta houri de secrétaire qui... »

— Tu sais que je connais l'histoire, tranche rudement Tumelat.

— La tienne, sans doute, en tout cas pas l'autre, la grande, s'emporte Bayeur. On déteste les gens qui ratent le coche, mon vieux. C'est bien de gonfler un beau ballon, mais il ne faut pas qu'il éclate. Il y a dix-huit mois, tu as créé le vide, et tu n'as rien mis à la place. Le même Premier ministre a été rétabli dans ses fonctions, accepté avec une confortable majorité et tu as eu bonne mine !

Bayeur sirote son pastis dans lequel le gros glaçon n'est déjà plus qu'une pellicule de givre.

— Tu sais que ton maintien à la tête du groupe constitue un tour de force ? Je ne t'en ai jamais parlé, mais le nombre de pressions qui ont été faites sur moi pour que je postule ta présidence...

— Merci pour ta magnanimité, murmure ironiquement Tumelat, toi non plus, tu ne tires pas sur les ambulances, n'est-ce pas ?

L'autre le regarde droit aux yeux.

— Mon temps n'est pas encore venu, dit-il hardiment.

— Et quand estimes-tu qu'il viendra ?

— Lorsque le tien finira.

— C'est-à-dire ?

Pierre Bayeur se lève péniblement et pédale à vide avec sa jambe blessée qui s'ankylosait.

— Ça dépendra de toi. Je ne suis pas pressé. Je crois au bénéfice de l'âge, je me gaffe des opportunités. Les vraies carrières ne se construisent pas au détour des circonstances. J'ai quarante-cinq ans. Politiquement, je suis encore au berceau. J'ai besoin de grandir dans ton ombre.

— Hum, l'ombre de Guignol...

— Si tu étais Guignol, j'aurais été le premier à réclamer ton départ.

— Pourtant les petits compagnons de mes couilles ne croient plus en mon étoile ?

— En effet, ils ne croient plus en ton étoile, seulement ils continuent de croire en toi, en ton talent, en tes manœuvres et je ne donne pas au mot un sens péjoratif. Ils croient que tu restes le plus habile d'entre nous. Tu es un docteur dont les diplômes sont contestés, mais qui guérit. Reste Président du R.A.S., Horace, ne cherche pas à devenir celui de la France car alors tout pourrait basculer. L'affaire est endormie, ne la réveillons pas ! Il y a trois jours, j'ai lu un papier de la petite Mirale, dans *le Réveil*. Imagine ce que serait une vraie campagne bien orchestrée.

— Le papier visait mon secrétaire.

Bayeur secoue la tête.

— Il te visait, toi, à travers ce garçon. Et puisqu'on est en train de tout se dire, Horace, je partage à cent pour cent le point de vue d'Eve Mirale et me demande ce qui t'a pris de t'adjoindre un collaborateur de ce tonneau ! Un pédé que tu as débauché d'un journal de chantage ; une sale petite vermine qui d'ailleurs t'a traîné dans la gadoue en son temps. Par moments, je me demande s'il n'aurait pas barre sur toi. En tout cas, il ne rehausse pas ton image de marque !

Bayeur se tait, essoufflé. Il se met à rire, d'un rire teinté d'inquiétude.

— Je te fais ta fête, hein ? reprend-il après quelques profondes inspirations.

— Je crois que je vais bientôt mourir, murmure Tumelat.

Il n'a pas l'air de jouer la comédie, le vieux forban, sa figure est très pâle, creusée de rides inconnues. Son regard semble déboucher sur des visions funestes.

Bayeur lui met la main à l'épaule, alarmé.

— Tu te sens mal, Président ?

— Non, dit Tumelat, il ne s'agit pas d'un malaise corporel, mais d'une blessure de l'âme ; je sais depuis mon aventure avec la petite que toute mon existence n'a été qu'un long malentendu avec moi-même ; si je ne trouve pas très vite ma vraie démarche, il ne me sera plus possible d'aller encore bien loin.

Sa détresse remue profondément le gros Bayeur. Des larmes lui viennent, qui ne sont pas de crocodile.

Et le Président continue :

— J'ai pensé à ma candidature aux présidentielles, par besoin de dépassement. Je voulais me contraindre à un combat de grande envergure. Sans doute vais-je le livrer faute de mieux, mon Pierre, avec ou sans votre investiture, et tant pis si ma carrière y reste. Une défroque ne vaut que par celui qui la porte.

Bayeur dit que oui, bien sûr. Il ne sait plus. Les tactiques sont impuissantes face aux foucades.

— Il est temps que je rentre, annonce-t-il, on reparlera de tout ça. Tu sors, ce soir ?

— Il faut bien, répond le Président. Tu me vois passer une soirée ici dans mes pantoufles, en tête à tête avec la vieille ? Pourquoi pas la tisane et la télé pendant qu'on y est ! Tu sais, Pierrot, c'est ça une vie ratée : quand on doit sortir pour ne pas rester chez soi !

— C'est vraiment fini avec Adélaïde ?

— Oh, fini, non... Disons plutôt que ça n'a jamais commencé.

Et alors, tu vas mesurer mon diabolisme d'auteur à la con, juste comme il profère ces mots de totale désabusance, la porte du salon s'ouvre pour livrer passage à Mme Tumelat, encore survêtue de son manteau d'astrakan. Elle sent le dehors.

Quelqu'un l'accompagne. Une jeune fille défigurée affublée de grosses lunettes noires.

Je pourrais te mousser l'instant, le monter en épingle, lui faire donner tout son jus. A quoi bon ? Sobriété du fait. Quatre personnages : le couple Tumelat, Noëlle Réglisson et Pierre Bayeur.

Adélaïde est entrée en usant de ses clés, donc le larbin n'est pas alerté. Et, toujours donc, la jeune fille tient encore sa valise à la main. Une valise simili tout, qui peut donner l'illuse du chic à cent mètres. Elle est engoncée dans un manteau de drap gris. Un foulard rose tendre sur la tête, pour cacher les plaques de brûlure. Ses grosses lunettes sombres lui donnent un air énigmatique, genre espionne de série B.

— Bonjour, Pierre, murmure Mme Tumelat en dégantant sa pogne pour la présenter au député-maire de je ne sais plus où, dans les environs parisiens.

Bayeur presse les quatre doigts. Lui, le baisemain, pas connaître. Il ne saurait jamais. Juste il consent à une courbette de la tronche, à l'allemande.

Et puis il attend qu'on le présente. Adélaïde procède. Le blaze de la jeune personne ne lui rappelle rien. Mais ce sont les amochures dont elle souffre qui la révèlent. Il pige, se trouble. Quête une brindille d'explication. Mais qui va la lui fournir ? Adélaïde ne paraît pas y songer, quant à Tumelat, le pauvre bonhomme, il est bien trop abasourdi et en quête d'éclairage pour sa propre lanterne...

Noëlle attend, immobile. Elle n'est jamais venue chez le Président. Le luxe des lieux, leurs dimensions surtout, l'impressionnent. Pourtant, c'est à son ex-amant qu'elle consacre toute son attention. Plus d'un an qu'elle ne l'a vu. Elle le trouve profondément changé. Plus vieux, plus dur. Autrement, très autrement que dans son radieux souvenir.

Une envie de s'enfuir la prend. Pourquoi a-t-elle accepté de suivre l'épouse du grand homme ? Que pouvait-elle escompter de positif ? Adélaïde Tumelat, cependant, n'a pas eu grand mal à la convaincre. Son argument ? Il a été simple : « Vous êtes au bord de la neurasthénie, plus rien ne vous intéresse. N'ayant rien à perdre, vous avez tout à gagner. Venez vivre quelque temps dans l'univers de mon mari puisque vous vous consumez d'amour pour lui. L'empirique est un ultime recours. »

Noëlle a opiné.

Et la voici chez les Tumelat, dans cet appartement qui aurait pu, qui aurait dû devenir le sien, si le fumier destin n'en avait décidé autrement. Elle a peur. La présence du visiteur fausse son arrivée. Une grande honte indélébile la saisit. Noëlle a honte de son visage saccagé, de sa méchante valise, de son manteau bon marché. Honte de vivre à l'état d'épave. Quand il lui arrivait de se hasarder encore par les rues, elle surprenait les regards apitoyés des autres femmes, une certaine répulsion chez les hommes et les enfants. Avant l'incendie, elle portait le printemps, elle était limpide et sentait bon, désormais, elle est décombres. Pas hiver précoce : décombres. Il est de beaux hivers, il n'existe pas de beaux décombres. Son corps sinistré n'inspirera plus la convoitise, encore moins la nostalgie de l'impossible qui a embelli un matin le Président Tumelat, au point de le lui rendre irrésistible. Il était devenu, en un instant, fabuleusement beau, chargé d'amour souverain. A cause de cette infinie détresse d'homme contraint au renoncement, elle l'avait aimé, lui avait donné de tout son être ce à quoi il n'osait même pas rêver, lui le pourtant conquérant, le pourtant indomptable ! Il possédait tout, sauf elle, et ses yeux s'étaient emplis du chagrin de né jamais l'avoir à soi.

Alors il l'avait eue. Et ç'avait été une espèce d'incursion dans une dimension inconnue des deux. Une brève période d'indicible félicité. Le Président Horace Tumelat était devenu l'individu le plus comblé de la planète et, l'espace d'une heure, l'homme le plus puissant de France.

Et la voici chez les Tumelat.

Invitée par la femme.

Quel drôle de jeu organise donc Adélaïde ? Pitié de femme ? Calcul d'épouse ? Obscur sadisme ? Esprit revanchard ? Veut-elle imposer à l'époux bafoueur l'atroce vision de celle qu'il a indirectement détruite ? Lui prouver que sa passion d'automne, ce n'était que cela : une pauvre fillette pas-de-chance, que le sort mystifiait.

Bayeur a pressé sa main brûlée, rêche comme un os de sèche.

— Je partais, bredouille-t-il.

La valise de Noëlle barre le passage. Il n'ose lui demander de la retirer et l'enjambe d'un air pataud d'auguste sortant de la piste.

Le Président l'accompagne. Lui, il repousse le bagage du pied, presque rageusement.

Les deux hommes ne mouftent pas avant le palier. Devant l'ascenseur, Tumelat laisse éclater sa rogne :

— Tu te rends compte ? soupire-t-il.

— Tu n'étais pas au courant ? s'étonne Bayeur.

— Penses-tu : un coup fourré de cette archivache. Elle cherche à se rendre intéressante : la méno, mon vieux ! Pas surprenant que les hommes crèvent les premiers : elles font le nécessaire pour qu'il en soit ainsi ! Elles nous préparent nos petites pilules avant les repas, mais elles nous sectionnent le système nerveux de leurs griffes laquées.

Sa rage croît, s'auto-alimente. Il redevient le grand Tumelat, le tribun furibond qui sait faire trembler l'hémicycle les soirs d'orage.

— Tu es bien d'accord, Pierre, une idée pareille ne peut germer que dans l'esprit d'une femme surette ? Il va bien falloir que je me débarrasse de cette guenon imbaisable, non ? Quand elle vivait à Gambais avec son gorille de peintre, elle me foutait au moins la paix. Il la brossait entre deux toiles, pour assurer sa gamelle et elle, la conne connasse, devait se prendre pour la Divine ! Grâce à ce barbouilleur hirsute, j'ai connu des années de répit. Comment vais-je me dépêtrer de cette situation idiote ? Car elle a amené sa valise, la petite, hein ? Je ne rêve pas ? Il y avait bien une valise ?

— Oui, confirme Bayeur.

Il trouve l'affaire à la fois sinistre et cocasse, le cher dauphin.

Curieux, il demande :

— Tu n'éprouves plus rien pour cette gosse ?

La question stupéfie le Président :

— Enfin, tu as vu sa gueule, non ?

Pierre Bayeur baisse la tête.

— Je sais bien que le cynisme fait partie de ton charme, Président, mais par moments il dépasse les bornes.

Horace lui relève la tête avec brusquerie, d'un geste d'une folle autorité, à la limite de l'acceptable.

— C'est le courage de la vérité, souvent, qu'on qualifie de cynisme, mon petit gars. Ecoute, tu aimes, je suppose ? Ta femme ou une autre ?

— La mienne, tout bêtement, avoue Bayeur.

— Bravo ! Eh bien, imagine-lui les mutilations qui ont frappé Noëlle. Et même sans aller jusque-là, suppose qu'on lui enlève toutes les dents de devant, ou bien qu'elle ait la figure couverte de psoriasis, es-tu bien certain que tu l'aimerais toujours autant ?

Bayeur presse le bouton d'appel de l'ascenseur, sans se rendre compte que la cabine se trouve à l'étage. C'est Tumelat qui lui ouvre la porte, d'un mouvement brutal d'arrachage.

Ils ne se serrent pas la main ; simplement parce qu'ils n'y songent pas. Grave oubli. Révélateur, tu ne trouves pas ?

La cage capitonnée emporte Pierre Bayeur vers son foyer-bastion. Son buste est encore visible à travers la porte grillagée du palier lorsque le Président se prend à vociférer de sa grosse voix réverbérée par la cage d'escalier :

— Vous me faites chier, avec vos idées reçues et votre morale à la carte. Je suis plus pur que vous tous, et un jour on le saura !

IX

Il n'y a qu'un seul arbre dans la cour. Un sureau. Planté au centre du sinistre quadrilatère, dans une pelouse de deux mètres carrés. Il est malingre, malportant. Peu feuillu, avec déjà des rameaux morts malgré sa jeunesse. On l'a entouré d'un bout de grillage rouillé à cause des deux petits enfants qui ont tendance à harceler ce coin de presque verdure. Une espèce de préau meublé de trois bancs de square précède la cour. Gaétane, Marie-Gisèle et Ginette bavardent, assises sur celui du milieu, en surveillant les ébats des deux petits qui marchent à peine. Un garçon, une fille. C'est la fille qui est l'aînée. Ils jouent avec ces riens dénichés au sol : pierres et brindilles, couvercle de boîte, que les marmots préfèrent à de véritables jouets.

— Ils grandissent, remarque Ginette pour contenter les mamans.

Marie-Gisèle écrase un pleur.

— Trop vite, répond-elle à voix de sanglots. Dans un mois il ne sera plus là : j'espère que ma mère voudra bien le prendre : elle ne m'a pas encore répondu.

— Il y a longtemps que tu lui as écrit ?

— Trois semaines.

— Elle est fâchée ?

— Elle m'a fait dire qu'elle ne me reverrait jamais. Mon vieux travaillait dans les postes, c'était le genre Honneur et Patrie ; en province ça se trouve encore...

Gaétane se lève pour aller ramasser sa fille qui vient de tomber et qui pleure.

— Il te reste combien à tirer ? questionne Ginette.

— Ça dépendra de la remise de peine. Pour le moment

c'est six piges. Quand je ressortirai, Archibald aura sept ans, ce sera un bout d'homme.

— Tu seras libérée bien avant, promet Ginette en se massant le ventre.

— Toujours ton mal de bide ? demande Marie-Gisèle, pleine de sollicitude.

— Oui, le docteur m'a fait faire des radios, j'attends le résultat.

Marie-Gisèle est une petite bougresse sans âge, à la silhouette jeune, mais au visage fripé. Une fausse blonde. L'extrémité de ses cheveux raides conserve encore la trace des teintures anciennes. Un strabisme incommodant la défigure. Elle serait plutôt gentille, mais avec, de temps à autre, d'étranges paroles et des mines pour malédictions en tout genre.

— Tu as un ulcère à l'estomac, prophétise-t-elle ; ma sœur en avait un. Elle ne pouvait plus rien bouffer. Y'a fallu l'opérer, depuis elle est tip-top.

— Mon mal siège au-dessous de l'estomac, soupire Ginette.

Elle regrette aussitôt le verbe « siéger », car elle s'applique à ne pas en installer afin de s'intégrer, ce qui est plus confortable. Elle a trouvé le ton convenable : courtoisie, sobriété, se rendant utile chaque fois qu'elle le peut, principalement en rédigeant les lettres de certaines codétenues analphabètes ou presque. On lui a confié la bibliothèque, ce qui constitue la charge noble d'une prison. Les bouquins sont très éclectiques, en haillons souvent. Ginette Alcazar les rafistole de son mieux dans une débauche de ruban adhésif. Elle aime conseiller ses compagnes de détention, leur trouvant à chacune la lecture qui lui convient. Elle est en train de dégrossir une « potesse » de cellule : Martine à qui elle bouffe le cul, certaines nuits, pendant que Mamie Germaine fait semblant de dormir. Non pas que Ginette soit une adepte de Lesbos, mais nécessité fait loi, et la privation d'hommes l'a conduite à retrouver quelques pratiques qu'elle avait perdues depuis son temps de jeune fille.

Elle continue à se masser le ventre. Gaétane, qui les a rejointes avec sa fillette dans les bras, assure qu'il s'agit des méfaits de la constipation, et effectivement, Ginette confirme qu'elle est très réticente de l'intestin.

Marie-Gisèle revient à ses moutons.

— Faut que je vais récrire à ma vieille, soupire-t-elle. Ce gamin à l'Assistance, ça m'arrache le cul !

Elle suit les évolutions titubantes du môme. Curieux : son instinct le conduit immanquablement vers la porte. Il paraît que ça leur fait ça, à tous. Voilà pourquoi on a réduit leur temps de vie avec la mère dans l'univers carcéral. Autrefois, ils restaient avec elle jusqu'à l'âge de trois ans, mais on a remarqué que ça les traumatisait. A présent, on les enlève à dix-huit mois.

— Tu voudrais pas me torcher une babille bien sentie, pour expliquer à maman comme il est gentil et tout ?

Ginette veut bien.

Les courriers qu'elle rédige ici la changent de ceux du Président Tumelat. Avant sa « bêtise », elle régnait chez le grand homme. Il la baisait, certains matins, en levrette, sur la peau d'ours de sa chambre, vite fait, bien fait, de sa bonne queue longue et ferme ; juste avant de lui dicter le courrier, précisément. A sa manière, elle régnait, Ginette. Elle disposait de pouvoirs qui, pour être occultes n'en étaient pas moins étendus. Et puis il y a eu cette folie du Président. Une liaison, je vous demande un peu, avec une gamine. Il en est arrivé à la chasser, elle, Ginette Alcazar, après des années de dévouement aveugle. Des années de vénération, au point qu'elle a voulu carboniser son mari en lui faisant prendre une dose massive d'anticoagulant. Il est paralysé à vie, désormais, l'apôtre. Fauteuil roulant, une vraie plante verte, dans son genre. Muet et immobile. On se demande seulement s'il pige bien la vie environnante avec son flux, reflux... Sacré Jérôme ! Quand elle sortira de prison, elle le reprendra à la maison pour — un jour et ce sera un jour de fête ! — le flanquer sous un camion au cours d'une promenade.

— Tu comprends, dit Marie-Gisèle en chougnant, il faudra lui faire piger à maman, ce qu'il deviendrait, Archibald, à l'Assistance.

Ginette ne se fait pas à l'ahurissant prénom de l'enfant.

— Pourquoi l'as-tu appelé Archibald ? demande-t-elle.

— A cause de la chanson de Pierre Perret, tu sais ? *Tonton Archibald est de retour*. Riton, mon homme n'avait que ça dans la tronche quand j'attendais le môme. On causait de lui en lui donnant ce nom. Il me disait « Quand Archibald sera là, on changera d'appartement ». Ou bien :

« Dis, Archibald, si on l'appellerait Archibald ? » Moi je répondais « T'es louf ! » Et puis, le jour J, quand il l'a déclaré, il est revenu de l'état civil en se poilant comme un bosco...

Elle se tait, parce qu'on entend tousser de l'autre côté de la lourde porte d'entrée à gros judas grillagé, située à l'extrémité du préau. Un visiteur se présente, qui a dû sonner et s'annoncer au parlophone. Le quartier des femmes se trouve dans la prison des hommes dont il est isolé par un très haut mur qui intercepte tout le soleil du matin, ce qui explique peut-être le rachitisme du sureau ?

Les lugubres locaux n'hébergent qu'une trentaine de détenus, et encore il a fallu convertir la salle commune en dortoir pour loger les dernières arrivées. Depuis, fini la télé et les papotages de fin de journée.

Effectivement, l'arrivant doit être de quelque importance car « la Chef » se dérange elle-même pour aller ouvrir. La Chef ne correspond pas du tout à l'idée qu'on pourrait se faire d'une gardienne de prison. Elle est jeune, jolie, pas grande, brune, avec les cheveux coupés court et les yeux bleus. Elle porte une jupe à plis bleu marine, un chemisier rouge et une blouse blanche qui descend aux fesses. Elle est chaussée de bottes vernies noires. Elle dégage une forte impression d'énergie. De plus c'est une femme compréhensive, mais qui ne s'en laisse pas conter. Esprit d'équité, tu vois ? Ferme et juste. Elle s'applique à aider ses pensionnaires, sans jamais se laisser chambrer.

Chez les bonshommes, ça se passe toujours bien, à peu de chose près. Certains piquent des rognes, mais ils n'ont pas de ces états d'âme qui perturbent la vie des femmes.

Dans le quartier des filles, rien ne va jamais droit. Chacune a son problème, ses humeurs, ses caprices. Des haines se nouent, des scènes éclatent. Elles sont perturbées par leur sacré cycle menstruel et se montrent jalouses pour des riens. Il y a les prostrées qui ne font que chialer, les grandes gueules qui entendent tout mener à leur guise, les dolentes geignardes perpétuellement insatisfaites, les rusées, les je-m'enfoutistes... La Chef, Mme Morin, tient son petit monde bien en main. Elle sourit sec, sa bienveillance ne s'exprime que par son regard, parfois.

Elle passe devant les trois femmes et donne une caresse à Archibald. Sa mansuétude va surtout aux deux détenuesmamans, car elle a des enfants. Marie-Gisèle et Gaétane occupent une même cellule pompeusement baptisée « nurserie ». Celle-ci n'est guère plus vaste que les autres. Quatre lits y sont alignés, bord contre bord : deux lits d'adultes, deux lits d'enfants. Un réchaud à gaz permet de préparer les bouillies des bébés. Ce qu'il y a de dramatique, dans cette soi-disant « nurserie », c'est les jouets. J'ai vu. Tu ne peux savoir l'abomination que représentent une poupée et un petit cheval de bois à roulettes dans cette geôle blanchie à la chaux, qui pue l'aigre : lait tourné, urine, entassement d'individus sur huit mètres carrés... Mais tout cela est en voie de changement. Le confort arrive.

La Chef a son trousseau de clés fixé par une chaîne à sa ceinture. Elle ouvre au visiteur. Il s'agit de l'abbé Chassel, l'aumônier. Généralement, il vient le dimanche, quelquefois en semaine, aux approches des fêtes. C'est un homme encore jeune bien qu'il grisonne des tempes. Son visage pâle est ponctué de rides étranges qui emprisonnent le nez et la bouche dans une succession de parenthèses. Il a le regard triste et prudent, avec par instants des flamboiements qui doivent lui venir de la ferveur, moi je pense ; comme si sa foi dégageait une décharge dans ses yeux sombres. Aumônier, on pourrait imaginer que, plus qu'un autre ecclésiastique, il userait des libertés vestimentaires en vigueur désormais dans le clergé. Eh bien non : Chassel ressemble à un pasteur anglican. Pantalon gris sombre, veste noire, pull à col roulé sombre. Il porte une petite croix à son revers. Seules fantaisies : un imperméable clair doublé, cadeau d'un paroissien lorsqu'il était abbé dans le XVIIe, et toque de faux astrakan.

Il presse la main de la Chef.

— Vous êtes gentil d'avoir répondu à mon appel, Yves, lui dit-elle ; car ils sont plutôt copains et il est arrivé à l'abbé de dîner chez les Morin.

Il ne répond rien. Elle le trouve plus grisâtre que d'ordinaire, ses fameuses rides semblent s'être encore creusées.

Ils traversent le préau sans parler. L'aumônier salue les trois femmes du banc et sort de son imper deux sucettes qu'il tend aux bambins. A chacune de ses visites, il se munit d'une friandise et trace un signe de croix sur les fronts des petits prisonniers. Il a un élan de l'âme et en lui ça hurle silencieusement : « Pardon, Seigneur ! » Il s'excuse auprès du Créateur, au nom du genre humain. Représentant de Dieu chez les bipèdes, il est aussi leur représentant devant le Tout-Puissant. Correct, non ? Bon, d'accord, c'est l'idée qu'on s'en fait, comme pour tout et pour toi et moi : l'idée. Nous ne sommes que des suppositions inabouties.

Chassel et la Chef pénètrent dans le bâtiment par une porte vitrée. Les murs sont peints à l'huile dans les tons vert clair et des plantes en pots empilées au pied des cloisons donnent une sensation de vilain jardin d'hiver.

Le bureau de la Chef est tout petit, avec un bout de fenêtre parcimonieux. Quelques classeurs métalliques, une table, deux chaises...

L'aumônier prend place et ôte sa toque qui devient toute plate. De la main, il lisse ses cheveux décoiffés.

Monique Morin songe qu'il fait très mâle ; Chassel n'a pas du tout le côté vaguement gonzesse de certains prêtres dont la virilité semble avoir été laminée par le séminaire. Ses gestes sont infiniment masculins. Elle se demande s'il lui arrive de faire l'amour et, si oui, avec qui et dans quelles circonstances.

— J'ai une sale corvée, annonce-t-elle, sans préciser si ladite lui incombe ou si elle entend la confier au prêtre.

Chassel sourcille pour l'inviter à poursuivre sans détour.

— Vous connaissez Ginette Alcazar, qui se trouve dehors avec nos petites mères ?

— Assez peu, dit l'aumônier, quand j'ai pris contact avec elle, lors de son arrivée chez vous, elle s'est fait de mon ministère une idée qui ne concordait pas avec la mienne.

La Chef sourit.

— Je sais ; cette femme est une obsédée sexuelle. Son crime de pyromane découle probablement de son dérèglement et je me suis souvent demandé si sa place était bien ici plutôt que dans un asile psychiatrique. Mais enfin, les experts en ont décidé autrement...

Chassel hausse les épaules :

— Les experts ne pouvaient déclarer folle une femme qui assumait le secrétariat d'un fameux leader politique. Entre deux tuiles, ce dernier a choisi la moins lourde.

« Tiens, il est de gauche », songe la Chef. Elle ne s'était jamais posé la question concernant l'abbé Chassel.

— Alors, cette sale corvée ? interroge le prêtre.

Monique Morin tapote une grande enveloppe à laquelle est agrafée une lettre.

— Depuis plusieurs mois, Alcazar souffre du ventre, commence-t-elle, le médecin lui a ordonné différents remèdes avant de commencer par le commencement, c'est-à-dire par faire prendre des radios. Je viens de les recevoir, accompagnées d'une note plutôt dramatique : cancer très étendu de l'intestin. J'ai appelé le médecin, il l'estime inopérable.

L'aumônier paraît rêvasser. « Encore quelqu'un en partance », pense-t-il. Il éprouve un sentiment complexe. Plus que tout autre, il nous sait mortels ; mieux que tout autre, il accepte notre condition, mais sa résignation se teinte d'un mépris désarmant. Il souhaiterait éprouver une compassion ardente et uniquement de la compassion, seulement une réaction sournoise se glisse dans sa générosité chrétienne : la rébellion. Peut-être est-ce cette « regimberie » contre l'inévitable qui l'a conduit à la prêtrise ? Il n'aime guère le sort de l'homme, l'abbé Chassel ; sa mortalité, ses misères lui semblent être une belle dégueulasserie. Cela dit, il croit farouchement en Dieu et ne désespère pas de percer un jour ses desseins.

La Chef respecte sa méditation. D'un hochement de menton, l'aumônier l'invite à poursuivre.

— Il va falloir mettre l'intéressée au courant, déclare Monique Morin.

Son interlocuteur rebiffe :

— Et pourquoi donc ? Vous croyez que le mal physique ne lui suffit pas et qu'elle doit assumer en prime des affres morales ?

— Allons, Yves, soupire la Chef, vous vous doutez bien que nous n'allons pas pouvoir la garder ici davantage. Ce n'est pas non plus l'infirmerie de la prison qui peut lui assurer les soins exigés par son état. Nous allons devoir demander une libération anticipée pour état de santé. Ces formalités ne sauraient avoir lieu sans qu'elle y participe. Elle va apprendre la vérité. Mieux vaut la lui dire avant que nous commencions les démarches administratives.

— Et vous avez pensé à moi, évidemment ! ronchonne l'aumônier.

Monique Morin est mécontente de l'attitude de Chassel. Elle le croyait plus spontanément coopératif.

— Pour une fois, vous allez pouvoir parler de choses tangibles, lui sert-elle fielleusement.

Le prêtre lui virgule un regard flétrisseur :

— Oh ! c'est malin !

Elle a aussitôt une petite moue d'excuse, très féminine, qui lui vaut le pardon de son interlocuteur.

Les mecs, curés ou pas, une gonzesse est souveraine.

— Alors, sous prétexte que je suis prêtre, je dois annoncer aux gens qu'ils vont crever ? dit-il.

— La mort n'est-elle pas sous-jacente dans tous vos propos, Yves ? Sans elle, votre ministère ferait un bide. Vous vendez la camelote la plus recherchée : l'espérance en une survie. Bon, alors j'appelle Alcazar ?

— Non, répond vivement Chassel, pas aujourd'hui.

— Pourquoi ?

— Merde, on n'annonce pas à quelqu'un qu'il a un cancer comme on lui annonce une nomination ou un licenciement.

— Il s'agit pourtant d'une forme de licenciement, si on y réfléchit, se pique Monique Morin.

L'aumônier se lève, pas content.

— Faites gaffe aux bons mots, cheftaine : quand ils sont trop lourds, ils vous retombent dessus. A demain !

Il part. Monique Morin, vexée, l'escorte en agitant ses clés.

Un très confus rayon de soleil, oblique, caresse la crête du mur. Les trois femmes continuent de papoter dans la cour. Les deux enfants jouent, assis face à face sur le bitume du préau.

— Au revoir, mon père !

Chassel leur sourit.

Son regard triste s'attarde sur Ginette Alcazar qu'il reviendra tuer demain.

X

Tout en se préparant, Eve écoute l'enregistrement des messages téléphoniques. Les communications sont plutôt rares à son domicile dont elle tient le numéro secret. Généralement, ce dernier n'est utilisé que par quelques intimes. Chaque fois, elle a une impression désagréable en entendant sa propre voix lancer cette invite : « Vous pouvez parler. » Elle voudrait réenregistrer les instructions, de manière à ce que les trois mots ne débordent plus sur la bande d'écoute ; mais elle s'y connaît si peu en technique qu'elle craint une fausse manœuvre. Elle devrait demander à Luc de l'aider, mais il est encore plus désemparé qu'elle devant ce genre d'appareil.

Elle a choisi un ensemble Cacharel, dans les tons vert bronze, pour se rendre au déjeuner du Président. En slip et soutien-gorge, elle enfile des collants très pâles, d'une extrême finesse, les ajuste, tandis que l'enregistreur émet ses bruits de robot mal graissé. Elle en profite pour examiner son ventre devant la glace. Ne l'estime pas encore suffisamment plat. Ils doivent bouffer chez *Lasserre*. La jeune femme tente de se rappeler la carte de l'illustre maison. Elle va devoir choisir des mets pauvres en calories, mais sans faire un sort à ce choix, car, elle ne l'ignore pas, les hommes sont agacés par les simagrées des femmes relatives à leur régime. Eve sait composer des repas sans danger pour sa ligne en affichant une circonspection de fin gourmet. Suprême astuce !

« Vous pouvez parler », annonce sa voix qui l'incommode. Aussitôt, au souffle rauque qui succède, la journaliste sait que « ça va être LUI ». Il appelle tous les jours, depuis l'horrible soir. Et il parle en ayant son casque sur la tête, par le truchement de sa phonie, pour qu'elle l'identifie immédiatement.

— Alors, ma petite branleuse, ça boume, ce matin ? C'était bon, tu sais. On va bientôt remettre ça, pas vrai ?

Le rire, ce rire odieux qui n'est pas un rire de dément, mais un rire forcé, théâtral. Un parti pris d'insulte.

Bruit du combiné raccroché à regret.

Eve ferme les yeux. Une horreur glacée la fait défaillir. Ses nerfs la lâchent. Elle en est à se demander si elle ne devrait pas prévenir la police. Mais la police pourrait-elle quelque chose ? Il n'est pas question de déterminer l'endroit de l'appel, en la mettant sur table d'écoute, le correspondant se montrant toujours très bref. Et puis cette histoire transpirerait. Or, elle est tellement sordide, tellement grotesque qu'Eve mourrait de honte si elle *sortait* dans un journal à scandales. Alors elle tient. Elle espère que le gredin se lassera. Tous les gens en butte à des tourmenteurs comptent sur leur relâchement.

L'homme appelle également au journal, mais Artémis a l'habitude des coups de fil de maniaques. Elle ne lui a rapporté que la première communication ; depuis, s'il y en a d'autres, elle les gomme. Le motard avait été sûrement déconcerté par l'accueil de la secrétaire. « Dites à Eve Mirale qu'elle m'a magnifiquement branlé sur ma moto, hier. »

« Va te faire mettre, pauvre con ! » fut la réponse d'Artémis ; solide luronne pas facile à émouvoir.

Eve efface le message et rebranche le répondeur. Puis elle passe son ensemble neuf. Elle veut oublier son tourmenteur pour se consacrer pleinement à ce déjeuner avec Tumelat. Le bonhomme l'intéresse. Elle désapprouve sa politique et méprise ses méthodes, mais elle n'échappe pas à la fascination du personnage. Elle déplore que l'existence soit peuplée de gens gris, rasants, fouille-merde trottineurs, sans ombre et sans destin. Elle aime les gueules, les êtres d'envergure.

Ils se sont rencontrés à plusieurs reprises depuis qu'elle a sa rubrique, le Président et elle, jamais en tête à tête toutefois. Elle est oppressée à la perspective de ce repas. Le vieux jouteur va lui sortir le grand jeu. Elle mettra un point d'honneur à lui tenir la dragée haute. Duel ! T'as compris, l'ami ? Elle monte en ligne, la petite Eve. Bâton de rouge au canon ! Ses armes ! Sa féminité et son esprit. Les armes du Président ? Sa formidable ruse et son esprit. Et puis il déconcerte par des élans brutaux de franchise. Il finasse, il virevolte. Soudain : l'assaut ! Il déballe la vérité, bien crue, saignante et te la flanque dans le portrait, sans se ménager ni te ménager. Une crise ! De guenille louvoyante, il se change subitement en apôtre de la sincérité : la vraie, celle qui apporte la gêne et met en fuite. Il passe de l'ombre la plus gluante à la lumière la plus crue. Le cancrelat se fait scarabée, au gré de l'instant. Un maître tacticien. Chef incomparable, il conduit les hommes comme Karajan un orchestre.

Eve se veut superbe, pour lui. Avant tout, bannir tout souci de son expression. Une femme en crainte ne peut rayonner pleinement. Alors, au diable ce funeste motard névrosé qui la harcèle. S'il continue, elle ira écrire ses papiers dans un coin tranquille jusqu'à ce qu'il soit fatigué de la tourmenter.

Enfin prête, elle sort de son sac quelques notes consacrées au Président. Elle potasse son sujet avant l'examen. Des révisions, en somme. Il ne doit pas manquer un bouton de guêtre à sa tenue de fantassin de charme. La dernière annotation la rend perplexe. Drôle de type, en vérité, ce Tumelat. Imprévisible.

Ils ont rendez-vous à treize heures, mais Eve s'offre vingt minutes de retard, sachant que les politiciens n'arrivent jamais à l'heure. L'affairement appartient à la panoplie. Leur présence est une concession, toujours, avec n'importe qui ; une concession, souviens-t'en. Ils t'accordent une faveur, elle se doit d'être parcimonieuse pour que sa valeur en soit accrue, car ils ont l'art de donner du prix à ce qui n'en a pas.

Elle est accueillie par la cohorte habituelle de *Lasserre* : maître d'hôtel, portier, groom, dame du vestiaire. On sait qui elle est, avec qui elle doit déjeuner. On lui chuchote que le Président est déjà là, et qu'il l'attend depuis « un bon moment ». Fichtre, il la tient en haute considération, Horace Tumelat ! Il doit pester, seul à sa table, guigné par les autres convives, ce vieux bonze ! On la débarrasse de son vison miel (Luc est industriel), on lui ouvre la porte du délicat ascenseur-bonbonnière qu'actionne un chasseur en spencer rouge. Au premier, d'autres employés en habit l'attendent, qui la guident jusqu'à la table du Président, près de la baie donnant sur l'avenue. Naturellement, il trompe l'attente (ou se donne une contenance) en potassant les feuillets d'un dossier vert (couleur fétiche de Tumelat). Il doit signaler aux foules combien son putain de temps est précieux, l'artiste, et qu'il ne laisse rien perdre, pas une brequille d'instant, fût-ce dans la salle de *Lasserre*.

Alors il annote ses documents à la con, le Président. Et sais-tu avec quoi ? Une pointe Bic, mon vieux. Tu croyais au Parker d'or, toi, hein ? Zob ! Chaque détail compte lorsqu'on a choisi cette carrière frelatée. L'humble pointe Bic ! Merci, baron !

Eve enregistre, sourit. Le Président, alerté par l'appel discret du maître d'hôtel se lève précipitamment, contourne la table pour venir accueillir Eve. Son empressement est noble malgré tout. Il sait mesurer ses gestes, les négocier au mieux pour leur faire rendre un maximum d'effets avec un maximum de sobriété.

Baise-paluche ; sourire enchanté, enchanteur. Il lui propose le siège qui fait face à la salle ; elle l'accepte après une brève hésitation. Le maître d'hôtel propose des champagne-framboise qui sont également acceptés. Le Président lui demande de l'excuser pour les paperasses étalées qu'il fourre dans le dossier à élastique, lequel disparaît sur un siège inutilisé. Ne subsiste plus que le crayon. Eve le désigne :

— Modestie ? demande-t-elle.

— Facilité, répond Tumelat, cela permet d'écrire en souplesse, ne tombe jamais en panne, possède une grande autonomie et peut être perdu avec le sourire ; un seul défaut, mais majeur : la modicité de son prix. Evidemment, il fait un peu épicier.

Il écarte son veston et désigne plusieurs autres pointes Bic à capuchons verts agrafés à sa poche inférieure.

— Toutefois, je ne me les mets pas sur l'oreille.

Voilà, c'est parti. Il l'amuse déjà. Elle ne peut se défendre de le trouver sympa. Il joue, certes, mais bien.

Le Président suspend la pointe Bic restée sur la nappe avec les autres.

— On fait le menu ? propose-t-il en lui transmettant l'opulente carte.

Eve la parcourt d'un regard qui sait galoper sur les textes, les embrasser dans leur ensemble.

— Je n'ai jamais pu résister aux truffes de *Lasserre*, murmure-t-elle.

— Moi non plus, déclare en souriant le Président.

Le maître d'hôtel consigne ce double désir avec onction sur son carnet à souches.

— Ensuite, je prendrai volontiers une sole grillée, ajoute-t-elle en rendant la carte.

Le maître d'hôtel propose un soufflé, toujours à prévoir d'avance. Eve décline : pas de dessert, deux cafés en tiendront lieu.

Elle a franchi le premier obstacle, celui du régime mine de rien. Tu parles ! Tu ne connais pas le Président, toi.

— Je calque mon repas sur le vôtre de bout en bout, décide-t-il.

Et alors, il ajoute en dépliant sa serviette :

— Quand on bouffe deux cents calories, on peut se permettre un peu de vin, non ? Blanc ou rouge ?

∴

Il la contemple avec un plaisir non dissimulé.

— Je ne me rappelais pas que vous étiez aussi belle, dit-il. Jolie, oui. Mais belle...

— Sans doute ne l'étais-je pas les rares fois où nous nous sommes rencontrés, lui renvoie Eve, qui s'empresse d'ajouter : en admettant que je le sois aujourd'hui.

— Rassurez-vous ; on ne peut l'être davantage.

Elle fronce le nez. Il ne va pas se mettre à lui faire la cour, ce croquant ! Elle n'est pas venue pour ça ! Comme il comprend tout, il s'empresse de murmurer :

— Ne vous inquiétez pas, je ne sais pas flirter. Petit Breton : morue, sardines, mouettes, cordages, goudron, filets.

Elle objecte :

— Peut-être, mais : Neuilly, ministères, Elysée, présidences, *Lasserre* ; bref, vous ne sentez plus le poisson depuis longtemps.

Ils rient de bon cœur.

— Je ne pensais pas que vous accepteriez mon invitation, déclare Tumelat.

— Parce que je vous ai malmené dans ma rubrique ?

Je n'en veux pas aux gens que j'égratigne, vous savez.

— Il faut tout de même un certain courage pour déjeuner en tête à tête avec eux.

— Alors disons que j'ai un certain courage.

— Bien entendu, vous me méprisez ?

— Je n'ai pas un très profond respect pour les hommes politiques, à deux ou trois exceptions près.

— Et je ne fais pas partie de ces deux ou trois exceptions ?

— Non, mais rien n'est irréversible : je vous laisse votre chance.

Le Président ressent une discrète griserie, semblable à celle qu'éprouve un maître cavalier enfourchant une monture vicieuse. Il va falloir tenir les rênes basses. Belle bête de race ; ses ruades sont imprévisibles.

« Aimerais-je me la faire ? » se demande-t-il.

Il tend l'oreille à son slip. Aucun émoi physique ne lui parvient. Eve Mirale est trop dangereuse pour bien baiser. Cependant, il arrive que les « cérébrales » soient de bonnes affaires au lit. Il imagine sa chatte, son cul. Lui, se donnant libre cours. Mais non : décidément elle ne le tente pas. Elle est formellement belle, d'une intelligence somptueuse, mais il préfère emplâtrer une petite sauteuse style Marie-Germaine de Castro, l'une des têtes d'affiche de la galanterie huppée.

— Vous vous appelez en réalité Miracle, n'est-ce pas ? demande-t-il nonchalamment.

— Pas moi : mon mari. Je suis contre les petits et les grands « c », aussi ai-je supprimé le mien.

— Votre mari est industriel, me suis-je laissé dire ?

— Vous avez bien fait de vous laisser dire ça, car il est effectivement industriel.

— Lui aussi est de gauche ?

Eve cueille une croûte au petit pain posé près d'elle dans une assiette et la croque.

— Votre réflexion implique que vous m'estimez de gauche ?

— Je me réfère à votre journal et à vos écrits.

— Alors vous nous lisez mal, lui et moi. Nous sommes simplement pour une certaine justice.

Elle s'empêtre. Mauvais sujet. Pourquoi regimber ? Pas avec lui. Ça tourne au débat télévisé, leur rencontre.

— Sans doute, oui, consent le Président ; vous êtes pour une *certaine* justice, laquelle est souhaitée par une *certaine* gauche.

Il avance brusquement la main sur son poignet et le lui emprisonne.

— Pardonnez-moi, dit-il, penaud, je suis complètement débile d'avoir orienté la conversation sur un sujet aussi bateau. En réalité, votre journal, la gauche, la droite, je m'en fous. Et pas que de ça, croyez-moi. La liste des choses et des gens dont je ne me fous pas éperdument tiendrait au dos d'un timbre-poste.

— Je pourrais écrire ça ? demande Eve en souriant.

Il gronde :

— Petite futée ! Comme si vous attendiez mon feu vert pour me traîner dans la merde.

— C'est pour me parler de mon papier, que vous m'avez invitée ? Vous espérez m'arracher la promesse d'un rectificatif ?

Le Président lâche le poignet d'Eve et croise ses mains au-dessus de son assiette vide.

— Non, j'ai seulement eu envie de comprendre.

— De comprendre quoi ?

— Ce qui peut motiver une journaliste talentueuse pour cracher dans ma soupe.

Eve se penche en avant et baisse le ton.

— Supposez que je la trouve dégueulasse, votre soupe, et que je ressente à votre endroit assez d'estime pour vous déconseiller de la manger ?

« Connasse », pense très fort le Président, « petite enculée de tes fesses ! Pour qui te prends-tu, chochotte de plume ; manigancière de salon, sale merdeuse de bourgeoise qui tâte de la gauche comme on boit de la gnole ? En vertu de quoi t'arroges-tu le droit de juger, enfoirée ? Intellectuelle truquée ! Chiasserie. Qu'est-ce qui te permet de lever la plume sur moi, bécasse de rédaction ? Va t'acheter des Tampax, sous-pute ! »

Et tout cela défile dans les yeux braqués du Président comme sur le cadran d'un journal lumineux.

Eve lit le texte, mot après mot, contrairement à sa méthode de captation globale.

On leur apporte leurs truffes, joyaux noirs nappés d'une ineffable sauce.

XI

Il est rarissime qu'il emprunte la voiture du Président. Eric joue une partie d'échecs de longue haleine, minutieuse, au cours de laquelle le moindre geste trop vif risque de renverser des pièces.

Parachuté dans l'univers de Tumelat, depuis bientôt dix-huit mois, il en est encore à la période d'apprivoisement. Son comportement est exemplaire ; efficacité et discrétion. Il charme sans hâte, à force de disponibilité souriante et de bonne volonté.

Si, ce jour, il roule dans la Mercedes verte, à cocarde, pilotée par César le chauffeur du Président, c'est uniquement parce qu'il doit aller rejoindre le grand homme pour, ensuite, l'accompagner à un meeting dans l'Yonne.

Sachant que pour investir une citadelle, les portes dérobées ne sont pas négligeables, il est monté à l'avant, auprès de César, lequel réussit à paraître en uniforme avec des vêtements civils : complet bleu marine, chemise blanche, cravate noire. Par cette initiative, Eric se place délibérément au rang des subalternes, sans tirer profit de son poste de secrétaire privé qui lui permettrait de plein droit l'accès à la banquette arrière.

Il pousse même la démagogie jusqu'à entretenir le chauffeur de la santé de sa vieille mère qui n'en finit pas d'agoniser dans une maison de retraite confortable et ruineuse où César l'a placée par piété filiale.

Eric Plante consulte sa montre :

— César, vous verriez un inconvénient à me conduire au *B.H.V.* puisque nous sommes en avance ? J'ai une petite emplette à y faire et je voudrais profiter de l'heure creuse...

Le conducteur a un mouvement d'épaules pour exprimer son accord. Là ou ailleurs, hein ? Lui, son job consiste à piloter l'une des deux bagnoles du Président, et à veiller à leur entretien.

Eric remercie avec un peu trop de chaleur. César admet qu'il se montre gentil, mais rechigne à le trouver sympa à cause de ses mœurs. Il est de ces êtres frustes qui détestent les homosexuels. Il n'est pas certain qu'Eric appartienne à la confrérie, mais l'en soupçonne fortement, à cause d'une certaine grâce languissante dont le secrétaire ne peut se débarrasser.

Ils se pointent place de l'Hôtel-de-Ville. *Because* la cocarde, il n'est pas périlleux de stationner devant l'immense bâtiment (commencé en 1533, achevé en 1623, restauré sous Louis-Philippe, détruit par le feu en 1871 et reconstruit depuis).

— Je vous demande cinq minutes ! promet Eric en quittant l'auto.

César le regarde se hâter en direction du bazar.

« Il en est ou pas ? » se demande-t-il. La démarche du garçon semble virile, pourtant on sent un quelque chose d'ondoyant de la taille aux épaules. Le col de sa pelisse relevé, Eric s'engouffre dans le grand magasin. Il sait où aller. Rayon quincaillerie. Sous-sol. Il dévale un escalier. Il n'est pas quatorze heures et ce temple du bricolage est peu pratiqué.

Plante ne s'informe pas du rayon qui l'intéresse auprès d'un vendeur désœuvré. Il préfère le dénicher seul. Toute sa vie, il a tenu à se déplacer seul, ne faisant appel à autrui que pour des aides capitales.

Il fonce par les travées désertes, admirant dans la foulée des outils pimpants comme des jouets et dont il n'a pas le temps de comprendre toujours l'usage.

Il marque un temps d'arrêt devant une cabane de jardin, en bois verni, recouverte d'Eternit. Une confuse nostalgie le point. Souvenirs d'enfance mal débroussaillables. Cette cabane représente toutes les promesses de l'aventure. Promesses qui ne furent pas tenues. Les rêves tournent court. La réalité du jour le jour traîne jusqu'au sol les nuages roses de l'enfance tels des ballons captifs et finit par les dégonfler tout à fait.

Il repart, stimulé par l'ironie des choses. Voilà qu'il vient dans ce magasin amorcer le début d'un acte capital, et il se comporte à la va-vite, comme s'il s'agissait d'un achat banal. Il agit en automobiliste garé en double file qui se précipite dans un bureau de tabac. Aucune grandiloquence donc dans l'achat qu'il prémédite. C'est une simple emplette, il l'a dit au chauffeur. La vie est effarante, qui permet à une emplette expédiée en trombe d'avoir de telles répercussions !

Il aperçoit le rayon recherché. Une succession de fortes bobines de carton sur lesquelles sont enroulées des cordes de diamètre variable. Cela va du lien pour gros paquet, au câble de chanvre capable de haler un chaland.

Eric s'intéresse aux bobines intermédiaires. Il examine une succession de torons, se perd dans des évaluations, sélectionne deux cordes qui lui semblent l'une et l'autre propices à ses desseins. La première est épaisse comme son auriculaire, la seconde comme son médius. Il les pétrit alternativement, captivé par leur raideur picotante. Ce contact désoblige la peau. Les liens neufs manquent de souplesse. Pour être efficace, une corde doit avoir vécu. Eric se dit qu'il aurait le temps de « faire » la sienne et que ce sera même là une entreprise fascinante qui ressemblera un peu à un rite païen. Alors il opte pour la plus mince. Un vendeur qui bavarde à la caisse aperçoit son geste et s'avance sans se presser.

Eric lui présente le bout de la corde choisie comme il tendrait une rose.

— Mettez-m'en cinq mètres !

Il rit sous cape, à cause de l'expression ; ce « mettez-m'en » est farce, vu la destination de la corde. Le *moment venu* saura-t-il se la rappeler ?

XII

Le Président dépose l'article un peu froissé à gauche de son assiette, sur les miettes de pain et chausse ses lunettes d'écaille blonde (véritable, il aime le « véritable », préfère la vigogne au cachemire, le vison au lapin, l'or massif au plaqué).

Eve, plus ou moins conquise par le tonus de son hôte, en tout cas amusée, le regarde relire le papier qui tant l'irrite et lui démange l'orgueil.

Le Président a franchi le premier paragraphe sans trop d'encombres, et le voici qui déclame entre ses dents : « Le moins qu'on puisse dire du Président Tumelat, c'est que son secrétariat particulier est toujours très particulier, puisque après la secrétaire d'âge mûr, que sa passion a conduite à la pyromanie, il s'est assuré la collaboration d'une autre secrétaire prénommée Eric. Cette dernière, ou plutôt ce dernier, pour être conforme à l'état civil, a fait ses classes dans les bars d'homos de la rue Sainte-Anne, et ses preuves dans l'officine nauséabonde d'une feuille à scandales. L'on chuchote que le président du R.A.S. a de grandes ambitions pour son protégé et qu'il le pousserait dans la vie politique. Reste à savoir comment. »

Horace Tumelat arrache ses lunettes de son nez et les enfouit sans vergogne dans sa poche.

— En clair, vous me traitez de tante, gronde-t-il.

Il chiffonne la coupure de presse et la dépose dans le cendrier.

Sans s'émouvoir, Eve boit une gorgée de Meursault frais à l'arrière-goût de noisette sauvage.

Le Président poursuit :

— Vous savez que ce papier est carrément diffamatoire et qu'il donnerait matière à procès ?

— Faites-le ! conseille doucement la journaliste.

Le vieux jouteur ricane :

— Vous seriez trop contente. C'est avec la bénédiction de votre enculé de directeur que vous avez publié cette petite misère, n'est-ce pas ? Si vous aviez pour deux ronds de religion dans votre boutique de mécréants, vous feriez brûler un cierge pour que nous vous attaquions !

— Nous irions même jusqu'à faire dire des messes, admet Eve Mirale.

— Ça ferait vendre du papier à votre canard qui péclote. Somme toute vous employez les méthodes du *Parfait* d'où sort Eric Plante ; seulement vous, vous vous abritez sous le parapluie de la morale, bande de tartuffes !

— La différence est là, plaide la jeune femme. Nous avons la morale pour nous.

Elle est tentée par son verre de vin, voudrait le vider tant elle est sensible à son bouquet, mais s'exhorte à renoncer. Il est si facile d'être faible avec soi-même, si doux de s'accorder, pour rendre l'instant plus capiteux, ce que l'on s'interdit par éthique générale. Elle aime le vin, sa griserie progressive, son goût multiple et chatoyant, sa chaleur bien vivante. Elle renonce, cependant.

— Bon Dieu, Eve Mirale, c'est donc si important pour vous de traîner les gens dans la merde ? Ce môme, Eric Plante, vous a-t-il jamais fait quelque chose ? Pédé, et alors ? D'abord en êtes-vous bien sûre ? Vraiment, il y a là de quoi choquer une jolie dame du Tout-Paris ? Il a travaillé dans un canard faisandé, et alors ? Je répète : et alors ? Il est commode de nos jours d'entrer dans le journalisme ? Vous avez démarré où, vous, ma fille ? *L'Echo de la mode, le Bulletin de l'artisan* ? Quand on a vingt ans et qu'on veut travailler, on prend ce qu'on trouve. Il aurait préféré *le Figaro* ou *l'Humanité*, vous le savez bien !

Le Président a senti que sa voix s'enflait, qu'elle lui échappait, alors il se tait et réalise d'un geste brusque ce qu'Eve rêve de faire : il boit le verre que le sommelier vient de lui remplir discrètement. Cul sec, rrhaoûm ! La grande lampée du charretier. Putain, ce qu'il se sent du peuple, dans ses rognes, ce suppôt du capitalisme ! Il a la tripe rouge, Tumelat. Laïque et obligatoire ! Et l'autre connasse qui fait à gauche, avec son hôtel particulier, son bonhomme à usine et ses résidences secondaires. C'est croulant de fourrures et ça prêche la croisade rouge ! Tout juste si elle braille pas l'*Internationale* ! Saloperie ! Qu'elle aille un peu porter ses miches chez les piquets de grève ! Qu'elle aille pomper les chômeurs pour se faire les lèvres.

Elle lui sourit. Il la trouve belle. Garce, mais sa garcerie a quelque chose de somptueux.

— Quoi ? demande-t-il.

Son mot favori. Il s'agit d'une espèce d'aboiement qu'il lance dans les silences inconfortables, pour les dissiper. Un chacal jappant à la lune. « Quoi ? » Presque une réplique de clown. Il peut le proférer sur mille tons différents. Peut-être lui est-il arrivé de le crier en prenant son pied, va-t'en savoir...

— Faut-il que vous teniez à ce garçon ! déclare Eve Mirale.

Non, mais je te vous jure qu'il va l'emplâtrer, bordel, si elle continue un tantisoit, la péteuse ! En plein *Lasserre* ! Justement qu'ils ouvrent leur fameux plafond-spectacle, pour l'aération, évacuer la fumée, faire frissonner les dames, épastouiller le gogo de province, le Japonais en rade de Nikon...

Le plafond s'écarte gauche, droite. T'aperçois le ciel gris vautré sur Paris, les falaises dominantes des immeubles d'alentour. Tout le monde se tait, toujours, y compris les habitués. L'effet d'une douche de lumière. L'air de la capitale paraît pur, l'espace d'une goulée. Et puis le plafond se referme et les converses reprennent.

— Oui, renchérit courageusement Eve, faut-il que vous y teniez pour avoir organisé ce déjeuner. Si vous aviez été seul en cause et que je vous eusse malmené dix fois plus, vous n'auriez pas levé le petit doigt.

« Vous êtes un battant, Président, un dur à cuire de la politique. En avez-vous pris des seaux d'eau à travers la gueule, mon bon ami ! Quolibets, insultes, sarcasmes en tout genre, sous-entendus qui blessent, fumées sans feu et avec feu, attaques en règle, accusations nourries de preuves ! Mais toujours vous restâtes stoïque sous la tempête, comme les rocs découpés de votre Bretagne. L'écume de la médisance glissait sur vous sans vous salir. Vous vous en seriez voulu d'inviter à manger des truffes ceux qui vous malmenaient. Vous les attendiez seulement au virage, prêt à leur décocher ces ruades magistrales qui ont assuré votre autorité. Et voilà que, pour la première fois, il y a une faille dans le leader de haute volée. J'ai blessé votre petit ange, alors vous vous précipitez sur la méchante journaliste afin de l'amadouer ! Une vraie maman, Président ! Touchante ! Vous jouez le rôle à la perfection, avec ce qu'il faut de doléances et de protestations. Ce pauvre enfant meurtri ! Cet être de belle et bonne et inlassable volonté, que j'ai eu l'audace de traiter de ce qu'il est ! Président, voyons : ne me dites pas que vos mœurs basculent ! Vous, le bourreau des cœurs ! Tombeur tous azimuts : gorgones et jouvencelles, dames de la haute et soubrettes accortes ! Vous qui traînez les sobriquets les plus flatteurs que ma qualité d'honnête femme m'empêche de répéter ici où tant d'oreilles ancillaires nous épient.

« Non, non, je me refuse à le croire. D'ailleurs j'ai été rassurée en arrivant par le regard que vous avez posé sur moi. Vous examinez les femmes à travers votre sexe, comme à travers un périscope. Tous les hommes à femmes sont ainsi. Alors ? Hein, Président, alors ? Pourquoi cette sollicitude pour « le môme » ainsi que vous l'appelez ? Il représente quoi, pour vous, Eric Plante ? Un disciple ? L'enfant que vous n'eûtes point ? Ou bien un démon permanent, tapi dans votre vie ? »

Elle se tait, épuisée. Vraiment épuisée. A preuve : ses jambes tremblent sous la table. Eve se permet une nouvelle gorgée de Meursault. Dommage, il devient tiédasse. Le sommelier vigilant a interprété sa déception et déjà remplace son verre pour lui servir du vin frais.

Horace Tumelat est dégonflé par l'assaut de son invitée. Des inflexions l'ont touché. Il a senti vibrer une compréhension dans la voix de cette foutue dérangeante. Il pétrit une boulette de pain. Merde, il a encore faim, avec son régime jockey à la mère ! Solide fourchette, le Président. Il se ferait, tu vois : une entrecôte marchand de vin. Carrément ! Il lui reste la place pour. Et puis son enfance saturée de poissons a ouvert dans son estomac des convoitises viandeuses.

Elle continue de le sonder d'un regard qui voit tout, comprend tout.

— Pygmalion, peut-être ? hasarde-t-elle.

Il sourit triste.

— Qui sait ?

Un temps. Le besoin de s'expliquer l'empare. Il se racle la gorge.

— Ça a débuté mochement, lui et moi, à propos de la petite, vous vous souvenez ?

— Bien sûr, ce fut la plus ravissante histoire d'amour de la Cinquième République.

« A ce propos ? »

— Quoi ?

— Il paraît qu'elle vit chez vous depuis deux jours ?

Le Président accuse le coup. Il s'attend toujours à tout, principalement au pire, c'est la condition initiale pour conduire une vie d'homme public. Pourtant, la promptitude de la « nouvelle » le surprend et le plonge dans des maussaderies sans fin.

— Vous en savez des choses !

Eve ouvre son sac à main et en sort un bristol couvert de son écriture hâtive.

— Je ne me suis pas risquée ici les mains vides : j'ai ma petite liste ; de même que vous avez la vôtre. Allons, ne trichez pas, sortez votre carte sur laquelle figure le chiffre d'affaires de mon mari, notre appartement de Port-La Galère, le nombre de mes fourrures et le chalet de Courchevel.

Tumelat rit de bon cœur.

— Je n'écris jamais ce genre de choses, tout est là-dedans.

Il tapote sa tempe qui se réargente de jour en jour.

— Votre fameuse mémoire à la de Gaulle !

— Le levier de ma réussite, confirme le Président. Quand on est le fils d'un humble pêcheur du Finistère péri en mer, il faut au moins un don pour s'en sortir. Le mien est bête comme chou : j'ai une mémoire phénoménale.

Eve le regarde avec sympathie.

— Savez-vous à quoi je pense ? Vous allez trouver cela idiot. Mon mari fume beaucoup, de ces horribles petits cigares munis d'un embout de plastique. Lorsque nous sommes à Courchevel, il a l'habitude d'en jeter les mégots dans la neige depuis la terrasse. Le bout embrasé creuse aussitôt un tunnel par où le mégot disparaît. Ni vu ni connu. Mais une année, nous sommes montés là-haut au mois d'août. Il ne restait plus de neige autour du chalet et nous avons eu la stupeur de trouver un tapis d'embouts jaunâtres devant la terrasse. C'en était surréaliste !

Le Président approuve :

— Moralité : on croit que la neige anéantit, mais elle ne fait que cacher, car elle est plus précaire que ce qu'on lui donne à faire disparaître ?

— Voilà.

— Et moi, Président Tumelat, l'un des cinq ou six Français les plus connus aujourd'hui, je suis constellé des mégots de mes origines. La neige de la popularité ne parviendra jamais à les détruire : elle ne sait que les dissimuler un moment.

Eve Mirale s'écarte légèrement de la table pour permettre au serveur de lui verser le café.

— Tous les hommes politiques ne sont pas aussi intelligents que vous, fait-elle. Voyez-vous, avant de revenir à nos moutons, je voudrais répondre à une question que vous m'avez lancée un peu comme une insulte tout à l'heure et qui était « pourquoi vous administré-je ces coups d'épingle, à vous qui ne m'avez rien fait ? » Eh bien, Président, je crois que c'est parce que nous nous sommes enfermés dans un système, vous et moi. Nos natures profondes tentent de se soumettre à des idéologies. Vous, le petit pêcheur en galoches, êtes devenu l'homme des banques ; moi, la fille à papa, femme d'industriel, je me bats pour des gamelles mieux remplies, une dignité plus affirmée des humbles. Je réprouve votre position, alors le moustique que je suis pique au talon l'Achille que vous essayez d'être. Le système, vous dis-je ! Le système ! Les hommes n'ont plus le temps d'essayer de se comprendre. Les truffes de *Lasserre* ne sont que de pauvres parenthèses dans leurs conflits soigneusement entretenus. Nous vivons de ces dissensions vous et moi. Nous sommes les prisonniers de nos pièges. Avoir l'intelligence de l'admettre est le seul cadeau que nous puissions nous permettre dans l'état actuel de notre société. Cela dit, racontez-moi comment les choses ont débuté entre vous et Plante. Racontez vite avant qu'il arrive.

Tumelat sourcille. Ah ! la salope vivante ! La suprême rouée !

— Car il va venir, n'est-ce pas ? enchaîne la journaliste.

Cela fait partie du petit guet-apens d'aujourd'hui. Premier temps : dîner en tête à tête. Opération charme : confidences feutrées, fenêtre ouverte sur une âme tourmentée, plaidoyer pour un jeune homme douteux en voie de rédemption. Deuxième temps : au café, le bon jeune homme survient, mise stricte, dans les sombres, maintien sévère, visage anxieux, exprimant le repentir des gens que l'on a malmenés. « Par pitié, guérissez-moi des blessures que vous m'avez infligées, madame ! »

Tumelat souffle comme un péquenot sur son café.

— Vous savez ce que vous êtes ? gronde-t-il.

— Non, soupire Eve avec sincérité, mais c'est sûrement pas vous qui me l'apprendrez.

XIII

La matone ouvre le petit volet rond du judas pour regarder à l'intérieur de la cellule. A travers le gros œil de verre, elle capte le local dans son ensemble et en reçoit une image un peu bombée, à cause de ses lunettes à elle.

Mamie Germaine, Martine et Ginette jouent au rami. Elles font cellule commune. Mamie Germaine est la plus vieille détenue de la prison puisqu'elle a soixante-douze ans. Une habituée. Proxénétisme. Elle ne détèle pas. La tête hérissée de bigoudis, elle porte une jaquette rose saumon sur sa robe blanche. Un peu folle de Chaillot, la vioque ! Voix hommasse, elle s'exprime en termes hachés par son asthme. Martine est toute jeune, un peu molle et grasse, suifeuse, l'air pute, négligée, dolente. La « vie de château », comme dit Mamie Germaine, n'est pas l'enfer pour cette infinie paresseuse. Elle se la coule douce : cartes, livres d'amour, tortore, gougnottage avec Ginette qui en croque comme une passionnée.

Leur cellule sent le chou-fleur, parce qu'on leur en a servi au repas de midi (en salade, plat de résistance : rôti de veau, gratin dauphinois, fruits). Ginette qui ne peut plus rien avaler lui laisse sa part.

La matone délourde. Les trois têtes se tournent vers elle.

— Alcazar : parloir ! dit brièvement la gardienne aux lunettes.

Ginette ne s'y attendait pas.

— Qui donc ?

— Vous le verrez bien.

La matone est une grosse, pas vacharde, mais perpétuellement renfrognée. Chez elle, c'est du kif. Elle fait chier son mari et ses mômes, plus son vieux beau-père qui vit dans leur vestibule depuis son veuvage. Dans le fond, on sait qu'elle a plutôt bon cœur ; mais ça s'est mal engagé, la vie et elle ; ça forme un spectre, comme à la téloche quand le poste débloque.

Ginette Alcazar dépose ses brèmes sur la table et se lève. Au bout de trois pas, elle applique sa main droite sur son ventre pour apaiser d'une flatterie le mal hargneux qui se met tout de suite en état d'alerte.

Le parloir, c'est juste l'extrémité du couloir que l'on a séparée du reste par une paroi vitrée et une porte, vitrée également. Une minuscule table de bois blanc et deux chaises de rotin meublent le minuscule local ainsi obtenu. Sur la table, une boîte de conserve dont on a martelé les lèvres sert de cendrier, et puis voilà.

L'aumônier est assis, dos tourné à la porte. Il a placé sa canadienne sur la table, sa toque en fausse fourrure par-dessus.

Il regarde le mur verdâtre et s'adresse à lui par la pensée, en l'appelant « Seigneur ». Il demande au mur verdâtre de leur donner du courage, à elle et à lui. A lui, pour commencer.

C'est l'instant où, chez *Lasserre*, le Président commande un second café.

XIV

S'ils devaient faire le bilan de ce déjeuner, sans doute concluraient-ils qu'il est négatif. Ils ont eu des instants de compréhension mutuelle, voire même de rapprochement. Des lueurs amicales. Mais comme l'escargot rétracte ses cornes lorsqu'elles entrent en contact avec quelque volume, chaque fois, leurs élans ont été durement interrompus, et ces répressions successives ont fini par créer un vilain malaise. Leur opposition de convention devient inguérissable car ils lui donnent des assises humaines. L'espèce de sympathie qui s'est manifestée et qui a capoté se mue en un antagonisme viscéral.

Pourtant, parce que quelque chose avait commencé, au chapitre des explications, le Président tient à aller au bout de son propos. Il tâche à donner un éclairage juste de ses relations avec Eric.

— Je l'ai connu sordidement, si je puis dire, fait Tumelat : il venait me faire chanter. Vous voyez, j'ai confiance en vous.

Elle a un hochement de tête qui ne promet rien. Eve n'est pas le genre de fille qui se perd en serments rassurants pour encourager les confidences. S'il veut lui ouvrir son cœur, qu'il le fasse délibérément, sous sa pleine responsabilité. Elle n'a aucune monnaie d'échange à lui proposer.

Aussi n'attend-il rien. Il sait se montrer stoïque quand c'est utile.

— Un gamin, reprend-il. Il tenait une espèce de méchante grenade de scandale dans sa main et me menaçait de la faire exploser.

— Vous avez dû vous pourlécher, plaisante Eve. Comme si une souris vicieuse pouvait faire peur au gros matou griffu que vous êtes ! On ne trouve cela que dans les dessins animés ! Vous avez désamorcé la grenade d'un seul froncement de vos gros sourcils, je parie ?

— En quelque sorte, admet le Président.

— Et il vous a plu de « retourner » la situation, comme dans les histoires d'espionnage, où l'on voit des services secrets retourner, à leur profit, l'agent qui travaillait contre eux.

« Bon, cela je l'imagine facilement, car ça cadre avec votre personnage de Machiavel qui, contrairement à tous les autres, « machiavélise » tambour battant. D'ordinaire, la ruse est insinuante, chez vous elle tonitrue, c'est à cause de cela que vous êtes un homme hors du commun. »

Il s'incline. Le sommelier vient annoncer que M. Lasserre offre une bouteille de champagne. Le Président interroge Eve du regard, elle fait signe que non. Alors, un vieil armagnac ? Un doigt, pour le Président.

— Donc, voici Eric Plante retourné, continue la journaliste. Etant privé brusquement de votre secrétariat particulier, vous avez l'idée de le lui confier. Il saute sur l'aubaine. Quel tremplin pour lui ! Quelle promotion ! Il quitte l'eau de bidet de son journal pour venir se purifier et s'accomplir dans l'ombre d'un grand homme. Le futur se met à briller comme une aurore de cinéma. Et voici qu'à ce poste, le bon jeune homme fait merveille. Un instinct paternel que vous ignoriez jusque-là, et pour cause, se révèle alors à vous. Vous êtes à l'âge où ce que l'on peut faire de mieux pour soi, c'est de penser aux autres. Vous venez de vivre un drame. Au plus fort de la mutilation qui vous accable, le Seigneur vous offre ce bien ineffable entre tous : un disciple ! N'est-ce pas ?

— Puisque vous dites tout, je n'ai plus qu'à me taire, soupire le Président.

— Je ne « dis » pas tout, j'essaie seulement de deviner. Il s'agit uniquement de déductions. Suis-je loin du compte ?

— Non, rassurez-vous, vous brûlez. Toutefois, il manque un élément essentiel à votre version pour qu'elle cerne la vérité. Vous savez, Eve Mirale, les êtres, on les regarde toujours de trop loin. C'est vu de près qu'ils se révèlent. Quelque chose chez ce garçon m'intriguait confusément. Je suppose que c'est à cause de cela que je me suis intéressé à lui.

Horace Tumelat réchauffe l'armagnac entre ses deux mains d'offrande.

— Il est malheureux, assure-t-il après un silence. Très malheureux, voilà l'affaire.

— Il vous l'a dit ?

— Non. Un malheur que l'on dit n'est plus un vrai malheur. Eric est pathétique dans son genre, comme s'il souffrait d'un mal incurable qu'il refuserait de soigner.

— Peut-être souffre-t-il de ses mœurs ? risque Eve Mirale, peu compatissante, car son antipathie pour Plante est solidement ancrée.

Le Président hoche la tête.

— On peut avoir honte de ses mœurs, mais on ne saurait en souffrir puisqu'elles libèrent.

Elle réprime toute l'ironie qui lui afflue, Eve. Elle le trouve gâtochard sur les bords, le Président. Bêlant de pitié assaisonnée de tout le romantisme de la tendresse. Le jeune emmanché, viceloque, le possède avec ses airs de biche humide. Tumelat est sensible au charme du garçon et l'idéalise. Il en fait *Jocelyn, Werther* et *le Grand Meaulnes* tout ensemble.

Lancé, avec de curieuses brisures de gorge et un air soucieux, Horace poursuit :

— Sans doute ne me croirez-vous pas...

« Ça, comptes-y, mon bonhomme », songe la jeune femme.

— Quand il a eu pris connaissance de votre papier, j'ai cru qu'il allait mourir...

« Et allez donc ! » pouffe-t-elle intérieurement. « Dis donc, il est mordu, le vieux ! » Son cas est plus grave qu'elle ne l'estimait.

— C'est moi qui lui ai montré l'article, reprend le Président. Triple idiot ! Je le lui ai apporté presque triomphalement, en lui disant : « Bigre, déjà les honneurs des leaders de la presse ! Vous allez vite en besogne ! » Il a cru que votre papier était bon, à la manière dont je le lui présentais. Au fur et à mesure qu'il le lisait, il devenait livide, ses traits se creusaient. Lorsqu'il l'a eu achevé, il est sorti précipitamment du bureau pour aller vomir.

Eve n'y tient plus.

— Eve Mirale, la chroniqueuse qui fait dégueuler ses victimes ! ironise-t-elle.

Le Président sort de son évocation pour regarder crûment son invitée. Il constate son scepticisme, sa presque colère. Le renoncement lui vient. Il a compris qu'il ne la convaincrait pas. Déjeuner inutile. Il s'est humilié pour rien ; qui sait, même, s'il n'a pas desservi son protégé en tentant d'amadouer Eve. Il n'a, en face de lui, qu'une garce salope triomphante.

Une femme jeune et belle, en pleine réussite. Riche et prônée, adulée par l'Intelligentsia. L'une des souveraines de Paris. Pas de cœur : des épithètes. Pas d'âme : un style ! Aucune autre croyance que son succès. Dieu ? Fume ! Le sens moral ? pâte à modeler, et qu'elle modèle selon ses circonstances à elle. Seigneur ! On devrait pouvoir faire sodomiser ces bestioles-là par des gorilles. Lui enfoncer des épieux terreux dans le fondement. Que n'est-il dictateur cinq minutes, Tumelat. Président-Dictateur. L'huile de ricin du Duce : une tasse de thé en comparaison de ce qu'il lui réservait à cette exquise truie séduisante ! Vérolée, va ! Heureusement qu'elle pourrira un jour ! Il tente d'imaginer la décomposition de la journaliste en un sépulcre bien fangeux, mais elle est trop réussie, trop admirablement vivante et il doit renoncer.

Il se sent un peu plus âgé, tout soudain. Presque désemparé, le superbe. Qui donc pourra jamais comprendre ce qu'il ressent pour Eric ? Les gens ont une collection d'étiquettes toutes prêtes à coller sur leurs contemporains. Ils vont au plus pressé, se contentent du superficiel parce qu'ils n'ont pas le goût, voire tout bêtement le temps, d'aller plus avant.

Au début, quand il a engagé Eric, il avait le sentiment de donner asile à un reptile. Il se méfiait de lui, restait sur le qui-vive. Au fil des semaines, il a découvert que cet être équivoque vivait en état de drame. Il a tenté de le confesser, mais n'a obtenu que des replis glacés. Tumelat a senti la fragilité de l'individu. Eric est à sa dévotion, Eric l'admire éperdument parce qu'il est subjugué par ce vieux battant indomptable. Eric éprouve-t-il, à son endroit, un sentiment plus complexe ? Peut-être. Et même probablement. Il sent bien que, considérée de l'extérieur, cette situation paraît scabreuse. Et cependant elle est empreinte d'une espèce de sérénité innocente.

— Je croyais que la première qualité d'un écrivain, c'était d'essayer de comprendre, dit-il, de tout comprendre. Mais sans doute n'êtes-vous qu'une Diane chasseresse. Vous écrivez avec une flèche.

Le maître d'hôtel lui coupe le sifflet en se penchant vers lui.

— M. Plante est en bas, murmure-t-il, et ne peut monter, monsieur le Président.

— Pour quelle raison ?

— Il n'a pas de cravate, or vous savez que la règle de notre établissement... Nous lui en avons proposé une, car le cas est fréquent, mais il a refusé.

Tumelat redevient lui-même. Très simplement, il défait sa cravate et la tend au maître d'hôtel médusé :

— Allez lui porter la mienne, moi je n'en ai plus besoin puisque je suis dans la place.

L'employé s'incline et s'éclipse, très emmerdé. Eve rit franchement.

— Voilà comme je vous préfère, déclare-t-elle. Si vous voulez bien accepter l'avis d'une femme, le pire des rôles, pour vous, est celui de vieux papa pleurnicheur.

Bon, et alors ils s'offrent une trêve et se rient mutuellement du bon tour. Oui : chacun propose son rire à l'autre, le lui offre, comme tu cueilles une rose, spontanément, pour la tendre à la personne qui t'escorte, et tant pis si tu te piques les doigts, te piques le cœur. Il faut des instants-soupapes.

Eve dit, après avoir repris ses dents :

— Un bon point pour lui, Président : il a refusé les cravates de l'établissement.

Ensuite, ils se coulent dans le silence. Un vrai silence malgré les bruits de bouffe et le ronron des converses.

Ils attendent l'apparition d'Eric Plante.

∴

Le groom sort le premier de sa cage capitonnée et tient la porte ouverte à Eric. Celui-ci tarde à paraître car il replace son foulard de soie bleu marine par-dessus la cravate du Président. Il est en pantalon gris, blazer bleu, chemise ciel.

La cravate verte était intolérable. En somme, il se présente tel qu'il était à son arrivée, simplement, une cravate est maintenant embusquée sur sa poitrine (il l'a rageusement glissée par l'échancrure de sa chemise).

Eve ne l'a jamais rencontré. A première vue, elle est plutôt surprise car elle l'imaginait autrement : plus gracile, blondinet, assez chatte. En réalité, Plante ne fait pas homo, du moins pas d'emblée. Ses épaules sont larges, son cou plutôt fort, son regard intense. La journaliste connaît au moins cinquante bonnes femmes qui rêveraient de l'avoir pour gendre. Elle suit son déplacement depuis l'ascenseur jusqu'à leur table. La démarche, oui, a peut-être bien quelque chose d'équivoque.

Il s'arrête devant eux, militairement dirait-on. On croirait un jeune officier britannique en civil pour film colonial. Il s'incline, attendant d'être présenté. Mais qu'arrive-t-il au Président ? Voilà qu'il demeure sans réaction. Il regarde Eric avec amabilité, paraissant avoir oublié la présence d'Eve Mirale.

— J'avais oublié de vous dire de mettre une cravate pour venir en ce haut lieu, fait-il. Vous le saurez dorénavant.

Il hèle le maître d'hôtel et lui fourre un bif de dix sacs dans la main. Il n'a pas d'addition à demander chez *Lasserre*, le Président : on envoie son relevé chez lui, en fin de mois.

Le maître d'hôtel, impec, tu verrais (personnel extra, chez René, av. Franklin-Roosevelt trié sur le volet : cravate exigée, chiens interdits, cent cinquante mille boutanches en caves, chapeau !) a la courbette de gratitude qui convient.

Le Président ne présente toujours pas l'arrivant. Il continue de l'examiner d'un œil bienveillant.

Il murmure à l'intention d'Eve :

— Moi, je ne trouve pas qu'il fasse pédé.

Eve pâlit. Son sixième sens l'avertit que l'instant va être difficile à vivre. C'est là que le Président va lui faire toucher les deux épaules. Il est comme survolté, gonflé d'une vapeur capable de faire péter toutes les marmites de *Lasserre*. L'homme de l'instant. Il ne le laisse jamais passer. Il vainc par sa vivacité, son intensité de décision. Elle est persuadée qu'il ne préparait rien de tel, mais qu'il est porté par la qualité exceptionnelle du climat.

— D'abord, continue-t-il, enflant le ton, on ne peut être à la fois une frappe et un champion de moto-cross ! Car c'est son dada, la moto, si vous me passez ce calembour ! Vous n'avez jamais tâté de la moto, mâme Mirale ? Vous devriez, ça calme les nerfs.

Il se lève, ajuste son veston, époussette de rares miettes sur son pantalon et déclare, devant trente personnes attentives :

— Allons-y, fiston ! Inutile que je vous présente : c'est une conne qui ne vaut pas un coup de cidre !

Il entraîne Eric vers l'ascenseur en le tenant à l'épaule.

XV

L'aumônier est frappé par la pâleur d'Alcazar. Elle lui rappelle une statuette précolombienne à laquelle tenait beaucoup un vieil oncle à lui, et devant laquelle il se perdait en rêveries comme devant un feu de bûches. Le mal conférait à ses traits une étrange sobriété. Il ne restait de son visage que l'essentiel : les yeux, le nez, la bouche, le reste se confondant dans une même patine, grisâtre qui en supprimait le modelé.

La détenue est déçue de trouver le prêtre au parloir. Depuis sa condamnation, elle espérait toujours que le Président viendrait lui apporter son pardon ; un pardon qu'elle ne cessait de lui réclamer dans des lettres auxquelles il ne répondait jamais.

Chassel se lève pour lui serrer gauchement la main.

— Asseyez-vous ! propose-t-il.

Il la déteste un peu à cause de ce qu'il a à lui dire. Cette femme l'incommode depuis le jour où, au cours d'un entretien qu'il voulait enrichissant elle s'est permise de poser la main sur sa cuisse en lui déclarant qu'il était *émouvant*. Le mot l'avait troublé plus encore que le geste.

Ginette prend la chaise qu'il lui désigne. Le prêtre s'asseoit face à elle, l'air emprunté et faussement gentil. Il a envisagé des formules, choisi des mots, mais soudain, il ne reste plus que la situation intolérable d'un homme chargé d'apprendre à une femme qu'elle est perdue. Elle lui fournit son entrée en matière par ce geste spontané consistant à appliquer fortement sa main sur le siège de son mal.

— Vous souffrez beaucoup, madame Alcazar ?

— Beaucoup, non. Mais c'est lancinant, répond-elle.

Il acquiesce.

— Vous êtes passée à la radiographie, n'est-ce pas ?

Ginette hoche la tête :

— Oh ! vous savez, les radios...

— Justement, les vôtres ne sont pas fameuses...

Il se sent piteux, à la limite du ridicule le plus odieux. Si c'était pour lui annoncer la chose de cette manière, n'importe quelle « matone » aurait pu s'en charger. Il songe qu'après tout on comptait sur lui pour « la suite » de cette révélation, davantage que pour la formuler.

— Ça veut dire quoi, pas fameuses ? demande la prisonnière en souriant d'un air enjoué, ne me dites pas que j'ai un cancer !

Chassel s'abstient de répondre, chargeant son silence de cruelle éloquence. Ginette Alcazar sourit plus largement :

— Non, sans blague, j'ai réellement un cancer ? fait-elle en pouffant presque. Oh, mais alors, ça change tout.

— Ça change quoi ? demande l'aumônier éberlué.

— Quand il va apprendre la nouvelle, *il* bondira ici et remuera ciel et terre pour me faire libérer.

Elle devient grave, ou plus exactement soucieuse.

— Dites donc, père, je peux vous charger d'une mission de confiance ?

— Mon Dieu, cela dépend de sa nature. Vous savez que nous sommes contraints de respecter le règlement de la prison.

— Il n'est pas question de l'enfreindre, mon père. Je désire simplement que vous préveniez le Président Tumelat de mon état. Allez le voir en personne. Je veux que vous lui annonciez la chose face à face, d'homme à homme. Me le promettez-vous ?

— Mais, madame Alcazar, comment voulez-vous que je réclame audience à un personnage si haut placé ? Je ne suis qu'un modeste prêtre.

— Je vais vous donner son fil privé. Il faudra l'appeler à huit heures du matin, pas plus tard, car c'est un lève-tôt. Seuls, les initiés possèdent le numéro de son téléphone vert. Il répondra lui-même. Vous lui direz que vous devez le rencontrer pour lui annoncer une nouvelle de la plus haute importance. Vous voyez qu'il n'y a rien là qui contrevienne au règlement. Il vous recevra. Vous lui direz simplement ceci : « Ginette a un cancer et elle tient à ce que vous le sachiez », point à la ligne.

Elle joint ses mains en un geste de ferveur.

— Seigneur ! Un cancer, moi ! Qui m'aurait dit !

Elle se comporte comme s'il s'agissait d'un enfant. La jeune épousée à qui son médecin annonce qu'elle est enceinte ne montre pas plus de ravissement extasié. Chassel ne sait pas que penser. Décidément, cette malheureuse ne souffre pas que du ventre et sans doute la Chef avait-elle raison d'estimer que la place de sa pensionnaire est à l'asile.

— Il faudrait s'occuper de certaines requêtes administratives, dit l'aumônier.

Elle oppose un violent geste de refus.

— Que dalle, mon père ! C'est à *lui* de s'occuper de ça. Laissons-le agir, il a le bras long.

Elle réfléchit, répète, pour elle, à voix de rêve : « un cancer ». Puis tout de go :

— Savez-vous à quoi je pense, mon père ? Cela fait des années que je ne me suis pas confessée ! Quand je dis « des années » ! Au moins vingt à vingt-cinq ans. Il serait peut-être temps de procéder à une grande lessive, non ?

— Ce serait une excellente idée, admet Chassel, tout heureux de cette louable diversion.

— Quand pouvez-vous recevoir ma confession ?

— Mais tout de suite.

Elle opine.

— Auparavant, donnez-moi votre parole que vous appellerez bien Tumelat demain matin ?

Il gonfle sa poitrine et expire lentement pour se donner le temps de la réflexion.

— D'accord, je vous la donne.

— Parole d'homme et parole de prêtre ?

— L'une et l'autre confondues, dit en souriant Chassel.

— Merci. Notez son numéro tout de suite. Notez, notez ! Je ne serai pas tranquille avant, or il faut avoir l'esprit dégagé pour confesser ses péchés, non ?

L'aumônier sort une vieille enveloppe de sa poche, un moignon de crayon et prend les chiffres qu'elle lui récite comme du Verlaine.

— Un cancer, répète Ginette, alors là, vous me clouez ! C'est bien sûr, au moins ?

— Hélas oui ! assure Chassel.

Elle fronce les sourcils.

— Pourquoi, hélas ! curé ? Croyez-vous que j'aie peur ?

— Je vois bien que non, et j'en rends grâce au Seigneur.

Une curieuse lueur éclaire le regard en creux de la détenue. Ses yeux ressemblent à deux petits cratères emplis d'eau.

— Il n'y a pas que le Seigneur, balbutie-t-elle.

— Que voulez-vous dire, madame Alcazar ?

— Simplement ceci : il n'y a pas que le Seigneur, il y a aussi tout ce qu'il a créé, tout ce qu'il a permis, si toutefois il existe.

— Le mettre en doute n'est pas un bon préalable à la confession, plaisante le prêtre.

— Justement, je la commence en émettant ce doute, père. Je m'accuse de ne pas croire à la Sainte Trinité, mais à la Bi-divinité. Je crois en un Dieu à deux faces, père : il y a le Seigneur, et il y a son œuvre à la con. Il y a LUI, le cher chéri Tout-Puissant, et puis nous, les autres ; mon cancer, cette prison, le crime, le pied, tout le bordel ! La vie, quoi ! Vous me comprenez, mon père ? La Vie qui va mais qui ne nous va pas du tout. Dans laquelle nous nous empêtrons. Où nous faisons des enfants pour aussitôt les défaire en leur inculquant coûte que coûte nos imperfections, nos erreurs et nos vices. Je dis cela, mais je n'ai pas enfanté et là, alors, ce que j'en remercie le Sauveur, ah ! là là ! Pas de petits moutards ignobles à éduquer, juste un épouvantable mari au sexe tordu comme ces horribles cigares italiens, vous voyez ce que je veux dire ? Pouah, quelle horreur ! Se laisser enfiler ce machin-là dans le ventre, mon père, vous me la copierez ! J'ai bien essayé de le supprimer : mettez-vous à ma place, en lui faisant absorber une dose massive d'anticoagulants, je ne suis parvenue qu'à le transformer en une espèce de plante en pot. Il est paralysé, gâteux, mais hélas ! vivant. Je me confesse de cette tentative, mon père, malgré qu'elle soit à demi infructueuse, et aussi, si vous le jugez utile, du regret que j'éprouve qu'elle n'ait pas été conduite à bien. Ah ! mon père, la confession, je n'y crois guère, tenez : ajoutez cela sur ma note de scepticisme. Dieu, oui, je veux bien, j'en ai trop besoin pour ne pas tomber dans le panneau, mais la barbe à papa qu'on a filée autour, très peu, merci. Si je me plie à cet instant, c'est pour célébrer mon cancer, ici je ne puis mettre du champagne au frais ! Alors il faut bien marquer le coup d'une manière quelconque, non ? Je vous offre cet élan d'humilité en remerciement, mais je préférerais vous faire une pipe, croyez-le bien, d'autan que vous devez avoir une belle bite, mon père, si, si, si, ne faites pas le modeste : je lis ça à la largeur de vos pouces. A ce propos, je m'accuse du péché de chair, d'adultère et tout le saint-frusquin, naturellement. L'acte de viande m'a toujours été d'un certain réconfort moral. Pour moi, vider des couilles rejoint une forme de la purification. Le grand tort des religions, et de la nôtre en particulier, c'est d'avoir pris l'homme à rebrousse-pine, si vous me passez l'expression. Il le chicane sempiternellement sur le cul, lequel constitue cependant la seule façon que nous ayons de nous faire une certaine idée du ciel. Peut-être les autorités religieuses y voient-elles une concurrence déloyale ? Vous ne m'empêcherez pas de contester ce point de vue. Le bonheur, c'est dans les miches, mon père, je regrette : toujours dans les miches. Si j'étais pape, je laisserais libre cours à la baise, l'individu en rut ne pouvant entretenir de mauvais desseins. Oui, mon père, je me suis beaucoup adonnée à mes fesses ; bien que n'étant pas très belle, je le sais, je m'honore d'un assez beau tableau de chasse. Mais ces petites frictions glandulaires ne sont pas l'amour, je vous le concède. L'Amour, avec un a extrêmement majuscule, je ne l'ai connu qu'une fois au cours de mon existence. Avec le Président Tumelat, la chose est devenue de notoriété publique. Je m'en sens honorée non parce que le Président est célèbre, mais parce qu'il est un être d'exception qui n'a pas donné encore toute sa mesure, je vous le prédis, mon père, là, en pleine confession. Moi qui le sais par cœur, sur le bout des doigts, de la langue et de l'âme, je vous l'annonce solennellement : Horace Tumelat est marqué DU Signe. Impossible de préciser davantage. Mais LE Signe est sur lui, comme il devait être sur Jeanne d'Arc et sur saint François d'Assise. Pour tout vous dire, j'en étais consciente même lorsqu'il m'enfilait sur la peau d'ours de sa chambre, mon père. En levrette. Et de quelle manière, mon Dieu ! Avec quelle grâce, quel savoir, quelle technique bienveillante ! Oui, je le jure sur mon salut éternel, au plus fort de ces magistrales troussées, je savais que son incomparable chibre appartenait à un élu. Il est, inconsciemment, en attente d'un déclic. Oh! comme j'ai tremblé quand il s'est fourvoyé dans l'amour d'une collégienne! Oh! comme j'ai eu peur de m'être trompée, mon père! Mais mon intervention — un crime aux dires des autres et de la loi (je ris!) — a remis le compteur à zéro. Il a retrouvé son dur chemin après ce batifolage résultant de l'andropause. Le déclic, vous savez quoi, mon père? Mon cancer! Vous verrez! Quand vous me l'avez annoncé, j'ai immédiatement compris. Ç'a été foudroyant. Il va tout entraîner. Nous ne sommes que de misérables gens, les élus comme les copains. Nous devons être motivés pour agir. Il nous faut des mobiles ou des prises de conscience. Mon cancer sera l'élément porteur de son message. Mais finissons-en avec ma confession. Un peu décousue, pas vrai? Hé, dites, l'abbé: vingt-cinq piges de mutisme avec le clergé, on a la contrition qui se rouille, mon Grand. Je vous passe les fautes superficielles, toutes ces babioles qui relèvent davantage de la comtesse de Ségur que des dix Commandements. Les péchés dits mignons: coquetterie, gourmandise, menus mensonges féminins qui nous sont aussi indispensables que le rouge à lèvres ou les crèmes démaquillantes. Cupidité? Non. Les chiens de ce monde, moi, pourvu que j'aie un bon plumard et l'éclairage tamisé, mon père... Ah! l'Orgueil. Là, je dois convenir. L'orgueil avec son vilain corollaire, la jalousie. Vous pouvez l'inscrire en majuscules sur ma facture! Au chapitre du cul, mon père, il convient peut-être de mentionner, ici même, nécessité faisant loi, des amours contre nature — appelons ainsi la chose pour rester classiques. Je fais minette à une camarade de cellule, mais sans frénésie excessive, croyez-le, plutôt par charité chrétienne, histoire de lui assurer un sommeil plus confortable.

« Un cancer! Alors là, vraiment, je n'arrive pas à y croire pour de bon. Sa gueule, au chéri, quand vous allez lui dire...

« J'oubliais, pour conclure ma confession: je ne tends jamais la joue gauche. Mais vous en connaissez beaucoup qui la tendent, vous, mon père?

« Bon, ben voilà, c'est tout, *amen*. »

XVI

Un jour — elle devait approcher de ses dix ans — elle avait construit une cabane dans un gros cerisier. Presque tous les arbres, quand ils sont adultes, composent une bonne fourche comme si leur tronc marquait une hésitation et tentait sa chance dans deux directions. Et tous les enfants disposant de campagne se fabriquent une maison à ce point de séparation de l'arbre. Instinct hérité de nos ancêtres lacustres, sans doute. Eve s'était donc fait un nid dans le grand cerisier à l'écorce couleur de vieil argent. Quelques planches gauchement assujetties par des clous qui se tordaient au troisième coup de marteau ; des chiffons et un vague trésor composé de boîtes, de boutons et de petites cuillers. Elle se pelotonnait dans sa « maison », décidait qu'elle vivait dans une île, en voisine du bon Robinson Crusoé et qu'elle avait à s'assumer, loin de parents trop vigilants dont la tendresse l'encombrait. Et puis, alors qu'elle ne s'y attendait pas, la cabane avait brusquement cédé sous son poids et la jeune arboricole s'était retrouvée étendue à la renverse dans l'herbe, étourdie, suffocante de stupeur, avec le feuillage du cerisier bruissant d'oiseaux, tout là-haut, contre un ciel de nuages blancs pareils à une lessive à sécher. Elle souffrait moins de ses contusions que de son incompréhension, cette basculade ayant été soudaine. Il lui avait fallu un moment pour réaliser ce qui venait de s'opérer, et ce moment-là ressemblait à une agonie.

Eve agonise à la table de *Lasserre*, devant la goguenardise environnante. Elle meurt du temps qu'elle met à comprendre ce qui vient de se produire, à le déchiffrer dans ces pages gribouillées de son destin. Elle est couchée sur le dos, asphyxiée de stupeur et déjà de honte. Sidérée par l'infinie brutalité de la chose qu'elle n'a pu se préparer à encaisser. Elle tente de se rappeler chaque syllabe, chaque geste, et les regards... Sa mémoire lui jette le tout, en grappe écrasée. A elle de se démerder pour le transcrire en clair, en évocable. En racontable ? Cela non, jamais, elle s'y refuse. Le grotesque incident de la moto lui paraît bien insignifiant en comparaison. Elle était là, glorieuse de la gloire de son hôte, regardée, enviée. Elle caracolait sur son intelligence. Se sentait belle. Elle admirait le bonhomme sans cesser de le mépriser, certes, mais il s'agissait de zones d'ombres sur le personnage, et nul n'est parfait, ne l'oublie pas toi qui t'estimes d'exception.

Maintenant, la voici mutilée.

« C'est trop ! » songe-t-elle.

Eve ne peut formuler autre chose. Elle est terrifiée par ce qu'il lui reste à accomplir : regarder les gens, se lever, gagner l'ascenseur, affronter les employés, répondre à des formules de courtoisie dont le cérémonieux ne dissipera pas l'ironie. Et puis il lui reste à vivre. A emporter sa honte ailleurs. Mais sa honte demeurera identique, définitivement enfoncée dans son cœur. Eve a le sentiment que la mort elle-même ne saurait l'en guérir. On vient de l'abîmer pour l'éternité.

Elle ramasse son sac à tâtons. Un reste d'orgueil la pousse à l'ouvrir pour y prendre son poudrier. La glace floue de l'objet ne lui renvoie rien. Son visage ne saurait être reflété désormais, parce que son visage n'existe plus que pour les gens, elle ne le retrouvera jamais. Il est sans signification. Se refarde-t-elle ? Elle l'ignore. Le canard décapité court encore, alors peut-être obéit-elle à un automatisme, à des réflexes ? Et probablement, oui, s'est-elle refardée.

Elle referme son sac. Comment pourrait-elle quitter le restaurant sans que ses yeux n'en croisent d'autres ? Est-il possible d'échapper à la captation de plusieurs regards avides du vôtre ?

Un serveur écarte son fauteuil. Un autre déplace légèrement la table. Tout continue de fonctionner comme si elle restait encore elle-même : Eve Mirale, journaliste en renom, ravissante femme du Tout-Paris dont on se dispute la présence dans les « manifestations » mondaines.

Elle a l'impression cruelle de faire une embardée d'ivrogne en pénétrant dans l'ascenseur, lequel ne comporte cependant pas de dénivellation. Les employés du bas sont-ils déjà au courant ? Et la dame du vestiaire, au sourire vaguement ecclésiastique qui lui apporte sa fourrure ?

Elle s'enfuit enfin. L'avenue Franklin-Roosevelt la happe. Eve opte pour une direction, au gré d'une rotation de talon. Elle vient d'émerger de la honte. Des images affluent, bizarres. Celle d'un bouvillon de la Sud-Amérique, entravé, garrotté, que l'on marque au fer. Par un jeu subtil de liens coulissants, ses tortionnaires, l'opération terminée, peuvent le délivrer en tirant sur le bout de la corde. L'animal se redresse lourdement, abruti par cette liberté rendue, davantage que par la morsure brûlante. Il pataude un moment, décrivant un arc de cercle pour faire front à un danger qui ne vient pas. Et il est étonné, ce bouvillon, de n'avoir plus rien à redouter. Déçu, peut-être ? Eve vient d'être marquée au fer rouge. Cette ordure de Président lui a imprimé sa flétrissure. Deux coups d'estoc. Ou plutôt : d'estoc et de taille. De la pointe et du plat. Un premier coup incisif pour lui révéler qui est le tourmenteur à la moto et qu'il est au courant de la piètre complaisance qu'elle a eue pour lui ; un second coup (de tonnerre celui-là) pour l'insulter, se gausser d'elle, indicible mufle ! Vieux bonze de la politique, véreux, dindonesque !

Et dire qu'elle a accepté sans méfiance son invitation ! Mieux : une coquetterie la poussait à venir parader auprès de sa victime.

Eve hèle un taxi qui semblait la guigner. Lui donne l'adresse de son mari. Elle a besoin d'une poitrine, d'une voix.

Elle se désintéresse de l'itinéraire suivi pour se consacrer à sa haine. Elle se vengera. Il y a voies de fait, il y a outrages publics. Un homme l'a traitée de conne devant témoins. Elle a été molestée, souillée par l'odieux collaborateur de cet homme. Eve les confond dans une même fureur meurtrière. Elle les tuera...

Cette décision lui apporte un relatif réconfort, bien qu'elle la sache vaine. Ce n'est là qu'une forfanterie pour elle-même. On ne tue pas les gens qu'on hait, et si peu souvent ceux qu'on aime ! On ne tue que d'espoir.

Du moins trouvera-t-elle le moyen de leur nuire. Le Président et son giton ! Elle s'attachera farouchement à les perdre d'une manière ou d'une autre. Cela va devenir sa raison de vivre, son œuvre...

Elle est surprise de se trouver devant les bureaux pimpants de l'usine : béton, verre et chromes. Des caractères design *Entreprise Luc Miracle* donnent à l'ensemble la grâce engageante d'un paquet-cadeau.

∴

Luc est au téléphone quand elle pénètre dans son antre de gagneur de fric. Il s'entretient dans un anglais qui fait sourire avec un correspondant catégorique. Il sourcille en voyant entrer sa femme inopinément. Le fait est rarissime et c'est plutôt lui qui passe la prendre au *Réveil* quelquefois. Son étonnement devient panique quand Eve s'effondre, en face de lui et se met à pleurer dans son coude comme une écolière punie. Ne pouvant interrompre la conversation, il obstrue un instant l'émetteur et s'écrie :

— Boby ?

Car tout de suite il pense à leur enfant qui constitue sa raison majeure d'exister. Eve secoue négativement la tête. Luc est alors suavement soulagé. Si elle est là et qu'il n'est rien arrivé de fâcheux à Boby, que pourrait-il redouter de terrible ? Il regarde la nuque de son épouse. Elle rosit à cause de sa position. Il se dresse et tout en continuant de discuter, lui masse les épaules. Il l'imagine, agenouillée sur leur lit capiteux, devant le panneau de glaces, et l'envie lui prend de la baiser. Ses larmes ne dissipent pas son appétit. Il est vachement queutard, Luc. Il bourre à tout-va. Il lui arrive de foncer entre deux rendez-vous chez une ancienne liaison datant de son célibat et qui lui joue *Back Street* en sourdine. Il se pointe, la braguette déjà dégagée, prêt à l'enfilade express. Tout juste si Maud parvient à lui faire croquer deux ou trois cerises à l'eau-de-vie « après ». Jadis, ils comblaient les temps morts en se soûlant de cerises à l'eau-de-vie.

Les pleurs d'Eve se tarissent avant l'entretien téléphonique. Il est question de détaxes, ce qui est vachement chiant quand on n'y comprend rien. Eve ne pourra jamais aimer Luc d'un amour total à cause de cette zone d'exis-

.tence qui lui échappe à elle et dans laquelle il frétille comme une truite dans son ruisseau.

Bon, à la fin il grommelle une quantité de O.K., lance « bye » et raccroche.

— Que t'arrive-t-il, mon âme ?

Son âme renifle, sonnée par son chagrin libéré. Elle décide de livrer une partie de vérité, donc de mentir à moitié. La partie émergée de l'iceberg, selon l'expression. Celle qui déjà se propage dans les lieux à gorges chaudes.

— Ce sale fumier de Tumelat m'a insultée chez *Lasserre* en gueulant comme lorsqu'il fait des ronds de voix à la tribune de l'Assemblée.

Elle raconte brièvement. Le déjeuner, avec des piques, des ambiguïtés, mais aussi des francs moments. L'arrivée de Plante. Le silence. Et cette déclaration du Président :

« Inutile que je vous présente : c'est une conne qui ne vaut pas un coup de cidre. »

Luc sursaute et serre les poings. Il restera toujours du rugbyman en lui. Les licences, le vernis, la réussite matérielle ne l'empêcheront jamais de monter à l'essai chaque fois qu'on lui confiera le ballon.

— Je vais aller leur casser la gueule, à lui et à sa punaise.

Eve hausse les épaules :

— Mais non, chéri, tu en ferais une victime ; toute sa clique nous tomberait dessus, et c'est encore moi qui aurais des ennuis.

Tout de suite dompté, Luc contourne le grand bureau blanc pour regagner son fauteuil pivotant.

— J'espère que tu vas torcher l'article du siècle ! gronde le gentil fauve de papier.

Muscles et velours. Bite d'acier. Nounours. Un battant fait pour bercer un petit garçon nommé Boby. « Grand con, quoi, songe-t-elle. Il me doit aide et protection, on le lui a signifié à la mairie. » Et c'était l'oncle de la mariée, le maire. Tonton Gratien, huit cents hectares de chasses en Sologne. Aide et protection ! Elle est venue, elle voit. Où, l'aide ? Où, la protection ? Elle l'a épousé pour procréer, regarder la télévision à son côté le dimanche après-midi et fixer des sujets de verre filé dans un sapin huit jours avant Noël. Une aide, ses poings de peluche ? Une protection, sa solide bibite d'enfileur attentif à son enfilade ? Une flambée de répulsion lui donne envie de gerber, Eve. Elle joint son mari au Président et à cette basse ordure d'Eric. Les ligote d'une même haine chaleureuse. Les deux autres lui ont fait mal ; l'époux ne sait pas la désendolorir. Quelle sotte idée de jouvencelle l'a poussée à venir dans ce bureau ?

Un scotch, avalé cul sec au tabac du coin, l'aurait mieux réconfortée...

— Tu veux que je te dise ? murmure Luc. Si je leur casse pas la gueule, si tu ne les esquintes pas dans ton canard, la seule chose qui te reste à faire, c'est d'oublier tout ça !

Le niais. Ils sont mariés depuis une dizaine d'années et il ignore encore tout de son caractère pour lui tenir un tel langage.

Oublier tout ça !

Mais elle préférerait mourir !

— Oui, dit Eve, en détournant les yeux : tu as raison.

Et elle recommence à s'aimer parce qu'elle vient de trouver le chemin de sa vengeance.

XVII

— Tel que c'était parti, vous auriez pu leur faire chanter *la Marseillaise*, dit Eric en plaisantant.

Le Président hoche la tête :

— Je sais bien, mais il y a à cela un empêchement majeur : je chante abominablement faux et les rares fois où je m'y suis risqué j'ai déclenché le fou rire au lieu de la ferveur patriotique. Vous êtes trop jeune pour vous rappeler le bon de Gaulle, il était à la limite de l'emboîtage...

La Mercedes roule mollement dans le noir tombant. L'autoroute du Sud est à peu près déserte. Le Président est satisfait de sa prestation. Ses « compagnons » de l'Yonne lui ont fait fête. En province, il a conservé tout son impact, la fin de son discours a été marquée par des ovations et des cris point trop concertés de « Tumelat candidat ». Maintenant, les deux hommes regagnent Paris, lourds de cette journée. César pilote avec brio ; sans dépasser la limite permise malgré la cocarde fichée derrière le pare-brise.

Eric Plante savoure la qualité de l'instant, il jouit d'un insigne privilège à vivre dans l'ombre du grand homme. Il admire le Président. Le Président l'épate. Il dégage des ondes stimulantes. A son côté, on se sent invincible. Au fil des jours, une tendresse secrète se tisse entre eux deux. Sans doute se met-il à l'aimer, en tout bien tout honneur, comme un disciple est amoureux de son maître. Tout individu à l'aube de sa vie d'adulte éprouve, paradoxalement, une soif d'indépendance et le besoin de se donner à une cause ou à quelqu'un. Eric est confondu par la détermination de son « boss ». Sa façon péremptoire d'attraper les problèmes, les êtres, les circonstances pour leur faire rendre gorge. Il sait subjuguer avec aisance. Il s'impose sans forcer parce qu'il possède l'art inestimable de la séduction. Où qu'il aille, on le regarde et l'écoute. Quoi qu'il dise, à la manière dont il le dit, on le prend en considération. Et cela parce qu'au cœur de ses pires vachardises, de ses plus noirs machiavélismes, il conserve une résonance humaine. Horace Tumelat est intensément fils du peuple de France. Il sait le langage de raison des gens de chez nous. Il dit — et avec quelle fougue oratoire ! — ce qu'ils taisent. Il surprend et charme. Il subjugue.

En quittant *Lasserre*, au début de l'après-midi, ils ont un peu parlé de l'incident. Un mufle ne saurait se targuer de sa muflerie. Quelque chose d'un peu honteux est passé sur eux, comme un nuage noir sur une riante campagne. Pas tellement désagréable cependant, de se sentir crapuleux ensemble. Cela lie.

On n'est complice que dans la saloperie ; dans le bien, on communie.

Comme après toutes ces grandes prestations publiques, le Président est un peu vidé. Cela ressemble à ce léger anéantissement qui succède à l'amour. Il lui arrive, dans ces cas-là, de prendre un bain en rentrant chez lui. Un bain avec beaucoup de mousse parfumée à la résine de pin.

Il se fout un gant de toilette ruisselant sur les yeux, appuie sa nuque contre le rebord de la baignoire et s'abandonne à la chaleur de l'eau. Récupération. Il accueille son corps. Médite sur la précarité de l'existence. Il est à l'écoute de son organisme, guettant la défaillance qui, d'une seconde à l'autre, risque de le laisser sans vie. Notre effroyable fragilité le charme ; il ressent l'angoisse exaltante du funambule traversant les chutes du Niagara.

— Avez-vous une belle voix, Eric ?

Plante lui sourit.

— Je n'ai jamais eu beaucoup d'occasions de m'en assurer, mais je ferais sûrement un soliste impossible.

— Il est important de chanter. Des hommes qui chantent ensemble s'accomplissent. C'est une rare façon de se mettre à l'unisson. Vous devriez vous exercer à chanter *la Marseillaise* ; non, je ne plaisante pas, prenez des cours au besoin. Dans certains cas, comme aujourd'hui par exemple, vous me donneriez un coup de gueule. On tricherait un peu de manière à ce que votre voix serve de tuteur à la mienne, grâce à un système de double micro.

Plante a enregistré l'ordre : dès demain, il prendra des cours de *Marseillaise*.

— On a beaucoup crié « Tumelat candidat », dit-il.

Le Président fait la moue :

— Charbonnier est maître dans sa maison, soupire-t-il, si mes troupes ne manifestaient pas en ma faveur, qui d'autre le ferait ? Je n'ai aucune chance, n'est-ce pas ?

Il n'attend aucune flagornerie d'Eric. Leurs rapports sont axés sur un réalisme absolu.

— Non, à moins d'une circonstance particulière qui ferait de vous un recours.

— Peu probable dans les mois qui viennent. La France continue de perdre ses cheveux, c'est mélancolique mais pas désespérant. Reste à savoir si j'ai intérêt à profiter du matériel de propagande pour donner une impulsion au R.A.S.

— Un échec ne donne jamais une impulsion positive, objecte Eric. Chez nous, dans mon bled, il y a une catégorie d'hommes que l'on baptise « les ramasseurs de casquettes » ; il s'agit de gens avisés, prudents et un rien perfides, qui incitent les autres à se battre pour, lorsque les adversaires sont exténués, les séparer et les aider à ramasser leurs casquettes qui ont volé dans la bagarre.

Tumelat raffole des métaphores et des paraboles.

— Vous me conseillez d'être un ramasseur de casquettes ?

— Franchement, oui. Ce qui fait qu'une porte est une porte, ce n'est pas le panneau de bois qui la compose, mais les charnières qui la rendent mobile. Dans la conjoncture actuelle, vous êtes une formidable charnière ; ça n'a pas de prix. Certes, vous allez souffrir de voir des gens de moindre envergure parader à la télé et dans des conférences de presse ; mais je suis convaincu que votre silence sera beaucoup plus écouté.

Il se laisse aller à glousser d'aise, Horace. Ce garçon le botte. Il a du chou et le calme d'un vieux briscard. Bien épaulé, il ira loin, seulement il doit se composer un personnage, prendre un aspect de bon aloi.

L'automobile ralentit à cause des encombrements marquant l'arrivée sur Paris.

— Pas con, murmure-t-il.

Il le regarde un instant dans le rétroviseur de César. Eric est tout crispé, avec des petits plis de misère intérieure sous les yeux.

— Qu'est-ce qui vous turlupine, mon bonhomme ? lui demande-t-il à brûle-pourpoint.

Plante réagit.

— Moi, rien, monsieur le Président.

Tumelat hausse les épaules.

— C'est à cause de la gonzesse, chez *Lasserre* ? Vous trouvez que j'y suis allé un peu fort ?

« Y aller fort », l'expression est faible !

Il l'a foutue dans une merde noire, oui !

— A présent, elle sait que je suis l'homme à la moto !

Il regrette d'avoir confié la chose au boss, dès le lendemain de son forfait. Mais c'était trop croustillant. Il est arrivé émoustillé en diable, et si frémissant de jubilation que le Vieux n'a pas eu grand mal à lui tirer les vers du nez. Le Président a été époustouflé par « l'exploit » de son secrétaire. Il l'a regardé autrement à compter de cet instant.

« Bigre, vous avez des vengeances peu banales ! »

— Et après ? questionne Tumelat. Elle ne s'est jamais ni plainte ni vantée de la chose. Qu'elle sache que vous en êtes l'auteur ne peut que l'impressionner. Vos singulières méthodes de rétorsion lui donneraient à réfléchir. Quant à moi, j'ai éprouvé un certain soulagement à la traiter de conne. Tout-Paris doit déjà être au courant. Si elle écrit quelque chose sur nous désormais cela passera pour de la basse revanche de dadame outragée.

Le tribun se réveille, au fond de sa Mercedes. Il se penche en avant et aboie :

— Et après tout, bordel, pourquoi accepterions-nous d'être pris à partie par les journalistes au gré de leurs lubies ? Toujours le dos rond, merde ! C'est notre veulerie qui fait la force des médias. La rebiffe, ils ignorent ce que c'est, ces bons apôtres. Eux décident et nous devons subir. Leur rendre des comptes, sempiternellement. Nous excuser auprès d'eux de tout ce que nous faisons ou ne faisons pas. Ils s'érigent en conscience populaire. Mais de quel droit, nom de Dieu ? Le premier trou du cul venu qui se pointe avec un micro vous somme de vous justifier. Il vous attaque comme un moustique. Cherche à vous confondre, qu'il soit de votre bord ou non, politiquement. Son métier consiste à vous embarrasser avant toute chose. Tous les moyens sont bons, toutes les questions articulables. Il faut essayer de les désamorcer, à coups de sourires onctueux, de faux-fuyants. On se laisse manipuler par ces gredins. On bredouille ce qu'ils veulent vous faire dire en les remerciant chaleureusement ensuite de vous l'avoir fait dire. Non, mais ça va pas, la tête ? Et nous, hein ? Pourquoi ne les agressons-nous point ? Pourquoi ne pas leur balancer : « Vous avez écrit *ceci dit*, au lieu de *cela dit* dans votre dernier papier, ça vous ferait tellement chier d'employer le bon français ? » Non, croyez-moi, Eric, cette grognasse n'a eu que ce qu'elle méritait. On ne lui avait rien fait, rien demandé, si ? Elle n'avait qu'à s'occuper de ses miches. Du temps que vous y étiez, il fallait l'enculer, l'autre soir, mon petit. L'enculer à sec et profond.

Il se tait pour se jeter en arrière, la poitrine grondante de tout ce qu'il aurait encore à ajouter.

Eric, un instant amusé par le numéro de son patron, retrouve ses préoccupations.

— Elle se vengera, pronostique le garçon. Vous verrez, monsieur le Président, vous verrez...

— Eh bien je l'attends ! riposte Tumelat. Je m'en tamponne, mon vieux, de ses tartines de merde arrosées de perfidie. Y en a marre, à la fin, d'appréhender les réactions de ces beaux esprits. J'ai autre chose à foutre ! J'ai à mourir moi, mon vieux. Vous ne pensez pas que je vais me faire apporter *le Réveil* sur mon lit de mort pour prendre connaissance des élucubrations d'une mal baisée ! Car c'est cela, son talent, à Mme Miracle dite Mirale : elle ne prend pas son panard. Elle se finit au stylo, la pauvrette ! C'est resté bourgeoise guindée, cette petite bestiole. Elle fait des remontées de foutre au cerveau, comprenez-vous ? Une gonzesse de cette nature, ne cherchez pas : le disjoncteur se trouve dans sa culotte et personne n'appuie convenablement dessus pour l'enclencher.

César toussote pour s'assurer qu'il va pouvoir profiter de ce blanc, puis demande :

— Nous allons directement à l'appartement, monsieur ?

— Laissez-moi à une station de taxis, demande Eric, à moins que monsieur le Président n'ait encore besoin de moi ?

M. le Président a un mouvement de dénégation. Non, non, il n'a plus besoin de personne. Peut-être n'a-t-il plus besoin de lui-même ?

— Où allez-vous ? demande-t-il avec brusquerie.

— A mon domicile, rue Saint-Benoît.

— Alors, rue Saint-Benoît, César.

Eric proteste un peu, pour la forme ; Tumelat balaie ses objections. Baissant le ton, il murmure :

— Ecoutez, petit, on n'a jamais parlé de ça pour la bonne raison que ça ne me regardait pas : êtes-vous vraiment homo ?

Eric ne peut s'empêcher de rougir. Il regarde avec crainte en direction du chauffeur. César reste impassible.

— L'importance des adverbes... balbutie-t-il. Votre *vraiment* résume à peu près mon problème. Non, monsieur le Président, je ne le suis pas *vraiment*.

Tumelat reste pensif un instant :

— Ce qui serait bien, c'est que vous ne le soyez plus du tout, finit-il par marmotter ; sinon secrètement, Eric, comme beaucoup. Je connais pas mal de bougres en politique qui prennent du rond ; la chose se chuchote et fait sourire, mais le doute subsiste ; lorsqu'elle est officielle, l'intéressé ne peut s'imposer à la masse, parce que la masse, qui est notre matière première, entretient tous les racismes imaginables. Elle veut bien qu'un écrivain, un comédien ou un chanteur soit de la jaquette, mais elle l'admet mal d'un représentant du peuple. Le peuple c'est elle comprenez-vous ? Elle rechigne à se faire indirectement traiter d'enculée. Si vous aspirez à une carrière d'antichambre, bon. S'il vous amuse de jouer les pères Joseph, ne changez rien à vos habitudes. Mais si votre ambition est d'escalader un jour les praticables des tribunes et de jacter devant des caméras, alors convertissez-vous à la Sainte Chatte. C'est en faisant mouiller les dames qu'on s'impose. Il vous faudrait une maîtresse « en titre », comme l'on disait de mon temps. Influente, donc d'un âge affirmé. Et ce serait bon que vous vous montriez avec elle dans les dix endroits de Paris où il faut paraître. Vous êtes beau gosse, vous avez du charme, de l'esprit, pour tout dire c'est une simple question de choix. Putains d'elles, à mes débuts je savais frapper de la bite aux bonnes portes ! Des troussées, mon garçon ! Des troussées ! Elles en veulent toutes.

Plus elles sont intellectuelles, plus il leur en faut et plus elles sont en manque. Si vous vous décidez, je vous donnerai l'adresse de quelques somptueuses radasses, belles affaires de sommier, qui sauront développer et mettre en valeur votre nouvelle orthodoxie, car tout se prépare, fiston : les allocutions improvisées comme les coups de queue. Eh bien, je crois que vous êtes arrivé, non ?

Effectivement, César stoppe en seconde file au carrefour Saint-Germain-des-Prés. Eric voudrait parler encore au Président. Il est malcommode de prendre congé de quelqu'un quand on est assis à son côté dans une voiture, on se sent gauche et emprunté.

Tendre la main de profil est bêta. Le Président qui sait tout cela lui épargne les convenances en lui tapotant la nuque. Il murmure :

— Allez, salut, fiston, à demain.

Eric descend, claque la portière ! Au moment où le chauffeur redémarre, il se met à toquer l'arrière de la carrosserie. L'auto freine aussitôt. Plante se précipite vers l'avant.

— Je vous demande pardon, lance-t-il, j'allais oublier un paquet dans la boîte à gants.

Il actionne le volet rabattant de cette dernière et récupère son emplette du B.H.V.

Le Président questionne, machinalement :

— Qu'est-ce que c'est ?

Eric lui sourit à travers les deux appuis-tête et soupire, en coulant la corde dans la poche de son pardessus :

— Les clefs du pouvoir, monsieur le Président.

XVIII

— Vous ne voulez pas goûter les figues au sirop ? propose Adélaïde.

Noëlle refuse d'un signe de tête. Mme Tumelat indique à Juan-Carlos, d'un hochement de menton, qu'il peut déménager le compotier, ce grand con d'Espingo, avec ses rouflaquettes de guitariste et ses mains si grandes qu'on se demande bien comment il parvient à les introduire dans ses manches.

L'Espanche évacue le dessert.

Elles restent seules, comme tout le temps, pareilles à deux espèces de veuves, de part et d'autre de la table de marbre blanc où sont morts tant et tant de pieds de verres en baccarat. Adélaïde dans sa robe noire à col blanc, Noëlle dans sa robe grise qui va mal à sa blondeur.

Elles se parlent peu, n'ayant rien à se dire. Il est né entre elles une espèce de bienveillance réciproque qui ne dégénère pas vraiment en sympathie.

Le Président les fuit. Il rentre pour se changer ou dormir. Quand il les croise dans le vaste appartement, il a pour chacune d'elles le même baiser au front, un baiser distant, lointain, plein d'une identique répulsion qu'elles perçoivent fort bien, l'une et l'autre.

Adélaïde sort beaucoup. Pendant ses absences, la jeune fille se claquemure dans sa chambre et reste prostrée dans une pénombre-refuge qui lui est devenue nécessaire pour exister. Mme Tumelat a tenté de la divertir, en vain. Noëlle a accepté de se rendre chez un médecin spécialisé dans la chirurgie faciale, un grand bonhomme osseux qui la fait songer à Frankeinstein. Elle imagine mal ce qu'elle peut espérer d'un être aussi laid. Le docteur en question parle de greffes nouvelles et ils ont pris rendez-vous pour risquer la chose le mois prochain, dans une clinique d'Auteuil. Noëlle n'attend rien de cette nouvelle intervention. Elle y a consenti uniquement parce qu'elle a besoin d'être totalement assumée et qu'un lit d'hôpital constitue un îlot de sécurité sur lequel on peut s'abandonner complètement.

Le fait d'habiter chez le Président, de l'apercevoir, de l'entendre, de recevoir un furtif effleurement de ses lèvres n'apporte pas d'amélioration sensible à son état. Si elle se sent mieux ici, c'est uniquement parce qu'elle ne subit plus les regards consternés de ses parents. Ceux de son père l'accablaient particulièrement. Il est fou d'elle, Victor Réglisson. Depuis la naissance de sa Noëlle, il vit dans l'anxiété, comme si elle devait mourir sous ses yeux d'un instant à l'autre.

— Pas de café, n'est-ce pas ?

— Non, merci.

— Ça vous dirait de regarder la télévision ? On projette un film de Carné...

Mais elle refuse déjà. Elle refuse tout, sinon un peu de nourriture.

La porte s'ouvre à la volée comme pour laisser entrer un taureau et effectivement, c'est Tumelat qui fonce dans la pièce.

Il considère le tableautin vachement sinistros de ces deux femelles abandonnées. Juan-Carlos, malgré sa veste blanche gansée de jaune, ressemble à quelque funèbre ordonnateur. Il régente un rite maussade et, cependant, c'est allègre, la bouffe, nom de Dieu !

Le Président fronce le nez.

— Vous avez déjà fini de claper ? Moi qui espérais arriver à temps, pour une fois que j'ai quartier libre.

Juan-Carlos assure qu'il va immédiatement dresser son couvert et demande à la cuisinière de réchauffer le poulet au curry. Quant aux hors-d'œuvre, c'est l'affaire de cinq minutes pour les rassembler.

Tumelat sourit aux deux bonnes femmes. Ses victimes. Il a eu raison de la première par l'usure et de la seconde par le feu. Et puis il y en a eu d'autres qui sont mortes, ou qui achèvent d'enlaidir de par le monde, de vieillir, en tout cas, ce qui revient au pire. Et lui se sent toujours pareil : fort et capable. Il a la santé, tu comprends ? Faim de luttes.

— Ça ne vous répugne pas trop de voir dévorer un ogre après avoir dîné ? leur demande-t-il jovialement.

Tu croirais qu'il déboule dans sa circonscription pour une petite virée démagogique. La tournée des popotes. Ce soir, il se sent en forme, avec comme un appétit de cruauté.

Il prend place au bout de la table froide qui ressemble à un sépulcre. Le marbre, c'est la mort. Il fut con ce Breton granitique d'aller puiser dans les carrières de Carrare pour se meubler. Et quel meuble, merde : une table de salle à manger ! Claper sur une matière pareille alors qu'il existe des tables de chevalerie, des merveilles Louis XIII ou Haute-Epoque, fallait-il qu'il soit nouveau riche pour céder à une pareille tentation ! Il dit :

— Tu vois, Adélaïde, si nous avions eu une table espagnole à piétement de fer forgé, notre couple se serait peut-être moins vite refroidi.

Elle tique. Aurait-il bu ? La chose lui arrive très rarement car il connaît les limites de sa tolérance. Un signal interne fonctionne lorsqu'il porte à ses lèvres le « verre-de-trop » ; alors il l'abandonne aussitôt.

Juan-Carlos dispose déjà un set devant lui, de la vaisselle, des couverts. Précieux, ce mec. Omniprésent : du larbin de classe. En regardant virevolter l'Espanche, avec ses grâces de toréador, le Président évoque le logis de banlieue où l'oncle Eusèbe réparait des vélos. Il l'appelait « oncle » mais le bonhomme était le compagnon de sa mère veuve. Elle ne s'était jamais laissé épouser par Eusèbe à cause de la pension qu'elle touchait depuis la mort de son époux péri en mer.

Il soupire, tout haut, à l'intention du valet :

— Quand j'étais enfant, c'est moi qui mettais le couvert, à la maison, mais je le faisais moins bien que vous ; et pourtant il était réduit au minimum : une assiette, un verre à moutarde, une fourchette plus ou moins rouillée ; chacun sortait son couteau de sa poche...

Le domestique sourit comme d'une fine plaisanterie.

— Je t'en prie, Horace ! lâche malgré elle Adélaïde, choquée.

Le Président la défrime avec un poil de jubilation.

Il se délecte de son courroux. Il est salement prolo, ce

type ! Pourquoi diantre s'est-il fourvoyé parmi les gens de droite, tu peux me donner une explication ? Lui qui pisse dans les opulentes plantes du hall, qui tape sur les ventres et interpelle les larbins comme des copains de régiment ! Plus il vieillit, plus il retrouve ses mauvaises manières originelles. L'âge, au lieu de le polir, le rend rugueux.

— Tu me pries de quoi ? fait-il, rigolard, mais salement teigneux de l'intérieur, ça tu peux me croire.

Cette bique vieillissante, chochotte-du-gland ! Une carne râpée par l'âge venu. Il ne peut plus les souder toutes ces vieillasses qu'il a connues jeunes et pimpantes ! Il regarde Noëlle, carbonisée. A cause de son accident, elle portera à jamais un masque et vieillira par-dessous, la chose se verra moins, après tout.

Le lot de consolation. Mais Dieu ce qu'elle est abîmée, la pauvrette ! Il recherche ses traits d'avant dans les décombres du visage. Elle était si pure, si parfaite, si enivrante de jeunesse. Il se demande si « enivrante de jeunesse » est français. Il parle rude, manie l'argot au besoin, ne craint pas les néologismes, mais il a le souci de sa langue, Horace.

Une idée le frappe. Depuis l'accident, il ne s'est intéressé qu'à la figure de l'adolescente, parce que c'est capital, un visage. Lorsqu'il est détruit, on ne va pas chercher plus loin. Le reste de son corps a-t-il souffert également, dans les mêmes proportions ? Ses seins... Il évoque ses admirables seins, si doux, si tièdes, si fermes, agressifs comme les cornes d'une chevrette. Il ne parvenait pas à s'en repaître lors de leurs étreintes. De son ventre non plus, plat et satiné. Tout le corps a-t-il été sinistré ? Il voudrait savoir. Il voudrait constater, aller jusqu'au bout du cruel bilan.

Tumelat lui sourit. Noëlle détourne la tête.

— Tu ne t'ennuies pas trop, ici, petite ?

Elle a un geste vague qui ne veut rien dire. Le Président décide qu'il correspond à une dénégation.

Depuis l'arrivée de Noëlle, il n'a pas posé une seule question à sa femme, concernant l'initiative qu'elle a prise. Il sait décanter les situations, les laisser mûrir, voire fermenter. Tantôt follement impulsif, tantôt d'une matoiserie maquignonne. Il se fie à son instinct. Lui sait, quand le Président ignore encore.

Juan-Carlos amène un plateau chargé de raviers appétissants.

— Je meurs de faim, dit Tumelat. Un déjeuner diététique chez *Lasserre* avec une journaliste chichiteuse.

Il se saisit des petits compartiments de porcelaine et se sert grossièrement, en faisant basculer une partie de leur contenu dans son assiette. Il déverse ainsi, pêle-mêle, sardines, radis, macédoine et chou rouge, composant une mosaïque de nourriture plutôt écœurante.

— Tu as eu une riche idée d'installer Noëlle à la maison, déclare-t-il en mordant sa tranche de pain avec l'énergie goulue d'un chien rustique. Je vois mal à quoi cela correspond dans ta petite tête calculatrice, mais c'est une bonne idée. Tu es pleine de contradictions, Adélaïde, et c'est ce qui fait ton charme. Bourgeoise guindée, tu vis pendant des années en compagnie d'un artiste peintre hirsute ; puis, revenue à la maison, tu convies ma jeune maîtresse à y passer sa convalescence ; j'aime ! Tu sais que tu peux y recevoir ton Rembrandt du pauvre également, j'y verrais nulle malice. Peu de talent, mais excellent homme. Bon trousseur, je gage ? C'est viril, ces barbouilleurs. Ça pue un peu, mais ça baise solide, la tête dans les épaules, les mains au bas du guidon.

« Juan-Carlos, mon ami, ce bordeaux est bouchonné, reconduisez-le à la cuisine, Mathilde en fera du vinaigre. A ce propos, savez-vous pourquoi Orléans est la patrie du vinaigre ? Parce que jadis, le vin de Bordeaux s'y accumulait avant de traverser la Loire. Il tournait. Comme l'homme est ingénieux, il retombe toujours sur ses pattes. »

Il s'enivre de sa faconde, le Président. Se sent intarissable, ce soir. Tout en se demandant ce qui provoque en lui cette surexcitation jubilatoire. Pas le meeting de Sens, en tout cas. Bien sûr, il lui a été agréable d'entendre vociférer « Tumelat, candidat » mais il en faut davantage pour le plonger dans l'allégresse. Alors quoi ? Son déjeuner avec Eve Mirale ? Il est content de l'avoir bafouée ? Putain, ce que c'est bon, la cruauté. Stimulant.

Adélaïde, au comble de la rogne, quitte la table.

— Vous sortez, ma chère ? lui demande son mari.

— Je vais au concert.

— Comme dans du Maupassant, rigole Tumelat.

La porte claque. Aussitôt, une gêne s'installe. Juan-Carlos radine, portant une nouvelle bouteille de Château-Bécheville.

126

Il le fait « déguster » au Président.

— Parfait, admet celui-ci. Que buvez-vous à l'office ?

— Du Côtes du Rhône en litre, monsieur.

— Je vous échange ces soixante-quinze centilitres de nectar contre cent centilitres de votre pinard, mon grand, d'accord ?

Juan-Carlos ne s'étonne jamais de rien.

— Je remercie Monsieur.

Il repart. Noëlle a un regard pour Tumelat, à travers ses larges lunettes teintées. Elle sent bien qu'il n'est pas dans son état normal. Elle se dit qu'elle l'aime. Juste cela : elle l'aime. Débarrassée des sortilèges de la passion partagée et face à cet être redevenu indifférent, bien campé dans son cynisme, *elle peut l'aimer réellement*. Réalises-tu cette chose inouïe, mon lecteur inconfiant ? La jeune fille se retrouve seule dans l'amour et en conçoit une félicité étrange, comme parfois, lorsqu'on entend sonner le glas d'êtres qui vous sont étrangers.

Il ne l'aime plus, c'est évident, mais juste. O Seigneur tes étranges desseins ! L'important est qu'elle continue à l'aimer, de frémir aux accents de sa voix, de le trouver beau et irremplaçable.

Elle le contemple avec ferveur. Ses mutilations la quittent, le temps de l'élan. Comme il mange bien ! De ses voraces dents qui sont — grâce au ciel ou à sa calcification exceptionnelle — de vraies dents dévoreuses de tout. Elle admire la manière à la fois appliquée et prompte dont il mastique. L'une de ses plus flagrantes contradictions, c'est ce mélange de populacier et d'élégance naturelle. Mais l'un n'est jamais vulgaire, ni l'autre sophistiqué. Le Président est un seigneur populaire. Il possède des grâces et des rudesses qui le rendent fascinant.

Juan-Carlos l'abreuve en Côtes du Rhône d'épicerie. Horace retrouve des saveurs disparues. Un peu de son jeune âge. Que cherche l'homme vieillissant, sinon des sensations de sa jeunesse, ou qu'il croit être, de sa jeunesse, mais que son imagination et sa nostalgie inventent bien souvent ?

— Je passe en attraction, fait-il, ça ne t'écœure pas de me regarder bouffer ?

Elle répond qu'au contraire.

Il pique le nez dans son assiette. Noëlle compare sa façon

127

de manger avec celle de son propre père. Victor Réglisson s'alimente salement, les lèvres ouvertes. Souvent écœurée, elle détourne les yeux pour ne plus voir cette purée d'aliments. Il parle volontiers la bouche pleine, zozotant sous l'effet de l'effroyable chique gonflant sa joue. Laquelle, au fait ? Il s'agit toujours de la même. Elle se concentre, comme s'il était important qu'elle détermine clairement la chose. La gauche !

— Tu parais méditer, ma poule ?

Voilà qu'il se sent paternel avec elle, désormais. Après s'être grisé d'elle et lui avoir fait l'amour à couilles-que-veux-tu ; après avoir défié son parti et engagé sa réputation à cause d'elle, il est devenu une sorte de géniteur tardif ébloui par sa paternité ultime.

— Je pense à mon père, répond Noëlle.

Tiens, comme c'est étrange, cette rencontre.

— Il te manque ?

— Non.

— Tu l'aimes ?

— Infiniment, mais pas assez.

— Pourquoi, pas assez ?

— Je sais que je représente tout pour lui et il n'est qu'un compartiment de ma vie. Cette disproportion est injuste...

— Et moi ?

Elle comprend, le regarde, ce qui veut dire qu'elle ose lui présenter toutes ses meurtrissures physiques ; ce qu'elle nomme en secret « son masque ».

— Rien de changé. Rien ne changera.

— Tu crois cela parce que tu n'as pas encore pu te mesurer au temps. Si tu connaissais l'importance de ce saligaud ! Rien ne lui résiste, Noëlle, rien ! Il nous change et nous tue. Il change les nations, les espèces. Il change notre planète. Le temps finira par l'avoir inéluctablement. Et toi, mon angélique, tu viens affirmer que rien ne changera.

Elle croise ses mains brûlées sur la table froide.

— Il peut tout changer, sauf un véritable amour, monsieur le Président. Il ne peut que me tuer...

Elle vient de l'appeler « monsieur le Président » ! Comme s'il n'y avait pas eu cette fabuleuse chose entre eux ! A croire qu'elle renie à la seconde sa déclaration.

— Pourquoi m'appelles-tu « monsieur le Président » ?

— Parce que vous êtes redevenu monsieur le Président.

Soyez tranquille, l'expression me vient spontanément et ne m'est pas pénible, pas davantage que le vouvoiement.

Il est remué. Une bouffée d'infinie tendresse allume deux larmes au coin de ses paupières, mais elles ne couleront pas. Tumelat achève ses hors-d'œuvre. Juan-Carlos le débarrasse de son assiette.

— Ce sera tout, lui dit son maître, j'ai eu les yeux plus grands que le ventre, encore un coup de jaja en guise de dessert et vous pourrez évacuer ce fourbi.

Il se sert un grand godet de plombier et le vide cul sec, puis fait claquer sa langue et, ostensiblement, se torche les lèvres du dos de la main. Noëlle sourit.

Pour la première fois depuis son accident sans doute ?

Adélaïde paraît, envisonnée. Elle ressemble à une poule malade, malgré ses poils. Nonobstant sa réserve coutumière, elle s'est trop lourdement fardée. Le manteau lui va mal. Il est trop court, mais peut-être, songe le Président, est-ce la mode cette année ? Mode ou pas, il la rend ridicule.

— Vous n'avez besoin de rien, Noëlle ?

— Non, merci, madame.

Adélaïde a un hochement de tête et s'évacue, abandonnant dans la pièce une vache fouettée de parfum sans doute coûteux, mais qui en installe trop.

— Que penses-tu d'elle ? questionne Tumelat.

Il écarte son siège de la table afin de pouvoir croiser les jambes.

Noëlle réfléchit, hésite, puis finit par murmurer :

— Rien.

Horace rit avec appétit.

— Je crois que tu viens de résumer le personnage, ma petite fille. Elle te fait peur ?

— Non.

— T'émeut ?

— Non plus.

— Elle t'est sympathique ?

— Pas davantage.

— Rien, quoi ? Tu te demandes ce qui m'a pris, un jour, d'épouser cette dame ?

— Ce que je me demande, c'est ce qui lui a pris à elle de se laisser épouser par vous.

— J'avais tout pour la décevoir, n'est-ce pas ?

— Vous n'aviez rien qui puisse la séduire, pas même votre sexualité. La seule chose qu'elle aime, il est clair que vous ne pouviez la lui apporter.

— Et c'est ?

— La pudeur. Chez elle, ce sentiment est obsessionnel.

Le Président approuve, frappé.

— Viens, dit-il en se levant.

Elle ne demande pas où il l'emmène. Avec lui, elle est une chienne, rien d'autre qu'une petite chienne blessée.

XIX

Eric se livre à une opération que n'importe quel témoin trouverait saugrenue. Lui-même la qualifie ainsi, voilà pourquoi un léger sourire de commisération entrouvre ses lèvres. Il se plaint un peu d'avoir de telles idées et de les concrétiser. Il songe « que-ça-ne-va-pas-la-tête », décidément.

Tout jeune, déjà, il accomplissait des choses que son entourage trouvait bizarres ; et il revoit encore le regard de sa mère, la pauvre chérie si vite morte, cherchant celui de son père comme si elle espérait y trouver l'explication de ses foucades.

Il a attaché une extrémité de la corde achetée dans la journée au robinet de l'évier, puis, il s'est armé d'un chiffon fortement huilé dont il frotte consciencieusement la corde sur toute sa longueur pour lubrifier légèrement le chanvre afin de l'assouplir. Il n'ignore pas que pour l'usage qu'il attend d'elle, une corde « culottée » serait beaucoup mieux, mais non, son idée fixe lui enjoint de la préparer lui-même. Tout acte médité doit avoir des racines, et plus elles sont profondes, plus l'acte est fort. Il sait que cette première imprégnation ne suffira pas, qu'il en faudra beaucoup d'autres s'il veut rendre la corde docile, presque molle. Mais il a le temps : des mois, des années et, qui sait ? la corde ne servira peut-être jamais. Toujours est-il que le moment était venu de l'acheter et de vivre en sa compagnie. Il est ravi par cette acquisition. Un bon placement. Les objets ne valent que par le besoin qu'on a d'eux.

On sonne sur un rythme copineur. Il reconnaît le style follingue de Marien. Rapidos, il détache la corde, la roule pour la glisser dans un tiroir de la kitchenette (comme disent ces abrutis qui se croient marles d'importer l'anglais, alors qu'il est si facile d'inventer les mots dont on a besoin, comme si, en notre occurrence, « cuisinette » n'était pas plus gouleyant que kitchenette ! Ah ! viens avec moi, qu'on les maudisse, ces anglaiseurs de merde qui te refoutent jour après jour le feu à Jeanne d'Arc et utilisent ensuite ses cendres pour cacher la merde au chat).

Un tiroir mal aimé, trop bas, mauvais d'accès, qui ne sert à rien d'autre qu'à l'oubli des objets inutiles.

Quand il ouvre sa porte, il trouve Marien assis sur le palier. Sa souris, Boulou, est adossée à la rampe.

— Prends ton temps, ricane le gros. T'étais aux chiches ou on te faisait une perfusion ?

Malgré son début d'embonpoint, un rétablissement acrobatique lui rend la verticale.

Eric est soudain heureux de leur visite. Il découvre que la soirée à venir lui pesait sur l'âme.

— Entrez, les amoureux !

Son appartement comprend deux pièces, une salle de bains et la cuisine déjà mentionnée sur le catalogue au chapitre « corde huilée ». On pénètre directo dans un salon minuscule, bas de plafond, élégant pour ceux qui aiment les murs tendus de feutrine bleu roi et les meubles bateau anglais. Un vaste canapé fatigué, qui traîne le cul par terre, occupe une bonne partie de la pièce. Le reste comporte une commode avec des poignées en cuivre, une table ronde et quelques chaises cannées. Les murs sont garnis de posters saisissants et de tableaux pop'art offerts par des amis. Le meilleur poster est de Marien, justement lequel est photographe au *Parfait*, journal où travaillait Eric. Il représente le Président Edgar Faure en train de se moucher.

— On passait, on a vu du feu, dit Marien.

— Le plus fort c'est que c'est vrai, confirme Boulou. Malgré que votre appartement soit tout en haut et en retrait, la lumière de cette fenêtre se répand sur la corniche de zinc.

Eric sourit. Il désigne une petite table d'acajou, au piétement pliable, dont le plateau supporte des verres de belle prestance et quelques bouteilles.

— Commencez à vous servir, je vais chercher de la glace.

— Non, laissez, je m'en occupe, s'empresse Boulou.

Eric accepte, mais d'assez mauvais gré car il aime à se sentir chez lui et déteste qu'un étranger empiète sur ses habitudes.

Marien s'allonge sur le canapé, les pieds dépassant l'accoudoir.

— Je suis fourbu, dit-il, j'ai pris la planque toute la journée devant le *Plaza* pour flasher Bountigger, le roi des charters américains qui a débarqué en France en compagnie d'une exquise petite Noire.

— Crois-tu que ces amours bicolores passionnent les Français ?

— Sûrement pas, mais tu sais qu'une photo peut traverser l'Atlantique plus rapidement que Lindberg. Le patron tient à être agréable à nos contacts ricains.

Il bâille.

— Pas de nouvelles de notre kidnappée ?

Eric marque une seconde d'hésitation. Il est tenté de raconter la scène du restaurant, mais y renonce. Il n'a plus envie de parler de ça. Il souhaiterait oublier Eve Mirale. D'autant que, jusqu'à présent, son bordélique papier n'a pas entraîné les répercussions qu'il redoutait.

— Mais non, penses-tu, répond-il languissamment.

Pour s'éviter de mentir davantage, il demande, en désignant la cuisine où Boulou dépote les glaçons :

— Ça va, la vie ?

— Formide ! jubile Marien, cette môme est une arracheuse de première.

Eric s'abstient de demander la signification du terme d'arracheuse ; il croit comprendre. Un sourire mélanco lui vient. Il est toujours un peu surpris par le bonheur des autres. Lui ne ressent presque jamais de grand contentement : sauf quelquefois, sur sa moto, quand il prend des risques, ou bien lorsqu'il apporte une aide valable aux manigances du Président...

— Et toi, le boulot ? questionne Marien.

— Le pied !

— Tu t'entends bien avec ton vieux ?

— Je crois qu'on se complète.

Le photographe lui coule un regard en biais, plein de sous-entendus, qu'Eric surprend et corrige d'une mimique négative.

— Il est assez pas mal, ajoute-t-il. Un peu dingue, dans le fond, comme moi ; d'où notre complicité. Quand je vois ces autres fumiers de la politique, je mesure à quel point Horace Tumelat est d'une autre trempe.

— Patriote ?

— La bonne mesure.

— Carriériste ?

— Ça lui a passé.

— Alors, quoi ?

— Virtuose. Tu te demandes si Yehudi Menuhin est carriériste, non, n'est-ce pas ? Il l'a fatalement été à ses débuts, mais il a dépassé ce stade. Pour Horace, c'est pareil : un artiste en politique. Il joue des hommes et des circonstances comme Menuhin joue du violon.

— Et toi tu biches ?

— J'admire, je m'instruis.

— C'est quoi, tes perspectives ?

— C'est tout !

— Ben, mon pote...

— Si ce n'était pas tout, ce serait rien. Cela va au-delà de l'ambition, tu comprends ? Imagine la roulette russe, tu sais ? Le barillet qu'on fait tourner. A ce jeu barbare, il y a une balle dans l'un des six trous. Pour moi, c'est le contraire : il n'y a qu'un compartiment de vide, le reste est chargé à balles.

— Et si tu ne tombes pas sur le bon ?

— Ma tête vole en éclats.

Marien rumine un instant.

— Tu es un mec assez excitant, dit-il. Tu subjugues. Un hypnotiseur n'endort pas réellement son patient, il lui donne envie de faire semblant de dormir pour ne pas lui faire perdre la face. Tézigue c'est du kif.

Eric le remercie d'un bon regard pour ce compliment.

Boulou se la radine avec un bol plein de cubes de glace qui produisent un bruit de sonnailles. C'est Marien qui sert des whiskies, pour Eric et lui-même, et un Campari pour la môme.

— On ne te dérange pas, au moins ? demande-t-il.

— Au contraire, je commençais à me délabrer du cerveau.

— Tu veux qu'on dîne ensemble ?

— Bonne idée.

— Dans le quartier ?

Eric réfléchit.

— Ça vous ennuierait qu'on fasse la dînette ici ? Je suis heureux de vous voir mais je n'ai pas envie de sortir.

— Je suis mille fois d'accord, toi aussi, Boulou ?

Boulou pense à la vaisselle qui fatalement va lui échoir, phallos comme ils sont, ces deux. Eric, qui comprend tout, murmure :

— J'ai une machine à faire la vaisselle vachement sophistiquée, tout juste si elle ne dessert pas la table.

Boulou est vaincue, un peu confuse de sa mauvaise pensée. Marien vide son glass en chasse d'eau au risque de s'étouffer et opère son rétablissement coutumier.

— Je vais acheter la jaffe, au drugstore.

— Mais non, proteste mollement Eric, je suis certain qu'en fouillant bien la cuisine on trouverait trois ou quatre mille calories à se partager.

— Penses-tu, je veux une vraie petite bringue, moi. J'ai touché une gentille rallonge pour mon reportage sur Caroline.

Et il se sauve.

Boulou est un peu angoissée par ce brusque départ de son ami. Eric l'intimide. Elle redoute sa gentillesse un peu grinçante, trouve son intelligence et son déterminisme impressionnants, mais inquiétants aussi. Et puis il ne sait pas amuser une fille, comme en général les pédés. Elle en connaît vingt, à commencer par son coiffeur, qui la font pouffer de rire, captent ses confidences et se livrent à des commérages étourdissants.

Plante, lui, est secret, mesuré. Elle se demande d'ailleurs s'il « en est » vraiment, malgré que Marien le lui ait certifié.

— Pas chaude chaude, hé ? lui demande abruptement le garçon.

Elle rougit.

— Comment ?

— Ce souper t'emmerde un peu, non ?

Pourquoi se met-il à la tutoyer ? Parce qu'ils sont en tête à tête pour la première fois ?

Elle essaie de trouver un faux-fuyant.

— Du moment qu'il y a une machine à laver la vaisselle.

— Tu sais, même s'il n'y en avait pas, je ne te la laisserais pas faire. Je suis une parfaite maîtresse de maison.

Il la considère avec bienveillance et ne peut se défendre de la trouver plutôt agréable, elle a un petit côté mésange ébouriffée plein de charme spontané.

— J'ai l'impression de t'intimider ? dit Eric.

— En effet.

— Je ne te demande pas pourquoi, on ne commente pas une sensation de ce genre, hein ?

Elle hoche la tête.

— On ne se connaît pas encore très bien, fait-elle, comme pour s'excuser.

— Bien sûr. Comment me trouves-tu ?

Elle sait que la question ne relève pas du marivaudage, d'ailleurs, presque tout ce que dit Eric Plante est sérieux. Alors, elle a la volonté de lui répondre franchement.

— Beau, commence-t-elle. Intelligent... Et dangereux.

— Pourquoi dangereux ?

— Vous ressemblez à une arme, à un beau pistolet ouvragé dans son écrin. Objet de vitrine, mais qui peut tuer.

Eric a une inclinaison du buste.

— Chapeau !

Un lourd silence tisse quelque chose entre eux. Quelque chose de flou.

— Ça t'ennuierait de m'exciter ? demande le garçon, presque humblement.

Elle trouve la question assez sidérante, principalement parce qu'elle ne la comprend pas. Qu'entend-il par « l'exciter » ?

Sa stupéfaction amuse prodigieusement Eric.

— Je vais t'expliquer, lui dit-il. Te faire une confidence que je n'ai jamais faite à personne, tu m'entends ? A personne, et voilà que, brusquement, le besoin me prend de te la faire à toi, à toi que je connais à peine et qui traverse ma vie comme on traverse un passage clouté. C'est chouette, l'existence, non ? C'est impromptu. Marien vient de sortir, je ne vous attendais pas. Tu es là.

Il hausse les épaules et alors elle doute de tout, Boulou, quand elle surprend deux larmes dans le regard de son hôte.

Elle se garde bien de les effaroucher ; ce sont des larmes d'improviste, dont il n'est même pas conscient et probablement lui en voudrait-il de les avoir remarquées.

Il reprend :

— Quand j'étais jeune, j'ai aimé follement une fille un peu plus âgée que moi. Lorsque je dis follement, c'est follement, tu me crois ?

Boulou acquiesce.

— Ce beau roman a duré quelques mois et s'est cruellement fini. Très, très cruellement.

— Elle est morte ? souffle Boulou, intéressée.

— Pire que cela. Mais je ne t'en dirai pas plus. Le choc a été épouvantable pour moi. J'ai tenté de me suicider. On est intervenu à temps. Je me suis fait quelques semaines dans une maison de repos avant de retrouver... les autres. Tout cela est banal à raconter et fait vachement *Confidences*, non ? Tu dois me trouver roman-photos ?

Elle secoue négativement la tête :

— Y'a le ton, dit-elle.

Et il se satisfait de cet encouragement.

— Bon, pour en arriver à quoi ? Oh ! oui, mes mœurs...

Il a un sourire frileux.

— Ce mot est d'un con ! Mœurs... MES mœurs... Mes phantasmes, mes bandaisons, la lyre. Mes envies. Mes assouvissements. Je suis resté longtemps inerte de l'hémisphère sud. Vous n'avez rien à déclarer ? Tu connais ce vieux vaudeville : « Le Contrôleur des Wagons-lits » ? L'histoire d'un mec, en sleeping ; au moment de baiser sa femme, pendant son voyage de noces, il est interrompu par le contrôleur qui lui demande s'il a quelque chose à déclarer, et cette phrase lui fait sauter le disjoncteur ; il devient pour un temps impuissant. Bibi, même combat. Chagrin d'amour, bite en berne. Pas mèche de recoller au peloton ! J'essaie ceci, cela, des dames très bien, merveilleusement expérimentées : fume ! Si j'ose dire.

Son sourire désenchanté tourne au rictus.

— Et puis un jour, je rencontre Siméon. Blond, Bulgare, fascinant, la mélancolie à pleine gueule, des manières, une voix, un regard. On devient copains, on se saoule avec distinction. Il m'entraîne sur les rives enchanteresses du panard. Je t'emmerde pas trop ?

— Pas du tout, et même je te remercie.

137

— Tu peux, les confidences d'un type comme moi, c'est un vrai cadeau, dit-il sérieusement.

Il a un geste en vrille pour désigner le ciel.

— Je voudrais repasser dans le secteur *ladies* ; d'abord parce que j'en ai conservé une affreuse nostalgie, ensuite parce qu'il faut absolument que je me refasse une orthodoxie avant d'aller à la conquête de l'univers.

Boulou murmure :

— Tu as bien raison.

Réflexe de fille, soucieuse de voir un beau mâle rentrer dans le rang.

— Bien sûr que j'ai raison, alors commençons : excite-moi.

— T'es dingue, et Marien ?...

Il s'emporte :

— Je t'en prie, ne joue pas les grand-mères. Marien, Marien, c'est mon pote. Je ne veux pas lui faire du contre-carre. Je tiens seulement à vérifier ma sensibilité, ou plutôt non, attends que je te fasse rire : j'aimerais voir à quel point mon instrument est désaccordé. Tout ça est d'une simplicité confondante ; ne complique pas, ma petite Boulou. Aide-moi, au contraire.

Elle se sent oppressée, la pauvrette. Ce grand pédoque superbe et délirant la déconcerte.

— T'exciter, tu es bon. Je ne suis pas une pute !

— Parce que tu crois les putes excitantes, toi ! Ce sont des extincteurs, rien d'autre.

Boulou est reconnaissante à Eric de ses confidences. Il vient de lui remettre l'une des clés de son personnage. Pourquoi à elle, si fortuitement ?

— Tu voudrais que je fasse quoi ? bredouille-t-elle, que je te saute à la braguette ? Je ne veux pas jouer les prudes, mais franchement c'est pas mon genre.

— Le désir est un déclic, répond Plante.

Mais Boulou secoue la tête.

— On voit que tu t'es éloigné de la femme, assure-t-elle. Un homme...

— Normal ? propose Eric avec amertume.

— Un homme courant, atténue Boulou, ne songerait pas à demander cela. Excite-moi ! Comme ça, de but en blanc. Ça met à l'aise, je te jure !

— Que ferait-il, l'homme normal ?

— Il créerait le climat. Il risquerait des gestes, il...

Elle pouffe. Plus elle se répète l'invite du copain de Marien, plus la chose lui semble farce. Excite-moi ! Si : peut-être un mari fourbu, soucieux d'accomplir son devoir conjugal osera dire cela à son épouse, et à la condition que leur intimité soit vraiment absolue.

Désemparé, Eric sent que sa supplique lui retombe sur le coin de la gueule, et aussi sa confidence. Il se sera livré pour rien. Une panique le biche. Dans ce genre d'engagement, si tu ne vas pas jusqu'au bout c'est la déconfiture. La môme risque de raconter la chose à son ami. Et il tient à Marien, Plante. Un chien fidèle, ce n'est pas tellement fréquent à notre époque saloparde. Il faut réparer, ou compléter. Impossible de rester sur un fou rire ! Il pense très fort à sa corde huilée, dans le tiroir déshérité de la cuisinette, et s'approche de Boulou.

Elle a un côté petit mec, avec ses cheveux courts et ses seins ultra-discrets. Il doit se défendre contre cette comparaison envahissante. Il y a quelque chose d'un peu déguisé en elle. Gavroche femelle qui cherche à camoufler sa gravité naturelle sous une gouaille d'emprunt.

— Pourquoi les filles jeunes sont-elles toujours en pantalon, de nos jours ? remarque-t-il. Unisex ! C'est trahissant ! Déloyal. Jamais, par leurs menées émancipatrices, les femmes n'ont rendu un tel hommage à l'homme ! En se déclarant son égale, elles l'ennoblissent, on ne cherche à ressembler qu'à ce qu'on estime supérieur à soi.

Il coule une main dépassionnée sur le chandail de Boulou. La protubérance des seins est peu convaincante. La petite femme ne bronche pas. La main sans joie d'Eric descend jusqu'au pubis. Le jean tendu comme une carapace déconcerte car il ne livre aucun modelé. Cela est dur, minéralisé.

Eric remonte à la taille pour défaire le méchant bouton de ferraille. Cette conne doit se coucher pour pouvoir fermer le pantalon qui la serre outrageusement. Consentante, elle propose une maigre participation en rentrant le ventre au maximum, ce qui permet à Eric de libérer le bouton. Il écosse ensuite tout le devant du pantalon, comme on ouvre une banane, en tirant sur la languette de la fermeture Eclair. Il ne ressent aucun émoi, pas même de la curiosité ; tout juste la chétive griserie du péché, tel qu'on le lui a enseigné dans son enfance. Péché boiteux, en vérité, et qui ne le conduira pas loin.

Boulou n'éprouve pas grand-chose non plus, sinon le plaisir frelaté d'exciter un homosexuel. Eric engage sa main le long du ventre, ses doigts se faufilent sous l'élastique du slip. Ils accèdent à la région toisonneuse, frisottée plat. Il pense au gentil Marien en train de piller le département boufferie du *Drug's*. Il achète des aspics de foie gras, la chose est certaine. Plante n'a jamais pu manger une fois chez le photographe sans que le repas commence par ça. Eric engage plus avant sa main, presque distraitement, cherchant les lèvres du sexe curieusement renflé. Il se dit qu'il lui faudra trouver une excuse, tout de suite après pour aller se laver les mains. Sa satisfaction est d'avoir amené Boulou au consentement. Elle l'accueille sans broncher et, probablement, se laisserait-elle enfiler s'il en manifestait l'intention. Toutes des salopes ! Elles couvassent leur chatte entre leurs grosses cuisses (elles ont toutes, y compris les maigres, de grosses cuisses, décide-t-il) pour l'offrir à qui la veut.

Il aimerait à retrouver l'émoi de la première fois. C'était chez sa grand-mère. Son « aimée » l'avait accompagné. Ils se connaissaient depuis peu. La grand-maman habitait une villa, à l'écart du bourg, près d'un ancien moulin entouré de saules. Eric lui rendait souvent visite. Lorsqu'elle s'absentait, elle plaçait la clé dans une fente du perron afin qu'il puisse entrer et l'attendre. Eric avait donc ouvert la porte. Ce jour-là, Bonne-Maman lui avait laissé à tout hasard un billet sur la table : *Je suis à Tournon, rentrerai dans l'après-midi.* Alors il avait demandé à l'*aimée* d'entrer. Et puis ils s'étaient embrassés à en perdre le souffle. Eric avait risqué le grand geste irrémédiable jusqu'au sexe de sa compagne. La découverte s'était faite dans un vertige pourpre, tandis que son sang cataractait dans sa tête et qu'un arbre de vie développait, de façon impétueuse, racines et branches dans son pantalon.

Oh ! oui, il donnerait tout ce que tu exigerais pour retrouver l'extase d'alors, ce feu au visage, cette morsure du désir comme de l'acier dans son bas-ventre. Mais la chatte de Boulou, merde ! Ce n'est qu'un sexe de femme, il trouve la fente, la caresse, y engage deux doigts. Ça le dégoûte. Charognerie de charogne ! Quelle idée l'a pris de bricoler

140

cette pauvre môme qui ne lui demandait rien ! La poule à Marien, au bon Marien, Mister Clic-clac ? Marien avec son gros cul bardé d'attirail japonouille ! Oh ! là, là ! tu la lui copieras ! Marien qui est en train, il en jurerait, comme il jure pour les aspics, d'acheter une choucroute et de se la garnir en réprimant des salivaires, l'aimable. Côtes de porc, lard fumé, jambon blanc, francforts, et quoi d'autre encore ? Bien sûr, la commère se met à participer, la voilà qui va et vient des miches. En râlerie, dare-dare, les affreuses ! Saleté, va ! Il est obnubilé par la corde. Il murmure, dans un souffle pour imiter le rut mal contraint :

— Baisse ton pantalon !

Et comment ! Elle ne se le fait pas répéter, tu penses ! Se lève d'un bond, le bassin en vrille pour décarpiller son jean. Elle veut le poser en plein ; escompte la troussée superbe, l'empafage express, cosaquien, sur le tapis à bon marché. Cette fois elle est démarrée. Lui, en désarroi, se demande ce qu'il va advenir de ce consentement inemployé.

Alors il prend la main de Boulou, d'autorité, et la place de force sur son sexe à elle.

— Fais ! ordonne-t-il.

Elle hésite, stoppée un instant par une légitime timidité aggravée d'inquiétude. Il risque un baiser humide sur la nuque de Boulou, caresse ses seins de fillette.

— Je t'en prie, fais ! Je te le demande.

Bon, elle commence donc à se caresser. Elle est restée debout ; tout son corps tremble. Au bout d'un moment, elle pose un de ses pieds sur le canapé. Ses gestes s'accélèrent. Elle gémit et son regard devient tout évasif. Eric se recule un peu pour mieux voir.

Une excitation passagère se balade dans son ventre ; mais il se remet à évoquer Marien, au drugstore, achetant du fromage (un repas sans fromage, c'est, il ne sait plus quoi d'à la con) et des gâteaux ! Maintenant, il va penser au vin. Sacré, le pinard. Blanc et rouge. Meursault et Haut-Brion, comptes-y ! Pendant ce temps, tandis que le vieux copain compose une fiesta de brave homme, Boulou, sa polka, se branle comme une perdue devant un Eric Plante impassible, guéri d'un début d'émoi par une pensée cocasse.

— Ah ! je t'aime, crie-t-elle à Eric en trouvant l'orgasme.

XX

Le petit homme toussote en regardant sa montre. Plus de deux heures qu'elle est là, debout devant le comptoir où se trouvent encastrés une théorie d'écrans de visionneuses.

Le directeur de l'agence Kappa (K, comme Kodak) est attendu à son club de billard.

— Vous en avez encore pour longtemps, madame Mirale ?

Il essaie d'être poli malgré son impatience. Pas facile de garder de l'amabilité pour les gens qui vous emmerdent.

Elle s'est pointée pile au moment de la fermeture et a demandé de consulter une série de diapos très particuliè-. res. Le moyen de refuser à une héroïne du journalisme ? Il en a pris son parti, regardant avec envie se harnacher et partir sa jeune secrétaire boutonneuse et Mauduis, son adjoint.

Eve est une femme déterminée, donc patiente. Elle promène sur l'écran une énorme loupe en forme de hublot et examine avec attention les pellicules rassemblées dans des présentoirs de plastique. Parfois elle sourcille et s'acharne sur l'une des images, cherchant, semble-t-il, à y discerner les détails invisibles au premier coup d'œil.

Herzig regarde encore sa montre. Quelle enfoirée, cette bonne femme ! Débouler de la sorte, le sourire en coin, guillerette, charmeuse, sûre d'elle. Sachant qu'on ne lui refusera jamais rien. Enfant douée, enfant gâtée ! Fille de riche, cela se renifle ! Lui, petit Polak issu des ghettos, n'apprécie pas ce genre d'intellectuelle triomphante. Trop élégante pour être vraie. Il regarde les poignets effrangés de sa chemise, les bords luisants de crasse de son vieux blouson. Dans son job on n'est propre que pendant les vacances. Sa salle de bains n'est qu'un laboratoire photographique supplémentaire. Il travaille sans trêve, sauf quelques heures, le soir, depuis son veuvage, pour jouer au billard. Son père lui a appris, avant de partir en fumée dans un ciel de honte. Et si ça se trouve, elle ne retiendra même pas de photos, cette péteuse ! Il aura sacrifié sa partie vespérale pour le seul plaisir de contempler une jolie femme et de renifler son parfum de pimbêche.

Elle s'est abstenue de répondre à sa question. Imperturbable, elle consulte les cartons de photos, et Herzig regrette de lui avoir déballé tout ce matériel.

L'agence Kappa se trouve du côté de Sébastopol, dans une cour du très vieux Paname, au sol défoncé.

Des voitures à bras y sont remisées ainsi que des poubelles. Herzig aperçoit la concierge dans sa loge dont les rideaux ne sont pas tirés. Une grosse Portugaise, pleine de moutards, dont le mari ne parle à personne.

— Merveilleux ! s'écrie tout à coup Eve Mirale.

Du coup, le directeur en est rasséréné. Il déteste décevoir les visiteurs qui viennent fouiller dans ses documents comme dans quelque hotte magique pour, souvent, y chercher quelque chose dont ils n'ont qu'une notion confuse.

Eve vient de tomber sur ce qu'elle n'osait espérer. Elle est ravie, avide ! Et il n'est pas question d'un cliché isolé : il en existe une série ! Tout un grouillement, comme un banc de poissons ! L'embarras du choix ! Elle vagabonde, de l'un à l'autre, promène sa loupe d'une main tremblante, irrassasiable, tu sais ! Elle cherche les plus éloquents. Un vrai régal ! C'est cela une mine ! La profusion de ce que l'on recherche. Outre la joie de le découvrir, celle, encore plus exaltante d'en être saturé. Mais il faut bien se décider. Elle va élire les trois meilleurs. Les proclamer ! Leur décerner son prix, à elle, son Goncourt personnel ! Elle a la fièvre. Elle est étourdie de trouver un tel bonheur, si près d'une aussi vive honte. Dans la même journée !

— Donnez-moi celui-là, monsieur Herzig. Et puis celui-ci... Attendez, je vais vous en prendre encore un troisième...

Lorsque les trois clichés sont détachés de l'ensemble, ils paraissent davantage éloquents. Leur impact est plus violent. Déjà, Eve sait que sera élu pour publication le premier qu'elle a découvert. Elle est marquée par le sursaut — la décharge, plutôt — qu'il lui a causé.

— N'oubliez pas de les « légender », monsieur Herzig !

Le petit homme a oublié son billard. La jubilation d'Eve Mirale le gagne. Il est fier de sa boutique. Agence Kappa (K, comme Kodak), l'une des mieux pourvues de Paris. Trente années d'archives. Le monde en boîte ! Sous tous ses aspects, les plus triomphants comme les plus honteux. Sang et amour, rois et manants, yachts dorés et *boat peoples* !

Il s'installe à sa machine à écrire, une vieille Royal d'avant le déluge qui fait un bruit de fleurettistes en action.

Pendant qu'il prépare les trois documents sélectionnés, Eve se gave de ceux qu'elle n'a pas choisis. Tout s'organise en elle : les caractères, la mise en page, les cinq ou six lignes de texte « bien senti » qu'elle concoctera. Allons, la journée finit bien.

⁂

Trente-cinq minutes plus tard, elle est au journal.

La salle de rédaction est grouillante. Chose curieuse, Eve, passionnée de journalisme, déteste ce lieu survolté. Elle comprend mal que l'on construise du cohérent dans le vacarme. Mais elle a besoin d'un des éléments importants du *Réveil* : Jean Maurice, le plus vieux photographe de la boîte (voire l'un des plus anciens de la capitale). Précisément, il est en grande discussion avec le rédac en chef de la page spectacles. C'est un monsieur dans le style Lartigue : long, mince, racé, le cheveu blanc. Amoureux de montagne, son visage ressemble à une peinture craquelée. On aurait envie de mastiquer ses rides. Il porte éternellement une élégante veste anglaise à petits carreaux blancs, fauves, noirs, un polo de soie blanc, un pantalon de flanelle grise. Il a un côté gentleman farmer décavé. Il pose toujours sur Eve des yeux d'amoureux transi qui ne se déclarera jamais. C'est l'aristo de la photo. Celui qu'on dépêche chez les vieux glorieux pour les apprivoiser.

— Maumau : dès que vous aurez trente secondes... Je suis dans mon bureau ! lui dit-elle.

Le regard dont il l'accompagne laisse des traces, comme le passage d'un escargot.

Eve Mirale se sent dopée. L'action, quel remède !

Artémis, qui ne l'escomptait pas, fume une cigarette à la fenêtre. Penaude, elle virgule son clope en voyant surgir la patronne. Mais elle pourrait fumer un havane qu'Eve ne s'en apercevrait pas.

— Je devrais être partie, roucoule Artémis, une chance que j'attende un coup de fil de mon jules.

— Je n'ai pas besoin de vous, la rassure la journaliste.

— J'espère qu'il ne tardera pas, j'ai une faim d'ogre, reprend la secrétaire. Pour une fois qu'il peut m'emmener bouffer ! Sa rombière est en clinique pour deux jours : elle se fait tirer la peau. Alors, c'était comment, ce déjeuner avec Tumelat ?

— Coquin, répond Eve.

L'autre la questionnerait plus avant, mais voilà déjà Jean Maurice qui se pointe avec les yeux de Bernadette Soubirou en pleine miraculade. Eve l'entraîne fissa dans son bureau dont elle referme la porte en déployant une application inusitée qui gâche la soirée d'Artémis.

— J'aurais un travail à vous demander, dit Eve Mirale à son vieil admirateur.

Il en est d'autant plus surpris que la chronique de la jeune femme n'a jamais comporté la moindre illustration.

— Avec joie, répond le photographe.

Elle le fait asseoir et lui déballe un vieux madère certifié de 1890 dans une robe d'osier tressé.

Jean Maurice n'en croit pas ses sens. Drôle de pointeur, cézigue. Amateurs d'amours ancillaires. Il s'est spécialisé dans la soubrette et ses couilles sont connues et reconnues dans tous les Hôtels de la Gare ou du Commerce de France. La fréquence de ses déplacements, depuis quarante ans, lui a enseigné la modestie. Quand tu débarques à dix heures du soir à Dole ou Angoulême, tu n'as pas le temps de conquérir l'élite culière de la ville. Sa frime de grand d'Espagne, la distinction avec laquelle il coltine son Nikon, impressionnent beaucoup les femmes de chambre de sous-préfectures.

Eve lui tend les trois clichés. Il les regarde par transparence.

— Fiesta chez les tantes, remarque Jean Maurice.

— En effet, ces photos ont été prises dans des boîtes d'homo en vogue.

146

Elle se place derrière lui et passe son bras par-dessus son épaule. Maumau a la glotte qui se cimente. De la pointe d'un crayon, Eve lui désigne un jeune homme qui tient une coupe de champagne. Un travelo en grand décolleté mime une scène d'amour avec lui, la tête appuyée sur son épaule. On sent que cela est un jeu, une pose de buveurs prise pour blaguer avec l'objectif. Le travelo se pâme de façon grotesque. Gueule trop peinte, langue pointée entre les dents, regard chaviré.

— Il faudrait m'isoler ces deux personnages et les agrandir, Maumau.

— Facile.

Il sort un crayon gras de sa poche et délimite le couple, après quoi il place les trois clichés, qui sont très voisins, dans une enveloppe de papier cristal.

— Je vous bricole les trois ?

— Si cela ne vous ennuie pas ; nous choisirons le meilleur ; mais ce n'est pas tout.

Elle trempe ses lèvres dans le verre de madère.

— Cela, c'est de la technique de laboratoire, il me faudrait également de l'artistique.

— C'est-à-dire ?

— Le jeune type de la photo est le secrétaire du Président Tumelat.

— Qu'est-ce qui lui arrive, à ce vieux bouc de s'entourer de gazelles ?

Eve Mirale poursuit :

— Ils déjeunent ensemble tous les mercredis à *la Méditerranée*, dans le fond du restaurant : fruits de mer, langouste ; le Président est breton.

Jean Maurice attend la suite, mais comme il est plein d'expérience et de malice il pressent ce qui va lui être demandé ; un sourire amusé le craquelle davantage.

— Il me faudrait une photo d'eux, lâche la journaliste. Et j'aimerais que le climat de votre photo évoque celui de ces diapos.

Elle applique son index sur la poitrine de Jean Maurice.

— Je doute que le Président fasse des câlins à votre petite folle dans un restaurant, plaisante-t-il.

— Vous êtes un magicien, vous savez exploiter les angles de prises de vue, le hasard des mouvements. La géométrie est votre alliée, mon cher. Et, plus que tout, votre

147

sens professionnel vous guidera. Il y aura bien un moment où l'un des deux aura sa serviette à ramasser, un mot à dire à l'oreille de l'autre, que sais-je...

— Sans doute, mais imaginez-vous que cette grande gueule de Tumelat tolérera que je me poste en face de lui, appareil en batterie, pour le flasher sous toutes les coutures pendant qu'il massacre une langouste ?

— Certes non, convient Eve, amusée, mais j'ai tourné la question.

— De quelle manière, ingénieuse et merveilleuse créature ? dindonne le photographe.

— Il a sa table : la 8. Mercredi, la 9 ou la 10 (selon la topographie du lieu) sera retenue pour une vedette qui aura accepté de se faire mitrailler à table.

— Pas bête.

Jean Maurice la considère tout à coup d'un œil perplexe.

— Chère Eve, donneriez-vous dans la presse à scandale ?

— Il s'agit d'une affaire personnelle. Au reste, je réserve la chose à un autre canard que le nôtre.

— Règlement de comptes ? demande le vieil homme.

Il a une assez belle gueule, un rien frelatée par l'alcool, les déplacements à bon marché, la lassitude d'une vie dont il n'attend plus grand-chose. Il aimerait instamment se payer sa collègue. J'écris instamment parce que le mot me tente et qu'il ne faut jamais résister à la sollicitation du vocabulaire. Instamment la fourrer, Eve Mirale. Dans un hôtel de luxe, il ferait les choses en grand. Lit Louis XV capitonné, loupiotes délicates et *Do not disturb* en rouge au loquet de la lourde. Lui bouffer le cul : un vrai régal de seigneur ! Il devine la délicatesse extrême d'une telle chatte. Il raffole de la groume, le vieux Maumau. Cantonné dans des frifris subalternes, pas toujours de bon aloi, il rêve d'un sexe somptueux et, merde, il te parie n'importe quoi qu'elle héberge la minouche du siècle la petite Mirale.

— Vous avez l'air perplexe ? demande-t-elle au lieu de répondre à sa question.

— Non, non, je laissais libre court à mon imagination, répond-il.

— Est-il indiscret de vous demander où elle vous conduisait ?

Il est désarmant le bon ringard. Son regard éplore. Ses paupières deviennent deux grosses virgules.

— Dans un lit, dit-il.

Eve rosit un peu de l'alluse. Humour de représentant blanchi sous le harnois, qui baisotte les mercières veuves de-ci et là. Elle imagine ce que serait une soirée en tête à tête avec cet homme aimable mais rincé, la conversation faussement intellectuelle. Elle déteste les gens qui font semblant d'être intelligents. Rien de pire, ni de plus fastidieux ; on dirait qu'ils édifient un château de cartes en se retenant de respirer.

— Bon, coupe-t-elle, vous êtes d'accord pour m'arranger ce guet-apens, Maumau ?

— Evidemment, on va vous faire du bon boulot.

— Vous êtes fantastique.

Elle lui signifie, par des riens perceptibles, qu'il doit déguerpir. Jean Maurice se lève à regret. Il risque un baisemain de bellâtre cacochyme gauche et attendrissant. Ce qu'il voudrait pouvoir poser sa joue sur les fesses de la chroniqueuse ! Et dire qu'un heureux se la fait couramment. Qu'il a le droit de prendre le mignon cul pommé d'Eve pour oreiller. Seigneur, quelle félicité !

Artémis parlemente au téléphone avec son jules ; le dîner prévu n'a pas l'air de bien se combiner. Chacun sa vie.

Eve est contente de se retrouver enfin seule. Elle prend avec écœurement le verre vide du vieux photographe et le jette dans sa corbeille à papier. Jean Maurice lui donne envie de gerber. Tout chenu, matamore pourtant, convoiteur. Son sexe flétri traîne dans ses prunelles. Il la dégoûte, son mari la dégoûte, et le Président... Elle n'ose avouer que tous les hommes lui produisent peu ou prou cet effet. Jeune fille, elle a eu des émois, des admirations. Femme, elle a subi des élans. Il lui est même arrivé de couchailler deux ou trois fois, avec des types impressionnants, mais qui ne l'impressionnaient plus une fois nus et râlants. Un beau mâle n'est beau que lâché dans l'arène. Quand il entreprend de vider ses testicules, il devient misérable, infiniment pauvret. Cependant, elle se sent fille de feu, propre à la passion. Trouve-t-on fatalement un support à la passion potentielle ? Ces réserves infinies qu'elle sent flamber dans ses veines ne peuvent donc s'épancher qu'à travers le réservoir d'un stylo ? Elle se voit, agenouillée sur le lit conjugal, pendant que son bonhomme la besogne. Elle se rappelle ses rares expériences avec d'autres ! D'autres ! Elle

149

ricane : n'est-ce pas toujours le même homme, au moment du rut ? Depuis les grands primates qui nous ont précédés ?

Elle s'allonge sur son canapé, se défait de ses chaussures et place ses chevilles sur l'accoudoir. Les yeux fermés, elle écoute battre son cœur. Il va son petit bonhomme de chemin. A présent qu'elle a trouvé sa vengeance et qu'elle la tisse en bonne araignée patiente, elle se sent délivrée de son humiliation. Ne reste que l'amertume sur la toile du tamis. Tumelat n'est plus pour elle qu'un grotesque fanfaron, butor manichéen aigre et sucré comme un mets chinois. Son secrétaire lui flanque le frisson. Falot, perfide. Triste courage masqué ! Ardent sur une motocyclette où il devient robot, odieux dans ses appels anonymes. Elle sait qu'il ne la harcèlera plus, puisqu'il est débusqué. Ce genre d'individu n'ose que dans l'anonymat absolu.

Elle a bien noté la panique sur le visage du beau gosse quand le Président a parlé de ses prouesses motocyclistes. Toujours cela de positif dans ce pénible incident : l'homme à la moto a cessé de la tourmenter. La sonnerie du téléphone ne la fera plus tressaillir.

On toque ; à la manière elle sait qu'il s'agit d'Artémis.

— Venez, ma poule !

La secrétaire entre dans le bureau. Eve n'a pas besoin de rouvrir les yeux pour comprendre.

— « Il » s'est décommandé, hein ? Sa femme a eu un accès de fièvre qui l'oblige de rester à son chevet ?

Artémis ne répond rien parce qu'il est difficile de parler quand on vous entonne de la peine jusqu'à la glotte.

— Artémis, soyez gentille : téléphonez chez moi, dites à mon mari que je ne rentrerai pas dîner, qu'il y a conseil extraordinaire de rédaction. Nous aussi, nous savons mentir. Ensuite, je vous emmènerai casser une croûte dans un bistrot ; vous me parlerez de votre vieille mère, de vos règles, de votre propriétaire, du journal, de tout, mais pas de baise, n'est-ce pas, Artémis ? Surtout pas de baise.

Pour lors, voilà la brave grosse remise sur ses rails.

— Ce que vous êtes chouette, s'extasie-t-elle. Mais, et votre petit Boby ?

— Son papa s'occupera de lui, il n'existe pas deux cons comme Luc pour raconter le Petit Chaperon rouge.

Elle ajoute, d'une voix lasse :

— Moi, je suis une mauvaise mère.

XXI

Le Président donne la lumière dans sa chambre et s'efface pour laisser pénétrer Noëlle. La jeune fille entre timidement, comme on se présente dans une exposition un jour de vernissage, à la fois curieuse et inquiète.

Elle est frappée par les vastes dimensions de la pièce, ensuite par le lit à baldaquin et surtout par une énorme niche à chien, très surréaliste dans ce cadre un rien pompeux. L'endroit a une odeur, celle du Président. Parfum viril, mais discret qui invite à la nostalgie. Horace referme la porte.

— Mon antre, dit-il.

Des livres s'empilent sur une commode. Il en prend un chaque soir, dont il franchit quelques pages avant de le recevoir sur le nez. Il lui arrive de se réveiller la nuit pour pisser, et c'est alors qu'il lit vraiment une ou deux heures d'affilée, avant de retrouver le sommeil.

Mais jamais il ne finit un bouquin. Quand, le lendemain, il reprend le roman ayant meublé son insomnie, au lieu de le continuer là où il l'a laissé, il s'empare d'un autre livre. C'est à la commode qu'il va, pendant que la petite procède à la découverte de sa chambre. Depuis le beau meuble marqueté, il a une vue générale. Il trouve ravissante cette adolescente dans son propre décor. On est moins frappé par ses mutilations. La silhouette s'impose et les détails tombent.

— Comment trouves-tu ?

Elle déteste. Beaucoup trop royal pour son goût. Trop théâtral. Elle admet le grand salon et la salle à manger pleins d'emphase, mais conçoit difficilement que l'on ait pour tanière une pièce aussi grande et orgueilleuse.

— C'est une niche ?

— Celle de Taïaut, le chien de mon oncle, répond le Président. A la mort d'Eusèbe j'ai installé le clébard dans mes appartements ; mais le pauvre s'est fait écraser pendant que la femme de chambre le promenait. Il lui a échappé d'une secousse pour courir sous les roues d'une voiture.

— Pourquoi avez-vous conservé sa niche dans votre chambre ?

Horace n'a pas envie de lui mentir.

— Parce qu'il m'arrive de m'y coucher.

Elle fait volte-face.

— Ah ! oui ?

— Oui. Imagines-tu le *scoop* que ça donnerait, une photo de moi lové dans une niche à chien ?

Il ajoute :

— Tu me crois un peu fou, n'est-ce pas ?

— Pourquoi ne coucheriez-vous pas dans une niche à chien si vous en avez envie. Un psychanalyste vous affirmerait probablement que cela correspond à un besoin du sein maternel. Naître est la plus odieuse des mutilations, n'est-ce pas ?

Elle s'est plantée devant un grand miroir ancien au cadre polychrome ; courageusement, elle arrache ses lunettes noires et s'y examine. Il y a une hardiesse dans son attitude, un défi.

On dirait qu'elle se provoque. Horace songe que la guérison escomptée est en train de se produire : Noëlle va mieux, elle recommence à communiquer, à s'intéresser aux gens et aux choses, à regarder autour d'elle, mais mieux encore, à soutenir la vue de sa pauvre figure détruite.

— Je dois vous dégoûter, non ?

— Je t'en prie, ne dis pas de sottises !

Quelle piètre protestation ! Il est vraiment à court d'arguments, le ronflant tribun, l'homme aux formules éblouissantes qui désamorce si bien les interviewers de tout poil en leur mettant le nez dans leurs questions.

— J'étais belle, n'est-ce pas ? dit-elle, tout en arrangeant de son mieux ses cheveux devant ses cicatrices.

— Tu étais jolie, rectifie Horace, c'est à partir de maintenant que tu deviens belle.

Cette délicate ambiguïté attire Noëlle comme un piège sucré un insecte. Bien sûr, il fait un pieux mensonge, elle est néanmoins intéressée et souhaite le pousser vers quelque développement, non pour embarrasser le Président — jamais embarrassable — mais seulement pour mieux s'oindre de ce baume miracle qu'il lui propose.

— Comment pouvez-vous prédire à la fille affublée d'un tel visage qu'elle va devenir belle ? interroge Noëlle (celle de la glace, et non celle qui lui tourne le dos).

— On est beau de l'intérieur, rétorque le Président. L'extérieur est une remontée en surface de la beauté qui vous habite. L'incendie a déchiré tes traits, mais ils se reconstituent spontanément. Quand un sculpteur abandonne son œuvre en cours, il la recouvre d'un linge mouillé, le linge dissimule l'œuvre un instant, puis, lentement, il se plaque étroitement à elle et finit par la laisser se révéler à travers lui. En séchant, tes plaies te rendent ton visage. On le pressent différent, plus affirmé ; alors je dis que tu es en train de devenir belle.

Elle dodeline de la tête, exprimant ainsi un doute et un remerciement ; elle aime la façon dont il lui fait la charité. Aumône en monnaie de singe, qui pourtant l'enrichit.

Un peu de musique tendre conviendrait à l'instant, le soulignerait. Horace retrouve confusément une poussière de bonheur, du bonheur perdu parce qu'il était bêtement combustible. Ce n'est pas des regrets, ni même de la nostalgie, plutôt les promesses d'une autre vie. La présence de Noëlle le conforte dans de secrètes perspectives. De plus en plus, il se sent au seuil d'un accomplissement mirifique.

— Va chercher tes effets, décide-t-il, tu vas venir t'installer ici.

Elle n'ose comprendre, mais ce qu'elle croit entrevoir l'impressionne.

— Vous voulez dire que je vais occuper votre chambre ?

— Oui.

— Avec vous ?

— Oui.

Elle reste un peu incrédule malgré tout. Une vive pâleur accentue la couleur rose chair de ses plaies.

— Et votre femme ? balbutie Noëlle.

Il gronde, tout de suite au paroxysme du mécontentement :

— Quoi, ma femme ? Depuis des années il n'y a plus entre nous qu'une haine mondaine. Tu n'es pas la petite jeune fille au pair que le vilain mari séduit. Elle est allée te chercher en connaissance de cause, non ? Au fait, crois-tu qu'elle a agi par compassion, parce qu'elle a appris que tu te mourais de consomption ? Le crois-tu ?

— Non, répond Noëlle dans un souffle.

— Alors, à ton avis, pourquoi t'a-t-elle amenée ici ?

— Par esprit de vengeance, peut-être, murmure Noëlle, afin de me montrer à quel point vous ne m'aimez plus.

— Tu brûles, ma fille ; tu brûles !

Et alors, ce grand con s'aperçoit que son expression est vachement inopportune ; et ça lui amène in petto de la jubilation. Il faudra qu'il raconte ça à Eric, demain ; lui seul possède suffisamment de cynisme pour goûter l'humour noir de la chose.

— Te rends-tu compte qu'elle libère sa bile en passant pour une grande âme bourrée d'abnégation ! Bath, non ? Du grand art !

Il se contient. Pas le moment de gonfler comme un soufflé de rogne. Elle ne doit pas en conclure qu'il lui offre l'asile de sa chambre uniquement pour emmerder bo-bonne ! Et d'ailleurs, très franchement, cette proposition n'avait rien de machiavélique. Elle est venue toute seule au Président, pendant qu'il regardait la petite, piquée devant la vieille glace espagnole. Il a eu le désir de la garder avec lui. Non pour lui faire l'amour — il ne pourrait pas — mais parce qu'il la veut en exclusivité absolue. Il est capricieux, le bougre. Ses élans constituent souvent des plans de conduite irrévocables.

— Je vais vous gêner, dit Noëlle. Vous rendez-vous compte, une femme, chez vous qui avez vos habitudes bien ancrées !

Elle désigne un poste téléphonique au chevet du lit, ainsi qu'un dictaphone particulièrement sophistiqué, les livres amoncelés.

— Si tu me gênes, je te le dirai, rétorque carrément le Président. On ne risque rien à essayer.

Elle hoche la tête, incrédule. Trop d'objections se ramassent, qui lui font valoir l'aspect déraisonnable d'une telle cohabitation. Lui-même est pris d'une sourde angoisse. Ses paroles n'ont-elles pas dépassé sa pensée ?

Néanmoins il tiendra bon. Il a le respect de son instinct, le Président, il croit plus en lui qu'en Dieu, car son instinct, c'est peut-être la voix du Seigneur, sa présence divine.

— Va chercher tes affaires, te dis-je, faut-il que Juan-Carlos te donne un coup de main ?

— Oh, non ! Pour ce que j'ai...

Elle balance un peu, d'un pied sur l'autre, regardant le Président d'un air dubitatif.

— Je veux bien essayer, dit-elle, mais à une condition.

— Laquelle ?

— Je dormirai dans la niche.

DEUXIÈME PARTIE

L'ANGE

I

Un redoux précoce rend la nuit poisseuse. Des bourrasques tièdes refoulent la pluie oblique qui donne au quartier Saint-Germain-des-Prés sa brillance de film en noir et blanc. Arrêté devant un antiquaire de la rue Jacob, Eric contemple une maquette de voilier britannique à bord duquel il ne peut s'empêcher d'embarquer un instant. Ses nostalgies charrient encore des langueurs de mers du Sud. Il n'ignore pas que le monde s'est refermé et que l'aventure n'est plus désormais que dans nos têtes ; malgré tout, il pique vers des îles pour feuilletons hollywoodiens à bord du trois-mâts poussiéreux aux voiles de parchemin. Nos rêves sont à l'état de maquettes. Ah ! mourir aux Philippines, comme Magellan, après avoir eu un univers aussi vaste que notre système solaire à découvrir. Odyssée 1520. Ne subsiste de tout cela qu'un modèle réduit de bateau entre un escabeau de bibliothèque et un scriban anglais.

Eric reprend sa marche en direction de la rue Saint-Benoît. Il est deux heures du matin et il souffre de migraine : trop de scotch chez *Gros Minou*, un bar de fiotes où il n'a pu s'empêcher d'aller massacrer ses tympans.

Il serait rentré plus tôt, chez lui, mais il a aperçu Boulou qui le guettait, alors, pris de panique, tu parles qu'il a rebroussé chemin. Depuis sa séance de branlette, elle le drague à mort. Pour comble, Marien est à Gstaad, en train de jouer les paparazzi entre l'*Olden* et le *Palace*. Il regrette ses connes entreprises inabouties de l'autre soir avec la copine du gros. Elle s'est découvert une âme de terre-neuve et veut absolument le convertir. Ce qu'il y a de débectant avec les filles, c'est qu'elles prennent tout au sérieux. Pas mèche de s'offrir des galops d'essai avec elles, des fausses manœuvres. Tout de suite, elles se sentent investies d'une mission. Deux doigts dans la moniche, juste pour dire, et elles se sentent marquées de ton sceau, ces bécasses !

Il débouche dans sa rue. Rien. Soulagé, il s'y engage. Elle reviendra l'emmerder demain. Nous sommes inconscients, toujours à tendre les collets dans lesquels nous nous prenons les pieds !

Il a hâte de se retrouver chez lui pour regarder s'anéantir deux Alka-Seltzer dans un verre d'eau. Il sait que le bruit crépitant des bulles, déjà, calmera son mal de crâne. Comme il parvient devant son entrée, une portière de voiture s'ouvre devant lui. Une femme sanglée dans un ciré noir descend d'une Mercedes break et se plante devant Eric. Il ne la reconnaît pas tout de suite.

— Bonsoir, monsieur Plante.

Le garçon éprouve un choc en identifiant Eve Mirale.

Pourquoi une peur atroce lui mord-elle soudain les entrailles ? Il a l'impression qu'elle est là pour l'assassiner. D'instinct, il regarde les mains de la journaliste. Bien qu'elle ne tienne qu'un journal roulé, il n'est pas rassuré pour autant. Elle lui sourit. Un sourire pâle, aux dents serrées. La pluie commence à cribler le visage d'Eve.

— J'ai quelque chose pour vous ; on ne pourrait pas aller prendre un verre ?

« Oh ! bon Dieu, mais je suis un lâche ! » se dit Eric en sentant flageoler ses jambes et se glacer sa poitrine. Il se rappelle un homme mort, au bord de la route. Il cherchait à lui porter secours, ne trouvait rien à essayer de valable et lui palpait le cœur. Oui, ses doigts ont conservé l'abominable contact à leur extrémité. Est-ce près des ongles que siège la mémoire tactile ? Cette poitrine qui se minéralisait, il la retrouve, et c'est la sienne. Putain de femelle ! elle ne peut pas ne pas le tuer avec un regard pareil ! Y a-t-il un poignard dans le journal ? Un pistolet ? Probablement le guettait-elle... Elles s'acharnent toutes après lui, Boulou pour lui voler son sexe, Eve Mirale pour — très certainement — lui voler sa vie.

Elle attend sa décision sans le quitter du regard.

« Surtout pas chez moi, se dit-il. Pas chez moi : elle l'aurait trop belle pour m'abattre et s'en aller. »

Un désespoir physique, teinté de fatalisme, le point. Il désigne le carrefour Saint-Germain du menton. Là-bas, il y a des lumières, beaucoup de monde. Elle hésitera une fois dans la foule.

Il se met en marche, sans répondre, prenant bien garde de ne pas la devancer : ça vous tire dans le dos sans hésiter, cette charognerie ! Des houris ! Des goules ! Pourquoi a-t-elle attendu plus d'une semaine avant de venir ?

Leurs pas non synchrones font sonner le trottoir. Des gens parlent, s'interpellent. La circulation est toujours dense. Eux se taisent. L'odeur d'Eve lui parvient, envoûtante et secrète. Sur sa moto, à cause du casque, il n'avait pu la respirer. S'il doit vivre encore, il n'oubliera plus ce parfum.

Dans son esprit où la crainte et la surprise ont mis la confusion, les pensées s'organisent à chacune de ses enjambées. Elle ne va pas le tuer dans un café ! Quand on a de telles intentions, on agit spontanément. Et puis on ne tue pas un homme parce qu'il vous a contraint à le satisfaire, on ne peut qualifier de viol le caprice d'Eric. Voie de fait ? A la rigueur. Il ne l'a brutalisée que moralement, somme toute, en l'entraînant sur son bolide.

Il garde les mains dans les poches de son imperméable clair, à épaulettes paramilitaires.

Il nourrissait des pressentiments, cela dit, Eric. Mal dans sa peau, inquiet. Un tourment indéfinissable entachait sa joie de fonctionner pour le compte du Président.

Que lui a-t-elle dit, déjà, en l'abordant ? « J'ai quelque chose pour vous. » Que peut-elle avoir « pour lui » qui ne soit redoutable ? Il doit conserver son calme ; s'y exhorte. Relaxe. Il offrira moins de prise à l'adversaire, voire à l'adversité.

Ils parviennent au carrefour. Sans consulter Eve, il traverse le boulevard pour aller chez *Lipp*. Elle n'a rien contre et il la laisse entrer la première. La célèbre brasserie est encore pleine de choucrouteurs et d'intellectuels à longs cache-nez, longs tifs, aux yeux fiévreux, qui préparent l'avenir devant un demi de bière. Il cherche une table, ne trouve que deux places vacantes juste à gauche de l'entrée, les désigne à la journaliste qui acquiesce et choisit la banquette.

C'est seulement à cet instant qu'il ose la regarder. Il lui

trouve une expression tragique. Elle semble fatiguée. Son maquillage s'est estompé, ses traits se sont accusés et son regard s'est flétri dans l'attente.

Elle est bien plus belle ainsi, presque touchante.

L'imperméable noir fait deuil, tout à coup, dans les lumières. Un garçon vient s'enquérir. Eric interroge sa compagne du regard. Quelle navrance que la vie, avec sa cohorte de petites conventions. Ils sont là, face à face, aux prises avec il ne sait encore quoi de très grave, et voilà que, par respect humain, ils sont contraints de commander une consommation.

— Un café, dit la jeune femme.

— Deux, ajoute Plante.

Le garçon s'éloigne. A la même table qu'eux, une vieille comédienne plâtrée, à tête de masque égyptien, fume solennellement, le port droit, l'œil perdu. Le brouhaha, la chaleur roulent sur eux comme la grosse barre d'une mer du Sud. Eve a attendu trop longtemps au volant de sa Mercedes, perdant ainsi le contact avec l'ambiance humaine. Et puis il y a la fatigue, un début d'insomnie. Elle se couche rarement très tard. Eric a bu trop d'alcool et a eu trop peur. Il attend. Elle continue de se taire sans poser le regard sur lui. Il est impressionné par la personnalité de la jeune femme. A cet instant, oublieux de toute crainte, il s'aperçoit qu'il a honte. Honte de la promenade folle à moto.

— Je vous demande pardon, marmonne-t-il.

Comprend-elle ? En tout cas elle reste sans réaction.

Il déboutonne son imper et bataille avec la ceinture nouée trop serrée.

— Votre papier m'avait rendu fou, alors j'ai commis une folie : j'ai un côté très braque, vous savez.

— Je m'en fous, soupire Eve Mirale d'une voix lasse.

Elle dépose sur la table le journal roulé qu'elle avait en main. C'est un hebdomadaire satirique. L'imprimé libéré se gonfle.

— Il se trouve déjà dans toutes les voitures de messageries et sera en vente demain matin, annonce-t-elle.

Le cœur d'Eric se vide. Voilà, terminus ! Il avait parfaitement compris qu'elle tenait une arme. Ce n'était ni un poignard ni un pistolet, mais un journal. Du distillé, il peut y compter. Elle a pris son temps.

— Je vous ai attendu afin de vous le remettre personnellement, monsieur Plante. Je tiens à ce que vous en preniez connaissance devant moi : page seize.

Le garçon apporte leurs deux cafés dont l'arôme est incisif. Eric demande combien il doit. Comme le garçon est déjà reparti, il lit la somme sur le ticket et dépose l'argent sur la table. Ayant réglé les consommations, il s'empare de sa tasse. Une grande indifférence tragique s'étale en lui. Le café est brûlant ; machinalement, il souffle dessus.

— D'où vous vient ce besoin de nuire ? demande-t-il.

— Parce que kidnapper les gens et les violenter n'est pas nuisible ? riposte Eve.

— J'ai riposté à une humiliation publique, par une humiliation privée, dit-il, ça me paraît sans commune mesure.

— Parce que vous êtes une petite pute, monsieur Eric Plante ; si vous étiez une vraie femme, ou un véritable homme, vous mesureriez l'ampleur de ce forfait.

Elle a monté le ton et la vieille comédienne laisse couler sur Eric un regard intrigué, prêt aux flétrissures.

Le jeune homme dépose sa tasse et se lève.

— Non ! vous allez regarder la page seize, intervient vivement Eve.

Il sourit. Ainsi donc, il la tient pour un moment. Piètre victoire, mais victoire tout de même. Elle l'aura attendu des heures devant son immeuble en pure perte : il ne va pas lui donner la satisfaction de lire son papier devant elle. Chose curieuse, son comportement la désempare (j'écris « la désempare » et vous compisse, grammairiennes et grammairiens bilieux, louches conservateurs d'une langue-musée que vous privez d'acquisitions bon marché) ; elle a tout manigancé dans la perspective de l'instant savoureux où Eric allait ouvrir le journal en frémissant. Et il la laisse en plan, avec son hebdomadaire.

Certes, il courra l'acheter demain, peut-être même, ancien homme de presse, ira-t-il le chercher à l'imprimerie en sortant, mais Eve n'assistera pas à l'explosion de sa bombe. Il la prive de sa réaction. Pas une seconde elle n'a envisagé cela, serait-il moins pleutre qu'elle croyait ? Elle a eu tort de l'insulter ; il lui fallait rester froide jusqu'au bout. Elle vient de tout gâcher. Eric quitte la brasserie.

Eve jette sa tête en arrière et ferme les yeux, morte de

fatigue, d'écœurement. Il va lui falloir retourner chercher sa voiture, rue Saint-Benoît, rentrer chez elle. Elle se dit que s'il y a un taxi à la station, quand elle sortira, elle le prendra. Rien ne presse. Luc doit roupiller dans leur grand lit. Est-il laid, ce type-là, quand il dort ! Désert et bête. Redoutable, le sommeil. Il ne pardonne pas. Peu de gens sortent indemnes de l'épreuve. Regarde dormir ta femme, et tu sauras si tu l'aimes pour de bon. Elle passera par la chambre de Boby. Tiens, demain, elle l'emmènera au cinéma, elle n'a pas le droit de passer à côté de son enfance. Un gosse a besoin de sa mère, elle lui accorde trop peu de temps. Est-il plus important d'écrire une chronique à succès que d'aider un môme à faire des additions ?

Elle rouvre les yeux. Eric est là, souriant. Il tient un second exemplaire de l'hebdo et l'agite sous le nez d'Eve Mirale.

— Vous disiez qu'il paraîtrait demain, mais nous sommes demain. Il est déjà en vente au *Drug's*. Page seize, disiez-vous ?

Il va pour feuilleter le journal.

— Vous voyez que je n'ai pas l'âme aussi noire que vous le pensez. J'aurais pu le lire dans mes bottes, dehors ou chez moi, en égoïste. Eh bien pas du tout : vous allez toucher vos trente deniers, madame. Regardez, je ne me masque pas le visage, mais pose votre canard bien à plat. Je vais essayer de conserver la tête bien droite pour le lire de manière à ce que vous ne perdiez pas une miette de mes expressions. Vous allez pouvoir prendre un très beau pied, madame, je vous promets de ne pas tricher. Oh ! avant de me lancer dans l'irréparable, et puisque je vous tiens, laissez-moi vous dire que vous branlez magnifiquement. Ce fut inoubliable. Sûrement ne me croirez-vous pas si je vous affirme que je n'ai plus joui depuis. Et pourtant c'est vrai. Dites, à mon âge, n'est-ce pas malheureux ? Car enfin, cul ou con, la sève réclame, non ?

Il avale d'un trait sa tasse de café et ouvre l'hebdomadaire, page seize.

Eve Mirale a de l'entregent. Malgré la divergence d'opinions entre le journal où elle sévit et l'hebdo satirique, ce dernier a largement donné asile à ses documents. Deux photos sur près d'une demi-page. Côte à côte. La première représente Eric en ridicules mamours avec un travelo ; la seconde — un chef-d'œuvre de Jean Maurice.— le montre pratiquement dans les bras du Président. Tumelat, après un copieux repas, a la manie d'étendre ses bras sur le dossier des banquettes. Le diabolique photographe les a flashés à la seconde où Eric se tourne face à lui pour lui parler, avançant les lèvres de telle sorte qu'on pourrait croire qu'il va embrasser le grand homme.

Titre de la manigance :

Son secrétaire, ou son démon de la soixantaine ?

Sous-titre :

« Des boîtes à travestis aux coulisses du Pouvoir » Ou la Carrière d'un Rastignac d'Arcadie.

Il s'applique à lire le texte assez court légendant les images. Son curriculum en termes corrosifs y est résumé de manière corrosive, faisant de lui un suce-bite arriviste, petit ramasseur de ragots dans un journal pour concierges, ayant su jouer de ses charmes pour investir le Président Tumelat. La question est posée de savoir si un chagrin d'amour, qui est dans toutes les mémoires, n'aurait pas conduit le glorieux politicien à des plaisirs que son passé de don Juan ne laissait pas prévoir.

Eric se contraint à lire jusqu'au bout, puis à relire, mais les photos, surtout, sont terribles. La première cautionne la seconde. Il ne peut, ce faisant, empêcher sa pensée sinistrée de l'entraîner, à travers ces lignes odieuses, au cœur de son problème. « Cette fois, pense Eric Plante, « il » va le lire. « Il » est abonné à ce canard. L'article du *Réveil* « lui » a échappé, mais demain il aura connaissance de cette infamie. »

Un désert lunaire le cerne. Il voudrait pouvoir reprendre sa vie et la faire autre. Jamais encore il ne s'est senti autant en peine, en grande peine. Un moment, il en oublie la présence de son bourreau. Et quand, s'arrachant à la fascination de l'horreur, il relève les yeux sur Eve, il ne lui importe plus qu'elle soit là ou pas. Elle peut triompher : sa victoire est beaucoup plus grande encore que ce qu'elle espérait, plus totale, plus fouillée. Il ne reste pas un recoin de sérénité chez le garçon. Tout est nuit et chaos.

Avec son instinct de femme, Eve comprend l'ampleur du résultat ; sa haine s'écoule comme d'un récipient fêlé.

Plante referme son journal d'un geste harassé, le pose sur le premier.

— Tenez, dit-il, cela vous en fait deux pour le prix d'un. J'espère que c'était bien ?

Son ton n'est pas celui du sarcasme. Il a une voix de médium décrivant des pans d'au-delà. Il insiste :

— C'était bien, madame Mirale ?

Eve s'abstient de toute réaction. Elle n'éprouve ni gêne, ni remords, ni compassion, simplement, sa lassitude confine au délabrement physique et moral. Elle rêve d'un bain hâtif. Et puis elle ira regarder dormir Boby dans sa petite chambre tapissée de tissu Soleilado (blanc à menues fleurettes roses) avant de se mettre au lit. Malgré sa fatigue, par sécurité, elle prendra un somnifère.

Assouvie, comme par une copulation intense, elle a envie que tout cela cesse. C'est elle qui se lève la première. Eric agit de même. Ils sortent. La nuit a une lourdeur hors de saison. Sur le boulevard Saint-Germain, la circulation continue, encore intense malgré l'heure tardive. Ils refont, en sens inverse, le chemin de tout à l'heure. Eric pense à sa corde dans le tiroir. Il ne l'a pas suffisamment lubrifiée. Elle garde sa raideur de fabrique. Il n'empêche qu'elle est apte à servir, telle quelle...

— Vous accepteriez de monter un instant chez moi ? demande-t-il.

— Sûrement pas.

— Dommage.

— Pourquoi ?

— Ç'aurait pu être un moment de qualité.

Elle ne lui demande pas de préciser davantage.

Quand ils sont parvenus à la hauteur de la Mercedes, Eve murmure :

— Tiens, j'avais laissé les clés sur le tableau de bord.

Comment vont-ils prendre congé ? Pour un peu, elle lui prendrait presque la main après l'avoir poignardé. Elle souhaiterait qu'il regimbe, qu'il l'insulte. Elle est vaguement désemparée devant ce grand gosse au bord des larmes.

— J'ai lu des papiers de vous, quand vous étiez au *Parfait*, dit-elle. Fumiers, mais bien tournés : du mordant, une violence sardonique. Je vous jugeais vermine, mais fort. Vous faisiez selon moi partie de ces homosexuels insolents qui défient la morale et, qui plus est, la qualité de la vie. Et je trouve un petit bonhomme désemparé. Vous n'assumez pas.

166

Il est immobile dans la lumière soufrée d'une enseigne ; beau, trouve-t-elle, mystérieux.

Elle attend, un instant, une hypothétique réponse aux indirectes questions qu'elle vient de poser. Il ne parle pas, l'enfant puni. Un douloureux détachement le rend indifférent à tout.

— Bon, eh bien je crois que nous devrions en rester là, fait la jeune femme.

Elle ouvre la portière de sa voiture et se glisse au volant.

— Attendez ! s'écrie-t-il.

Il se précipite vers elle, tombe à genoux sur le trottoir et pose sa tête sur la cuisse d'Eve, ses bras ballants à l'extérieur du véhicule. Eve demeure quelques secondes immobile avant de le refouler d'un brusque mouvement de la jambe.

— Ne me touche pas, espèce de sale petit pédé !

Elle met le contact et démarre en force. Ses pneus feulent dans le presque silence de la rue Saint-Benoît. La portière qu'elle n'a pas refermée claque sous le rush du départ. Eve s'abstient de vérifier dans le rétroviseur si Plante a été meurtri par son fougueux démarrage.

Sa belle haine chatoyante lui est revenue, intacte.

Elle le hait pour l'instant de trouble qu'elle vient d'éprouver.

II

C'est le moment luxueux où, sortant de sa salle de bains, le Président se croit neuf et dépositaire de son temps. Il suffit d'un bain parfumé, d'un rasage minutieux, pour le rendre provisoirement neuf. Mais la qualité principale du neuf, n'est-elle pas son caractère étroitement provisoire ?

Choisir ses fringues et les passer complètent sa félicité. Il est toujours attentif à sa mise. Ce matin, il a eu un motif de satisfaction supplémentaire en constatant que ses cheveux étaient redevenus uniformément gris, sans ces reflets rous-sâtres consécutifs aux teintures qui n'en finissaient pas de s'attarder.

Perplexe, devant les portes béantes de sa garde-robe, il passe ses costars en revue. Complets de bonne coupe, élégants, un rien trop sobres pour son goût, car il aimerait commettre des incartades vestimentaires et se risquer par-fois dans des fringues pour minets. Rien ne plaît autant à Horace que de s'habiller en sport. Hélas ! dans son job de pourri, les occasions sont rares.

A demi sortie de la vaste niche, Noëlle suit ses faits et gestes, comme les suivait Taïaut, avec le même regard fanatique et anxieux, coupable de trop aimer le maître.

Leur cohabitation s'opère on ne peut mieux, grâce à l'infinie discrétion de la petite. Elément primordial : elle a su d'emblée que pour éviter de le perturber, il ne fallait pas user de sa salle de bains, aussi n'y est-elle jamais entrée, continuant de pratiquer celle de la chambre d'ami. Pas une fois elle n'a eu l'idée de le rejoindre dans son lit. A peine entrée dans la pièce, elle se coule dans la niche et s'y trouve protégée.

Tumelat opte pour un costard bleu clair à fines rayures plus sombres. Selon son habitude, il va l'accrocher au ciel de lit de son plumard. Ensuite, il sort une chemise blanche, deux cravates : une unie bleu foncé, une autre, bleue aussi, mais égayée d'un motif géométrique plus clair. Chaussettes bleues, chaussures bleues, à boucle dorée, ceinture de croco bleue.

Il s'assoit sur le bord du lit pour passer les chaussettes et ce faisant avise Noëlle, toujours à demi sortie de la niche. Elle porte une chemise de nuit très chaste, en fin coton blanc. Effet anachronique : elle a déjà chaussé ses grosses lunettes noires.

Tumelat sourit à la petite.

— Dieu, l'étrange et ravissant escargot que voilà ! fait-il, de bonne humeur.

Elle murmure « bonjour ».

Il se met un peu en biais pour enfiler ses chaussettes, afin de ne pas lui révéler ses génitoires en gros plan.

— Tu as bien dormi, l'ange ?

— Oui.

— Mes ronflements ne te gênent pas ?

— Vous ne ronflez pas.

— Crois-tu ? Jadis, mon épouse me houspillait en pleine nuit sous prétexte que je l'empêchais de dormir.

Il la contemple à nouveau, se dit qu'elle devient une véritable bête, en vivant de la sorte, à ses pieds. Ne lui arrive-t-il pas de se lover sous son bureau quand il écrit du courrier avant de sortir !

Une chienne.

Les chiennes sont-elles heureuses ?

— J'ai l'impression que ça va, toi, non ?

— Oui, très bien.

Elle est la présence rêvée. Attentive et silencieuse. L'amour embusqué, qui ne sollicite rien et s'accomplit par simple osmose.

— Au fait, dit-il, je n'ai jamais vu les cicatrices de ton corps. Tu veux bien me montrer ?

Noëlle s'extirpe de la niche et s'agenouille sur la moquette ; docile, elle ôte sa chemise de nuit et reste immobile, face au vieil homme, étonnante, ainsi agenouillée et nue avec ses grosses lunettes sombres.

Le Président s'approche pour l'inventaire. Vachement

ridicule, moi je trouve, ce nœud, avec une veste de pyjama qu'il tient maladroitement abaissée devant sa chopine, et ses chaussettes de fil bleu.

Il inspecte le corps exquis de Noëlle et il est surpris agréablement en constatant que ses autres mutilations sont moins évidentes que celles du visage. Une large plaque à l'épaule gauche, une autre sur le bassin. Et puis les mains, bien sûr, mais il en a pris l'habitude. Un émoi tiède accélère les battements de son guignol à retrouver ce corps d'adolescente. Fini, l'amour. Mais du désir, il lui en revient. Il doit continuer de s'habituer à la nouvelle Noëlle, la réaccepter telle que le feu l'a transformée. Et alors, il envisage de retrouver avec elle des moments de grande frénésie. Déjà, il a la bite qui frémit, tu me crois pas ? Qu'est-ce qu'on parie qu'il bandouille gentil, le grand Tumelat ! Un petit coup de tyrolienne bien placé, et il l'empaffe, si tu veux mon avis d'expert. De la voir agenouillée ainsi, les jambes un tantisoit ouvertes, merde, tu résisterais, toi ?

Mais décidément, non, non : plus tard. Ne rien gâcher. Artiste en culerie, il mijote l'avenir, le vieux sagouin.

— Trois ou quatre étés par là-dessus, et ça ne se verra plus, assure le Président. Tu vas voir le soleil, mon ange, comme il achève bien le boulot des toubibs.

Il chasse ses débuts de désir. D'ailleurs, comme pour l'y aider, on frappe.

Le toc-toc discret de Juan-Carlos.

— Oui ?

— L'abbé Chassel est arrivé ! annonce le valet, avec son accent espanche.

— Olé ! répond Tumelat.

Il enfourne sa bandocherie dans un slip bleu. Joyce de sa découverte : Noëlle est encore baisable. Dieu soit loué !

— Je me demande ce que me veut ce curé de mes fesses, grommelle-t-il. Il a téléphoné trois fois « personnel et de la plus haute importance » a-t-il insisté. Sûrement un toit d'église à refaire. Ou une kermesse à patronner. Note que depuis lurette, les curés ont cessé de nous faire chier. Ils ne harcèlent plus les comtesses depuis qu'ils ont enfin découvert le Christ. Dans mes débuts politiques ce qu'ils nous morpionnaient, les bougres, qu'on soit de gauche ou de droite !

Elle l'écoute, le contemple et l'admire. Il se saboule avec

aisance ! Va ouvrir les robinets du lavabo dans la salle de bains pour couvrir le bruit d'un pet matinal qu'il réprime depuis l'installation de Noëlle. L'unique tracasserie qu'elle lui inflige indirectement, la pauvrette. D'ordinaire, il a le vent facile au lever. S'en libère à plaisir, trouvant un tonus à la chose : bruit et parfum. Une manière de s'affirmer. Tout est style !

Libéré de ces gaz mutins, il referme les robinets. Un coup d'œil dans la vaste glace sertie d'ampoules encastrées. Impec ! Le tout grand homme ! La France n'a qu'à bien se tenir ! Fort mais bon bougre. Comme il le dit parfois : « Si j'étais dictateur, je libérerais tout. » Seigneur populaire, né du peuple. O combien de marins, combien de capitaines... Fils d'Hugo, si tu veux et acceptes le fond de ma pensée. Sa famille ? *Les Misérables*. Son clocher ? Les tours de Notre-Dame de Paris.

— Bien, allons écouter ce curé en maraude, dit-il.

Noëlle se tient toujours au sol, accagnardée contre la niche. Chienne en laisse. Elle ne se rend pas compte qu'on aperçoit sa mignonne chatte à travers la fine étoffe de la chemise. Tumelat savoure les instants qui se préparent et jalonnent ses nuits futures. Débarrassé des rets de l'amour passion il va pouvoir la mettre au point, son esclave. La dresser impec. Lui enseigner des techniques, lui proposer des audaces, bref, jouir d'elle en virtuose. Ce matin enchanteur lui apporte toutes les promesses érotiques. Il est bel et bien homme d'instincts, non ? Car enfin, en l'installant dans sa chambre, il ne préméditait rien de semblable.

— Tu m'aimes, l'Ange ? interroge-t-il.

— Oh ! oui, répond l'ange.

Tu vas voir s'il va lui trousser les plumes, à l'ange, le père Tumelat. Vert comme toute l'Amazonie ! Soixante-deux balais aux prunes et toujours une trique de garnement. Mister Bite-en-l'air *for ever*. Pas vicieux à proprement parler, mais aimant tout de même certaines initiatives. Deux luronnes ne lui font pas peur et dans ses bons jours, il ne rechigne pas à faire philippine, le gueux !

— Tu verras, promet-il, tu verras.

Elle sait qu'elle verra. Tu t'imagines qu'elle n'a pas tout senti, tout compris, Noëlle ? Elle accepte les rutilantes perspectives. S'il lui présentait un sucre dans le creux de sa main, elle le croquerait.

Et bon, pas t'emmerder davantage avec ces questions dermiques, épidermiques, glandulo-sentimentales.

Depuis un bout, l'abbé Chassel poireaute dans le cabinet de travail-salon-bibliothèque du Président. La seule chose qui l'impressionne quelque peu, l'aumônier, dans cet appartement haut-luxueux, ce sont les livres à reliures vénérables qui brillassent dans la pénombre de leurs rayonnages. Doté d'une vue d'oiseau de proie, le prêtre lit les titres depuis le canapé de cuir où il est assis. Les classiques, naturellement. Les perruqués Grand Siècle. Les cracks du XVIIIe, les Gracq du XXe. Le maître des lieux doit aimer les bouquins car il ne les a pas rassemblés en dépit du bon sens, mais avec une parfaite connaissance bibliographique. Chassel aime également les livres et dépense quelque petit argent chez les bouquinistes, en emplettes modestes mais de qualité. Il est le fils d'un pépiniériste aisé, devenu poète sur les bords, à fréquenter les fleurs, et qui lui a appris par l'exemple l'amour des beaux textes. Chassel a compris le métier d'écrivain et accorde une grande compassion au bougre qui trie des mots pour tenter de fixer sa pensée. Les autres arts sont plus visibles, plus cernables, mais la littérature reste foireuse, n'importe la maîtrise de celui qui la fait.

Chassel rêvasse, engoncé dans ses souvenirs comme un oiseau malade dans ses plumes. Cette démarche l'accable. Il déteste la gent politique et Tumelat arrive en tête des leaders qu'il abomine. Un vieux faiseur, selon lui. Une grande gueule pour noces et banquets, frelatée, démagogue, à la bonhomie tapageuse, dont les élans de pseudo-sincérité gardent des relents d'outrecuidance.

Huit jours qu'il tente d'avoir un rendez-vous ! Enfin le voilà dans la place. Exactement l'appartement auquel il s'attendait : d'un luxe passe-partout, sans âme.

La porte s'ouvre et le grand homme se jette dans la pièce comme s'il sautait d'un train en marche. Tout de suite à cent degrés : bouillant !

— Mille pardons, monsieur l'abbé, je vous ai fait attendre.

Il sourit, prêt à prendre et à donner. Louche changeur qui trafique sur n'importe quelle monnaie.

Chassel se lève. Poignée de main. Energique, note le prêtre.

— Asseyez-vous, asseyez-vous, s'empresse Tumelat. Dites, il fait tôt, vous prenez un petit café avec moi ? C'est mon second et dernier de la journée, celui qui me sert de starter.

Déjà il sonne. Arrivée grandiose de Juan-Carlos impressionné par le cureton davantage qu'il ne le serait par le Président (sortant) de la République. Espagnol, tu parles ! Ils prient à genoux dans leur chambrette, avant de limer, sa femme et lui, et leurs murs disparaissent sous les images pieuses.

— Café, petit ! lui lance familièrement le Président.

Il choisit de s'asseoir au côté de son visiteur, légèrement en biais, contraignant ainsi celui-ci à adopter une fausse position pour lui parler, ce qui rogne les moyens d'un quémandeur. Le Président utilise toutes les ressources de la vie.

— Encore un prêtre qui ose arborer la croix à son revers ! dit-il, je vous en félicite. Voyez-vous, je crois que l'abandon de la soutane a créé un malentendu entre le clergé et les fidèles. On a cru rapprocher les prêtres de leurs ouailles en les mettant en civil, mais l'effet a été inverse. On a remplacé le respect par de la défiance. Mauvais. Vous appartenez à cette paroisse, monsieur l'abbé ?

— Du tout. Je suis un prêtre itinérant, monsieur le Président, car ma paroisse ce sont les prisons.

Poum ! Le sourire de Tumelat valdingue. A la seconde, il a pigé : prison, donc Alcazar. Ce garçon grave et gris vient lui casser les roustons à propos de la vieille bique !

— Voilà qui s'appelle prendre du service actif, fait-il, par réflexe, pour rester détendu.

Ne jamais se jeter sur un sujet épineux ; attendre au contraire qu'il ait dégagé tous ses piquants avant de le saisir.

L'aumônier a perçu la subtile manœuvre ; aussi est-il pressé de se débarrasser de sa mission.

— Mme Ginette Alcazar, détenue à la prison Saint-Gratien, souffre d'un cancer inopérable et m'a chargé de vous apprendre la chose.

Voilà, terminé. Il est quitte, il a tenu parole.

Le Président reste absolument impavide, pourtant, un

chant d'actions de grâces monte dans son âme en immédiate liesse : « Seigneur, merci ! Elle va crever ! Moi qui me rongeais secrètement en songeant qu'un jour elle serait à nouveau libre. Comme Vous êtes fabuleusement bon avec moi, Seigneur ! Elle va crever, la folle carne ! Passer de la geôle à la tombe sans plus me perturber l'existence. Merci, mon Dieu ! Vous n'obligez pas un ingrat. Je Vous revaudrai ça, et je ferai bien les choses ! »

Sa joie intense ne doit pas transparaître. Que penserait ce curaillon de ses fesses, devant une aussi sinistre jubilation ? « Comment pourrait-il comprendre, Seigneur, que cette mort imminente me vivifie ? Qu'il y a des limites à tout, et qu'on ne saurait briser trop longtemps mes admirables couilles ! Ainsi donc, bien vrai, vous allez me la faire crever, l'Alcazar putride ? Je me prosterne, Seigneur devant Votre incommensurable bienveillance à mon égard. Dois-je me considérer comme un pécheur en régime de faveur ? Car enfin, Vous n'accordez pas de telles aubaines aux premiers pékins venus, Seigneur, quoi, merde ! Ce serait de la confiture de rose donnée à des cochons ! »

— Quelle triste chose vous m'apprenez là ! soupire le Président avec onction.

Il a l'œil pénétré de qui, devant l'adversité, sait pardonner l'impardonnable.

Mais Chassel, dis, hein ? Pas à lui. Il en connaît long commak sur les ressorts humains, les basses connivences de nos pensées, notre dégueulasserie héréditaire.

Tumelat ajoute, matou devant un bol de lait :

— Elle est vraiment inopérable ?

— C'est du moins le premier verdict des médecins qui ont débusqué le mal. Cela dit, il existe probablement des sommités qui seraient moins formelles sur la question.

— S'il est possible de tenter quelque chose, s'oblige, à regret, le Président, il faut le tenter.

L'aumônier acquiesce.

— Sûrement, mais rien ne sera possible sans votre intervention.

Hé, là ! Où ça va, ça ? Tumelat sourcille vitement.

— Mon intervention ? répète-t-il froidement.

— La détenue s'imagine que vous allez réagir à cette nouvelle et vous occuper d'elle. Si vous ne le faites pas, elle sera tout bonnement dirigée sur l'Hôtel-Dieu.

Alors, là, il s'en épluche la prostate, Horace ! Qu'on la drive fissa sur la morgue, si possible, la mère Calamitas !

— Allons, mon père, allons ! contre-attaque le forban, cette affaire a été assez pénible pour tout le monde, y compris pour moi-même. Il n'est pas question que j'intervienne en quoi que ce soit. Financièrement, à la rigueur, et encore de façon occulte. Qu'on la mette entre les mains d'un très grand ponte et qu'on vous envoie la note, je vous remettrai de quoi la régler. Mais, en ce qui me concerne, point à la ligne !

Chassel domine son écœurement.

— Je pense que la charité chrétienne, monsieur le Président, fait parfois de nos devoirs moraux des obligations.

De quoi se mêle-t-il cet aumônier de merde ! Non, mais vous me l'entendez partir en déconne prêchaillante, le bougre ?

— Mme Alcazar est une personne bizarre, dominée par votre personnalité. Elle n'acceptera aucun traitement si vous ne l'y engagez vous-même. La prison Saint-Gratien est un modeste établissement. Il serait très facile que vous y fassiez une visite clandestine dont je vous garantis qu'elle resterait secrète.

— Eh ! doucement, mon père, doucement ! Vous connaissez la mentalité des journalistes ? Je suis un homme hélas ! de premier plan dont les faits et gestes sont examinés au microscope électronique, mon vieux. Ma personne privée n'est qu'un leurre. J'appartiens à une équipe d'hommes auxquels je dois rendre compte de mes actes. En me nuisant, la femme Alcazar a nui à mes amis, durement, croyez-le, il n'est pas question que je leur fasse courir le moindre risque dans une période pré-électorale susceptible d'amener des bouleversements sociaux.

Un temps.

Il reprend souffle ! Ouf ! voilà, c'est dit !

Chassel se lève.

— Je doute qu'une visite de vous à une malheureuse plongerait la France dans le chaos, monsieur le Président.

Leurs regards se frottent comme la lame d'un coutelas sur un fusil à aiguiser.

— Ce n'est pas de gaîté de cœur que je refuse cette forme d'assistance à Ginette, mon père.

L'aumônier a un sourire méprisant.

— Il ne manquerait plus que ça, lance-t-il avec une violence mal contenue. Vous croyez vous occuper du bien public, monsieur le Président, mais le bien public passe par notre prochain le plus abandonné, comme la plus grosse des fortunes passe par la plus humble des pièces de monnaie.

Il s'incline, gagne la porte. Tumelat l'escorte avec raideur. Ils franchissent le hall où Juan-Carlos déboule avec le café. Le Président va lui-même appeler l'ascenseur, selon sa bonne habitude qui lui vaut une réputation de grande courtoisie.

— Vous permettez, dit Chassel en lui remettant un méchant carton bleu.

— Qu'est-ce que c'est ?

— Mes coordonnées pour le cas où vous vous raviseriez. La conscience commence toujours par chuchoter, mais il arrive parfois qu'elle se mette à hurler.

La cabine arrive, amenant Eric. Le garçon est blême, tragique. Il sort en bousculant le prêtre et se blottit près de la porte ouverte. Lorsque le visiteur a disparu, Plante enfouit sa pauvre gueule défaite dans ses mains et se met à sangloter.

Il s'est contenu toute la nuit.

Il est ivre mort.

III

Comme elle sort de la salle de bains, elle avise Adélaïde Tumelat assise sur le lit non défait de la chambre d'ami. Noëlle lui dit un timide bonjour de pensionnaire d'institution libre saluant sa directrice.

Elle est drapée dans un peignoir de bain en tissu de couleur orange, ses cheveux mouillés collés à sa tête paraissent accentuer la gravité de ses brûlures. Mme Tumelat s'abstient de répondre à son bonjour. Sa physionomie n'a rien de bienveillant. La femme du Président paraît très méchante lorsqu'elle est ainsi : mâchoires crochetées et œil pointu.

La jeune fille n'ose commencer de s'habiller devant son hôtesse puisque, pour cela, il lui faudrait d'abord se débarrasser du peignoir ; elle attend, sur un pied, se frottant le mollet de l'autre.

Adélaïde replie ses jambes en tirant chastement sur sa jupe.

— Noëlle, commence-t-elle, pensez-vous que cette situation puisse durer longtemps ?

L'adolescente ne s'attendait pas à une telle attaque. Son saisissement est tel qu'elle ne trouve rien à répondre de valable.

— La complaisance comporte des bornes à ne pas franchir, poursuit Adélaïde. Je veux bien que mon ménage soit en miettes, mais ce n'est pas une raison pour tolérer qu'une jeune fille dorme dans la chambre de mon mari tandis que j'en occupe une autre.

Noëlle laisse traîner son regard sur les gravures anglaises décorant la chambre. Jumping ! Hop ! hop ! Sauts d'obstacles, redingotes prunes. Comme ces cons des champs de courses qui se saboulent en turfistes d'Epinal (avec gibus gris, *please*) pour aller voir galoper des bourrins, merde, il faut pas chier la honte !

— Nous ne faisons rien de mal, plaide-t-elle, un peu sottement, bien sûr, mais elle est prise au dépourvu et c'est le seul argument qui lui vienne.

— Là n'est pas la question, rétorque la tarderie. L'indécence est dans la situation. Regardez-moi, Noëlle, et dites-moi que vous comprenez !

Ainsi mise en demeure, la petite regarde Bobonne et sent des rebifferies croître en elle à toute vibure.

— Je conviens qu'il y a là un manquement aux convenances, répond-elle, d'un ton, tu l'entendrais, à la place d'Adélaïde tu lui allongerais une baffe, tant tellement c'est lourd d'impertinence.

— Je suis ravie de constater que mon initiative a porté ses fruits, fait Adélaïde en réprimant sa rage : votre séjour ici vous a été salutaire du point de vue moral. Hier, comme vous ne l'ignorez pas, votre papa a téléphoné car votre silence l'inquiète, je m'étonne que vous ayez refusé de prendre la communication. Pour parler net, je pense qu'il serait souhaitable pour tout le monde que vous retourniez chez vos parents.

Voilà qui est net et péremptoire. Chassée ! Ce bonheur animal qui l'emportait lentement vers le salut tourne court. C'est comme si elle brûlait une deuxième fois. Les flammes de l'incendie se rallument et l'enveloppent, l'étouffent telle une couverture de feu jetée brusquement sur elle. Elle voudrait crier d'horreur. Elle se sent si infime, si petite fille molestée !

Sans rien dire elle quitte la chambre à la recherche du Président.

∴

Horace vient de lire l'article.

Sa réaction ? Un éclat de rire rabelaisien.

— Moi, pédale ! Même mes adversaires politiques n'oseront pas taper sur un tel clou ! La petite garce ! Oh ! il fallait s'attendre à une ruade de ce genre. Voulez-vous que je vous dise, Eric ? C'est d'assez bonne guerre. Et je comprends mal votre désarroi.

Eric a séché ses larmes. Le Vieux contemple son visage rosi par les sanglots. Il se dit que s'il était porté sur les hommes, il serait sûrement très épris de celui-ci.

— Si tu me disais un peu, Fiston ? Hmm ! Ne me laisse pas mourir idiot. C'est quoi, ton drame ? Qu'est-ce qui te ronge ?

— Mon père ! avoue brusquement Plante.

Tumelat comprend et hoche la tête. Il est décontenancé par la simplicité de l'explication, son évidence.

Eric raconte :

— C'est lui qui m'a élevé car ma mère est morte de bonne heure. Un homme fabuleux. Je lui dois une enfance exceptionnelle. Nous deux, c'est... c'est...

Il hausse les épaules et se tait. Une âcre émotion lui tord la gorge. Il mordille une peau morte à son pouce.

— Quand il va voir cette saloperie, ce sera la chute libre. Il croit en moi. Il...

Bon, inutile d'en dire plus long. Eric Plante est resté un petit garçon qui adore son père et qui le craint. La perspective de le décevoir le terrorise.

— Je dois vous sembler puéril, n'est-ce pas ? soupire-t-il.

— Au contraire. Je sens que cela est très beau !

— C'est également très beau ; mais il y faudrait un livre avec beaucoup de talent pour pouvoir faire passer ce qu'il y a de... d'indicible entre nous.

— Où vit-il ?

— Dans la propriété de famille, en Ardèche.

— Pourquoi l'avez-vous quitté, pour faire carrière ?

— Non : parce qu'il s'est remarié.

— Ah, oui...

Le Président est attendri. Bon gosse, au fond, ce Plante. Pas du tout la vermine qu'il croyait au début. Faux salaud, cela existe. Un adolescent déçu qui essaie de toiser l'existence avec hauteur et de se venger sur elle de ses désillusions...

— Il ne lira peut-être pas ce caca.

— Il est abonné au journal.

— Téléphonez-lui pour lui expliquer qu'il s'agit d'une vengeance.

— Mon père est à la fois plein de fantaisie et de rigueur. La chose imprimée compte pour lui, elle lui paraît indélébile.

— Comment croyez-vous qu'il réagira ?

— Je pense qu'il débarquera chez moi.

— Pour quoi faire ?

— Pour me regarder.

Tumelat hoche la tête. Il est frappé par la gaminerie de son secrétaire. Un tout petit garçon épouvanté par les sourcils de son papa ! S'il s'attendait à une telle découverte ! Il en est un peu gêné, lui qui aime les battants de sa trempe. Le côté gonzesse de Fiston, quoi ! Un garçon brillant, rusé, capable de rouler à deux cents à l'heure sur une moto, mais fragile au point de pleurer pour un article.

— Tu sais, petit, si tu veux atteindre le sommet du cocotier, il va falloir te cuirasser et que papa y mette du sien. Appelle-le, je vais lui parler, moi. L'éclairer un peu sur notre jungle ! C'est beau, l'Ardèche, mais c'est loin dans le temps.

Eric prend tout à coup conscience de la scène, il la capte dans le regard lourd du Président et s'abstrait suffisamment pour la juger.

— Non, laissez, monsieur le Président, je me débrouillerai seul avec mon père.

— Bravo ! Explique-lui qu'en politique, on doit avoir des plumes qui ne laissent pas passer les injures. Si tu restes perméable aux critiques, aux mensonges, aux quatre vérités, alors retourne au pays, Fiston.

Il le chope par le revers et l'attire violemment à lui.

— Pour arriver, il va falloir que tu aies des couilles au cul, mon grand, et que ce soit les tiennes, d'accord ?

— D'accord, monsieur le Président.

— Si je te revois chialer pour une connerie, je te fous mon poing dans la gueule, tu m'entends ?

— Oui, monsieur le Président.

Tumelat lâche son protégé et rafle le journal sur la table. Il le lui brandit à bout portant au visage.

— Es-tu prêt à me donner une preuve que tu es quelqu'un, Fiston ?

— Je suis prêt, monsieur le Président.

— M'obéiras-tu, même si ce que j'exige de toi te paraît fou ou impossible ?

180

— Je vous obéirai, monsieur le Président, parce que j'ai besoin de votre volonté pour vivre !

— Tu connais *Ruy Blas* ?

— Oui ?

— Te rappelles-tu la fin de l'acte I, Fiston ? La reine paraît, tous les grands d'Espagne se couvrent ; don Salluste tend un chapeau à Ruy Blas, son valet et lui dit : « Couvrez-vous donc, César. Vous êtes grand d'Espagne. » Et quelle est la réplique de Ruy Blas ?

Eric Plante sourit en déclamant :

« Et que m'ordonnez-vous, Seigneur, présentement ? »

— Parfait, vous avez des lettres. Que répond don Salluste en montrant la reine ?

Docile, Plante, récite :

« De plaire à cette femme et d'être son amant. »

Le Président fourre l'hebdo plié en quatre sous le pull gris de son secrétaire, comme dans une boîte aux lettres, en tirant exagérément sur le col.

— Eh bien moi, don Tumelat, je vous dis : « Attaquez-vous à une œuvre d'envergure, mon garçon. Devenez l'amant d'Eve Mirale ! Si vous relevez le défi, dans trois ans je ferai de vous l'un des plus jeunes députés de France. »

∴

Il a dit cela, le Président Tumelat.

L'a dit posément, sans passion, mais d'un ton sombre, voire même farouche. Il est en train de bâtir, comprends-tu, ce génial architecte ? Il bâtit une carrière. C'est son plaisir, son hobby comme ils disent, ces franglaises-franglais de chiasse.

Il s'offre ce bon plaisir, M. le Président. Il s'est d'abord fait, maintenant, tel Dieu le Père, il fait les autres. Il crée la descendance qu'il n'a pas eue. Ah ! le génial fumier ! Non, ne le hais pas, tente plutôt de le comprendre. Nous devons essayer de tout comprendre, et plus que le reste l'incompréhensible.

A vrai dire, ce n'est pas d'un dauphin qu'il a besoin, non plus que d'un fils adoptif. Ce qu'il tente, c'est une espèce de recommencement. Il se transmute, tu vois ? Touchant, je te jure. Et puisque nous sommes là, tous les deux, moi l'auteur de Bourgoin-Jallieu, toi le lecteur de partout, rendons-lui grâce de se sentir homme au point de renouveler sa vie par individu interposé. « J'ai besoin de votre volonté pour vivre » vient de lui assurer Eric. Son triomphe est dans cet aveu au Président.

Le grognard auquel Napoléon pinça l'oreille n'était pas davantage galvanisé que l'est le jeune secrétaire.

Il met ses mains contre sa poitrine où craquette le sale hebdo. Enfin, une vraie mission !

— Bien, monsieur le Président, dit-il seulement.

On gratouille à la porte. C'est Noëlle, plus défigurée que jamais, dans un peignoir de bain orange. Elle a les pieds nus, l'air égaré.

— Vous pouvez venir ? lance-t-elle à Horace.

Alarmé, il accourt.

— Qu'est-ce qui t'arrive, l'Ange ?

— *Elle* m'ordonne de rentrer chez mes parents tout de suite. Dois-je lui obéir ?

Tumelat a une sorte de léger hennissement.

Mais tonnerre de Dieu, il en prend plein la pipe, ce matin ! C'est la grosse coalition ! Lui qui se sentait si heureux au lever ! La pourriture d'Alcazar lui envoie un curé à bouille d'abbé Pierre pour lui faire chier la conscience avec son cancer ! Son secrétaire sanglote pour un article parce qu'il redoute les réactions de son vieux papa ! Et maintenant sa vacherie de bonne femme se met à faire un numéro de bourgeoise bafouée ! Oh ! la vie ! Dis, il a soixante et deux bougies, Horace ! Faudrait arrêter de lui pomper l'air ! Voilà qu'il éprouve de l'homicide par autodéfense dans toutes les phalanges, l'ami. A quoi sert d'être devenu l'un des dix principaux personnages du royaume s'il doit se laisser casser les burnes par tout un chacun. Il supporte mal qu'on flanque des peaux de banane sur sa trajectoire. Alors, je te le répète, cette troisième emmerde matinale le fait sortir de ses gonds.

Il écarte Noëlle sans ménagement, shoote dans l'aspirateur de l'Espingo qui lui barrait le passage et part à la recherche de sa Madame Michu.

Vaguement inquiète, la vieille tringle mijote, bras croisés, dans le couloir des chambres ; maudissant cette petite gredine défigurée, partie la rapiner auprès du grand maître sans consentir à la discussion. Son Monsieur accentue

ses alarmes. Vache, cette gueule défaite ! Un cyclone jamaï-
quain !

Il lui surgit contre, avec des yeux à réitérer le Dix-huit
Brumaire.

— Madame la Marquise a ses humeurs ? demande Horace.

— J'ignore ce que cette petite putain t'a raconté, la
seule chose qui m'intéresse, c'est son départ.

Le Président est follement imprévisible. Tu sais quoi ? Il
consulte sa montre et ronchonne :

— Merde ! J'ai rendez-vous dans dix minutes chez le
garde des Sceaux.

Puis, à sa femme, très neutre brusquement :

— Bien, alors ?

Adélaïde ne sait plus très bien si elle a encore pied. Elle
risque :

— Voyons, mon pauvre Horace, tu te rends bien
compte que cette nouvelle foucade devient intolérable.
Nous ne pouvons pas continuer ce ménage à trois : elle
dans ta chambre et moi dans la mienne.

Il l'a écoutée en hochant la tête. Et puis il déballe son
sourire de brochet apercevant l'hameçon à travers le corps
du vif.

— Non, tu as raison, on ne peut pas continuer ainsi,
Adélaïde. Tu es une femme trop pudique pour accepter
cela.

— Merci de le reconnaître.

— Juan-Carlos ! hèle le ténor de l'hémicycle.

Malgré le grondement de son Tornado grand sport, le
larbin a perçu l'appel et accourt.

— Madame nous quitte, lui annonce le Président, allez
dire à Rosita qu'elle l'aide à faire ses bagages et à César de
se tenir à sa disposition pour l'emmener à Gambais, ou
ailleurs.

Il dépose un baiser de bois sur le front marmoréen de
son épouse.

— Bon vent, ma grande ! Surtout laisse les fenêtres de
ta chambre grandes ouvertes en partant car ça doit puer la
chaisière dans ta boutique.

Noëlle a assisté à la scène, adossée au mur, pareille à une
pauvresse. Elle est terrorisée par ce dont elle est la cause.

— Viens avec moi, l'Ange ! ordonne le Président. Non,

183

tu n'as plus le temps de t'habiller, garde ton peignoir, tu m'attendras dans la voiture. Tu veux bien m'attendre toute la journée dans la bagnole ?

Elle acquiesce.

— Tu trouves normal, n'est-ce pas, de m'attendre toute une journée, en peignoir de bain, au fond de ma voiture ? Dis à cette vieille peau que tu trouves ça tout à fait normal, dis-le-lui bien de manière à ce qu'une fois dans sa vie, elle sache ce que c'est qu'une femme !

IV

Après la croisière sur la « Rivière enchantée », Boby a voulu aller sur les toboggans. Il joue en poussant des cris, appelant sa mère à tout propos et hors de propos, car les enfants ont avant tout besoin de témoins.

Eve est assise sur un banc, devant l'enclos sableux. A tout hasard, elle a emporté avec elle un jeu d'épreuves à corriger (Stock va publier un recueil de ses meilleures chroniques de l'an passé) ; mais il ne lui est guère possible de s'y consacrer dans cette ambiance enfantine du Jardin d'Acclimatation. De plus, un vent mutin agite les longs « bandeaux » imprimés. Elle relit pour la troisième fois un même paragraphe et reste perplexe, découvrant avec inquiétude que des chroniques journalières, livrées dans la frénésie d'un quotidien, supportent mal le refroidissement pondéré du livre. Ses phrases perdent de leur mordant et ses sujets souffrent durement de ne plus être d'actualité. Elle se reproche son immodestie. Conséquence d'un dîner littéraire. Christian de Bartillat a lancé la suggestion entre le café et une chartreuse de cent ans d'âge : « Pourquoi ne réuniriez-vous pas vos papiers en un volume ? » Il a même trouvé le titre : le Carquois (un carquois étant, rappelons-le, un étui à flèches). Eve a été séduite d'emblée par la perspective de tenir entre ses doigts un livre portant son nom. En secret, elle souffre que sa prose serve à empaqueter des radis le lendemain de sa publication. Tout journaliste ambitionne de s'accomplir dans les deux cent vingt-quatre pages d'un bouquin.

Elle juge sa verve défraîchie. Comment la critique accueillera-t-elle ce plat réchauffé ? Certes, la république des copains jouera et elle sera ménagée par une grande partie de la presse, mais elle redoute une certaine tiédeur de complaisance. Déjà, elle se récite les points forts des papiers qu'on lui consacrera : « la bonne idée d'avoir réuni, pour notre agrément, ces petits chefs-d'œuvre qui... » Pour un peu, elle téléphonerait à son éditeur pour crier « pouce ». Mais l'ouvrage est déjà composé. En très beaux caractères, d'ailleurs, souples, élégants, « bien lisibles ».

Ces cris de gosses l'agacent. Elle fait effort le mercredi après-midi pour amener Boby ici. Elle s'exécute « par devoir ». Une mère, même débordée par ses occupations professionnelles, doit réserver du temps à son enfant. Le gamin la réclame. Il raffole de leurs virées à peu près bimensuelles, au cours desquelles elle le sature de manèges et de friandises, comme si cette goinfrerie de plaisirs compensait leur rareté.

— Maman, maman, regarde !

Boby arrive en brandissant comme un étendard une gigantesque sucette versicolore.

— Où as-tu pris cela ? s'étonne Eve.

— C'est le monsieur qui me l'a donnée.

La jeune femme bondit, tout de suite sur le qui-vive, se reprochant d'avoir perdu de vue son enfant pendant quelques instants.

— Quel monsieur ?

Boby désigne un grand garçon triste adossé à un arbre proche. Eve reconnaît Eric Plante et ses alarmes se changent en maussaderie.

— Va la lui rendre ! ordonne-t-elle sèchement, je te défends d'accepter des cadeaux de gens que tu ne connais pas.

— C'est pas un cadeau, c'est une sucette ! objecte le bambin, peu résigné.

Il est drôlet, avec sa petite bouille aux pommettes parsemées de taches de rousseur, ses grands yeux bleus, son nez retroussé. Il fait gavroche de luxe.

— Va rendre cette sucette ! répète Eve, je t'en achèterai une autre.

L'argument convainc Boby qui rejoint Eric en lui proposant la monumentale confiserie. Mais Plante conserve ses mains dans les poches de son imperméable et lui dit qu'il doit garder la sucette. Prêt à y consentir, le gosse se tourne vers sa mère :

— Le monsieur veut pas !

Eve hésite à aller rabrouer Eric. Si elle s'écoutait, elle s'emparerait de la sucette et la flanquerait loin d'elle sur une pelouse. Elle a mal dormi à cause de lui et sa soudaine présence dans le jardin l'horripile.

Elle n'a pas à balancer longtemps car c'est lui qui s'approche.

— Laissez-la-lui, murmure-t-il en montrant la sucette ; c'est un gosse. Les subtilités de l'existence ne lui sont pas encore perceptibles, Dieu merci.

— C'est un cadeau qui, venant d'un garçon comme vous, inquiète une mère, rétorque Eve Mirale.

Il rougit.

— J'ai peut-être fait des expériences homosexuelles, mais je ne suis pas pédéraste.

— Voilà qui me rassure, répond ironiquement la journaliste. Ainsi vous me suivez ?

Il hausse les épaules.

— Disons que je me trouve au même endroit que vous.

— Eh bien, j'aimerais considérer cette rencontre comme une simple coïncidence, monsieur Plante.

— Alors, je peux la manger ? coupe Boby.

Sa mère lui accorde la permission d'un sourire.

— Vous permettez ? fait Eric en s'asseyant sur le banc.

Il croise les jambes. Il ne s'est pas rasé et trimbale une gueule déjetée de bringueur à l'affût d'un taxi.

— Si vous avez quelque chose à me dire, profitez-en, car je dois rentrer le petit.

— Je n'ai rien à vous dire.

— Vous venez simplement m'apitoyer avec vos airs à la Raskolnikov ?

— Je ne pense pas que vous soyez une femme compatissante. Je crois même que vous êtes carrément impitoyable.

— Vous n'êtes pas ici sans motif !

— En effet.

— Eh bien, j'écoute ?

— J'avais une irrésistible envie de vous voir.

— Pourquoi ?

— Pour rien, ou plutôt si : pour vous regarder. Je n'ai

pas fermé l'œil. Votre foutu papier va déclencher un drame dans ma vie ; c'est imminent. Avant de subir cette tempête, je tenais à vérifier une chose qui, si elle se confirme, va m'aider à la supporter.

Il ajoute :

— Elle se confirme.

— De quoi s'agit-il ? demande Eve.

Il la regarde. Elle est très belle dans un gros pull blanc à col épais, jupe de gros tissu à carreaux noirs et blancs, veste de cuir noir fourrée, bottes noires. Elle s'est arrangée une queue de cheval comme beaucoup de femmes quand elles sont pressées.

L'air vif donne à ses joues les teintes de la vie. Elle paraît beaucoup plus jeune ainsi et évoque quelque étudiante potassant ses cours.

— Si je vous le dis, vous allez m'envoyer faire foutre, dit Eric.

Elle ricane :

— Je crois savoir que vous y allez tout seul !

La garce ! L'odieuse ! Te vous tuerait père et mère pour ne pas rater un trait d'esprit ! Eric manque d'air. Un flot de bile lui grimpe au gosier.

Il ferme les yeux, renverse la tête en arrière.

— Jadis, les pamphlétaires étaient des gros bonshommes : Béraud, Janson, Léon Daudet. Pourquoi à présent, sont-ce de jolies femmes ? Pourquoi a-t-on envie de faire l'amour à son bourreau ?

Il se tourne soudain vers elle et insiste violemment :

— Hein, madame Mirale, pourquoi ? Pourquoi ? Vous vouliez connaître la raison de ma présence ici ? Eh bien vous l'avez. Vous me plaisez ! J'ai envie de vous ! Bouchez les oreilles de votre môme, je n'ai pas fini. Vous me fascinez ! Croyez-vous que ma vengeance à moto, si je peux employer un tel euphémisme, je l'aurais appliquée à un de vos confrères, malgré les mœurs dont vous m'accusez avec tant d'acharnement, à croire que vous débarquez de dix avant-guerres ? Et non seulement vous me plaisez mais vous me hantez ! Et ça veut dire quoi, madame de Sévigné de mes couilles, quand une femme hante l'homme sur lequel elle s'acharne ? Hein ? Réfléchissez un peu à cela !

Il se lève et part, très vite, les poings crispés à blanc au fond de ses poches, sans se retourner.

Il pense au traitement homéopathique que lui avait ordonné un vieux toubib lyonnais et qui consistait en soixante prises d'une poudre blanche préparée dans des sachets numérotés. Chaque matin, après s'être brossé les dents, il absorbait le contenu de l'un des sachets.

« Je viens de lui administrer le premier sachet », songe-t-il en s'éloignant.

Un grand rire intérieur le fait frissonner d'aise.

V

Eve est perplexe en reconduisant son fils à la maison. Elle flaire quelque nouvelle machination du Président et de son protégé. Vont-ils entretenir une *vendetta* sans fin, tous les trois ?

Malgré cette appréhension, une suave émotion la gagne. Plus que la déclaration inattendue d'Eric, à l'instant, elle est troublée d'une façon indéfinissable par son geste de la nuit, quand, s'étant agenouillé sur le trottoir, il a posé sa joue contre la jambe d'Eve. En outre, elle pense à tout moment à la folle équipée sur la moto ; le temps passant, la cruauté de la chose s'obscurcit pour laisser dans sa mémoire un confus sentiment de culpabilité voluptueuse. Loin d'apaiser son aversion pour Plante, ces nostalgies équivoques le lui rendent plus odieux. Elle voudrait pouvoir le fouetter à un pilori jusqu'à ce que sa peau éclate et qu'il crie grâce.

Boby continue de croquer l'énorme sucette. Il rogne les bords avec ses quenottes branlantes, maintenant la sucette ressemble au museau d'un poisson-scie. Avant qu'ils n'arrivent à la maison, Boby déclare qu'il ne veut plus de la friandise.

Soulagée, Eve s'empresse de l'évacuer par la portière. Ce faisant, elle a la confortante impression de rejeter un bizarre tourment.

∴

Eric passe rue Saint-Benoît avant d'aller rejoindre le Président. Il a besoin de se raser. Besoin, surtout, de s'assurer que son père n'a pas encore réagi à l'article. Son vieux Charlot ! Il sent à quel point son géniteur est fiché dans sa poitrine, comme un second cœur. C'est l'être qu'il aime le plus au monde. Il ne trouve que deux billets assez semblables d'inspiration. Le premier est de Boulou : *Ne sois pas vache : appelle-moi, je suis dingue de toi.* Le second est d'un vieux copain pour qui il a eu « des complaisances coupables », à savoir qu'il lui est arrivé de le sodomiser, puisqu'on se dit tout et qu'à quoi bon fuir les réalités qui nous concernent ? Tartufe est le plus odieux personnage de la comédie humaine (pas de majuscules : il ne s'agit pas de celle de Balzac). Un mot, une signature. *Méchant ! Jean-Lou.*

Eric flanque les deux poulets à la poubelle. Il a du succès tous azimuts. Mais cela le laisse de marbre. Etre aimé, pour lui, est accessoire. Ce qui importe c'est d'aimer. En dehors de son vieux Charlot et aussi du Président, il n'aime personne. Surtout pas lui ! Sera-t-il capable de baiser Eve, le moment venu ? Il le pense. Elle a ce quelque chose d'indéfinissable susceptible d'éveiller les désirs d'autrefois. Ne l'at-elle pas fait jouir, sur la moto ? Bon, d'accord, il y avait la conjoncture insolite : la vitesse, l'excitation du kidnapping, l'esprit de vengeance, pourtant...

Avant de se raser, il sort la corde du tiroir où elle attend son heure. Le chiffon encore imbibé d'huile lui tient compagnie. Il décide d'opérer un nouveau « traitement ». Un objectif de cette importance ne peut gésir au fond du subconscient. Il faut le ramener à la lumière éclatante de la volonté.

Eric masse longuement la corde. A travers la peau du chiffon, le frottement lui brûle la main. Il fredonne une chanson de Tino que chantonnait son Vieux Charlot autrefois.

Le Président a promis de faire de lui un député s'il devenait l'amant d'Eve Mirale. Il est incroyable, ce type ! Presque aussi dingue que lui dans son genre. A preuve : la manière dont il se comporte avec la petite Noëlle.

∴

Elle a choisi de s'installer à l'arrière de la CX noire officielle. Horace lui a sorti un vieux plaid écossais du coffre. La couverture sent la botte de caoutchouc. Noëlle s'est placée en chien de fusil sur le plancher. Enveloppée du plaid, elle se sent bien, à peu près heureuse sous ses disgrâces. Une ombre derrière la vitre attire son attention. C'est un agent qui essaie de regarder à l'intérieur de la voiture. Devant son insistance, elle se dresse et baisse à demi la vitre. Le gars a un léger sursaut en la trouvant défigurée. Il est tout embêté.

— Mande pardon, fait-il, je croyais que c'était un chien.

Une bagnole à cocarde, tu parles qu'il y va molo, le frangin !

— Ce n'est pas un chien, mais une chienne, lui répond Noëlle.

Le flic s'efforce de rire. Pourtant, il a une arrière-pensée. Trouver une petite gonzesse drapée dans une couvrante à bord d'une voiture officielle, hein ? Surtout qu'il la devine presque à poil, là-dessous. Il a l'œil, Bourdu. Pendant trois ans il était de ronde à la lisière du Bois. Alors les petites séances d'amazone, tu ne peux rien lui apprendre. La pipe voiturée n'a pas de secret pour lui.

— Vous faites quoi dans cette voiture, en somme ? s'informe-t-il.

— J'attends son propriétaire.

Ce qui le tarabuste, c'est la cocarde, évidemment, et aussi que cette petite soit brûlée.

L'arrivée inopinée d'Eric venu rejoindre le Président au Sénat arrange les affaires.

— Des problèmes, monsieur l'agent ?

Il a déjà la voix tranchante et le regard fier et dominateur du Français selon de Gaulle. Le gardien de la paix baisse pavillon.

— Pas du tout, c'est cette jeune fille qui m'intriguait, elle dormait sur le plancher de la voiture.

— Oui ?

Eric s'exerce à prendre l'œil mauvais.

— Non, non, rien, assure le flic éperdu.

— C'est la voiture du Président Tumelat, précise Plante, il ne va pas tarder, au cas où vous auriez des objections à lui faire.

L'agent opine à plusieurs reprises, salue militairement et s'éloigne en essayant que ça ne ressemble pas trop à une fuite.

Le secrétaire monte à la place du mort et s'adosse à la portière pour ne pas tourner le dos à Noëlle. Elle l'intimide, à cause de son histoire dramatique. En outre il est impressionné par le rôle mystérieux qu'elle joue auprès du Président. Depuis son installation à l'appartement, leurs relations, à Eric et elle se sont bornées à des saluts conventionnels.

Il ne pense pas lui être sympathique. Leurs rapports ne peuvent que demeurer ambigus, comme ceux des gens vivant en état de rivalité.

— Vous avez déjeuné ? questionne le jeune homme.

— Non.

Il jette un œil à la montre de bord. Dix-sept heures. Tumelat a laissé croupir son esclave dans cette bagnole depuis neuf heures du matin ! Se passer de bouffer n'est pas un exploit ; mais ne pouvoir souscrire aux exigences de nature, voilà qui est autrement impressionnant.

Gêné, il s'informe :

— Vous n'avez pas besoin d'aller aux toilettes ?

— J'y suis allée.

— Où ça ?

— Chez une concierge.

Il rit.

— Elle a dû être surprise ?

— Il n'y a rien de surprenant à cela.

— J'entends : surprise de vous voir en peignoir de bain.

— Je ne pense pas qu'elle ait remarqué que c'était un peignoir de bain, ma figure l'impressionnait davantage.

Eric est frappé par le ton résigné, presque serein.

Une bouffée d'admiration sincère l'exalte.

— Je trouve magnifique la façon dont vous l'aimez, fait-il.

Elle continue de regarder ailleurs, on ne sait trop où, probablement au-dedans d'elle-même ?

— On aime comme on sent, et ce n'est jamais admirable, soupire Noëlle.

Elle ajoute :

— Vous aussi, vous l'aimez.

— Ah ! vous l'avez compris ? dit Eric, confus.

— Ça se voit : vous commencez à lui ressembler. La manière dont vous avez rabroué l'agent, à l'instant, on aurait juré l'entendre...

Eric prend cette déclaration pour un ineffable compliment qui lui enchaleure l'âme.

— Voulez-vous que j'aille vous chercher un sandwich ?

— Non, merci.

Il se sent bien, pour la première fois depuis la parution de cet horrible torchon. En sécurité. La confuse rivalité qu'il croyait deviner entre Noëlle et lui se change en une complicité tout aussi mystérieuse. Ils sont liés par leur fanatisme commun. Tumelat règne sur leurs jeunes existences, dispensant l'espoir, le réconfort d'un présent soyeux. Justement, il sort du Sénat, escorté de plusieurs personnalités qui paraissent à sa botte. Ces messieurs palabrent entre les factionnaires : mines sérieuses de gens se sachant regardés, gestes mesurés. Tu croirais qu'ils refont la France.

Les deux jeunes gens observent le manège depuis l'automobile.

— C'est en le voyant parmi les autres que l'on comprend ce qui le différencie d'eux, murmure Eric.

Elle approuve d'un sourire béat.

— C'est un mec, quoi ! Et ils le sentent. Magistral bonhomme, pourri de défauts qui se changent en charme. Aucune ambition ne serait trop grande pour lui.

Il se tait, tend la main à Noëlle :

— C'est chouette que nous nous aimions, non ?

— Oui, répond-elle en prenant et pressant cette dextre spontanément brandie.

Un étrange accord vient d'être scellé.

Le Président arrive à pas appuyés. Il leur adresse un clin d'œil de maquignon venant d'empailler des cultivateurs. Avec lui, c'est l'air des halliers qui pénètre dans l'auto.

— Ce qui fait notre force, mes enfants, c'est que les gens se prennent au sérieux, assure-t-il en s'installant au volant. On peut tout obtenir de quelqu'un qui se prend au sérieux, n'oubliez jamais cela et restez simples.

Il démarre nerveusement. Au feu suivant, il cherche Noëlle dans le rétroviseur :

— Ça va, l'Ange ? Tu ne te pèles pas trop ?

Elle lui fait non de la tête, en cachant sa partie la plus brûlée avec la main, car elle n'a pas eu le temps de chausser ses lunettes protectrices.

— Je ne t'oubliais pas, tu sais, continue Horace. Te sachant là, à m'attendre, j'étais dopé. Tout homme rêve de la femme capable de l'attendre pendant des heures, des jours, sans se permettre autre chose que de guetter sa venue. Mentalité de tyran, vous ne trouvez pas, Fiston ? Le vilain loup croquant à belles dents la vie du gentil Chaperon rouge.

Tumelat sort son agenda Hermès usé, gonflé, pareil à un crapaud noir, et le tend à Eric.

— J'ai promis à Francisque Collomb d'aller inaugurer je ne sais plus quoi dans sa bonne ville de Lyon, le 19 mars. Notez, notez ! J'aime bien Lyon, et j'aime bien Collomb également : ils sont aussi sages l'un que l'autre. Où allons-nous, maintenant ? Ah ! oui : saluer le nouvel archevêque. A quelle heure, petit ?

Eric compulse le carnet sacré, comme s'il s'agissait d'un livre saint.

— A dix-huit heures, monsieur le Président.

Tumelat mate sa Rolex or (oyster perpetual). Il est dix-sept heures dix. Il pense qu'il a le temps de passer chez Marie-Germaine de Castro, fille galante de luxe, pour une pipe de relaxation. Hymne à la vie, comprends-tu ? Sa bourrique de femme a vidé les lieux pour se rabattre sur leur maison de Gambais. Il a téléphoné à Juan-Carlos, au cours du déjeuner afin de s'assurer de la chose. César a opéré le transbordement à l'aide de la Mercedes. Armes et bagages. Horace adore cette expression. S'il était romancier, il la choisirait comme titre d'un bouquin.

Soixante-deux ans, et toute la vie devant soi. La mort aussi, mais il va bien trouver un moyen de décomposer le temps, le Président. L'amplifier de façon à ce qu'une année classique procure une sensation de décade. La présence de ces deux jeunes représente une jouvence. Il a une pensée furtive pour Ginette Alcazar et son cancer. « Bien placé, Seigneur ! Bravo ! Il y a des moments où vous ne mettez pas à côté de la plaque. Si quelqu'un méritait une telle charognerie, c'est bien cette charogne de femme. »

Nouveau regard à Noëlle, dans le rétro. Elle l'a mise dans un bel état, la gueuse infecte ! Quel désir pouvait-il avoir de cette cavale en rut, quand il la fourrait sur la peau d'ours blanc de sa chambre, en levrette, s'il vous plaît, en grand seigneur ! Curieux comme nos transes amoureuses deviennent sans signification dans le prisme du souvenir. Le reniement est sédatif. L'homme refuse ses hontes passées et les déclare nulles et non avenues. Pour vivre correctement, il convient avant tout de s'arranger avec soi-même. Les autres oublient tout de nous, alors que notre souvenir s'aiguise avec le temps.

— Il me semble que c'est la première fois que nous sommes réunis dans une bagnole, tous les trois, non ?

« Oui », répondent ensemble les « petits ».

— On est bien, vous ne trouvez pas ? On « les » emmerde !

C'est vrai, ils sont bien. Peut-être parce qu'ils se sentent forts de leurs tendresses réciproques ?

Horace va aux yeux de Noëlle dans le miroir rectangulaire.

— Tu voudras bien m'attendre encore, comme aujourd'hui ?

— Tous les jours, promet-elle.

— Longtemps ? risque en plaisantant gris le bonhomme.

— Toute la vie, fait-elle.

— Et c'est quoi, toute la vie, pour toi, l'Ange ?

— C'est toute la mienne, assure Noëlle sans une ombre d'emphase ni de gêne.

— Et que feras-tu, entre la fin de la mienne et la fin de la tienne ? s'acharne le mironton.

Elle n'hésite pas :

— Eh bien, je vous attendrai.

Putain, il boufferait des montagnes, Horace ! Les voici devant le domicile de la dispensatrice de plaisirs.

— Une visite d'un quart d'heure, fait le Président, laconique, occupez-vous de la bagnole, Fiston.

Il s'enfonce dans l'immeuble. Marie-Germaine habite un rez-de-chaussée sur cour, sombre mais luxueux. C'est elle qui vient délourder, blonde, suave, belle et vaporeuse dans des voiles flous qui laissent deviner sa chatte. Elle sourit obséquieusement. Si l'illustre veut bien patienter dans le salon parme : elle a quelqu'un en train (c'est l'expression qu'elle emploie, mais il convient de l'excuser car elle est suédoise).

En guise de réponse, le Président ouvre sa braguette et s'adosse à la porte. Il n'a pas le temps d'attendre. Respectueuse des prérogatives d'Etat, Marie-Germaine de Castro s'agenouille et recueille le gland du Président.

Dans le parloir de la prison Saint-Gratien, l'abbé Chassel tente d'expliquer à Ginette Alcazar que le Président a été très ému par l'annonce de sa maladie. Il regrette, hélas ! de ne pouvoir accourir, car il part en mission d'information au Japon, mais il réglera les frais.

Après avoir réfléchi un court instant, Ginette dit au prêtre qu'ils peuvent aller se faire enculer, lui et le Président, et qu'elle usera des moyens de rétorsion dont elle dispose.

L'estomac de Noëlle émet des gargouillis gênants, ce qui est sa manière de crier famine.

Eric pense à son vieux Charlot.

Eve Mirale est en train d'accepter l'invitation à dîner de Mathieu Glandin, le directeur du *Réveil*. Repas à quatre (avec les conjoints) dans une boîte russe ancien style *les Bateliers de la vodka* (chants et danses d'Ukraine, caviar à (et pour) gogo(s)). Elle bâille moralement à l'idée de sacrifier une soirée à la femme du big boss, espèce de jument archibourgeoise dont les commentaires font davantage pour la classe ouvrière que tous les discours de Georges Marchais.

A l'archevêché, le nouveau Monseigneur se fait lire le curriculum vitae du Président Tumelat par un secrétaire avant de le recevoir.

Le Président décharge avec grâce dans la bouche scandinave de Marie-Machinchouette de Castro.

Tout va bien.

Et si je m'arrêtais là, ce serait une belle histoire.

VI

Et alors, je vais te dire.

T'expliquer un peu l'ambiance d'avant-guerre (laquelle ?) qui règne ici. Je me rappelle, petit gars de Bourgoin-Jallieu (Isère), la cérémonie annuelle des timbres antituberculeux. On nous les donnait à vendre par carnets de vingt et pendant deux ou trois jours, on plumait la famille, les amis, les voisins avec nos vignettes. Nous aimions assez cette corvée qui, toujours, nous permettait d'affurer un peu de fraîche supplémentaire, ce qui me valut très tôt de comprendre que, pour obtenir du fric, il faut avant toute chose avoir l'occasion d'en manipuler. L'homme qui est à une quelconque intersection de pognon en conserve fatalement une partie pour lui. Je m'explique mal la relative médiocrité des caissiers de banque et trouve impossible qu'ils n'aient pas appris le coup du rendez-moi. J'ai des échappées pleines d'immoralité parfois, comme tout le monde. Elles me laissent perplexe et je me demande comment j'aurais tourné si je n'avais eu très tôt les moyens d'être « foncièrement honnête ». Foncièrement honnête est un état auquel on s'habitue et dans lequel on se complaît. Tu te piques au jeu. Bien des saints sont devenus saints uniquement pour s'être piqués au jeu. Moi, j'appartiens à l'honnestécratie, davantage par confort moral que par vocation profonde, et il m'arrive de trouver que c'est dommage parce que je suis certain de posséder des dons d'arnaqueur dont l'inemploi me rend un peu triste.

Mais je te reviens à l'ambiance de cette boîte russe où Eve et son directeur caviardent en compagnie de leurs extrêmement conjoints.

Si je me suis permis une échappée sur le timbre antituberculeux d'autrefois, c'est parce que ces vignettes donnaient toujours une image de vie salubre ; elles représentaient des gosses pétant de santé sur parterre d'edelweiss, ou des fillettes blondes au soleil. Aux *Bateliers de la vodka* (jeu de mots) c'est tout le contraire. Un lieu sans ouvertures, donc sans air et qui, pis que tout, est entièrement capitonné de velours pompeux gonflés de poussière. Tu te croirais dans un vieil écrin pour bijou rétro. Atmosphère étouffante, sensation de claustrophobie. Lieu aux artifices gourmés, pour archiducs comploteurs, propre à entamer les poumons de Marguerite Gauthier et à donner une définitive couleur d'endive à ceux, serveurs et musiciens, qui viennent y gagner la vie d'une famille richement achalandée en bactéries.

Une profusion d'icônes et de tableaux moscovites témoignent des fastes de la Vieille Russie, au temps où elle était Sainte. Une petite piste de danse est surmontée d'une gigantesque tiare dorée, soutenue par des colonnettes gainées de velours. L'orchestre se compose de quatre violonistes en habit, aux plastrons comme de la pâte d'hostie moisie. Le plus jeune des musiciens a passé la cinquantaine et les cent kilos. Il est le seul à avoir des couleurs, et celles-ci s'accordent au grenat fatigué des tentures. Ses compagnons sont peut-être des princes en exil : ils ont l'âge requis. Cheveux de neige, rides noires dans des faces blêmes, regards dont la fièvre n'est plus que de la température, ils crincrinent comme au temps des Strauss, avec des arrondis de bras, des effets de crinières, des langourades de cinéma muet.

Un maître d'hôtel qui est leur contemporain dirige une nuée de serveurs dont plus un seul ne parle le russe.

Massif, l'œil ouvert, la mâchoire caucasienne, il morigène d'un mot, d'un geste, d'un hochement de menton, omniprésent, prêt à sourire au client et à fustiger l'ancillaire. C'est lui qui sert le caviar qu'on lui présente sur un plateau massif, et il procède avec onction, conscient de donner la communion noire aux bienheureux venus ce soir à la messe tzariste.

Mme Glandin, que son mari appelle Adi et le Tout-Paris Adi-des-Conneries, déclare à très haute et (malheureusement) intelligible voix, que l'on savoure ici un caviar *inouï*, à coup sûr le meilleur de la capitale. Elle ne peut en manger d'autre, les blinis qui l'accompagnent sont *déments* et la vodka servie en carafe ne lui cause aucune brûlure d'estomac.

Eve acquiesce en essayant d'y mettre quelque conviction. Les Glandin posent, plus que tout autre, le mystère du couple. Lui est un homme brillant, d'une intelligence spontanée et son autorité infaillible fait merveille ; il devient creux et fat en présence de son épouse, à croire que, stoïquement et par amour, il endosse la sottise de cette grande gourdasse bavarde qui ne sait parler que d'elle, de ses biens, de ses bonnes. « Comment a-t-il pu aimer un jour cette poupée-qui-dit-maman-et-fait-pipi ? » songe Eve en regardant se pavaner la paonne née à l'instant d'un coiffeur et d'un couturier. La soirée sera rude. L'orchestre joue *le Temps du muguet*. Eve donne un coup de genou à Luc pour l'arracher à l'indifférence morose dans laquelle il stagne volontairement quand ils ont un dîner « de son côté à elle ».

Il ne s'est jamais habitué au rôle de prince consort dans ces circonstances-là. Ses hôtes ont beau s'appliquer à parler de sujets généraux, insensiblement la conversation devient professionnelle, l'exilant en somme.

Glandin, certes, a commencé par lui demander si la crise ne le faisait pas trop souffrir. Et il a répondu que pas pour le moment, d'un ton qui souhaitait tourner court. Le directeur du *Réveil* se fout copieusement des Etablissements Miracle ; seul son journal l'intéresse. Luc est en train de le haïr pour détournement de mère de famille. C'est à cause de ce foutu bonhomme et de son canard que Boby se couche si souvent sans le baiser de maman.

Le coup de genou le ramène à de bons sentiments. D'autant que ce n'est pas exactement « un coup », mais un frottement de genou. Il se dit que la vodka met le cul en fête. En rentrant, ils feront l'amour « comme des tigres ». L'expression leur est restée des confidences d'une vieille amie bancroche, tarte à ne plus en pouvoir qui prétendait que son chétif bonhomme d'époux lui faisait l'amour comme un tigre.

Le maître d'hôtel a achevé sa distribution de Belluga à gros grains. L'endroit est cher, mais les portions sont copieuses. Il souhaite « Un bon appétit », avec cet accent qui assure le charme de l'établissement et lui sert de cachet d'authenticité. Un des serveurs verse la vodka. Une gangue de glace enrobe la carafe. Les bougies des chandeliers flambent sagement, accentuant la grâce des visages féminins.

Adi tonitrue la nouvelle collection de Georges Rech.

Eve s'efforce de l'écouter, mais elle éprouve brusquement une sensation de gêne, le sentiment d'être regardée. Discrètement, elle cherche dans la salle, par-dessus l'épaule de son mari. Il ne lui faut pas longtemps pour découvrir Eric Plante à une table voisine. Un coup de vape la suffoque.

S'agit-il d'une rencontre fortuite ? Comment pouvait-il savoir qu'elle dînait chez les Russes, ce soir ? Il est seul à une petite table, il lui fait face. Ayant obtenu son regard, il lui sourit. Eve plante carrément ses yeux dans ceux d'Eric, des yeux qu'elle veut de glace. Il finit par détourner les siens. Soulagée par cette première victoire, elle décide de ne plus s'occuper de lui. Exercice difficile. Quoi de plus attirant qu'un regard attaché à vous et qui s'enroule à vos gestes ? Elle enrage, car par instants, cédant à des sollicitations incontrôlables, elle est obligée de jeter un œil sur le garçon. Il porte un smoking de velours bleu nuit, une chemise à jabot et ressemble à un dandy du siècle dernier. La lueur des bougies accentue l'indéniable romantisme de son visage. Il est seul. Seul pour la soirée, car il mange, nonchalant et raffiné. Elle se dit : « Comme il est rare de voir quelqu'un manger harmonieusement ! » Elle ne peut se défendre de penser ainsi. Non plus que de le contempler en essayant de fuir le piège de ses yeux. Elle n'entend plus rien, ni la jacassante Adi et ses perrucheries, ni le boss qui envisage d'ouvrir ses colonnes à tous les candidats de la future campagne présidentielle, sans distinction d'opinion. Luc s'empresse de lui objecter que cette tribune libre aurait un côté un peu démago. Eve sourit, niaisement croit-elle, pour éviter de construire des phrases. « Il » est là, qui la fixe. Bon Dieu ! ses compagnons vont bien finir par s'en apercevoir, en tout cas Mathieu Glandin, assis à son côté sur la banquette pelucheuse. Pénombre ou pas, ce bel éphèbe, braqué sur elle comme un canon, ne peut passer inaperçu. Glandin a vu des photos du lascar et risque de le reconnaître ; il a l'œil.

Non : pas de crème aigre sur les blinis, de beurre salé non plus. Tel quel ! Le caviar se suffit à lui-même. Elle dit n'importe quoi de plausible, sur n'importe quel ton passe-partout.

Elle n'avait jamais remarqué le modelé de ce visage. Marais dans *l'Eternel Retour*. Il porte merveilleusement la toilette (banalité). Elle pense à son sexe qu'elle a tenu dans sa main, si dur et si vibrant ; son sexe de jeune fou qui a explosé entre ses doigts. Un atroce désir la saisit, elle est si réservée physiquement.

Elle ne va pas avoir envie de ce sale type, tout de même ! Ainsi il a décidé de s'acharner sur elle ? De la poursuivre, de la hanter ? Pour arriver à quoi, bougre de pédé ? La musique, merci bien, si tu espères lutter contre le vague à l'âme avec leur crincrin moscovite ! Tout y passe : le folklore de brasserie, les grandes rengaines larmicheuses ! Sanglots longs des violons... Crème Chantilly sonore.

Elle voudrait oublier la moto. L'instant où il l'a abandonnée au bord de la route. Elle avait la main pleine de foutre. Son foutre à lui, là-bas, qui la regarde ! Le beau démon blond. Au fait, il a dû se faire éclaircir ! Petite frappe ! Elle l'imagine chez un coiffeur plus pédé encore que lui.

— Eh bien, Eve, vous ne mangez pas ?

Oh ! si... Voilà, elle mange ! Exquis, ce caviar. C'est vrai, Adi : ces blinis sont incomparables ! Elle a essuyé sa main dans l'herbe froide. Le sperme du beau démon blond, blond-teint, blond-pédale ! Où est passée sa répulsion ? Pourquoi s'obstine-t-elle à ramener ce moment, qu'elle jugeait maudit, à la surface du réel ? Adi parle, parle. Adi déconne. Quand elle a la bouche pleine, son époux s'empresse de proférer des choses sensées manière de calmer le jeu. Luc a bénéficié d'une ouverture. A un moment donné, il est question d'enfants, alors il monte à l'essai, Boby sous le bras. L'école du môme, ses prouesses, mots d'enfant, habitudes... C'est sa folie, Boby, au prince consort. Son bien exclusif. Quand le môme fait une maladie infantile, il revient deux ou trois fois de son usine pour lui tâter le pouls, vérifier que Maryse lui administre bien ses médicaments aux heures prévues.

Eve croise le fer avec Eric. Les yeux du jeune homme sont plus langoureux que les violons. Elle veille à garder les siens hostiles à souhait.

Après le caviar, c'est l'attraction des chachliks sur des brochettes en flammes... Le serveur qui la sert en premier (sur un signe de Glandin) lui chuchote : « Si Madame pouvait se rendre aux lavabos » dans un souffle. Travail de professionnel ! Personne à la table n'a pu surprendre une syllabe de ce murmure intelligible pour elle seule. Mais elle est courroucée ! Effrayée aussi. Le toupet d'Eric Plante n'a donc pas de limites !

Furieuse, elle le fixe. Il lui adresse un imperceptible signe d'acquiescement afin de ponctuer l'invite.

« Tu peux toujours compter là-dessus, aristo de pissotières ! » Eve aimerait lui jeter le contenu de son verre de vodka dans les yeux, qu'il cille enfin, loubar de luxe ! Il suffirait seulement qu'elle le désigne à son mari en lui disant qui il est et la manière dont il se met à la pourchasser pour que Plante se retrouve sur le trottoir les quatre fers en l'air avec son beau smoking. C'est une bête, Luc, quand il est jaloux. Elle tente de se raccrocher aux niaiseries de la mère Glandin. Tiens, elle ressemble à une autruche, au fait ! Même regard au bout d'un cou. Yeux pesant sur la paupière, comme deux larmes sur le point de couler, écrirait mon camarade Proust, le champion du trot assis littéraire. Elle narre sa bonne portugaise : Maria. Elles s'appellent toutes Maria. Propre et dévouée, mais qui boit. Adi Glandin a trouvé une parade fantastique (elle pouffe) : « Vous ne savez pas, ma chérie ? Je fais une marque sur l'étiquette de la bouteille ! » Son mari, vachement gêné, essaie de caser Mitterrand qui a toutes ses chances, enfin, enfin, enfin ! aux présidentielles. La manière dont il a baisé le turbulent Rocard qui lui pompait l'air ! Alors que le petit étudiant mal grandi, mal *étoffi*, se croyait déjà en haut de l'affiche ! Non, mais vous avez vu ?. Tchlag, tchlag ! Au pied, Médor ! A présent, le révérend père François lance sa casquette et Michou court la ramasser ! Un vieux de la vieille, Mitterrand. L'obstination paie, toujours ! Grande leçon ! Ne jamais baisser les bras. Tant qu'il y a de la vie, etc., etc.

Juste alors, les converses s'interrompent *because* les musicos viennent d'attaquer *Joyeux Anniversaire* ! T'as beau trouver ça con, automatiquement tu la fermes pour regarder qui donc, dans l'assistance, a un carat de plus *to day*. Depuis le fond de la salle, le maître d'hôtel russe blanc se pointe, d'une démarche de lord-maire, en tenant à deux mains un plateau d'argent.

Sur le plateau un gâteau. Mais vraiment un gâteau à la con, je te jure. Tout petit, disons de la dimension d'une soucoupe. Les violoneux forment cortège derrière lui. Vingt-huit bougies vacillent sur le gâteau, leurs flammes conjuguées éclairent la frite compassée du maître d'hôtel.

Les cinq *birthday's men* se rendent à la table d'Eric Plante. La salle regarde et continue à se taire, saisie par la qualité de l'instant ; tu ne peux pas croire comme c'est beau et tragique, ce petit gâteau d'anniversaire constellé de flammèches, présenté à un garçon seul. Insolite, sauvage. Attends, je voudrais tellement te faire sentir le côté clownesque et ravissant de la cérémonie. Les convives applaudissent. Eric se lève et salue, comme sur scène un chanteur ovationné. Il a un pâle sourire, plein d'une ironie désenchantée. Et c'est très exactement à partir de cette seconde inoubliable qu'Eve Mirale comprend qu'elle l'aime.

L'orchestre achève *Joyeux Anniversaire*. Eric glisse un bifton de cent points sous les cordes du premier violon. Les musicos remercient d'une quadruple courbette et se retirent. Le maître d'hôtel attend qu'Eric ait éteint les bougies pour les ôter et servir le gâteau. Eric souffle, sans gonfler ses joues, ce qui aurait pu le rendre ridicule.

Luc déclare qu'il faut « de la santé » pour se faire fêter de la sorte, en solitaire.

Glandin affirme qu'il a déjà vu ce garçon quelque part et le classe « comédien ». Adi assure qu'il est très beau et d'une élégance raffinée. Son époux prononce le mot « pédé » d'un ton qui cherche à exprimer l'impossible, à savoir la tolérance et la réprobation.

Eve assure qu'elle raffole de cette céréale que les Russes servent avec la viande et qui s'appelle « kacha », ou « cacha » ? Elle décide de se rendre aux lavabos après le chachlik. Glandin réclame une seconde bouteille de champagne rosé (Adi trouve le champagne rosé « à mourir »). Luc recommence à s'ennuyer. Il est pressé de rentrer faire l'amour.

C'est l'instant où les musicos passent de table en table pour demander aux convives ce qu'ils souhaitent entendre. Eve qui a cessé de manger, prie ses compagnons de l'excuser et s'empare de son sac à main posé sur le large dosseret de la banquette. Elle préfère emprunter un parcours plus long afin de ne pas passer devant la table d'Eric. Une fois aux toilettes, elle se refarde et se regarde un moment dans la glace : en copine critique qui peut tout se dire. Elle se trouve belle, mais son regard abrite une lueur inconnue qu'il va falloir dissimuler à son mari.

Comme elle sort du compartiment « dames », le serveur chuchoteur lui présente un billet sur un plateau. Visage neutre, il a la gueule de l'oubli avec effet immédiat. On l'a « arrosé » en conséquence et il en a vu d'autres, beaucoup d'autres. Eve s'empare du billet sans remercier, comme s'il s'agissait d'un ustensile de table. Le serveur n'est déja plus là. La jeune femme décachette la petite enveloppe blanche, format carte de visite.

A l'intérieur, un bristol non imprimé, avec ces quelques mots tracés d'une belle écriture frémissante :

Une supposition que je t'aime ?

Eric P.

Eve déchire le billet menu et le jette dans la corbeille à déchets.

De nouveau, elle affronte le miroir. Elle sait qu'il vient d'arriver un malheur à cette femme qui la fixe, un immense et merveilleux malheur.

Cette fois, elle retourne à sa table en passant devant celle d'Eric.

Elle ne lui accorde pas un regard et réussit le tour de force de ne plus porter les yeux sur lui jusqu'à la fin de la soirée.

VII

— Tu ne vas pas la laisser tomber comme ça, plaide Mamie Germaine de sa grosse voix haletante. La manière qu'elle couine en se branlant, je peux pas dormir. Je la boufferais bien, qu'elle soit sage, mais avec mon asthme, tu peux courir, même si je serais dans une prairie je trouverais pas mon souffle !

Ginette ne répond rien. Attitude de gisant sur son lit, dans l'imperceptible clarté tombant de la lucarne. Roide en sa chemise de nuit à fleurs. Bras le long du corps, le regard ouvert sur les ténèbres, les pensées bloquées par la rancœur ; durement chaste, ce soir, Alcazar. Depuis cette fin de non-recevoir du Président (fin de non-recevoir opposée à un cancer en bonne et due forme, ce qu'il faut être sombre fumier !) tout est aigu, tout grince en elle comme une lame de scie circulaire dans un nœud de chêne. Elle ressasse ! Mijote ! Combine ! Elle reste ainsi prostrée, farouche. Elle s'est vengée une première fois, et durement, on a pu le constater. Elle va se venger encore. Elle dispose des moyens *ad hoc*. Une jolie toile d'araignée à tisser. Et les mailles seront serrées, résistantes.

Sur sa couchette inférieure, Martine se masturbe comme une perdue, sans parvenir à la moindre conclusion. Ses mouvements frénétiques font trembler le bat-flanc supportant son maigre matelas. Elle a imploré les bons offices de Ginette, mais celle-ci ne l'a pas prise en pitié. Alors elle s'active dans l'espoir de se guérir du manque ainsi infligé. Ses gémissements s'élèvent dans le silence de la prison.

— T'es vache, Gigi, déclare sévèrement Mamie Germaine, cette gosse, c'est une nature ; elle a besoin d'être bouffée et point à la ligne, quoi, merde ! Fallait pas lui contracter l'habitude. A présent tu la laisses en rade, c'est naturel que les sens lui prennent !

Silence obstiné de Ginette.

La vieille s'assoit sur le bord de sa couche, énorme comme une poire pourrissante. Sa poitrine lourde et flasque, la tire en avant. Elle a du mal à porter sa vie, une lente asphyxie lui met la carcasse en abandon progressif. Elle étend le bras pour rafler sur sa console l'espèce de vaporisateur qui lui permet de se pulvériser du soulagement dans les voies respiratoires. On entend les petits « pschiiit, pschiiit » de l'appareil. Mamie Germaine tente de respirer plus largement, mais les résultats ne sont guère fameux. Elle annonce qu'elle crèvera dans cette cellule. Pour une fois qu'elle était parvenue à s'endormir. Et la Martine qui entre en transe, la chatte en délire ! Y'a pas à l'en blâmer. Elle se rappelle, Mamie Germaine, ses émois nocturnes de jadis, au temps de M. Lucien qu'elle réveillait de la bonne manière, le pompant en plein sommeil pour se faire calcer ; ce dont il s'acquittait sans seulement se réveiller, l'amour. Lonchant en état second, par cœur. Un fameux cosaque, toujours la verge en avant, à dispose, service de nuit assuré ! Perpétuellement de garde comme les pharmacies des drugstores.

Sa complainte des enfilades du temps jadis, jointe aux râles de la suifeuse Martine, achève de démolir Ginette Alcazar. Elle se soulève sur un coude.

— Moui ! l'encourage Mamie Germaine, sois chouette, ma grande, gougnote-moi cette enfant ! C'est l'affaire de cinq minutes dans l'état que je la vois.

Alcazar se lève, et puis pousse un hurlement qui se faufile sous toutes les portes du quartier des femmes et va alerter la matone de nuit. Ginette bafouille quelque chose d'à peu près inaudible et s'écroule inanimée. Pour lors, Martine cesse de se branler. La vieille se traîne jusqu'à la porte et y frappe à coups redoublés.

La matone se pointe, pas fraîche dans sa blouse bleue froissée. Elle voit Ginette jetée au sol, les traits gris et lacérés par la douleur, le regard quasi vitreux. Affolée, elle court téléphoner à la Chef qui dort auprès de son mari, à quelques kilomètres de là, dans une H.L.M. sinistros qu'il vaut presque mieux habiter que regarder. La Chef est une fille de décision ; depuis son domicile elle prévient l'hosto. Ça devait arriver. Le cas Alcazar aurait dû être solutionné plus vite ! De rapport en rapport, il s'éternise, mais la patiente pas. La Chef se fringue vitement. Une plombe plus tard, elle escorte les ambulanciers jusqu'à l'Hôtel-Dieu où Ginette est hospitalisée en réanimation. Monique Morin s'occupe des paperasseries, elle a eu la bonne idée d'amener les radios d'Alcazar : l'interne de garde fait la grimace en les examinant. Il demande à sœur Anne de la Contemplation d'administrer à la malade une piqûre de Kamikazé 12 suractivé.

Mais, quand la brave religieuse parvient au lit de la nouvelle, sa petite cuvette en inox à la main, elle le trouve vide.

Une garde de nuit martiniquaise dira un peu plus tard qu'elle a croisé dans l'escalier une femme ceinte d'un tablier de toile cirée et qui trimbalait un aspirateur.

Ginette Alcazar avait vu à la tévé *la Vache et le prisonnier*.

∴

Maintenant, elle est au bord de la Seine, étourdie par la simplicité de son évasion. D'une facilité à n'y pas croire. N'a-t-elle pas rêvé cela ? Mais non, elle déambule bel et bien sur le quai, devant des boîtes de bouquinistes closes. Les sandales à semelles de bois dénichées dans le réduit aux accessoires, près de la bouche d'incendie, claquent comme des noix brisées sur l'asphalte. Elle s'obstine à charrier le lourd aspirateur, pensant qu'il justifie sa mise incongrue.

Elle devrait être satisfaite, elle ne l'est pas. Comme elle n'est pas non plus inquiète de se retrouver dans cet appareil, sans argent et bientôt pourchassée.

C'est un instant comme ça, et puis voilà. Un moment par lequel elle devait obligatoirement passer pour atteindre son objectif.

Où va-t-elle ?

Simple ! Chez elle ! Tout connement. Son appartement est fermé depuis qu'elle a été arrêtée. On prélève le loyer sur son compte en banque de même que le gaz, l'électricité et le téléphone. Qui donc viendra la chercher là ? Pour ne pas être vue du concierge, elle entrera par le garage souterrain. Après quoi, elle prendra l'ascenseur jusqu'à son étage. Bien sûr, elle ne possède pas la clé de chez elle qui se trouve au greffe, mais elle opérera comme le fit cet abruti de Jérôme, un jour qu'ils s'étaient trouvés « enfermés dehors » comme disait le gros porc. Il passa par la fenêtre du palier donnant sur la cour. Aucun danger à craindre, la cage de l'ascenseur ayant été installée en additif à l'extérieur de l'immeuble, il existe à chaque étage une espèce de plate-forme de ciment pour la soutenir. Une fois sur la plate-forme, il lui suffira de briser l'un des carreaux de sa fenêtre de salle de bains, d'actionner l'espagnolette et de se hisser par l'ouverture.

Elle combine chacun de ses gestes, sans anxiété. Elle ne doute pas de la réussite de son plan. Ce qui est simple à concevoir se réalise toujours sans problème. Et la voici qui s'éloigne de la Seine pour piquer en direction de Montparnasse. L'aspirateur est de plus en plus lourd. Son ventre la fait souffrir. Elle doit s'arrêter fréquemment afin de rassembler son énergie.

Au cours d'une de ses haltes, elle repense à la môme Martine, drôlement déconfite à présent que Ginette s'en est allée. Elle espère sincèrement qu'on la remplacera par une luronne portée sur les sens ou, en tout cas, compatissante.

VIII

La sonnerie du téléphone retentit, précédant d'une ou deux secondes à peine celle de son réveil-radio. Eric est branché sur France-Musique, bien qu'il ne soit pas trop mélomane, car il préfère être réveillé musicalement plutôt que de sursauter à des pubs tonitruantes ou à des commentaires politiques.

Son subconscient s'était déjà préparé car il n'éprouve aucune difficulté à ouvrir les yeux et à placer sa lucidité. Il décroche, reconnaît la voix de Jean-Lou et regrette aussitôt son geste. La radio diffuse un air d'opéra qui fait tout de suite chier Plante.

Se sachant réticent pour se lever, il a eu la sagesse de placer le réveil à l'autre bout de la chambre, de manière à ne pouvoir le fermer d'un geste engourdi pour se rendormir aussitôt.

— Tu permets, dit-il à Jean-Lou, je vais éteindre le poste.

Son interlocuteur qui démarrait dans des pleurnichages est un peu frustré et rate son effet.

— Bon, je t'écoute ?

— Tu n'es qu'un misérable. Je viens de voir des photos affreuses dans *Satiricos*. Ainsi tu te fais ce vieux marchand de boniments !

La voix humide de Jean-Lou flanque des frissons au garçon. Le plus fort c'est que son ex-ami a au moins l'âge du Président. Genre jockey-club, le très cher. Racé, sublimement élégant, il gère un « comptoir » d'agent de change en étage du côté de la Bourse.

— Je ne me fais personne, répond Eric en bâillant. Plus

personne. La Trappe ! Et quand je me referai quelqu'un, ce quelqu'un aura deux nichons et une fente entre les jambes.

Jean-Lou part en jérémiades. Agacé, Eric aboie :

— Pardonne-moi, pépé : on m'appelle sur une autre ligne.

D'un geste rageur, il coupe la communication et laisse l'appareil décroché.

Quand il se rend à la cuisine, il avise une enveloppe surtimbrée, avec le papillon des *Express* collé de travers. La concierge est venue la glisser sous sa porte. En se baissant pour la ramasser, il lit le tampon postal d'origine, fortement encré : *Tournon*. Alors son sang se retire de ses mains et il a du mal à s'emparer de l'enveloppe, comme lorsqu'on a les extrémités des doigts dévitalisées par l'onglée.

Des nouvelles du Vieux Charles !

Et c'est la première fois que celui-ci lui écrit en « express ». Il emporte la missive dans la cuisinette où rôdassent des senteurs de denrées inconsommées.

Du pied, il dégage un tabouret de sous la tablette rabattante qui sert de table.

« Bon, c'était prévu, songe-t-il. Cela ne pouvait pas ne pas se produire. » Il faut se soumettre à l'inéluctable. S'offrir à lui comme au peloton d'exécution, sinon on prend les balles n'importe où et on meurt mal.

Il décachette l'enveloppe et retire la feuille de l'hebdo comportant les deux fâcheuses photographies et le texte perfide d'Eve Mirale. Jamais il ne l'a tant haïe, cette commère de merde !

Le Vieux Charlot a écrit, au feutre rouge, par-dessus le texte : *J'attends ta visite.* Au-dessus, il a tracé un énorme point d'interrogation. Aucun mot n'a été joint. L'envoi est suffisamment éloquent.

Eric contemple les images, puis les caractères penchés de son père. Il se rappelle un jour lointain, il avait treize ou quatorze ans, il se masturbait aux vouatères. Il avait cru tirer le verrou de la porte, mais la petite tige métallique ne s'était pas logée dans la gâchette et son père l'avait trouvé, bite en main, culotte tombée, le regard ailleurs, assis sur l'abattant de la lunette. Il avait jeté un regard rapide et murmuré : « Pardon » avant de refermer. Eric était resté un temps infini dans les chiottes avant d'oser ressortir. Et voilà qu'il retrouve la même épouvante, la même confusion insupportable...

Il prépare son café dans la cafetière italienne. En attendant que le breuvage soit prêt, il retourne au téléphone et, sans perdre de temps compose le numéro de « là-bas » qu'il connaît par cœur.

Deux sonneries, et c'est le Vieux Charlot qui répond. Sa voix chaude fait resurgir le passé, le rend tout à coup presque palpable.

— Papa ?

Eric se lance avec une vivacité nonchalante. Il va jouer la désinvolture et le mépris, plaider la cabale, la jalousie de certains petits confrères que son ascension enrogne. Lorsque son père l'avait pris en flagrant délit de branlette, jadis, il lui avait dit, peu après, tandis qu'Eric tremblait de l'affronter : « Ne t'inquiète pas, fils : je suis passé par là. » Seulement, cette fois, la confrontation est autrement plus redoutable.

— Salut, fils ! répond son père.

— Je viens te rassurer, il s'agit de...

— Je t'attends, coupe le Vieux Charlot.

— D'accord, j'irai te voir dès que...

— Non, pas dès que... je t'attends !

— Ecoute, papa, laisse-moi au moins t'expliquer...

— Je t'attends, répète pour la troisième fois M. Plante.

Et il raccroche.

Eric fait comme les acteurs dans les films « B » qui considèrent longuement le combiné avant de raccrocher pour souligner leur désarroi. Il pense : « Je fais comme au cinoche », et dépose le combiné sur sa fourche. La sonnerie retentit presque immédiatement. C'est encore Jean-Lou qui doit composer et recomposer inlassablement son numéro depuis tout à l'heure.

— Ecoute, pépé, je t'en supplie, ne m'emmerde plus, balbutie Eric. Bute-toi, si tu as trop de peine. On ne se bute pas assez. Le suicide devrait entrer davantage dans les mœurs, car là est le seul pouvoir mis à la disposition de l'homme. Bute-toi, Jean-Lou, ne serait-ce que pour ne plus m'importuner. Je te préfère mort qu'importun, et là tu m'importunes, vieux mec. Tout le monde m'abîme, en ce moment, sauf un bonhomme auquel je me raccroche, en tout bien, tout honneur. Tu es présentable, tu as de la classe, du pognon, tu n'auras aucun mal à trouver un giton rue Sainte-Anne ou ailleurs. Attends, je vais te dire la vérité : je ne suis pas homo. C'était pour voir, pour rire, pour trouver un *gentleman-agreement* avec mes complexes. Fausse donne, pépé ; non, attends que je te fasse rire : fausse mise ! C'est pas drôle, ça ? Allez, bonne bourre. J'ignore si tu as classé mon numéro dans les « E » ou dans les « P », mais fais-moi un beau cadeau d'adieu : raye-le !

Il raccroche, attend un peu, pour voir si Jean-Lou va encore le faire tarter. Le téléphone demeure silencieux. Eric se résigne à boire son café.

Il ne perd pas la page de journal du regard. Les caractères rouges du Vieux Charles semblent avoir été tracés avec du sang. Le café est trop fort. Il le préfère léger.

« Je t'attends » a dit et redit son père. Ce n'est pas une formule, et c'est davantage qu'un ordre. Le Vieux Charlot l'attend VRAIMENT.

Eric boit une seconde gorgée de caoua. Une réflexion sotte lui vient : « Ne serais-je pas un surdoué ? » Il pense tellement vite, avec tant de force. Un être moyen, voire plutôt intelligent, fait-il preuve d'une pareille agilité d'esprit ? Voilà que, pour la première fois de sa vie, il se « regarde » penser et s'en trouve impressionné.

Il rit.

La soirée de la veille lui revient en mémoire, chatoyante, indécise. Quel grand moment ! Il a senti l'émoi d'Eve Mirale. Il a tout su de ce qu'elle éprouvait. Elle est « ferrée ». Ça n'aura pas traîné. Une fille pareille, si lucide, si caustique, marcher dans un roman-photo ! Toutes des midinettes ! Plus elles se piquent d'intellectualisme, plus elles sont bonnes clientes question cul-en-fleurs. Il devait être surprenant devant les vingt-huit bougies de son gâteau ; rayonnant de séduction. Il se sentait sûr de soi. Cette démonstration a touché Eve. Faire ce que les autres ne songeront jamais à faire, là est le secret. Oser. La devise du Président ! Oser ! Toujours, partout, avec tout le monde.

Il biche son carnet et va composer le numéro de l'appartement d'Eve. Avant de livrer assaut, il a centralisé un maximum de renseignements sur elle, suivant le conseil de Tumelat. Son bonhomme quitte leur hôtel particulier à huit heures vingt pour déposer leur môme à l'école. Donc, elle est seule.

Une vieille voix féminine lui répond. Il se prétend du *Réveil* et déclare qu'il doit parler d'urgence à Madame. La vieille Maryse lui demande d'attendre. Madame est dans sa salle de bains, elle va l'avertir...

Effectivement, c'est une femme sortant de l'eau qui répond. Elle a le ton mouillé et ce souffle un peu haletant des baigneurs.

— Oui, j'écoute ?

— Bonjour, chuchote-t-il, intimidé.

Elle ne répond rien. Va-t-elle interrompre la communication ? La respiration d'Eve contient une question, et des aveux, sans doute.

— Je vais vous parler, annonce Eric. Mais la seule chose que je vous demande, c'est de ne pas prononcer un mot. Lorsque j'aurai terminé, je raccrocherai, et ensuite, ce sera à vous de décider...

Il avale difficilement sa salive.

— Vos articles m'ont épouvanté à cause de mon père. Ça peut sembler idiot, mais c'est ainsi, il est des instants où il faut croire les idioties. Il vient de m'enjoindre de rentrer, pour m'expliquer. Or, je ne vais pas y aller seul. Vous viendrez avec moi. Vous lui direz que vous êtes l'auteur de ces papiers, mais qu'ils sont sans fondement. Mon père habite dans l'Ardèche. Nous quitterons Paris cet après-midi à seize heures. Rendez-vous devant chez moi, rue Saint-Benoît. Nous arriverons dans la nuit, et ce sera très bien. Il me reste à ajouter une chose : à seize heures quinze, si vous n'êtes pas venue, je monterai chez moi et je me tuerai. Naturellement, vous ne me croyez pas. Je vous prie cependant de vous demander quels seraient vos sentiments demain matin en apprenant qu'un type s'est buté à cause de vous. Je vous jure sur la vie de mon père que je ferai ce que j'annonce. Il me reste à ajouter que je vous aime. Aussi extravagant que cela paraisse, vous êtes la rencontre de ma vie. Au revoir, Eve. Ou adieu !

Il raccroche et éclate de rire.

Un rire forcé, un rire féroce, un rire fou. Un rire qui le stimule au point qu'il va se placer devant une glace pour le voir, tenter de le comprendre. Il rit la vie, Eric Planté ! Sa démesurée sottise ! Tout ce magma de sentiments, de contraintes, peurs, misères, souffrances, quiproquos. Vive *Ubu roi* ! Tout n'est que larmes et bouffonnerie ! Tout n'est que plaintes et foutre ! Tout n'est que haine et amour avec une frontière indiscernable ! Il obtiendra tout, et à l'œil, parce qu'il ne désire rien réellement. Il joue de l'insolence et du cynisme pour cacher une indicible plaie.

Il s'apostrophe dans le miroir :
— Et alors, Triboulet, heureux ?

IX

Le Président occupe les cagoinsses de la salle de bains, un rapport à reliure spirale dans les mains. Tout en déféquant, il lit cet avant-projet concernant la lutte contre le chômage. Une idée qu'il a débattue avec Pierre Bayeur et que ce dernier fignolera avec « l'équipe technique » si, après étude de ce résumé, le big boss lui donne le feu vert.

Horace croit percevoir le grésillement de son téléphone secret, ligne hautement privée dont pas plus de cinq personnes possèdent le numéro.

— Tu veux répondre ! crie-t-il à Noëlle.

Il cherche parmi les ultra-intimes lequel peut bien l'appeler d'aussi bonne heure. Bayeur, probablement. Ils phosphorent dur, en ce moment, tous les deux. Tumelat reste hanté par la perspective de poser sa candidature aux présidentielles. Son dauphin le freine, redoutant un « bide » sévère qui amoindrirait le parti R.A.S. Tout comme Eric, il fait valoir à Horace l'avantage qu'il retirerait à se poser en arbitre. Seulement, les grands battants comme le Président croient en leur étoile (sinon ils n'auraient jamais fait carrière) et ont en eux une aveugle confiance qui leur fait dédaigner les pronostics, sondages, probabilités, voire la simple raison.

Tumelat referme le mince dossier. Trop tarabiscoté, trop fumeux. Pour que cesse le chômage, il faut un changement de conjoncture. Une guerre constituerait le remède radical. Mais qui envisagerait de mourir pour assurer pendant une génération le confort des rescapés ?

— Monsieur le Président !

La petite voix de Noëlle lui semble anxieuse.

— Qui est-ce ? demande-t-il.

Au lieu de donner le nom du correspondant, la jeune fille murmure :

— Vous pouvez venir ?

Il répond que dans deux minutes, accouche d'une dernière crotte en bonne et due forme, se torche avec application et fait déferler le Niagara de la chasse.

Machinalement, il file un petit coup de déodorant à l'essence de pin : tchouc tchouc, pour jeter un doute sur ce qu'il vient de faire et retourne dans sa chambre.

Noëlle a l'air effrayée. Elle tient le combiné fortement appliqué contre son peignoir éponge, comme si des insectes nocifs risquaient de jaillir des orifices.

Tumelat la questionne du regard.

— C'est « elle », fait la petite.

Horace se méprend :

— Ma femme ?

— Non : votre ancienne secrétaire.

Alors, là, il en reste baba, le Président. Alcazar au bigophone ! On peut donc téléphoner de prison à présent ? Il est vrai qu'étant très malade, elle bénéficie probablement d'un régime spécial.

Il chope le combiné des doigts meurtris de Noëlle.

— J'écoute !

La follingue roucoule un cri de colombe. Son vieux prince charmant ! Lui qui la faisait rougir et mouiller d'un regard ! Enfin sa chère, belle, et noble voix qui devrait chanter l'opéra mieux que ne le firent jamais Caruso, ni Chaliapine. L'indicible ! Le monarque ! Son idole ! Sa queue rayonnante ! Les miches de Ginette gardent le souvenir de ses va-et-vient supraterrestres ! Wagnérien, quand il le fallait ! Mozardesque aussi ! Il devinait tout, le preux ! Se plantait, accomplissait de fausses sorties à bite de velours pour réintégrer en fougue ! O le savant biteur ! O l'admirable vergeur qu'il y avait là !

A l'écoute du timbre enchanté, la rage vengeresse d'Alcazar fond. Son âme redevient bleue comme le froid.

— Mon aimé ! Mon tout grand ! jette-t-elle.

Et lui, plus sec qu'un quignon de pain :

— D'où appelez-vous ?

— De chez moi ! Mais ne le répétez pas, car je me suis sauvée. Vous n'avez donc pas entendu à la radio ce matin ?

217

Ils l'ont annoncé sur Europun : leur téléphone rouge ! Ginette Alcazar, la pyromane, ex-secrétaire du Président Tumelat, s'est évadée cette nuit de l'Hôtel-Dieu ! Evadée ! Moi, Ginette. Pour vous, mon roi !

Il est tout de suite à cent degrés, le Président, voire au moins à quatre-vingt-dix, comme l'angle droit ! L'immonde fumelle ! Dégoulinante d'un amour sanieux qui suppure. Il voudrait recracher ce qu'il entend d'elle. Comment se peut-il qu'elle soit à nouveau en mesure de le tourmenter, lui qui tant accueillait l'annonce de son cancer avec euphorie ? Elle allait enfin déblayer le terrain, la pourriture ! S'évacuer de son destin comme une diarrhée fétide d'un honnête ventre. Eh bien non, tu vois : on joue « Alcazar revient » ! Seconde époque !

— Evadée ! marmonne-t-il (à moins que tu ne préfères « marmotte-t-il », c'est le même prix ?). Evadée ! C'est malin ! Et vous vous planquez chez vous, tout bêtement !

— Je vous y attends, faites vite ! Oh ! vous revoir, vous toucher ! Je mets une culotte noire pour vous accueillir, vous rappelez-vous de celle qui était diaboliquement fendue, grand fou ?

Complètement hors circuit, la bique galeuse ! Tumelat pressent des calamités pour très vite. Les nuages noirs se rassemblent. Et dire que cinq minutes plus tôt il envisageait de briguer la Présidence, la Grande, la Vraie.

— Malheureusement…, commence-t-il.

Elle le coupe d'une stridence.

— Non ! Non ! Pas de « malheureusement », mon bel amant. Vous venez ! Vous accourez ! Sinon je perds la tête. Dix-huit mois de prison avec des malheureuses sans la moindre éducation ébranlent le cerveau. De plus, l'aumônier vous l'a dit : j'ai un cancer, oui, mon beau Président ; un vrai cancer probablement inguérissable, alors vous voyez qu'il serait fou de me contrarier. Vous allez me rejoindre aussi vite que vous le pourrez ; sinon, croyez-moi, vous regretteriez de m'avoir déçue.

Le Président est débordé par la houri ; il décèle dans ses menaces des inflexions de certitude qui, mine de rien, lui filent la pétoche. Que manigance-t-elle encore, celle-là ? Elle est du genre poison à vie et encore *post mortem*. Tu veux parier qu'elle lui a mijoté un brouet à la merde pour « après » ? Elle en terre, il aura encore des retombées de sa

218

follerie sur la gueule, le malheureux ! Il existe des êtres vénéneux et indélébiles. Ils te souillent à perpétuité, te saccagent la vie avec une application démoniaque. C'est du sans espoir...

Horace écoute, réfléchit en trombe, décide mal, lui toujours fougueux quant à la conduite à adopter. Lui qui sait si rapidement trancher les mauvais liens et s'en dépêtrer... Il pense : « Elle s'est évadée, on va la reprendre fatalement. Si je la vois dans l'intervalle, ce sera un nouveau scandale, plus considérable que le premier, et dont ma carrière ne se relèvera pas. L'envoyer aux prunes est encore la meilleure solution. De quoi peut-elle me menacer ? C'est là que la chose grince. Elle paraît si sûre de son fait, la mégère en délire ! »

— En voilà un curieux langage ! dit-il, mi-figue, mi-machin-chose, je regretterais de vous avoir déçue, dites-vous, Alcazar ? De quoi diantre me menaceriez-vous en parlant ainsi ?

Elle a un rire comme un filet de vinaigre sur des œufs au plat.

— Vous rappelez-vous le petit fichier de bois blanc que vous aviez surnommé votre « boîte à malices » parce qu'il contenait de répugnants secrets d'Etat ?

Touché ! Tumelat se chope une glotte grosse comme un ballon de rugby. Ne peut plus déglutir, pour lors, et encore moins parler. Il cherche le regard de Noëlle, mais elle est sortie discrètement. La boîte à malices ! Il l'a mise en lieu sûr. Elle contient de la dynamite. Une collection de saloperies : compromissions, prévarications, outrages aux bonnes mœurs dont se sont rendus coupables quelques-uns des plus grands parmi les tout grands. Ce fichier remonte à la période où il fut ministre de l'Intérieur.

— Et alors ? demande le Président, tant bien que mal.

— Lorsque vous avez commencé à me trahir, vous vous êtes empressé d'évacuer le fichier, grand coquin ! Seulement, la petite Ginette, depuis belle lurette, avait photocopié les fiches. Supposez que je profite de ma liberté pour semer une grande pagaille en votre nom ?

« Seigneur », fait intérieurement le pauvre homme qui a conservé de son enfance bretonne l'habitude d'utiliser Dieu comme trousse de secours dans les cas d'urgence, « Seigneur (donc), as-tu bien le droit de laisser se perpétrer des vies aussi néfastes, abusives et dégueulasses ? Pourquoi me flanques-tu un cancer pantouflard à cette vachasse, au lieu de me la foudroyer d'une belle et saine rupture d'anévrisme, si proprette ! » Mais enfin, l'heure n'est pas à morigéner le Seigneur dont tout le monde sait bien que les desseins sont impénétrables.

— Dites donc, dites donc, ma petite Ginette, vos projets ne sont guère compatibles avec l'amour que vous prétendez me porter, proteste le Président.

— Ce ne sont pas des projets, mais une monnaie d'échange, mon chéri. Je vous veux, je vous attends. Pressez-vous. Ah ! que je vous dise : je n'ai pas les clés de mon appartement, il vous faudra donc faire quelque exercice en passant par la fenêtre du palier. Vous accéderez ainsi à une plate-forme, et de là à la fenêtre de ma salle de bains. Prenez garde qu'on ne vous voie pas. Allons, allons, hâtez-vous, monsieur le grand vilain Président, votre Gigi va mettre sa culotte de pute dont vous raffoliez !

Elle gazouille un baiser et raccroche.

Tumelat également.

— Pourriture ! dit-il seulement, mais avec une telle intensité que sa ferveur de haine l'illumine un bref instant de l'intérieur tel un tube au néon.

Que va-t-il faire ? Impossible d'aller là-bas. Et puis d'abord, tu le vois escalader les fenêtres, façon Arsène Lupin, lui, l'un des pairs de France ? Non, mais tu imagines la frime du voisin qui le surprendrait. Seulement, s'il ne donne pas suite aux exigences de la folle, il est certain qu'elle agira. Elle a déjà démontré ce dont elle était capable.

Blessé, le grand homme. Sa force souveraine se décompose.

Il enfile sa robe de chambre et passe dans son cabinet de travail où Eric s'occupe déjà du courrier.

Ils se serrent la main, distraitement.

— J'ai un service à vous demander, monsieur le Président, il s'agit de mon père. Il s'est manifesté, comme prévu, et exige que j'aille le voir. J'ai calculé qu'en partant dans le milieu de l'après-midi et en roulant...

— Oui, oui, coupe Tumelat.

Il se laisse tomber dans un fauteuil. Eric est soudain alarmé en constatant la pâleur du boss.

— Vous avez un malaise, monsieur le Président ?

— Pire qu'un malaise, Fiston : j'ai une bombe dans ma poche !

Et il relate à son secrétaire le vilain tour que lui joue sa devancière. Plante écoute comme un élève studieux suit un cours particulièrement captivant.

— Pensez-vous que cette femme détienne les fiches chez elle ?

— Je l'ignore. Mais c'est probable. Si elles se trouvaient dans un coffre bancaire, il ne lui serait pas possible d'y avoir accès puisqu'elle est recherchée.

Le téléphone sonne. Eric décroche, écoute.

— Ne quittez pas !

Et, au Président :

— Le divisionnaire Lecharme souhaiterait vous entretenir.

Tumelat pressent à l'avance ce qui va lui être dit.

— Mes respects, monsieur le Président ; connaissez-vous la nouvelle ?

— Quelle nouvelle ?

— La femme Alcazar, votre ancienne secrétaire, s'est évadée de l'Hôtel-Dieu cette nuit.

Le vieux mec croit bon de chiquer la surprise.

— Allons donc !

— Etant donné son attitude vengeresse envers vous, j'aimerais que vous preniez quelques précautions : verriez-vous un inconvénient à ce que j'attache un ou deux hommes à votre sécurité en attendant qu'elle soit reprise ?

— Croyez-vous que ce soit très utile ?

— Oui, monsieur le Président, car il est probable, compte tenu de la psychologie de la détenue, qu'elle va tenter de vous contacter...

— En ce cas, faites au mieux.

— Je vous sais gré de votre compréhension, monsieur le Président. Cela dit, vous qui l'avez connue...

Le divisionnaire marque un léger temps.

— ... auriez-vous une idée de l'endroit où elle a pu aller ? Elle était sans vêtements de ville et sans argent.

— Je crois me rappeler qu'elle avait une nièce à Suresnes, une certaine... Hélène Laffont.

— Merci du tuyau, monsieur le Président, bien entendu, je vous tiendrai personnellement au courant de nos recherches ; je pense que les choses rentreront très vite dans l'ordre.

Tumelat remercie. Il est en sueur. Comme chaque matin à pareille heure, l'aspirateur de Juan-Carlos bourdonne dans l'appartement. Il va faire beau, le soleil tape aux carreaux.

— Vous avouerez que c'est bien la super-merde, hein ? gronde Horace.

— Mais non, répond Eric ; il s'agit de faire vite, voilà tout !

Il va ouvrir la porte donnant sur le hall et débranche la prise électrique de l'aspirateur, lequel s'arrête aussitôt. Surpris, le domestique se retourne.

— Juan-Carlos ! lui lance le jeune homme, pourriez-vous me prêter une paire de gants : les blancs que vous enfilez pour le service feront l'affaire.

L'Espingo opine, un peu sidéré sur les bords, mais quoi, larbin, t'as rien à moufter. Surtout quand tu sers chez un grand de France, un presque monarque.

— Tout de suite, Monsieur.

Tandis que le valet s'empresse, Eric revient à son patron.

— Je vais aller récupérer vos fiches, monsieur le Président.

Tumelat n'ose comprendre.

— Chez elle ?

— Bien sûr.

— Eric, la chose est terriblement risquée.

— Je sais, mais entrevoyez-vous une autre solution ?

Le Président lui pose la main sur la nuque et, très loyalement, répond que non.

X

Comme il est bon de prendre un bain, un vrai, avec de l'eau « réellement » chaude et de la mousse jusqu'au plafond. Ginette s'abandonne dans ce nuage aux senteurs de rose chimique. Il y avait bien une « salle d'eau » à la prison, mais qui puait le produit désinfectant et ressemblait à des chiottes publiques. Les prisonnières en obtenaient l'usage une fois par semaine ; l'eau teintée par la rouille des tuyauteries n'arrivait jamais à une température convenable, le temps d'emploi se trouvait limité et toute intimité était impossible.

Elle n'a pas actionné la lumière pour ne pas risquer d'être repérée. Après quelques heures de repos dans son grand lit déconjugalisé par l'absence de ses locataires, elle savoure le bonheur de se baigner luxueusement, en attendant l'homme vénéré.

Son mal, certes, la tenaille, mais l'étrange bonne femme apprend à exister avec ce sale compagnon.

Elle accepte la perspective de finir tôt. Mourir ne l'effraie pas. A vrai dire, c'est un concept qui lui échappe, comme la vérité échappe aux menteurs endurcis. Elle est trop obnubilée par des projets imminents pour s'inquiéter d'un futur excédant le jour à vivre.

Le Président va radiner, beau, vif, puissant, odorant avec sa belle queue plongeante, et elle se fera fourrer-princesse, jusqu'à la noble garde des beaux roustons à poils durs. Elle se caresse un peu la chaglatte, à clapotis lamartiniens, sous la couche de mousse crissante. Le bonheur absolu. Pas un instant elle ne songe à l'arrivée possible de la police. C'est tellement énorme qu'elle soit venue se terrer chez elle, tellement peu crédible qu'ils n'envisageront même pas une visite à son domicile. Elle est en sécurité, sous condition de prendre quelques précautions élémentaires. Pas de télé, la radio en sourdine dans sa chambre située au fond de l'appartement, la lumière seulement dans cette pièce, une fois tirés les lourds doubles rideaux (ce con de Jérôme avait exigé qu'on couse de la feutrine noire entre le tissu et sa doublure, car le moindre filet de lumière l'incommodait). Il subsiste dans le placard de la cuisine suffisamment de conserves pour lui permettre de tenir quelques jours si besoin est. D'ailleurs, elle ne s'alimente presque plus. Elle se fera cuire un peu de riz, ou bien des pâtes sans beurre, avec un léger filet d'huile. Pour un peu, elle retrouverait l'appétit à évoquer ces richesses.

S'étant bien fourbie, ointe, récurée, poncée, elle s'inonde d'eau de Cologne. La baignoire se vide en produisant bien sûr un bruit inévitable d'écoulement, mais l'immeuble est ancien, donc bien fait, possédant des murs de pierre et de vrais plafonds, pouvant servir de planchers aux gens du dessus ! Elle rit. Que sa joie demeure ! Pourquoi ne s'est-elle pas évadée plus vite ? Ce fut si simple !

Elle va explorer sa commode pour récupérer la fameuse culotte noire, arachnéenne, avec fente en tranche de potiron à l'entrejambe, et canailles rubans de velours sur les côtés. Ce sous-vêtement, dit « suggestif », plaisait beaucoup au Président qui aimait la baiser à travers cet accessoire mutin, parce que les mâles, présidents ou lampistes, sont ainsi, et que veux-tu que j'y fasse ?

Elle passe la putasse culotte, se plante devant la glace de sa penderie pour s'y livrer à des effets préparatoires. Ainsi, elle lève une jambe, ravie de la moue que fait sa chatte dans le mouvement, ou bien elle se place dos au miroir, jambes écartées et se penche pour regarder son cul béant par en dessous. Bon Dieu qu'il est beau ! Bien velu, fendu rose ! Merci, papa, merci, maman ! Elle a beaucoup maigri ces derniers mois, mais tout ce que tu voudras : le cul résiste. Ultime bastion de la féminité. La dunette du bateau. S'il n'en reste qu'un, il est celui-là.

Doit-elle mettre un soutien-gorge ? Un noir, naturellement. Ses seins en ont pris un coup. Le mal ne les a pas à la bonne ! Deux petites aumônières flasques. Un soutien-loloches leur redonnera quelque apparence. Elle s'attife. Reste à choisir une robe de chambre *ad hoc*. Ou plutôt non, attends : un déshabillé vaporeux. Elle en possède un *made in U.S.A.* qui vaudra une fortune un jour au musée de la prostitution. Rose nuage, transparent, semé de menues étoiles noires, en savants lambeaux du bas, manches kimono fendues. Allez, zou ! Oh ! la belle salope ! Qui pourrait résister ? Il ne lui reste plus qu'à se farder, et à ne pas pleurer la marchandise étant donné qu'elle est un tantisoit cadavérique, Gigi.

Alors, à sa coiffeuse, elle exécute une œuvre d'art, tu peux m'en croire. Les danseuses de Bali, tu les prendrais pour des femmes de ménage polonaises en comparaison ! Elle ne se farde pas : elle peint un tableau. Rouge à lèvres ocré, fond de teint couleur terre de Sienne (elle utilise sa mine plombée pour mieux la combattre), du vert-bleu aux paupières. Des paillettes imperceptibles juste sous les cils inférieurs. Coups de crayon brun aux cils. Elle devrait les épiler un peu, mais n'a pas le courage de s'atteler à une tâche aussi minutieuse. Elle est suffisamment « réussie » comme cela. Surtout que le Président ne va plus tarder.

Ginette retourne à la salle de bains et s'installe sur le tabouret de plastique, le dos contre le porte-serviettes chauffant. Épuisée mais ravie. Anxieuse de retrouver l'incomparable amant. Sais-tu ce dont elle a envie ? Elle veut le faire coucher dans son lit, à la place qu'occupait Jérôme. Et puis le chevaucher à la langoureuse sur l'air de *Promenade dans la forêt viennoise*. Abandonnée à son attente, elle éprouve les espèces de profonds frissons qui passent dans ses entrailles, un peu comme un courant électrique. Le mal la grignote. Elle lui sourit, attendrie peut-être comme on l'est par la présence d'un animal familier qui turbule autour de soi.

Une somnolence la biche, la mère Alcazar. Elle se trace un plan d'action pour les jours à venir : reséduire pleinement le Président, qu'il soit fou d'elle, ce beau saligaud ; ensuite qu'il obtienne sa libération officielle. Après quoi elle ira à Garches chercher son mari, pour l'emmener en promenade et foutra sa petite voiture sous un camion. Des années qu'elle mijote la chose, la peaufine, la vit de tout son être en apportant chaque fois de légères variantes judicieuses. Elle choisira une rue en pente, s'engagera sagement sur un passage protégé. Il y aura des témoins. Elle trébuchera et, ce faisant, propulsera la calèche de ce porc sous un lourd véhicule. Peut-être un autobus, quoique ça retarderait d'honnêtes voyageurs... Un camion serait préférable.

Elle veut voir Jérôme écrasé, mort, gueule ouverte, bouille sanglante, yeux en vitre dépolie. Cette mission accomplie, son cancer fera d'elle ce qu'il voudra.

Un grincement la rend au réel. Elle se dresse si rapidement que son mal la fouaille, car il se met à détester les gestes brusques. A travers les verres opaques de la fenêtre, elle devine une ombre, alors elle ouvre. Stupeur ! Ce n'est pas le Président. D'emblée, elle reconnaît Eric Plante qu'elle a vu à l'époque où il essayait de faire chanter le Président. Elle a appris qu'il l'a remplacée auprès d'Horace, aussi éprouve-t-elle pour le jeune homme une haine infinie.

Sous son maquillage de scène, ses traits deviennent hideux.

— Que venez-vous faire ici ? demande-t-elle à voix basse et sifflante.

Il pose son doigt sur ses lèvres :

— Chut ! Je viens ouvrir la porte au Président ; dites, vous ne pensez pas qu'il va se mettre à escalader des fenêtres en plein jour. J'ai apporté ce qu'il faut !

Il montre une trousse noire, genre trousse à outils pour automobiliste, qu'il a attachée avec une sangle pour la porter en bandoulière. La trousse accrédite ses dires. Ginette comprend parfaitement que le Président est un tout célèbre, qu'il a franchi la barre des soixante piges et qu'il ne peut guère en effet se livrer à des rétablissements. Son porte-coton va s'arranger pour ouvrir la lourde. Alors Tumelat n'aura plus qu'à se jeter dans l'appartement.

Elle opine et tend la main à Eric pour l'aider. Il trouve le contact répugnant et en use le plus rapidement possible.

Le voici dans la place. Il referme prompto la fenêtre, puis regarde Alcazar dans les yeux.

— Bonjour, lui dit-il en s'efforçant d'être enjoué.

Elle l'effraie. Visage dantesque ! C'est la mort travestie en folle peinturlurée. Ce corps décharné sous le voile ténu du déshabillé le répugne. « Elle ne fait pas vrai, songe Plante, on dirait un personnage pour film baroque ! »

— Allez vite lui ouvrir, implore Ginette.

— Pas tout de suite : la concierge est occupée à laver l'escalier.

— Ah ! bon.

Elle l'entraîne dans sa chambre en lui expliquant que c'est l'endroit de l'appartement représentant la plus grande sécurité. Puisqu'il vient les aider, son ressentiment à l'endroit d'Eric disparaît. Elle le considère même avec une certaine complaisance, et même convoitise.

— Alors, vous m'avez remplacée ? demande-t-elle en s'asseyant au bord du lit, les bras en appui derrière le corps pour rendre celui-ci plus provocant.

— Vous êtes irremplaçable, répond sagement le garçon, disons que j'assiste le Président en attendant que vous soyez en mesure de reprendre vos fonctions.

Un hymne d'amour flamboie dans les yeux de Ginette. Il va la reprendre ? Tout recommencera ? Elle ouvre un peu les jambes.

— Vous avez changé, note-t-elle.

— Vous me connaissiez ?

— Je vous avais vu à l'enterrement de l'oncle du Président. Je vous trouve beaucoup mieux maintenant. Vous êtes devenu bel homme, à l'époque vous faisiez un peu vermine, ça ne vous fâche pas ?

— Au contraire, vos remarques confirment ce que j'éprouve.

Bon, ce n'est pas pour marivauder qu'il est venu. Le temps presse. Eric se sent calme. Il est en service commandé ! Il prend des risques considérables pour le Président. A cet instant, il découvre l'exaltation du sacrifice. Il est prêt à tout. Et ce n'est pas difficile d'être prêt à tout pour servir un être qui vous subjugue.

— Vous me plaisez beaucoup, affirme Ginette. J'aimerais vous sucer en attendant qu'on puisse ouvrir la porte. Je suce merveilleusement, vous savez, aussi bien qu'un homme, ajoute-t-elle, mutine.

Eric se contient difficilement.

— N'appartenez-vous pas au Président ? objecte-t-il.

Elle rebiffe :

— Certes oui, mais n'est-ce pas une grande preuve d'amour que de vouloir affûter mes charmes, comme on aiguise une lame, pour combler l'homme que j'adore ? Ne vous y trompez pas, je vous propose une pipe par esprit d'immolation, la manœuvre de votre queue, mon petit ami, constituerait des gammes.

Elle éclate d'un grand rire fou :

— Le grand dadais ! Qu'allait-il s'imaginer ?

Eric répond à son rire par un autre.

— Vous êtes extraordinaire, madame Alcazar. Cela dit, où sont ces fiches dont vous menacez votre grand amour ?

Sec, la grande tarte se met à moroser d'importance.

— De quoi ?

— Le Président n'a pas apprécié ce chantage, indigne de l'amour qui vous lie l'un à l'autre ; la seule façon de calmer sa rancœur, c'est de lui remettre ces fiches avant qu'il n'entre ici. Donnez-les-moi, quand j'aurai ouvert la porte, je les lui porterai dans la voiture où il m'attend, et alors, cette mesquine hypothèque étant levée, il accourra, fou de bonheur.

Les yeux de Ginette lui rendent fidèlement compte du peu de portée de ses paroles. Elle est dingue mais pas conne. Il lui vend de la salade trop grossière, une gamine de dix ans hausserait les épaules. Pas un instant il n'a espéré qu'elle couperait à cette vanne absurde, seulement, il lui fallait une sorte de préambule, même stupide, avant d'entrer en action. Cette fois, il est prêt.

— C'est pour ça que tu es venu, petit misérable ! murmure-t-elle, sonnée par la déception.

— *Yes*, madame. Donnez-moi les fiches !

— Tu peux toujours courir, pédé !

Eric lui lance son pied dans l'estomac. Alcazar tombe à la renverse, d'un bloc, sans un cri. Il attend, elle est aux limites de l'évanouissement. Elle ne bouge pas. Son regard est comme celui des Chinois : oblique. Le jeune homme imbrique les doigts de ses mains afin d'ajuster les gants de Juan-Carlos, trop grands pour lui. Les secondes sifflent à ses oreilles comme le vent dans les cheminées de ferme. Il semble à Plante qu'il assiste à la scène de loin, de très loin, à l'aide d'une lunette d'approche. Le rythme de sa respiration suffit à faire trembler l'image. Il ne ressent aucune pitié pour cette femme terrassée. Elle est l'horreur personnifiée ! Sa vie est horrible, sa mort également et plus horrible que tout, le souvenir qui traînera d'elle dans la mémoire.

Un jour, avec son Vieux Charlot, ils se promenaient dans un paysage désertique de la haute Ardèche ; fatigués, ils s'étaient assis sur un muret de pierres plates, à demi écroulé. Il buvait à la gourde le vin coupé d'eau de son père, lorsque tout à coup le Vieux Charlot l'avait fait basculer en arrière en poussant un cri de Sioux. Une tragique effervescence avait suivi. Quand Eric s'était relevé, il avait découvert dans l'herbe galeuse une vipère à la tête écrasée. Elle fouettait le sol de son agonie, décrivant mille figures changeantes ; mais son œil continuait de le fixer et il avait fini par se sauver en pleurant.

En ce moment, Ginette Alcazar, malgré son immobilité absolue, lui rappelle la vipère tuée par le Vieux Charlot.

Elle l'épouvante au-delà du supportable. D'instinct, il se recule, comme si elle devait bondir. Il attend encore. Il murmure, tout bas :

— Où sont les fiches, madame Alcazar ?

Il pourrait entreprendre de fouiller l'appartement, mais il se sent incapable d'explorer le nid de la vipère crevante. Chaque meuble, le moindre objet l'incommodent. Ginette ne réagit toujours pas, se peut-il qu'il l'ait meurtrie à ce point ? Non : il s'agit d'une ruse de sale bête blessée. Il attend encore, mais en vain.

Alors, une idée lui vient : « à rusé, rusé et demi » disait leur vieille bonne.

— Oh ! bon, je me casse et je préviendrai la police ! fait-il.

Il quitte la pièce en claquant la porte. Marche bruyamment dans le vestibule, quitte ses chaussures et revient à pas de loup. Eric regarde ce qu'il peut voir de la chambre par le trou de serrure. Il dispose d'un angle assez large.

Ginette est déjà debout. Elle va en se tenant le ventre à deux mains jusqu'à un guéridon louis-philippard supportant un vase d'opaline bleue et un album de photographies à couverture de velours cramoisi et fermoir d'argent. Elle prend l'album et le presse sur son cœur. Hagarde, elle trotte jusqu'à la porte, l'ouvre et se trouve nez à nez avec Eric. Il profite de sa surprise pour lui décocher un nouveau coup de pied au ventre. Comme on talonne de sa botte une vipère : la vipère d'autrefois, sur le muret de pierres brûlantes. Elle s'abat. Il lui arrache l'album des mains. Ce dernier contient de très anciennes photographies sépia représentant des gens d'une autre vie. Chacune d'elles est fixée dans des encoches ouvragées. Il en arrache une et constate qu'un rectangle de papier a été collé à son verso. Il s'agit d'un texte photocopié. Il lit le nom d'un ancien président du Sénat qui défraya la chronique en son temps.

La vipère suit ses faits et gestes de son œil fascinateur. Eric pense qu'il a obtenu gain de cause. Il peut partir. Mais la folle est capable de tout. Il s'approche d'elle, la surplombe. C'est plus fort que lui, de toutes ses forces, il plante son talon dans le ventre, une fois, deux fois. En silence. Elle subit sans gémir. L'instant est atroce à cause de ce silence haineux. Le serpent et la mangouste ! Combat inégal : c'est toujours le serpent qui meurt, c'est-à-dire le vilain, la mangouste appartenant au gentil règne des mammifères. Eric administre un nouveau coup de talon dans du mou. Il est sans chaussures et sa viande éprouve davantage l'horreur de cette autre viande.

Ginette ferme les yeux. Son souffle est rauque. Eric passe au living, avise une table roulante dont le plateau inférieur est lesté de bouteilles. Il opte pour un grand flacon de chartreuse verte. Il aime la chartreuse ! Vénérables pères Chartreux, chassés de votre monastère jadis par une République inique ! Réfugiés en Espagne où vous continuâtes votre noble industrie de pères benoîtement poivrots.

Il verse du breuvage dans la bouche entrouverte d'Alcazar. Elle s'étouffe, déglutit, toussote. Pas morte, la vipère. Increvable. Eric verse encore, elle tousse de plus rechef, mais bon gré mal gré, avale une partie du liquide. Eric s'obstine. Elle boit toujours. Il veut qu'elle finisse cette bouteille sacrée des révérends pères pionards. Elle y met du sien. Sa docilité est aussi impressionnante que son silence. Les gants de fil de l'Espingo sont devenus verdâtres et poisseux.

La bouteille est vide ! Alcazar ferme les yeux. Eric lui prend la main droite et la fait enserrer le goulot. Ils sont devant la porte de la cuisine. L'évadée gît sur la moquette râpée, *out* pour de bon. Eric reprend l'album qu'il avait déposé sur une chaise. Sa besogne est faite, il peut se retirer. C'est la partie la plus périlleuse de « l'opération », car si quelqu'un le voit escalader la fenêtre du palier, ce sera catastrophique.

Eric contemple, perplexe, Ginette Alcazar en état de coma éthylique. Aucune compassion ne lui venant, il va ouvrir les robinets de la cuisinière à gaz.

Il écoute le chuintement continu.

L'odeur caoutchouteuse n'est pas tellement désagréable.

Il entre, gauchement, impressionné par un luxe qu'il s'est exercé à haïr et à combattre (à combattre parce qu'il l'intimide), sans parvenir à juguler un intense contentement logé sous ses testicules, à l'idée que sa fille bien-aimée existe au milieu de ce faste, qu'elle en jouit et qu'elle finit probablement par le trouver banal.

Oui, il entre gauchement, Victor Réglisson, car gauche il est. Gauche de naissance. A gauche d'idées, faute de mieux, bien résolu à combattre ceux qui possèdent ce qu'il n'aura jamais. Tel est l'esprit de justice, bien souvent ; il nous induit à dénier aux autres ce qui nous manque et à leur infliger des privations qui ne nous sont même pas profitables. Et des nombreux que je sais ou ignore vont me clamer de droite, alors que personne ne se sent plus à gauche que moi quand je me trouve avec des individus de droite, l'inverse n'étant pas toujours vrai. Et moi, depuis mon aube et jusqu'à mon crépuscule, d'écouter les clameurs de ceux qui pensent penser et exigent que l'on pense comme eux. Gens de ci, gens de là, petites gens de la haute, grandes gens du terroir, nés pour mourir mais qui tiennent à garnir les poches de leurs linceuls, à enrubanner les revers de leurs vestes-suaires et à prouver aux foules indifférentes qu'ils furent du bois dont on fait les belles bières. Et moi, je me retire de la foule, comme un paf d'un cul lorsqu'il débande ; moi, soigneusement débandé par la vie, que, merci bien : je te la laisse ! Cadeau ! Bénédiction. Je te vous bénis tous, mes bons, pauvres et saints cons ! Je vous trace un magistral signe de croix sur la connerie, que vous le vouliez ou pas, que ça vous arrange ou non. Je ne suis pas l'Esprit-Saint, mais seulement sain d'esprit, ce qui m'autorise. Beaucoup trop saint d'esprit pour couper à toutes les névroses, turpitudes et bavardages de l'époque honteuse sans crier gare.

Tout ce que je devrais dire encore et tais, par impuissance à convaincre ! M'affale au bord de la route, l'espoir exsangue, assis en tailleur, à regarder pendre ma brave chère queue dont les caprices m'ont si fortement diverti, et tant de fois puni. J'ai acheté des masques à Venise, mon pays d'âme, ces masques dont la doucereuse horreur funèbre me fascine. Et je sais qu'ils sont la représentation fidèle de ma gueule écœurée. Tellement conformes, ces masques, qu'on devra en déposer un, le premier venu, sur mon visage de premier venu, à ma mort. Je le demande expressément, ceci est l'une de mes avant-dernières volontés.

Mais ne laissons pas mijoter le pauvre Victor dans le cabinet de travail du Président. Il y est tellement mal à l'aise, son bout de cul au bord du fauteuil de cuir ! Un éternuement l'en fera choir, veux-tu parier ? Le cœur chamadant de détresse, le regard biffé comme le signe du dollar, biffé par la timidité dégobillante.

Le valet en gilet d'abeille l'a introduit. Il est seul, du moins le croit-il, car sa fille, sachant le rendez-vous, s'est coulée avant son entrée sous le bureau de Tumelat. De plus en plus elle devient chienne, Noëlle, et se complaît au sol, dans des niches multiformes. Elle reste immobile, le menton aux genoux, les paupières baissées. Elle entend la respiration de papa, son gros souffle plus puissant que celui de sa locomotive, laquelle est électrique. Elle ne ressent pas d'attendrissement, non plus que de pitié. Elle s'est retirée à tout jamais de l'univers Réglisson. Ses parents appartiennent désormais à du temps mort. Elle n'a même pas l'idée de les aimer. La pomme aime-t-elle le pommier d'où elle a chu ?

Le bruit caractéristique de la porte du fond, ouverte par Horace. Lui seul peut marquer autant d'esprit de détermination par le truchement d'un loquet. Ses jambes entrent dans le champ. Se rapprochent du meuble. Les pieds s'allongent, le droit en biais, le gauche battant la mesure de son impatience.

En entrant, il a lancé un claironnant : « Bonjour, cher ami ! » auquel Victor a répondu par un gargouillis de chéneau engorgé.

Le Président ne s'est pas encore aperçu de la présence de sa petite chienne à ses pieds car, par jeu, Noëlle s'efface le plus possible. Elle regarde les chevilles musclées de son « maître », les plis du pantalon gris soir d'un tissu exceptionnel, les genoux parfaitement ronds sous l'étoffe, et la fourche des cuisses terminée par une braguette rebondie. Lors de leur grand amour, il la prenait sans parvenir à se rassasier d'elle. Noëlle éprouvait une extase qui n'était pas tellement physique, c'était l'ivresse du don de soi jusqu'à l'anéantissement. Elle avait dix-sept ans et si peu d'expérience de l'acte. Depuis, elle a changé. Elle est devenue femme puisqu'elle a perdu l'insouciance ; femelle, puisqu'elle a souffert dans sa chair. Elle a mûri puisqu'elle a connu le chagrin. L'amour fanatique qui continue de l'habiter prend une autre forme. La sensualité naît. Elle contemple le fort volume des testicules présidentiels et sent rôder le désir au bas de son ventre.

Chaque nuit, elle éprouve des langueurs, des émois, un délicieux malaise qui devient lancinant. Il lui est souvent arrivé de vouloir quitter la niche de feu Taïaut pour aller rejoindre le monarque dans sa couche baldaquine. La crainte de tout compromettre l'en a empêchée.

— Je suis bien aise de vous voir, mon cher ami, déclare le Président qui n'en pense pas un mot et ne songe qu'à se défaire au plus vite de l'importun. J'ai des nouvelles excellentes à vous donner de Noëlle, elle a parfaitement surmonté sa déprime et va bien. Malheureusement, elle est sortie ce matin pour suivre son traitement de neige carbonique chez le Pr Goncier. Un crack de la chirurgie faciale.

Il parle pour déborder le bonhomme, sachant bien qu'il est venu troubler leur quiétude d'une manière ou d'une autre. Le roule dans la farine de son verbe enchanteur avant de le faire frire.

Il raconte les journées de Noëlle, ses occupations. Il brode ! C'est un fignoleur. Il ne ment qu'à bon escient, mais alors cela devient du grand art. Les phrases sont riches, les expressions ponctuantes, le ton radiogénique.

Victor acquiesce, balbutie des « oh, je sais, oh ! bien sûr ». Pourtant, une lueur déterminée se lit au fond de son regard timide.

Lorsque son hôte se tait, Réglisson rassemble son courage.

— Je pense que ma Noëlle est restée assez longtemps chez vous, monsieur le Président, et qu'elle doit rentrer !

Horace sourcille. Ce petit misérable voudrait le faire chier ? User de ses prérogatives paternelles pour flanquer des bâtons dans les roues de sa félicité ? Eh ! Pas de ça, l'ami ! Noëlle a remplacé Taïaut. Elle est LA présence rêvée ! Elle ne le quitte plus, de jour pas davantage que de nuit. Elle habite la niche, elle habite la Mercedes. Elle habite...

Pris d'une idée, il avance son pied gauche avec précaution et sent le corps de la jeune fille à la pointe de sa semelle. Un sourire ravi le réchauffe. Elle est là, sous le bureau. Il laisse glisser sa main pour lui adresser un signe de joie.

— Voyons, Réglisson, pourquoi diantre rentrerait-elle puisqu'elle est heureuse ici ?

— Ce serait...

— Oui ?

— Ce serait plus...

— Oui ?

Victor a le feu de toutes les détresses au front.

— Plus convenable.

— Pourquoi, convenable ?

Alors, le malheureux crache le morcif :

— Ecoutez, monsieur le Président, madame est venue nous voir, hier au soir.

— Quelle madame ? Mon épouse ?

— Oui. Elle nous a dit... Enfin, nous a expliqué...

Il respire par saccades, terrorisé par ces yeux rivés à lui et qui noircissent. Son terlocuteur ne lui porte pas secours ; il le laisse s'enferrer, immobile, glacial.

Sous le bureau, Noëlle avance la main vers la cuisse du Président, les doigts légers de madone italienne effleurent le tissu, se posent sur la braguette. L'imperceptible glissement se change en caresse. Et Tumelat, bon client, de se mettre à goder comme un fou, tu penses, cézigue, toujours à fleur de peau, depuis qu'il touchait les filles dans les chiottes de l'école mixte de Corentin (Finistère). L'insolence de la situation l'amuse à outrance, Horace. Le lampiste venu chialer son mal de père, et sa fifille, à moins de deux mètres, palpant les bas morcifs du Glorieux ! La vie, je te vous jure, y'a des moments, elle mérite qu'on soit venu y faire un tour !

— Madame prétend que le comportement de ma Noëlle n'est pas correct. D'un autre côté, comme j'ai le mal de cette enfant, il vaut mieux qu'on la reprenne.

Il a balancé un triple zéro, avant de s'engager dans l'immeuble, et des filaments argentés festonnent à son revers. Complet du dimanche. Chemise bleue à fleurettes jaunes, col ouvert, maillot de corps moutarde. Il pue l'eau de Cologne achetée en « promotion » dans une grande surface.

Il rit mou, manière d'atténuer son audace.

Le Président dégrafe mine de rien la fermeture de sa braguette sous le bureau. Noëlle va cueillir délicatement son tout beau paf raidi dans les méandres de son slip brodé.

Victor Réglisson ajoute :

— Je ne voudrais pas que vous nous en veuilliez.

Horace décline le verbe « vouloir », mentalement pour rectifier, tandis que son zob est dégagé de sa culotte. Noëlle approche sa joue intacte, si douce, de cette tête de nœud plus douce encore. Les deux têtes refont connaissance. Ravi, le Président voudrait faire basculer son beau burlingue manière de découvrir le spectacle au cher papa.

Des secondes s'agglutinent, silencieuses. On perçoit les bruits de l'extérieur, ceux de la maison, presque ténus (ils font partie du luxe ambiant).

— Ecoutez, finit-il par déclarer.

Il se tait parce que la langue de Noëlle lui parcourt maladroitement le filet. Tiens, tiens, si elle entend jouer à ce jeu-là, il va l'éduquer, sa levrette. Le moment de la pipe finit toujours par arriver pour une fille ! Sinon elle tourne gourdasse frigide, ce qui n'arrange personne.

Mais quand tu y songes, c'est tristet, hein ? Amer. Nos petites filles-ballons-rouges, qui ne touchent pas terre, qui rient de rien, s'extasient de tout, sautillent par-dessus les nuages... Nos petites filles de grâce et de printemps : une bite en bouche, goulue d'amour ! Fumelles ! Oh ! merde...

Tumelat a dit : « Ecoutez. » Et Réglisson ne demande que ça, lui : d'écouter. Mais il a beau tendre l'oreille, il n'entend rien.

Poli, parce que terriblement impressionné par la personnalité et la gloire de son vis-à-vis, il se garde de toute intervention.

Horace caresse le menton de Noëlle et le guide jusqu'à son sexe, à l'aplomb, bien lui faire piger le comment du pourquoi, tu saisis ? Mais bon, il faut se débarrasser de ce hotu, non ?

— Ecoutez, mon cher ami, dans la vie, il convient de savoir ce que l'on veut. C'est vous-même qui nous avez téléphoné pour nous signaler que Noëlle avait besoin de moi. J'ai souscrit à votre requête et maintenant elle m'a ; elle est heureuse. N'écoutez pas les ragots de mon épouse : la jalousie, mon bon, cette noire jalousie qui met des piquants partout ! Ma femme est collet monté, c'est une infecte bourgeoise qu'un rien choque. D'ailleurs, je l'ai priée de décamper car nous n'avons plus grand-chose en commun si ce n'est mon nom que j'espère bien lui retirer un jour... Vous me dites que la petite vous manque : je le conçois. Mais les enfants sont faits pour s'envoler, n'est-ce pas ? C'est dans l'ordre imbécile des choses. Vous devez vous effacer devant son bonheur. Puiser dans celui-ci la force de la séparation. Séparation du reste relative, et provisoire, car les filles nous quittent pour mieux revenir. Je vous promets qu'elle vous fera visite bientôt. On pourrait même envisager qu'elle aille prendre un repas chez vous une fois par semaine, hmm ? Que pensez-vous de mon idée ?

Ce qu'il en pense, Victor ? Ce qu'il en pense, tu veux le savoir ? Il pense que le Président est un beau cynique ; un vieux dégueulasse infect. Il reconnaît bien en lui le valet du capital. Fils du peuple qui a mis sa bonhomie naturelle au service des banques pour mieux filouter le gogo ! Salaud ! La colère lui monte. Président, mon cul ! Vérole déambulatoire ! Voleur de jeunesse ! Parce que c'est puissant, ça s'arroge tous les droits ! Ça bafoue les valeurs les plus naturelles, les mieux ancrées. Comment a-t-il dit, ce bas fumier. « On pourrait même envisager qu'elle aille prendre un repas chez vous une fois par semaine. » C'est bien cela, mot pour mot, hein ? Tu l'as entendu comme lui. « On pourrait envisager ! » Non, mais ça ne va pas, la tronche ! Il condescendrait à laisser la propre fille de Réglisson visiter ses parents, comme les dadames de la haute, que le zob n'intéresse plus, vont visiter les malades dans les hôpitaux pour pouvoir obtenir la Légion d'honneur ! Il se monte à toute vibure, le driveur de durs.

— Dites, c'est ma fille ! objecte-t-il.

L'argument suprême, pour lui. SA Noëlle ! Dix-huit ans et plus qu'il la contemple comme le gardien de phare regarde la mer !

Dix-huit ans qu'il l'admire, qu'il frémit, qu'il la porte jusqu'au bout de ses jours et qu'il prie, oui, lui, ancien membre du P.C., il prie pour Noëlle, le matin, en allant au boulot, dans sa petite voiture, le soir, au lit, avant de s'endormir. Il dit « Seigneur, et Noëlle ». Pas davantage. Sa prière c'est d'associer ces deux mots. Il sent l'éloquence infinie du laconisme, le gars Victor. Les pères, ça renifle les grandes vérités lorsqu'il s'agit de leurs mômes.

— Personne ne songe à le contester, répond le Président avec un sourire indéfinissable, justement parce que la fille à ce connard vient de fermer ses lèvres autour de son nœud. Vive la France éternelle !

— J'ai besoin d'elle, c'est ma fille, ma Noëlle ! Et sa mère aussi a besoin d'elle. Depuis qu'elle n'est plus à la maison, on ne sait plus comment vivre, vous comprenez ? On est là, on se regarde, on se cause à peine ; parfois Mme Réglisson se met à pleurer, et j'en fais autant. Je veux la voir ! Je veux qu'elle rentre !

Il commence à lui battre les couilles, ce grotesque, au Président. Non, mais des fois !

— Dites, monsieur Réglisson, votre fille est légalement majeure, n'est-ce pas ? Elle a le droit de vivre où bon lui semble.

— Il faut que je la voie ! déclare Victor. Si elle ne veut plus de nous, il faut qu'elle me le dise elle-même.

La réplique amène un léger remue-ménage sous le bureau. Le Président s'efforce de le contenir, mais il ne le peut et Noëlle sort de sa cachette, chiffonnée, congestionnée, ses brûlures plus laides que d'habitude, avec un regard comme son papa chéri ne lui a encore jamais vu. Il est incrédule, Réglisson. Comment ! Elle se tenait là, aux pieds du Vieux, sans broncher à écouter ce qui se disait. Elle a eu le sombre courage de ne pas sauter au cou de son père !

Il voit combien elle est loin de lui désormais, combien il lui est devenu étranger ; et à quel point le cher passé dans la H.L.M. est mort. *Ni jours passés ni les amours reviennent…*

Un père en berne ! Le voici veuf de sa fille. Plus de Noëlle, autrement que sur des photos prises par des appareils à deux francs ! Victor est devenu instantanément vieux, très vieux, plus vieux que ne l'était son grand-père qu'il embrassait sans appétit, jadis, quand on le conduisait dans leur campagne natale, aux Réglisson.

Il est devenu plus malheureux que le malheur ! Il songe à sa femme qui l'attend dans leur bagnole, sur le boulevard, à cent mètres. Georgette s'est habillée grand luxe, pour le cas où on lui demanderait de monter.

— Qu'est-ce que tu faisais là-dessous ? demande-t-il.

Elle hoche la tête. Tu la croirais droguée, Noëlle... Cette absence, une misère !

— Hein, Noëlle ! Réponds-moi !

— J'étais bien, dit-elle. Je me mets toujours là, maintenant.

— Mais nom de Dieu, qu'est-ce qu'il t'a fait, ce type !

Ce type ! Il vient de qualifier le Président Tumelat de « type », là, chez lui, en criant.

— Laisse-moi, papa, je t'en prie. Rentre !

— Tu me chasses ?

— Je te dis de rentrer.

— Tu as bu ? Tu t'es camée ?

Tumelat intervient :

— Je crois que vous vous oubliez, mon cher ! Prendriez-vous ma maison pour un tripot de Katmandou ? Noëlle est d'une sobriété totale et si je la voyais fumer le moindre joint je lui interdirais ma maison. Laissez-la à sa convalescence. Elle est dans de bonnes mains. Vous aurez régulièrement de ses nouvelles, je vous le promets.

Eperdu, Réglisson crie :

— Noëlle !

Sur le ton de « au secours », tu comprends ?

Il s'attend à ce qu'elle se précipite dans ses bras. Elle reste immobile, l'œil flottant.

— Ne te mets pas en colère. Je veux rester ici. Et j'y resterai tant qu'il voudra de moi.

— Et moi ? gémit Victor. Hein, ma toute petite, et moi ? Et moi, la nuit, quand je me lève pour aller boire un verre d'eau et que j'ouvre la porte de ta chambre vide ?

Deux belles larmes d'homme ennoblissent ses joues.

— Dis, ma Noëlle, et moi, quand je suis à table, en face

de ta mère sans ton couvert ? Mais tu ne comprends donc pas ?

Elle voit la détresse de son père, elle écoute la voix du chagrin. Non, elle ne comprend pas, ne peut pas comprendre car cela la laisse indifférente.

Elle n'est qu'ennuyée. Ennuyée à cause du Président qui a autre chose à foutre aujourd'hui que de regarder chialer un minus.

— Je te verrai plus tard, promet-elle pour se débarrasser de lui.

Le Président se dresse.

L'a-t-il fait exprès ? Il n'a pas refermé sa braguette. Simplement, sa queue a été remisée, mais sa chemise et son slip passent par l'échancrure. Il se montre ainsi, laissant comprendre à Réglisson le triste manège qui s'opérait sous le bureau au cours de ses jérémiances. Victor voit. Victor réalise et blêmit.

— Votre femme a raison : vous êtes une vieille dégueulasserie ! murmure-t-il.

Le Président sonne le valet de chambre. D'un geste mesuré, peinard, ostentatoire, il clôt son pantalon, titille ses burnes avec deux doigts afin de parachever la mise en place.

Juan-Carlos se montre.

— Raccompagnez monsieur ! lui ordonne le tribun.

L'Espingo qui pige tout, va se planter devant Victor pour lui signifier qu'il doit déguerpir.

Réglisson hoche la tête à petits coups tout vieux. Bon pour l'hospice. A quelle heure couche-t-on les vieillards ?

— Tu sais, Noëlle...

Puis il renonce. Il n'a plus rien à dire. N'aura plus rien à dire jamais, à personne !

Il se laisse virguler par le larbin. Ne voit pas que l'ascenseur est à l'étage et descend mollement le somptueux escalier à tapis rouge, tringles de laiton, plantes vertes, lanternes opulentes.

Il regagne sa chiotte. Georgette écoutait les infos, ce qui pompe la batterie quand la tire est arrêtée, chacun sait.

— Alors, tu l'as vue ? demande-t-elle.

— Oui, répond Victor : elle va bien.

XII

Dès que le bonhomme est sorti du cabinet de travail, le Président pousse Noëlle vers sa chambre. Il tremble d'excitation. Cette séance sous le bureau, tu ne peux savoir dans quel état elle nous l'a mis. Le miracle s'est enfin produit : il a cessé d'être sensible aux plaies de la jeune fille. *Il ne les voit plus !* Il savait que cet instant béni viendrait. Que l'accoutumance jouerait, réparerait les dégâts infligés à cette ravissante adolescente. Foin des médecins et de tous leurs onguents. L'habitude seule triomphe de ces disgrâces physiques. Il a pris son temps, le sage gredin. N'a rien brusqué. Il suffisait d'attendre, de laisser opérer la promiscuité. Une vie nouvelle va s'ouvrir pour eux. Sa petite chienne d'agrément va devenir sa chienne tout court.

Il la conduit jusqu'au lit que l'on a déjà fait. L'y étale, la trousse, la dévêt de ce qu'il juge opportun ; ouvre ses jambes en les lui pliant à souhait. Elle est redevenue belle, et émouvante. Elle est pleinement à lui. Il dégage son sexe précipitamment remballé sous le bureau et le lui plante sans s'être dévêtu, en soudard, en violeur. Et c'est plus merveilleux qu'à leurs débuts (il allait penser « qu'autrefois », tant cette période lui paraît éloignée). Elle participe en femme. Elle est femme désormais. Elle jouit comme une vraie femme, avec des râles, des plaintes, des griffures convulsives.

La sublime métamorphose ! Il en est ébloui jusqu'à la moelle le cher Tumelat. Un triomphe de plus à son actif. Il savoure son œuvre. Gueule comme un âne en se libérant, lui toujours silencieux. Noëlle reste sur le lit, déjà un bras en parade devant son visage abîmé, haletante, comblée, soumise comme aucune femelle ne le fut jamais à aucun mâle.

Un rafraîchissement express pour Tumelat, contrairement à ses habitudes. Les gens qui furent privés d'hygiène à leurs débuts ne se rassasient plus de propreté ; j'en sais quelque chose, moi, l'auteur de Bourgoin-Jallieu : vingt-cinq ans d'évier pour, un jour, me retrouver à la tête de vingt-deux salles de bains, que je revends, progressivement, les ayant possédées, afin de terminer ma crasse sous le pommeau d'une simple douche. Mais le Président, cette fois, titubant d'éblouissement, ne s'astique point trop le fourbi génital. Un petit coup pour l'essentiel, sans même ôter son bénouze. Les ablutions du soudard, après la copulation crapuleuse.

Il retourne à son cabinet de travail où il trouve Eric, pâle et sublime, avec un album de photos contenant le passé des familles Alcazar et Montier réunies. Il a déposé le superbe classeur sur le bureau. A son geste qui le lui désigne, Tumelat comprend que l'expédition est positive.

— C'est là ? demande-t-il.

— Au dos des photos.

— Ç'a été difficile à obtenir.

— Assez : j'ai dû lui flanquer quelques coups de pied dans le ventre.

— Vous avez bien fait, approuve le Président.

Il ne se doute pas qu'il passera le restant de sa vie à regretter ces paroles, voire à les expier.

Pour l'instant il rit.

Tout lui est bonheur, comme dit la mère Paris.

— Vous ne m'avez pas entendu crier, il y a un instant ? questionne le président, non sans coquetterie.

— C'était vous, monsieur le Président ?

— Figure-toi, Fiston, que je prenais le pied du siècle avec la petite Noëlle. Comment tu expliques ça ?

Eric a rougi, comme chaque fois qu'il s'agit de sexe.

— Je l'explique par l'amour, monsieur le Président : elle est folle de vous, et vous-même...

Horace l'interrompt :

— Moi : le panard, mon garçon. Seulement le panard ! Mon unique religion. Le cœur, ça suffit, j'ai dépassé la limite de tolérance, à présent il me faut du cul. Pas n'importe quel cul plus ou moins vénal, non : du cul à façon. Du cul à ma botte !

Il pouffe. Voilà, il avait besoin de parler de « l'événement » à Eric. Besoin de dire à ce jeunot équivoque que lui, le vieux sabreur, il bramait l'amour en besognant les dix-huit printemps (non ignifugés) de Noëlle. Simple intermède. Vantardise de bouc fier de grimper une chevrette.

Content de sa confidence, il questionne :

— La follingue est restée dans son appartement ?

— Oui.

— Comment est-elle ?

— Abattue, prostrée. Elle parlait de suicide.

— Que Dieu lui donne le courage de mettre ses projets à exécution !

Eric est vaguement outré par la réaction de Tumelat. Pourtant, s'il y réfléchit, elle reste conforme au personnage. C'est un être pratique. Un homme de simplification, qui n'a pas peur du pire quand le pire devient la meilleure solution de ses problèmes.

— Monsieur le Président, il me faudrait absolument quarante-huit heures pour que j'aille voir mon père, déclare-t-il.

— Prends-les, Fiston. Et sois fort, explique à ton géniteur que la vie de Paris ne ressemble pas à celle de l'Ardèche. Veux-tu que je lui fasse un mot ?

Eric réfléchit.

— Ce serait bien, mais votre proposition me gêne, Monsieur.

Déjà son patron s'installe au bureau, puisant dans un tiroir une feuille de papier-parchemin, fait pour des traités royaux, dirait-on, en haut de laquelle son nom est gravé en anglaise verte. Sans le moindre temps mort, il se met à écrire au stylo ; le bruit de la plume compose une musiquette rassurante. Du robinet magique sortent des mots magiques, Eric les accueille comme une rédemption.

.·.

— Vous n'avez vraiment pas l'air dans votre assiette, dit la grosse Artémis à Eve.

Eve répond par une moue incertaine. Les femmes, hein ? Leur physique ressemble à leur moral, il est mouvant, malléable. Un jour très belles, sans raison spéciale, un autre presque laides. Les fards n'y font rien ; ne travestissent rien. Quand le moral est moche, ils ne le réparent pas, mais l'accusent au contraire, comme la couleur accuse les traits burlesques d'un masque.

Depuis une plombe elle chiade son papier, la chère chérie. Connaissant des affres d'écriture qui ne laissent rien présager de bon. Un pamphlétaire ne bricole pas mais se livre dans un jaillissement. Le toréador ne saurait planter sa banderille d'un geste mou, toute flèche a besoin de propulsion, donc de rapidité. Elle est en train de fignoler quelque chose sur Giscard, à propos de sa candidature qui n'a pas encore été déclarée. Elle voudrait démontrer le machiavélisme de cette attitude équivoque consistant à ne pas admettre comme certaine une position dont personne ne doute. Elle reste privée de verve, découvrant — sans grande surprise d'ailleurs — que le Président de la République ne lui inspire pas la moindre antipathie et qu'elle se fout éperdument de son septennat passé. Comment veux-tu vitrioler quelqu'un avec de l'eau tiède ?

Elle griffonne un paragraphe, le relit et s'empresse de le biffer à grandes ratures rageuses. Putain que c'est mou, tout ça ! Sa pensée n'a pas quitté Eric Plante depuis son coup de téléphone du matin. Elle se sent irrésistiblement attirée par la personnalité chatoyante du garçon. Elle devine en lui un nouveau romantique, quelqu'un qui tranche sur la monotonie des Français d'aujourd'hui. Il est capable de tout. Elle se demande si ses déclarations d'amour cachent un piège ou si elles sont sincères. Cruel dilemme ; d'autant plus angoissant qu'elle est amoureuse. Elle ne sait que penser de l'ultimatum d'Eric. Ce voyage qu'il lui propose, de but en blanc, avec la menace de son suicide pour le cas où elle refuserait de l'accompagner. De la folie ! Mais quelle folie ! Funambule léger et tragique. Il y a du desperado en lui. Il appartient à cette catégorie de jeunes capables de déposer un engin piégé sous une estrade officielle, au risque de voler en éclats. Eve le revoit, à sa table du restaurant russe, devant le gâteau couronné de bougies. Combien y en avait-il, au fait ? Les musiciens ringards jouaient *Joyeux Anniversaire*. Lui saluait sans aucune gêne la salle qui applaudissait. Et elle l'a trouvé si noble, si infiniment touchant, si somptueusement seul qu'elle s'est prise à l'aimer ; à l'aimer comme elle ignorait qu'on pût aimer.

Il lui faut écrire, elle doit pondre absolument. On attend son article. Une petite surface du *Réveil* lui est destinée ; un emplacement immuable qui rendrait le journal bancal s'il était remplacé par autre chose. C'est si fragile, un quotidien. Ses lecteurs ont besoin de s'y sentir chez eux, d'y pénétrer comme ils entrent dans leur appartement ou leur lieu de travail. Un rien suffit à dérouter, à fausser l'atmosphère d'accueil.

Bien, alors Giscard... Elle essaie de se monter le bourrichon contre lui. S'invente des rancœurs, le grève de mille maux. Il se fout de la gueule du monde, en créant un faux suspense. Bien dans ses manières. N'a-t-il pas gouverné ainsi ? A pas feutrés. « Mes chères Françaises, mes chers Français » ; son septennat un parcours de golf. Allez, ma grande, voilà l'angle d'attaque. « Au moment d'aborder le dix-huitième trou, le golfeur Giscard... »

Eve s'arrête. Le mot trou a quelque chose d'équivoque. Il fait sourire n'importe qui dans ce pays polisson où tout devient allusif et où on cherche toujours dans un mot, une seconde signification prêtant au ricanement.

Elle jette sa feuille dans la corbeille déjà pleine.

« Au moment d'achever son parcours, le golfeur Giscard... » Et si Eric se tuait ? Serait-elle fautive ? Est-il logique de céder à un chantage de ce genre par crainte qu'un jeune dandy mette fin à ses jours ? Il la conduirait aux pires extrémités en usant de ce stratagème. Petit con, va. Garnement ! Pédale ! Elle ne lui donnera pas signe de vie. Pour mettre une barrière entre sa décision et sa volonté fléchissante, elle téléphone à son mari, lequel est en grande discussion d'affaires, cela se sent à la façon impersonnelle dont il lui répond.

— Luc, tu ne voudrais pas t'arranger pour me payer une toile, cet après-midi ? J'ai très envie de voir *Shining* ; on irait à la séance de seize heures et ensuite...

— Quelle idée ! riposte l'époux : je croule sous les rendez-vous et justement, je ne pourrai pas rentrer à la maison avant vingt heures.

— Dommage !

— On essaiera d'arranger ça pour demain, promet le brave Luc, contrit de la décevoir.

— Demain, ce sera demain, répond Eve.

Elle raccroche. Un moment de flottement suit. Elle est fascinée par sa phrase écrite large sur l'appétissant papier blanc, si propice, qui d'ordinaire stimule son inspiration. Ecrire, c'est dessiner. Eve aime le graphisme de son écriture ; elle se reconnaît en lui et sent que le tracé l'exprime sans doute davantage que l'expression qu'il contient.

« Au moment d'achever son parcours, le golfeur Giscard... » Et alors ? Quoi, le golfeur Giscard ? Il suit sa tactique, non ? Il accomplit son destin, non ? Comme les autres, empêtrés dans leurs carrières, leurs ambitions, leurs espoirs. Ils ont faim du Pouvoir, tous. Et cela les conduit à quoi, au juste ? A de formidables tracasseries. A la critique acerbe de millions d'individus incontentables. A des périls. A la privation de leur liberté d'homme. Le Pouvoir, cet asservissement ! Elle englobe les postulants dans une même pitié. Voilà ce qu'elle aimerait écrire, ce matin, la corrosive Eve Mirale. Seulement que dirait Mathieu Glandin ? Tu imagines sa frime si elle se met à philosopher sur la vanité du Pouvoir et à traiter tous les candidats à l'Elysée sans distinction de chimériques bâtisseurs d'eux-mêmes ?

Comment va-t-elle s'empêcher d'aller au rendez-vous d'Eric ? Un élan si puissant la porte vers lui. Il lui faut lutter contre cet irrésistible appel, sa quiétude en dépend. Eve veut neutraliser coûte que coûte la tentation. Pour cela, un seul moyen : celui qu'elle a voulu utiliser en appelant son mari à l'aide et qui consiste à se créer une obligation assez forte pour qu'il ne soit plus question d'aller rue Saint-Benoît à seize heures.

Elle appelle Glandin, prétexte qu'elle a « des choses importantes » à débattre avec lui et Mortillon, le rédacteur en chef de la page politique. Peut-il la recevoir dans le milieu de l'après-midi ?

Chance inouïe, Mathieu Glandin propose seize heures. A croire que le destin met son grain de sel dans l'affaire. Soulagée, Eve revient au golfeur Giscard qui, achevant son parcours...

Son tonus lui est revenu, teinté de mélancolie profonde. Elle a su se protéger. Elle est forte.

XIII

C'est la première fois qu'ils se voient en « terrain neutre », c'est-à-dire dans un lieu qui n'est ni la prison ni le domicile des Morin.

Comme cela urgeait, l'aumônier a donné rendez-vous à la Chef dans un bistrot de Vaugirard, à deux pas d'une petite maison de retraite pour curés, sorte de mouroir où l'on agonise encore en latin et qui a des relents de vieille sacristie.

Monique porte ses bottes cirées, sa jupe bleue, une sorte de blazer bordeaux agrémenté d'un écusson pseudo-britannique. Elle a omis de fignoler son maquillage et deux traits de rouge à lèvres posés sur sa bouche comme au travers d'un chèque, donnent à son visage énergique l'aspect troublant d'un mannequin pour boutique de prêt-à-porter.

Elle a des larmes dans la gorge. Larmes de rage. Elle en veut au monde entier, à commencer par elle. Son premier « loup » en une dizaine d'années de carrière irréprochable. Jusqu'alors, elle avait mené sa mission tambour battant, avec humanité mais énergie et en haut lieu on la citait en exemple. Et puis voilà que cette évasion, dont elle s'avoue entièrement responsable, vient souiller son pedigree de matone.

Elle souffle sur un café trop chaud lorsque Chassel prend place en face d'elle. Peu de clients à cet instant de la journée ; c'est un petit bistrot de l'ancien temps, à la bonne franquette, tenu par un couple dodu qui semble plutôt vous recevoir dans son appartement, sans doute à cause du papier peint des murs et du réchaud à gaz posé sur une table de cuisine, au fond de la salle.

Le prêtre ignore la nouvelle, n'ayant pas écouté la radio. D'ailleurs, cette « évasion » ne constitue pas un *scoop* ; elle apparaît plutôt comme une fugue assez banale, et si elle est mentionnée c'est uniquement parce que Ginette Alcazar fut la secrétaire du Président Tumelat.

Monique Morin met Chassel au courant de ses avatars de la nuit. Il écoute sans s'émouvoir.

— Il n'y a pas là de quoi vous flanquer la rate au court-bouillon, ma chère amie, dit-il. Ma parole, vous pleurez et à voir vos mains on vous croirait atteinte de la maladie de Parkinson !

L'inertie de l'aumônier la met en boule.

— Vous ne vous rendez pas compte ! Je n'ai jamais eu le moindre problème !

Il comprend la vraie raison de cette détresse et en conçoit un peu d'amertume. Les hommes et leurs petits problèmes !

— Oh ! oui, bien sûr : vous tremblez pour votre avancement. On va vous retirer des bons points, hein ?

Elle se mord la lèvre inférieure.

— Ce n'est pas ça, curé, merde ! Essayez de comprendre ! Je me suis laissé fabriquer comme une conne ; mon autorité auprès de mes bonnes femmes va partir en brioche ! J'étais parvenue à trouver la bonne longueur d'onde avec elles : détenues et gardiennes. C'est pas facile l'équilibre, dur à maintenir. Et à présent...

— Bast, il vous suffira de resserrer votre férule d'un cran pendant quelques jours.

Elle reste sceptique. Il voit cela de haut, lui. Quand on a le bon Dieu pour patron et qu'on ne dispense que de bonnes paroles, on trouve moins d'oursins sur sa route !

— Pourquoi ce rendez-vous en catastrophe ? demande Chassel, je peux quelque chose pour vous ?

— Peut-être.

— Alors, c'est vendu ; je vous écoute.

— La seule façon que j'aie de rebecqueter le coup, c'est de récupérer cette femme.

— Vous entendez suppléer la police, mâme Morin ? Dites, ça n'entre pas dans vos attributions.

— Alcazar n'est pas une criminelle professionnelle, mais une fille un peu dérangée, très malade de surcroît. Je doute qu'elle se soit réfugiée dans des planques ténébreuses.

La Chef emprisonne le poignet du prêtre et le secoue.

— Il faut m'aider à la retrouver, Yves.

— Moi ?

— Ces derniers temps, vous avez eu des conversations avec elle, Alcazar vous a peut-être dit des choses susceptibles de nous mettre sur la voie.

L'aumônier réfléchit.

— Vous vous berlurez, ma petite. Je n'ai reçu aucune confidence d'elle. Cette dame, un peu jobastre en effet, parle d'une manière assez incohérente, au point d'applaudir à l'annonce de son cancer. Sa « fixation » c'est son ancien patron, ce vieux croquant de Tumelat qui lui, par contre, se soucie d'elle comme de sa première promesse électorale.

Il se tait tout à coup et dégage fermement son bras que Monique Morin tient toujours convulsivement. Ce contact, pour énergique qu'il soit, l'agace. Il s'est forgé une espèce de philosophie sexuelle, faite d'abstinence et de troubles complaisants. Il se laisse aller à de louches convoitises ayant pour support, non les femmes, mais leurs vêtements. Les robes le font rêver, jamais leur contenu. Il s'est créé ainsi, au fil du temps, une discipline saugrenue l'amenant à réagir aux tissus. Il lui arrive, dans les magasins à grande surface, de se risquer aux rayons confection pour frôler les étoffes. Il sait des cotonnades légères, des soies suaves, certains 100/100 acryliques qui font passer les langueurs sur les paumes. Il porte sa sensualité au bout des doigts et lit le désir « digitalement » comme un aveugle le braille. Par contre, tout contact vivant l'incommode.

Histoire d'atténuer la vivacité de son geste, il consulte sa montre d'acier, piquetée d'une lèpre jaunâtre.

— Vous êtes pressé ? s'inquiète la Chef.

Il rougit.

— Non, mais figurez-vous que je viens d'avoir une idée, et franchement je ne m'y attendais pas, elle me prend au dépourvu si j'ose dire.

Monique Morin en mouille d'impatience dans sa jolie culotte blanche à fleurettes bleues. On ne la lui supposerait jamais quand elle « matone » au quartier des femmes.

C'est sa coquetterie intime : toujours de merveilleux slips brodés. Elle en possède trente-quatre.

— Je crois savoir où s'est planquée cette pauvre fille, reprend Chassel. Mais sans doute est-ce idiot.

— Où, où ? hulule la Chef.

— Chez elle, fait l'aumônier, tout simplement chez elle.

Monique pantèle de déception.

— Si elle était allée chez elle, les flics l'auraient déjà retrouvée.

— Pas forcément, c'est trop bête.

— Et qu'est-ce qui vous donne à penser ça ?

— Une réflexion d'Alcazar. Elle m'a annoncé qu'elle se vengerait de Tumelat, qu'elle en avait les moyens. Elle se sera sauvée pour récupérer ces fameux moyens. Et où donc pouvait-elle les planquer, sinon à son domicile ?

Monique Morin démouille. Le prêtre la voit perplexe, plutôt incrédule.

— Vous ne trouvez pas mon hypothèse bien fameuse, n'est-ce pas ?

— Pas très, reconnaît la jeune femme.

— Ça vaudrait tout de même qu'on vérifie, on peut avoir son adresse ?

— Facile.

Elle va demander au bougnat la permission d'utiliser un téléphone poisseux.

.·.

La concierge est une personne entre deux âges, avec une blouse de travail à gros imprimés et un étrange turban en tissu-éponge qui lui donne plus ou moins l'air d'un fakir de music-hall. Les arrivants se présentent et, comme ils ne savent pas mentir, lui expliquent qui ils sont et ce qu'ils souhaitent. Elle leur rétorque qu'un policier est déjà venu : un jeune mal fringué à mine de casse-cou, pour lui demander si elle avait aperçu sa locataire en fuite. Elle a répondu qu'elle n'avait vu personne. Elle possède les clés de l'appartement car elle y fait le ménage deux fois par mois ; elle a proposé au jeune flic de monter, à quoi il a répondu par la négative car il semblait très affairé.

L'aumônier demande s'il serait possible à la concierge d'aller néanmoins chez les Alcazar. Elle a un regard éperdu pour sa cuisinière sur laquelle grésillent deux fortes saucisses de porc ; baisse la flamme du gaz et, sans proférer un mot, histoire de marquer qu'ils sont bien gentils mais la font un tantisoit chier, va prendre les clés du troisième dans le miroir de son buffet vitré servant de support aux plus belles cartes postales expédiées par ses locataires.

Dans l'ascenseur, le prêtre s'excuse encore pour le dérangement. On perçoit, tombant des hauteurs, de la pop musique en déferlance. Une odeur citronnée rôde dans la cabine poussive.

La concierge sort la première, tandis que Chassel lui tient la porte ouverte. Avant de placer la clé dans la serrure, elle remarque :

— Vous ne trouvez pas que ça pue le gaz ?

Les deux autres acquiescent. Le prêtre devine le drame. Machinalement, il déclare :

— Surtout, ne touchez pas à la sonnette !

La concierge délourde. Le gaz se jette sur eux. On aperçoit Ginette allongée dans le vestibule, la tête dans une flaque de déjections. Chassel se précipite à l'intérieur de l'appartement, se repère sans mal et débouche dans la cuisine en se retenant de respirer. Il avise les robinets ouverts, les ferme, puis délourde toutes les fenêtres qu'il aperçoit.

— Descendez téléphoner à Police Secours ! crie-t-il aux deux femmes.

Il revient sur le palier pour y respirer un bon coup devant la fenêtre. Cela lui permet d'apercevoir celle de la salle de bains d'Alcazar, ouverte avec un carreau brisé. Il réalise sans peine que « l'évadée » s'est introduite chez elle par cette voie. Vite il retourne auprès de la gisante et, la prenant aux chevilles, il la traîne à l'extérieur. Elle a le regard renversé, la gueule béante, le visage barbouillé de dégueulis. Elle pue. Dominant sa répulsion, le prêtre pose sa main sur la poitrine de Ginette. C'est sans doute la première fois qu'il a un nichon sous ses doigts.

Son énergie chrétienne le soutient, car ce contact l'écœure davantage encore que le vomi dont elle est crépie. Le cœur bat, de façon épisodique, « un peu langoureuse », songe Chassel. Pourquoi ce mot ? Il lui vient tel quel, acceptons-le. Il souhaiterait « faire quelque chose » pour venir en aide à la pauvre femme. A défaut de mieux, il va chercher un linge mouillé pour lui nettoyer le visage et bassiner ses tempes.

Sa pitié tourne à vide ; il est en manque de véritable compassion, ce pauvre curé. La scène est tragique mais ne le touche pas profondément. Il a beau s'exhorter à la charité, il survole l'événement avec un grand détachement. Probablement parce qu'il tient Alcazar pour folle et qu'un fou ne peut vous apitoyer profondément. Il inspire de la gêne plus que de l'attendrissement.

Un locataire se pointe : un bonhomme enfariné, genre noble italien décadent : le de Sica du pauvre. Effectivement, les questions qu'il exclame sont marquées par l'accent rital.

Ensuite, Police Secours survient. Chassel annonce qu'il va accompagner l'agonisante à l'hosto. Monique Morin a du mal à cacher sa joie.

Elle fait sonner les talons de ses bottes vernies sur le trottoir en regagnant sa voiture.

XIV

Eric parvient devant son domicile à seize heures pile. Il n'a pas voulu arriver en avance, mû par une espèce de fierté imbécile.

Un feu nouveau le consume. Il est conscient de vivre une journée clé au cours de laquelle son destin va bifurquer. Mais n'est-ce point précisément cela, le destin : des instants de paroxysme qui font pivoter votre petite planète ? Il pense à la scène sordide chez Alcazar, l'ex-collaboratrice du Président est probablement morte asphyxiée. On conclura au suicide. L'impunité ne fait pas de doute pour lui et il ne ressent aucun remords. Son père en a-t-il éprouvé après qu'il eut massacré la vipère, jadis ? Le terme « d'assassin » ne lui vient même pas à l'esprit. Cela a été un acte d'auto-défense. Une nécessité. Il lui a fallu du courage pour commettre ce forfait, il l'a eu, s'en trouve fortifié. Désormais tout doit aller bon train, il est un vainqueur, comme Tumelat, un être de décision, un être d'action, un être à sang-froid. Le tumulte intérieur de son hypersensibilité ne concerne que lui ; plus il avancera, mieux il saura le cacher aux autres. Il vit dans un immonde bassin truffé de squales aux dents aiguës où c'est celui qui attaque qui survit.

Plante remise sa vieille Mini à la diable, devant une porte cochère d'où, il le sait d'expérience, ne sort jamais aucun véhicule. Il hésite à s'installer dans l'un des établissements voisins pour y guetter Eve. Tout compte fait, il préfère se planter contre la façade de son immeuble, sentinelle étrange aux poses tapineuses. Son imperméable blanc boutonné jusqu'au col, ses bottillons cuir et daim, le long cache-nez de soie formant étole accentuent son attitude équivoque. Un vent venu de l'ouest, et qui lui semble salé, le décoiffe aimablement. Il ressemble à quelque jeune premier de cinéma tournant une séquence du genre Roméo moderne à l'affût d'une Juliette à vélomoteur.

La rue est un peu morte à cette heure creuse de l'après-midi, malgré la proximité du carrefour. Elle a un aspect provincial, plein d'un charme sucré. Eric rêvasse, tandis que le vent humide fourbit son visage. Il revoit la jubilation du Président se vantant d'avoir baisé Noëlle. Il envie le côté soudard du bonhomme, cette paillardise inconnue de lui et qu'il devine rassurante. Eric est mesuré dans l'étreinte. Jamais ses sens ne l'ont bousculé. Jouir est pour lui l'aboutissement d'une longue incitation cérébrale. La conclusion d'une entreprise toujours risquée, jamais facile, subtile, qui le laisse immanquablement dans un climat de grande nostalgie animale. Il lui est arrivé d'interrompre des pratiques en cours, avec un rire de triste ironie, comme s'il écourtait un peu, renonçait à une farce lugubre.

Il sort une main de sa poche pour regarder l'heure au cadran de sa montre tourné à l'intérieur du poignet. Elle est déjà en retard de dix minutes. Mais s'agit-il d'un retard ? Va-t-elle venir ? Il croyait la partie gagnée. Mieux : il ne doutait pas du résultat ; un pressentiment puissant lui montrait Eve Mirale arrivant au volant de sa Mercedes commerciale. Il la voyait déboucher du bout de la rue, chercher une place de cet air anxieux qu'elle a constamment. Elle lui adressait un signe avant de continuer au ralenti. Il aurait suivi la voiture, aurait aidé Eve à se garer n'importe où, lui aurait ouvert sa portière et présenté une main de fauconnier pour l'aider à descendre. Certaines femmes font mine de ne pas voir le geste et dédaignent ce secours mondain ; ce sont d'affreuses connes indignes de tout intérêt, moi je dis ici, l'auteur de Bourgoin-Jallieu qui eut bien longtemps des pieds et du linge douteux ; le dis car il suffit d'un minuscule détail, insignifiant en apparence, pour juger quelqu'un à tout jamais, mon vieux, à tout jamais. Dans cette galopade qui nous emporte, on n'a le temps de s'intéresser qu'aux gens intéressants, il faut passer à côté des autres, ou par-dessus, ou à travers, mais leur passer outre coûte que coûte et s'ils te chopent par un bouton, coupe le fil du bouton.

Un doute lui naît, Eric.

Une supposition qu'elle ne vienne pas ?

Alors quoi ? Il se tue vraiment, comme promis ?

Il réfléchit, regarde le pavé triste où un pigeon « rataude » en se pavanant comme un patron de bistrot dans son établissement. Hein, dis : il se tue ? Pourquoi pas ?... Tout ou rien. La vie. La mort : même combat.

Ce n'est pas un fan de l'existence. Il y est, bon, alors très bien : qu'elle crache, rende gorge, il ne l'a pas voulue, donc il est en droit de tout attendre d'elle ; si elle ne souscrit pas à cette conception : pouce ! Il se retire ! On peut continuer sans lui, son anéantissement a été programmé à sa naissance. Et puis n'a-t-il pas tenté de mourir, déjà ? Il y a... Combien, au fait ? Dix ans déjà ! Chagrin d'amour ! L'effondrement. Celle qui le menait au ciel venait de le laisser tomber de tout là-haut. Il s'est strangulé mochement, avec sa ceinture, à une espagnolette de fenêtre. Il ne conserve de l'affaire qu'un souvenir flou, improbable. Il flottait dans un brouillard. Des gens ont crié ; des mains fortes l'ont manipulé. Son père gueulait, l'engueulait. Et puis le vieux Dr Bourgeon. Et puis une maison de repos avec de la glycine et des barreaux aux fenêtres, la glycine s'enroulant autour des barreaux. Il aurait pu y rester. Son absence se serait totalement diluée depuis lors. Ne subsisterait de lui que sa photo de premier communiant à la tête du lit paternel.

Est-ce que ce portrait d'enfant sage aurait gêné papa pour baiser sa seconde femme ? Probablement pas, il aurait continué de se confondre avec le papier de la tapisserie. Le Vieux Charlot a trop de tempérament (lui aussi), trop d'ardent lyrisme pour se laisser arrêter par un chagrin.

Eric réagit, décide qu'il montera se tuer chez lui si à dix-sept heures elle n'est pas venue.

Pas pour emmerder Eve, pas pour épater qui que ce soit, faire chialer qui que ce soit, mais parce qu'il serait l'heure d'aller mourir, voilà tout. Il n'est pas fatigué de la vie. Simplement, elle doit se dérober à nous et un certain état d'esprit consécutif à la carence d'Eve lui fait décider que ce sera pour tout à l'heure.

Une pétrolette met en fuite le pigeon qui monte se jucher sur une corniche. Eric continue de suivre les évolutions de l'oiseau. Ce dernier piétine la corniche avec irritation, en ébouriffant ses plumes comme devant une femelle. Mais est-ce un mâle, après tout ? Il finit par prendre un envol pâteux et disparaît au-dessus des toits. Lorsque Plante ramène son regard sur la rue, il voit survenir Eve. Elle marche la tête dans les épaules, vêtue d'un pantalon gris et d'une veste d'astrakan retourné.

Elle paraît furieuse.

Elle l'est.

Tout compte fait, Eric est content de ne pas mourir aujourd'hui. Il sourit à l'arrivante.

— Vous êtes venue, balbutie-t-il.

Elle le toise, féroce.

— Oui, gronde Eve, je suis venue. Je suis venue vous annoncer que je ne venais pas. Je suis venue vous dire que j'en ai ma claque de vos mômeries.

Il continue de la dévisager avec le sourire, peu impressionné par sa sortie.

— Eh bien, montez me dire cela chez moi, dit-il. Cela fait vingt-cinq minutes que je suis planté devant ce porche.

Son ton tranquille stoppe les effets colériques de la journaliste. Elle secoue négativement la tête, et pourtant, quand il s'efface pour la laisser passer, elle entre sous la voûte de l'immeuble.

Ils n'échangent pas un mot en gravissant les étages. Eve a un peu l'impression de grimper dans un hôtel de passe, un amant furtif sur les talons. Elle est oppressée. Elle a envie d'Eric, s'il glissait la main entre ses jambes, elle ne protesterait pas.

Il la devance sur le dernier palier afin d'ouvrir la porte. Eve ressent des craquements dans sa poitrine, ceux que produit un voilier, lui semble-t-il. Arrive-t-il à une femme de s'évanouir pour de bon parce que le désir qu'elle a d'un homme est trop intense ?

D'emblée, l'appartement lui plaît. Il est élégant, doux, accueillant. L'odeur la charme, les tonalités de couleur, la lumière grisette d'un Paris artiste.

— Voulez-vous me confier votre veste ? demande-t-il.

— Inutile, répond Eve, je ne resterai qu'une minute.

— Croyez-vous ?

— Ma parole !

Il contemple sa montre dont la trotteuse balaie le cadran par saccades vite désespérantes. Elle le regarde faire. Gamin ! Sale gamin ! Le silence est tel qu'Eve prend peur. Il lui donne un sentiment de grand péril imminent.

— Voilà une minute ! annonce Eric. Vous repartez ?

Elle le gifle. Une claque retentissante qui l'atteint dans le milieu du visage et jette dans ses yeux une poignée d'étincelles.

Le jeune homme se tamponne les narines du dos de la main pour s'assurer qu'il ne saigne pas du nez. Rassuré sur ce point, il défait son imperméable et va le suspendre à la patère placée dans le décrochement servant d'entrée.

Honteuse de son geste, Eve est allée se planter devant la fenêtre basse. Elle contemple des toits, puis, baissant la tête, une cour libidineuse, sorte de puits noir au fond duquel des chats se disputent des résidus de poubelles.

— Je vous demande pardon, murmure-t-elle sans se retourner.

— Ça n'a aucune importance, puisque je vous aime, dit Eric.

Elle ferme les yeux et répond :

— Moi aussi.

Elle continue de lui tourner le dos. Elle ne regarde plus ni la cour, ni les toits, mais le reflet dans les vitres du garçon immobile derrière elle.

Plante murmure :

— Je suppose que maintenant, je devrais m'approcher de vous, vous enlacer par-derrière et commencer à vous débiter des folies ?

— Pas nécessairement, je n'ai pas l'esprit midinette.

— Ma préoccupation de l'instant est la suivante : m'accompagnez-vous en Ardèche, oui ou non ?

— Ça m'est impossible, en tout cas pour aujourd'hui. Songez que pour venir, j'ai dû décommander une conférence avec le patron, en inventant n'importe quoi.

— Eh bien, inventez n'importe quoi pour me suivre.

— Non. J'ai un dîner important ce soir. Je...

— Je ne vous demande pas un compte rendu de votre emploi du temps, soupire Eric. C'était oui, ou non. Juste cela : oui, ou non. Et c'est non, catégoriquement non ?

— S'il m'était possible de...

— Tout est toujours possible. Les gens ne le savent jamais. Répondez-moi, Eve : vous me jurez que c'est un « non » sans appel ?

— C'est un non sans appel.

— Je vous demande un instant, asseyez-vous.

Il quitte brusquement la pièce pour passer dans la cuisine.

Eve a de la sueur au creux des paumes, elle prend un fin mouchoir dans sa poche pour tamponner ses mains. Il fait chaud, trop chaud dans cet appartement de garçon précieux.

— Monsieur Plante ! appelle-t-elle.

— Appelle-t-on monsieur l'homme que l'on dit aimer ? riposte de l'autre côté de la porte la voix sèche du garçon. Mon prénom est Eric, vous ne l'ignorez pas : vous l'avez écrit.

— Eric !

— Oui ?

— Je ne pense qu'à vous, cela tourne à l'obsession.

— Alors pourquoi refusez-vous de m'accompagner ?

— Je ne peux pas ! Bon Dieu, pensez à mes obligations ! J'ai un gosse, un mari, un métier...

— Pas d'amant ?

— Non !

Elle ajoute :

— Pas encore !

— Venez ! crie-t-il depuis la cuisine.

Elle va le rejoindre et refuse de comprendre ce qui se passe. C'est trop fou, trop stupide, trop hideux surtout. Eric est debout sur une chaise avec une corde au cou. L'autre extrémité de la corde est attachée au plafond, à une boucle scellée qui devait autrefois soutenir une suspension. Ce nœud coulant, savamment élaboré qui compose une espèce de chignon sur sa nuque, est aussi épouvantable qu'une excroissance de chair. Eric a les mains dans les poches, un pied sur le bord de la chaise, l'autre sur son dossier et il se balance.

Ses traits sont tirés, son regard autre. Il parvient à sourire, pourtant.

Ce sourire d'effroyable connivence du supplicié à son bourreau. Ainsi sourit, cigare aux dents, Fortunato Sarano, face au peloton d'exécution mexicain, sur un célèbre cliché datant de 1911.

— Vous êtes fou ! balbutie Eve.

— Probablement, répond le garçon, mais là n'est pas la question. Je vous avais annoncé que je me tuerais si vous ne veniez pas ; puisque vous ne venez pas je me tue, point final !

Et il ajoute :

— Bien sûr, vous vous empresserez de couper la corde, mais il y a de fortes chances pour que mes cervicales soient rompues.

— Ne faites pas cela, Eric. Attendez... Je... Nous partirons demain, je vous le jure.

— Tout de suite ou jamais ! s'obstine-t-il.

Il accentue le balancement du siège. La chaise ne touche le plancher que par ses pattes antérieures, en produisant un petit gémissement surmené.

— Vous n'avez pas le droit, espèce de petit salaud ! C'est honteux !

— Adieu, Eve !

Tout s'opère très vite, dans une double inconscience. Eric déséquilibre la chaise, Eve s'est jetée sur lui pour saisir ses jambes à bras-le-corps. Elle sanglote. Il est lourd, malgré sa sveltesse. Eric pèse de toutes ses forces sur elle, en se rejetant en arrière, de manière à tendre la corde et faire se serrer le nœud coulant.

Elle faiblit. Elle hurle :

— Salaud ! Sale salaud ! Salaud ! Salaud !

Et cherche désespérément le moyen de rétablir leur grotesque posture. Si au moins il tentait de l'aider. Mais non : il y va de bon cœur, ce veau ! Il paraît s'alourdir de seconde en seconde. Si elle le lâche, il pendra tout à fait au bout de sa corde. Mais elle ne le soutiendra pas longtemps ainsi. Appeler ? Le réflexe d'amour-propre la retient. Oui : elle préfère épargner son amour-propre que la vie d'Eric Plante.

Elle pleure comme un enfant. La chaise ! Elle doit remettre la chaise debout avec son pied, sans pour autant cesser de soutenir le faux pendu. L'effort lui arrache les muscles et les poumons. Brise ses reins. Son pied se hasarde vers le siège renversé, elle finit par le remettre debout.

— Grimpez dessus, implore-t-elle.

Mais il continue de s'abandonner complètement, à croire qu'il a perdu tout à fait conscience.

— Eric ! Je vous en conjure : montez ! Je n'en puis plus, je vais lâcher...

Alors elle dit, à bout de forces et d'arguments :

— Grimpez sur cette chaise et j'irai avec vous !

Aussitôt, il conjugue ses efforts avec ceux de la jeune femme et finit par reprendre pied. Elle ne le lâche pas pour autant.

Le visage d'Eric est violacé, avec des yeux proéminents et un vilain rictus des lèvres.

— Enlevez cette saleté de corde ! ordonne-t-elle.

Il a des gestes lourds, imprécis, inutiles. Eve se décide à l'abandonner pour s'emparer d'un couteau. Juchée sur un tabouret, elle tranche péniblement la corde au-dessus du nœud. Et les voici face à face, chacun dressé sur un siège, tandis que la corde coupée gigote au-dessus d'eux. La partie composant le nœud demeure au cou d'Eric. Elle le regarde et soupire :

— Ce que vous avez l'air con, comme ça !

Il opine, se défait du tronçon de chanvre. Puis il dénoue la partie attachée au plafond et en apprécie la longueur subsistant.

— Il m'en restera suffisamment pour une prochaine fois, dit-il, comme se parlant à lui-même.

Eve quitte son perchoir, va à l'évier et s'asperge les mains. Eric descend à son tour de sa chaise.

— Alors on part ? demande-t-il.

Eve acquiesce.

— Vous pouvez me laisser seule dix minutes avec votre téléphone : je déteste mentir devant témoin.

— D'accord, je vous attends dans ma chambre.

Ils évitent de se regarder et sont comme deux complices venant de perpétrer un mauvais coup.

— On y va comment, dans votre foutu bled ? questionne-t-elle.

— Avec ma petite Mini, à moins que vous ne préfériez qu'on prenne votre voiture, le mode de locomotion m'importe peu, vous savez.

Eve demeure un instant songeuse et demande :

— On ne pourrait pas prendre votre moto ?

XV

Le Président se concentre, mais comme Napoléon Ier, il possède un cerveau à tiroirs qui lui permet de penser à plusieurs choses à la fois. Il regarde une publicité relative à une voiture dont un couple de comédiens vante les mérites avec l'accent pied-noir. « Si j'étais le patron de la firme, je n'aurais jamais accepté cela, se dit-il. Le téléspectateur qui suit ce sketch découvre cette auto en ayant l'impression qu'elle a été spécialement conçue pour l'agrément des pieds-noirs, lesquels ne représentent qu'un cinquantième à peine de la population. Ne jamais ''typer'' un produit pour lequel on recherche un très large éventail d'acheteurs. »

Il se retourne, ayant la régie derrière lui, pour regarder les étranges poissons embusqués dans cet aquarium suspendu. Il ne distingue que des silhouettes imprécises, car les projecteurs l'aveuglent.

Face à lui, les deux meneurs de jeu compulsent une ultime fois leurs notes. Il semble à Tumelat que l'un d'eux est ému. Le trac. Rares sont ceux, chevronnés ou non, qui lui échappent. Le Président est du nombre. Il n'éprouve qu'une espèce d'agacement dû à l'impatience. Une fois l'émission en marche, il se sent détendu, presque aussi bien que dans son bain. Bain de lumière et de chaleur. Il raffole des projos, de cette vie silencieuse d'arrière-plan qui s'active pour le capter et le propulser dans les foyers de France. Fantastique cheminement de la technique ! Lorsqu'il était môme, à Saint-Corentin, son instituteur lui avait appris à confectionner un poste à galène dans une boîte à cigares que lui avait donnée le buraliste. Il se revoit, tâtonnant de l'aiguille sur le morceau de sulfure de plomb, l'écouteur aux oreilles, arrachant des bribes de son à l'éther : quelques mots tombés d'un autre monde, brin de chanson qui vite capotait dans le néant, rumeur creuse d'un siècle adolescent qui commençait tout juste à prendre la parole.

Les pubes s'effacent de l'écran de contrôle. La musique du générique retentit, plus présente que ce qui a précédé. Bon : à lui de jouer ! A lui de jacter ! De charmer, d'impressionner ! En scène, vieux pitre ! Des millions de gens ont hésité entre ta gueule, un western et un documentaire sur les chiens d'aveugles. Ils t'ont choisi. Du moins : *t'essaient-ils*. Si tu ne captes pas immédiatement leur intérêt et si, l'ayant mobilisé, tu ne l'attises pas de minute en minute, ils appuieront sur une touche et tu disparaîtras de leur vie furtive.

Le présentateur traqueur a le visage parcouru de tics rapides. Poum ! La loupiote rouge s'allume sur l'une des caméras. La musique shunte, le déroulant du générique se retire comme par magie. Il était en surimpression sur leurs frimes à tous les trois.

— Permettez-nous de vous remercier, monsieur le Président, d'avoir bien voulu accepter, dans le cadre de...

Le Président écoute le blabla convenu. Il cherche dans la pénombre où une centaine de spectateurs assistent à l'émission dans des attitudes pour musée Grévin. Bayeur est au premier rang, avec Perduis, une jeune du parti aux dents longues. Tumelat a du mal à repérer Noëlle. Il la retapisse grâce à ses grosses lunettes noires.

Elle prend un petit côté Garbo, l'Ange. Elle s'éloigne du quotidien, se drape dans le mystère de son drame. Ne vit que par son amour du Président. Tout le reste lui est devenu improbable, ou sans importance. Il lui sourit. Elle sait que c'est pour elle. Reste figée derrière ses grosses lunettes. Elle porte un blouson fourré qu'il lui a acheté dans l'après-midi. Elle l'attendait dans la bagnole comme tous les jours. Elle s'y est organisé une sorte de logement : livres, boissons, friandises. La Mercedes se trouvait stationnée devant un magasin de luxe de l'avenue Montaigne. En la rejoignant, le Président a aperçu un truc vachement sympa dans la vitrine, en cuir miel doublé lynx. A l'œil il a su qu'il irait à Noëlle et il est entré pour demander qu'on le lui prête, le temps de s'assurer qu'il ne s'était pas trompé. La jeune fille a passé le blouson, assise sur la banquette, sans un mot. Ça collait pile. Tumelat est retourné régler son emplette. Quand il a été de retour, il a constaté que Noëlle pleurait.

— Allons, allons, tu vas tacher le cuir, a-t-il plaisanté.

Elle l'a suivi dans le studio surchauffé par les projos, engoncée dans le vêtement. Ce qui la botte le plus, c'est le grand col qui l'emmitoufle. Ce col, les lunettes, un bonnet de grosse laine au ras des sourcils, on n'aperçoit plus ses mutilations.

— Monsieur le Président, si nous vous avons demandé de venir à *D'Homme à hommes*, ce soir, c'est dans l'espoir que vous voudrez bien préciser votre position pour les prochaines présidentielles. Tout d'abord, pouvez-vous nous dire si vous serez ou non candidat ?

Le vieux renard attendait la question bille en tête. Il a un sourire plein d'une extravagante probité.

— Ecoutez, monsieur Lemoine (ne pas manquer d'appeler les interviewers par leur nom, ça les flatte), j'ai toujours trouvé outrecuidant qu'un homme postule de sa propre initiative à la fonction suprême. On ne s'improvise pas Président de la République, on attend que d'autres vous reconnaissent les capacités nécessaires pour le devenir.

— Qu'appelez-vous « les autres », monsieur le Président, questionne avec un brin de fiel son deuxième interlocuteur, vous faites allusion à vos compagnons de parti ?

Le Président enjambe l'objection comme on enjambe un étron sur le trottoir.

— Je fais allusion à eux, bien sûr, puisque ce sont les Françaises et les Français qui me connaissent le mieux ; mais aussi à toute une fraction de l'électorat à laquelle mes idées semblent valables et qui veulent bien trouver en moi une réponse aux questions qui les tourmentent.

Tumelat s'exprime sans conviction. Il est mécontent. L'ambiance du débat débute mollement. On risque de tourner dans la grisaille. S'il ne trouve pas le moyen d'assener un coup de poing dans l'objectif, d'ici cent secondes le tiers des téléspectateurs brancheront le western. La faute en est à ces deux journalistes qui ont décidé de limer son personnage en le neutralisant au maxi.

— Si je traduis bien..., commence l'ex-traqueur.

Horace le coupe :

— Traduire en quelle langue, monsieur ? Je parle français.

L'autre encaisse, donne quitus d'un sourire torve et rectifie :

— Je voulais dire : si je comprends bien, dans la mesure où vos amis du R.A.S. et la fraction de sympathisants dont vous parlez vous y engageront, vous serez candidat ?

Tumelat réprime un soupir, celui de l'abandon. C'est à cet instant qu'il va faire part à la France de son renoncement ; bien que sa décision soit dûment arrêtée, il éprouve un sentiment d'ardent regret.

— Non, monsieur Lemoine, je ne serai pas candidat.

— Est-il indiscret de vous demander la raison ?

— Si je redoutais des questions indiscrètes, je ne serais pas assis en face de vous ce soir !

Un léger frisson court dans l'assistance. Voilà, c'est ça, Horace Tumelat : la repartie prompte, sur un ton bonhomme malgré sa vivacité.

Rire des duettistes, prêts à lui revaloir la monnaie de sa pièce.

— Nous nous réjouissons de l'apprendre, car nous en aurons d'autres à vous poser, monsieur le Président.

Les petits gredins ! A la botte du gouvernement actuel. Opération gamelle ! Ils ne feront pas de cadeau au vieux trublion ; Horace doit rester vigilant, ne pas parler trop vite pour pouvoir faire face d'emblée aux sous-entendus vachards qu'on ne remarque pas toujours dans l'excitation du débat, mais qui font leur chemin, ensuite lorsque la presse écrite en rend compte.

— Est-ce que vous ne vous présentez pas parce que vous approuvez la politique du président en place ?

Au lieu de se lancer dans la mêlée, Horace écarte ses coudes, croise ses mains sur ses feuillets chargés de notes à l'encre verte (il raffole du vert).

— Continuez, continuez à exposer vos suppositions, messieurs, dit-il ; ainsi je vous répondrai globalement, ce qui fatiguera moins le téléspectateur.

Un fou rire discret lui vient de l'auditoire. Allons : il a repris les guides.

Lemoine lance, hargneux :

— En nous répondant spontanément, vous nous épargnerez ces hypothèses d'école.

264

Hypothèse d'école ! La formule a été lancée par un journaliste au détour d'un entretien. Elle a été reprise et fait fortune. Il en faut trois ou quatre par an, qu'unanimement tout le monde réemploie jusqu'au cauchemar, puis qui, le plus souvent, retournent à l'armoire aux mites du vocabulaire politique !

Tumelat sourit. Se rend de bonne grâce.

— Je ne me présente pas parce que j'aurais peu de chances de l'emporter, avoue-t-il.

Il s'abstient de regarder Bayeur et Perduis qui doivent la trouver saumâtre. Son instant de franchise ! Il a toujours cédé à ses impulsions. C'est payant ; en effet, les deux interviewers semblent désarçonnés. Ils voulaient l'amener à cette conclusion par le jeu des questions insidieuses ; le fait qu'il prenne les devants leur fauche l'herbe sous les pieds.

— Je n'ai jamais été un homme de chiffres, continue le Président, mais il m'arrive d'en aligner sur une grande feuille de papier et de leur arracher certaines vérités qu'eux seuls détiennent.

— Vous auriez pu, en figurant au premier tour, exposer vos idées, donner vos recettes contre la crise, bref, jouir d'une tribune, objecte Lemoine.

— Je peux disposer de tribunes sans me porter candidat, objecte Horace, à preuve : ne suis-je pas en ce moment face à deux journalistes, à trois caméras et à huit millions de Français ? Je préfère étudier les programmes des autres et apporter mon soutien à celui qui se rapprochera le plus parfaitement du nôtre. Nous représentons une force qui n'est pas la première du pays, mais qui peut se montrer déterminante le moment venu.

— Au second tour ?

— Ou après...

Un silence, les deux tévémen compulsent rapidement leurs notes puis échangent un regard complice brillant de radieuse malveillance. Le Vieux sent qu'ils ont concocté quelque vanne peu reluisante et ses griffes sortent de ses doigts sans qu'il ait à le décider.

— Monsieur le Président, attaque (c'est le mot) benoîtement l'un d'eux, des bruits circulent...

— Laissez-les circuler, ils sont faits pour ça, désamorce préalablement Tumelat.

On rit. Les deux compères attendent que revienne le

sérieux nécessaire au décochement de leur flèche car ils
tiennent à ce qu'on l'entende bien siffler.

— Monsieur le Président : bon nombre de personnes
s'imaginent que si vous ne vous présentez pas, ce sera à
cause du... drame qui a assombri votre vie, il y a plus d'un
an ?

« Le » drame. C'est parti. Il fallait qu'on lui déballe du
linge sale, naturellement. Cela fait partie du triste jeu.

Le Président encaisse sans broncher :

— Vous m'aviez parlé de bruits, dit-il, en fait il s'agit de
ragots. Sommes-nous dans la loge d'une pipelette ou à la
Télévision française.

Plein les gencives ! Les bons apôtres sortent le bouclier
de leurs soixante-quatre dents éclatantes.

Ils sont les premiers à rire.

— L'un des principaux inconvénients d'être un homme
public, répond le plus jeune, c'est de ne pouvoir dresser
une barrière autour de sa vie privée. Sans vouloir tomber
dans la presse du cœur, monsieur le Président...

— Vous ne risquez plus d'y tomber ; vous y êtes en
plein ! fulgure Horace.

L'atmosphère se tend. Les rires retenus de l'assistance
adoptent un ton grinçant. Bel orage en perspective.

— Puisque nous y sommes, restons-y un instant, fait
Lemoine, cela changera des grandes professions de foi dont
le public est saturé.

— Grâce à vous qui organisez des tribunes de ce genre à
tout bout de champ !

Lemoine passe outre la réflexion, la décrète, de par son
attitude, nulle et non avenue.

— La jeune fille qui a été à l'origine de ce drame de la
jalousie (sourire finaud, le journaliste marque un temps) a
été à demi brûlée vive, et a disparu de votre horizon, ce qui
tendrait à faire croire que, pour vous, si j'ose cette énormité, l'amour est combustible.

Il pouffe presque, ravi de son bon mot.

— Vous êtes marié, monsieur Lemoine ? questionne
brusquement Tumelat.

— Heu, oui...

— Vous avez des enfants, une maîtresse ?

— Mais enfin, monsieur le Président...

— Enfin quoi ? tonne Horace, puisqu'on papote aux

266

frais du contribuable au lieu de parler de la France et de ses problèmes, continuons ! Vous avez une veste bien coupée, monsieur Lemoine, puis-je savoir le nom de votre tailleur ?

Lemoine est bousculé, comme un boxeur bloqué dans un coin par un adversaire plus fougueux.

— Dois-je vous expliquer ce que je prends au petit déjeuner, messieurs ? Vous indiquer la marque de ma voiture ?

C'est le jeunot qui, courageusement, donne l'assaut :

— Monsieur le Président, permettez-moi de vous expliquer à quoi riment ces questions, quelque peu indiscrètes, et nous nous en excusons. A plusieurs, reprises, au cours du septennat qui s'achève, vous avez annoncé que vous seriez candidat aux prochaines élections, pour le « Mieux Vivre de la France », c'était votre slogan. Or, vous ne l'êtes plus. Nous sommes des gens d'information, notre métier consiste à donner aux Françaises et aux Français, tous les éléments leur permettant de comprendre les motivations de ceux qui les dirigent. Vous nous avez expliqué que les chiffres vous étaient contraires ; mais, monsieur le Président, ils l'étaient tout autant au moment où vous prétendiez monter à l'assaut de l'Elysée ; force nous est donc de chercher ailleurs. Nous sommes plusieurs à penser...

— Pas possible ! lâche le Président.

Effet facile de bistrot du Commerce, mais qui ne rate jamais de porter.

Rigolade ténue dans l'assistance.

— Nous sommes plusieurs à penser qu'un traumatisme moral, d'ordre privé, vous a induit à comprendre que vous n'auriez plus la faveur des masses, tout simplement parce que vous les avez déçues.

— En quoi aurais-je démérité à leurs yeux ?

— En cela qu'une adolescente innocente a vécu un martyre du fait d'une secrétaire jalouse, monsieur le Président. Que sont devenues ces deux femmes ? L'une cache ses cicatrices, l'autre paie son acte en prison ; du reste elle s'est évadée la nuit dernière, mais la police l'a retrouvée, elle était dans le coma, ayant tenté de se suicider ; probablement à cause de vous.

Horace ne peut celer sa surprise. Alcazar retrouvée ! Il n'a pas su la chose. Il s'abstient de questionner, malgré sa curiosité dévorante : pas ici, pas devant des millions de téléspectateurs. Alcazar dans le coma ! Putain d'elle ! Pourvu qu'elle crève sans reprendre ses esprits ! Il se sent embarqué dans une sale galère. Qu'elle parle d'Eric, de ses sévices, et tout capote !

— C'est tout ? demande-t-il.

— Nous espérons quelques mots d'explication, monsieur le président. Cela dit, j'admets qu'il s'agit de choses strictement privées, libre à vous de vous taire.

— Somme toute, fait Tumelat, vous essayez de démontrer aux Françaises et aux Français qui nous écoutent, que je suis un salaud ?

— Vous tirez des conclusions excessives, monsieur le Président. Il nous paraissait simplement intéressant que vous nous donniez quelques informations sur un drame qui a défrayé la chronique, cette émission s'appelle *D'homme à hommes*.

Tumelat sait que ces coups de Jarnac viennent d'en haut. Il a trop tiré sur la corde de la désinvolture avec le Pouvoir, on est en train de le mettre au pas. Certes, les arguments de deux journalistes sont sans fondement, mais ils s'adressent à la passion populaire et font vibrer les électeurs plus que les plans, les chiffres, les statistiques, les promesses et coups de gueule en tout genre. Le Président est caparaçonné de son sang-froid comme d'une combinaison thermique. On l'attaque avec des arguments d'*Ici Paris*, soit, il va donc descendre sur le terrain choisi par ses adversaires. En difficulté, lui ? Jamais ! Tu entends bien, l'aminche ? Ja-mais ! Plus duraille à saigner que Raspoutine, le vieux !

— Les mots sont inutiles, dit Horace, quand les actes sont possibles. Je vais faire une chose dont, à l'avance, je demande bien pardon à messieurs les techniciens, lesquels ont réglé leur lumière et le son pour trois personnes, car je vais en faire intervenir ici une quatrième. Mais je connais trop la débrouillardise française pour penser que cet incident ne prendra pas nos amis au dépourvu.

Il se dresse lentement afin de ne pas déplacer les deux minuscules micros fixés à ses revers.

— Noëlle ! Viens ici, ma petite fille ! N'aie pas peur !

— Ecoutez, monsieur le Président, s'égosille Lemoine affolé, il n'est pas possible de...

— Pas possible ! Sommes-nous en France ou pas, messieurs ?

« Viens, Noëlle ! Prends garde à tous ces câbles, dans le noir, surtout ne bouscule pas les projos sur pied, ils sont réglés !

« Tout est réglé d'avance, ici, y compris les questions qu'on me pose. Une seule chose n'est pas réglée, mes réponses ! »

Pendant qu'il parle, Noëlle s'avance vers l'îlot de lumière. Elle se déplace comme un médium, sa volonté totalement soumise à celle du Président. Il l'appelle, alors elle se présente. La voici, mystérieuse dans son blouson fourré, à l'abri de ses grosses lunettes. Tumelat ne regarde pas dans sa direction, mais guette l'apparition de sa jeune maîtresse sur l'écran de contrôle. La caméra 3 vient de la capter, encore mal éclairée, sorte de subtil ectoplasme incertain au milieu de l'attirail télévisuel. En régie, le réalisateur la balance sur les ondes, sachant qu'il ne faut pas rater l'incident car, demain, il fera la une de tous les journaux. Jamais personne avant le Président n'avait osé cela : imposer en pleine émission une personne inattendue. Prendre sur lui de chambouler le cérémonial technique pour créer ce choc.

Noëlle parvient au bord de la table. Le Président se lève pour l'accueillir. Les cameramen entendent aboyer le réalisateur dans les écouteurs de leur casque.

— Badin : je la veux plein cadre, démerde-toi ! Marco ! en plan général : les quatre, vite, pour référence topographique !

Et ça s'agite, les gros cyclopes décrivent une espèce de ballet futuriste : valse des robots !

Les téléspectateurs de France ont en face d'eux un homme vieillissant et une jeune fille indécise dont ils ne savent encore que penser car elle reste indiscernable.

— Mon ange, murmure le Président, je sais que ce que je te demande t'est pénible, mais tu as entendu ces messieurs : les Françaises et les Français s'inquiètent de ton sort. Notre devoir civique est de les rassurer. Veux-tu poser ta veste, je te prie ?

Joignant le geste à l'invite, il aide Noëlle à quitter le beau blouson neuf.

— Maintenant, ôte tes lunettes : quand on fait la

connaissance de quelqu'un, on doit lui montrer son visage. La France fait ta connaissance, l'Ange, montre-toi à elle ! Tu permets ?

De sa propre initiative il cueille les lunettes teintées et les retire. Noëlle cligne des yeux. Mais sans chercher à les dérober. Elle est trop intimidée pour ne pas faire montre d'une hardiesse éperdue. Elle se tourne vers celle des trois caméras dont le petit dôme rouge est éclairé et plante sa frimousse détruite dans l'objectif.

« C'est pour lui. Du moment qu'il veut cela, elle l'accomplit. »

En habitué des studios, Tumelat dégrafe l'un de ses micros et le tend vers les lèvres de la petite.

— Je vais te poser deux questions, l'Ange. Juste deux petites questions, histoire de rassurer ces messieurs et la France qui se font tellement de souci pour toi ! Réponds-y le plus franchement que tu le peux. Première question : où habites-tu ?

— Chez vous, monsieur le Président, murmure Noëlle.

Le cameraman de la une vient de faire un très gros plan de ses plaies. Sur l'écran, on croit voir le sol lunaire. Le réalisateur a la merveilleuse idée de passer, en surimpression, le regard d'infini de Noëlle, ces yeux si clairs pleins d'une étrange extase.

— Seconde question ; je te préviens qu'elle est beaucoup plus délicate, voire même assez sotte : malgré les cruelles séquelles que t'a laissées le drame qui empêche encore ces deux messieurs et la France de dormir (il n'appuie pas sur l'ironie, la laissant agir par sa propre force) es-tu à peu près heureuse, Noëlle ?

Il se passe quelque chose que les téléspectateurs ne sont pas près d'oublier ; il se passe un sourire de « l'Ange », beau comme une aube d'été.

— Je suis totalement heureuse, monsieur le Président.

Sa voix est claire, mais l'âpreté du ton renseigne sur la sincérité absolue de la jeune fille. Le Président lui donne une caresse sur la joue, du dos de la main.

— Merci, l'Ange. Tiens, remets ton blouson.

Puis se tournant vers les deux interviewers mal revenus de ce coup de force de Tumelat :

— Messieurs les jurés, pas de questions ?

Lemoine, qui manque d'air, tente de sauver la face.

— Eh bien nous remercions cette toute jeune fille (sous entendu : qui est la proie d'un vieux saligaud) d'avoir bien voulu répondre à votre appel, avec un grand courage...

— Je n'ai pas besoin de courage, lance Noëlle.

On ne l'entend pas, car Tumelat avait récupéré son micro. Vite, il le lui redonne :

— Que disais-tu à ces messieurs, petite ?

— Je disais que je n'ai pas besoin de courage pour vous obéir, car obéir est une forme de l'amour. Et puisque je suis là, je voudrais également dire quelque chose que personne ne me demande : c'est que vous êtes un homme en vie. Et, dans le monde politique que je vois, il n'y a plus que des momies !

Elle tourne les talons et va se fondre dans le noir.

— Pardonnez-moi cet intermède, fait Tumelat en se rasseyant, mais c'est vous qui l'avez provoqué.

— C'était touchant, assure Lemoine d'un ton aigre.

Et d'enchaîner avec des questions classiques sur le chômage, l'économie, la politique étrangère du Président sortant.

A l'issue de l'émission, Bayeur et Perduis s'avancent à la rencontre du Président. La fournaise des projecteurs cesse car on vient de les couper et la lumière qui subsiste paraît froide et aqueuse. Tumelat enfouit des paperasses qui lui furent inutiles dans un porte-documents. Les deux journalistes semblent se quereller dans un coin du plateau.

— Je crois, soupire Pierre Bayeur, que ce qu'il y a de plus phénoménal chez toi, c'est ton culot !

Tumelat a un sourire distrait.

— Quand on veut être entendu, on crie, dit-il, quand on veut être lu, on trace des graffiti au goudron sur les murs ; et quand on veut neutraliser les mauvaises langues, on les coupe ! As-tu remarqué comme ils étaient dociles et fuyants, ces deux-là après mon morceau de bravoure ? Ils n'ont jamais pu revenir sur moi, comme on dit dans le jargon cycliste. Sciés !

— Je me demande comment les nôtres auront pris ta petite prestation sentimentale ; les purs vont sûrement réclamer une réunion exceptionnelle du comité.

— Nous la leur accorderons.

XVI

Elle est soudée à lui depuis des heures : mollusque agrippé à la coque du bateau, ne faisant plus qu'un avec lui et se laissant porter par ses quatre volontés. Elle le tient d'une certaine manière farouche qu'elle ignorait avant ce jour : les coudes baissés, les mains possessives. Sa joue se meurtrit au cuir de la combinaison. Elle l'aime, se dit qu'elle l'aime, s'enivre de cette certitude d'amour ; d'amour prodigieux, d'amour si beau qu'elle l'admire. Eve admire son amour pour Eric, comme s'il s'agissait d'une œuvre d'art formellement accomplie. Elle se sent tout à la fois animal et pur esprit. Tandis que le bolide déferle sur une départementale soigneusement endormie, laquelle se déroule devant eux pour, après leur passage, se rembobiner serré, la jeune femme contemple sa vie passée qui la conduisait à ce jour-ci comme la route mène chez le père d'Eric. Le long prologue lui apparaît blafard, un peu dérisoire aussi : son mariage, sa carrière et même — elle ose en convenir — sa maternité. Dérisoire et sans but, sans intention vraie. A présent, elle est bien. A présent, elle est sauvée de l'inutilité. Elle a conscience que le futur lui sera redoutable, mais comme toutes les amantes, elle n'est porteuse que de l'instant. Enceinte d'un éblouissant présent, si riche, si dense qu'il vaut tous les sacrifices ultérieurs.

Elle sent la force de son compagnon. Elle est ravie en imaginant sa belle gueule sous le casque, ce casque bricolé dont il s'est servi le jour de l'« attentat ». Oui, elle le voit comme si elle précédait l'engin au lieu de le chevaucher. Le voit, superbe, jeune, ardent, follement romantique, avec cette perversité ténébreuse qui le lui rend irrésistible.

N'est-ce pas parce qu'elle est tombée en arrêt, un matin, au journal, devant une photo de presse représentant le Président en compagnie d'Eric, qu'elle s'est mise à s'intéresser à lui ? Elle cherche à se convaincre qu'elle n'a jamais été son ennemie et que si elle a voulu lui nuire, c'était uniquement pour mobiliser son attention, le forcer à s'intéresser à elle, coûte que coûte. Elle trouvera toutes les raisons qui seront nécessaires à l'anesthésie de cette période mesquine ; elle saura la faire belle, digne d'eux.

Par instants, il demande, de sa voix métallisée par l'appareil acoustique :

— Pas trop fatiguée ?

Comme si elle pouvait lui répondre, dans ce vacarme, emportée qu'elle est par le typhon chromé.

Au départ de Paris, il l'exhortait à ne pas avoir peur, et elle trouvait ses recommandations cocasses eu égard à leur première chevauchée de feu. Ils se sont arrêtés pour « faire » de l'essence du côté de Chalon-sur-Saône. Elle a abandonné un instant sa monture afin de se dégourdir les jambes ; la nuit était tombée depuis longtemps. Elle a dépassé la zone de lumière de la station pour contempler Eric à distance. Sans son casque, les cheveux décoiffés il ressemblait, dans sa combinaison noire, à quelque héros wagnérien repensé par un metteur en scène d'avant-garde. Dans l'ombre, elle le savourait du regard, admirant chacun de ses gestes ; le bonheur de ses attitudes, bouleversée par ce surprenant mélange de virilité presque guerrière, et de fragilité vaguement féminine. Elle a soupiré : « Oh ! comme je t'aime, mon petit garçon qui va voir son papa. »

Eve se dit que le paysage doit être beau. La route grimpe en de larges lacets dans un clair de lune irréel. Elle distingue des collines sévères, avec, tout en bas, le Rhône rectiligne comme sur la carte de France, ardent et pressé d'aller s'engouffrer dans la mer. Elle songe que l'Atlantique conviendrait mieux à sa fougue brutale. N'y aurait-il pas eu un malentendu géologique ?

Elle a les reins brisés et les cuisses lui font mal. Des contractures nouvelles naissent un peu partout dans son corps. C'est bon...

— Nous arrivons ! annonce Eric.

Il a déjà réduit l'allure avant de pénétrer dans un vieux

bourg bâti de pierres plates. Il fait « moto de velours » pour rentrer chez lui. Elle en est attendrie. Ils passent au ralenti le long d'une rue principale, tournent devant l'église et s'engagent par un chemin déjà bordé de champs d'un côté et d'un haut mur de l'autre. Le mur semble interminable, mais au bout de cinq cents mètres, un large portail de fer l'interrompt. Eric le franchit et les voici dans une allée cavalière envahie par les herbes et ombragée par une double file d'énormes châtaigniers.

Sur une esplanade, se dresse un château aux formes carrées entièrement recouvert de lierre. C'est une bâtisse sans style précis, qui tient de la ferme fortifiée. Une faible partie de la construction dominant l'autre, on peut à la rigueur parler de tours. C'est vaste sans insolence. Massif, mais avec des grâces campagnardes. La maison familiale type, qui passe d'une génération à l'autre sans subir de changements notables. On l'entretient bien, corrigeant au fur et à mesure les déprédations du temps, mais on ne la modernise pas. Eve imagine déjà qu'il ne doit pas y avoir plus de deux salles de bains, et encore sont-elles équipées d'appareils archaïques, hauts sur pattes, avec des robinets qui font un bruit de vieille machine à battre quand on les ouvre. Toujours est-il que sa surprise est grande. Lorsque Eric parle de son père, il ne précise jamais qu'il est châtelain. Elle s'était figuré un rentier confortable, sans plus.

La moto s'est tue et les bruits capiteux de la nuit les accueillent malgré qu'on soit en hiver, dans une région assez rude. Un vent sec brouille les branchages des châtaigniers, tandis qu'un oiseau nocturne embusqué non loin de là hulule. Rien de sinistre à cela. Tout respire au contraire la sérénité.

Une lumière vient de s'éclairer au premier, donnant soudain au château un aspect fantasmagorique.

— L'empire des lumières ! murmure Eve.

Eric ne comprend pas tout de suite, puis la toile de Magritte lui vient en mémoire, qui représente une maison assez semblable à la sienne, dont la façade est plongée dans la nuit alors qu'il fait soleil.

Un volet s'écarte, un individu indiscernable en contre-jour paraît :

— C'est toi, fils ?

275

— Oui, papa.

— Je t'attendais !

— Vieux Charlot ! appelle Eric.

— Quoi donc ?

— Enfile un slip ou une robe de chambre, je ne suis pas seul !

Il explique en souriant à Eve que son père dort nu et qu'il se promène volontiers à poil, la nuit, sans être troublé par la présence éventuelle de son fils ou du couple de domestiques.

Eve sourit, devinant qu'elle va faire la connaissance d'un personnage hors du commun. Sous la lune, Eric semble blafard, avec des sillons d'ombre dans le visage.

— Vous avez peur ? chuchote-t-elle.

— Très peur, convient le jeune homme.

La porte s'ouvre. Ils s'avancent gauchement. Eve aussi a peur. Ils se tiennent par la main. Adam et Eve chassés du Paradis terrestre.

A cette minute, Eve regrette ses perfides papiers, si bas, si minables. Ce sont des fleurs vénéneuses jetées dans un univers de pureté naturelle. Il va falloir expliquer à ce Clérambart ardéchois ce que sont les vilenies d'un certain Paris politico-artistico-intellectuel : la ville où l'on taille le mieux les habits de crachats. Lui faire d'abord admettre que cela existe, lui donner, dans les grandes lignes, le mode d'emploi. Pas commode d'apprendre la saloperie à un être clair. On peut toujours prêcher le bien : personne ne regimbe, quoi qu'il en pense. C'est tabou, le bien, il fait partie des grandes conventions. Bêta, pour la plupart des gens, il n'en demeure pas moins un étalon admis de tous. Mais l'ordurerie ? Hein, l'ordurerie, tu as des mots pour l'enseigner, toi ? Des formules pour l'expliquer ? Le courage de la justifier ?

Eve se présente à un grand bougre à l'œil pâle, tignasse de rudes crins gris, figure tannée par la vie au grand air. Aspect saugrenu d'aristo campagnard et de bohème aisé. Air à la fois franc et ironique, bon et méfiant, désabusé et éclatant d'énergie. Son fils lui ayant conseillé de passer soit une robe de chambre, soit un slip, il a mis les deux, mais à la diable. Le slip est à l'envers, la robe de chambre ne porte pas de ceinture. Il a une large poitrine drapée d'astrakan gris, l'un de ses testicules passe hors du slip. Il est nu-pieds, et ses orteils sont largement spatulés, ses tendons terriblement saillants.

Eric offre la joue à son père :

— Bonsoir, Vieux Charlot !

Charles Plante dépose un baiser machinal qui ne vient pas du cœur.

— Je pensais que tu serais là plus tôt, grommelle-t-il.

— Je ne pouvais me libérer plus vite ! Eve, je vous présente mon père, voici Mme Mirale, une... une amie de la presse !

Il n'a trouvé que cette pitoyable expression, le pauvre petit pour présenter la femme qui s'est employée à le déshonorer aux yeux de son géniteur : « une amie de la presse » ! Quelle dérision ! Pauvre con ! C'est toujours la même chose, en présence du Vieux Charlot : il redevient un petit garçon bafouilleur.

Il a honte, par rapport à Eve, la madrée, si finė et aiguë qu'il la compare à une dague italienne. Heureusement qu'elle l'aime ! Sinon, comme elle se gausserait de lui !

Parfait gentilhomme, Plante père prend la main d'Eve et s'incline.

— Soyez la bienvenue, madame. Où est votre bagage ?

Elle dit en riant qu'elle n'en a pas. Eric l'ayant enlevée de force. La situation commande de ne pas différer les grandes explications.

— Et savez-vous pourquoi il a accompli ce coup de force, monsieur Plante ? Parce que c'est moi l'odieux auteur du papier qui vous a fait bondir.

Vieux Charlot l'enveloppe d'un regard curieux. Il referme maladroitement sa robe de chambre, laquelle se rouvre presque aussitôt.

— Ne restons pas dans le hall, dit-il. Avez-vous bouffé ? Non ? Alors, allons à l'office.

Eve respire avec satisfaction la bonne odeur de la maison. Cela sent la confiture de coings, le linge propre, avec des relents discrets de cuveau. Parfums sédimentaires laissés par des générations de petits hobereaux peu fortunés.

Elle se dit qu'il doit faire bon y vivre à condition de n'en jamais partir. Ecouter le temps aux horloges de la demeure, voir naître et mourir les saisons, naître et mourir les animaux et y mourir soi-même, en toute confiance, dans

cette paix héritée et retransmise intacte. Imbécile d'Eric !
Pourquoi a-t-il rompu la chaîne ?

La cuisine est aux dimensions d'un cloître, voûtée, avec
un immense fourneau noir et des placards de noyer ciré.

Forte table, tabourets massifs, carreaux vernis aux tons
pain brûlé.

Seule note si l'on peut dire moderne : un immense réfrigérateur, obèse de ce qu'il renferme.

— Mets les assiettes, fils, je vais déballer la bouffe. Il y a
toujours des trucs à réchauffer avec Lucienne.

— Ah, « elle » s'appelle Lucienne, cette année, note
Eric.

Il explique à Eve que son père, chaque année, donne à
leur servante un nouveau prénom. La chose remonte à son
remariage. Sa seconde femme se prénommant Marie,
comme la cuisinière, il décida de débaptiser cette dernière
et, afin de corriger — croit-il — ce que cette mesure
pouvait avoir de désobligeant, de l'affubler d'un prénom
neuf à chaque premier janvier.

La chose amuse follement la journaliste. Le père d'Eric
est un homme délicieusement dingue, mais dingue « en
surface », car elle perçoit parfaitement la gravité profonde
et le sens aigu de l'observation qui se cache sous cette
fantaisie.

Eric dispose trois couverts. Il n'est pas question que
Vieux Charlot regarde manger les autres. Il est étroit
comme une horloge bretonne, mais son coup de fourchette
est connu dans toute la contrée. Un jour il paria de manger
une dinde à lui tout seul à un repas et y parvint, histoire de
lancer un défi posthume à Victor Hugo, lequel prétendait
que la dinde était l'animal le plus sot de la création car,
avec elle : « il y en a trop pour un, mais pas assez pour
deux » !

Le châtelain touille le foyer de la cuisinière qui, pareille aux hauts fourneaux, ne s'éteint jamais. Miracle de
la campagne, des braises reprennent vie et acceptent
les bûches qu'on leur confie. Cela se met à craquer et
la chaleur monte. Dix minutes plus tard, il y a des plats
à chauffer, riches d'odeurs stimulantes : ail et herbes,
beurre grésillant, suaves senteurs d'une cuisine ances-
trale.

— Je peux vous aider ? propose Eve.

— Reposez-vous, répond Vieux Charlot, six cents bornes sur cet engin con comme un feu d'artifice, voilà qui vous moud les os !

— Marie va bien ? demande Eric.

— Une vraie prairie ! Elle attend que je l'appelle.

— Pourquoi ne le faites-vous pas ? s'enquiert Eve.

— Parce qu'elle sait que les explications entre père et fils doivent avoir lieu en tête à tête.

— Je vous laisserai dès que je vous aurai fourni les miennes, promet la jeune femme avec un sourire.

Il lui décoche un nouveau regard indéfinissable. Ce genre d'œillade-banderille qui se plante dans la chair.

— Voici des terrines, la grande spécialité de Lucienne. Je vais vous servir. J'ai un hermitage rouge tout ce qu'il y a de charmeur pour les accompagner.

Il a une voix basse. Eve l'imagine chantant l'air de la *Calomnie*.

— Chez vous, les pénitentes sont bien traitées, dit-elle.

— Pénitentes ?

— C'est en cette qualité que je suis ici.

Elle vide le verre de vin rouge, très sombre, que Vieux Charlot lui a servi. Il faut qu'elle parle. Elle a un infini besoin de calmer ce grand bougre adorable. Non plus pour la tranquillité d'esprit d'Eric, mais pour celle du bonhomme. Alors Eve se lance. Elle improvise, elle brode ; mais avec tant d'âme que ses mensonges deviennent vérité. Elle explique qu'ils sont amant et maîtresse Eric et elle. Folle passion ! Depuis plusieurs mois. Elle n'a qu'à montrer son authentique amour pour que Vieux Charlot la croie. Elle dit ce qu'elle ressent afin qu'il y ait un socle de vérité granitique sous la barbe à papa du mensonge. Elle l'aime. Il est celui auquel elle pense jour et nuit. L'embrasement de sa vie femelle. Le regarder la met en émoi. Chevaucher son infernale moto en s'agrippant à son torse constitue une forme de volupté.

Eric écoute, davantage impressionné que son père. Bon Dieu, si le Président pouvait entendre ce chant d'amour !

« Et que m'ordonnez-vous, Seigneur, présentement ?
De plaire à cette femme et d'être son amant ! »

La marche triomphale ! Il l'a séduite totalement. Partie gagnée ! Il est de la race des conquérants. Il lui suffit de décider pour obtenir. Un claquement de doigts et la vie se

279

couche à ses pieds ! Cette certitude le grise. Il aime sa jeune puissance.

Eve s'exprime avec toute l'humilité de l'amour vrai. Elle se raconte en cherchant les mots simples qui sont toujours les plus efficaces. Elle parle de tout : de sa jeunesse, de son mariage sans bonheur, de son fils qu'elle ne recouvre pas véritablement de plumes maternelles. Elle dit son métier dans lequel elle s'est jetée pour tenter de donner un sens à ce qui n'en avait pas. Eric ne s'y trompe pas : elle lui apprend sa vie en la narrant à son père. C'est Vieux Charlot qu'elle tente d'apaiser, mais c'est à lui qu'elle tend ce passé de guingois. Elle est sillonnée de fêlures, l'altière Eve Mirale, celle qui fait trembler tant de « gens en place » ; l'on dirait une assiette de porcelaine ancienne pareille à une toile d'araignée. Si fragile, si désespérément fragile qu'elle a dû se composer vaille que vaille une cuirasse d'encre.

Vieux Charlot est sous le charme. Des convoitises de mâle s'allument dans ses prunelles. Il la trouve belle et ardente dans son chant d'amour, cette fille pleine de mille grâces physiques, dont la séduction inquiète car l'on voit bien que l'aimer est une croisade et qu'être aimé d'elle équivaut à se soumettre à une autre philosophie. Elle a une manière fascinante de camper sa personnalité par légères touches, délicates et sur lesquelles il est impossible de revenir, comme dans la composition d'une aquarelle. La touche décisive, pleine d'instinct. La touche effleurante, qui jamais n'insiste ; l'impression d'épaisseur naissant de sa fluidité même ! Elle a un trait sur son enfance, dans la grande maison, probablement plus pimpante et plus gaie que celle des Plante — mais cela aussi on le devine à travers l'eau à peine teintée de son verbe. Et une seule phrase suffit pour qu'on la voie dans le bonheur doré d'une jeunesse heureuse, pensive malgré les facilités qui la cernent, en attente d'autre chose. Et puis plus tard, son époux, et lui aussi se dresse au rendez-vous de l'inventaire, tel qu'Eric l'a vu et jugé : assez beau, être dru et fort, amoureux de ce qu'il possède à commencer par sa femme et sans problèmes autres que professionnels parce que ce sont les seuls qu'il soit apte à régler.

Elle raconte sa tentation d'écrire. D'abord des choses personnelles, car écrire correspond à une offrande intime. Puis, le style s'affermissant, son vocabulaire s'enrichissant, son inspiration prenant quelque altitude, elle explique comment lui est venue l'idée de guerroyer avec son stylo en guise de lance. Elle a découvert qu'on tailladait les individus plus sûrement avec une pointe Bic qu'avec une épée. Peut-être a-t-elle un compte à régler avec ses contemporains ? Peut-être veut-elle leur faire payer ses déceptions d'enfant dont elle n'a jamais guéri ? Ses déceptions de femme dont elle est béante ? Chacun sa plaie, chacun son drame et ses phantasmes. Une certaine misanthropie lui est venue, une hargne profonde. Elle cite quelques-uns de ses exploits de plume, sans vantardise, pour illustrer ses dires, donner de la consistance à sa confession. Et alors, que je vous dise, hein ? Que je te dise, lecteur à la gomme, toi qui attendais tout autre chose de moi, l'artiste éphémère de Bourgoin-Jallieu (Isère) ; que je te dise, ma chère Eve, si bellement dramatique en son amour nouveau, déjà trop lourd, te dise la malignité de cette gonzesse de merde ; la manière qu'elle opère un savant virage, au-dessus de ses belles réalités navreuses, pour revenir survoler le mensonge. Passant du réel passé au présent faux, superbement ! A chiée verte ! Quelle maîtrise ! Vieux Charlot n'y voit que du feu ! Et Eric est ébloui par cette magistrale poudre aux yeux ! Car elle ment la vérité en une somptueuse préfiguration, la garce mémorable. Elle explique son amour tout-puissant, à elle, face à l'amour tiédasse d'Eric. Elle, brasier ! Lui, théière ! Elle, prête à tout, et essentiellement au pire ; lui prêt à rien, et essentiellement à la laisser quimper. Son sursaut ! Sa vengeance ! Il lui préfère M. le Président, le saint patron, le modèle, le dalaï-lama, haute fripouille d'hémicycle, achetée et vendue cent fois et toujours à vendre, mais d'une monstre intégrité quand les prix sont trop bas. Horace Tumelat ! Son Dieu ! Et alors, l'idée... La follasse idée de le sous-entendre pédé, ce bon petit Eric, gentil minet de barbon en indécision sexuelle. La photo quasi truquée prise à *la Méditerranée*, étalée au côté d'une autre tirée un soir de bringue auquel elle prétend avoir participé. Il est facile de monter un bigntz de ce genre dans ce Paris-salope, dans ce Paris-ragots, dans ce Paris-Cancan (pas french du tout !). Ici, en Ardèche : c'est monstrueux ! Là-bas, chez *Régine* : c'est marrant. Six cents bornes suffisent pour transformer un méchant canular en scandale.

Elle a dit, au milieu des terrines, en éclusant du vin rouge exquis. A présent elle se tait. Eric lui adresse un long regard éperdu de reconnaissance. Vieux Charlot se lève pour retirer du fourneau une coquelle de fonte noire où mijotent des tripes aux oignons.

Il place la coquelle sur un dessous de plat extensible qui ressemble au plateau d'un pédalier. Il emplit trois assiettes silencieusement.

— Tu devrais appeler Marie, dit-il à son fils.

Quand Eric est sorti, il soupire :

— Un amour pareil, merde : il a de la chance, le bougre !

Puis, au bout d'un instant de réflexion :

— Mais vos manigances me font peur !

Eric revient.

On l'a entendu héler dans le hall.

— Elle t'a répondu ? interroge Vieux Charlot.

— Elle va descendre.

— Quand repartez-vous ?

— Demain !

— Avant de filer, vous seriez gentils de remonter la rue du village, bras dessus, bras dessous. Je ne suis pas le seul ici à avoir lu l'article...

— Nous le ferons, promet Eve.

Et Marie fait son entrée. C'est une jeune femme d'une trentaine d'années, brune, la peau pâle, aux cheveux tombant bas sur les épaules. Elle a un bon regard, un bon sourire, des dents saines. Sans doute vient-elle d'attraper deux ou trois kilos « d'hiver » qui suffisent à donner à sa démarche quelque chose d'un peu trop appuyé.

Eric se lève et l'embrasse sans joie sur les deux joues. Puis il présente les deux femmes l'une à l'autre non sans quelque raideur.

Il a cette amabilité gourmée des beaux-fils avec la seconde femme de leur père. Cordialité de commande et qu'on devine sans lendemain.

— Bien entendu, tu n'as pas faim ? demande le père d'Eric à son épouse.

Elle sent l'eau de Cologne, son déshabillé vient de Tournon et date de trois ou quatre ans. Elle plaît à Eve qui la trouve plutôt émouvante. Vieux Charlot doit être parfaitement heureux avec elle.

282

— Je mangerai une tranche de caillette pour vous tenir compagnie, répond Marie.

Elle ajoute qu'elle préfère du vin blanc et va chercher un fond de bouteille dans le réfrigérateur.

Elle regarde Eve à la dérobée, intriguée par cette invitée inattendue et s'efforçant de deviner le motif de sa présence ici. Sans doute Eric, accusé de pédérastie, a-t-il voulu prouver l'orthodoxie de ses mœurs en se faisant accompagner par une amie ? Le père Plante ne songe pas à lui fournir d'explications. Ici, il règne. Il est le maître.

Eve le chérit d'emblée. N'est-il pas le père vénéré d'Eric ? Celui pour lequel ce dernier est capable de mourir plutôt que d'encourir sa malédiction ?

— J'aime cet endroit, fait-elle. Je vous imagine, enfant, dans cette maison, Eric. Maintenant que je connais votre père, je comprends ce qu'ont été vos rapports et je m'explique l'amour fanatique que vous lui portez...

Elle s'adresse à Vieux Charlot :

— Car il y a vous, et rien d'autre, monsieur Plante ! Vous, et des gens. Des gens qu'il admire, qu'il aime un peu, qui l'amusent...

Eric se demande comment elle peut le savoir si bien, alors qu'ils ne se connaissent pas encore.

Vieux Charlot n'est pas le genre d'homme à montrer son émotion. Sa robe de chambre lui tenant trop chaud, vu la proximité du fourneau, il s'en est défait d'un mouvement des épaules et elle pend autour de son tabouret. Quand il se lève pour aller quérir des fromages, ses couilles s'évadent de son vieux slip trop lâche, sans qu'il songe à leur faire réintégrer le bercail.

— Quand Lucienne saura que tu es arrivé dans la nuit et que c'est moi qui ai préparé le frichti, elle va nous faire la gueule pendant huit jours, dit-il en riant. Elle est con comme un homme, cette pauvre femme.

Marie constate, à l'euphorie de son époux, que le « malentendu » est dissipé et s'en réjouit. Elle vient de passer deux mauvais jours. Ce que Vieux Charlot, dans son parler imagé qualifie de « sale mousson ». Il ne sait pas être malheureux : lui, il faut qu'il baise, dorme, bouffe et monte à cheval sans la moindre arrière-pensée. Il vit, Vieux Charlot, il n'a pas le temps de souffrir.

Une demi-heure plus tard, il les conduit à « leur » chambre, qui est celle d'Eric, avec force démonstrations d'un goût douteux.

L'on dirait un vieil oncle pompette accompagnant des jeunes mariés à leur chambre, le soir des noces. Tout juste s'il ne va pas leur souhaiter « bonne bourre » !

Eve fait quelques pas dans la chambre de séminariste d'Eric. Eric reste adossé à la porte rudement claquée par son père. Il pense à la corde raccourcie, dans le tiroir de sa cuisinette parisienne.

Il est terrorisé et voudrait bien mourir un peu.

XVII

Contrairement à la première impression d'Eve, la maison est fort bien équipée du point de vue sanitaire. Chaque chambre comporte une salle de bains et celle-ci est moderne, de fort bon goût avec ses tomettes provençales égayées çà et là d'un petit motif naïf représentant des fleurs champêtres.

Lorsqu'ils sont seuls, elle inspecte les lieux avec intérêt. La pièce sent gentiment le renfermé. Meubles rustiques, en bois fruitier, tapisserie genre cretonne, rideaux de rude toile de lin. Le lit est haut, « à deux petites places », songe-t-elle, surmonté d'un édredon volumineux qui ressemble à un ballon captif en dégonflade. Au mur quelques gravures du dix-huitième, plus une grande photographie, dans les gris pâle, représentant une jeune femme mélancolique qui paraît consciente de la brièveté de son destin.

— Votre maman ? interroge Eve, certaine de la réponse, car Eric ressemble trait pour trait à la femme à la photo.

Il acquiesce.

Elle s'assied devant une table-bureau, vaguement Louis XV, et fait pirouetter le siège de manière à faire face au garçon.

— Je devine votre embarras, Eric. Si je ne le partage pas c'est parce que moi, je suis réellement amoureuse de vous. Donc avide de vous. Mais nous ne sommes pas obligés de dormir dans la même chambre...

Il hausse les épaules.

— J'espère que vous comprenez, Eve ? Vous, brusquement ici, dans ma chambre de jeune homme où je ne suis pas revenu depuis plusieurs années ; c'est une... situation inattendue, à laquelle je dois me faire.

— Bien sûr que je comprends. Eh bien ! allez donc coucher ailleurs, mon vieux !

Le ton est âpre, avec une douloureuse ironie sous-jacente.

— Cela foutrait tout par terre vis-à-vis de mon père.

Elle éprouve quelque chose qui ressemble à un lointain chagrin mal guéri, voire inguérissable. Il va rester, non pour elle mais pour son père. Eternel petit garçon pétri d'admiration et de crainte pour l'auteur de ses jours...

— A propos de Vieux Charlot, je dois vous remercier du fond du cœur, Eve : vous avez été magistrale. Tout ce que vous nous avez dit ! Car vous me parliez également par la même occasion, n'est-ce pas ? Tout ce que vous nous avez dit était si émouvant, si vrai, si tendre. On aurait cru que vous jouiez de la harpe. Bon, que nous nous mettions bien d'accord : vous m'intimidez, physiquement. Pire : vous me faites peur.

Elle hoche la tête :

— Il vous faut l'incognito d'un casque de motard, la menace de votre bolide en folie et le piètre chemin de volupté que représente une poche percée ?

— Peut-être.

— Savez-vous que pendant tout le voyage, j'ai dû me retenir pour ne pas y glisser ma main ?

— Pourquoi ne l'avez-vous pas fait ?

— J'ai eu peur que vous ne me preniez pour une dévoreuse.

— Vous auriez dû.

— Mais non, puisque je ne l'ai pas fait. Les femmes si faillibles ont en compensation un instinct qui ne l'est pas. Eric, nous n'avons vécu que de brefs instants ensemble jusqu'à présent, et des instants d'exception. Pourquoi ne pas mettre cette intimité forcée à profit pour parler ?

— Vous avez raison, s'empresse-t-il : parlons.

Et ils se taisent. Au bout d'un moment, à cause du mutisme ponctuant une telle décision, ils éclatent de rire.

— Comment aviez-vous su que je dînais au restaurant russe, l'autre soir ? demande-t-elle brusquement.

— Rien de bien mystérieux, j'ai téléphoné chez vous en fin d'après-midi, je voulais vous parler. Je suis tombé sur votre vieille femme de chambre qui m'a dit que vous ne rentreriez pas car vous dîniez avec votre directeur. Je lui ai demandé où, d'un ton très affairé, celui que doivent avoir la plupart des gens de presse qui vous appellent, et elle m'a dit qu'elle allait consulter votre agenda.

— Evidemment, murmure Eve.

Elle ajoute :

— C'était vraiment votre anniversaire ?

— Non, mais j'ai trouvé l'idée intéressante.

— Elle l'était. C'est bien mieux ainsi... Seigneur, comme vous étiez beau et touchant ! A la lumière de ces bougies j'ai constaté que je vous aimais.

Et puis elle se met à le contempler. Elle est éblouie par cette nuit de rêve qui lui est tombée dessus au détour du destin.

Elle a décidé qu'ils devaient parler, mais elle ne trouve rien à lui dire. Il arrive, parfois, se trouvant en visite chez des gens inintéressants, de chercher désespérément un sujet de conversation parmi les plus usuels : le temps, la santé, les enfants, les vacances. N'importe quoi. Elle ne parvient même pas à puiser une question valable dans le bric-à-brac des banalités. Cette nuit, elle est également « en panne » d'idées, car une seule la mobilise : lui !

Lui, le beau, lui l'amour ! Lui, qu'elle voudrait prendre dans ses bras, lécher de la tête aux pieds, plonger en elle. Lui, dont elle rêve de cueillir le souffle à sa bouche.

Il voit son désir et, n'en éprouvant aucun, ressent une oppression paniquante.

Parler ! Parler ! Le refuge...

— Que pensez-vous de Vieux Charlot ?

— Je pense que vous l'avez mal élevé, répond-elle impitoyablement.

— Qu'entendez-vous par là ?

— De l'obéissance à la soumission, il y a un grand pas que vous avez franchi. Cet homme est pittoresque, ardent, plein de sève ; il vous adore probablement, mais c'est un tyran. Sa femme ressemble à Cosette. Il est la loi, la morale et l'heure légale dans ce domaine. Patriarche de droit divin ! Il subjugue, il passionne, mais il règne sans partage. Je suis venue plaider devant sa Haute Cour et je crois vous avoir fait acquitter au bénéfice du doute. Allez, mais n'y revenez plus ! Il va falloir vous tenir à carreau, désormais, Plante junior ! Bien remonter la rue du bourg, demain, en me tenant par la taille et en me donnant, si cela ne vous dégoûte pas trop, des baisers dans le cou.

Elle attend un peu et questionne :

— Exact ?

Il acquiesce d'un air chagrin.

— J'imagine parfaitement votre enfance de demi-orphelin : lui, farouche, gueulard, superbe, vous, épuisé par sa tutelle, vous noyant dans sa tendresse tapageuse. Equipées à cheval, les devoirs, les discussions pour grandes personnes qu'on vous faisait tenir à douze ans. Il aime l'amour, cela se voit à la façon dont il regarde le sexe des femmes au fond de leurs yeux. Vous l'avez souvent vu au lit avec des luronnes d'occasion, ne me dites pas le contraire, je serais déçue !

— C'est vrai.

— Tout cela étayait son despotisme. Quoi de plus impressionnant pour un gamin qu'un père bâfreur, cavaleur, et gentil ! Il n'a jamais soulevé de charrette embourbée, comme Jean Valjean, vous en êtes certain ? Allons, Eric, vous devez bien avoir en mémoire des exploits physiques ?

Eric dit, sans sourire :

— Il déchirait un jeu de cartes !

— Ah ! Vous voyez ! Et quoi encore ?

— Il cassait une assiette avec les dents !

— Et il y en a toute une liste comme ça, dit-elle.

— Bref, vous le trouvez antipathique, déclare Eric.

— Quel sot ! Au contraire, c'est l'un des hommes les plus fascinants qu'il m'ait été donné d'approcher. Mettez-lui une cravate et c'est un personnage de Sagan ! Seulement, jamais il ne se laissera prendre au lasso de la cravate, le bougre ! La seule chose que je lui reproche, Eric, c'est d'avoir fait de vous ce que vous êtes ; de vous avoir... mutilé, quoi !

— Je veux guérir ! affirme avec force le jeune homme.

— Mais oui, petit homme : vous guérirez. Il ne faut rien brusquer. Pour vous mettre tout à fait à l'aise, laissez-moi vous dire que je n'attends rien de vous. Tout et rien. Vous aimer peut me suffire. Puisqu'on parle, disons tout, et disons-le franchement. Je ne crois pas que vous m'ayez séduite par amour. En réalité, vous avez tenté une manœuvre folle pour me neutraliser. Notre antagonisme, dont je suis responsable, je l'admets, finissait par vous obséder.

J'étais une adversaire dangereuse car je savais frapper là où cela vous faisait le plus mal. Séduire le bourreau, c'est le rêve de tous les suppliciés. A présent c'est chose faite. Le bourreau est fou de vous. Il vous aime sans illusions, mais à la folie. Donc, vous avez gagné ! Vous êtes même parvenu à me faire oublier mon foyer, mon métier, tous mes devoirs quotidiens pour vous suivre ici... Mais rassurez-vous, si vous souhaitez que nos nouvelles relations tournent court je n'exercerai aucune représaille. Ce n'est pas une journaliste qui vous aime, mais une femme. Rien qu'une femme perdue dans un océan d'insatisfactions et que votre jolie gueule fait soudain rêver.

— Mais, Eve, je vous aime, moi aussi, de tout...

Elle secoue négativement la tête, et son mince sourire n'a rien de réjouissant.

— Laissez. Je peux disposer de votre salle de bains, ou bien en existe-t-il une autre où je pourrais réparer de votre moto les irréparables outrages ?

— Prenez la salle de bains, j'irai à la douche du sauna, en bas.

A cet instant, elle aimerait qu'il s'approchât d'elle et la prenne dans ses bras, sans rien dire, sans même l'embrasser. Les chevaux parqués ont parfois ces attitudes de pièces d'échecs disposés tête-bêche. Oui, elle aimerait... Elle l'a attendu pendant des heures, ce moment de simple félicité, agrippée sur son bolide de feu et de flammes. Elle bravait là peur, défaisait tout ce qui pouvait passer pour les valeurs « sûres » de son existence dans l'attente d'un instant très simple qui les placerait face à face, joue à joue, immobiles et graves.

Mais il quitte la chambre, sa chambre d'enfant, d'adolescent, où ont éclos rêves et projets, chagrins et espoirs. Y tenait-il un journal intime ? Eve est persuadée qu'en explorant ces tiroirs, elle trouverait probablement un cahier à serrure.

Elle caresse les objets, tous ont une patine. Ce qui frappe, dans cette pièce, c'est une certaine austérité. Il ne s'agit pas d'une chambre de jeune homme, plutôt de celle d'un vieux philosophe épris d'ordre qui saurait les indispensables vertus du dépouillement.

Elle se dit qu'outre le cahier à serrure, il doit également y avoir quelque part, au fond d'un placard, un nounours ravaudé auquel on a remplacé les yeux de verre par des boutons de culotte.

Elle murmure : « Eric ».

Car ici Eric a commencé. Le cas Eric. Le mystère Eric.

Elle le revoit, en équilibre sur sa chaise de cuisine, une corde au cou, superbe et grotesque, fanfaron de la mort. Se serait-il jeté dans le vide « pour de bon » si elle s'était obstinée ? Il l'a *pratiquement* fait, mais c'est un être si sensitif, si perspicace. Calculant tout à la fraction de seconde. N'a-t-il pas senti qu'il pouvait faire basculer le siège parce qu'elle était là pour le rattraper ? A quoi bon se poser cette question ? Il voulait qu'elle fût là, cette nuit et elle y est, dans sa volonté a prévalu, donc il a su trouver le moyen de la contraindre, de l'entraîner au-delà de la raison bourgeoise.

Elle passe dans la salle de bains qui n'a pas servi depuis lurette et qui sent un peu le renfermé. L'eau de la baignoire coule jaune au début. Eve se déshabille entièrement et s'étire devant le grand miroir au cadre de bambou ancien.

A quoi lui sert d'être belle si elle n'inspire pas le désir au premier homme qu'elle aime d'amour ? Tu la verrais, mon pote : hautement éclatante de partout, des formes superbes avec ce léger moelleux de la trentaine, un épanouissement fabule qui la met en pleine condition d'amour. Les matous la défriment avec des yeux pleins de chibres apoplectiques, espère ! Leurs regards, loin de la flatter, la dégoûtent. Elle les imagine tout de suite en sueur, ahanant, collés à elle, en proférant ces choses follement sottes que lâchent avant leur sperme les mâles en transe.

Son bain est délectable. Elle s'y ensevelit comme dans du sable fluide sur une plage de lumière bordée de cocotiers. Tiens : elle aimerait être étendue au bord de la mer auprès d'Eric, comme dans les films. Avec le soleil étalé jusqu'aux limites de la vue, le grondement sans monotonie de la mer toujours et toujours à l'assaut d'elle-même, dirait-on. Elle se retiendrait le plus longtemps possible de poser sa main sur le ventre plat du garçon, mais finirait par n'y plus tenir et l'y poserait. Main d'amour, main de volupté, main de promesses et d'avidité.

Lorsqu'elle est séchée, démaquillée, Eve remet son slip et son soutien-gorge, n'ayant aucun vêtement de nuit à sa

disposition, et personne ne s'étant soucié de lui en proposer. Elle retourne dans la chambre. Eric l'a déjà regagnée.
Couché dans le lit, côté mur, blotti contre celui-ci, il dort
déjà, terrassé par le voyage et la richesse du repas d'arrivée. Il a retrouvé un ancien pyjama à rayures qui lui donne
l'aspect d'un forçat d'opérette. Le sommeil l'embellit encore. Elle n'avait pas remarqué qu'il eût des cils aussi
longs, ni le nez aussi délicat. Dans la lumière orangée de la
lampe de chevet, sa chevelure prend des reflets cendrés.

Elle le contemple un bon moment, sans parvenir à se
rassasier du spectacle. Cet être abandonné dans l'inconscience a un visage de gisant, dont le sommeil de pierre est
énigmatique. Eve regarde l'heure : bientôt trois heures et
demie. La journée de demain sera rude. Elle éteint la
lumière et, avec une grande économie de gestes, s'allonge
dans le lit, laissant un fossé entre eux, malgré que le lit ne
soit pas conçu pour deux personnes. Elle voudrait se plaquer à lui, mais il ne faut pas.

Elle cherche dans le noir un canevas possible pour ses
pensées désordonnées. Elle pense à Luc, seul dans leur
chambre, salement mécontent de ce départ impromptu ! A
Boby qui, hier soir, s'est couché sans son baiser. Sa vie, en
cet instant, est une énorme fleur vénéneuse, dans les tons
violets, avec des jaspures noirâtres. Eve est crucifiée sur
une croix d'amour impossible. Les minutes vont passer
sans lui proposer de salut. Elle revoit Eric, chez *Lipp*, en
train de lire sa saloperie de papier. Or, il est là, dans un lit,
avec elle. Etrange volute du destin. Tout peut arriver.
Alors, fatalement, tout arrive. Et tout arrivera. Une phrase
de Graham Greene lui revient : *Si l'on connaissait la vérité,
ne serait-on pas forcé de plaindre même les planètes ?*

Eve finit par s'enliser dans un état plus ou moins comateux en plaignant les planètes.

∴

Elle s'éveille en sursaut quelques heures plus tard ; sans
savoir si c'est le fait du genou d'Eric contre son ventre, ou
du chant du coq. On devine les prémices de l'aube derrière
les doubles rideaux. Peut-être était-ce tout simplement son
rêve qui, curieusement, l'a arrachée au sommeil ? Un rêve
lascif : son mari la prenait, en levrette suivant sa pose

291

d'élection, et Eve en ressentait un plaisir qu'elle n'avait encore jamais éprouvé. Elle finit par décider que le genou d'Eric a déclenché ce songe érotique dans lequel un remords inconscient a impliqué Luc. Le désir reste en elle. Elle risque la main à la boutonnière du pantalon de pyjama de son compagnon et, d'une espèce de chiquenaude, la fait jouer. Eric dort paisiblement. Cet être si tourmenté connaît un repos de bambin. Elle perçoit à peine son souffle qu'aucun spasme ne perturbe. La jeune femme se met sur un coude et rabat le drap. Dans l'infime pénombre, elle distingue le ventre couvert d'une toison sombre. Elle porte ses lèvres dans ces poils qui restent soyeux malgré leur vigueur. Il sent l'homme et ces virils effluves la comblent soudain d'une joie animale.

Sa tête descend le long du corps d'Eric jusqu'aux cuisses musclées et fortement velues elles aussi. Elle y dépose de légers baisers pleins de passion, puis très vite les lèche. Elle sent frémir le sexe sur sa joue. Eric a un sursaut et se dresse sur son séant. Eve se recule. Leurs regards se cherchent dans la demi-obscurité, le faux jour dérobe celui d'Eve. Le garçon demande :

— Quelle heure est-il ?

Eve ne répond rien. Alors il se coule au pied du lit qu'il enjambe. Elle le voit aller à la fenêtre. Il écarte un pan du rideau et coule son avant-bras gauche dans l'aube grise.

— Six heures ! annonce-t-il.

Il revient au lit et, se penchant sur Eve, l'embrasse entre les seins. Après quoi il sort de la chambre.

Un laps de temps interminable s'écoule. Eve l'attend en caressant du bout des doigts ce creux marqué de sueur où il a posé ses lèvres. Ce simple baiser l'a comblée. Elle le tient pour un don fabuleux. Il est riche de toutes les promesses.

A proximité, le coq s'égosille et des tourterelles se déchaînent. Eve déteste la campagne, et pourtant, ce matin, elle est charmée par son vacarme.

Elle souhaite un bourdonnement d'abeille et — ô miracle ! — l'obtient sur l'instant. Son corps est moulu par la moto. Elle appréhende le retour. Dans quelle état sera-t-elle, une fois rentrée ? Geignant à chaque mouvement et marchant de traviole ! Que dira-t-elle à son époux ? Elle

292

déteste les « scènes » avec Luc ; heureusement, ils en ont fort peu. Dès que le ton monte entre eux ils cessent de parler la même langue. D'ailleurs, lui parle-t-il, dans la vie courante ? Depuis toujours, ne sont-ils pas en état de porte à faux ? Lui avec sa certitude, elle avec sa vérité. Ni leur enfant, ni leurs accouplements ne parviennent à les unir. Leur couple tient par la passion que Luc nourrit pour elle. Il croit la posséder et donc ne la conquiert plus. Elle sait qu'elle ne l'aimera jamais, et donc il l'indiffère. Ainsi vont la plupart des couples par les chemins de vie, suivant chacun le sien en croyant qu'il s'agit de celui de l'autre...

Un étrange bruit la fait sursauter. Drôle de rumeur faite de heurts, d'interjections, de brefs hennissements. Eve court tirer les rideaux et ouvrir la fenêtre. Elle fait sauter le crochet des volets qu'elle rabat vivement. Elle aperçoit, devant les écuries, à cent mètres de la maison, un bien beau et étrange spectacle ! Eric, en slip, montant à cru un cheval noir rétif. Ses jambes musclées pressent les flancs de la bête. Il se tient droit, avec une assiette parfaite malgré l'opposition marquée du cheval. Il le calme par son sang-froid, des mots gentils, de petites tapes rassurantes. Eve est fascinée par la qualité de la scène. C'est Alexandre chevauchant Bucéphale. Le garçon virevolte en souplesse, laissant sa monture libérer ses ardeurs contraires avant de la plier à sa volonté. Le cheval se cabre, amorce des ruades, mais sans prendre son cavalier en défaut.

— Il monte, à Paris ? lance une voix mâle.

Eve regarde sur sa gauche et aperçoit Vieux Charlot, torse nu, à demi défenestré.

— Je ne sais pas, répond-elle.

Et c'est vrai qu'elle ignore tout d'Eric, ou presque.

— Je peux venir vous parler ? demande le père.

— Si vous voulez.

Elle s'aperçoit qu'elle est en slip et soutien-gorge. Vivement, elle passe son pantalon et son pull. Elle aimerait pouvoir se recoiffer, mais le bonhomme est déjà là, ouvrant sans se donner la peine de toquer. Il porte sa robe de chambre fatiguée, sans rien dessous, et il bande sans seulement s'en apercevoir : bandaison du matin, négligeable.

— Bien dormi ? Pardonnez-moi, mais j'ai déjà oublié votre nom. Impossible de me fiche un nom nouveau dans le cigare si je ne l'écris pas.

— Eve Mirale.

Il répète, avec la docilité niaise d'un gamin répétant une phrase dans une langue étrangère :

— Eve Mirale. Eve, comme notre mère Eve, et Mirale, comme l'amiral.

Il va jeter un coup d'œil à la fenêtre. Eric galope à présent dans l'allée cavalière et disparaît sous la voûte sombre des châtaigniers.

— Il n'a rien perdu de ses qualités équestres, le bougre, soupire le Vieux Charlot. C'est moi qui lui ai appris à monter.

— C'est vous qui lui avez *tout* appris, ajoute Eve.

Il la regarde, surpris par l'ironie de sa voix. Puis bat des paupières. Il s'assoit en tailleur sur le lit. Son sexe en état intermédiaire est long et sombre, comme celui d'un cheval précisément.

— Ça tombe bien, dit-il avec un hochement de menton vers l'extérieur, je voulais vous parler seul à seul.

— Eh bien je vous écoute, monsieur Plante.

— Mes compliments pour votre magnifique prestation de cette nuit, mais je n'ai pas été dupe.

— C'est-à-dire ? demande Eve, mal assurée.

— Je ne mets pas en doute votre amour pour lui, vous aviez des accents et des mots qui ne trompent pas, mais je vois bien qu'Eric est devenu une pédale ! Ce n'est pas à un vieux satyre comme moi qu'on peut donner le change.

Elle hausse les épaules, espérant cacher son embarras.

— Je vous garantis que vous vous trompez, dit-elle ; c'est mon foutu papier qui vous reste sur la patate.

— Une question, petite, une seule, prenez-la comme elle vient, de qui elle vient : il vous baise ?

— Mais, évidemment...

— A d'autres !

Sans pudeur, il promène sa large main venue sur le drap du lit.

— On peut chercher, on ne trouvera pas de foutre là-dessus. J'ignore ce que sont vos relations, à coup sûr pas celles d'amant et maîtresse ! Amitié compliquée, hein ? Comme dans les bouquins d'après-guerre. Amitié compliquée ! C'est-à-dire : la tringle ! Mon fils n'enfile pas les dames. *Men only !* J'ai enfanté un pédé. Bon, c'est dur à

294

admettre, mais quoi, cela arrive dans les meilleures familles, non ! Il va falloir que je me fasse à cette certitude, que
je surmonte ma répugnance afin qu'elle n'altère pas ma
tendresse. Ce serait dommage. Mon garçon est un encu-
leur, voire même un enculé. Il a du mal à encaisser la
chose, Vieux Charlot ! Moi qui ai sauté sur tout ce qui
passait à ma portée, jusqu'à, y compris, Lucienne, la vieille
cuisinière ! Droit de cuissage ! J'ai une piaule à l'auberge
du village voisin où je vais sabrer les petites notables du
département. Soixante et mèche, ma jolie dame, et je suis
capable de vous baiser deux fois de suite, séance tenante.
On dit chiche ?

— Non, on ne le dit pas, tranche violemment Eve Mirale.

— Dommage, vous me plaisez ! Le con ! dormir dans le
même plumard que vous sans vous sauter quatorze fois ;
j'en meurs !

— Chacun est aux prises avec lui-même, fait Eve d'un
ton las.

Vieux Charlot médite un bout de pensée. Elle se dit que
sa visite n'aura pas été inutile ; à cause d'elle, il encaisse
bien la chose.

— Qu'est-ce qui vous séduit, en lui ? questionne-t-il
avec brusquerie.

— Je le trouve pathétique, explique Eve après avoir
réfléchi.

Le bonhomme hoche la tête.

— Les femmes sont comme les hommes : elles se ra-
content des histoires.

Il lutte contre son profond écœurement.

— Qui sait, dit Vieux Charlot, il changera peut-être.
Après tout, il aimait les filles quand il était adolescent. Il a
même eu une liaison...

— Vraiment ! s'écrie Eve.

— Tu parles ! Et il était amoureux, fier d'elle, atten-
tionné ! Un vrai petit coq !

Il se passe un moment flou. Les tourterelles font rouler
des billes sur un plateau métallique. L'abeille voulue par
Eve est entrée dans la chambre et se pose sur n'importe
quoi avec un bourdonnement de rage qui cesse brusquement pour repartir dans les paroxysmes.

— Quand j'y réfléchis, tout cela est probablement ma

XVIII

— Pour être franc, soupire le Président, vos tronches me donnent envie de gerber ! On dirait que vous avez une catastrophe à m'annoncer, mais que vous n'osez pas le faire. Alors, je vais vous aider : c'est ma téloche d'avant-hier qui vous est restée en travers des prunelles, non ? Pourtant les réactions de la presse ont été favorables. Ils aiment qu'on secoue la monotonie, les journalistes. Bien entendu, l'opposition me traite de pitre, mais si ce n'était de cela, ce serait d'autre chose ; quant aux neutres, ils saluent ce nouvel acte d'indépendance. Joli mot, et qui me plaît. Acte d'indépendance.

Le silence qui succède n'est plus de lui, il appartient à l'hostilité. Ils sont une quinzaine rassemblés au siège : les huiles, les importants, le brain-trust. Bayeur avait vu juste, tout de suite après l'émission : les compagnons n'ont pas aimé. Ils pensent que Tumelat vieillit mal ; qu'il en prend trop à son aise et qu'il a de plus en plus tendance à « faire son numéro », ce qui n'est pas fameux pour le parti. Son prestige de grand tribun s'est émoussé « depuis ses histoi-res ». Il reste « un personnage », mais à quel prix ! Bientôt il montrera son cul à la téloche pour faire parler de lui !

Bourdier, l'ancêtre, un vieux radical qui a servi Edouard Herriot jadis, sentant qu'on le sollicite du regard, plonge :

— Vous savez, Président, vos histoires d'amour ne font pas partie du programme R.A.S.

— J'étais attaqué sur ma vie privée, je me suis défendu, riposte Tumelat. Ces deux rigolos ne se seraient pas contentés des grandes options du parti en guise de réponse. Mais ne me cherchez pas des querelles d'Allemand, com-pagnons.

Il gargouille de la glotte ; bien se décamoter la phonie :

— Depuis un sacré moment, je sens que je vous pèse sur l'estomac. Annoncez la couleur, que diantre ! Vous m'avez assez regardé ? Soit : je m'escamote ! Dans un quart d'heure vous aurez ma démission, non seulement de mon poste de Président, mais de membre fondateur. Acte d'indépendance, encore ! Je redeviendrai un homme libre ! Ouf ! Je n'aurai plus cet attelage d'enfoirés à tirer ! Toujours se battre pour les autres, penser pour les autres ! Parler pour les autres ! Vivre pour les autres ! Classe, à la fin ! Je vais enfin entrer en artisanat, mes chéris. Et savez-vous ce que je mijote ? Vous donnez vos langues au chat ? Je compte me présenter aux présidentielles. Parfaitement : seul, sans parti derrière moi !

Bourdier bondit.

— Vous déconnez, Président. Sans le R.A.S., vous n'obtiendriez pas cinq pour cent des voix !

— J'ai étudié la question : je pense que cela oscillerait entre quatre et six. Disons quatre ! Mais quels quatre pour cent, mes amis ! Vous rendez-vous compte de ce que je pourrais en faire, au deuxième tour ? Placés avec toutes les garanties possibles, ils produiraient de beaux intérêts.

— Vous tombez dans le maquignonnage ! objecte quelqu'un.

— Un homme tombe toujours du côté où il penchait, ricane Horace Tumelat. La politique me casse les couilles, chers compagnons ! J'ai beurré trop de tartines, fleuri trop de revers, distribué trop de prébendes. J'arrête, mais je conserve la boîte de jeu pour jouer au Monopoly.

« Je me déguise en sage. J'écris mes mémoires. Je fais chier, de-ci de-là, à bon escient. Ma raison sociale ? Horace Tumelat ! S.A.R.L. au capital de quatre pour cent de l'électorat français. Pas de tralala : un petit bureau, une bagnole, du papier à en-tête. Et moi en tête de l'en-tête. »

— Vous conserverez votre secrétaire ? glisse sournoisement Bourdier.

Le Président se tait et le défrime de son œil de rapace.

— Je sais maintenant pourquoi vous êtes resté toute votre vie un porte-coton, Bourdier : vous lisez la presse du cœur !

Bourdier égosille on ne sait trop quoi, des trucs informulés. Du courroux en vrac, pas trié.

— Allons, allons, messieurs, fait le raisonnable Bayeur, nos années de lutte en commun ne vont pas se terminer par un crêpage de chignon. Nous avons vécu des heures exaltantes, nourri de grands espoirs, connu des victoires claironnantes ; tout cela nous commande une certaine dignité. Vous savez combien le Président est spontané ? Il a toujours surpris et passionné l'opinion par ses élans, ses prises de position insolites ; allons-nous lui en faire grief tout à coup ? Il vient de proposer sa démission, bien que les hautes instances du parti ne soient pas rassemblées, je serais curieux de savoir combien parmi les présents approuvent une telle perspective. Ayez du courage, compagnons, qui souhaite ici la démission d'Horace ?

Il y a un silence. Bourdier lève la main, quasi spontanément, pensant être suivi de presque tous les assistants. Il regarde ces derniers, ne voit que des mines empruntées et laisse retomber son bras en murmurant : « Oh ! merde... »

— Il me semblait bien, fait Bayeur. En fait, Horace, nos amis souhaitent que tu réfrènes un peu ton tempérament, mais tiennent à ce que tu restes à la tête de notre mouvement.

— Qui devient un mouvement de mauvaise humeur, ricane Tumelat. Ce n'est que partie remise, mon pauvre Pierre. Je sens bien que le cœur n'y est plus. Et quand le cœur n'y est plus, le corps tout entier se décompose. Voulez-vous que je vous dise ? Il y a des relents, dans ce parti. Les lunes de miel durent jusqu'au fatal matin où les amoureux découvrent que leur alcôve pue. Jusqu'à cet instant, elle embaumait l'amour ; mais un jour, voilà qu'elle est chargée des remugles de leurs corps. Les amants sont sournoisement redevenus mammifères. Notre lune de miel est terminée. Nous puons, compagnons ! Nous puons ! Mais l'essentiel n'est-il pas que nous nous soyons aimés ?

Il a un petit sourire infiniment désenchanté qui serre les cœurs.

— Croyez-moi : j'ai fait mon temps parmi vous. Une formation politique ne fonctionne bien que lorsqu'elle est neuve, génératrice d'enthousiasme ; ensuite elle devient morne et grise comme n'importe quelle administration. Il va falloir aviser, mes pauvres gars... *Plonger au fond du gouffre, enfer ou ciel qu'importe, au fond de l'inconnu pour trouver du nouveau.*

Ayant déclamé du Baudelaire, il les quitte, sans un mot, comme s'il allait pisser.

Dans l'antichambre, il a la joie de découvrir Eric qui l'attend. Cette présence lui fait chaud au cœur.

— Oh ! Fiston, la bonne surprise, le voyage s'est bien passé ?

— Très très bien, monsieur le Président.

— Ma lettre a produit son petit effet ?

Eric songe que le mot du Président est encore dans sa poche car il n'a pas jugé opportun de le remettre à Vieux Charlot.

— Un effet miraculeux, monsieur le Président.

— Papa est rassuré ?

— Totalement, en outre je suis allé le voir avec qui vous savez !

Le Président bondit :

— La petite Mirale ?

— Oui, elle a consenti à me suivre.

— Mais alors, vous deux ?...

— Elle est folle de moi, sans vouloir me vanter, jette Eric, un rien théâtral, comme les enfants ayant un public.

— Bravo, mon petit, voilà le genre d'exploit qui me botte.

Eric se racle la gorge.

— Il n'empêche que nous aurons joué « Brève Rencontre », car, de retour à Paris, elle m'a dit adieu. En vérité elle s'est aperçue que cet amour s'exerçait à sens unique...

— Les maîtresses ont des adieux moins définitifs que des au revoir, plaisante Tumelat.

Eric secoue la tête.

— Le sien l'est, n'oubliez pas que c'est une femme de caractère. Mais je ne suis pas ici pour vous parler d'elle, monsieur le Président. Figurez-vous qu'il se passe quelque chose de... d'inquiétant. Ginette Alcazar a repris connaissance.

— Et alors ?

— Je le sais par ce foutu aumônier qui vient de quitter son chevet pour vous parler. Il a une gueule pas catholique, si vous me passez le mot, et un ton péremptoire qui ne dit rien qui vaille.

Eric baisse le ton :

— N'oubliez pas que j'ai passablement malmené cette virago pour lui faire dire où étaient les fiches...

— Et alors ?

— Si elle a parlé...

— Du calme, Fiston ! Il s'agit d'une criminelle ne l'oubliez pas, d'une mythomane désireuse de me nuire, la chose est de notoriété publique... Nous ne craignons rien !

Le « nous », plus que les paroles rassurantes, réconforte le jeune homme. Dès qu'il se trouve sous la ramure du grand chêne, il se sent à l'abri de la foudre.

— Où est-il, votre curé de merde ? demande Horace.

— Dans l'entrée de la permanence.

— Bon, allez le ramasser et faites-le attendre dans ma bagnole pour le cas où il commencerait ses doléances devant la réceptionnaire. Je vous suis.

Eric s'éclipse. Tumelat passe aux gogues licebroquer un petit coup et renouer sa cravate dont la partie mince dépasse la partie large, ce qui est fâcheux ; mais ce matin il a baisé Noëlle comme un fou, au dernier moment, et s'est refringué en catastrophe.

Satisfait, il descend affronter l'aumônier.

∴

L'équipage, ça fait comme ça...

A l'avant, siège passager, tu as l'abbé Chassel, pas bien rasé, avec des rides plus profondes que d'ordinaire, qui regarde cette artère paisible du XVIIe arrondissement sans piper mot. Derrière, Eric est assis, bien droit, sa main gauche agrippée à la petite barre de soutien gainée de cuir placée au-dessus de la portière. Noëlle, selon son habitude, est assise au sol, sur une pile de coussins. Femme-chienne, elle ne saurait désormais occuper une autre place dans la Mercedes verte du Président. Elle relit pour la dixième fois une lettre que vient de lui apporter Eric et qui est arrivée après leur départ de l'appartement. Elle ne se rappelle pas en avoir jamais lu d'autre rédigée par sa mère. C'est pour elle une découverte. Elle en étudie le style, l'écriture, la forme. Elle est troublée par la personnalité qui se découvre à elle.

La portière avant gauche s'ouvre brutalement et le Président se jette derrière le volant d'un coup de cul impérial.

— Salut, mon père, navré de vous faire poireauter ; vous avez paraît-il des choses urgentes à me rapporter ?

Chassel n'aime pas parler aux gens de profil, malgré la pratique du confessionnal, ou probablement à cause d'elle.

— Il serait bon que nous discutions seul à seul, monsieur le Président.

— Je n'ai rien à cacher à mes proches, l'abbé, rétorque durement Tumelat.

— Vous n'ignorez pas que votre ancienne secrétaire s'était évadée, si l'on peut employer un mot aussi important pour une fugue toute simplette. Vous savez aussi qu'on l'a retrouvée, à son domicile.

— Où elle avait tenté de mettre fin à ses jours ? appuie le Président.

— Hum ! rien n'est bien clair à ce propos, répond Chassel.

Il cherche le regard du Président, mais celui-ci reste face à la rue, pianotant son volant en signe d'impatience.

— Bon, alors, mon père ? Alors ? Ma journée est hélas ! divisée en petites cases dont chacune appartient à des gens différents.

— Mme Alcazar veut vous voir. Je sais : je vous l'ai déjà dit et vous avez refusé de lui faire l'aumône d'une visite. Mais cette fois, il semblerait qu'elle fait valoir un droit.

— Un droit ! mugit Tumelat. Un droit ! Voilà un bien drôle de mot, mon père ! Et que je n'apprécie pas. Personne n'a de droits sur moi, sachez-le ! Personne, sinon mes électeurs dans le cadre du bien public.

Chassel parvient, en rencagnant au tableau de bord, à faire front au Président.

— Monsieur, nous ne sommes pas là pour nous affronter en combat singulier et j'ai parfaitement conscience d'outrepasser mon sacerdoce en venant plaider devant vous pour cette malheureuse. Les circonstances l'ayant voulu, je cède aux circonstances. Dieu ne demande pas aux prêtres que l'accomplissement des sacrements, Il lui arrive d'avoir d'autres desseins. Si vous ne venez pas au chevet de cette femme aujourd'hui même, je vous donne ma parole d'homme que j'irai au quai des Orfèvres donner acte d'une déclaration que j'ai recueillie, et tant pis pour celui par qui le scandale arrivera !

— Quelle déclaration ? demande le Président.

« Je n'ai jamais cédé au chantage, mon père ; et quand bien même ce serait le pape qui me fasse chanter, je l'enverrais au diable. »

— En ce cas, j'y vais ! déclare l'aumônier.

Il ouvre la portière, pas entièrement, car à cet instant un autobus se pointe : un gros vert, plein de zozos, qui ralentit. Ce véhicule de la R.A.T.P. infléchit la situasse. Chassel est là, derrière la portière légèrement entrouverte, bloqué comme un glandu et des secondes passent.

— Vous avez tort de toujours obéir à votre humeur, monsieur le Président, fait-il.

Ce disant, il emballe le morcif. Tort, tu parles qu'il était en train de se le chanter sur le grand air de *Carmen*, le Président. Aussi saute-t-il sur l'ultime occasion qui lui est donnée d'accepter en sauvant la face.

— Oh ! Seigneur, ce que vous êtes obstiné, l'abbé. Très bien, allons-y tout de suite.

Un intense soupir de soulagement se produit à l'arrière, exhalé par Eric.

Chassel referme sa portière. L'autobus s'éloigne. Tumelat enclenche le contact.

— Je vais rester au siège, monsieur le Président, déclare Eric, car j'ai à décommander vos rendez-vous immédiats, si vous pouviez m'accorder une minute...

Il quitte la voiture, suivi d'Horace.

Le jeune homme prend son patron par le bras et l'entraîne quelques mètres plus loin.

— Monsieur le Président, puisque vous allez là-bas, ne croyez-vous pas qu'il serait bon d'alerter la presse ?

Le vieux en reste comme deux ronds de ce que tu voudras.

— Prévenir la presse ! Quelle idée ! Vous êtes fou !

— La nouvelle va transpirer, des bruits courront. Et faisant de cette rencontre un acte de pitié, et en l'entourant de publicité au lieu de lui garder un aspect furtif, vous jouez sur le velours. Magnanime Président ! Dents blanches, haleine fraîche.

Horace Tumelat rit de jubilation.

— Tu me plais, Fiston, tu me plais de plus en plus. Fais à ta guise.

— Traînez un peu, recommande Eric Plante, il me faut une bonne heure de battement pour tout mettre au point.

— Je vais déposer Noëlle à la maison pour gagner du temps. D'ailleurs, ce sera plus décent d'aller là-bas sans elle, n'est-ce pas ?

Il cligne de l'œil.

Tu as déjà vu un requin cligner de l'œil, toi ?

∴

Dans l'ascenseur, Horace s'avise des feuillets que tient Noëlle.

Ils ont laissé le curé dans la voiture et le Président caresse la chatte de la petite, par-dessous sa robe. Il adore ces attouchements furtifs, entre deux étages. Le fin du fin, c'est quand quelqu'un monte dans la cabine avec eux. Tumelat s'arrange alors pour se placer dos à la gosse et il la trousse à plaisir, en gardant cet air compassé du monsieur sérieux dans une cabine d'ascenseur.

— Tu as reçu une lettre ? s'étonne-t-il, vaguement alarmé.

— C'est ma mère.

Il n'est qu'à moitié rassuré.

— Que te dit-elle, la chère femme ?

— Tenez, lisez !

Il attend d'être chez lui.

— Sers-moi un scotch, Noëlle, cet aumônier de mes deux peut bien attendre...

Il prend place sur l'accoudoir d'un canapé et attaque la prose de Georgette Réglisson.

Ma Grande fille,

Figure-toi qu'hier au soir, je faisais du repassage après dîner ; papa m'avançait pour la vaisselle. Et voilà qu'on se met à tambouriner à notre porte, c'était Rosa, les Portugais du dessus, qui me criait : « Regardez vite, la télévision il y a votre fille qui passe ! » « A quelle chaîne ? » je demande affolée en branchant le poste. Elle n'a pas pu me dire. Mais on a eu la chance de trouver du premier coup. Et qu'est-ce Maman voit ? Sa Noëlle, pour de bon, avec M. le Président ; en train de dire. Tu ne saurais croire l'émotion dont j'ai eue en te regardant sur l'écran, si belle. Je vais te jurer une chose : pour tes cicatrices, à la télé on s'aperçoit à peine. Ce que tu avais l'air à l'aise, ma chérie. On voye que tu côtoies. M. le Président était très bien aussi, si ça se trouve tu peux lui dire.

J'en pète de fierté ! Mais ce qui me consterne, c'est papa. Sa réaction a été incompréhensive. Il s'est mis à pleurer comme jamais, pire qu'à la mort de mémé si tu te rappelles. Il est resté la nuit sans se coucher, à branler la tête dans ses épaules en murmurant comme quoi il était donc un homme maudit. Impossible de le raisonner. Ce matin, il a pas voulu aller travailler, y a fallu que je téléphone au Roulement dire qu'il était malade. Faudrait faire venir notre docteur pour la déclaration, mais il refuse. Je pense que j'irai expliquer au Docteur Borjuski comme quoi il est en dépression.

J'espère que ça lui passera. Tu aurais un moment pour venir l'embrasser, je suis certaine que ça remettrait les choses au point. C'est un homme d'habitudes et tu lui manques tellement qu'il ne parvient pas à prendre le dessus.

Je suis contente de te savoir heureuse. Ça se sentait à la télé. Ce matin, mon épicier italien m'a chargé de te transmettre ses compliments.

Ta maman qui adore sa grande fille

Georgette.

Tumelat troque la lettre contre un verre de J and B.

— Aimable femme, commente-t-il, veux-tu que César t'accompagne chez tes parents ? Pas aujourd'hui, c'est son jour de congé, mais demain...

— Non, répond Noëlle.

— Ce serait mieux pour ton père, une petite visite... Tu leur porterais quelque chose.

Noëlle s'obstine à refuser.

— Je n'ai pas envie de les voir, et encore moins de vous quitter.

— Est-ce que par hasard tu aurais cessé de les aimer ? questionne le Président, intrigué.

— Mes parents, c'était autrefois, répond Noëlle, à présent, je vous ai.

XIX

Adélaïde dans sa salle de bains de la maison de Gambais où elle s'est réfugiée après avoir été chassée du Paradis terrestre.

Nue.

Blette.

Les seins flasques. Tu n'y peux rien. Le sein s'alourdit, il pend de gloire, puis s'amollit, et de fines, d'imperceptibles rides en toile d'araignée partent du mamelon pour le ruiner.

Cul pendant aussi. La fesse fait la lippe. Tu glisserais quatre doigts entre ses cuisses. Alors là, c'est le bouquet ! Pour couronner, une tronche de pré-vieillarde, la frime poupette : chochotte dans sa délabrance. L'œil qui vigile et n'y peut mais. Un air pincé. La rancune du renoncement. Adélaïde la repoussée, la refoulée, l'inaimée. Grave depuis l'enfance, hostile de principe. Guindée, mal dans sa peau de vieille peau congénitale.

Nue, donc. Se regardant en pied dans la glace qui occupe tout un panneau. Habituée d'elle-même ; et, il n'empêche, mécontente. Pas de quoi pavoiser. Depuis sa réinstallation ici, elle a subi les assauts du grand Malgençon, le peintre (Légion d'honneur : des touches pour l'Institut, grâce à Tumelat). Ils furent amants pendant des années, plus exactement concubins. Leurs étreintes ? Une habitude ! Leur vie commune ? Deux monologues. Il représentait la revanche. Le péché. Catholique fervente, Adélaïde, donc, l'adultère péché mortel. Elle punissait Horace de son abandon en lui faisant porter le poids de sa damnation. Elle faisait zob de vie éternelle à cause de lui, grand jean-foutre !

Cette fois, Malgençon, chez plume ! Un grand con sans talent, mal fringué, avec un vocabulaire de deux cents mots, merci, ça va comme ça.

Elle s'examine sur toutes les coutures, et Dieu sait qu'elle en a autant qu'un avion a de rivets ! Pas réussie, la mère.

La mère !

Sans enfants, à son âge, ça ne pardonne pas. Elle adore les chats mais se retient d'en prendre, sachant que ce serait l'abdication définitive. Le côté minets-minets et elle est râpée pour de bon, Adélaïde, elle exécute la triste basculade dans la vieillesse, alors que son rutilant vieux mec continue de se faire briller la bite dans des culs de vingt ans, le sale type ! Malgré tout, elle ne peut se défendre d'une obscure admiration pour lui. Il n'a jamais été un instant de son monde et elle méprise celui d'où il vient, celui où il règne, mais elle est confusément frappée par les dimensions du gars. Son cynisme, ses morsures, ses impétueuses prises de position forcent l'admiration, même si l'on en est victime.

Madame prend place sur son bidet pour s'ablutionner le trésor. Geste auguste de la dame civilisée ! Moment de grande songerie.

— Il faut que je fasse quelque chose, décide l'épouse répudiée.

Sa poche à venin est toute dilatée, la pauvrette ! Mordre qui ? Elle a bien fait une tentative auprès des parents de Noëlle, mais il semble que le coup ait fait long feu.

L'eau impétueuse du bidet assaille sa moulasse en friche. La sensation est neutre, d'ordre purement hygiénique. Les sens des Adélaïde désarment de bonne heure, avant que de s'être épanouis.

Elle s'en glisse deux dans la moniche, pour les recoins. De plus en plus songeuse, le sub tracassé par des prémices de bonne idée.

C'est en se torchonnant la chatte que la chose lui vient à l'esprit, mollement. C'est beau, c'est tout là-haut comme la corolle de couleur d'un parachute. Et puis cela descend, descend, se fait de plus en plus présent, de plus en plus rapide et vous téléscope impétueusement l'esprit ; s'y plante.

Elle enfile un peignoir de bain et, les pieds encore humides, trotte jusqu'au téléphone de sa grande chambre de fausse veuve.

Un premier appel à l'appartement. La voix déférente de Juan-Carlos l'informe que Monsieur vient de partir à l'instant et que M. Eric doit être au siège.

Second appel au siège. La standardiste-réceptionniste lui dit que M. Plante est en ligne avec *France-Soir*, veut-elle patienter ou bien préfère-t-elle qu'on la rappelle ? Mieux vaut tenir que courir. Adélaïde préfère attendre. Elle a droit à l'adagio d'Albinoni, entrecoupé par les exhortations d'une voix crémeuse pour aéroport, qui lui assure que les services du R.A.S., le parti le plus français de France, mettent tout en œuvre pour lui donner satisfaction.

Au bout de la troisième assurance, on lui passe Eric. Leurs relations ont été courtoises pendant les dix-huit mois où ils se sont côtoyés. Garçon plein d'agrément, de charme même, prévenant, aimable. Il leur est arrivé de deviser au coin du feu pendant des absences de Tumelat et Adélaïde appréciait l'intelligence « jointe à la parfaite éducation » d'Eric Plante.

— Mes hommages, madame, pardon de vous faire attendre.

— Oh ! j'ai tout mon temps, mon cher Eric, tout mon temps.

Elle hésite entre un soupir de femme meurtrie ou un petit rire de femme courageuse, opte pour ce dernier et dit avec ironie :

— Vous connaissez Gambais ?

— Il m'est arrivé d'y accompagner le Président, répond prudemment Eric.

— Eh bien, je vous y attends.

Eric est un peu pris de court.

— Comment ça, madame ?

Adélaïde feint de s'amuser de la question.

— Mon Dieu, la chose se passe de commentaire, cher Eric. Il faut que je vous voie, malgré vos occupations, je vous demande de venir ici. Il serait mieux que vous n'en parliez pas à mon bouillant époux : vous le connaissez ? Il va en faire un drame !

— Très bien, madame, j'arrive, décide Eric après un rapide calcul concernant son emploi du temps.

— Merci, fait Adélaïde avant de raccrocher.

Elle adore les roses, Mme Tumelat.

Avant d'aborder les chats, elle se livre à un petit canter avec sa roseraie superbe, orgueil de la propriété. Elle connaît leurs noms compliqués par cœur. Dans le jardin d'hiver, il en pousse plusieurs variétés que les rigueurs extérieures paraissent exalter. Des roses couleur pêche, et puis des orangées, des roses très pâles veinées de blanc...

Adélaïde les hume. Elles n'ont pas d'odeur. Mais elles sont si belles ! Elle en cueille une, une seule, celle qu'elle juge la plus belle, l'élue de la journée, et l'emporte dans sa chambre où elle bivouaque depuis son nouvel exil.

Le soleil s'essaie, tant bien que mal, à travers les boursouflures vénéneuses de février, glissant sur ce coin d'Ile-de-France une sorte de lumière intérieure.

Une rafale grondante se produit à l'orée du patio et Eric surgit, chevalier de l'Apocalypse, sur son coursier noir ennobli de chromes. Il porte un caban noir par-dessus son complet de ville, avec un cache-nez rouge. Il arrache son casque, le dépose sur sa selle et s'avance. Adélaïde admire la silhouette du jeune homme, sa démarche souple de danseur. Il la fait songer à Noureïev.

Il escalade les trois larges marches du perron, toque à la porte-fenêtre.

— Entrez ! Entrez vite !

Il entre. La maison est somptueuse, de meilleur goût que l'appartement parce que le décorateur de celle-là valait mieux que l'autre. Tout y est blanc, de bonne qualité. Quelques vieux meubles, des tableaux anciens aux motifs champêtres, des rideaux d'un bis léger.

— Venez dans mon antre ! lance Adélaïde. L'antre de la sorcière !

Il réprime un sourcillement. Bon Dieu, c'est vrai qu'elle a l'air d'une sorcière, la gente dame ! Maquillée de façon outrancière, comme il ne l'a encore jamais vue. Elle s'est composé une bouche de négresse à l'aide d'un rouge bourbeux, d'un cerise putassier, elle a du rose vif aux joues, en deux truellées flaqueuses, les sourcils ont été rechargés d'une couleur étrangère à ses tifs et, sans doute, aux poils de son cul.

Elle est plantée au milieu du hall, dans une robe criarde

dont il doute qu'elle l'ait achetée elle-même. Ses cheveux coiffés à la Véronica Lake parachèvent son aspect saugrenu, à la limite du grotesque.

Eric lui place un baisemain et la suit dans la chambre. Elle lui désigne un fauteuil crapaud, face au lit bas sur lequel elle se love en vamp des années follingues.

Sur le sol, se trouve un large plateau d'écaille lesté de boissons diverses.

— Cela fait plusieurs semaines, des mois peut-être, que je n'ai pris un apéritif, dit-elle. Servez-nous donc quelque chose.

— Que désirez-vous ?

— A votre bon cœur. Je n'aime rien, donc je peux boire n'importe quoi.

— Gin-orange ?

— Et pourquoi pas. Encore merci d'être venu si vite. Je vais vous faire une confidence, Eric, de tout ce que j'ai laissé à Paris, c'est vous qui me manquez le plus.

Il amorce un piètre sourire.

« Ça y est, elle a décidé de me violer, songe-t-il, épouvanté. Le maquillage, les déclarations, la chambre, l'alcool ! Dans quel guêpier me suis-je foutu, Seigneur ! »

Elle poursuit, comme si elle lisait en lui :

— Ne prenez pas ce que je vous dis pour une déclaration, je ne suis pas une exaltée et, contrairement à mon mari, je reste parfaitement consciente des différences d'âge.

Eric lui sourit de gratitude.

— Simplement, continue Adélaïde, la solitude permet à tout individu de faire le point, ou le bilan, appelez cela comme vous voudrez. Ici, je suis bien. A cela près qu'il me reste une certaine nostalgie de vous. Votre présence discrète constituait un agrément dont je n'étais pas consciente.

Elle prend le verre qu'il lui présente, goûte, réprime une grimace.

— Drôle d'idée de s'introduire dans l'estomac des breuvages pareils. En fait, je n'apprécie que certains bons vins. Mais ce n'est pas pour vous parler de mes goûts que je vous ai demandé de venir. Figurez-vous que, depuis quelques jours, une idée me hante, qui remplira d'aise le Président : je suis décidée à divorcer. Au début de sa liaison avec Mlle Réglisson, il m'avait demandé d'y consentir et j'avais refusé énergiquement, catégoriquement. Or, voilà que j'en ai envie à mon tour.

— Ma foi, madame, c'est votre problème, rétorque Eric.

Il se demande pourquoi elle lui fait part à lui de cette décision. Quel rôle compte-t-elle lui faire tenir ? Il connaît la chambre, y étant venu nuitamment, sur l'ordre du Président, il y a tantôt deux ans, afin de photographier cette femme en état d'adultère avec son peintre. Avait-il eu le temps de les voir seulement, à travers le viseur de son appareil ? Il ne conserve qu'une image confuse d'un couple nu, réveillé en sursaut, d'un grand malabar aux poils gris, comme ceux de Vieux Charlot, se ruant dans sa direction... La fuite... Les circonstances avaient rendu ces clichés inutiles puisque peu après, c'était le drame. Eric se demande ce qu'ils sont devenus. Sans doute le Président les conserve-t-il quelque part dans un coffre ?

Adélaïde a-t-elle jamais su qu'il était le flasheur du flagrant délit ? Probablement pas car il s'était dûment camouflé.

— Je compte sur vous pour informer le Président de ma décision, dit-elle. Expliquez-lui que ma requête ne cache aucun piège. Je ne la prends pas de gaieté de cœur, ayant des convictions religieuses fortement ancrées dans l'âme, mais l'Eglise évolue et le catholicisme se disperse à l'encan du progrès. Le divorce n'apporte plus la flétrissure dont il marquait jadis ceux qui s'en rendaient coupables. A vrai dire, il n'est même plus culpabilisant.

« Je ne suis pas cupide. Dans les grandes lignes, je ne souhaite que cette demeure et une confortable pension, mais ce sont des questions qui relèveront de nos avocats. »

Eric s'incline.

— Je transmettrai tout cela au Président, madame.

Elle l'intrigue. Et aussi, je vais te dire : le trouble. Elle a l'air d'une putain fatiguée qui cache sa lassitude sous davantage de fards.

Est-elle sincère ou bien s'agit-il d'une subtile manœuvre dont la finalité échappe à Eric ?

— Si j'osais, madame, balbutie le garçon ?

Elle lui sourit, presque tendrement :

— Osez ! Vous êtes fait pour cela !

Au passage, cette déclaration le frappe et le dynamise.

— Je vous demanderais ce qui motive cette décision.

Besoin de rompre définitivement avec une vie inconfortable ? Désir de refaire la vôtre en compagnie d'un autre homme ? Vous le voyez, je suis très indiscret.

— Il faut avoir le courage de ses indiscrétions, Eric. Toujours les assumer. Non, à la vérité, je divorce pour qu'Horace soit enfin livré à lui-même. Je ne représentais plus grand-chose pour lui, pourtant je restais son épouse. Il continuait d'y avoir une Mme Tumelat qui servait d'écran à ses plus douteux caprices, en atténuait bon gré mal gré les effets. Lorsque nous aurons divorcé, il sera enfin adulte. Il aura l'âge légal.

— Donc, vous divorcez par esprit de vengeance, conclut Eric.

— Qui sait !

Un long instant indécis les unit. Le silence, à Gambais, est une sorte de perfection. Eric contemple cette bourgeoise à l'affût, lovée sur son grand lit sans passion, il se surprend à ressentir un sentiment étrange, oppressant, quelque chose qui ressemblerait presque à un vague désir physique. Il s'en étonne. Voilà deux nuits, il a dormi avec la divine Eve sans la toucher, fuyant au contraire ses attouchements. Il ressent pour la journaliste une ferveur qui n'est pas l'amour, du moins le croit-il. Il a besoin de la garder à disposition, d'essayer sur elle de laborieuses expériences ; besoin *d'aller plus loin*. Elle est très belle, sans doute voluptueuse, mais il n'est pas tenté par son corps, et le craindrait plutôt. Tout est cérébral dans ce qu'il ressent pour Eve. Quand, décalifourchant sa moto, rue Saint-Benoît, il lui a demandé si elle voulait monter chez lui, elle a secoué la tête et répondu :

— Non, Eric ; et même on se quitte, définitivement. A quoi bon aggraver un malentendu qui n'amènerait que des misères pour vous, pour moi, ou pour d'autres. Mais je n'oublierai jamais ce voyage. Et vous non plus, je ne vous oublierai probablement jamais.

Ils se sont embrassés, en amis, solidement. Eric ne l'a même pas escortée jusqu'à la station de taxis.

— Vous semblez perdu dans des pensées profondes ? remarque Adélaïde.

Il rit bête, il rit flou. N'a rien à répondre, aucune explication valable à fournir.

Quand Eve l'a laissé, il a ressenti du soulagement. En somme n'avait-il pas obtenu d'elle ce qu'il pouvait en espérer : la réparation de ses vacheries ? Il s'est dit qu'il allait l'oublier. Peut-être lui envoyer des fleurs, et puis l'oublier. Pourtant le souvenir de la journaliste reste lancinant comme une douleur sournoise que l'on croyait dissipée pour de bon.

La chambre d'Adélaïde a une odeur bizarre, de tubéreuse. Il évoque le film *Sunset Boulevard*. Il devine que Mme Tumelat va lentement s'embaumer dans sa maison luxueuse. Bientôt, le renoncement étant accompli, elle y vieillira à toute allure, parmi ses livres, ses fleurs, des animaux qui ne manqueront pas de surgir, comme ils finissent toujours par rappliquer chez les femmes seules. En attendant, elle a une langueur de grand style, sans apprêt. Son maquillage forcé est une forme d'ingénuité. Il apprécie cette maladresse d'épouse au rebut désireuse de se donner le spectacle.

— Je n'aime pas voir des gens en détresse, murmure Eric Plante, et cependant j'ai un côté dégueulasse, si vous voulez bien me pardonner le mot. J'ai fait des tas de choses peu recommandables, il est probable que j'en commettrai d'autres ; mais cela ne m'enlève pas le don de compassion.

— Rassurez-vous, je ne fais pas pitié, se rebiffe-t-elle.

Au lieu de la rassurer, il murmure :

— A moi, si.

— Tiens donc ! Parce que je suis répudiée ?

— A cause de cette fâcheuse erreur d'aiguillage, à la base. Vous n'étiez pas faite pour lui.

— Lui n'est fait pour personne, répond-elle sans aigreur. A preuve : il est heureux ; car vous êtes bien d'accord sur ce point, Eric, le Président est un homme heureux.

— Presque, oui, je pense.

— Qu'est-ce que c'est qu'un homme heureux, mon petit, sinon un homme prodigieusement sot ou prodigieusement égoïste ? Comme de toute évidence il n'est pas sot...

Eric vide son verre de mixture jaune, puis abandonne le fauteuil crapaud.

— Je dois regagner Paris, madame.

Elle opine et lui tend la main sans quitter sa pose récamière. Eric s'incline sur cette main.

— Il faut vivre ! dit-il, sans trop y croire.

Pour lui, petit drôlet, c'est quoi, la vie ? Des ambitions ? Des orgasmes ? Une 1000 cc ?

Il est stupéfait de s'asseoir au côté d'Adélaïde, sur le couvre-lit de satin. *Nous aurons des couches pleines d'odeurs légères, et des lits profonds comme des tombeaux.* Celui de Mme Tumelat ressemblera de plus en plus à un tombeau.

Il la prend au menton et baise sa bouche fardée, se délectant de la boue rouge qui plâtre ses propres lèvres. Pourquoi ce baiser ? Il ne lui trouve aucune signification. Simplement, il a eu besoin, oui : besoin de planter sa bouche sur cette bouche bordélique. A la santé d'Eve, peut-être ? Ou en hommage au Président ? Ne pas chercher à comprendre.

Adélaïde a subi sans partager, sans répulsion non plus, et même, je crois bien, tout de Bourgoin-Jallieu que je sois, sans surprise. Un baiser passait par là.

Elle murmure :

— Il y a des Kleenex sur la coiffeuse.

Une grande boîte, et chaque mouchoir de papier est d'une couleur différente des autres, dans les tons pastel. Eric s'essuie les lèvres, sans dégoût, devant la glace qui lui renvoie l'image un peu déformée d'Adélaïde. Il jette le Kleenex souillé dans une corbeille d'argent et quitte la pièce.

Quand elle entend ronfler la moto, Adélaïde va ramasser le Kleenex utilisé, le défroisse avec application et le glisse dans l'annuaire des téléphones traînant au sol, près de l'appareil.

die, à la chair translucide de çertains poissons des mers du Sud qu'on ne repère qu'à leurs ombres.

Alcazar est à l'autre bout de la chambrée et on l'a isolée en tendant un vieux paravent déglingué entre son lit et le lit suivant.

— Je vous laisse aller, déclare Chassel en claquant la porte aux objectifs.

Une sœur de charité sort de derrière le paravent, tenant un récipient émaillé de ses deux mains comme un plateau à hosties. La venue du Président la trouble, mais elle n'en laisse rien percer et répond à son salut d'une inclination de cornette.

« Seigneur, pense ardemment Tumelat, quel instant désagréable, merde ! C'est fou ce que les autres nous piègent, nous nuisent sempiternellement. Ils constituent un fléau endémique. Au moment où l'on croit que tout va bien, ils se précipitent telle une horde de morpions et voilà que tout va mal ! Qu'est-ce que j'en ai à branler, vous pouvez me le dire, de venir bredouiller des paroles de réconfort au chevet de cette morue qui n'en finit pas de crever ! Vous pouvez me le dire, Seigneur ? Hein ? Je vous parle ! » Mais le Seigneur ne lui répond rien pour l'instant et le Président atteint l'angle du paravent, tu vois ? Cela compose une zone d'ombre ; dans ce clair-obscur, le lit est jaune ivoire, les draps blanc sel, la malade gris argent. Sa tête est bien calée, à quarante-cinq degrés, par le sommier orientable. Le regard a une luisance étrange, comme certains reflets dans des lunettes de myope devant une flamme.

Premier choc du Président : Alcazar ne ressemble plus à Alcazar. C'est « elle en autre », suivant l'expression d'une admirable concierge que j'ai beaucoup aimée. Ses traits y sont encore, bien entendu, sa frime d'empeigne, ses anguleries, tout ça, tout bien ; mais elle a perdu son aspect hautement putassier de virago menée par le fion. Elle semble devenue pur esprit, dans le pauvre réceptacle de son enveloppe charnelle, si ruinée, perdue, décimée, en capilotade. O la tristesse du corps en partance, qui s'obstine par la seule volonté de son propriétaire, mais qui sombre comme coule une vieille barque, à force de fissures incolmatables. Nous terminons par accumulations de fissures plus promptes que les emplâtres que nous y apportons.

Second choc du Président : cet être au bord extrême de

la vie dégage une sérénité qu'il n'eut jamais au temps de son épanouissement. Détachement souverain de l'individu ayant renoncé totalement aux acquis de ce monde, sachant clairement leur magistrale superfluance, dédaignant le temps où il les convoitait et se livrant sans peur au cycle de l'azote et à Dieu qui le manipule.

Respect donc à Ginette Alcazar, mourante édifiante, si riche de son trépas en accomplissement. Instantanément dominé, Tumelat se sent vidé de ses moindres rancœurs et éprouve du bonheur à être là, à voir cela dont il aurait pu se priver sans l'insistance du père Chassel. Il reconnaît les grands instants culminants, il a déjà pigé, le vieux bougre, qu'il affronte le plus stupéfiant de tous. Muet de pétrifiance, il arrive jusqu'au chevet, s'incline comme quand à l'Elysée, il présente ses devoirs à l'épouse du Président de la République, et, debout, lumineux de s'être approché, attend.

Ginette Alcazar qui naguère te pompait un nœud comme une savante pétasse, et tout récemment bouffait le morne cul carcéral de Martine, Ginette qui mettait des culottes noires de dame lubrique, fendues du milieu pour dégager la chatte sans qu'on eût à l'ôter, Ginette, la garce, la jalouse, l'incendiaire, Ginette est plus édifiante que toutes les sainte Thérèse, et autres sainte Blandine. Sans doute, Jeanne d'Arc, en pleine combustion, en cendres mais encore dans ses volumes ; oui sans doute la pucelle batailleuse, avant de se répandre au creux de son bûcher, lit suprême illuminé par les flammes de la plus haute gloire, la pucelle guerrière avait-elle cette apparence déjà divine au plus fort de sa ruine terrestre ? Je pressens. On n'est pas de Bourgoin-Jallieu pour rien ! Dans mon dauphinois pays, on devine beaucoup ; nous autres, gens des maisons de pisé, nous apprenons énormément dans le vol des hirondelles zébrant notre ciel paysan. Et nous pouvons lire jusqu'à nuit noire. Et nous savons ce que l'on nous tait pour peu que notre interlocuteur pense très fort à ce qu'il doit nous cacher. C'est un don de là-bas... Mille dons menus qui font les grandes rivières. Il commence à La Verpillère, à peu près au niveau du virage que borde un mur de pierre, et il s'étale sur Saint-Alban-la-Grive, Four, les Aillat, Roche, Saint-Jean-de-Bournay. Il gagne sur Saint-Chef, Saint-Savin, Montcarra, Ruy, cesse dans les herbages de La Tourdu-Pin. Des dons, n'exagérons point : rien que des recettes paysannes, qui vont par les chemins, nichent dans les haies, flottent sur les feuilles vernies des noyers. Des choses patoises qui resservent de morts à vivants, car on ne les visse jamais dans les cercueils. Et les autres ne s'aperçoivent de rien, mais c'est bien fait pour eux, ne compte pas que je vais les plaindre, ils n'avaient qu'à être de chez nous, du pays de la brioche bicolore : rouge et blanche avec des dragées blanches dans le rouge, et des pralines rouges dans le blanc.

Je m'écarte, par sotte vocation d'écriture, proie facile des instants happeurs, instant moi-même qui te dis adieu pendant qu'il est là.

Et s'écarter du sujet n'est guère fameux, en ce point critique de ce long récit.

Que je t'indique le glorieux Président, tout courbé, soumis à la splendeur placée derrière un paravent dépenaillé d'hôpital. Livré sans la moindre retenue : il ne garde rien de lui pour lui, conquis et éperdu, à sentir crépiter sur ses moindres molécules les grâces intemporelles d'un tel moment.

Ginette soulève sa main gauche du drap. Tumelat lui livre la sienne. Le contact qui devrait être blafard comme tous ceux qui se produisent entre un être on ne peut plus vivant et un autre on ne peut moins, ce contact est suave.

Les larmes de la volupté spirituelle embuent le regard salope d'Horace. O les desseins de la Providence ! Ses desseins, je te jure ! Car enfin, qui aurait osé prédire au Président qu'il connaîtrait la volupté spirituelle avec une garce en délire qu'il baisait en levrette sur la peau d'ours de sa chambre !

Il devrait prononcer des mots, ne serait-ce qu'un salut : macache, mon pote ! La corgnole serrée. Une tonne d'émotion sur chaque poumon, tu peux courir...

C'est elle qui prend la parole. Sa voix est un clair murmure, faible, mais modulé, suave.

— Mon aimé, dit-elle, j'ai franchi les portes de la nuit et je reviens, pour peu de temps, du monde de la paix blanche, uniquement pour vous délivrer un message.

Il devrait la juger pécore débloqueuse, en délirade complète, mais au lieu de, il opine avec dévotion, onction, et suprémation « oui, oui, disez-moi, disez-moi ! »

318

Un message ! Asseyez-vous, facteur. Vous prendrez bien un coup de rouge ? Tumelat est à dispose. Il attend que cette ancienne bique feuillette son destin.

— Cette nuit, mon aimé, vous avez fait un rêve, un rêve qui vous a déjà visité. Vous étiez à bord d'un immense avion blanc. Cet avion perdait de l'altitude au-dessus d'une région boisée à l'infini.

Elle clôt les yeux, épuisée par la tirade. Elle doit se réunir avant de poursuivre. Rassembler ce qui lui subsiste de forces errantes. Et pendant ce temps, le Président réfléchit fort et vite, fouille sa mémoire et y découvre, presque sans surprise, qu'il a effectivement rêvé, la nuit passée, rêvé qu'il se trouvait à bord d'un gros avion blanc, absolument blanc, sans emblèmes de couleur, ni mots, ni chiffres peints sur le fuselage. Et que cet avion, irrésistiblement attiré par les sottes lois de la pesanteur, descendait silencieusement au-dessus d'une forêt, amazonienne quant à l'étendue, mais très Ile-de-France quant aux essences qui la composaient. Et il existait une longue, une infinie trouée dans les arbres, espèce de sillon noir dans la verdure, large comme une nationale, interminable, rectiligne. Le pilote invisible qui manœuvrait l'avion cherchait à se poser en catastrophe dans ce fossé. Las, l'envergure de l'appareil se révélait plus large que la piste de fortune, les ailes se brisaient. Cela produisait, non pas un crash, mais une simple mutilation, l'avion désailé devenait une sorte de véhicule barbare, gros cigare ronflant qui s'enfonçait au cœur de la forêt sans parvenir à diminuer son allure. Tout le monde, à bord, restait glacé et silencieux, fou de peur et le Président s'éveillait en décidant qu'il était mort.

Et voilà qu'Alcazar, devenue médium, lui dit son rêve ! Il est ébloui par le sortilège. Non pas stupéfait, je le répète, seulement heureux de le constater...

Alcazar, en état comateux, a su qu'il rêvait cela, si saugrenu.

Elle rouvre des yeux rechargés. Elle remue faiblement sa main satinée par l'agonie. Car veloutés sont les mourants, tu sais ! Ils font patte de velours avant de faire patte de marbre, ultime caresse de la vie.

— Mon aimé, je me trouvais au Pays de la paix blanche.

Horace souhaiterait en savoir davantage sur cette contrée, mais Ginette n'est plus questionnable. On ne peut

319

que recueillir ses dernières syllabes, les graver dans son esprit.

— On m'y a accueillie, poursuit-elle. Et comme depuis que je suis vôtre je ne pense qu'à vous, on vous a désigné à moi, sachant que tout mon esprit vous était acquis. Je vous ai vu ! Comme vous étiez merveilleux, mon aimé ! Vous portiez une cuirasse de lumière. Vous teniez votre épouse serrée contre vous, d'un bras protecteur. Elle-même donnait la main à la petite Noëlle. C'était très beau. Et alors, mon aimé, ceux qui m'initiaient et qui communiquaient avec moi par un simple échange de pensée, car il n'est plus besoin de paroles au Pays de la paix blanche, m'ont dit que vous alliez devenir un juste.

Elle reprend souffle.

Son épuisement est tel qu'il lui faut un complet abandon pour récupérer de quoi terminer.

— Un juste, soupire-t-elle encore.

Un temps.

L'autre malade a une quinte de toux. On entend grincer les roulettes d'un lit dans le couloir. Le Président baisse ses paupières pour se réfugier dans un instant de nuit. Il doit considérer cette révélation avant de l'accepter ou de la rejeter. Délirade ? Probable. Il est partagé entre le scepticisme de son intelligence, et le goût du merveilleux hérité de sa terre bretonne. Il croit en Dieu par élans, comme la plupart des humains, en cas de nécessité ou d'urgerie. Il compte sur les guérisseurs, ne rejette pas les prédictions chiromanciennes et tire des conclusions réalistes de ses songes. Evite les échelles, redoute les cadeaux pointus ou tranchants. Se moque des gens superstitieux.

Un instant, il croit Ginette défuntée, tant son immobilité est parfaite. D'ailleurs, cela pue le trépas dans le coin. L'odeur sucrée de la mort. Plus des senteurs pharmaceutiques... Voire aussi des miasmes de vivants, les plus dégueulasses !

Mais Ginette relève encore une fois les paupières.

— On attend tout de vous ! chuchote-t-elle. Un juste !

Et elle retombe, dirait-on, en tout cas elle s'aplatit à l'intérieur d'elle-même. Ses traits se marmorisent. Sa couleur argent clair se fonce. Ses lèvres restent écartées, manière que le dernier soupir se barre sans encombre.

Horace Tumelat se dresse, s'ébroue. Sonné. Hagard

comme après une terrible pipe que lui avait bricolée à Amsterdam (pays de la bouffarde, justement), une *colored woman* diabolique. Après l'éjaculation de grande instance, il avait des myriades d'étincelles en folie dans le cerveau, Horace ! Les cannes déboulonnées à mort et le guignol en dérapage.

Il se penche et dépose un baiser sur la main d'Alcazar. L'agent, au fond de la salle, le re-salue re-militairement. Le Président alerte la religieuse en l'appelant maman au lieu de « ma mère » et lui murmure, de sa voix de juste, qu'il craint bien que... La chariteuse fonce au plumard.

Horde des journalistes.

— Pouvez-vous nous dire quelques mots, monsieur le Président ? Lui avez-vous pardonné ?

Il leur jette une œillée d'homme ivre.

Hein ? Comment ? Pardonner... Quoi, pardonner ?

— Il ne nous appartient pas de pardonner, dit-il. Nous ne sommes, tous, que de misérables pécheurs. Dieu seul pardonne, et sa miséricorde est infinie !

Ben ma vache !

Il ne les avait pas élevés comme ça, Horace, ces messieurs de l'Informe.

Ils en restent K.-O. les potes !

Le regardent s'éloigner dans son armure de lumière.

XXI

— Ça n'a pas l'air d'aller fort, dis donc, remarque Luc en reposant son verre de bordeaux. Depuis ce voyage de l'autre jour, j'ai l'impression que tu es continuellement sur le point de fondre en larmes.

Eve décolle un sourire de ses lèvres crispées.

— Quelle idée !

— Regarde-moi ! intime l'époux en peine.

Elle lui confie des yeux pleins d'assurance puisqu'ils sont indifférents. Non, non, pas de larmes. Tu peux courir, grand con !

— Tu es ailleurs, conclut Luc après un examen prolongé du visage d'Eve.

Et comment, qu'elle est ailleurs, la chérie ! Vraommm vrraomm ! Sur une moto fougueuse, la joue contre le dos d'un être auquel elle pense jusqu'au plus secret de son sommeil.

Elle regrette d'avoir déclaré tout net, à Eric, au retour, que c'était terminé eux deux. Fini sans avoir commencé ! Quelle lubie de gonzesse l'a poussée ? Pourquoi ce défi à elle-même ? Depuis qu'elle se l'est infligé, elle se sent prodigieusement malheureuse et l'existence lui semble morte.

— Tu as des problèmes, Eve ?

— Dans ce métier on en a toujours.

— De quel ordre ?

— Les petits copains détestent que vous fassiez un truc qui marche. Je suis trop marginalisée au *Réveil*. Un Etat dans l'Etat, air connu. Ils rêvent de voir remplacer ma rubrique par les recettes de tante Laure.

Tout en lui mentant, elle apprécie son aplomb. Comme il est aisé de chambrer un mari qu'on déteste !

— Qu'est-ce que tu en as à foutre ? Mathieu Glandin ne jure que par toi !

— Tu sais, le bon Dieu, quand tous les saints te font la gueule...

Ils se remettent à manger. Luc fait un peu trop claquer ses babines d'athlète en bouffant. Appétit de rugbyman, lui ! On le croirait perpétuellement en train de se conditionner pour le Tournoi des cinq nations. Force et vigueur ! Gare aux mêlées !

Elle donnerait n'importe quoi pour revoir Eric. Elle espérait qu'il allait se cramponner. Petit misérable ! Pas un coup de fil : le silence intégral. Il a obtenu ce qu'il souhaitait, à savoir réparation, alors qu'elle aille se faire baiser aux quatre cents diables si ça lui chante ! Mentalité de frappe. Tu ne peux pas faire confiance à un pédé ! Ils te charment, t'embobelinent de leurs chatteries, captent ton amitié, ta confiance pour, d'une cabriole, te planter là avec tes sentiments, en se foutant de ta frime !

Pourtant, lui...

Elle repense au père Plante, ce gorille-hobereau, rude et fougueux, bâfreur, trousseur, somptueusement égoïste. Elle évoque également la pâle Marie qui fut ballottée du fils au père, finissant par choisir le plus ardent des deux. Eve imagine Eric avec elle, il y a dix ans... Et puis, il a accepté de la céder à papa, en bon garçon soumis, assujetti au joug du cher tyran. Il l'a échangée contre une moto, déclare Vieux Charlot, avec presque fierté, pensant faire de l'humour, sans mesurer le cynisme de la phrase.

— Veux-tu que nous allions au cinéma, à une séance de dix heures ?

— Non, je n'ai pas envie.

La vieille Maryse apporte des œufs à la neige saupoudrés de pralines pilées. Sa crème vanillée sent bon. Elle réussit admirablement les pâtisseries traditionnelles.

— Pourtant tu voulais y aller, le jour de ton départ...

Eve sait que cette proposition qu'elle a faite à son mari a détourné de son esprit tout mauvais soupçon concernant « l'escapade ». Elle a eu beau jeu, au retour, de lui faire valoir le côté imprévu de ce voyage à Lyon : rencontre urgente avec Jean-Charles Liniel, le jeune directeur du *Progrès*. Tout à fait impromptue. Une heure avant, ne le pressait-elle pas de l'emmener au cinéma ?

— Je déteste aller à une dernière séance, il me semble qu'à cette heure-là le film est moins bon.

Luc rigole gras. Elle a de ces reparties !

— Alors, dodo ?

Elle le giflerait. Grotesque ! Dodo ! Et ce ton égrillard de mâle suffisant qui promet sa bite comme si c'était du Vivaldi !

— J'ai un papier à mettre au point.

— Oh ! non ! demain...

— Il faut que je retourne au canard, Luc.

— Ça te prend comme ça !

Oui : ça la prend « comme ça ». L'appel irrésistible de ce quelque chose qui s'appelle la passion. Un mot mal fagoté, et qui gêne aux entournures de l'intelligence, mais qui est irremplaçable. Devoir rendre des comptes à ce bellâtre, pour comble ! Elle sent pousser les ronces de sa haine. Ah ! qu'il ne la contrecarre pas, surtout ! Sinon il lui en cuirait. Il doit filer doux.

— Je t'ai expliqué qu'en ce moment, je marche sur des œufs au *Réveil*. Il faut que je m'y incorpore professionnellement. Je joue un peu trop les privilégiées qui font du journalisme comme d'autres des tapisseries au canevas.

Elle ajoute :

— Mais on pourrait passer par notre chambre avant que je ne parte ?

Touché ! La rogne de Luc s'arrête au niveau de ses amygdales. Du moment qu'elle le prend par les sentiments !

Il lui coule son œillade de cartes postales anciennes sur lesquelles on voyait un couple, joue à joue dans un cœur. Il l'imagine déjà, en posture, sur leur lit, devant la glace, bien ouverte. A lui, c'est-à-dire à disposition.

Elle lit sa piètre lubricité dans sa prunelle et l'en méprise un peu plus, se disant que ce qu'il y a de positif dans le baisage en levrette, c'est qu'on ne subit pas le souffle de son partenaire.

∴

Une heure plus tard, elle embrasse le mâle aux testicules essorés et s'enfuit.

Elle tremble intérieurement, comme lorsqu'on a absorbé de trop fortes doses d'excitant. Elle doit s'y prendre à plusieurs reprises avant de pouvoir placer la clé de contact en position convenable. Son démarrage secoue la quiétude bourgeoise de la rue et fait redouter un *hold-up*. Eve fonce à travers Boulogne pour aller chercher les voies sur berge qui la conduisent à l'orée du Louvre. Elle traverse la Seine comme une folle. Elle respire mal, en haletant un peu ; heurte le pare-chocs d'une voiture en stationnement qui titube, mais elle ne s'arrête pas. Elle va, comme si chaque seconde comptait. Question de vie ou de mort ! Et pourquoi non ? Chacun de nos instants est une question de vie ou de mort !

Une fois boulevard Saint-Germain, elle gare sa voiture n'importe comment à une station de taxis.

Des chauffeurs l'invectivent. Elle ne les regarde même pas et s'élance dans le flot de la circulation au milieu duquel elle est obligé de danser un tango saugrenu avant d'opérer la traversée.

A présent, la voilà qui court à perdre haleine en direction de la rue Saint-Benoît. Au débouché de cette artère, elle lève les yeux, cherchant à voir s'il y a de la lumière chez Eric, malgré l'avancée du toit. Il lui semble bien que oui. Oh ! mon Dieu ! Ce serait le bonheur ! Le voir, poser la main sur l'angle de sa mâchoire. Il était si beau, l'autre matin, quand il caracolait, presque nu sur son cheval sans selle ! Si magistral ! Si romantique ! Le voir ! Lui sourire. Le regarder, tu vois : elle n'en demande pas davantage, Eve Mirale. Juste s'asseoir en face de lui et examiner la manière dont il existe. Ne rien perdre de ses battements de paupières, de ses contractions légères de la bouche... Elle accepte de n'être jamais rien pour lui, sur le plan physique, à condition qu'elle puisse le regarder sans rien dire.

Elle court. Elle n'a plus de souffle pour escalader l'escalier recouvert d'un tapis couleur de vieille gencive tant il est fané ; aussi le gravit-elle en vieillarde : s'agrippant à la rampe et tirant sur son bras. Elle monte, monte... Parvenue sur le palier d'Eric, elle perçoit de la musique. Un rire de reconnaissance lui vient. Il est là, de l'autre côté de la porte.

Alors elle sonne, et à l'intérieur, un timbre à deux temps, un peu guindé, retentit.

Eric lui ouvre. Il porte un pantalon de velours noir, très ajusté, une chemise de soie blanche, déboutonnée, dont il a noué les pans à la taille. Eve est émerveillée : jamais il n'a été aussi beau, aussi tentant. Elle voudrait lécher sa poitrine velue.

Il la regarde d'un air mi-insolent, mi-ravi. Puis s'écarte pour la laisser entrer, sans prononcer une parole. Eve se précipite, mais stoppe, paniquée de découvrir des visiteurs chez Plante. Un couple ! Ces gens lui rappellent quelque chose ! Oh ! oui : son « enlèvement ».

Le gros Marien rougit et reste avachi au fond du canapé. Boulou fronce les sourcils.

Eric revient et dit :

— Donnez-moi votre imperméable.

Eve se laisse ôter le vêtement. Eric pousse l'obligeance jusqu'à dénouer le foulard Hermès qu'elle a attaché serré.

La situation est bizarre, un peu trouble ; la gêne générale se fait cuisante, sifflante.

Eric va accrocher les effets de l'arrivante à la patère de l'entrée.

— Marien et Boulou, présente-t-il à distance.

Eve ne bronche pas.

Boulou se remet de sa surprise et murmure à l'adresse d'Eric :

— Tu ne nous avais pas raconté la suite !

Marien réagit également et se dresse enfin pour un vague salut du buste.

Les trois visiteurs attendent que l'hôte prenne les initiatives qui s'imposent.

— Bon, ben oui, c'est comme ça, murmure Eric. Eve, vous les reconnaissez, je suppose ?

— Evidemment.

— Marien est photographe au *Parfait*.

— Le kidnapping n'est que votre violon d'Ingres ? demande Eve d'un ton méprisant.

Eric se place devant elle et supplie :

— Oh, non, laissez, il y a prescription.

— C'est vous qui le dites ! riposte-t-elle.

Elle hait ce couple, non pour ce qu'il lui a infligé d'humiliant, mais parce qu'il est là. Uniquement parce qu'il est là alors qu'elle rêvait de se retrouver seule avec Eric.

— Eve ! murmure Eric, ce sont des amis à moi, ils m'aiment assez pour avoir marché dans ma connerie. Je suis l'unique responsable.

326

— Si j'avais porté plainte, le tribunal en déciderait autrement.

— Pourquoi ne porteriez-vous pas plainte ? lance haineusement Boulou qu'une sale jalousie tenaille. Ça ferait vendre du papier !

— Ecrase, ma poule ! implore Marien, de plus en plus embêté. C'était une blague, madame Mirale, vous le savez bien.

— Tu parles d'une descente de lit, ce type ! enrogne Boulou.

Eric se met à gueuler :

— Ça suffit ! On ne va pas se tirer la bourre pour une histoire classée ! Car elle est classée, oui ou merde, cette affaire, Eve ? Répondez !

Et soudain, il l'empoigne par un bras et la pousse brutalement dans sa chambre.

Surprise par la vivacité du mouvement, elle se laisse bousculer sans réagir. Une fois dans la pièce, Eric referme la porte d'un coup de talon et se jette sur la jeune femme.

— Tu es revenue, gronde-t-il, n'est-ce pas, petite chienne que tu es revenue ?

Du plat de la main, il lui flanque des bourrades, qui la font reculer. Elle arrive au mur. Alors il cesse de la houspiller et retrousse sa robe de lainage blanc.

— Je ne veux plus que tu portes des collants, dit-il ; tu m'as bien compris, Eve ? Je ne te permets plus que les bas et les jarretelles, comme aux petites putes, tu m'entends ?

Elle est pâle et froide de rage. Et pourtant subjuguée. Malgré sa colère, elle pense : « Oh ! Dieu que je l'aime ! Mais pourquoi l'aimé-je à ce point ! Ce n'est qu'une pâle ordure pathétique. Mais si pathétique ! »

Toujours ce mot qui lui monte à l'esprit quand il s'agit d'Eric : « pathétique » ! Cet adjectif la tourmente tellement qu'elle en a cherché la définition, sur son *Robert*, au journal. Elle peut te la réciter par cœur si tu le désires. Tu veux ? Récite-lui, Eve ! « Pathétique : qui émeut vivement, excite une émotion intense, souvent pénible (douleur, pitié, horreur, terreur, tristesse). » Merci, M. Paul Robert. C'est pile ce qu'elle éprouve : douleur, pitié, horreur, terreur, tristesse. Plus amour ! Ou bien : égale amour ! O Dieu, l'étrange peine... Pathétique ! Pathétique !

Eric continue :

— Quand l'envie de toi me viendra enfin, si elle me vient un jour, tu devras être prête. En état de réceptivité. Tu te rappelles mon sexe ? Tu m'as branlé sur ma moto. J'ai joui dans ta main. C'était très fort. A cause de la moto, et aussi de la haine que j'avais pour toi. Maintenant ce n'est plus pareil : je n'éprouve plus que de l'amour.

Elle ferme les yeux et soupire :

— Répète !

— Je n'éprouve plus que de l'amour, redit-il d'un ton furieux.

— Merci.

— Pas de quoi. Puisque tu me cours après, tu vas être très malheureuse ; je suis un type qui rend malheureux. Je n'ai que du malheur à offrir. Le seul bonheur que j'ai eu dans la vie, on me l'a pris. Alors il ne me reste que du malheur, C.Q.F.D. ! Tu veux bien que je t'apporte le malheur, Eve ?

— Oui, dit-elle.

— Bon, nous verrons. Maintenant tu vas être gentille avec mes copains. Deux bons petits diables. Lui, pas malin, chien fidèle. J'ai l'impression qu'il m'admire. Elle petite salope. Je la fais se masturber devant moi, et elle croit que je l'aime. Dégueulasse, non ? Ton arrivée lui perfore les tripes. Sois tendre avec moi, qu'elle en chie. D'accord ?

— D'accord !

— C'est merveilleux que tu sois revenue. Je n'aurais pas levé le petit doigt pour aller te chercher, tu sais !

— Je sais.

— Tu voudrais que je t'enfile ?

— Oui, mais ce n'est pas ça l'essentiel.

— C'est quoi, selon toi, l'essentiel ?

— Je t'aime.

Il a un petit sourire, comme un frisson quand le froid vous tombe dessus avec soudaineté. Puis il lui plaque un furtif baiser sur la bouche.

— Allez, viens !

Ils repassent dans le séjour. Boulou et Marien discutent à voix basse et ça n'a pas l'air de bien marcher entre eux.

— Voilà, annonce Eric, madame est calmée. Je vais confectionner des bacardis, j'ai envie de bacardis. Prépare les verres, Boulou ; et la glace.

Il sort un shaker, du rhum blanc, du sirop de grenadine.

— Marien, un citron ! Va regarder dans la kitchenette si tu en trouves. Eve, embrasse-moi et sois joyeuse ! On va se saouler pour fêter nos retrouvailles. Le bacardi, c'est l'ivresse en chaussons de feutre. On se beurre sur la pointe des pieds. C'est doux, mais ça sonne. Boisson de lope, quoi !

Il est terriblement surexcité, en folie.

Il embrasse Eve et lui chuchote à l'oreille :

— Je crois bien que je bande, et il me semble que c'est pour toi. A moins que cela ne résulte de la situation baroque. Va-t'en savoir avec un petit compliqué de mon espèce. Tu verras, nous serons très malheureux, mais nous vivrons des instants inoubliables.

Il regrette de n'avoir pas baisé Mme Tumelat, dans la maison de Gambais. C'est d'elle qu'il a envie, lui semble-t-il. Mais il n'en est pas absolument certain.

Marien, bon type, s'approche d'Eve. Il chuchote :

— Je vous demande sincèrement pardon. Eric peut tout me demander, vous comprenez ?

— Je ne sais plus de quoi vous parlez, répond Eve.

Le bon gros sourit largement.

— Vous êtes chouette. Je voudrais tellement...

Il s'interrompt car il ignore ce qu'il « voudrait tellement ». Il s'agit d'un état d'âme. D'un grand besoin d'amitié générale. C'est sa tournée. Boulou a sa gueule supergringrin. Elle manipule les verres comme s'ils étaient en fer. Eric chante en agitant le shaker. Il amorce même une espèce de danse exotique, genre tamouré. L'atmosphère est équivoque, plutôt pénible parce qu'artificielle. Une nervosité malsaine s'empare de chacun.

Il est temps qu'ils boivent. Cela changera l'ambiance, ou la fera exploser. Les bacardis sont corsés et généreux. Eric goûte et commente. Un poil trop doux. Le prochain sera mieux dosé, il ira molo sur la grenadine.

Tout en buvant, il passe sa main sous la robe d'Eve. Boulou bout. Marien détourne les yeux.

Eve tente de fuir la caresse, puis, comme il insiste, de la minimiser en serrant les jambes.

— Elle porte des collants ! annonce Eric, d'un air accusateur. Moi, je ne suis pas de mon siècle et je déteste. La première fille que j'ai connue mettait des bas, j'adorais jouer de la balalaïka sur ses jarretelles. Et puis on sentait la peau des cuisses, douce et satinée. Tu portes également des collants, Boulou ?

— Connard ! lance la souris de Marien.

Le gros se fâche :

— Arrête de faire ta sucrée, merde ! Si tu piges plus la plaisanterie, c'est malheureux. Bien sûr qu'elle en porte, Eric. Et personnellement, moi, j'adore. C'est *exciting*.

— Tu es un plouc ! ricane Eric.

— Parce que je ne suis pas un fan des *Folies-Bergères* ?

— J'ai des goûts rétro, admet Eric. Dorénavant, toutes les filles qui passeront ce seuil devront porter des bas, je me propose de placarder un avis dans ce sens sur la porte. J'établirai un contrôle radar. Si collants, s'abstenir !

Ses plaisanteries n'amusent personne. Eve songe qu'elle est étrangère à ce milieu. Elle ne reconnaît plus Eric. Néanmoins elle continue de l'aimer. Plus « il en fait », plus il s'engloutit dans le pathétique.

Boulou vide son verre, cul sec, et déclare qu'elle veut partir.

— Tu es malade ! La soirée commence, proteste Eric.

— Pour moi, elle est finie.

Marien tente de la convaincre d'attendre encore, mais elle est butée, tête à claques.

— Viens par là, que je te parle, décide Eric, tu permets, Marien !

— Tu parles !

Il emmène Boulou dans la chambre à son tour. Eve est certaine qu'il lui pratique des attouchements et lui donne des baisers, comme à elle tout à l'heure. Une tristesse au goût de rouille lui vient. Le malheur qu'il lui a promis commence déjà, en sourdine, tels les premiers élancements d'une dent cariée. Marien lui sourit et avoue que « Boulou est tête de pioche, mais bonne fille. Et puis elle va avoir ses trucs, il faut l'excuser, ça la met à cran, chaque fois. Au point qu'il bénit le ciel quand on l'envoie en reportage à ces périodes-là ».

Eve finit son bacardi, silencieusement. Luc est probablement installé devant la télé. Elle imagine Marie Plante en porte-jarretelles et bas. Vieux Charlot doit aimer cela et c'est probablement lui qui a fourré cette dilection pour les bas dans le crâne de son fils. Vieux sagouin !

Eric et Boulou tardent à revenir. Marien va placer un

disque sur l'électrophone : les musiques de Chaplin inter-
prétées par un grand orchestre.

Elles suffisent à attendrir Eve, à la mettre en émoi, et
presque en chagrin.

— Je l'aime, annonce-t-elle à Marien quand il revient
s'asseoir.

Le gros est troublé par la spontanéité de cette déclaration. Il y voit une absolution.

— C'est un type incroyable, dit-il. Je n'ai jamais vu le
même. Une espèce de folie merveilleuse. A son contact, on
devient un peu dingue également.

Eric entrouvre très faiblement la porte.

— Eve ! chuchote-t-il, vous pouvez venir ?

Et, à Marien :

— Deux minutes, Vieux.

— Faites, faites !

Eve rejoint Eric. Il la happe pour vite rabattre la porte.
Boulou est sur le lit, troussée, les deux jambes raides, en
forme de « V ». Elle se masturbe avec frénésie. Elle est au
point de jouissance et même l'arrivée d'Eve ne peut stopper
l'orgasme. Elle les fixe avec des yeux égarés en se tordant
de gauche à droite.

— Vous voyez, balbutie Eric, si c'est con la bestialité. Si
c'est crapuleux ! Quelle misère, non ?

Eve quitte la pièce précipitamment, le rouge aux joues.
Eric ne tarde pas à la suivre.

Il va à son ami, lui caresse la nuque et assure :

— Je crois que je lui ai fait entendre raison.

XXII

Georgette se penche sur son mari. Il dort d'étrange façon : le souffle imperceptible, mais continu, et par instants, de brèves convulsions passent sur son visage, y créant ces cercles concentriques consécutifs aux jets de pierres dans une eau au repos. Leur médecin lui prescrit des tranquillisants, qu'il prend en doublant les doses et ses nuits sont épaisses. Il les franchit à gésir dans un sombre abandon artificiel d'où il émerge à grand-peine, sonné, hagard, vaseux, l'œil atone, la bouche mauvaise, le cœur en chamade. Un grand bol de café noir lui apporte un début d'énergie, hélas ! il l'emploie à pleurer.

Le malheureux Victor éclate en gros sanglots, à tout bout de champ, mis en détresse par une pensée un peu plus pernicieuse que les autres. Il lui suffit de se rappeler Noëlle enfant, s'amusant au milieu du living, sur une couverture, avec des objets imprévus qu'elle préférait à ses véritables jouets. L'image porte sa douleur au paroxysme.

Navrée, inquiète, Georgette tente de le raisonner :

— Mais bonté divine, Victor, elle n'est pas morte !

— Pour moi, c'est presque pire, répond-il, sincère.

Car il en est là, à préférer que Noëlle ait disparu au fond d'un trou, plutôt que d'exister ailleurs, sans lui donner signe de vie, sans lui écrire un mot ! Il cherche ce qu'il peut bien expier par ce cruel abandon.

Du fond de son sommeil frelaté, il croit entendre la petite voix claire crier « papa » dans le silence de l'appartement ; et c'est ce qui amène ces frissons sur son visage.

Les fonds vaseux de son âme simple libèrent des bulles qui s'en viennent crever à la surface de lui.

— Je pensais que ça allait durer toujours, explique-t-il.

— Que quoi donc, allait durer toujours, mon homme ?

— Elle et moi. La manière dont elle avait besoin de moi. Je ne lui ai pourtant rien fait de mal, si ?

— Toi, non : mais l'âge, oui, tente d'expliquér Georgette, pratique.

Il l'insulterait à cause de son calme. La manière fataliste dont sa femme accepte la chose l'insupporte. Elle continue de vaquer, Georgette. Ménage bien tenu. La frigousse est bonne. Il y a de l'oignon au beurre tôt dans la matinée. De l'encaustique puissamment étalée sur les planchers... Elle continue bien, sans trop d'encombre. Ses courses, son raccommodage, les jours avec lessive. Elle suit sa vie, imperturbablement. C'est donc qu'elle n'avait pas besoin d'une fille, non ? Puisqu'elle peut se passer d'elle ? Penser à autre chose, regarder les feuilletons style branlette mondaine, à la télé : jeune fille amoureuse, crinolines, attelage, chevaux blancs, domestiques, château, étang mélancolique... — Je vous aime, mademoiselle de... — Et moi donc, vicomte !

Faire une gosse quand on n'en a pas absolument besoin, tu ne trouves pas cela criminel, toi ? Et même, s'il savait tout, Victor ! L'arrière-boutique de M. Favellini, l'épicemar italoche. Elle s'y rend aux heures creuses. Le gentil Rital retire son bec-de-cane et la fourre à la langoureuse, sur ses sacs de riz, même que ça lui râpe les miches, Georgette, la rude toile. C'est une habitude, plus qu'une liaison. D'ailleurs, ils s'appellent madame Réglisson (il prononce Réglissonne) et monsieur Favellini. Bon chic, bon genre. La troussée ambitieuse. Et heureusement pour Georgette car son julot ne lime plus. Le malheur, c'est ça : plus de baise, plus de bouffe et du sommeil en cachets.

Elle secoue doucement Victor :

— Hé, p'tit loup !

Son terme d'amour, p'tit loup. Il remonte à leurs fiançailles et ne sert que dans les occasions exceptionnelles.

Elle appréhende son réveil, mais il faut bien qu'il s'arrache, pourtant, puisqu'ils ont décidé de prendre la route ce matin. Ils vont chez Félix, le demi-frère de Georgette, qui tient un garage du côté de Bourges.

Un bon mec, Félix. Et Raymonde, sa femme, a le cœur sur la main. Ils ont des jumeaux, actuellement en stage aux Etats-Unis, car ce sont de grosses têtes, des bêtes à concours toujours premiers aux examens. Surdoués sur les bords. On se demande, la génétique, hein ? Quand tu vois des parents tout ce qu'il y a de bonasses, l'intelligence un chouia rampante, et leurs produits ultra-brillants...

Georgette adore son demi-frère. Elle s'est ouverte à lui du problème Victor qui file du mauvais coton. Félix a tranché : « Venez passer huit jours chez nous ; on va lui changer les idées ! »

Sur le moment, Victor a refusé. « Et si la petite venait en leur absence ? » Georgette a fini par obtenir gain de cause en promettant de passer un mot à Noëlle pour la prévenir du voyage.

— P'tit loup !

Réglisson soulève ses paupières, dévoilant un regard tout con, comme deux bonbons sucés. Un bon moment, l'incompréhension stagne dans ses prunelles de soupe.

Georgette lui caresse les joues en parlant bêtasse :

— Allons, mon petit homme. Il faut vous lever ! On a de la route à faire. Ce soir, on va taper une sacrée belote à quatre, chez Félix... Et demain, vous irez aux champignons.

Elle n'ose insister. Y a-t-il des champignons à cueillir en février ?

Elle reprend.

— Ou à la pêche !

Et là encore elle se heurte à une perplexité béotienne. La pêche est-elle ouverte en cette saison ? Enfin, merde, ils feront des choses, Félix et Victor. Y a pas plus boute-en-train que son garagiste de frère ! Il a sûrement préparé tout un programme d'humbles réjouissances.

— Je vais te faire couler un bon bain, Vic. Ton café est prêt, ça te réveillera.

Il fixe le plafond de leur chambre où s'amorcent d'imperceptibles lézardes. Les jours de repos, il paressait un peu au lit, et sa grande distraction consistait à composer des images avec les incidents du plafond. Des ombres, des écaillures, des méplats alimentaient son humeur vagabonde. Il les transformait en paysages de son enfance, ou en contrées qu'il rêvait de visiter, de celles dont les noms chantent et qui évoquent le soleil et la mer. Il écoutait le ronron de la maison : Noëlle et Georgette déjeunant dans la cuisine. Leur bavardage le réconfortait. C'était une musique heureuse, l'hymne de sa vie tranquille.

Il croit percevoir encore les inflexions de l'une et de l'autre, s'imbriquant, se répondant. Il y avait le mode interrogateur ; et puis les salves véhémentes. Des protestations. Des commentaires... Le bonheur, quoi ! Et le plus étrange, c'est qu'il en avait parfaitement conscience sur le moment, alors que bien souvent, le bonheur c'est « après ». Il savait qu'il baignait dans une félicité tranquille et s'il en jouissait aussi totalement c'est parce qu'il croyait naïvement qu'elle durerait toujours.

Bien sûr, s'inscrivait dans le tableau enchanteur, la perspective du mariage de Noëlle un jour. Mais c'était « un jour ». Et il saurait s'y préparer et l'accepter le moment venu.

Il met brusquement ses deux mains en conques viandeuses sur ses yeux boursouflés par le chagrin. Noëlle ! Sa petite Noëlle ! Il lui arrivait de l'emmener à l'école. Il portait son cartable et la tenait par la main. Elle babillait, chemin faisant. Il entrait de plain-pied dans sa conversation, Victor. Savait retrouver ses cinq ans pour donner la réplique au petit ange blond... Bon, il aurait dû en faire d'autres. Beaucoup d'autres. Cela devrait grouiller autour de lui. Alors il aurait échappé au maléfice. Georgette ne demandait que cela : bonne pondeuse, la commère ! C'est lui qui, fou d'admiration pour Noëlle a défendu sa position de fille unique. Car il la voulait unique pour l'aimer plus farouchement.

— Je te prends ta canadienne, Vic. La vieille, pour si vous iriez dans les bois.

Il ne répond pas. Il pleure. Il est dans une barque avec « les deux ». Inquiet parce que, tandis qu'il rame, la gosse, à l'avant, essaie de toucher l'eau du bout des doigts. Et aussi, il y a un manège du Croisic... Sur la place, près des vespasiennes. Un manège orangé, avec des avions qui s'élèvent de plus d'un mètre quand on tire sur le volant et de petits autobus à quatre places où les enfants se battent, chacun voulant conduire... Le manège tourne, comme tous les manèges. Victor a oublié la musique. Ce n'est pas cela qui importe. Chaque fois que Noëlle est emportée hors de sa vue, il lui semble que la nuit tombe ; lorsqu'elle réapparaît, l'aube revient et il respire mieux, le temps d'un arc de cercle.

Dites, c'est triste une fille tant aimée, qui vous tue en vous oubliant. Vous tue parce que vous avez cessé de représenter quelque chose pour elle qui représente tout pour vous.

— Tu devrais te lever, p'tit loup. Ton bain coule et l'eau n'est pas de reste chaude !

... Vous tue parce qu'elle s'est entichée d'un vieux salaud horrible qui la corrompt, vous la vole et la fourre dans son lit plein d'odeurs âgées ; vous empêche de la voir ; l'empêche de vous voir. La tient à merci !

— Vic !

Georgette réapparaît. Elle le voit hoqueter.

Elle s'insurge.

— Ecoute, Victor, cette enfant, nous l'avons fait(e) tous les deux. Elle est sortie de mon ventre. Mon ventre est toujours là. A ta disposition, Victor, bon Dieu de bois. Je peux t'en faire une autre ! Tu veux qu'on ait un autre gosse ? Il nous reste encore quelques années pour le fabriquer, si ça te chante.

La garce ! Comment ose-t-elle proposer une telle trahison ?

— Mais tu ne l'aimes donc pas ? sanglote Victor, en décomprimant ses paupières tuméfiées.

Il laisse dégouliner ses pauvres yeux à leur guise.

— Tu es malade, Vic, soupire Georgette. C'est pas normal, franchement. Pas normal...

— Pas normal, parce que je ne peux plus vivre sans ma toute petite ! Tu te rappelles, quand elle jouait du pipeau ! Et aux rentrées scolaires, je couvrais ses livres avec du papier cristal !

— Mais sapristi, Vic, jamais plus tu ne pourrais lui couvrir de livres ! Elle n'est plus d'âge à t'appeler la nuit quand elle fait un mauvais rêve et qu'elle veut boire un peu d'eau pour se rendormir. C'est une femme ! Une vraie ! Elle couche avec des hommes ! Elle a sa vie à elle. Tu ne l'as pas fabriquée pour toi, mais pour elle. Laisse-la vivre à sa guise ; c'est devenu quelqu'un d'autre ! Essaie de comprendre, Vic : quelqu'un d'autre !

Terrifié par l'expression, il cesse de chialer comme cent veaux. « Quelqu'un d'autre. » Donc, ce ne sera plus jamais

« sa » petite Noëlle, son bébé qui pleurait et qu'il consolait. L'enfant tendre, au regard bleu, cerné de bleu, qu'il emmenait en promenade par les rues maussades de la banlieue poussiéreuse.

Le Vieux la lui a abîmée. Son beau visage de vierge peut inspirer la répulsion désormais ! Et le sale homme l'amène à comparaître devant les caméras de la télévision, pour prouver à toute la France qu'elle est son esclave inconditionnelle. Ah ! comme il ferait bon tuer Tumelat si Victor était un assassin possible. Seulement jamais, jamais, il n'osera le moindre geste homicide contre quiconque, quand bien même il se trouverait en état de légitime défense.

Réglisson se lève avec difficulté, comme s'il se trouvait au creux d'une longue convalescence, de celles qui te donnent à penser que la vraie verticale ne reviendra plus. Il reste assis un instant, au bord du lit, regardant sottement ses pieds imbéciles. Quoi de plus démoralisant que deux pieds nus, là-bas, au bout de soi ; pieds de primates pour toujours. Rappel sans équivoque de nos origines simiesques. Victor agite ses orteils, autant que faire se peut, mais ils sont si brefs, si gourds, si ridicules. Il revoit les pieds blancs, délicatement modelés de Noëlle.

Et quoi encore ? Quelles autres images peut-il arracher de la hotte pour se meurtrir davantage, bien fouailler sa mémoire en peine ? Ses premiers devoirs ? Ses premières leçons ânonnées, le soir dans la lumière chaleureuse du foyer ? Ou bien, ce premier pincement à l'âme, lorsque Georgette lui a fait observer que les seins de leur fille commençaient à pousser sous les plis des tee-shirts. Il a bien eu alors le pressentiment que quelque chose d'incomparable commençait de finir et que cette poitrine nubile n'annonçait rien de bon.

Evoquer quoi, encore ? Ah ! oui : un chagrin d'elle à propos d'une appréciation négative sur une compofranc qui lui tenait à cœur et qu'elle avait bûchée avec élan. Elle pleurait. Alors il avait pris la tête blonde contre soi, la chère tête enchagrinée, et il avait caressé ces joues ruisselantes en prononçant des mots idiots, mais le ton seul importait, comme la musique dans une chanson.

— Allez, Vic, tu te remues ?

Il se remue.

Un pied devant l'autre, comme l'on dit.

La cuisine fleure bon le café. L'arôme le fait penser à des pubes « grillé à cœur ».

Il examine alentour, désenchanté, un peu hagard. L'appartement paraît désert avant qu'ils ne l'aient quitté. Il y flotte une ambiance de deuil. Victor se dit : « Pendant un enterrement, les maisons ressemblent à ça. » On enterre le maître du logis.

Georgette, déjà équipée de pied en cap, achève de fourrer dans la valise de ces bricoles dont on n'a pas l'emploi en voyage, mais qu'on emporte quand même pour si des fois...

Il mate par la fenêtre. Le temps est vachement sinistros, gris-pourriture, avec du vent flasque et des giclettes d'une pluie épaisse comme du foutre.

Il boit son café, se traîne jusqu'à la salle de bains exiguë dont la baignoire-sabot sert de tub à la douche.

Ces bruits d'eau déplacée ne font plus la même musique qu'avant, lorsque c'était Noëlle qui utilisait la salle d'eau, si longuement que Georgette finissait par cogner à la porte en lui criant d'en finir.

Il se lave mollement, se rase sans se voir dans la glace du lavabo qui a oublié le reflet de Noëlle.

.·.

Et les voici sur la route dans le jour mouillé que l'approche de midi éclaircit. L'univers est uniformément argenté. Vic conduit à bonne allure, respectueux des limites de vitesse. Ils ont quitté l'autoroute à Orléans et ils approchent de Nançay. Dans moins de vingt minutes ils arriveront chez Félix, un rougeaud plein de cambouis, gentil, gouailleur, toujours en passe de devenir aphone. Vic imagine le geste qu'aura son beau-frère, en les apercevant. Il tirera de sa salopette un chiffon plus gras que ses mains, afin d'essuyer celles-ci. Ce seront les phrases d'accueil, ces banalités ronronnantes qui donnent à une famille l'impression d'être soudée. Et puis, malgré la jovialité de Félix, malgré le vin de Loire, fruité et frais coulant dans les verres avec un bruit de pissat, il faudra bien aborder « le sujet ». Victor devine l'air embarrassé, faussement rassurant des garagistes. Il pressent les lieux communs qu'on va lui déballer. Les « dis-toi bien, mon petit Totor que toutes les filles ont leur passage à vide ». Et Georgette qui renchérira, triomphante : « C'est ce que je me tue à lui dire ! » Il lui faudra encaisser toutes ces fadaises plus ou moins hypocrites. Parler de Noëlle comme d'un être abstrait. Sa Noëlle, devenue, par les maléfices de la vie « quelqu'un d'autre ».

Quelqu'un d'autre !

A son volant, il pousse une sorte d'étrange hennissement, parce que les bruits du chagrin sont souvent très ridicules. Ses larmes se remettent à saigner.

Il les torche d'un coup de manche. Regard en biais à Georgette. Elle s'est endormie, bien droite, la tête à peine inclinée sur sa poitrine. Tant mieux, il est seul. Seul avec un passé à qui il ne permet pas de mourir. Seul avec son immense peine de père que sa fille, à cause d'un vieux matamore faisandé, a rendu orphelin.

Mais voilà, quoi... Il avait cru que cela pouvait durer toujours. Il avait tout placé sur elle, et il est ruiné. Plus d'amour. Rien que cette solitude glacée, ce monde mouillé à travers lequel il roule au volant de sa petite voiture.

Il pense à une boule de verre qu'il a achetée à Noëlle pour sa première communion. Elle est pleine d'eau. A l'intérieur, on voit une figurine blanche, image de pureté : la communiante. Si l'on renverse la boule, une première fois, puis une seconde aussitôt après, il se met à pleuvoir des fleurs blanches sur la communiante.

Victor cesse de pleurer. Il vient de sentir qu'il ne peut aller plus loin. La boule de verre reflète tout à coup son destin et celui de Georgette endormie. Il refuse de penser à autre chose, dorénavant.

Que, justement, du fond de l'horizon des autres, se pointe un gros camion chargé d'on ne sait quoi.

Victor quitte sa droite pour se mettre à rouler à gauche.

Là-bas, le camion klaxonne tout ce qu'il peut.

Victor Réglisson appuie à bloc sur l'accélérateur. Nulle prière ne lui vient. Malgré le klaxon forcené, Georgette dort toujours. Victor est détaché de tout. Il n'a qu'un souci en tête : aller rejoindre la petite communiante de plastique à l'intérieur de la boule.

Et il sait qu'il va le faire.

Sans effort.

Presque machinalement.

XXIII

Le Président a passé une nuit merdique, en pointillé.

L'image d'Alcazar expirante, derrière le méchant para-vent de l'hosto, le tourneboule. Le solennel avertissement de la mourante le hante. Est-il un élu ? Non pas un élu du peuple, mais un élu de Dieu ?

La prédiction de son ancienne secrétaire, touchée par la grâce, ne repose que sur le rêve dont elle a fait état. Or, ce rêve, Tumelat le fait depuis des années, avec une régularité obsédante. Nul doute qu'il en ait parlé à Ginette, autrefois. Le tout est de savoir si ce cauchemar est revenu le hanter la nuit précédente. Il lui semble bien que oui, mais il n'en est pas certain. Cette incertitude a ruiné sa nuit. Il s'est levé à plusieurs reprises pour pisser. Sur le matin, une brutale bandaison le poignant, il a tiré Noëlle de sa niche, mais au moment d'utiliser l'érection inconcertée, celle-ci lui a fait un poisson d'avril et la petite est retournée docilement chez Taïaut.

Tôt il s'est levé et a téléphoné à l'hôpital pour y prendre des nouvelles de la malade. Il croyait que l'on allait lui annoncer son trépas, en fait il a appris qu'elle vadrouillait toujours dans un demi-coma entrecoupé de périodes de lucidité. L'on meurt de mauvaise grâce bien souvent ; et cependant l'individu est si fragile !

Il s'est recouché et a dormi d'un sommeil réparateur. C'est Juan-Carlos qui l'en a tiré en apportant le café du matin, celui qui fait démarrer le pèlerin. Le juste boit son caoua, comme d'ordinaire, soufflant voluptueusement sur le breuvage brûlant. Il se sent beau, sous le ciel de lit de son plumard à baldaquin, beau avec sa cuirasse de lumière.

Alcazar a déclaré que *l'on attendait tout de lui*. Il cherche une signification concrète à la chose, ne la trouve pas. D'un geste blasé il dépucelle la presse. Le *Parisien libéré* le montre, à l'intérieur de la salle, près du paravent. Au premier plan, on voit l'agent. Et puis lui, le juste, rayonnant de révélation, montant à l'objectif. Il contemple attentivement l'image et découvre sur ses traits un détachement quasiment surnaturel. Touché ! A cet instant, la grâce venait de le télescoper en plein fouet. C'est indéniable. D'ailleurs, comparé au cliché de *l'Aurore*, pris avant la rencontre, tu y liras la différence. Là-dessus il possède encore sa mine fumière : sourire de forban, regard empreint d'une bonhomie coquine. Tandis que sur l'autre, il est essoré, vidé de sa vilenie, ennobli par le début d'une formidable certitude.

Noëlle est allée faire toilette dans sa salle de bains personnelle.

Tumelat dépose le plateau sur sa table de chevet, tant bien que mal, après en avoir ouvert le tiroir pour obtenir plus de surface portante. Besoin de se concentrer. Un bon coup de balai dans son âme s'impose. Il ne va pas enchaîner aussi sec, avant de *savoir*. La vérité est en lui. Lui seul peut l'extirper. Il est la gangue salopiote de cette vérité.

Son téléphone vrombit. Il pense à Bayeur, car son adjoint est pratiquement seul à user de cette ligne secrète. Effectivement, c'est Bayeur.

— Je craignais que tu ne sois déjà parti, attaque ce dernier.

Tumelat s'abstient de lui révéler qu'il est encore à flemmarder au lit.

— Tu m'as l'air surexcité, Pierrot ? remarque-t-il d'un ton neutre.

— Il y a de quoi, je viens d'apprendre que Gaston Leprince est mis en faillite.

La nouvelle devrait contrarier le Président, il constate qu'il s'en branle éperdument. Leprince est un élément très actif du R.A.S., son représentant dans le département de l'Aube où il s'apprêtait à poser sa candidature pour une partielle.

— Et alors ? laisse tomber Tumelat, ça arrive à des gens très bien. Une faillite, dans le textile, par les temps que nous tenons, ne scandalise personne.

— Même par les temps que nous vivons, on ne peut

proposer à la députation un gars qui vient de déposer son bilan.

— On présentera quelqu'un d'autre.

— Là-bas, nous n'avons aucun gars de remplacement.

— On parachutera un candidat de Paris.

— Tu crois ? soupire Bayeur, maussade.

— Enfin, Pierre, tu te noies dans un verre d'eau ! Si près des présidentielles, que représente une partielle ?

— Bon. Tu as quelqu'un à proposer pour la mission suicide ?

— Pourquoi, mission suicide ?

— Les électeurs d'une région aiment voter pour un homme qu'ils connaissent.

— On le leur fera connaître.

— En un mois ?

— Certaines gens se font connaître en une heure.

— En assassinant un président de la République ou en décrochant le Nobel, ricane Pierre Bayeur.

— En faisant ce qu'il convient de faire, tranche Tumelat.

— Alors, je reviens à ma question : qui proposes-tu ?

Le Président se livre à un rapide examen de ses effectifs. Pas reluisant. Des bande-mous, de plus en plus mous. Le tonus se perd. L'esprit combinard submerge tout. Les requins n'ont plus de dents : ils sucent !

— Attends, fait-il, il me vient une idée.

— Bonne ?

Tumelat s'emporte :

— Les idées ne sont bonnes ou mauvaises qu'après qu'on les a réalisées !

— Qui ?

— Mon secrétaire, le petit Plante.

Bayeur ne peut se contenir :

— Tu es fou ?

— J'ai envie de tenter une expérience, j'organiserai moi-même sa campagne.

— Tu es fou, ne peut que répéter Bayeur, saisi d'une sorte de colère passionnée.

— Je sais que tu ne l'aimes pas.

— Je ne suis pas le seul, vois-tu, Horace, le mettre sur le tapis équivaut à une provocation. On dirait que tu veux absolument que tout casse.

342

— Il faut bien que tout casse, pour pouvoir aller de l'avant, déclare le Président. Ecoute, Pierrot, disons qu'il s'agit d'un ultimatum. Vois cela avec nos chers compagnons de mes couilles. C'est à prendre ou à laisser. Ma démission est au bout.

Il raccroche et oublie la communication avant que cesse de vibrer le déclic.

Un chouette soleil force les doubles rideaux. Il se fait tard. Horace appelle Eric sur la ligne intérieure.

— Venez me voir dans ma chambre.

Quand il pénètre dans le saint du saint, Eric est alarmé de voir le grand homme au lit.

— Vous êtes malade, monsieur le Président ?

— Au contraire, le rassure Tumelat, je me sens en état de félicité. Et vous, ça va, la vie ? Je vous trouve une mine de papier mâché.

— J'ai fait une espèce de bringue avec Eve et des copains.

— Avec Eve, voyez-vous ! Donc elle est revenue ?

Eric a un sourire glorieux :

— Nous avons célébré nos retrouvailles cette nuit.

Ses yeux tombent sur la niche et il rougit en apercevant à l'intérieur une mule de velours bleu appartenant à Noëlle. Tumelat qui a suivi son regard hoche la tête.

— Quand elles sont accrochées, elles deviennent esclaves par vocation, dit-il. Mais gare à leurs réactions lorsqu'elles cessent de nous aimer.

Plante hausse les épaules :

— Je crois que tant que nous gardons la tête froide, la leur continue de chauffer. A propos : comment s'est passée votre entrevue avec la folle, monsieur le Président ?

Dare-dare, le vieux se renfrogne. *Achtung*, terrain miné.

— Pas si folle que ça, dit-il.

— Elle ne regimbe pas trop ?

— Non.

Plante réalise que son illustre patron ne tient pas à s'engager sur le sujet. Sa réaction le déroute.

— Je suis chargé d'une délicate mission auprès de vous, enchaîne-t-il.

Et il relate son entrevue de la veille avec Adélaïde.

Le Président ne bronche pas.

Des années qu'il espère divorcer d'avec sa donzelle

343

bourgeoise ! Toujours, Adélaïde a repoussé sa proposition avec hauteur et montré qu'elle était prête à se battre pour demeurer Mme Tumelat. Qu'elle vienne spontanément à composition lui donne à réfléchir. Il fait un tour de piste, cherchant une explication à la chose. Un piège, évidemment. La feinte à Jules ! Ça cache un coup bas, ou fourré. La chose ne l'inquiète pas. Il ne s'agit pas d'insouciance, mais de résignation. Un juste doit tout accepter.

— Vous devez lui donner ma réponse ?

— En principe, oui, monsieur le Président, balbutie Eric, gêné à l'évocation du trouble que lui cause Mme Tumelat, à moins que vous ne préfériez la contacter directement.

— Non, non, répond Horace, amusé, puisqu'elle vous a choisi comme messager, restez investi dans cette mission. Vous direz à cette bonne dame que nous ferons ce qu'elle souhaitera.

— Bien, monsieur.

Eric se retire tandis que le Président passe dans la salle de bains pour une douche multijets, bien drue, hautement flagellatrice, de celle qui t'éveille la viandasse. Cinglé par les milliers d'aiguilles brûlantes, il se remet à l'écoute de lui-même, laborieusement, comme on essaie de capter une station de radio lointaine. Il prête l'oreille, le vieux gredin, car le subconscient s'entend et seul de nos sens, l'ouïe peut espérer l'approcher. Il devine une vague rumeur impondérable, composée des voix des justes qui le guignent dans l'au-delà et cherchent à lui transmettre les messages sacrés qui l'associeront à leur confrérie. N'était-il pas dans une espèce d'attente prémonitoire depuis quelques mois ? Tumelat est frappé par cette évidence. Il se sentait gêné aux entournures. Son enveloppe éclatait et il « attendait » quelque chose. Un signe ? Eh bien ! *on* le lui a adressé !

Son cheminement politique, sa réussite, n'auront été que de pâles préludes. A partir de maintenant, il va s'accomplir. Bon Dieu, c'est bandant comme perspectives ! Sa cuirasse de lumière deviendra visible à tous.

Quand il pense à l'infrastructure de son parti, il est saisi de pitié. Quelle fragilité ! Quel dérisoire cheval de bataille ! Panard ! Dire qu'il s'est servi pendant tant d'années de cet outil, forgé par lui, à des fins stupides, pour des conquêtes fallacieuses. Ce n'est plus un parti qui pourra rétablir un

344

semblant d'équilibre. Tout dérape, dérive, s'écoule comme de la lave aux flancs du volcan d'où elle a jailli. Tout : c'est-à-dire l'humanité. Les médias auront été ses fossoyeurs. Par eux est mort ce qu'il fallait conserver de respect mutuel pour préserver l'acquis de notre espèce. Lui, Horace Tumelat, va essayer d'y voir clair et, une fois détenteur de la lumière, répandra sa vérité sur le monde.

Il va être onze heures. Il est attendu pour déjeuner à l'Association des rapatriés d'Algérie, il n'a pas préparé de discours, préférant donner libre cours à son inspiration. Parler est si facile. Il suffit de cueillir deux ou trois idées fortes sur place et de les développer « en laissant aller son cœur ».

Eric toque à la porte. Horace sait qu'il s'agit de lui, car il joue la *Cinquième* avec son poing.

Cela doit urger. Jamais Plante ne s'est encore permis de le poursuivre jusque dans la salle de bains.

Tumelat interrompt les jets de la douche et noue une grande serviette à sa taille pour aller ouvrir.

— Pardonnez-moi, monsieur le Président, mais l'on vient de me téléphoner une bien mauvaise nouvelle : les parents de Noëlle se sont tués en voiture dans la région de Bourges.

Ce qu'il y a de formidable, chez Tumelat, c'est sa manière d'encaisser n'importe quoi sans broncher. Il est de ces gens que la pire détonation ne fait pas sursauter.

— Qui vous a appelé ?

— Un beau-frère chez qui ils se rendaient. Il est garagiste et c'est même lui que la gendarmerie a appelé pour venir dégager les débris.

— Que lui avez-vous dit ?

— Que nous préviendrions Noëlle, bien entendu. Il voulait lui parler, mais j'ai prétendu qu'elle était absente.

— Vous avez très bien fait. Il vous a laissé ses coordonnées ?

— Oui, monsieur le Président.

— Je vais le rappeler ; je lui expliquerai que Noëlle est en clinique pour une intervention faciale, vu ?

— Vous pensez ne pas la prévenir ? questionne Eric effaré.

— A quoi bon lui infliger ces affreuses tracasseries ? Vous allez vous occuper de tout cela, n'est-ce pas, Fiston ?

TROISIÈME PARTIE

ÈVE

I

Elle se regarde dans le miroir du lavabo, de si près que sa vue en est brouillée.

« J'ai les yeux bleu marine, les cheveux châtains, la bouche bien dessinée, un peu pulpeuse dans sa partie inférieure, le nez droit, les pommettes bien accrochées. Je dois être belle, probablement ; voire même jolie. Les hommes marquent une réaction en m'apercevant. J'ai de bonnes toilettes, de belles manières. Mes parfums sont subtils, discrets. Mes formes harmonieuses, je pense. Il est capital, pour une femme, de posséder une silhouette ravissante. La silhouette, c'est le plan général ; de lui dépend la suite de l'examen. Suis-je pour autant une femme désirable ? Bien entendu une foule de mâles se jetteraient sur moi et me prendraient de toutes les manières. Mon mari est l'un d'eux. Mais, être désirable implique des ressources plus mystérieuses. Cela fait appel à des ondes, à des effluves. Dégagé-je ces ondes et ces effluves ? »

Ainsi pense Eve, dans les toilettes du *Cap plein Sud*, une boîte de nuit pas pire que d'autres, où l'a amenée Eric, ce soir. On y consomme des cocktails je-m'en-foutistes, composés n'importe comment, avec ce qui tombe sous la main du barman. Ça saoule, ce n'est pas toujours agréable à boire et cela fait partie de l'esprit de la boîte. On est vautrés sur d'énormes coussins aux housses d'indienne, et les tables sont basses comme des braseros. Peu de lumière, excepté les impertinences d'un petit projecteur qui, parfois, s'allume et met en évidence les caresses d'un couple. « Je ne suis pas désirable, se répète Eve, toujours fascinée par son tête-à-tête avec elle-même. Si j'étais désirable, eh bien, il me désirerait. Je ne veux séduire que lui en ce monde. Si je n'y parviens pas, c'est donc que je ne suis pas suffisamment désirable. »

Cela fait quinze jours qu'ils se retrouvent chaque soir. Elle se rend directement chez Eric. Ils s'embrassent brièvement. Ils prennent un verre en écoutant de la musique. Puis, au bout d'une heure, il propose à Eve de sortir et elle accepte, car elle comprend que leur intimité lui pèse.

Ils ont déjà fait toutes les boîtes de Saint-Germain, celles de la montagne Sainte-Geneviève, celles du Marais et de l'île Saint-Louis. Elle a fini par aimer leurs côte à côte dans ces endroits bruyants et presque obscurs. Ils parlent peu, mais ils sont pressés l'un contre l'autre et il lui tient la main, et la chaleur de son corps l'investit. Chacun se forge le bonheur qu'il peut, avec les moyens dont il dispose. Elle s'est accommodée de la situation, trouvant sa joie d'aimer uniquement dans l'acte de présence. Malgré tout, des tourments la harcèlent et son caractère change. Chez elle, ce n'est pas la joie : Luc se désespère et parle de lui faire lâcher le journalisme. Il déclare qu'elle est « en déprime ». Parbleu ! Au journal, les choses ne vont guère mieux. Mathieu Glandin la juge insaisissable. Il trouve que ses articles manquent de mordant. Et puis elle est humiliée parce qu'elle a besoin de la complicité constante d'Artémis pour pouvoir jongler avec son emploi du temps. La bonne grosse lui est dévouée, mais les meilleurs chiens font la gueule à leur maître quand ils désapprouvent leur comportement. « Je file du mauvais coton », conclut-elle en avivant son fard à joue.

Filer du mauvais coton ! Quelle expression stupide. On vit sur un parler de bonne femme, en usant d'expressions qui sentent la confiture de fraises.

Elle met des bas et des jarretelles, conformément aux exigences d'Eric, mais jamais depuis qu'il les formula il n'a eu la curiosité de s'assurer qu'elles étaient respectées. Eve savoure l'âpre jouissance de l'obéissance gratuite. Se soumettre, sans contrôle, lui procure un profond contentement.

Quand elle rejoint Eric, sur leur amoncellement de coussins, elle le trouve nerveux. Il vient d'apercevoir Jean-Lou, son ancienne liaison, en compagnie de minets survoltés, et le vieux beau lui adresse des mimiques moqueuses.

— Vous voyez, ce vieux mec, là-bas ? dit-il à Eve lorsqu'elle est à nouveau contre lui : figurez-vous que je me le suis fait.

— C'est délicat à vous de me l'apprendre, murmure la jeune femme.

Une affreuse tristesse la saisit. Il existe en elle, dans ce qu'elle nomme son « arrière-cœur », un petit air de musique qu'elle a mis au point au fil de ses désillusions et qu'elle se fredonne intérieurement chaque fois que la vie la bafoue. Le petit air retentit en elle. Un air qui, si tu pouvais le percevoir, te ferait coucher par terre, la joue contre celle du chemin râpeux. Un air à se dégueuler une fois pour toutes.

— Vous seriez chiche d'aller foutre votre champagne orange sur sa belle chevelure blanc-bleu ? demande Eric Plante.

— Cela rimerait à quoi ? demande Eve.

— A rien, mais ça me ferait plaisir.

— Oh ! alors...

Elle se relève, ce qui n'est pas facile une fois qu'on est vaché-pacha sur ces tas de plumes. Obligeamment, Eric lui présente son verre à peu près plein.

Eve louvoie à travers les jambes des consommateurs jusqu'au vieux Jean-Lou, tout sémillant, poudré, parfumé, sorte d'ancien petit marquis en civil, dopé par sa cour de hardis gitons gracieux et insolents, qui l'excitent, le stimulent, profitent de ses largesses, de son âge et de ses faiblesses.

Parvenue devant le bonhomme, elle le considère avec pitié, puis verse le contenu de son verre sur sa chevelure élaborée, aux tons savants, aux ondulations apprêtées. L'on se croirait dans un film pseudo-comique. Jean-Lou ferme les yeux et rentre la tête dans les épaules. En se plissant, il prend une tête de casse-noisettes-souvenir. Les minets, interdits, regardent faire Eve, s'écartant d'instinct pour se mettre à l'abri des éclaboussures. Eve égoutte consciencieusement son verre sur la tête dévastée du vieillard. Le jet poisseux a comme creusé la chevelure, y ménageant une calvitie qui ne se soupçonnait pas avant le méfait. Ensuite, elle rejoint Eric.

Il l'aide à se rasseoir en soupirant un « merci » étrange, plein de jubilation et de gratitude.

Là-bas on récupère. On crie, on tempête ! Jean-Lou est torchonné par ses courtisans. Les pâles éphèbes invectivent Eric et sa compagne ; traitant Eve de « sale bonne femme » et le garçon de « maquereau de pissotières ». Intéressée, l'assistance attend une suite qui tarde à s'organiser. Le vieux Jean-Lou qui n'est pas apte à subir des agressions, ce vieil enculé chenu, pipeur toute catégorie, glapit des choses pareilles à un groupe de pintades effrayées. Le plus courageux de ses gitons se risque jusqu'au couple, pour des « Non-mais-qu'est-ce-qui-vous-prend-c'est-la-bagarre-que-vous-cherchez ? ». Sur quoi, Eric se relève d'un bond de tigre traversant le cerceau, pour lui filer une sacrée cacahuète au bouc, mon cher, je ne te dis que ça ! Le minet part aux quetsches sur les guiboles des clients qui profitent de l'obscurité pour lui talonner la gueule d'importance. Un serveur fringué oriental, mais il est de Levallois-Perret, intervient, qui clame que « pas-de-bagarre-ici-j'vous-prille ! ». Jean-Lou lui remet des billets de banque et rassemble ses troupes pour un repli sans gloire.

L'établissement retrouve son vacarme musical, sa touffeur, son obscurité. Eric s'empare de la main d'Eve et la guide au renflement de son pantalon. Elle constate avec ravissement qu'il est en pleine érection. Superbe d'impudeur, il tire sur la fermeture de la braguette et la journaliste va chercher son sexe tendu. Le retrouve avec une joie sauvage, indicible. L'amène à l'air libre pour l'avoir davantage à disposition, le flatte lentement, de bas en haut, puis exerce des pressions dessus, avec la main, comme on actionne la poire de caoutchouc d'un sphygmotensiomètre ; et le membre roide parvient à durcir encore. Eve se sent mourante d'extase. Elle n'a jamais éprouvé une sensation de cette nature. L'intensité de son désir la fait grelotter. Elle voudrait partir, emporter cette ardeur en un lieu clos où elle pourrait combler la sienne. Mais il s'agit d'un instant vertigineux et ni les instants, ni les vertiges ne peuvent se déplacer, il faut les vivre là où ils naissent. Son corps est avide de ce sexe triomphal. Elle ne peut pourtant pas faire l'amour ici, dans cette boîte en public ! La pénombre n'est qu'un leurre, un faux-semblant, l'hypocrite encouragement à des hardiesses qui ne sauraient passer inaperçues.

Eric ne prend aucune initiative. Allongé sur son amas de coussins, il ne sait qu'offrir son sexe gonflé à Eve, prenant un odieux plaisir à voir son désir affolé, se demandant si elle aura le courage de l'assouvir.

Et si oui, de quelle manière ; elle, l'intellectuelle adulée, la bourgeoise renégate combattant pour une fausse gauche ? Eve Mirale, du *Réveil*, tenant sa queue dans ses mains. Là, en plein Saint-Germain-des-Prés. Il est heureux de bander, fier de lui livrer ce pénis turgescent. Alors il attend, souverain. Pacha d'une nuit qui pourrait être suivie de mille autres. Il attend qu'elle abdique ou consomme cet hommage. Si elle l'implore de s'en aller, c'en sera fini. Elle est trop intelligente, trop perceptive pour ne pas l'avoir compris. Mais osera-t-elle affronter l'impensable ?

Eve continue de presser sporadiquement la bite vibrante de son compagnon. Elle est folle de lui et de cette offrande inattendue, qu'elle n'espérait plus. Tout chancelle alentour. Elle est plongée dans une nuit opiacée, aux lourds parfums. Une complicité générale l'environne : complicité de la pénombre, complicité des autres couples qui se pelotent, complicité de la musique paroxystique qui anesthésie les volontés.

De sa main libre, elle compose une colline de coussins entre eux et les autres. Maladroitement, avec une hâte fébrile de bête fouisseuse en danger. Puis elle déchire à pleins ongles sa culotte de mauvaise vie et s'allonge sur Eric. Il attend toujours, presque indifférent, et son sinistre self-control porte le comble à la frénésie d'Eve. Elle le chevauche fougueusement, en furie, guide le sexe du jeune homme et le capte d'un assaut brutal. Elle est déchaînée. Elle a tout oublié. Eve n'existe plus que par le membre planté en elle. Elle parvient au début à calmer son ardeur, mais la folie monte, monte ! Son rythme devient précipité. Le préposé qui a repéré le manège braque le projecteur polisson sur eux. La salle tout entière se consacre au spectacle tandis que la musique continue de mutiler les tympans. Eve ne sait seulement pas qu'elle fait l'amour en pleine lumière. Elle danse la gigue de la passion sur le sexe de son amant. Son amant, enfin ! Son amant merveilleux ! Tant espéré, tant attendu, et qui mérite tous les sacrifices, toutes les hontes, tous les outrages ! Son amant sorcier, si beau, qui galopait presque nu sur son cheval, dans le petit matin ardéchois, galopait sur sa moto noire aux chromes brûlants. C'est elle qui galope à présent. Galope à perdre haleine, jusqu'au bout de son existence, bien au-delà des limites de sa dignité. Elle crie dans la musique comme un homme qui se noie crie dans le vacarme de l'Océan ; crie qu'il se meurt et qu'il refuse. Eve crie qu'elle se meurt et qu'elle accepte ! Elle entrecoupe ses cris de « je t'aime ! je t'aime » désespérés. Car l'amour, à ce point, frôle le désespoir.

Et quand elle sent qu'Eric s'abandonne, elle se libère à son tour de cette noire malédiction. Pire qu'assouvie : anéantie.

Les spectateurs applaudissent. Eve revient à elle et pousse un cri, d'horreur, celui-là.

Elle se redresse et se sauve, en mettant son bras replié devant son visage, comme les criminelles photographiées.

Eric se lève à son tour. Il est très froid, d'un calme hautain. Il assume parfaitement la situation insensée. Remet son sexe en place, se rajuste et salue le public par de brèves courbettes.

— J'espère que ce soir, exceptionnellement, les consommations seront pour la maison ? lance-t-il au loufiat.

Très digne, il quitte le *Cap plein Sud*, en continuant de saluer de la main, sans se retourner, tel un conducteur de char romain.

∴

Il la trouve recroquevillée sous un porche, où tu dirais une pauvresse ivre ; la manière dont elle est tout de guingois, en « Z », jambes fléchies, une épaule remontée, la tête appuyée contre un mur riche en salpêtre. Elle ne pleure plus. Des sanglots la secouent. Ainsi parfois, l'orage gronde longtemps après que la pluie s'est arrêtée.

Eric s'avance tout contre sa maîtresse.

Le mot lui vient, lui plaît, l'enorgueillit. Il l'aime de l'avoir pénétrée. Il est entré dans cette femme aimante et elle porte sa semence dans son ventre. Pourquoi la chose attendrit-elle le garçon ? Pourquoi cette puérile fierté de collégien déniaisé ? Il voudrait éprouver autre chose de plus puissant. Il sonde son âme, n'y voit scintiller que ce contentement vaniteux, avec en sourdine, une légère musique d'amour. De passion, point. La passion, c'est elle !

Il murmure :

— Eve...

Doucement, comme on réveille.

Ça la déchaîne. Elle se jette sur Eric à bras raccourcis et crible sa poitrine de coups de poing qui lui font mal :

— Salaud ! Salaud ! Vous êtes content, hein ? Pauvre maniaque ! Ce serait trop simple d'aller faire l'amour dans une chambre comme tout le monde ! Ce qui vous excite, c'est le côté pervers ! Il vous faut des voyeurs !

Il recule pour atténuer l'effet des coups. Il n'est même pas contrarié. Il comprend la réaction de la jeune femme. Elle est humiliée ; meurtrie, peut-être à tout jamais ? Mais cela existe-t-il « à tout jamais » ?

— Eve, nous avons perdu la tête, ç'a été un moment comme ça ; il nous a comme échappé. Je me suis mis à vous désirer. Est-ce ma faute si la chose ne s'est pas opérée selon les traditions ? Le respect humain, merde ! S'il vous importe à ce point, c'est que vous ne m'aimez pas totalement ! Et quand on n'aime pas totalement, on n'aime pas ! Ce qui compte c'est que je sois votre amant, non ?

Alors elle cesse de le marteler et se plaque contre Eric.

— Oh ! oui ; oh ! oui, fait-elle, c'est moi qui te demande pardon. Nous ferons l'amour où tu voudras ; l'essentiel est que tu veuilles de moi, mon chéri.

Eric glisse la main sous ses jupes, il prend plaisir à toucher sa culotte déchiquetée, son sexe empreint de lui.

— Tu es une petite chienne, chuchote-t-il, une petite chienne en chaleur, qui se fait baiser n'importe où, n'est-ce pas ?

— Oui.

Elle lui tend ses lèvres. Les caresses d'Eric raniment le feu de ses veines. Il l'embrasse, et c'est un vrai baiser d'amour. Eve au comble de la félicité. Elle voudrait offrir davantage encore à son amant, lui faire un don qui dépasse sa personne, son honneur de femme, sa vie... Mais l'univers entier ne serait pas un présent digne de son amour.

— Tu as bien joui, petite salope ?

— Oui.

Elle pose ses deux mains à plat contre cette poitrine qu'elle frappait avec acharnement un instant plus tôt.

— Pour la première fois ! déclare Eve.

Il faut qu'il la croie, parce que c'est la vérité. Elle n'a encore jamais vécu un tel embrasement, une telle joie physique et morale.

— Tu n'as pas peur d'être malheureuse, petite salope ?

— Si ; mais quelle importance ?

— Nous rejouirons encore ?

— Autant que tu le voudras !

— Je suis fou, tu le sais ?

— Ce qui compte, c'est que je le sois en même temps que toi !

Eric se sent souverain. Quand elle sera partie, il enfourchera sa moto et fera cinquante kilomètres sur l'autoroute de l'Ouest ; « à tombeau ouvert », pour que le vent hurleur de la vitesse lui confirme qu'il est bien devenu roi.

II

César, le chauffeur, ne s'est jamais habitué à la présence constante de Noëlle dans la voiture. Elle y a aménagé tout un fourbi baroque et il prévoit le jour où elle y apportera un réchaud de camping. Il fait les cent pas, sur le trottoir, observant la jeune fille à la dérobée. Elle grossit gentiment, à cause de sa vie plus que sédentaire et des sucreries qu'elle bouffe pour passer le temps. Noëlle fait une grosse consommation de chocolats, biscuits fourrés, pralines. Elle croque et grignote sans trêve, en bouquinant des polars. César se dit qu'elle ressemble de plus en plus à un animal en cage. Animal de luxe, d'une espèce rarissime. Elle lui fait pitié et l'agace.

Il regarde sa montre, entrouvre une portière et déclare :

— Je vais boire un verre à la brasserie de l'angle, faut-il vous ramener quelque chose, mademoiselle Noëlle ?

Noëlle réfléchit.

— C'est gentil, monsieur César (elle s'obstine à appeler les membres du personnel monsieur ou madame) : une grenadine si vous le voulez bien.

César répète « une grenadine », en pensant aux calories contenues dans le sirop. Si la gosse continue de mener cette existence insensée, elle finira par devenir une grosse dondon aux chairs molles. Le Vieux s'en lassera et l'enverra chez Plumeau. Il lit l'avenir, César.

Son pas tranquille résonne sur le boulevard.

Troyes est une ville, qui, comme toutes les villes de province, meurt à huit heures du soir. Les voitures s'y font rares et les passants plus encore. Il gagne la brasserie où quelques habitués plus ou moins ivres parlent des prochaines élections dans une lumière de musée oublié.

357

— Un rhum-cassis !

Le Vieux lui défend de boire, car s'il s'écoutait, César, il aurait tendance à picoler. Tumelat, qui sait tout, sait également cela.

Il se place dos au comptoir, regardant la salle sans joie, aux murs décorés de fanions de sociétés et de coupes gagnées dans des challenges mystérieux.

Un garçon pas heureux fourbit les tables libres, tandis qu'une patronne ronchonne médite à la caisse comme une poule sur les œufs qu'elle couve. Les clients se chamaillent à propos de Mitterrand et de Giscard. L'un d'eux ouvre sur l'élection partielle qui va avoir lieu dans une quinzaine. Il fait valoir que Mitterrand sera élu et que, puisqu'il dissoudra le Parlement, il est ridicule de se donner un nouveau député pour trois mois. Ses compères lui objectent « la Constitution ». Cela dérape tout naturellement sur les candidats en lice. Les socialistes présentent un vieux toubib de la ville, la majorité de droite un bonnetier, ancien sénateur (1). Tous ragotent sur l'idée saugrenue du R.A.S., lequel a parachuté un gamin inconnu sous prétexte qu'il est le plus proche collaborateur du Président Tumelat. Celui-ci vient le présenter personnellement aux électeurs troyens ; les mauvaises langues chuchotent que ce garçon aurait des relations particulières avec le vieux tribun, victime de déviations tardives. N'y a-t-il pas eu des articles à ce propos « dans LE journal » ?

Ils n'ont rien à fiche de ce merdeux venu d'ailleurs, à Troyes. De quel droit un blanc-bec, qui surgit, beau et impudent, à la traîne d'un vieil homme célèbre, représenterait-il à l'Assemblée une région dont il ignore les problèmes ?

César boit son rhum-cassis, hésite à s'en octroyer un second. Il le prendra en ramenant le verre vide de Noëlle. Il commande la grenadine, laisse un billet de cinquante francs en expliquant qu'il prendra sa monnaie tout à l'heure...

Il revient à la voiture, d'un pas d'équilibriste, à cause du verre plein de liquide rose. La nuit est froide et humide : une nuit à grippe. César éprouve un début de mal de tête,

_____

(1) Toute ressemblance avec des personnages réels serait fortuite, car l'auteur n'a jamais mis les pieds à Troyes et ignore tout de cette ville.

peut-être même fait-il de la température. Il reconnaît les prémices d'un mauvais rhume ; chaque hiver il s'en paie un carabiné, malgré les vaccins antigrippe.

Il n'est qu'à vingt mètres de l'auto, lorsqu'un homme massif sort d'une maison et vient à lui, enveloppé d'un manteau de cuir fauve à col de fourrure, une casquette de daim enfoncée jusqu'aux sourcils.

— Salut, camarade, dit l'homme avec un accent étranger, tu es bien le chauffeur de Tumelat ?

— Bé, oui ? répond César, intrigué.

L'homme a un hochement de tête ; puis, de toutes ses forces, envoie son direct dans la gueule du chauffeur. Il est armé d'un coup-de-poing américain et le gnon ravage la denture du pauvre César qui sent ses dents se disloquer derrière ses lèvres éclatées. Il titube, l'homme suit d'un coup de pompe dans les roustons. César lâche le verre et tombe assis. Son coccyx durement choqué lui cause un éblouissement. L'homme au manteau de cuir le shoote en pleine frime. A la pommette ! César voit des centaines de couvercles de lessiveuse dévaler les escaliers du Sacré-Cœur, pareils à des roues de vélo. Il s'étale tout à fait. Il n'a émis que quelques plaintes pas théâtrales pour un rond. La soudaineté et la violence de l'attaque l'ont pris au dépourvu.

Il aperçoit le ciel de Troyes par-dessus le toit, sombre et sans étoiles.

L'homme relève le col fourré de son cuir.

— Tu diras à ton patron que si son petit gars est élu, on le butera ! Tu feras bien la commission, esclave ? Réponds ?

— Grmmm grmmm, émet César avec les moyens du bord.

Le gars regarde le boulevard vide. Il est plus de onze plombes. Il sort sa queue et pisse sur le chauffeur, copieusement. César en chope dans les yeux, dans les cheveux, sur sa chemise. Il en morfle idèmement dans la bouche et les trous de nez. Les liquides, c'est invasif.

L'homme secoue sa bibite et s'éloigne en sifflant *Strangers in the night*.

César entend décroître le pas tranquille. Il lui faut un bon moment pour retrouver la verticale. Une fois debout, il palpe ses plaies. Ses doigts se poissent instantanément. Le chauffeur hésite à rallier l'auto, mais à quoi bon saloper les coussins et effrayer Noëlle ? Alors il clopine jusqu'à la brasserie. Des cris l'accueillent. On se précipite, il s'explique. La patronne fonce dans ses logis privés chercher du mercurochrome et autres drogues. Le loufiat appelle Police Secours. Cinq minutes plus tard, César est pansé à la permanence de l'hôpital.

∴

Les phares écartent les ténèbres. L'autoroute noirâtre se dévide sans heurts. La Mercedes parfaitement suspendue semble immobile. C'est Eric qui la pilote. Le Président se tient à son côté.

A l'arrière, César, sonné par la piqûre calmante dort, la tête posée sur l'un des coussins de Noëlle. La jeune fille examine ses plaies quand ils croisent une autre bagnole dont les loupiotes éclairent l'intérieur de la leur. Elle reste sans compassion ni dégoût. Rude passage à tabac. Elle pense à sa grenadine qu'elle n'a pas bue. Elle a soif. Elle adore être ballottée ainsi, au gré de la volonté supérieure du Président. Il est question qu'il l'emporte (elle préfère le verbe emporter au verbe emmener) à Helsinki où il est invité à elle ne sait plus quel titre.

Tumelat fulmine.

— Les salauds ! Le coup de semonce, quoi !

— Des gauchistes, vous pensez ? interroge Eric.

— Comment le savoir ? Ils ont bon dos. Attendons que l'agression soit revendiquée.

Il pouffe sombrement :

— Revendiquée ! Ce que les temps ont changé ! Dans ma jeunesse, ceux qui commettaient une infamie se terraient. A présent ils proclament leurs forfaits ! Le crime est devenu action d'éclat. Bayard pose des bombes et Turenne détourne des avions de ligne ! Déliquescence. Nous sommes foutus, nous autres Terriens. Le pourrissement de la planète est général. Les hommes ont échoué ; il ne reste plus que Dieu ! Eh bien, nous allons rejoindre le bercail et retourner à LUI !

Eric se risque à demander :

— Vous êtes croyant, monsieur le Président ?

— Et comment ! Qui oserait prétendre en son âme et conscience qu'il ne l'est pas ? Croyant, mais pas pratiquant, comme tout le monde. Là est l'erreur. Quand on croit, il convient de pratiquer, même si on ne croit pas aux religions. Pratiquer, c'est se grouper ; pour faire échec au mal, les gens de bien doivent serrer les rangs.

Un temps passe.

Le vieux croquant soupire :

— En tout cas, cette agression va faire du bruit ! Je m'en occuperai. Je ne vais pas me laisser intimider par des saboteurs de société. Savez-vous, Fiston, que c'est bon pour vous, un attentat de ce genre ? Effet psychologique certain. Nous faisons figure de martyrs. Demain, je veux la une de tous « nos » journaux ; vous et moi au chevet de César. Au besoin on lui rajoutera des ecchymoses au bleu de méthylène pour que ça soit plus impressionnant ! Bande de fumiers ! Vous assassiner si vous êtes élu ! Comme ils y vont ! Avez-vous peur ?

— Non, monsieur le Président, absolument pas.

— Bravo ! Et que je vous dise, mon petit : la réunion de ce soir a été une réussite. Vous fûtes magistral ! Décidément vous êtes fait pour « ça », Fiston ! Ce ton à la fois mesuré et passionné ! Cette justesse de vue ! Cette modestie pleine de loyauté ! Tous les Troyens réunis étaient sous le charme. Votre voix est bonne : claire, sûre, pleine de réserve. On devine votre volonté, mais vous ne la montrez qu'à travers un tulle de pudeur.

Horace tapote l'épaule du garçon, puis se retourne vers Noëlle.

— J'aurais dû t'amener, l'Ange, tu te serais rendu compte ? Superbe prestation.

L'auto continue de filer bon train, avec une mollesse d'hydroglisseur, sur l'autoroute de l'Est.

— Pensez-vous que j'aie des chances ? demande Eric, songeur.

Tumelat hoche la tête :

— Pas la moindre. Mais il ne faut pas systématiquement se présenter pour être élu. En ce moment, vous prenez date. Vous passez votre licence de pro, quoi ! Faire ses premières armes est capital en tout.

Il se retourne une fois de plus pour contempler Noëlle. Il a besoin d'elle. Elle vient de s'endormir contre César. Leurs deux têtes n'étant séparées que par un coussin. Deux visages mutilés. Le Président s'attendrit.

— Je la trouve belle, avoue-t-il à voix basse.

Il demande, presque timidement, et Eric en est ému :

— Est-ce anormal ?

— Non, monsieur le Président, car elle est mieux que belle : émouvante.

— Suis-je tyrannique avec elle ?

— Peut-être, mais elle aime cela. L'amour est une tyrannie.

— Et vous, avec Eve ?

— Une autre tyrannie, assure Plante. Je m'inspire de vos méthodes, en amour comme en politique. Moi aussi j'ai une maîtresse-esclave, mais notre liaison est plus brutale. Vous gardez un je ne sais quoi de paternel vis-à-vis de Noëlle qui est bien entendu hors de question dans mes rapports avec Mme Mirale. J'éprouve le sadique besoin de l'humilier. Croyez-vous que cela résulte de mes déviations sexuelles, ou bien d'un geste de rancune ?

— Peu importe, assure Horace. Vous la dominez, et c'est le principal. L'aimez-vous ?

— Oui, répond Eric. Je l'aime avec cruauté. Je l'aime en souffrance, je l'aime en peine. Voilà, je la veux brisée, je la veux pantelante, soumise, éperdue. Elle ne me fait bander qu'en étant à merci. Quand je travaillais comme journaliste, j'ai connu un grand du show-business qui ne pouvait prendre son pied avec sa femme qu'après en avoir fait une star, fût-elle une fausse star. Eh bien moi, c'est le contraire, je dois mettre Eve en charpie avant de la prendre. Il me la faut en loques. C'est insensé j'en conviens. Si je vous confie cela, monsieur le Président, c'est parce que vous seul pouvez me comprendre. Pardon de vous parler aussi librement, mais ce qui m'a conquis, en vous, c'est votre démesure. Vous êtes également un homme libre, et j'appelle libre, celui qui, au plus profond de lui, n'admet aucune contrainte, aucune règle, ni aucune loi. Vous allez jusqu'au mépris de vous-même quand vous êtes conduit à vous désavouer. Il n'existe rien qui puisse vous canaliser vraiment. Vous jouez la vie, vous jouez à la vie. Mais comme vous savez tout, vous ne croyez à rien, sauf en Dieu pour ne pas trop avoir le vertige. On peut nous prendre pour d'atroces cyniques, en réalité, nous ne sommes que des êtres effroyablement renseignés.

Le Président sent son cœur se gonfler.

— Fiston, dit-il nostalgiquement, ah ! Fiston...

Et, après un instant de retenue, car ce qu'il va dire est énorme :

— Depuis quelque temps, je me demande si nous ne serions pas en réalité des justes.

III

Artémis porte ce jour une irrésistible robe mauve qui la boudine et lui donne l'aspect d'un gros bouquet d'iris. Elle a mal à l'âme car son univers se désagrège jour après jour. Eve change et, par contrecoup, le climat de son « service ». Service de deux personnes qui constituait l'aristocratie du journal. Un détail parmi bien d'autres : depuis plusieurs semaines, la journaliste a cessé d'amener Mouchette, sa dalmatienne, laquelle avait droit de cité et dont la couverture écossaise demeure dans l'angle du bureau, avec encore plein de poils blancs. Chaque fois qu'Artémis aperçoit la couverture, elle soupire. Il suffit de si peu pour exprimer une détresse.

De plus, son vieil amant, malade, l'abandonne pour soigner ses maux dans son foyer rance. L'adultère n'est qu'une kermesse d'un jour.

Artémis consulte sa montre avec anxiété. Eve a près d'une heure de retard et cela fait déjà trois fois que Mathieu Glandin la réclame, d'une voix de plus en plus rogue. La standardiste lui branche un lecteur mécontent qui la prie de transmettre à « la mère Mirale » que son papier de la veille est une ignominie et que si elle raffole tellement de la gauche, elle n'a qu'à aller pomper Marchais place du Colonel-Fabien. Artémis, philosophe, lui répond que l'idée est à creuser et qu'elle ne manquera pas de la transmettre à l'intéressée.

Son angoisse croît. Elle se risque à allumer une cigarette et merde si Eve rouscaille. Justement, la voici, mal maquillée, les yeux habités, les gestes flous, elle qui est si vive d'ordinaire.

Elle ne réagit même pas à la cigarette plantée dans le rouge à lèvres d'Artémis.

— Le singe vous attend et s'impatiente ! lui lance cette dernière, allez vite !

Eve paraît ne pas comprendre. Pourquoi vite ? Elle semble découvrir l'ambiance cafardeuse du bureau.

— Ça ne va pas ? demande-t-elle à sa secrétaire.

— Non, pas fort.

— Qu'est-ce qui cloche ?

— Tout, répond la grosse femme, à commencer par vous. J'ai l'impression que vous menez une vie de barreau de chaise.

— De quoi je me mêle !

— Je ne fais que répondre à vos questions, ma chère.

Eve lui sourit tristement.

— Bon, je vais voir Mathieu, vous aérerez après votre cigarette, s'il vous plaît.

Elle s'engage dans un dédale de couloirs, évitant les salles de rédaction survoltées. Elle croise des gars en bras de chemise, qui passent, des feuillets à la main, comme s'ils allaient porter un recours en grâce. Ils la saluent en disant justement « salut ». Elle répond « bonjour ». On lui fait gueule de raie. Elle s'en fout. Elle emmerde la terre entière plus son satellite. Elle est en état de passion. Rien d'autre ne compte. Les heures passées sans Eric ne sont qu'une attente de leurs retrouvailles. Elle se charrie, d'une nuit à l'autre, ramant à contre-courant. Elle aimerait pouvoir s'enfermer dans le petit appartement de la rue Saint-Benoît et y attendre son retour. Elle se coucherait à plat ventre sur la moquette et le temps passerait. En compagnie des autres, il passe difficilement. Les autres sont à crampons, ils la harponnent minute après minute. Il faut s'en dégager laborieusement en leur abandonnant des lambeaux. Cela freine le mouvement. Et puis ça fait mal. Chez Eric, dans le silence et la pénombre, tout se passerait bien. Il y aurait son odeur, son climat, ses ondes.

Elle grimpe un étage par le petit escalier « privatif » tapissé (murs compris) d'une moquette saumon et parvient sur le palier directorial meublé d'un bureau et d'une banquette.

Un vieil infirme en uniforme bleu dont les revers portent le sigle du *Réveil* lit d'autres journaux devant une boîte contenant des bristols « Nom du visiteur... Objet de la visite... » car Glandin raffole du décorum. Chez lui, selon les petits confrères : « seuls ses testicules sont vraiment à gauche ».

— Bonjour, Clément, murmure Eve, il paraît que le boss me réclame ?

Le vieux type acquiesce.

— Il est sur des charbons ardents, ce matin.

Il décroche le téléphone intérieur qui le relie au bureau directorial, pour annoncer la survenance tant tellement souhaitée d'Eve Mirale.

C'est Glandin qui vient délourder, en « tenue de travail » ; à savoir qu'il est en bras de chemise, la cravate dénouée bas, un morceau de réglisse de bois planté dans un coin de la bouche ; ses lunettes à double foyer sont posées à l'extrémité de son nez pointu.

Il croit se donner le genre Lazareff et ne consent à passer son veston que pour recevoir un visiteur de capitale importance.

Habituellement, il honore Eve d'un baisemain, mais en ce jour de forte rogne, rogne noire — son regard est formel sur ce point — il se contente de presser distraitement la main qu'elle lui tend.

— Entrez !

Bureau à l'américaine : verre et acier. Quelques sculptures modernes, plus un grand Dufy représentant une course de chevaux. Les appareils les plus perfectionnés ont été accumulés là : télex, vidéo, dictaphones, tévé sur grand écran et autres babioles ultra-modernes qui seront périmées l'an prochain.

Lorsque Mathieu Glandin reçoit Eve, il l'accueille dans le petit coin-salon du bureau, espèce d'îlot moelleux dans ce vaste décor déshumanisé par la surabondance de la technique ; aujourd'hui, il lui désigne l'un des deux fauteuils genre Knoll faisant face au sien de l'autre côté de sa table de travail.

— Eve, dit-il, vous me connaissez ? Je m'efforce toujours de me montrer direct. C'est à la fois une forme d'honnêteté et un gain de temps. J'ai reçu cette lettre au courrier du matin, lisez-la !

La journaliste prend une enveloppe à en-tête du *George-V* et sort la feuille qu'elle contient, laquelle est également à en-tête du fameux palace. Elle pressent du vilain. Le comportement de Glandin est éloquent. Une belle écriture au stylo à encre bleue se propose à elle ; élégante et bien dessinée.

> *Monsieur le Directeur,*
> *Bien qu'ayant des opinions peu conformes à celles exprimées par votre journal, je lis néanmoins celui-ci pour la simple raison que je le trouve plus intelligent que tous les autres. Parmi les rubriques qui en assurent l'agrément, ma préférence allait à celle de Mme Eve Mirale dont l'humour et le mordant me semblaient incomparables. Si j'emploie un temps passé pour parler d'elle c'est parce que j'ai été, voici trois jours, témoin d'un spectacle tellement écœurant qu'il m'a ôté à tout jamais l'envie de rester votre lecteur.*
> *Des amis parisiens m'avaient emmené dans une boîte de nuit à l'enseigne de* Cap plein Sud *où règne un climat qui ne fait rien pour le prestige de Paris. Ce soir-là, un couple est allé jusqu'à faire l'amour en public, dans le faisceau complice d'un projecteur. Quelle n'a pas été ma stupeur et ma désillusion de reconnaître, dans la partenaire du voyou capable de copuler dans de telles conditions, votre célèbre collaboratrice.*
> *Monsieur le Directeur, est-il concevable, est-il possible qu'une femme qui s'érige en redresseur de torts se livre à la pire des dépravations ? Comment a-t-elle le front de parler au nom de la morale et de la justice quand, la nuit venue, elle va perpétrer dans un cabaret ce qu'une prostituée professionnelle n'oserait y faire ?*
> *Je tenais à vous faire part de mon indignation infinie.*

C'est signé Paul Marteins, ou Masseins.

Pendant la lecture d'Eve, Mathieu Glandin s'est mis à annoter des feuillets dactylographiés. On n'entend que le grattement nerveux de sa plume. Son bureau, tu penses bien, est insonorisé. Sa respiration de gars en butte aux prémices de l'asthme produit un bruit désagréable, qui blesse l'oreille et crée une sensation oppressante.

Eve replie délicatement la lettre qu'elle réintroduit dans son enveloppe. Elle se sent « pâle du dedans ». Il s'agit de s'accrocher à n'importe quoi. Se dire qu'il existe dans la plus édifiante des vies des moments peu reluisants. L'être le plus beau recèle de la merde dans ses entrailles. Son jour de merde est arrivé. Jour de honte. Boue et brouillard ! Elle doit faire face, coûte que coûte. Faire face, en la circonstance, consiste à conserver sa dignité. On n'est pas indigne à cause d'un moment d'abandon.

Mathieu murmure, sans cesser d'écrire :

— Vous avez lu ?

— J'ai lu.

— Avant que vous n'ajoutiez quoi que ce soit, je dois vous dire, Eve, que j'ai téléphoné tous azimuts, ce matin pour mettre la main sur le gérant de ce club et qu'il m'a confirmé la chose.

— C'était inutile : je ne songe pas à la nier.

Glandin dépose son stylo sur la double fourche d'un écritoire de marbre. Il arrache ses lunettes et les place à l'envers sur le sous-main. Ensuite il joint les mains et du bout de ses dix doigts réunis tapote ses lèvres en considérant Eve avec incrédulité.

— Je ne parviens pas à accepter cette idée, Eve. Vous étiez ivre ?

— Non.

— Alors vous perdez la raison !

— Peut-être.

— Si l'on m'avait demandé de citer une femme sérieuse, j'aurais donné votre nom avant celui de ma mère !

— Vous auriez eu tort.

Il se lève et marche en rond dans la pièce. Le télex en profite pour se crépiter. Son bruit de robot pensant crépite dans le presque silence.

Mathieu Glandin s'assied dans le fauteuil voisin de celui de sa collaboratrice.

— Que se passe-t-il, Eve ?

— Je ne sais pas.

— C'était qui, ce... Votre partenaire ?

— Je préfère que vous repreniez l'expression de voyou plutôt que d'employer le mot partenaire. Il ne s'agissait pas d'un spectacle, Mathieu. Ce voyou est un garçon dont je suis folle. Vous rappelez-vous notre sortie au restaurant russe ? Un jeune homme s'est fait apporter un gâteau d'anniversaire pour lui tout seul, et l'orchestre lui jouait *Happy Birthday*.

Glandin opine.

— Lui ?

— Oui.

Le P.-D.G. du *Réveil* ricane :

— Le moins qu'on puisse dire de lui est qu'il a le sens du théâtral. Votre mari se doute de quelque chose ?

— Pas encore.

— Eve, si les choses se gâtent, que va-t-il advenir de votre enfant ?

Elle le traite de vieux con, intérieurement. Il va au plus pressé, Mathieu : honneur et famille...

— J'ai encore autre chose à vous dire, Eve.

— Pendant qu'on y est...

— Vos papiers ne valent plus tripette : vous les écrivez d'une main, en pensant à autre chose.

— C'est vrai ? demande-t-elle péniblement.

— Hélas ! tout le monde se demande si c'est encore vous qui les rédigez ou bien quelque intérimaire. Vous pondez sur la vitesse acquise : par routine, comme les vieux pamphlétaires qui se parodient, faute d'inspiration.

Eve murmure :

— Pauvre Mathieu, vous ne méritiez pas ça. Vous m'avez faite et voilà que je me défais. Allons, tirons la conclusion de cet entretien : pute et sans talent, ma place n'est plus ici, n'est-ce pas ?

Glandin se met à crier :

— Oh ! Merde ! Merde ! Merde ! Vous ne m'avez pas habitué à une telle attitude ! Alors quoi ? L'écroulement pur et simple ? A votre âge, une fille comme vous...

Elle sourit et, prenant la voix de Louis Jouvet, lance l'une de ses fameuses répliques :

— Une fille comme vous ; avec un homme comme lui ! C'est horrible !

— Eve, vous êtes le contraire d'une conne. Bon, en ce moment vous avez le feu au cul, cela arrive aux femmes les plus guindées ; mais vous savez parfaitement que vous et ce beau garnement, ce n'est qu'une passade, qu'un moment de folie !

— Je sais, dit Eve. Je sais, Mathieu : mais quel moment !

— Vous n'allez pas ruiner votre foyer et votre carrière parce qu'un petit con vous fait bander !

— Je l'aime, Mathieu. Je l'aime...

— Prenez quinze jours de vacances, foutez le camp avec

votre époux et votre môme, loin, très loin... A l'autre bout du monde.

— L'autre bout du monde, c'est ici, répond Eve. D'ailleurs mon mari est trop occupé pour pouvoir partir. Et le pourrait-il, je serais incapable de le supporter « à plein temps » !

— Alors allez-vous-en seule ! Ou avec votre gamin. Vous vous ressaisirez !

Glandin reprend la lettre qu'elle a abandonnée sur son bureau et la déchire en menus morceaux, comme pour donner à sa collaboratrice un gage de pardon et d'oubli. Elle est sensible à son geste. Et voilà que quelque chose s'établit dans sa jolie tête. Un projet. Elle le doit à ce brave Mathieu. Un type pas si mal que cela, après tout.

Projet radieux, projet de rêve.

— Dites, petite, vous allez me faire plaisir et quitter Paris, n'est-ce pas ? Voulez-vous que je passe un coup de tube à Luc pour vous faciliter les choses ? Je lui dirai que vous êtes dépressive et avez besoin d'un bon repos sous des cocotiers, loin du journal et de votre maison. Il comprendra. C'est lui-même qui vous proposera la chose. D'accord ?

— Vous êtes un homme fabuleux, Mathieu, je ne sais que vous dire. Oui, c'est d'accord. J'espère pouvoir vous revaloir un jour votre indulgence.

Elle se penche sur lui et dépose un baiser sur les lèvres minces du dirlo. Lui, bonne pomme, crac ! Electrisé, tu t'en doutes ! Les mectons, tous pareils. Une belle nana remue du fion ou bat des cils et c'est *Disney-Land* dans leur cœur et dans leur slip. Le voilà qui se prend pour un terre-neuve, Mathieu Moncul ! Au fond, il est excité comme un pou, de penser que la belle Eve s'est fait limer devant tout le monde ! Merde, il aurait voulu voir ça. Ce pied, mon neveu ! Il lui mate le bassin, à la dérobée, reconstitue les fesses de sa journaliste, d'instinct. La débarrasse de ses hardes. Il te lui imagine une chatte grandiose, savoureuse ! Et le beau brigand blond qui l'enfile dans un cabaret. Elle pâmée, y allant du prose à outrance, *out* complètement. Charogne ! Peut-être qu'un jour, quand le barbiquet se sera lassé, qu'elle sera redevenue raisonnable, son tour viendra, Mathieu. Il la situait tellement irréprochable qu'il n'aurait jamais osé se risquer, mais du moment que madame prend de la verge en vistavision, y a plus de raison qu'il languisse, non ? Il a droit de cuissage. Dirlo, gentleman, les conditions sont requises ! Son grand rêve : lui verser du champagne dans le frifri et boire à cette coupe divine ! Seigneur ! il s'en promet des séances grand veneur ! Ce soir, il va brosser la mère Adi en imaginant que c'est Eve. Il organisera tout bien. Quand le grand moment lui écherra, il aura plus qu'à crier « moteur ! ». Ah ! la merveilleuse polissonne. Dites-moi, dites-moi, s'il se serait douté. L'existence est riche d'imprévu.

Il pose ses deux mains sur les jambes de sa collaboratrice. Le contact le fait trembler.

— Il va falloir tenir, ma petite chérie ! Tenir coûte que coûte. Ne vous inquiétez pas : je suis là !

Elle sourit triste, comme une veuve à travers son voile noir ; qu'on peut pas dire si elle chiale ou rigole derrière ce tulle théâtral, bordel !

Pour tenir, elle tiendra, la jolie.

Sois, tranquille, vieux nœud : elle tiendra !

IV

Eric a rendez-vous avec Marien dans un bar proche des Champs-Elysées où ils buvaient ensemble force scotches lorsque Plante travaillait pour *le Parfait*, délicat hebdomadaire voué aux médisances nationales et aux ragots artistiques. *Le Bar biturique* est un lieu discret, avec une zone comptoir pour les habitués bavards et une partie stalles destinée aux amoureux et aux conversations ouatées.

La lumière y est faible et une musique d'ambiance, très discrète, donne à l'endroit un ton élégant.

Eric achève de lire les papiers que la presse consacre à l'attentat de Troyes ! Selon les tendances politiques des journaux, le forfait est attribué à des gauchos ou à des fachos. Sur presque tous, on peut découvrir l'image du Président et d'Eric Plante au chevet d'un César mal en point. En encadré : fracassantes déclarations du jeune candidat lançant un défi aux agresseurs éventuels en clamant qu'on ne tue pas la liberté et que s'il est élu il les attendra de pied ferme. Son courage impressionne ces messieurs de la presse, lesquels, oublieux de la peu reluisante publication où Eric fit ses premières armes, parlent à l'unisson de *notre ex-confrère*.

— Qu'est-ce qui te fait marrer ? demande Marien qui vient d'arriver.

— Les hommes, répond Eric. C'est de la pâte à beignets.

Il remarque que Marien lui tend la main gauche et s'en étonne. Le gros lui découvre alors la droite entortillée dans une bande Velpeau.

— Figure-toi que je n'ai pas l'habitude des coups-de-poing américains : je me suis luxé la main en billant sur le chauffeur. Comment va-t-il, à propos ?

— Nez cassé, bouche fendue et autres bricoles qui font d'un esclave un héros, répond Eric. Un Americano, comme d'habitude ?

Marien opine. Plante hèle le garçon, un nouveau qui ne les a pas connus à l'époque héroïque.

— Tu sais, Marien, fait-il d'une voix pénétrée, je suis très conscient des services incroyables que tu me rends, sache bien que si ça se met à vraiment flamber pour moi, je te ferai une situasse à la hauteur de notre amitié.

Le photographe rougit de contentement ému.

— Oh, laisse, Riquet, je prends un pied terrible à tout ça. Grâce à toi, c'est le bon temps qui revient.

Marien a été pendant deux ans mercenaire en Afrique ; une hépatite virale le contraignit à la vie civile, mais il conserve de cette épopée brigande une nostalge éperdue.

Eric tapote la pile de journaux.

— Ça porte ses fruits, tu vois.

— J'ai lu. Tu as tes chances ?

— Le Vieux prétend que non, il me juge trop neuf, trop jeune, trop inconnu. De son temps les méthodes étaient autres. Il fallait, pour s'infiltrer, faire la lèche à des tas de kroums, passer par des édiles, caresser les notables, sucer des syndicalistes, que sais-je. On commençait par établir une tête de pont, tu comprends ? puis on confortait ses assises avant de se lancer à l'assaut. Moi, j'use d'un système que tu connais bien : l'attaque surprise. Je me fais parachuter de nuit et je nettoie le terrain.

« Grâce à toi, aujourd'hui tous mes électeurs potentiels sauront qui je suis. En cinq minutes tu auras fait plus pour moi que dix ans de bricolage dans des antichambres et des permanences. Qui se propose aux suffrages des Troyens ? Un jeune héros qui dérange, qu'on veut abattre, mais qui fait fi du danger et grimpe sur la barricade la poitrine offerte ! »

Marien est toujours intimidé par ces élans passionnés de son ami, passion feutrée beaucoup plus effrayante que la véhémence. Quelque chose d'implacable émane de lui. Il se montre de marbre, le temps d'une phrase. Son regard clair s'assombrit, devient presque noir, tandis qu'une brusque pâleur éteint son visage.

— Vois-tu, Marien, je veux démontrer au Président que sa confiance en moi est encore mieux placée qu'il ne le croit. Je dois réussir l'exploit, par n'importe quels moyens. Tout sera bon mais je réussirai ! Tu piges ?

— Reçu cinq sur cinq, répond le gros type. C'est quoi, maintenant, la suite du programme, grand chef ?

Plante a une moue peu engageante.

— La première partie, c'était de la sucrette, mon grand. Les amuse-gueule ! Mais la seconde, à la tienne ! Ce n'est plus des poings qu'il faut, c'est du doigté !

— Dans ce domaine, on ne prête qu'aux maigres, et on a tort, rigole le photographe. Alors ?

— Mon plus redoutable concurrent est un gars de la majorité, ancien sénateur nommé Molifolle ; s'il disparaissait de la compétition, j'aurais toutes mes chances.

— Tu ne me demandes pas de l'éliminer, j'espère ? s'inquiète Marien, effaré.

Eric sourit.

— Si. Mais pas physiquement. Imagine-toi que le Président possède un fichier magique qu'il s'est constitué au temps où il était ministre de l'Intérieur. Certaines circonstances particulières m'ont permis d'y avoir accès. Or, regarde si le hasard fait bien les choses, le sénateur Molifolle y figure.

— La vie est un roman, soupire langoureusement Marien en brandissant son verre pour qu'on lui serve un nouvel Americano. Et il a quoi, comme cadavre dans son placard, ce type ?

— Le contraire d'un cadavre : une merveilleuse petite fille de dix ans, avec des nattes et des yeux d'ange, comme sur les livres de la Bibliothèque rose.

— Viol ?

— Pas exactement, disons : turpitudes. C'était la fille de sa cuisinière et de son jardinier. Un jour il est allé un peu loin, la gosse a pris peur et s'est sauvée en hurlant. Les parents ont porté plainte et il a fallu que le bonnetier en crache un paquet et fasse donner la garde pour arriver à écraser l'affaire.

— Des preuves ?

— Numéros de toutes les pièces du dossier ; rapport médical, déclarations de l'enfant, etc.

Il tire son portefeuille pour en dégager une feuille de bloc, qu'il tend à Marien.

— Tout est consigné là-dessus, y compris le téléphone privé de Molifolle. J'ai l'impression que tu dois pouvoir arranger cela sans te manifester autrement que par fil. N'annonce pas la couleur tout de suite, commence à le faire cuire à feu doux. Au besoin, demande à Boulou de téléphoner également afin qu'il y ait plusieurs voix pour le harceler. Je participerai au travail de sape de mon côté, mais brièvement, sans m'étendre. Lorsque nous le sentirons à point, nous exigerons qu'il retire sa candidature « pour raison de santé ». Son remplacement interviendra trop tard pour être efficace.

— O.K. ! approuve Marien, mais je ne promets rien pour Boulou, elle est toute chose depuis quelque temps.

Il empoche le feuillet d'Eric.

— Tu veux que je te dise, Riquet ? T'as la baraka ! Le Président est au courant ?

— Penses-tu, il y avait des toiles d'araignée après son fichier, et puis il est en pleine crise de spiritualisme, ce qui ne l'empêche pas de baiser la petite comme un fou.

Eric jette un œil à la pendule-réclame du comptoir.

— Je te laisse, j'ai rendez-vous avec sa légitime pour parler de leur divorce.

⁂

Moins d'une heure plus tard, Eric est à Gambais. Le feu qui couvait en lui est devenu brasier. Il flambe, en ce moment. Il se sent dépassé par son énergie. Il mène tout à la fois, en grand chef d'orchestre auquel quatre-vingts instruments obéissent. L'existence est son fief. Il s'y promène en terrain conquis. Les événements sont à sa disposition, de même que le hasard.

En arpentant la large allée bordée de rosiers nains écrasés par l'hiver, il se dit « Pourvu qu'elle me reçoive de nouveau dans sa chambre ! ». Si Adélaïde l'accueille au salon, c'est que le sort lui est contraire. Il prendra la chose comme un mauvais présage. Il veut retrouver l'étonnant climat de l'autre jour. Ce trouble fascinant. Il fera durer le plaisir capiteux. La convoitera-t-il encore ? C'était si émoustillant... C'est bon le désir lorsqu'il est lancinant, en équilibre précaire sur la réalité.

Une femme de chambre rurale répond à son coup de sonnette. Elle sait qui il est et qu'on l'attend, car elle le salue d'un sourire et le débarrasse de son manteau fourré. Après quoi, d'une démarche chalutière, elle l'entraîne vers la chambre. Le cœur d'Eric rend grâce à sa volonté souveraine qui a obtenu par son intensité ce qu'il souhaitait si ardemment.

Mme Tumelat est à son secrétaire. Attitude bidon. Il est persuadé qu'elle vient de s'y installer à la seconde pour se donner une contenance. Elle feint d'écrire, mais le bloc de correspondance est vierge. Eric marche à elle délicatement, car on ne se déplace pas dans une chambre à coucher comme dans les autres parties d'une maison.

Léger baisemain.

— Merci, Eric, d'être revenu jusqu'ici. Et pardon de vous recevoir dans ma chambre, cela doit faire un peu cocotte, n'est-ce pas, mais c'est, avec l'office, le seul endroit de cette demeure où je me sente chez moi ; partout ailleurs, je me crois « chez lui », vous comprenez cela ?

— Tout à fait, assure l'arrivant.

— Installez-vous à votre guise.

Il choisit le fauteuil crapaud de sa visite précédente. La chambre a été parfumée largement. Il n'aime pas beaucoup l'odeur chimique qui y règne, mais il l'interprète comme une attention délicate à son endroit.

Adélaïde quitte le secrétaire. Elle porte un déshabillé de soie noire, assez brutal qui lui donne l'aspect d'une comtesse milanaise.

— Dites-moi, j'ai lu quelque part que les parents de Noëlle s'étaient tués dans un accident de la route ?

— En effet, madame ; mais Mlle Réglisson l'ignore. Le Président a préféré lui taire le drame et c'est moi qui me suis occupé des formalités en compagnie d'un stupide beau-frère dont les larmes sentaient le vin rouge !

Adélaïde hoche la tête :

— Mon Dieu, comme rien n'est simple avec ce pauvre Horace ! A quoi rime de ne rien dire à la petite ? Elle l'apprendra fatalement un jour ou l'autre !

Eric la regarde en songeant que maintenant que Mme Tumelat est au courant, ce jour risque d'être proche.

« Viens t'asseoir sur le lit, vieille peau ! » ordonne-t-il mentalement à son hôtesse.

Et Adélaïde, docile, se dépose sur le couvre-lit de fourrure où dès lors, le déshabillé noir prend tout son jus et t'en téléscope les mirettes.

La gorge d'Eric se noue. Il jubile. Ça vient ! Il retrouve l'âcre convoitise de naguère. Il fixe la femme en lui parlant muettement. « J'ai envie de toi, seringue ! Tu es fanée, mais j'aimerais prendre mon pied sur ton ventre de bourgeoise. »

— Alors, cher Eric, quelle nouvelle m'apportez-vous ? Le grand homme renâcle, évidemment ? Avec lui, il suffit qu'on dise blanc pour qu'il hurle noir !

— Eh bien, pas du tout, madame. Le Président est des plus consentants et se déclare prêt à vous donner satisfaction.

Elle fronce les sourcils.

— Hum, voilà qui ne me dit rien qui vaille ! Cette docilité cache quelque ruse.

Eric reste fermé. Sa pensée suit deux voies différentes, simultanément : celle de son désir et celle de sa démarche. Il imagine d'improbables voluptés avec Adélaïde tout en gardant une attitude mesurée. Et son excitation provient précisément de ces deux sentiments antagonistes. Il est clair qu'Adélaïde est une femme froide, mais que la jeunesse et le charme d'Eric la troublent néanmoins. Elle flaire son émoi, en femelle capteuse d'ondes. Toutes les femmes, ou presque, savent percevoir le désir qu'elles provoquent. Et les rares qui ne le reconnaissent pas sont des infirmes. Sans doute est-elle surprise et foutrement flattée d'éveiller l'intérêt de ce prince de grâces.

— Le Président est en pleine mutation morale, affirme-t-il.

— Qu'entendez-vous par là ?

— Je pense qu'il opère une sorte de « retour sur lui-même » selon l'expression convenue et qu'il prend quelque hauteur avec la vie.

L'épouse déçue, donc incrédule, hoche la tête :

— Mais il n'a fait que cela, mon pauvre Eric, depuis des lustres : prendre de la hauteur pour mieux fondre sur ses proies.

Eric a les oreilles brûlantes. Il rêve de s'accomplir à sa

guise. Tout braver, surtout les conventions ! N'est-il pas un être en réussite ? Parti comme une fusée et suivant une impeccable trajectoire. Depuis la perte de Marie, il a décidé de régner. Il n'a pas défendu Marie. Vieux Charlot la lui a prise, sans drame, sans explication. Le fait du roi ! Eric s'est soumis. Il a failli mourir, mais de l'intérieur, sans se départir de son visage de tendresse.

Adélaïde remarque :

— Vous semblez ailleurs ?

Plante secoue la tête :

— Je suis terriblement présent, au contraire !

Il se dresse et, un pied aidant l'autre, quitte ses chaussures. Il pose son veston qu'il place soigneusement sur le dossier du fauteuil. Il tire sur le nœud de sa cravate, puis déboutonne sa chemise.

Mme Tumelat balbutie :

— Eric ! Qu'est-ce qui vous prend ?

Il ne répond pas. Il pense à Marie ; pas à celle de maintenant, là-bas, châtelaine campagnarde assujettie aux quatre volontés d'un homme vieillissant mais solide et plein d'insolence ; non, il pense à la Marie d'avant, c'est-à-dire à la sienne. Marie, sa planète d'amour, Marie qui lui a laissé croire à la joie du monde. A cause d'elle, il a espéré pendant quelques mois que l'existence était une île heureuse. Il pense à Marie, pire que morte : absente de lui.

Il dégrafe son pantalon et le quitte. Il en rassemble les deux jambes, bien à plat. Quelques pièces de monnaie s'échappent des poches et roulent sur la moquette. Cocasse, de l'argent qui tombe d'un pantalon retourné. Eric s'avise qu'il n'a pas encore posé ses chaussettes et il sait qu'un homme en chaussettes est grotesque, aussi les extirpe-t-il de deux revers d'index. Il porte un slip bas, de couleur champagne. Il l'ôte avec une aisance presque féminine. Et le voilà nu. Nu dans la chambre d'Adélaïde Tumelat. Plus beau qu'impudique, le sexe en projet d'érection. Adélaïde cesse de protester, de lancer ses stupides « Mais vous êtes fou ! ». Elle n'arrive pas à détacher son regard de cet être racé, musclé, bronzé par des séances UV bihebdomadaires (et tant pis si c'est cancérigène !). Sa dignité bourgeoise est vaincue par l'harmonie de ce garçon. Peu convoitée et de surcroît sérieuse, elle sait peu de l'amour. Il y eut les emportements d'Horace, à leurs débuts ; puis plus tard,

378

les assauts du peintre et, dans l'intervalle, une furtive liaison avec un neurologue qui avait les mains et le regard brûlants. Elle s'abîme dans une admiration scandalisée. Eric lui sourit, puis contourne le lit, rabat la fourrure blanche qui le recouvre et arrache un coin des draps pour pouvoir se couler à l'intérieur. Il s'y enfonce avec délices. Il se couche pour la première fois. Sa tête creuse sa place dans l'oreiller douillet. Il se détend infiniment.

— Un nuage ! soupire-t-il. Vous devriez tirer les rideaux, il y a trop de lumière.

— Eric, voyons, proteste-t-elle sans trouver la suite.

Il ferme les yeux, continue de sourire.

— Quoi ? La bonne ? Envoyez-la en course ! Qu'est-ce que cela peut faire, d'ailleurs ? Vous êtes libre, non ? Il suffit de fermer la porte à clé. Décrochez le téléphone, je ne pourrais vous faire l'amour en étant menacé d'une sonnerie.

Elle est éperdue, brusquement, à cause de l'expression « vous faire l'amour ». Ainsi donc, telle est bien l'intention du jeune homme ? Jusque-là, malgré sa nudité, elle doutait encore. Elle a même, un instant, cru qu'il s'agissait d'une ruse, de quelque complot fomenté par Horace pour la perdre. Elle s'est attendue à voir à nouveau surgir un voyou armé d'un appareil photographique... « Vous faire l'amour !... » Lui « faire l'amour », à elle. Ce jeune dandy si beau, si neuf, aux manières équivoques ! Lui « faire l'amour » à elle, dame mûrissante, dame guindée, si sévère de tempérament...

A-t-elle envie de lui ?

Elle ne le croit pas. Il l'émeut, sa grâce l'impressionne, mais le désir c'est autre chose.

— Eric, parvient-elle à murmurer, je pourrais être votre mère.

Il répond d'une voix de sommeil :

— C'est vrai.

Il se rappelle un après-midi d'été, avec Marie. Ils étaient assis sur un banc de pierre chauffé par le soleil, adossés à un mur où courait une glycine aux fleurs passées, d'un mauve presque blanc, mais qui continuaient de sentir très fort.

Il tenait la main fraîche de Marie. Des abeilles bourdonnaient. Des hirondelles rayaient le ciel bleu. Il priait en lui-même, comme jamais plus il ne saurait prier « Mon Dieu, c'est trop bon, permettez que je meure d'amour ». Il fermait les yeux, attendant que son vœu fût exaucé, mais la mort ne venait pas, il continuait d'être émerveillé par cette main de femme dans la sienne, de respirer l'obsédant parfum des glycines flétries et d'écouter les bruits de l'été ardéchois.

— Ne m'en veuillez pas trop, madame, je suis un peu fou, vous le pensez bien.

Adélaïde s'arrache du lit où elle restait immobile, comme une bête traquée qu'un frémissement peut désigner à son ennemi.

— Oui, renchérit-elle, vous êtes fou. Et pas qu'un peu, Eric ! Allons, rhabillez-vous !

Elle quitte la pièce.

Plante se met sur le côté. C'est rudement bon de violer une couche inconnue. Il comprend soudain pourquoi il aime à dormir dans les hôtels. C'est à cause du lit qui n'est pas « son » lit mais celui d'un tas de gens de passage qui ne se connaîtront jamais. Un lit d'hôtel a quelque chose de partouzard. Eric se pelotonne dans celui d'Adélaïde Tumelat. Il s'y sent à l'abri des dangers et maléfices. Il est gagné par une somnolence voluptueuse. Il emmerde la terre entière ! Et dire que les Troyens, dans quelque temps, voteront pour lui ! Des citoyens qui étudient sérieusement son « programme » ! Foutaise ! Ah ! les cons ! les cons ! Déjà la France s'intéresse aux présidentielles. On cite les candidats en lice, et ceux qui se décideront probablement plus tard. Choix de société ! Les cons ! Les cons mortels ! Moisissure ! Quelques hommes se battent pour leur carrière qu'ils appellent « leur idéal » ! Oui : il sera député, Eric, par tous les moyens ! Il se fera élire revolver au poing si nécessaire ! Le plus jeune député de France : pour voir, pour rire ! Poisson d'avril ! Parce que tout défi est relevable ; parce que rien n'est impossible, et surtout, ô combien surtout ! parce que les hommes sont manœuvrables comme les jouets électroniques. On les téléguide par simples pressions : marche avant, marche arrière. Deux boutons suffisent. Il ne s'agit que de vouloir. Les hommes qui ne veulent pas subissent la volonté de quelques-uns — qui jouent à vouloir.

La terre entière ! Il la conchie ! La sodomise ! Tout est enculable, ou presque.

Putain, ce qu'il est bien dans ce plumard ! Le Président y a-t-il baisé Bobonne, jadis ?

Le souvenir d'Eve vient un instant rôdailler dans sa somnolence. Musique ! Nous portons un orchestre d'êtres plus ou moins aimés en nous. Marie, c'est le violon, Eve... Au fait, à quel instrument pourrait-il la comparer ? Un saxo ? Oui, peut-être. Un saxo, avec des sonorités qui font vibrer les vitres et les tripes. Et dame Adélaïde, pauvre bique perdue ? Contrebasse à cordes ? Il sourit. Il est bien. A peu près heureux. Ah ! l'incomparable jubilation ! Il viole un lit ! Il a cru, sottement, qu'il avait envie d'elle, mais non ; c'était seulement son lit qu'il convoitait. Il bandouille aimablement. Tiens touche ! Ça gonfle, non ? Il tenait à ce qu'elle le reçoive dans sa chambre, à cause du pucier. Et voilà, il s'y est couché. Il s'y endort.

Deux heures de l'après-midi, et il glisse dans le plus savoureux sommeil de sa vie ! Bourré de morphine, ça ne serait pas mieux, impossible !

Il sombre dans le néant avec une trique à casser des cailloux.

∴

Un léger froissement le réveille. Une caresse douce sur sa nuque.

Il ouvre les yeux dans une pénombre rosée.

Adélaïde est à son chevet, assise dans le fauteuil bas. Elle a tiré les rideaux et laissé une petite lampe d'opaline éclairée, dans le fond de la pièce.

— Quelle heure est-il ? questionne Plante qui n'a pas la force de sortir son poignet de sous le drap.

— Quatre heures vingt. Dites-moi, Eric, êtes-vous souffrant ?

Il note qu'elle s'est habillée. Elle porte une jupe écossaise, dans les tons noir, blanc, gris, et un pull blanc. Elle semble plus grave que jamais ; vaguement soucieuse ; un peu attendrie ; prudente...

— Au contraire, dit-il, je me sens neuf.

Il tourne son visage vers elle. Mme Tumelat s'est muée en infirmière. Vigilance, vigilance ! Elle se montre presque maternelle. Il l'a eue par son sommeil. Ne le voyant pas sortir de sa chambre, elle y est revenue et l'a trouvé endormi. Alors elle a fondu.

— Naturellement, reprend Eric, vous attendez des explications de ma part, or je n'en ai pas à vous proposer. A la rigueur je peux vous faire des excuses. Vous voulez bien vous contenter d'excuses ?

Elle ne sourit pas.

— Qu'est-ce qui ne va pas ? lui demande-t-elle.

Une odeur de glycine revient l'assaillir. Bon Dieu de merde, va-t-il enfin se séparer du passé ! Il doit aller de l'avant : on l'attend. Il sera peut-être député, ce qui n'est pas rien. La gueule de son Vieux Charlot en apprenant la chose ! Il fera une carrière politique ; rien n'est plus aisé lorsqu'on est décidé et charognard.

— Les fleuristes mettent un fil de fer aux tiges des œillets pour les faire tenir droit, murmure-t-il. Je suis comme un œillet avec du fil barbelé autour. Je me tiens droit, mais je m'égratigne à mon tuteur et j'égratigne les autres. Je vous remercie de m'accepter tel que je suis. De la part d'une personne à principes, c'est plutôt inattendu.

— Les personnes à principes ont une âme, riposte Adélaïde.

Il se dégage des draps, capte sa main et dépose un baiser sur le dos de celle-ci, à l'endroit où les os composent comme une petite carcasse d'éventail. Elle a la peau sèche. Il imagine son sexe, l'estime peu affriolant. Une chatte ne doit pas être sévère, sinon les élans meurent. Faire l'amour est une fête. Seuls, certains sadiques apprécient les femmes débandantes.

— Je pourrai revenir dormir ici, de temps en temps, ne serait-ce qu'une heure ou deux ? implore Eric d'une voix d'enfant auquel on ne refuse rien.

Mme Tumelat hésite. Elle est certes consentante, mais elle rechigne à l'admettre délibérément. Il est des choses que l'on accomplit mais dont on ne parle pas, dans son monde du moins.

— Voulez-vous un peu de thé ? propose-t-elle.

Eric se dresse d'un bond. Il est à genoux sur le lit, face à elle, le sexe toujours dressé.

— Répondez à ma question : je pourrai revenir et me coucher nu dans ce lit ?

Elle acquiesce d'un bref hochement de tête.

— Vous le jurez ?

Elle murmure, presque scandalisée :

— Oh ! voyons, jurer une chose pareille !

— On peut jurer n'importe quoi, assure Plante.

— Pas moi. Mais je vous dis que vous pourrez revenir et cela doit vous suffire.

Eric réprime une bouffée de colère. Il la surmonte en se disant qu'Adélaïde ressemble à son professeur de piano, Mlle Grappin, une institutrice libre qui sentait la paille humide des prie-Dieu. Elle se signait chaque fois qu'elle entendait jurer Vieux Charlot dans la cour. Oui, oui : Adélaïde, c'est Mlle Grappin.

— Prenez mon sexe dans votre main ! ordonne-t-il. Il est un pas que nos relations doivent franchir, si j'ose dire. Je ne vous en demande pas beaucoup, admettez-le !

— Vous êtes fou !

— Mais oui : nous en sommes déjà convenus ! Pourquoi se prend-on la main, et pas la verge ? C'est tellement plus intime, plus chaleureux.

Il lui attrape le poignet et la guide jusqu'à son bas-ventre. Adélaïde se saisit maladroitement du sexe d'Eric, comme s'il s'agissait d'un objet. Il lui fait aussitôt lâcher prise d'une légère rebuffade.

— C'est tout, merci. Ce fut une simple pression, n'est-ce pas, et cependant elle scelle une formidable intimité. Nous penserons et repenserons à ma queue dans votre main car ce geste furtif entraîne un déséquilibre chez vous comme chez moi. Il y aura eu cela et personne, non plus que le temps, ne pourra annuler cet instant. Des couples forniquent ensemble pendant vingt ans et l'oublient. Nous, nous n'oublierons jamais vos cinq doigts autour de mon sexe. Je reviendrai, madame. A n'importe quelle heure du jour et de la nuit ; vous pouvez déjà m'attendre. A propos, savez-vous jouer du piano ?

— Plus ou moins, pourquoi ?

— En ce cas, il faudra me jouer *la Lettre à Elise*. Vous pouvez d'ores et déjà commencer à la répéter.

V

La religieuse chuchote à l'oreille du Président :

— C'est la fin. Il serait surprenant qu'elle passe la journée.

Tumelat acquiesce. Vu ! On va en avoir fini avec ce calvaire. Il est exténué par cette attente. Chaque jour, il vient furtivement visiter Alcazar. Il passe une bonne heure à son chevet, à lui tenir la main en lui murmurant des choses douces qu'elle semble souvent ne pas entendre. Aujourd'hui, il s'est fait accompagner de Noëlle. Il veut le grand final, Horace ! La scène du pardon ! Chez les justes, on est comme ça. On exige que ça tourne bien rond dans les divines ornières.

Il s'approche de la couche où Ginette trépasse. Elle n'est plus qu'un souvenir confus de ce qu'elle fut. Si amaigrie, si blême, si exténuée ! Sa bouche grande ouverte libère une succession de suffocations. Son regard fixe ne voit plus.

Tumelat se penche et l'embrasse au front. Un front déjà froid, embué d'agonie.

— Ma petite fille, dit-il, c'est moi. Je suis venu avec Noëlle qui va vous accorder son pardon afin que tout soit bien et que nul ressentiment ne subsiste.

Il s'écarte pour laisser la jeune fille s'approcher.

— A toi, mon enfant, lui dit-il. Concentre-toi et demande au Seigneur de chasser de ton cœur jusqu'au plus ténu sentiment de rancune. Ton pardon doit correspondre à un pur élan de ton âme. Seule, sa sincérité compte. Vois cette malheureuse dans son dénuement extrême, dis-toi qu'elle a été touchée par la grâce et qu'elle est digne de toutes les générosités.

Noëlle approuve. Elle porte un petit manteau de drap noir, d'un tissu bouclé qui rappelle l'astrakan et qu'égaie un col d'hermine. En la contemplant, le Président trouve qu'elle ressemble à une orpheline, ce qui le frappe. Ainsi donc, elle a d'instinct la mine et la mise qui conviennent à sa situation ! « Il va falloir que je me décide à la mettre au courant », se dit-il. Cela fait plusieurs semaines que ses ahuris de parents se sont fraisé la gueule et elle l'ignore toujours !

Il retient son souffle en voyant Noëlle s'emparer des mains décharnées de la mourante.

— Madame Alcazar, chuchote la petite, je vous pardonne le mal que vous m'avez fait, et je vous le pardonne d'autant plus ardemment que vous l'avez commis par amour pour un homme dont je sais qu'il est capable d'inspirer les plus grandes passions. Que Dieu vous garde !

Ayant dit, d'un ton parfaitement simple, sans trémolo ni ostentation, elle embrasse Ginette sur les deux joues, puis se recueille pour un bout de prière ponctuatrice.

Le Président est radieux de l'intérieur. Guéri d'un malaise profond qui fissurait en douce sa quiétude. Pour parachever la cérémonie, il empare une main de Ginette, une main de Noëlle, s'érigeant ainsi en trait d'union d'apothéose, puis il ferme les yeux et lance un « Amen » qui te filerait des frissons dans l'oignon.

Tu te rends compte, où il va chercher ça, cézigue ! *Amen !* Là, tout bêtement. Mais la voix, oh ! pardon, chapeau ! Deux brins de syllabes et le tonnerre roule jusqu'au fond du ciel. Ça fait : *Aaaaaaaa meeeeeeennnnn* — Pire que si c'était poussé par Chaliapine sous des voûtes romanes ! Un alexandrin ! *Amen !* Merde, les grands tribuns, quelle classe ! La puissance ! La gloire ! Tout le bordel !

Une petite signature avant de partir : nom d'z père, d'fils, d'saint esprit, ains'sotil.

Alcazar peut quitter ce misérable monde la tête haute, la voici lavée sur le bidet de l'absolution. Impec, rutilante, prête à comparaître devant le Seigneur !

Le Président sort de son gousset un mignon canif en or multilames comportant des ciseaux. A l'aide de ces derniers il coupe une mèche dans la misérable chevelure de Ginette. Tout culte a besoin de reliques.

— J'aimerais que nous fassions une petite halte dans une église, ma chérie, tu n'y vois pas d'inconvénient ?

Comme si elle pouvait trouver quoi que ce soit à redire aux décisions de Tumelat, cette tendre et fanatique Noëlle, réduite en esclavage.

— Avec joie, répond-elle.

Le Président jette son dévolu sur l'église de la Trinité. Il fut un temps où il allait se faire sucer dans un petit rez-de-chaussée de la rue Pigalle, et il remisait sa voiture aux abords de l'église. Il lui arrivait d'y prier avant de la reprendre car il ne s'est jamais beaucoup éloigné de la religion, ce vieux Breton. Habile manœuvrier, avec son âme comme avec le monde politique, il a su asperger ses saloperies d'eau bénite comme ses trahisons de récompenses républicaines.

L'église immense, sombre à souhait, déserte à cette heure de la journée, lui paraît propice à la terrible révélation qu'il s'apprête à faire à Noëlle.

Il choisit deux chaises, non loin du chœur, près d'un pilier.

Pour commencer : prières. Chacun pour soi, c'est affaire d'élévation intime. *Seigneur, Toi qui... Seigneur, Moi si...* Chacun son blaud, ses requêtes, exigences, doléances, mises en demeure. Seigneur, au boulot ! Seigneur, Tu ne nous as pas créés pour qu'on se fasse chier la bite en des ceci-cela nauséabonds ! Seigneur, je veux bien y mettre du mien, mais tiens compte, hein ! Considère ma bonne volonté !

Alors ils piquent un petit sprint d'échauffement, tous les deux. Réclament un pardon propitiatoire, manière de faire place nette, avant d'ouvrir le cahier des comptes.

L'église est un peu froide en ce mois de février. Le froid va dans le sens de l'avenir. D'ailleurs la terre n'est-elle pas en train de s'éteindre ? On claquera de plus en plus du bec, je te prédis. Mais les générations suivantes vont s'aguerrir, l'homme se plie à toutes les exigences de la nature, voire même aux exigences humaines.

Le Président a fini ses besoins célestes. Il s'assoit. Noëlle termine sa prière en cours avant de l'imiter. Tumelat lui prend la main. Pas commode à dire. Pourquoi a-t-il différé de plusieurs semaines l'annonce de l'accident ? Pour éviter à sa jeune maîtresse les immondes tracasseries des funérailles ? Certes ; mais aussi parce qu'il voulait attendre un moment opportun. En quoi cet après-midi grisâtre au cours duquel ils sont allés porter l'absolution à une femme mourante favorise-t-il cette cruelle révélation ? Morts sur mort ? Question de climat ?

— Noëlle, mon enfant, ma petite chérie, je voudrais que tu saches une chose : je ne suis pas seulement l'homme qui t'aime et que tu aimes ; je suis également une sorte de second père pour toi. Par-delà les folies de l'amour, il y a la raison. La grave raison qui m'érige en protecteur...

Pas mal, il s'écoute. Son chuchotement bien timbré est aussi beau qu'un discours à la Chambre. Rien ne vaut l'acoustique d'une église. Quel prédicateur il aurait fait, le salaud ! Bossuet ! Bourdaloue ! Mes bien chers frères... Tu es porté par les ondes qui n'en finissent pas de s'étaler, de se répercuter.

— C'est donc, en cet instant, le père qui s'adresse à toi, ma chère mignonne.

Il joint sa seconde main à la première pour emprisonner complètement celle de Noëlle, douce captive consentante, fascinée par son geôlier.

— J'ai une nouvelle extrêmement pénible à t'apprendre, ma Noëlle. Une nouvelle qui va te plonger dans le chagrin. Mais sache que je suis près de toi, vigilant, solide, pour t'aider à assumer ta peine...

Bien dit, l'abbé ! Beau prologue. Maintenant, un temps afin qu'elle se prépare au pire avant de le lui servir.

— Mon amour, murmure-t-elle, je suppose que vous comptez m'apprendre la mort de mes parents ?

Oh ! le Vieux, cette chute libre ! Le Bossuet en morfle plein les chaussettes ! De saisissement, il lâche la menotte de Noëlle.

— Mon Dieu ! Tu le savais donc ? s'effare le digne personnage.

— Depuis le premier jour. J'ai entendu Eric vous annoncer l'accident, et j'ai entendu également la réponse sublime que vous lui avez faite. O mon grand amour, vous n'avez songé qu'à moi, qu'à mon bonheur.

Elle appuie sa tête contre l'épaule du Suprême.

— Merci ! ajoute-t-elle. Je n'oublierai jamais votre grandeur d'âme.

Une punaise de confessionnal trottine jusqu'à la travée centrale où elle genouflexionne avec beaucoup d'humilité et un peu d'arthrite. Personnage à l'encre de Chine signé Dubout et dont, à distance, on devine l'odeur.

Le Président secoue la tête :

— Tu savais ? Tu savais ! Et tu as su me cacher ta détresse !

— A vrai dire, j'ai assez peu pleuré, avoue Noëlle. J'ai été comme fendue en deux par un énorme coup de hache. On a tranché mon enfance du reste de ma vie. Je suis devenue un corps sans eux, une âme sans eux, mais tout ce qui subsiste est à vous, ne vit que pour vous et par vous. Ce sera ainsi tant que vous vivrez. Et quand vous mourrez je les pleurerai en même temps que vous. Vous avez tenu à différer leur mort, eh bien, ils mourront de votre mort, et que Dieu me pardonne si je commets un sacrilège.

VI

Eve respire l'air des cimes. Il devrait être vivifiant, pourtant, elle le trouve poisseux de grouillance humaine. Partout, les gens et leur dégueulasserie. Les écologistes sont des cons : ce ne sont pas les machines qui polluent, mais les hommes. Leurs millions de regards sont beaucoup plus nocifs que tous les gaz d'échappement de la planète, et que la fumée crachée par les cheminées de l'univers.

Elle préfère les hydrocarbures à la foule.

Pauvre neige qui ne demande qu'à rester immaculée ! Boby commence à se tenir en équilibre sur ses skis et parvient à dévaler une centaine de mètres sans tomber. Exploit ! Il ne cesse de héler sa mère : Maman, regarde ! Ce dont les enfants ont le plus besoin, c'est de mobiliser l'attention. Déjà aussi putains que les « grands », ils exigent qu'on les admire.

« Regarde, maman ! Tu as vu ? »

Elle dit qu'elle a vu, que c'est très bien, que bravo bravo et qu'il faut continuer.

Cette ambiance de sports d'hiver l'insupporte. Elle la trouve funèbre, comme si elle recevait la vie en négatif et que tout ce blanc lui soit noir.

Le bruit caressant de ses skis sur la neige lui fait l'effet d'une lame dans un fruit vert. Elle devient folle, loin d'Eric. Quatre jours de vacances, exigées par Luc. Chaque année, à la même époque, ils viennent à Courchevel. Elle a tenté de se défiler, de prétexter qu'on avait besoin d'elle au journal, mais son mari a tenu bon. « Tu as une mine de déterrée, Eve. Si quelqu'un doit se payer un bol d'air, c'est bien toi ! »

Boby vient de mal tomber et pleure. Sa mère le ramasse, s'efforce de le consoler. C'est étrange de tenir son enfant en larmes contre soi, son enfant meurtri, et de penser à son amant ; de ne penser qu'à lui ! Pour un peu, elle regagnerait Paris sans explications.

— Tiens tes skis bien parallèles, mon chéri.

Sait-il ce que signifie le mot parallèle ?

— Viens, suis maman. Ça ne descend pas vite !

Des cracks les dépassent en force, avec un bruit brutal de bête fauve en rut, ou bien de trains qui se croisent, pense la journaliste.

Que fait Eric, ce matin ? Ah ! oui : il est à Troyes pour sa campagne électorale : *Hôtel France et Champagne*. Il donne un banquet aux notables du département, sous la haute présidence d'Horace Tumelat. Eve trouve cette candidature saugrenue et touchante. Ce jeune homme qui se propose en défenseur des intérêts généraux, dans un pays où il n'avait jamais mis les pieds et dont il se soucie comme d'une guigne, prête au sarcasme. Quel papier elle torcherait sur un tel sujet si ce Rastignac de l'Aube n'était Eric ! Elle s'attendrit au contraire. C'est un petit garçon, juste un petit garçon comme Boby, insolent et intrépide, qui joue à l'homme, et même à l'homme public !

Son fils la suit en criant des « Maman, attends-moi ! » pleins de détresse. Elle s'arrête pour l'exhorter. Luc est à son cours « compétition ». Il a « son » chamois de bronze et, tantôt, après avoir dévoré une grillade, il tentera l'argent pour la dixième fois, car il s'en faut toujours d'une seconde ou deux.

Vaille que vaille, la mère et le fils achèvent de descendre Belle-Côte ; ils quittent la piste tout de suite après le pont pour gagner leur petit chalet qui ressemble à une horloge suisse.

Bien que ce chalet soit charmant, Eve l'a en horreur car elle ne dispose que d'une femme de ménage insolente et c'est elle qui doit assurer la cuisine. La nourriture la déprime. Elle a toujours eu confusément honte de devoir manger, et accommoder des mets constitue pour elle le pire des pensums.

Elle s'active cependant entre une cuisinière électrique et un réfrigérateur afin de préparer le repas de Boby. Riz au jambon, yaourt... Tout à l'heure, l'ogre reviendra, bronzé par les cimes et éclairé par des exploits dont il lui rebattra les oreilles. Pour lui : tartare ! Il mange de façon écœurante, comme un animal, cette viande crue qui soulève le cœur d'Eve. Elle regarde ailleurs tandis qu'il s'empiffre ; mais le bruit de sa mastication la poursuit.

Tandis que l'eau pour le riz chauffe, elle cède à son tourment et va téléphoner aux renseignements pour obtenir le numéro de téléphone de *l'Hôtel France et Champagne* à Troyes. Boby fait des dessins, agenouillé devant un coffre à bois sur lequel il a étalé sa gigantesque boîte de crayons de couleurs. Elle tremble d'énervement. Coûte que coûte il lui faut entendre la voix d'Eric. Elle a besoin de ses inflexions chaudes et calmes, de cette ironie sous-jacente qui la brise et l'excite à la fois. Elle sait parfaitement où il en est avec elle. L'amour lui vient, lentement, par des voies détournées et il sent, s'insurge et tente de dénouer le lien par mille rebuffades, et des réflexions désobligeantes. Il est agacé par la passion qu'elle lui voue. On a l'impression qu'il préférerait l'aimer en sens unique. Le sentiment d'Eve l'écrase. Il le considère comme une espèce de férule. Elle est persuadée qu'il n'appréciera pas d'être poursuivi jusqu'à ce banquet où il joue son rôle de jeune loup ardent. Se déclarant pour une autre politique, plus jeune, plus libre, plus humaine (applaudissez, gogos !).

Elle ne doit pas devenir la maîtresse emmerdeuse qui vous traque à tout instant et en tout lieu. Mais c'est plus fort qu'elle. Elle a besoin de son souffle dans son oreille, d'un ou deux mots, même cinglants ; besoin de lui dire « C'est moi, mon amour ». Juste cela : « C'est moi, mon amour. » Un don total en quelques syllabes. Lui confirmer qu'elle est à lui, complètement.

Une sonnerie grommeleuse retentit. Une voix de femme annonce *Hôtel France et Champagne*, avec une fierté donnant à penser qu'il s'agit de la propriétaire.

— Je voudrais parler à M. Eric Plante.

— M. Plante est « en » vin d'honneur.

— De la part du journal *le Réveil*, c'est urgent ! intransige Eve.

— On va le prévenir.

Boby accourt, en brandissant un dessin représentant une maison avec le soleil par-dessus. Eve a lu quelque part que

les mômes qui dessinent des maisons et le soleil sont heureux.

— Regarde, maman !

— Très joli, dessines-en un autre !

— C'est pour toi !

— Merci, mon chéri ; va en faire un pour papa !

Mais il s'obstine. Il explique quelle maison est représen-
tée, pourquoi le soleil brille, ce que sont ces fleurs qui
grimpent jusqu'au toit. Toujours ce foutu besoin d'en installer !

— Allô ! fait la voix essoufflée d'Eric.

Il n'a pas mis longtemps pour venir répondre ! Elle en est
éblouie.

— Laisse-moi, Boby, tu m'entends ?

D'un geste brusque elle refoule son môme, froissant le
beau dessin. Boby se met à sangloter.

— C'est moi, Eric !

Elle n'a pas pu lui dire « mon amour » et restera en
manque toute la journée.

— Je m'en doute, que se passe-t-il ?

Ton revêche. Il est prêt à mordre, à cingler.

— Il se passe toi. Je t'aime !

Tant pis pour Boby dont la chougnerie court sur son erre
et qui écoute.

— Vous savez que je suis en plein tintouin électoral !

— Je t'aime !

Un silence. Tout à coup, elle prend peur. Elle devine
qu'il va lui assener un mauvais coup. Elle n'aurait pas dû
appeler.

— J'ai envie de toi ! ajoute-t-elle presque piteusement ;
bien que rien ne puisse plus l'émouvoir.

Elle voudrait esquiver la vacherie qu'il mijote. Et malgré
tout elle ne regrette pas de l'avoir appelé. Même ce silence
est bon à vivre ; car c'est « son » silence à lui. Et la méchan-
ceté qui se prépare est une manifestation de « lui ». Lui,
bon Dieu vivant !

Néanmoins, elle fait une suprême tentative pour essayer
de le désamorcer :

— Il m'est venu une idée, je voulais t'en parler depuis
plusieurs jours, mon chéri. Si nous faisions un voyage, un
grand voyage ?

— J'ai mes élections dans douze jours.

392

— Disons, après. On prendrait une semaine. Evidemment, je serais obligée d'emmener le petit avec moi comme alibi, mais on s'arrangerait. J'ai déjà tout combiné. Je t'expliquerai. Par Air France j'ai des conditions particulières et je m'occuperais de tout.

Elle s'est mise en route et parle parle, très vite, fiévreusement. Boby est retourné à son coffre à bois dans le living.

— Ce serait merveilleux. Nous irions à la Guadeloupe, ou aux Seychelles, nous...

Elle veut le convaincre, obtenir son acceptation et commencer à préparer cette fabuleuse escapade. C'est Mathieu Glandin qui a fait germer cette idée en lui conseillant de s'éloigner quelque temps pour faire un « break ».

— Qu'irions-nous faire si loin ? objecte Eric.

— Tu es cruel.

— Je te l'avais prévenue. Vous ne devriez pas vous obstiner à aimer une ordure.

— Tu n'es pas une ordure ! s'écrie Eve avec force, la voix pleine de sanglots.

Elle s'obstine à le tutoyer malgré qu'il se cantonne dans un voussoiement dédaigneux.

— Qu'est-ce qu'on parie ? répond Eric. La pire ordure que vous rencontrerez jamais, Eve ! Si je vous disais que je finis par m'incommoder moi-même !

— Je te guérirai ! promet-elle farouchement.

— Vous voulez guérir un nègre d'être noir, vous !

Il rit. Puis, prenant sa décision :

— Ecoutez, madame Mirale, je vais vous révéler quelque chose de dégueulasse, si après cela vous avez encore envie de partir avec moi, vous pourrez d'ores et déjà organiser le voyage.

— Non ! implore-t-elle, ne me dis rien ; je t'en conjure, ne me fais pas de mal, Eric. Je t'aime. Si cet amour t'insupporte, chasse-moi de ta vie, mais par pitié cesse de te noircir, comme si tu voulais me guérir de toi par l'abjection !

Un temps cuisant s'écoule. Elle perçoit des rumeurs de cuisine ; sans doute le téléphone de *l'Hôtel France et Champagne* est-il contigu à l'office.

— Eric, balbutie-t-elle enfin, tu veux que nous cessions de nous voir ?

— Non.

— Alors ?

— Je veux que notre route passe par le pire, déclare le garçon. Les allées bien ratissées de la liaison heureuse ne me tentent pas.

— En ce cas, soupire Eve, dis-moi ce que tu voulais me dire.

— Ton directeur a été informé que tu baisais en public par une lettre à en-tête du *George-V*, n'est-ce pas ? C'est moi qui la lui ai envoyée.

Elle reste d'un calme surprenant. Un profond détachement lui rend à cet instant la vie facile. Au-delà de certaines limites, les choses les plus graves basculent dans la banalité.

— J'aurais dû y penser, répond-elle ; je suis impardonnable.

Elle ramasse le dessin froissé de Boby où le soleil bien jaune a l'air d'un tournesol de Van Gogh et demande :

— Pour notre voyage, quelle date te conviendrait ?

VII

Charles Plante a toujours considéré le pet comme un signe de parfaite santé morale et physique, aussi pète-t-il beaucoup, d'importance, n'importe où et peu lui importe la société qui l'entoure. Il arrive qu'on le situe à ses pets. On les perçoit à grande distance : depuis les écuries, le potager, sa chambre. Il pète en coup de clairon, avec une vigueur qui ne faiblit pas ; pets de soudards, de bien-mangeur, promis aux échos des couloirs voûtés et des grands espaces.

Il vient d'en lâcher un, en sellant son cheval ; un si sonore que l'animal en a dressé les oreilles.

Charles lui flatte les naseaux.

— Ça soulage, mon vieux Félix ! lui déclare-t-il.

Lucienne, la cuisinière, accourt en l'appelant.

— M'sieur Charlot ! Téléphone ! Vite, c'est m'sieur Eric !

Plante père se bat avec une bride récalcitrante.

— Qu'est-ce qu'il me veut, ce con ?

— Il dit que ça urge.

— Passe-le à Marie !

— Madame Marie est dans son bain !

— Qu'elle en sorte !

Lucienne marche à lui, poings aux hanches. Ses cheveux grisonnants, frisottés au-dessus des oreilles, tire-bouchonnent.

Elle fulmine.

— Je m'en voudrais d'avoir un fils unique qui m'appelle en urgence de Paris et de ne pas lui répondre !

Il est rare qu'elle se permette ce genre de sorties, étant

d'un tempérament plutôt soumis, surtout vis-à-vis d'un maître aussi autoritaire et paillard qui la trousse au gré de ses humeurs et ne peut passer près d'elle sans lui foutre la main au cul ; mais parfois la coupe déborde.

Charles se retourne et de ses deux mains appliquées sur son pantalon, précise le volume de son sexe important.

— Tiens, fume, la mère ! riposte-t-il.

Elle ronchonne :

— Oh ! pour ce qui est de ça, vous ne rechignez jamais.

La réplique fait rire Vieux Charlot.

— Bon, va dire à cette sale petite frappe que j'arrive.

Lucienne (jusqu'à la fin de l'année) repart en courant. Elle se trimbale un fort cul qui ballotte comme un porte-bagages dévissé.

Charles Plante achève de seller son bourrin et le fait sortir pour l'attacher à un anneau fixé dans le mur. Il ne se presse pas, goûtant une certaine délectation à faire poireauter son fils au téléphone. Ainsi, par des moyens aussi primaires et mesquins, continue-t-il d'établir sa suprématie paternelle.

∴

— Salut, gars, j'allais monter, déclare tout à trac Vieux Charlot.

Eric est davantage essoufflé que son père, malgré que ce soit le Vieux qui vienne de marcher.

— Papa, dit-il, j'ai une grande nouvelle à t'annoncer.

— Attention, les oreilles ! plaisante le père. Vas-tu m'annoncer ton mariage ?

— Pas encore. Je viens d'être élu député de l'Aube !

Pour le coup, Vieux Charlot émet un hennissement de surprise.

— Qu'est-ce que c'est que cette connerie !

— Je sais que tu n'écoutes pas les informations du matin, c'est pourquoi je t'apprends la nouvelle par téléphone, d'ailleurs, si tu l'avais entendue, tu aurais cru à quelque homonymie, non ?

Le père Plante met de l'ordre dans sa surprise :

— Il n'y a pas d'élections législatives en ce moment ! objecte-t-il.

— Il y avait une partielle dans l'Aube, si.

— Dans l'Aube ! Quelle idée d'aller te présenter dans un patelin si éloigné du berceau familial !

Eric était certain qu'au lieu de se réjouir et de le complimenter, Vieux Charlot ne manquerait pas de ratiociner.

— C'est dans l'Aube qu'avait lieu cette partielle, je me présenterai par chez nous plus tard. Ça ne t'épate pas d'avoir un fils député à pas trente ans ?

— Quelle étiquette ?

— Le R.A.S., bien entendu.

— C'est le Président qui t'a fait ce cadeau ?

— Drôle de cadeau ! Je me suis battu comme un fauve.

— Mais, mon pauvre garçon, les présidentielles risquent de tout foutre par terre ! Si Mitterrand passe, il dissoudra l'Assemblée et si ça se trouve, tu ne siégeras même pas !

— Rien n'indique qu'il passera !

— Si : mon petit doigt ! déclare Vieux Charlot. Le jour où Giscard a fait ramener le droit de vote à dix-huit ans, il condamnait sa réélection. Ça et le chômage, ça ne pardonne pas !

Eric se noie dans l'amertume. Il espérait malgré tout en mettre plein la vue à Vieux Charlot ; l'entendre exulter. Et puis on dirait que le vieux hobereau est jaloux de sa prouesse. A croire qu'il ne peut tolérer chez son garçon toute forme de réussite. Le plus jeune député de France ! Ce matin, la presse entière parle de lui et il a eu droit aux éditoriaux des meilleurs gens de radio ! Coiffer le candidat socialiste sur le fil, à une poignée de voix, mais tout de même, c'est l'exploit ! Pour la première fois de sa vie il regimbe et ressent pour ce père tyrannique quelque chose qui ressemble à de la haine brûlante. Il se rappelle une hémorragie nasale survenue pendant son sommeil. Le sang passait dans sa gorge, il l'avalait, c'était âcre, chaud, vaguement fielleux et cela le faisait suffoquer.

— Ecoute, père (il abandonne le Vieux Charlot ainsi que le papa velouté dont les deux syllabes l'émerveillent chaque fois, comme s'il les découvrait, pour lui donner du « père » ; ce qui est un peu compassé), quand même les circonstances feraient que je ne siégerais jamais, il n'en restera pas moins que j'aurai réussi à être député, non ?

A l'âpreté du ton, Charles Plante comprend qu'il a froissé son rejeton.

— Ainsi donc, tu embrasses une carrière politique ?

— Tu es contre ?

— Je n'ai jamais été porté là-dessus, mais quand cela arrive à son fils, on reconsidère la question. Je te demande une seconde, petit !

Il applique sa rude main velue sur l'émetteur et gueule à pleine voix :

— Lucienne ! Eric vient d'être élu député ! Dis à Jeannot qu'il aille m'acheter les journaux : ceux de la région et ceux de Paris ! Et flanque deux bouteilles de champagne dans le congélateur.

Lucienne se la radine en égosillant la nouvelle ! Monsieur Eric député ! Ce gosse ! Mais comment cela s'est-il fait ?

Vieux Charlot lui intime de fermer sa grande gueule et de courir prévenir Madame.

L'orgueil de la chose lui arrive, par petites giclées. Il réalise : Eric Plante, député de l'Aube ! Déjà il passe en revue les amis du coin qu'il invitera pour fêter l'événement : toubib, vétérinaire, notaire, industriels...

— Allô, gamin ?

— Père ?

— Ben, tu ne dis rien ?

— Je t'ai dit l'essentiel, croyant stupidement te faire plaisir.

— Eh ! dis donc, ne prends pas ce ton pour me parler, petit ! Quand bien même tu serais président de la République je ne le permettrais pas !

Là-bas, le cœur d'Eric se racornit.

— Dommage, fait-il dans un souffle.

— Qu'est-ce qui est dommage ? s'inquiète Vieux Charlot.

— Que le siège de député ne soit pas cessible, je te l'aurais échangé contre Marie !

.·.

Eric raccroche. Sa première rébellion contre son père. Il en est terrifié. Déjà il recompose le numéro de Vieux Charlot, mais il renonce et abandonne le combiné. Il est inévitable qu'un jour les enfants tranchent le cordon ombilical. Chez les animaux, les fils se battent avec les pères. La chose se produit également chez les hommes, parfois. Sa joie d'avoir gagné se change en désespoir puisque la victoire engendre un tel conflit. Stupide. Basse jalousie de mâles.

Il se jette à plat ventre sur le lit de cuivre de l'*Hôtel France et Champagne* en hoquetant de détresse.

Il murmure : « Papa ! Oh ! Vieux Charlot, pourquoi ? Pourquoi ? Pourquoi ? »

Eric imagine son père dans le couloir de la cuisine. C'est au poste mural qu'il lui a répondu, le garçon a reconnu la réverbération sonore de l'endroit.

Vieux Charlot regarde l'appareil, attendant qu'il sonne à nouveau pour triompher. Mais il reste muet. Alors le vieux se plante devant la fenêtre à petits carreaux. Les murs sont si épais que l'embrasure constitue une large console encombrée de tout un bric-à-brac qui rend difficile l'ouverture de la croisée. Le père contemple la cour pavée, les écuries. Son cheval pommelé doit attendre puisqu'il s'apprêtait à le monter. Il va tempêter un grand coup, houspiller son monde, flétrir son fils, ce sale blanc-bec qui se prend pour quelqu'un parce que le Président Tumelat lui a fait cadeau d'un siège !

Il est député !

La nouvelle s'est tissée au cours de la soirée d'hier. Le dépouillement ne s'est pas montré révélateur tout de suite. Eric attendait, en compagnie de son bienfaiteur et de Noëlle.

Ils étaient terrés dans un petit salon de l'hôtel, mal chauffé et qui sentait fort la province. Des sièges louis-philippards, une atroce tapisserie sombre, pleine de cloques qui ressemblaient à des brûlures... Vers minuit il a su que « ça y était ». Gagné ! Tumelat lui a ouvert les bras et a murmuré cette phrase d'une rare éloquence : « Tout recommence. » Car c'est sa propre carrière d'homme finissant qu'il refait à travers Eric. Ils ont bu un champagne mal frappé en compagnie de quelques édiles déroutés qui complimentaient ce gamin sans trop croire à son exploit.

— Ce sont les femmes qui ont voté pour toi, Fiston ! assurait le Président.

Probablement. Oui : les femmes, et puis les pédés, sans doute, et les jeunes stimulés par un jeune. Et quelques vieux en nostalgie, par-dessus le marché. Comment se constitue un électorat ? A quels mobiles secrets obéit-il ? Qu'est-ce qui touche un citoyen entre les quatre bouts de

rideau de l'isoloir ? Est-il sensible au graphisme d'un nom ?
A son équilibre ? Quelle image se rapportant à tel ou tel
candidat vient le visiter, au moment du choix ?

Eric s'ébroue. Un député qui pleure parce que son papa
manque d'enthousiasme, cela se conçoit-il ? Cela est-il admissible ? Il rit à travers ses larmes. Bien joué ! Ah ! la
bonne farce ! Tout peut arriver ! Il aime à se répéter cela,
tant la chose lui paraît énorme mais tant elle est juste.

Des corvées vont succéder. Accueil au groupe R.A.S.
pour célébrer cette étonnante victoire. Que de gens à voir,
de mains à serrer, de promesses à faire !

Il se traîne au téléphone et appelle Eve au journal. Il ne
l'a pas eue depuis « la nouvelle ». Il a un immense besoin de
lui parler. Sa secrétaire lui apprend qu'elle est souffrante et
garde la chambre. Eric compose donc le numéro privé
d'Eve. C'est la journaliste qui décroche.

— Je savais que c'était toi, assure-t-elle. Bravo pour ce
succès.

— Tu es malade ?

Aujourd'hui il la tutoie, ce qui est bon signe.

— Une angine, j'ai près de quarante de température.

— Et moi qui voulais te demander de me rejoindre à
Troyes.

Eve n'en croit pas ses oreilles.

— Vraiment, tu as besoin de moi ?

— Terriblement, je viens d'envoyer faire foutre Vieux
Charlot.

Donc, c'est une infirmière de l'âme qu'il lui faut. Elle ne
lui est nécessaire que dans la peine.

— Je pense que tu as eu raison, dit-elle.

Ce qui glace Eric. Il n'admet pas qu'elle prenne parti
contre son père. Il a besoin de consolations, pas de compliments.

— Qu'est-ce qui vous permet d'en juger ? enrage le
« député ».

— La meilleure chose qui puisse arriver aux tyrans,
c'est de rencontrer une résistance, sinon ils sont en perpétuel déséquilibre ! Tu viens de lui faire beaucoup de bien,
Eric. Attends-moi, je viens.

— Avec quarante de fièvre !

— Je te rejoindrais en ambulance, si j'étais mourante, et
en corbillard si j'étais morte !

VIII

Juan-Carlos étant en course, c'est Rosita, son épouse qui ouvre à l'abbé Chassel. Elle est courtaude, trop brune, et sent fort. L'aumônier est immédiatement sensible à la tenue de la femme de chambre. Sa robe de satin noir, brillant, lui flanque dare-dare de l'électricité au bout des doigts, de même que le coquin petit tablier blanc bordé de dentelle. En revanche, la croix fixée au revers du veston du prêtre déclenche une humilité éperdue chez la brave Espagnole, laquelle se met à amorcer des génuflexions et se retient de faire les signes de croix qui la démangent ; si bien que le visiteur et la servante se stimulent mutuellement le sens tactile, l'un à cause d'une robe, l'autre à cause d'une croix. Le prêtre s'assouvit le premier en s'arrangeant pour palper discrètement un pli de la robe pendant que Rosita accroche sa vieille canadienne au vestiaire. La femme de chambre se libère peu après en se signant discrètement du pouce, en trois exemplaires, sur le nichon gauche.

Ensuite de quoi, *elle é va prévénir el môssieur*.

Chassel est intrigué par cette espèce de convocation que lui a adressée le Président. Il déteste le bonhomme dont il a parfaitement humé le fumet faisandé et doit faire un effort pour répondre à son pressant appel. Le pneumatique, reçu la veille, disait :

Monsieur l'aumônier. Pour le bien de mon âme, il est indispensable que nous ayons une conversation. Faites l'impossible pour passer demain à mon domicile avant dix heures. Je vous en remercie à l'avance.

Horace Tumelat

401

Rosita l'introduit dans le cabinet de travail où il a déjà été reçu. A peine a-t-il choisi l'un des deux fauteuils que la porte du fond s'ouvre devant un homme d'âge, lent et blanc, dont la démarche comporte quelque chose de brisé et le visage les signes d'une angoisse évidente. Chassel a du mal à reconnaître le Président dans ce projet de vieillard ployant un peu sous le poids d'une veste d'intérieur à brandebourgs, empruntée à une opérette viennoise. Il le trouve plus gris que lors de leurs précédentes rencontres, amaigri et pâli, avec un regard anxieux d'homme dérouté.

Tumelat cueille à deux mains celle que lui propose le prêtre, la pétrit fortement et répète « Merci ! merci ! merci », comme l'on dirait au courageux gars venant de sauver votre petit garçon de la noyade.

Il le fait asseoir, va s'assurer que Rosita n'est pas derrière la porte, et prend place tout contre Chassel dans le second fauteuil.

— Je tenais à vous voir parce que je suis un homme en déroute, mon père, et que vous êtes à l'origine de ma crise de conscience.

« Comme si tu en avais encore une ! » pense le prêtre, ce qui est peu chrétien de sa part, je trouve. Car enfin, si ceux dont on espère le réconfort nous jugent durement par avance, quelle sorte d'aide peuvent-ils ensuite nous apporter, merde !

— Que je vous inflige, avant d'entrer dans le vif, un petit préambule, mon père. Né catholique, ayant pratiqué durant ma jeunesse, je ne me suis jamais pleinement coupé de ma religion ; ce qui ne m'a pas retenu hélas ! de devenir un salaud.

Chassel sent naître un certain intérêt pour le personnage, non qu'il tienne pour l'exhibitionnisme de conscience, mais il trouve intéressant qu'un puissant montre sa gangrène.

— Je crois en Dieu par contumace, mon père, faisant appel à Lui dans les cas désespérés, l'abandonnant aux agnostiques dans l'intervalle. Mais enfin, Il est *aussi* là pour qu'on le trahisse, n'est-ce pas ? La foi, c'est des éclairs de magnésium, si elle l'emportait sur le doute, où résiderait le mérite de croire ?

Chassel hoche prudemment la tête. Il n'est pas en accord parfait avec les théories de Tumelat, mais n'éprouve pas l'envie de débattre avec lui.

— Cela pour vous expliquer, mon père, que mes relations avec le Seigneur restaient évasives et que personne, si ce n'est Lui, ne pouvait présumer que la lumière m'inonderait un jour.

« Nous y sommes, se dit Chassel, la soixantaine franchie et quelques maux physiques engendrent chez le bougre une crise mystique, air connu ! Les brûlures d'estomac font davantage pour ramener les âmes égarées au bercail que nos sermons les plus enflammés. »

Le Président toussote dans le creux de sa main.

— Vous avez su me traîner au chevet de cette malheureuse Alcazar et alors j'ai eu, à son abord, une révélation : la certitude que je m'étais fourvoyé, ma vie durant, et que d'autres tâches m'attendaient. Le martyre de Ginette, la pécheresse, n'aura pas été vain. Rassurez-vous, l'abbé, je ne vais pas sombrer dans la punaiserie de confessionnal, rentrer dans le sein de la Religion comme on entre dans une maison destinée aux gens du troisième âge, non, je ne tomberai pas dans cette sotte facilité, parce que je suis encore trop gonflé de sève et d'énergie mystique.

« Je ne serai jamais de ces trouillards qui se mettent à préparer leur salut éternel parce qu'ils ont cessé de bander. »

Il touche du bout des doigts la manche luisante de Chassel :

— Pardonnez-moi, mon père.

Un temps.

— Vous prendrez bien quelque chose ?

L'aumônier refuse. Il a horreur de manipuler des tasses, cuiller, sous-tasse. La flemme. Rien de plus chiant que les mondanités. Il lui arrive de refuser des invitations à dîner uniquement parce qu'il devra se servir en faisant attention que ce soit proprement. Il vit en vieux garçon : sardines puisées à même la boîte, frometon dans le papier, sauciflard taillé au fur et à mesure de sa consommation.

— Comme vous le savez, Ginette Alcazar est morte, reprend le Président. Fin édifiante ! Rien de plus grand, l'abbé, que le repentir. Le reste est gnognote. Elle était illuminée par son mal. Il l'aura éclairée, et moi avec.

Chassel retient un bâillement. L'autre ne se décide pas à plonger, alors il tartine pour retarder la minute de vérité. Que lui veut-il, au juste ? Le prêtre songe qu'ils ne seront

jamais à l'unisson, tous les deux. Il existe fondamentale-
ment entre eux quelque chose d'irréconciliable. Et cependant ils sont fils du peuple, et ils croient en un même Dieu
atteignable par les mêmes chemins !

— J'ai effectivement appris son décès, répond paisiblement Chassel.

— J'ai suivi son enterrement, déclare fièrement le Président, comme s'il s'agissait d'une prouesse.

— Vous ne deviez pas être nombreux ! note l'aumônier.

— Jusqu'au cimetière, renchérit Tumelat.

Chassel se retient de lui faire observer qu'un « enterrement » s'opère fatalement dans un cimetière.

— Sur sa tombe, j'ai eu une visite, dit Horace.

Il a lancé cet aveu sur le mode badin, espérant en
atténuer l'énormité.

Le prêtre se met à frotter une tache indélébile à son
pantalon.

— Qu'appelez-vous une visite, monsieur le Président ?

Son interlocuteur reste muet, regardant ses ongles, les
polissant au revers de velours de sa veste chamarrée pour
les examiner à nouveau avec un hochement de tête mécontent.

— Bien entendu, un type qui dit ce que je vais vous dire
passe pour un fou, soupire-t-il.

— Nous sommes tous les fous des autres, plaisante
Chassel. Alors, cette visite ?

— Une voix, mon cher. A la fois tonnante et intérieure.

— Qui disait ?

Le Président croise les mains contre son poitrail de vieux
cheval d'hémicycle que la moindre interpellation rend fougueux.

— Cette voix criait, car elle criait, l'abbé, elle criait !
Donc, cette voix criait « La pauvre créature que l'on dépose en terre a été molestée à cause de toi. Tu n'auras de
repos qu'après avoir expié. A toi de décider de ton châtiment ! »

L'aumônier ne bronche pas. Se dit que la « visite » en
question a foutrement bien fait d'avoir son franc-parler
avec une noble canaille comme Tumelat.

Le Président se lève, arpente les tapis superposés de son
burlingue : des Chiraz, des Tabriz, mon pote, je ne te dis
que ça !

404

— Depuis cet instant, mon père, je vis avec cette idée fixe. J'en perds le sommeil, le boire, le manger, le baiser. Evidemment, considérée de l'extérieur, la chose fait hausser les épaules : Tumelat se prend pour Jeanne d'Arc !

— Vous n'avez pas entendu DES voix, rectifie Chassel, mais UNE voix : celle de votre conscience, c'est-à-dire la voix de Dieu. Quoi de plus naturel, monsieur le Président ? Ce qui est troublant, c'est que vous ne l'ayez pas perçue plus tôt. Probablement étiez-vous trop occupé pour l'écouter !

— Merci, fait Tumelat. Merci de ne pas ricaner. Merci de me croire. Je ne suis qu'un pauvre homme, vous savez...

— Comme chacun de nous, monsieur le Président.

— Je vous ai demandé de venir m'assister, mon père. Aidez-moi à y voir clair ; je ne peux vivre plus longtemps dans cet état d'abattement, ce n'est pas dans ma nature.

— Mon Dieu, monsieur le Président, une crise de conscience ne souffre guère d'intervention extérieure.

Tumelat revient s'asseoir auprès de l'aumônier.

— Regardez ma gueule, vieux. Pas brillant, hein ? Quand je me rase, je me fais peur. Il est exact que Ginette Alcazar fut molestée ; vous le savez, d'ailleurs ?

— Elle me l'a confié, sous le sceau du secret.

— Elle l'a effectivement été à cause de moi. Je dois expier, c'est indispensable. Ensuite je pourrai me consacrer à une autre vie. Il faut nettoyer en profondeur avant de repeindre. Seulement je me perds dans les doutes, monsieur l'abbé. C'est quoi, l'expiation ? Une souffrance que l'on s'impose pour obtenir la purification ? La réparation du péché par la pénitence ?

— En gros, c'est cela, il me semble, approuve le prêtre.

— En ce cas, comment décider d'une souffrance, où chercher la pénitence ? Que faire ?

Son exaltation, ses alarmes, ébranlent quelque peu Chassel. Il voit ce vieil homme en grande détresse et s'en émeut malgré l'antipathie foncière qu'il lui inspire.

— Descendez en vous-même, monsieur. Regardez-vous exister. Cherchez, parmi vos satisfactions, les plus douteuses, et arrachez-les de votre vie. Vous vous assainirez en vous punissant. Ce qui commencera sous forme d'épreuves s'achèvera dans la félicité. Peut-être, oui, peut-être êtes-vous à la veille d'une grande rédemption. Personne ne peut vous désigner la mauvaise herbe, il vous appartient de la reconnaître vous-même.

Il regrette cet élan lyrique en voyant le Président froncer le sourcil.

— Croyez-vous donc, mon père, que je ne me sois pas livré mille fois déjà à ce genre d'examen ! J'ai eu beau inventorier ma musette, je n'y ai déniché que des péchés sans grande consistance. Non que je les sous-estime, mais je mesure leur importance au plaisir que j'en tire ; or je ne trouve plus grande allégresse à pécher, voilà la vérité. Les putasseries du Pouvoir ? J'en suis revenu, mon vieux. Mon envie de tout plaquer me l'indique. La fornication ? Je la pratique encore mais davantage pour garder la forme que par appétit de luxure. L'argent ? Je m'en suis toujours foutu. Non, franchement, je ne sais où porter le sécateur ! Un homme blasé n'a pas de mérite à se priver du superflu, or tout m'est devenu superflu !

— Y compris cette jeune fille qui partage dit-on votre vie privée ?

Tumelat hausse les épaules.

— Charité, l'abbé ! Charité, ou presque. Je lui fais l'amour pour garder un sens à sa vie. Je répare mes égarements passés. La rejeter consisterait à la punir, elle. Dois-je la priver de sa raison d'exister ? Elle est défigurée, orpheline, inapte à la vie sociale, serait-ce me punir que de la flanquer à la rue ?

— Est-ce une raison pour vivre en concubinage avec elle ? Attention, monsieur le Président, ne vous méprenez pas : je ne suis pas bégueule. Quand on est aumônier des prisons on ne fait guère dans le prêchi-prêcha. J'essaie de raisonner à propos de votre situation puisque vous me conviez à le faire. Donc, vous avez sous votre toit une jeune maîtresse ; par charité, prétendez-vous. Puis-je vous demander ce que devient Mme Tumelat dans cette conjoncture ?

Le Président contient sa rognerie, laquelle démarre, tu ne l'ignores pas, au quart de tour.

— Elle est en train de devenir une divorcée aisée, l'abbé. Elle vient d'introduire une instance que je me propose de faire accélérer et peut-être, une fois libre, épouserai-je Noëlle, histoire de régulariser.

— Somme toute, vous répudiez votre femme légitime pour clarifier la situation de votre concubine ?

— Et après ? objecte durement le Président.

— C'est la question que j'allais, moi, vous poser : et après ? Je vois mal la finalité de la chose si ce n'est pas la passion qui vous anime, or vous vous en défendez. Je souligne cette rubrique d'un trait rouge afin de vous inviter à mieux l'étudier. J'aimerais poursuivre par un autre aspect de votre existence, monsieur ; bien entendu si vous désirez qu'on arrête là cette conversation, je n'irai pas plus loin.

— Dites, dites ! répond, maussade, le Président, déjà sur la défensive.

Chassel lui sourit goguenardement.

— J'ai le sentiment que vous n'avez besoin de moi que pour vous écouter et vous approuver, plaisante l'aumônier. Vous recherchez plus un confident qu'un contradicteur.

— Qu'est-ce qui vous fait croire cela ! Je vous invite au contraire à parler.

— Par pure courtoisie, mais votre regard et votre ton démentent vos paroles ! Allons, allons, monsieur le Président, la pénitence commence par l'humilité. Malgré votre superbe éloquence, laissez un peu la tribune aux autres.

Dominé par l'assurance du prêtre, Tumelat prend le parti de céder. Son visage tendu s'éclaire quelque peu.

— Je suis une espèce de boyard de la politique, s'excuse-t-il, vous avez raison de me houspiller. Je vous écoute.

— Votre vie d'homme public est une vitrine que le citoyen de la rue contemple à sa guise. On sait tout de vous ou presque et l'on invente ce qu'on ignore. Même un aumônier râpé est au courant de vos faits et gestes. Votre secrétaire que vous êtes parvenu à faire élire député n'a pas très bonne presse. C'est lui qui a molesté Ginette Alcazar. Croyez-vous qu'un tel poulain serve votre gloire et aide à votre rédemption ? L'ayant approché, lui ayant parlé, j'ai pu me faire une idée du personnage : j'ai le regret de vous informer qu'elle n'est pas fameuse.

— Eric Plante est un méconnu, rebiffe Tumelat.

— Un méconnu capable de sévices et de tentative de meurtre sur la personne d'une pauvre femme ! s'emporte

Chassel, car c'est lui qui avait ouvert le gaz après lui avoir fait ingurgiter de l'alcool.

Tumelat sursaute.

— Il avait ouvert le gaz !

— L'ignoriez-vous, monsieur le Président ?

— Je ne suis pas un assassin ! proteste le Seigneur en déconfiture d'âme.

Ils ont suffisamment dit, alors ils se taisent. Fatigués. Oui : fatigués par la tension d'esprit qu'ils ont l'un et l'autre fournie. Alcazar passe dans la pièce. Le souvenir d'Alcazar, cet être étrange, dingue et troublant. Elle est le passé. Tout devient le passé pour qui se prolonge. Vieillir, c'est assister à la vieillissure des autres, à la décomposition du monde. Du monde qui, inexorablement, s'éteint !

Tumelat va ouvrir l'une des portes basses de sa bibliothèque et y prend un coffret d'acajou contenant une vénérable bouteille et deux verres somptueux, en cristal taillé, haute teneur en plomb, avec ses initiales en or baguant le pied.

Sans demander l'avis du prêtre, il sert deux rasades d'un armagnac remontant à son année de naissance, présent de ses collaborateurs pour son demi-siècle. Il n'y touche presque jamais et le flacon est aux deux tiers plein. L'étiquette impressionne Chassel. C'est le genre de luxe qu'il tolère, bien que n'étant pas porté sur l'alcool.

Ils boivent sans trinquer l'armagnac affaibli par l'âge, mais d'un goût très rare. Horace sent toujours la présence d'Alcazar dans la pièce, réclamant son dû, à savoir la purification de l'homme qu'elle idolâtra. Il comprend que les portes se sont refermées dans son dos. Depuis des mois il sentait remuer quelque chose dans les limbes de son esprit, et ce quelque chose était un rappel à l'ordre venu « d'ailleurs ».

— Nous avons à mourir, dit Chassel.

Le Président acquiesce. Parbleu, il le sait bien, ne le sent que trop par chacune de ses cellules.

— Il faut obéir, ajoute l'aumônier.

— A qui ? demande Tumelat.

— Mais, à vous-même. Le véritable instinct de conservation, c'est la conscience !

IX

La rumeur de la piscine la berce. Elle se laisse bronzer, allongée sur une espèce de transat en polyester embouti, léger et râpeux aux angles, dont le modelé dit « anatomique » l'empêche de changer de position. A travers les cris, elle reconnaît ceux de son fils. Boby joue avec des petits Italiens qui ne parlent pas le français, mais les enfants habitent le pays d'Espéranto et passent outre les servitudes du langage.

Elle se sent enfin heureuse. A l'apogée de la félicité. Elle a orienté son transat face à la chambre d'Eric dont les rideaux sont encore tirés. Elle l'attend en confiance. Il dort. Epuisé par une nuit d'amour, son plus jeune député de France ! Dort dans la posture où elle l'a laissé au matin : à plat ventre, une jambe repliée, un bras allongé, comme un alpiniste escaladant une paroi verticale.

Cet *Hôtel Barbarons* (Mahé, Seychelles) se prête admirablement à leur aventure grâce à une architecture astucieuse qui permet d'isoler chaque chambre, mais de les réunir en petits appartements de deux pièces, selon que l'on condamne ou non une porte de communication.

Les deux pièces forment un duplex. Deux portes contiguës donnent accès à un escalier, dont l'un monte et l'autre descend. Eve a fait installer un petit lit pliant dans sa chambre qui occupe le haut du duplex. Elle couche Boby de bonne heure et il s'endort très vite. Eve charge une femme de chambre de « jeter un œil » de temps à autre. Le crépuscule lui apporte la liberté. Elle s'enfuit avec Eric, à bord d'une Mini-Mock blanche, un peu rouillée, crépie de

409

poussière et dont les pneus sont lisses comme une cuisse d'adolescente. Ils partent dîner dans quelque restaurant créole où ils font une cure de crustacés et de poissons durement épicés. C'est l'instant de féerie. L'île devient magique aux derniers chatoiements du couchant. Dans l'ombre qui les gagne, les paysages enchanteurs se parent d'un voluptueux mystère. La mer noircit le long de la côte et les arbres géants, les rochers de granit couronnés d'une fabuleuse végétation se découpent en ombre chinoise sur l'indigo de l'horizon en agonie. Ils se tiennent par la main, ne désemmêlant leurs doigts que pour manger et boire. Ils boivent beaucoup, un vin importé d'Afrique du Sud qui les amuse par sa saveur d'écorce. Ils vident leurs deux bouteilles, sous les clins d'œil complices des serveuses créoles, salaces dans leurs mouvements les plus fonctionnels.

Eric stoppe fréquemment la voiture au retour pour embrasser Eve, la caresser. La veille, il l'a déshabillée complètement et lui a fait l'amour dans la petite auto ; après quoi, il a rallié l'hôtel à toute allure, avant qu'elle n'ait eu le temps de remettre ses vêtements. Il a stoppé devant la réception quasi en plein air, car aux Seychelles, à l'exception des chambres climatisées, les hôtels ne comportent qu'un toit reposant sur des piliers. Eve a dû se rajuster sous les regards intéressés des bagagistes. Sur l'instant elle était furieuse, mais avec le recul elle trouve la chose plutôt farce.

Elle sourit au soleil. A travers ses paupières baissées une lueur rose insiste.

— Maman, regarde comme je plonge bien !

Elle n'y coupera pas ; alors elle se redresse, ce qui imprime au transat moulé un sec balancement. Boby attend le regard de sa mère. Il se pince le nez, ferme les yeux, et saute à pieds joints dans l'onde bleue où il se débat pataudement avant de saisir l'échelle chromée.

— Très bien, dit Eve, machinalement.

Ce gosse l'agace. Il n'en finit pas de la héler. Il préfère se baigner dans la mer, peu fréquentable à cet endroit. Un drapeau rouge signale le danger aux pensionnaires du *Barbarons*. Il arrive que le drapeau soit orange, ce qui signifie seulement « prudence » dans le code des baignades. Depuis quatre jours qu'ils ont débarqué, il n'a encore jamais été vert.

Eve s'oint d'huile de coco qui suractive le brunissement.

Elle s'alanguit dans la chaleur, s'abandonne aux bruits. Bruits de joie. Hymne à la vie. Le plus puissant de tous est celui de son cœur.

Elle est presque trop bien, trop rassurée, trop heureuse. Eric est devenu un amant de rêve. Lui qui ne la prenait qu'épisodiquement, à la faveur de plus ou moins louches circonstances, voilà qu'il est devenu ardent, presque insatiable. Tendre aussi, soumis dans l'abandon. Elle voudrait vivre ici toujours, acheter l'une de ces vieilles maisons coloniales rafistolées de Victoria, la minuscule capitale de l'île, et s'y enfermer comme dans un cocon pour se laisser aimer, et aimer encore, sous les pales poussives d'un ventilateur illusoire. Il y aurait un rocking-chair, un lit bas qui tiendrait la moitié de la pièce, des chromos aux murs, de la bière plein le réfrigérateur ; et puis la chaleur, le frémissement des lézards et le zonzonnement infatigable des insectes. Sur le soir, ils sortiraient par les rues où les gens défilent en coltinant des poissons, voire de simples tronçons de thon saignant. Ils iraient d'une baie à l'autre, traversant des bribes d'agglomérations pleines d'enfants vêtus par l'Etat à la couleur de leur paroisse. Ils stopperaient dans un renfoncement de roches pour jouer à Paul et Virginie parmi cette sylve unique, aux essences paradisiaques. Et la vie ne durerait qu'un jour, mais chaque jour. Et ils seraient enfin sans avenir.

Le bruit d'un fauteuil traîné près du sien. Elle croit à l'arrivée d'Eric et jaillit de sa somnolence comme d'une maison en flammes ; mais ne découvre qu'un type brun, genre gommeux ténébreux, encore jeune et déjà ventripotent, avec un œil de conquistador d'alcôves mal défendues. Un Rital. L'hôtel en est plein. Toutes les Seychelles parlent l'italien, à croire qu'elles sont devenues des colonies de la noble Botte. Familles aisées, couples en voyage de noces, vieillards superbes et jacasseurs, Rome et Milan se sont donné rendez-vous à Mahé ou à Pralin.

L'arrivant lui sourit, sûr de soi. Avantageux comme un Italien en goguette.

— Votre petit garçon est délicieux ! déclame-t-il comme du Racine.

La formule *B* prime : attaquer une jeune maman sans mari par un compliment sur sa progéniture.

Eve ne répond rien et reprend sa position de bain de soleil. Elle déteste ces vanneurs toujours à l'affût qui, d'une œillade, repèrent une proie dans la populace et fondent sur elle tels des faucons dressés.

L'homme lui parle encore de son fils. Un obstiné. L'expérience lui a appris que la fortune sourit aux persévérants. Il pousse même son machiavélisme jusqu'à appeler Boby pour lui proposer un jeu. Eve enrage.

A cet instant, une main se pose sur sa gorge, et c'est merveilleusement Eric que voici, dans son peignoir de bain ; les cheveux ruisselants, ses pieds nus sont constellés de ces plantes adhésives de la taille d'un petit haricot vert nouveau qui s'incrustent sur les chaussures de toile et au bas des pantalons.

Le Casanova d'à côté cesse de s'intéresser au gamin.

— Prends garde ! chuchote Eve en refoulant la main d'Eric.

Il lui sourit. En trois jours, il est devenu aussi teinté que les serveurs, d'un brun uniforme pour gravure de mode d'été.

— Je ne t'ai pas entendu partir, fait-il.

— Tu dormais comme une brute !

Boby déclare qu'il veut aller à la plage. Il jette un regard entendu à Eric. Etrange œillade d'enfant qui devine sans comprendre. Eve comptait sur l'indifférence des tout petits mais dès qu'il a vu Eric parler à Eve, le premier jour, il lui a déclaré : « Je te reconnais, tu m'as donné une grande sucette au Jardin d'Acclimatation, l'autre jour... »

L'autre jour remonte à plusieurs mois, mais la mémoire des bambins est compacte et sans nuance.

Un peu plus tard, Eric a demandé à Eve ce que serait la réaction de son époux dans l'hypothèse où le gosse parlerait de lui. Elle a haussé les épaules. « Je verrai bien. » Elle n'accepte pas d'ombres dans son présent éclatant. Eric et le soleil, c'est tout !

Boby pleurniche : la plage ! la plage ! Il veut ramasser des coquillages ! Eve se lève en maugréant. Eric écarte les pans de son peignoir, sans grande discrétion, pour lui faire constater qu'il bande.

— La trique du matin n'arrête pas le pèlerin, ricane-t-il. Tu viens me rejoindre ?

— Comment veux-tu ? soupire-t-elle en montrant son fils.

— Débrouille-toi, si dans dix minutes tu n'es pas venue, j'enfile une petite femme de chambre qui n'arrête pas de me faire du rentre dedans. Tu crois qu'elles ont les poils crépus ?

Eve lance furieuse :

— Tu es dégueulasse !

Eric rit de plus belle et s'éloigne en direction de son appartement dont il a mal fermé la baie vitrée. Le rideau de tulle soufflé par le courant d'air se gonfle à l'extérieur comme une voile.

— Je veux aller à la plage !

— Tout à l'heure. Joue dans la piscine.

— Non, tout de suite !

— Ne fais pas le méchant, sinon je te recouche !

L'Italien faraud intervient. Il a tout pigé. Il sent la situation.

— Si vous permettez, je vais l'emmener sur la plage, madame ?

Tout son visage est en fête.

— Oh ! non, je vous remercie...

Il cligne de l'œil.

— Mais si « allez-y », vous pouvez être tranquille, j'ai moi-même des enfants.

Eve rougit de confusion. L'Italien prend Boby par la main et l'assure qu'ils vont ramasser des coquillages violets. Eve fait taire sa honte, elle en a pris l'habitude depuis qu'elle est folle d'Eric, et court jusqu'à lui.

Tout en foulant l'herbe rêche coupée court du gazon japonais, elle se reproche sa veulerie. Comment en est-elle arrivée là ? Elle si autoritaire, si cinglante, comment peut-elle répondre au coup de sifflet de ce jeune homme, endurer ses perfidies, subir ses moindres exigences ? Plus il la plie, plus elle en éprouve de la joie ! Joie femelle, joie du ventre ! Elle lui appartient avec délectation. Il n'en fera jamais assez pour la contraindre. Il n'exigera jamais suffisamment d'elle. Elle voudrait mourir à petite mort, pour lui. Etre dépecée par lui. Le subir jusqu'à l'anéantissement. Elle est vidée de sa substance, de son énergie, de sa dignité. Vide et docile comme un étui. Faite uniquement pour le recevoir désormais.

413

Elle le trouve allongé sur son lit, le buste calé par deux oreillers. Le peignoir défait découvre son ventre velu, son sexe dressé. Une femme de chambre ravissante s'affaire dans la pièce ; elle regarde Eric sans gêne, avec des sourires concupiscents, n'attendant qu'une invite pour sans doute le rejoindre.

— Salaud ! s'écrie Eve.

Il avance le bras dans sa direction.

— Plus que tu crois, mon amour. Amène-toi à portée.

— Attends au moins que cette fille soit sortie !

— Elle n'est pas gênante !

Eve s'insurge.

— Tu es donc vicieux, Eric ? Tu voudrais que cette femme de chambre nous regarde faire l'amour ?

— Et comment ! Mais laisse-moi préciser : ce n'est pas qu'elle nous regarde qui m'exciterait, c'est le fait que tu souffres d'être regardée. Mon côté sadique, chérie.

— Eh bien, n'y compte pas !

Eve s'adresse à la domestique avec emportement :

— Laissez-nous, vous ferez le ménage quand la chambre sera vide !

L'autre continue de sourire et ramasse docilement son matériel.

— Hé ! Un instant ! intervient Eric. Vous voulez bien soulever votre robe et baisser votre slip, mademoiselle ? J'aimerais vérifier si vos poils sont crépus.

La femme de chambre glousse et s'en va.

— Elle est conne, archi-conne ! fulmine Eric. Je ne lui demandais pas grand-chose, juste de me rendre compte... C'est ta faute : tu lui as fait peur.

« Oh ! mon Dieu, cela marchait trop bien, se dit Eve. Je sentais que ça ne durerait pas ! Il a eu une plage d'équilibre ; mais c'est terminé ! »

Eric lui apparaît comme ces époux alcooliques qui saccagent leur foyer. Parfois, ils ont un sursaut et s'arrêtent de boire. Alors, pendant un temps, l'existence devient possible. Puis un jour la boisson leur saute à nouveau dessus comme un virus et l'enfer reprend.

Eh bien, bonjour l'enfer !

Elle est prête !

— Pour lors, j'ai débandé, ronchonne le garçon. Regarde !

Il fait sautiller son sexe inerte dans sa main afin d'en souligner l'aspect dérisoire.

— Je déteste que tu t'insurges, Eve. Je commande, ma fille ! Je décide ! Tu dois te soumettre en tout point. Compris ?

— Oui, Seigneur !

— Je peux te dire quelque chose ?

Elle consent à cela au point où elle en est. A cela, au reste, à tout.

— Ton gamin me fait chier. Tu n'aurais pas dû l'amener.

— Mon mari n'aurait jamais consenti à ce que je parte seule quinze jours, à l'autre bout du monde !

— Ton mari, ton mari ! Tu comptes me le foutre dans les pattes longtemps encore ?

Eve est atteinte par la question. Jamais jusqu'alors Eric n'a fait allusion à l'époux. Pour lui, Luc semblait ne pas exister.

— Je ne te le fous pas dans les pattes, au contraire. Et je te serais reconnaissante de ne pas me parler de lui. J'ai un faible pour la décence, mon côté gauche-caviar.

Eric opine.

— Tout se sait, ma jolie. Je me demande la gueule qu'ils feront au *Réveil* lorsqu'ils apprendront que tu es la maîtresse d'un député de la majorité !

Eve s'assoit sur le lit, entre les jambes d'Eric, et met sa tête sur son bas-ventre.

— Je ne verrai pas leurs têtes car je compte quitter le journal.

Il bondit :

— Tu abandonnerais ta rubrique ?

— Je crois plus exactement que c'est elle qui m'abandonne. Depuis que je t'aime, je ne sais plus ce que j'y cherche, et j'écris de la merde. Avant toi, j'étais en manque, alors je gueulais avec ma plume mon mal de vivre. Depuis toi, je suis comblée et je n'ai plus rien à dire. Un pamphlétaire qui n'a plus rien à dire est contraint de se taire. Oh ! j'écrirai encore, car bon gré mal gré, je suis devenue écrivain ; mais ce sera autre chose : des sentiments plus profonds, je n'ai plus de cris à pousser, mais des larmes à verser ; les larmes de bonheur ou de malheur, rien que des larmes...

Eric caresse ses épaules lubrifiées, poisseuses et chaudes. L'huile de coco dégage une odeur végétale assez obsédante. Il renifle sa main empreinte de la lotion : pas désagréable.

— Tu vas écrire quoi ? Notre histoire ?

— Pas la tienne, Eric, car je ne la connais pas ; rien que la mienne. Mon histoire avec toi. L'histoire d'une femme de tête devenue femme de cœur.

— Ça se vendra, assure-t-il.

— Oh ! je ne vais pas l'écrire pour les autres, proteste la jeune femme.

— On écrit toujours pour les autres, fût-ce son journal intime, riposte-t-il. A quoi bon se berlurer ? Où est ton chiare ?

— Sur la plage, surveillé par un galantin d'Italien qui commençait à me faire du plat au moment où tu es arrivé. Il a entendu ton ultimatum, ça l'a amusé, et il m'a proposé de garder Boby. Un type fair-play, comme tu vois !

— Allons le délivrer ! décide Eric.

Il abandonne son peignoir sur le lit et passe un maillot de bain tricolore flambant neuf.

— Un député, fait-il à Eve, se doit toujours d'avoir le drapeau sous la main, quand bien même c'est pour se le foutre au cul...

∴

Ils sont perdus dans l'immensité de la plage, loin après l'hôtel : l'Italien, grand, avec sa forte bonbonne, le gamin s'agitant comme toute une récréation autour de lui. La mer se lance vers eux sans les atteindre, par vagues énormes, écumantes. Ils marchent sur le sable tapissé de fins coquillages, à la recherche des plus gros, des plus colorés. L'homme est impressionné par la mer devenue verte de rage impuissante. L'enfant n'y prête pas attention, trop accaparé qu'il est par sa cueillette. Leurs courtes ombres cheminent sous leurs pieds ; ils marchent dedans.

— C'est beau comme du Bergman, déclare Eric, frappé par la qualité du tableau.

Les hauts cocotiers bordant la plage sont courbés vers le large comme des carcasses de caravelles. Lorsque la mer recule, elle laisse à nu d'énormes roches de granit noir, le plus vieux du monde, assurent les guides touristiques.

Et cela signifie quoi, le plus vieux granit du monde ? Le monde est jeune, comme moi, l'auteur de Bourgoin-Jallieu. Jeune et proche de sa fin. Tout ce qui a commencé s'achève. Tout n'est que maillon. Regarde et comprends, l'ami. Regarde et sache ! Fais taire tes gloutonneries ! Renonce. Regarde et attends ! Et si tu as besoin de Dieu, invente-le !

Et donc cet Italien surgi dans ce livre, au bord d'une piscine, attiré par la beauté d'Eve et son cul, cet Italien fripon, cherchant toutes les occases de tremper le biscuit, le cher homme, calamistré et bedonnant, devient très terriblement vachement superbe, au long de ces cocotiers arqués, superbe à cause du petit garçon dansant autour de lui sur la plage blanche, brillante de coquillages concassés par le flot ; grandiose il est, l'Italoche de rencontre, venu de sa presqu'île dans une île, grandiose du fait de la mer furieuse dans la sérénité du ciel bleu. Il porte un short blanc, son poitrail est velu pire que celui d'un singe ; il a les fesses trop hautes et plates ; les jambes trop longues et un peu grêles pour sa taille ; et voilà-t-il pas, ce con, qu'il devient beau, sur ce littoral enchanteur ! Par la grâce du flot secoué et d'un gamin amené là par une mère adultère. Tu sais, c'est baroque, la vie. Indécis, mais avec d'étranges échappées. Moi aussi, je suis baroque, je le sens bien. Trop au courant de tout au point que personne n'a de secrets pour moi ! C'est triste d'exister au milieu d'une peuplade sans mystère ! Pour me reposer, parfois, je fais semblant. J'accepte leurs puérils déguisements, leurs miséreuses vanités. Je fais « oui, oui, bien sûr », j'adresse un sourire crédule. Un brin de soumission, c'est charitable. J'essaie d'en être. Paix sur la terre aux hommes de bonne volonté ! Mais putain, la bonne volonté, quelle chierie !

Eric et Eve se rapprochent à grands pas. Le Rital les avise et leur sourit large. Son œil égrillard demande : « Alors, bonne bourre ? » Eve en est mortifiée. Eric se présente.

— Eric Plante, député de l'Aube !

Première fois qu'il déballe son titre neuf. Député ! L'Italien se nomme à son tour : Dante Tonazzi, avocat à Milano, veuf, deux enfants.

Poum ! Son curriculum est virgulé dans la foulée ; pas perdre de temps.

Député de quel bord ? Il voudrait savoir, Dante. Il est facho, lui ; du moins nostalgique. Il mouille en pensant au Duce. Il se paie de culot et questionne. Majorité ! Donc, pour Giscard ? Tant mieux ! Bravo ! Compliment ! Et le Valéry repassera, n'est-ce pas ? C'est couru. Les Français, bien trop conscients de la gravité de la situasse pour se foutre un président de gauche ! Eux, c'est la taquinerie, la rebiffe à longueur de septennat. Et puis, le grand moment critique venu : bon choix, mesdames, bon choix, messieurs !

Ayant égosillé de politique à loisir, il complimente Eve à propos de son petit Boby : merveilleux bambino, espiègle, ravissant, intelligent, tout ça, tout bien !

Eric l'interrompt.

— Fatal que l'enfant soit réussi, vous avez vu la mère ? Regardez-moi ce cul, cher signor et maître. Ces seins, cette taille, ce ventre plat. Sa chatte ? Un enchantement ! Moulée, délicate, nappée de poils presque blonds, sublimement frisés. Elle est faite pour l'amour ! Quand elle jouit, c'est beau comme le *Te Deum* de Berlioz à Notre-Dame.

Interdit, l'Avantageux amorce une grimace d'hépatique en crise. Eve, écarlate, renonce à rappeler son amant à la décence, sachant bien qu'elle ne ferait que le stimuler. Elle s'éloigne tenant Boby par la main. Le gosse lui montre ses coquillages : des mauves, des tigrés, des jaunes... Il prétend qu'il les vendra à papa.

Eric met familièrement son bras sous celui de Dante Tonazzi, comme cela se fait en Italie.

— Je vous trouve épatant, lui confie-t-il, d'avoir proposé de garder le petit connard pendant que maman allait se faire mettre. C'est d'un gentleman ! Voulez-vous que je vous dise ? Il n'y a plus qu'en Italie qu'on sache vivre. Hélas ! votre initiative a été inutile car contrairement à ce que je lui avais laissé espérer je n'ai pas baisé Madame. Je suis un garçon d'humeur, il y a l'instant où, et la cruelle indifférence de tous les autres. Trop cérébral comprenez-vous ? Un peu maniaque. Je parie que vous n'avez pas ces problèmes : chez vous, le désir s'accroît quand les fesses s'avancent ! Mon rêve ! C'est cela, bander ! Bravo ! Si nous dînions ensemble, ce soir ? Je vous invite. Non pas ici, la salle à manger est trop vaste et je suis aussi « agoraphobe » un complexe ne venant jamais seul, mais dans un charmant restaurant créole qui s'appelle *Juliana*, comme la vieille cycliste hollandaise qui a remis son fonds de commerce à sa fille il y a deux ou trois ans. L'on y mange le meilleur poisson grillé de Mahé. C'est dit ? Rendez-vous au bar à vingt heures, inutile de vous habiller, c'est un bistrot sans histoire.

Eric lâche le bras de son nouvel ami.

— Comme vous avez raison d'être italien, lui dit-il, moi je n'en peux plus d'être français.

X

— Savez-vous qu'en français, le mot roupie signifie également morve ? demande Eric en comptant les billets de banque dans l'énorme coquille sciée en deux qui sert à présenter l'addition.

Dante hoche négativement la tête. Non, il l'ignorait. Son français est excellent quant à la construction des phrases et de l'accent, mais peu subtil. Il dispose d'un vocabulaire assez restreint.

Eve caresse le coquillage sectionné, véritable œuvre d'art moderne. Ces circonvolutions nacrées délicatement reliées à la coquille maîtresse par de gracieux pontages ont quelque chose de fascinant. Eric s'attarde sur les bank-notes seychelloises, joyeuses comme des images neuves, qui représentent des poissons volants, des tortues marines, des cocotiers dans des teintes vertes ou ocrées.

Le signor Tonazzi, un peu ivre, ne perd pas Eve des yeux. Le repas, empreint de gêne au départ, a trouvé sa vitesse de croisière, grâce à la faconde d'Eric. Un Eric survolté, dispensant une allégresse de mauvais aloi. Ils ont bu, et l'alcool a pris le relais. A présent, ils se sentent presque bien, en sympathie, ou plutôt en complicité. Il y a de « l'association » dans ce trio.

Un couple de vieux Allemands aux trognes rôties par le soleil et la bonne chère, composent avec eux la clientèle de ce soir. Des souffles frais passent parfois sous le toit de palme, courbant les flammes des bougies. Un serpentin vert se consume dans une soucoupe, afin de chasser les moustiques. Un transistor diffuse le programme de Radio-Seychelles ; et les annonces sont faites tantôt en créole, tantôt en anglais, tantôt en français. La musique reste internationale. La publicité et les « tubes » sont devenus les dénominateurs communs des cinq continents.

Eric insiste pour qu'ils vident la dernière bouteille de vin.

— Je suis d'une province où l'on ne laisse rien perdre, déclare-t-il.

Combien en ont-ils bu ? Il coule un œil sur l'addition. Quatre bouteilles ! Sans parler d'un punch à l'hôtel et d'un whisky ici avant de démarrer.

Eve lui a âprement reproché cette invitation incongrue.

— Nous n'avons pas fait douze heures d'avion pour nous infliger la conversation d'un bellâtre milanais !

Eric a joué les penauds, ce qui n'est pas dans ses emplois. Bon, d'accord, il a eu un élan vers ce type ; maintenant que le dîner est prévu, il faut bien s'y rendre. Il jure qu'ils en resteront là des relations.

Le Rital s'est loqué rupinos, malgré l'avertissement d'Eric. Chemise de soie noire, pantalon blanc. C'est un mondain. Après le lit, la table constitue son terrain de manœuvre favori et il s'y comporte avec grâce. Il a de l'humour, du charme bien qu'il en joue un peu trop systématiquement.

La lune brille sur la mer. La radio passe une chanson d'Edith Piaf. Piaf ! si loin dans l'océan Indien ! *Non, rien de rien...* C'est quoi, être immortel, pour nous dont l'immortalité est périssable, sinon la voix de Piaf, vingt ans après sa mort, dans une petite île de l'hémisphère Sud ?

Eric désigne le coquillage lesté de billets de banque à la serveuse d'origine probablement asiatique. Elle s'avance en riant. Elles rient toujours, les filles d'ici. La vie leur est enchantement.

— Je vous offre une bouteille de champagne ! déclare maître Tonazzi, il faut savoir prolonger les bons moments.

Eve refuse, alléguant son fils qu'elle ne saurait laisser seul trop longtemps. Ils partent dans la petite Mini-Moke dont le pot d'échappement est troué et qui pétarade comme un vélomoteur. Eric oublie la conduite à gauche, et c'est Eve qui la lui rappelle. Ils passent devant d'humbles maisonnettes alignées dans le clair de lune ; leurs sombres occupants sont assis le long de façades et l'on voit briller leurs dents blanches dans l'obscurité.

L'air est chargé de senteurs opiacées. Nuit câline...

— Vous serez ministre un jour, annonce l'Italien.

— Rien n'est impossible, répond Eric.

— Quelles sont vos grandes options ?

— Je n'en ai qu'une : arriver le plus rapidement possible ?

— Vous êtes pressé ?

— Moi non, mais la vie, si !

Dante pose sa main sur le dossier avant de l'auto et caresse l'omoplate dénudée d'Eve. Elle a un léger mouvement pour fuir la caresse. Eric qui a compris, lui dit :

— Ne sois pas bégueule, ma chérie. Tu as une peau que l'on a envie de toucher. Satinée, comme on écrit dans les romans à la grenadine.

Tonazzi, un peu pris au dépourvu, cache sa gêne derrière un rire gloussé.

— Je crois que j'ai un peu trop bu, annonce-t-il au bout d'un instant.

Mais personne n'attend d'excuses de sa part.

Ils regagnent le *Barbarons*, rapidement, malgré le mauvais état de la route. Dans les lumières, l'architecture est plus spectaculaire encore qu'au jour. L'immensité de la charpente évoque celle d'une cathédrale.

Deux flamants dont le corps est composé d'un coco-fesse se dressent sur des piédestaux à l'extrémité de la réception. Un orchestre joue des airs langoureux pour des clients avachis dans les fauteuils moelleux du vaste salon sans murs. Tonazzi reparle de sa bouteille de champagne.

— Pas ici, décide Eric, cette ambiance est sinistros, allons plutôt la boire chez moi, de la sorte Eve sera près de son fils.

Le Rital va passer sa commande au bar, et ils longent la piscine illuminée où des jeunes gens batifolent encore. Eve est mécontente.

— Décidément, tu tiens à passer la nuit avec lui ! fulmine-t-elle.

Eric ne répond rien et s'arrête pour attendre Tonazzi.

— Moi, je rentre me coucher, ajoute-t-elle.

L'Italien demande à son ami député s'il sait qui est cet homme jeune, portant une chemise verte et une cravate orange dont la photographie trône à la réception.

— Le Président des Seychelles, révèle Eric. Vous voyez

bien que la valeur n'attend pas le nombre des années. Il désirait le pouvoir : il l'a pris.

La silhouette blanche d'Eve flotte devant eux sous les palmiers du jardin.

— Votre amie semble fâchée ? s'inquiète Dante.

— L'amour est triste, soupire Plante.

— Il y a longtemps, vous deux ?

— Deux mois environ.

— Elle est mariée ?

— Bien sûr, où serait le charme ? Boby n'est pas né par l'opération du Saint-Esprit !

— Très éprise, hein ?

— On le dirait.

— Pas vous ?

— Différemment.

Ils font quelques pas en silence, froissant l'herbe rêche à un rythme identique et cela produit un bruit de fauchage.

— Elle vous plaît, hein ? ricane Eric.

— Elle est très séduisante, convient Tonazzi.

— Ça vous amuserait de lui bouffer le cul ?

Le Rital en perd les pédales et se réfugie dans sa langue maternelle pour les réactions d'urgence. Eric lui pose la main sur l'épaule.

— J'ai mon franc-parler, n'est-ce pas ? J'ignore si vous portez en Italie le même intérêt que nous autres Français à cette pratique mais c'est tout ce que j'ai à vous offrir. Des transports plus poussés me désobligeraient.

Il a l'impression que le Rital est tenté de le planter là et d'aller s'enfermer dans son appartement. Son cynisme fait plus que de déconcerter, il effraie.

Eric ajoute en désignant le ciel :

— Dans le fond, ce qu'il y a de plus déroutant quand on change d'hémisphère, c'est la voie lactée. Je suis un gamin de la campagne et mon père m'a appris les étoiles très tôt : celles de chez nous, s'entend. Le Chariot, la Grande Ourse, l'Etoile polaire. Pour moi, mon enfance, c'est un ciel de nuit.

Ils sont parvenus au duplex qu'il partage avec Eve. Eric descend à sa chambre et éclaire quelques lampes.

— Asseyez-vous, Dante. Je vous appelle Dante, vous permettez ? Moi, c'est Eric.

Il tripote les boutons de la radio et obtient un peu de musique tiède.

— Lorsque je serai président de la République française, c'est-à-dire en 1988, je viendrai en visite officielle ici et je signerai un marché sur les coco-fesses avec le monsieur à la cravate orange, dit-il.

L'Italien ne sourit même pas.

Un serveur en veste rouge amène le champagne. Dante et Eric bataillent à qui signera la note.

Tonazzi allègue qu'il a passé la commande, Eric riposte qu'ils se trouvent sur son territoire. Dante montant le ton, il lui laisse finalement porter la bouteille à son débit.

— Je vais chercher Eve, vous permettez ?

Elle s'est enfermée dans sa salle de bains.

Il toque à sa porte et la prie de les rejoindre :

— Non, répond fermement la jeune femme : je t'ai prévenu que je me couchais.

— Si tu ne descends pas, je me déguise en loup-garou et je fous des convulsions à ton moutard de merde ! gronde Eric.

Elle ouvre la porte à la volée, furieuse.

— Ecoute, Eric, lui dit-elle, il y a des choses qu'une femme aimante ne saurait admettre.

— De quoi parles-tu ? demande innocemment le garçon.

— Tu le sais parfaitement. J'accepte de subir toutes ces humiliations qui semblent te ravir, néanmoins je ne tolérerai pas celles qui bafoueraient mon amour même !

— Voilà que tu t'exprimes comme ta grand-mère, la révérée George Sand, gouaille Plante. Bafouer est un verbe un peu vermoulu, et les vertueux sentiments que tu exprimes le sont également. Cela dit, tu vas venir nous rejoindre, ma petite mère.

— Non !

— Si tu ne descends pas, je quitte l'hôtel.

Il voit ses traits se durcir et son regard s'emplir d'ombre. Eve semble en proie à une violente douleur physique.

— Pourquoi es-tu le mal ? Moi qui t'aime tant...

Des larmes perlent à ses cils. Eric ressent une confuse pitié. Il l'embrasse sur chaque paupière.

— C'est difficile, balbutie le jeune homme. Mon Dieu, si tu savais : quel tourment.

Elle passe ses bras au cou d'Eric, croise ses doigts sur sa nuque, voulant ainsi l'emprisonner un instant.

— Eric, ce n'est pas parce que ton père t'a fait cocu jadis qu'il faut martyriser la terre entière !

La phrase lui est montée aux lèvres spontanément, elle l'a prononcée sans réfléchir, et déjà la regrette en voyant les yeux de son amant devenir noirs et hideux.

— Qui t'a raconté ça ? demande-t-il, les dents crochetées.

— Ton père, le lendemain matin, pendant que tu faisais du cheval. Il prétend t'avoir offert une moto en échange de Marie. Il en parlait avec un peu de remords et beaucoup de suffisance ; car c'est cocasse à raconter quand on a le beau rôle. Seulement, il va bien falloir que tu comprennes que c'est lui qui est haïssable et non les autres. Si tu as le goût de la vengeance, venge-toi sur lui, pas sur moi. Lui, il t'écrase de son orgueil ; moi j'ai écrasé le mien pour mieux t'aimer. Ne frappe pas les faibles pour te soulager des brimades des forts.

Il continue de darder sur elle son regard atroce. Un regard qui a cessé de l'aimer, ce qui affole Eve. Elle a eu tort de lui parler aussi ouvertement. Maintenant, il est désert comme un mort.

L'Italien resté seul tousse ostensiblement pour rappeler sa présence.

— Descends ! dit Eve en retirant ses bras, j'irai vous rejoindre.

Il obéit d'un pas mécanique. Eve passe dans la chambre pour vérifier que son fils dort bien. Il est beau sur l'oreiller, les poings serrés près de son visage, en une attitude encore de bébé. L'appareil qui fabrique l'air frais ronronne de manière continue, avec de temps à autre, un léger raté. Eve va écarter le rideau doublé de toile opaque pour contempler le paysage nocturne. Elle est aux Seychelles, dans un foisonnement de cocotiers et de plantes rares. La mer continue de se déchaîner sous la lune. Les énormes rochers sombres disparaissent, puis ressortent ruisselants quand la vague recule pour prendre un nouvel élan.

Voyager, c'est l'idée qu'on s'en fait. Le dépaysement ne dure jamais que quelques heures : notre sens de l'habitude s'en empare et le passe à la moulinette du quotidien. Rien n'existe que nous et nos idées reçues.

Eve se retire et va retrouver les deux hommes.

∴

Elle constate immédiatement qu'Eric n'a pas encore récupéré. Il est sec, raide, lointain. Dante Tonazzi, bien malheureux avec sa nature latine, se trémousse dans son fauteuil. Il dit des choses, n'importe lesquelles, sans attendre les réponses. Sa coupe pleine vit entre ses doigts par mille bulles toujours renouvelées.

La venue d'Eve le soulage et il se hâte de lui verser du champagne. Toast muet. Eloquent de la part du Rital fasciné par la beauté d'Eve que l'éclairage discret exalte.

Il regrette qu'elle se trouve sous la férule de ce jeune fou. Eric l'inquiète car il est capable de tout or, maître Tonazzi, de par sa profession même, est l'homme des limites reconnues et acceptées.

— Boby dort bien ? demande-t-il par politesse.

Eve répond que oui et remercie d'un sourire de maman.

— Chic, alors ! fait Eric, on va pouvoir s'en payer une tranche ! Le pied des parents dépend toujours du sommeil des enfants.

Il vide sa coupe, cul sec.

— Eve, mon amour, poursuit-il, j'ai proposé à notre ami Dante qu'il te fasse minette (sotte expression s'il en est ; mais « bouffer le cul » est d'une telle trivialité qu'on ne peut guère l'employer qu'entre hommes), il ne m'a pas donné de réponse ferme et définitive, toutefois, je pense qu'on peut interpréter son silence comme un acquiescement, pas vrai, cher ami ? Qui ne dit rien consent.

Tonazzi devient écarlate, sa coupe se met à trembler entre ses doigts. Il voudrait détourner le cours des choses par des plaisanteries, mais son humour est pris en défaut.

Eve se dresse.

— Mais voyons : je suis à la disposition du signore, dit-elle sans que sa voix trahisse la moindre émotion. Tes ordres sont mes désirs, mon chéri. Pressentant quelque exigence de ce genre, j'ai ôté mon slip avant de descendre.

Elle fait jouer la boucle fermant sa jupe et se débarrasse de celle-ci d'un geste qui reste harmonieux.

— Elle est belle, non ? demande Eric. Installe-toi sur le divan, mon amour.

426

Eve s'allonge sans marquer la moindre hésitation. Elle se met à contempler le plafond où un insecte noir, à la carapace brillante, déambule peinardement. Elle envie la vilaine bestiole d'être aussi étrangère à ce qui se passe côté plancher. Il doit faire bon être scarabée noir par cette nuit équatoriale. Un gros insecte qui va tout seul, le long d'un plafond blanc.

— Mon cher Dante, quand vous voudrez ! invite Eric. Je pense, Eve, que tu devrais glisser un coussin sous tes merveilleuses fesses afin de faciliter les transports. Eh bien, cher maître, qu'attendez-vous ? En route pour le septième ciel, mon vieux !

L'Italien pose sa coupe sur une table basse et se lève. Eric le regarde en souriant. Tonazzi reste debout, la tête levée. Il a aperçu le scarabée, lui aussi.

— Vous permettez ? fait-il à Eve.

Il ôte l'un de ses mocassins, grimpe sur le lit et écrase l'insecte. Puis il descend de son perchoir et, à toute volée frappe Eric de la semelle souillée.

Le coup éblouit le jeune homme qui ne s'attendait à rien de tel.

Dante essuie sa semelle à la chemise d'Eric.

— *Pazzo !* murmure-t-il ; *pazzo !*

Il remet sa chaussure et se tourne vers Eve.

— *Pazzo* veut dire fou, lui dit-il. Ne restez pas avec lui, c'est un être de malheur !

Il s'engage dans l'escalier.

XI

Etre écrivain ne consiste pas à écrire des livres, c'est seulement permettre à des livres de s'écrire. Le pauvre de moi que je suis s'en rend bien compte, va ; à la manière bourricote qu'il trottine derrière celui-ci. Tentant, vainement de contrôler l'action, le style, les personnages, mais débordé par la diarrhée en crue, force de s'avouer vaincu et de se remettre à cavaler au fion de ce bouquin, en criant quand le souffle lui revient : « Attendez-moi ! »

Et qui l'attend ? Personne ! Ainsi tu donnes vie à des enfants, et ils s'en vont, la naissance étant en soi une mise hors de portée, si je puis dire ; et comment que je le puis, mon con ! Comment donc ! La seule liberté qui me reste : tirer des bras d'honneur à tout-va, comme le matamore brinde à la foule. Zob ! Zob à vous, là-bas ! Zob à toi, à droite ! Zob ! Zob ! Zob à tous, mes frères en méprisure.

Et je voulais, j'espérais oser, pouvoir te poursuivre les deux, là-bas, aux Seychelles, dans le *Barbarons Beach Hotel*, comme disent les dépliants. Eux deux dont je crois bien deviner ce qui va leur arriver, bouge pas ! Mais sait-on jamais avec un bouquin grouillant de mecs qui te claquent dans les doigts comme des bulles. Tu ne peux jamais foutre ton doigt dans le cul d'une bulle parce que les bulles sont sans cul, n'en ont que la forme mais pas le trou conditionneur.

Et contrairement à ce qu'on pourrait croire, les personnages ne sont pas des marionnettes mais des bulles.

Oui, je voulais... J'étais bien, au *Barbarons Beach Hotel* avec mes deux apôtres. L'Eve, bioutifoule dame en mal d'amour, l'Eric, diabolique paumé, assassiné par son géniteur, comme tant ! Comme mes enfants, les tiens, les leurs ! Tous plus ou moins trucideurs de ce que nous aimons au plus haut ! Fatalitas ! A les faire chier de trop d'attentions et d'amour ! A les étouffer de notre tendresse, misère ! Et tiens, je te vais dire, celui qui de ce bouquin biscornu m'est le plus cher après Eric : Réglisson, mon pote ! Victor Réglisson qui est allé finir sous un camion, délibérément, entraînant sa pauvre bonne femme avec lui dans le trépas ; mais qu'est-ce que ça peut foutre ? Elle était conne et elle dormait. Oh ! lui, quand je l'ai vu foncer sur le mastodonte, afin d'entrer dans la boule de verre pleine d'eau, au côté de la communiante en plastique, j'ai crié bravo ! Là, crois-moi, si j'avais eu l'initiative de ce book, à l'instar (comme y en a qui disent encore) des romanciers qui ne sont pas complètement écrivains, je l'aurais exactement conduit là, dans les mêmes circonstances.

Lui qui ne pensait jamais à la mort ! Ce besoin de grand sommeil... Tu le comprends, non ? Moi, je me comprends. C'est la bonne hôtesse, la crève. Pose ta besace, chemineau !

Donc et re-donc, j'aurais aimé poursuivre aux Seychelles tant qu'on y était, qu'on s'était farci les douze plombes de zinc. Et puis le bouquin me chope la main écrivaine.

— Stop ! Un instant, l'aminche !

J'insiste, l'IBM à boule ronronne. Caractères d'une souplesse, si tu savais. Les caresser c'est écrire. Alors le book enfonce la touche de contact. Plus de courant. Quoi ? J'éberlue, comme un que sa partenaire de baise virerait de ses miches avant le fade apothéotique.

— On va retrouver le Président !

— Et quoi, le Président ? Qu'en ai-je à branler pour le moment ? Il est en crise auprès de sa Noëlle qui lui est soumise comme l'eau est soumise au sol. Je n'ai rien à dire sur lui dans l'immédiat, je veux finir la période seychelloise.

— On va retrouver le Président ; point c'est tout à la ligne !

Alors bon.

Je te le répète : notre drame, c'est qu'un livre, on lui court après sans jamais le rattraper.

∵

Quittons l'Equateur pour le Cercle polaire arctique.

Car ils sont là-haut, Tumelat et sa Noëlle.

En Laponie !

J'ai dû te causer quelque part dans le fatras qui précède, et plus ou moins vaguement, d'un congrès prévu à Helsinki pour le bel Horace. Séminaire des fondateurs de je ne sais plus quoi relatif aux Droits de l'Homme !

Droits de bouffer sa soupe et de fermer sa gueule ; je sais bien ; mais on peut rêver, non ? Sans idéal on s'amenuise. Horace Tumelat est une huile de cette association internationale. Very Importante Personnalité ? Placé à la grande table d'honneur, et pas au bout, espère, mais à la gauche du Président. Tous les séminaristes sont logés au *Kalastajatorppa* (répète-le à plusieurs reprises, ça se retient plus facilement qu'on ne croit), un vaste et luxueux hôtel en bordure d'une des innombrables baies qui dentellent la ville.

Ils disposent, Noëlle et lui, d'un appartement somptueux : vue sur la Finlande ! Ici la mer se faufile de partout, avec d'innocentes apparences de lac. C'est de l'eau calme, il y a des pontons, des pelouses, des canards. Romantique. Un peu nostalgique, mais prenant.

Noëlle l'attend pendant qu'il va discourir. Il fait un beau printemps presque chaud. Elle regarde la télé qui cause suédois, la plupart du temps, sauf les informes en suomi. Etrange cette lucarne, à l'étranger. Par elle, on plonge davantage dans la vie du pays. On se fait une idée des mœurs.

L'une des fenêtres donne sur la route « résidentielle » où courent des hommes en survêtement. Ils vont par deux ou trois, coudes au corps, d'une trottée sûre, donnant l'impression qu'ils peuvent, dans cette foulée, franchir des distances fantastiques.

Elle se fait monter des repas d'oiseau, à midi, car son élu ne rentre pas déjeuner. Elle les commande laborieusement, utilisant ce qu'elle connaît d'anglais : *Speak slowly, please.* Elle ne s'ennuie pas, ne s'ennuie jamais plus. L'ennui, ce fut jadis, dans une autre existence lointaine à jamais engloutie, à jamais conjurée. Attendre Horace est devenu sa vie ; toute sa vie, et suffit à la remplir.

Le soir, ils vont dîner au grill de l'hôtel. Tumelat sait que l'écrevisse est un plat national ; chaque fois il tente d'en commander, mais jamais n'obtient satisfaction. Rageur, et voulant absolument se faire comprendre, il en a dessiné une, au dos du menu ; on lui a servi un homard !

Quand le séminaire a été terminé, il a proposé à Noëlle d'aller « s'aérer un peu » en Laponie avant de rentrer. Une simple escapade de trente-six heures. L'agence de l'hôtel a arrangé la chose. Deux heures d'avion pour Rovaniemi, la capitale. Un chauffeur les attendait au volant d'une vieille Mercedes noire diesel. Un gars placide, vêtu de bleu, avec une espèce de casquette de marinier.

Il parle allemand et anglais. Le Président baragouine un peu les deux langues. Rovaniemi, tu ne peux pas savoir combien ça manque de pittoresque, ni à quel point c'est calamiteux comme ambiance, pour nous autres, gens de Bourgoin-Jallieu et d'ailleurs. Il y fait sombre encore, en ce début de printemps. Lumière de cataclysme. Tumelat, ça lui évoque une représentation de Golgotha, au patronage de son bled, quand il était mouflet. Après la crucifixion de Jésus, la lumière de scène avait basculé dans ce gris livide, coupé de traînées blafardes, tandis qu'un machino de fortune agitait une plaque de tôle en coulisse pour imiter le bruit du tonnerre. Malgré le jour, toutes les voitures roulent avec leurs phares éclairés, ce qui ajoute à l'impression quasi funèbre. Le chauffeur doit les conduire à un relais situé en bordure d'un lac, en deçà du Cercle polaire. Il insiste pour leur faire visiter le musée. Tumelat est furax car il a horreur de « l'art en conserve » ; mais le guide ne tient pas compte de ses protestations et les drive d'autorité jusqu'à une vaste construction ultra-moderne dont, pour lui faire plaisir, ils arpentent quelques salles contenant des témoignages de l'activité culturelle lapone.

Ce pensum subi, ils quittent enfin la cité nordique. Et dès lors, tout change. La route parfaitement asphaltée s'enfonce dans la forêt sombre. Elle se développe à l'infini, couleur de plomb sous la lumière végétale. La circulation est pratiquement nulle. Malgré tout, le conducteur respecte scrupuleusement la limitation de vitesse et ne dépasse pas le quatre-vingts.

Le couple s'abîme dans l'enchantement ouaté du dépaysement. Ici, ils sont hors du temps, hors du monde. Il se sent enfin bien, et cela fait des semaines que la chose ne lui est pas arrivée. Débarrassé de son continuel tourment moral, il savoure la bienfaisante trêve. Dieu lui accorde une récréation. Dieu lui permet de déposer ses affres sur la mousse de ces sous-bois infinis. En quittant le congrès, la veille, il a eu le pressentiment qu'il s'agissait de sa dernière prestation politique. « Vais-je mourir ? » s'interroge-t-il.

Il sent mal « la suite ». Ou plutôt, il ne la sent plus. Son désarroi grandissant le mine. Il évoque sa mort parce que, somme toute, c'est peut-être cela que « prépare » sa crise d'âme, non ? Il est en état de pré-cessation. Ils ont déjà cessé de faire l'amour, sans presque s'en apercevoir. L'acte ne leur manque ni à l'un ni à l'autre. Leur mutuelle présence suffit à les souder et sans doute se sentent-ils davantage liés par l'abstinence que par les débordements de la viande.

Leurs mains se cherchent sur la banquette de velours ; se trouvent, s'emmêlent.

— On est bien, remarque Noëlle.

Il a un petit signe d'assentiment.

Elle le regarde pour savourer son profil. Horace est tout blanc maintenant. Un peu amaigri, ce qui lui va bien. A quoi pense-t-il ? Noëlle se dit que lorsqu'il mourra, son cerveau mettra beaucoup de temps à se refroidir. Sotte pensée ! Elle la chasse. Le Président est immortel aujourd'hui.

Soudain elle pousse un cri d'admiration. Un troupeau de rennes vient de déboucher sur la route, à cent mètres de la voiture. Le chauffeur freine. Les rennes remontent le talus pour gagner les halliers bordant la forêt lapone. Un mâle aux bois impressionnants marche en tête, suivi de femelles passives et de faons bondissants.

Ce spectacle bucolique, si insolite pour eux, les lie davantage, inexplicablement, et leurs mains croisées se pressent plus fort.

Ils ne disent rien, mais restent joue à joue pour regarder par la lunette arrière jusqu'à ce que les animaux aient disparu.

« Je ne pourrai jamais plus vivre sans elle, décide Tumelat. L'aumônier a beau dire et tisonner ma conscience, je préférerais toutes les damnations à la séparation. Je l'aime. Elle est la seule chose réelle qui m'ait été donnée. »

Il dépose un baiser ardent et chaste sur la peau brûlée de Noëlle.

∴

Le relais est bâti tout en rondins, d'un confort approximatif, mais l'ambiance est agréable. Ils disposent de deux minuscules chambres-cellules non communicantes, pourvues chacune d'un lavabo.

La salle commune a une forme de hutte. Une vaste cheminée circulaire en occupe le centre, où un cuistot blondasse fait griller des quartiers de renne. Un lac tout en longueur interrompt la forêt, un bout de montagne s'amorce, couronnée de roches noires. Et vois-tu, ici aussi c'est granitique, comme aux Seychelles où nous retournerons bien vite.

Un gros loup blanc, naturalisé, crocs sortis, l'œil de verre menaçant, défend l'entrée.

Noëlle et Horace sortent, font un bout de balade le long du ruisseau qui court au lac, puis décident de rentrer car il fait froid. Ils se sentent désemparés, comme tous les gens débarquant dans un lieu sans grand intérêt où ils n'ont rien à faire.

Privés de leurs habitudes, ils sont rongés par un secret tourment. Tumelat se demande ce qui l'a incité à « monter » jusqu'en cette Laponie silencieuse et vide, lui l'homme du mouvement, le malaxeur de foules. L'immensité des forêts, l'infini des routes presque désertes, les eaux pétrifiées des lacs provoquent en lui une angoisse délicate, ou plutôt un trouble comparable aux prémices d'une initiation. Quelque chose lui dit qu'il n'est pas venu au Cercle polaire pour rien, mais poussé par une force obscure.

Ils mangent en tête à tête à une table énorme, des mets peu engageants et insipides, moins comestibles d'apparence que de la nourriture en boîte pour chiens ou chats. Les fagots du grill craquent sans joie.

— Nous ne sommes pas très éloignés de l'Union soviétique, remarque Horace : une centaine de kilomètres à peine. Lorsque j'étais enfant, je rêvais de la steppe russe à cause d'un livre de Jules Verne intitulé *Un drame en Livonie*. Au cours de ma carrière politique, j'ai eu l'occasion de faire plusieurs voyages au pays des Tzars rouges, mais je n'y ai jamais trouvé ce que j'attendais.

Il réfléchit un instant, détourne son assiette pour avancer sa main jusqu'à celle de Noëlle qu'il emprisonne.

— Et toi que je n'attendais pas, tu m'as apporté plus de bonheur que ma jeunesse n'en a rêvé.

Elle lui offre un sourire rayonnant. Non loin d'eux, un groupe de Finlandais discutent sans véhémence dans leur étrange langue, à la fois barbare et harmonieuse pour nos oreilles latino-saxones. Des gars blonds, avec des pantalons de velours et de gros chandails rouges.

Le Président a une pensée fulgurante pour Ginette Alcazar, comme il lui en vient mille fois par jour. Flashes violents qui le font tressaillir. Il l'imagine, à terre, subissant les coups de pied d'Eric. Et ces coups, c'est sa propre chair qui les encaisse. Il les prend dans son ventre, dans ses côtes. Il en a le souffle coupé et de rouges éblouissements douloureux. Bizarrement, il n'éprouve aucune rancune pour Plante ; pas le moindre mépris. Le jeune homme a agi « pour lui, Horace ». C'est donc le Président qui martyrisait la pauvre femme par soulier interposé. Maintenant, il est à la fois frappeur et frappé.

— Vous souffrez ? demande Noëlle.

— Non, pourquoi ?

— Par moments, on dirait qu'un mal brutal vous donne des lancées dans la poitrine ou dans l'estomac ?

— Il n'est que moral, soupire le Président.

Elle n'insiste pas. Une serveuse pâle comme de l'or blond leur apporte un entremets gélatineux et rose dont la vue seule les écœure.

— Cela vous ennuierait que nous fassions une promenade ? propose Noëlle.

Il est rare qu'elle prenne l'initiative de quoi que ce soit. Une chienne qu'on promène ne choisit pas l'itinéraire, même quand elle marche devant.

Horace acquiesce. Ce jour faiblard, mais qui n'en finit pas ne donne guère envie de dormir.

Ils traversent l'esplanade du relais. A l'orée de celle-ci, un poteau grossier supporte un grand panneau de bois découpé en forme d'écusson, sur lequel les deux mots « Cercle polaire » sont écrits en cinq langues.

Noëlle se colle au poteau.

— Me voici posée sur le Cercle polaire, dit-elle, je devrais éprouver quelque chose, n'est-ce pas ?

Tumelat sourit :

— Le Cercle polaire n'est qu'une convention parmi tant d'autres, ma chérie.

Il ajoute, en lui saisissant la taille :

— Il n'est de réel que nos sentiments, tout le reste n'est qu'un immense malentendu.

Tous deux s'engagent sur un chemin herbu conduisant au lac. Ils longent un ponton aux pilotis duquel quelques barques étroites sont attachées. L'air sec sent la forêt et le limon. Jamais encore ils n'ont marché ainsi, flanc contre flanc, un bras passé à la taille de l'autre, calquant leur allure. Déplacement d'amoureux. Etrange couple que celui formé par cet homme presque blanc, aux traits meurtris par l'érosion de l'existence, et cette fille diaphane mal enlaidie par la cruauté du feu. Etrange et vrai couple en intense communion, fait par le hasard et d'obscurs besoins réciproques. Le Président, glorieux *self made man* né de ses luttes, appétits, machinations, l'adolescente traumatisée par le prodigieux bonhomme et n'ayant plus d'autres soucis que de ranger sa petite ombre dans la sienne.

Et ils vont, regarde-les ! Vois comme ils vont bien sur le théorique Cercle polaire ; vont bien, tuteur l'un de l'autre, soucieux d'unisson à travers la nature disponible de la vide Laponie ; vont bien vers le point d'orgue de leur destin, tu vas t'en apercevoir mais je raconte au point de croix, en tapissier tapissant menu, moi qui raffole des pinceaux larges et de la peinture épaisse...

Ils contournent la pointe du lac. Tout de suite après, une clairière se propose, un peu marécageuse, entre l'eau et la forêt. Leurs semelles produisent sur l'herbe pelée un petit bruit spongieux de botte mouillée à l'intérieur.

Ils s'arrêtent, comprenant qu'ils risquent de se tremper jusqu'aux chevilles s'ils vont plus loin.

Et soudain, l'instant devient particulier. Saisissant. Une grande trouée lumineuse perce la grisaille secrète du jour boréal. Comme si un projecteur venait d'être braqué sur la clairière. Sans doute cela est-il dû à une certaine intensité du miroitement de l'eau ? Pourtant cette clarté ne monte pas, mais paraît descendre. Les bruits de la forêt se sont tus. Il se produit un temps de grâce infinie. Le Président et

Noëlle se tiennent immobiles, fascinés par l'attente d'un prodige. Ils ont l'intime conviction qu'un événement surnaturel va se produire. Une grande annonce muette leur est faite. Et, soudain, dans la clarté qu'ils veulent surnaturelle, une clarté plus vive s'intègre. Ils aperçoivent alors un animal inoubliable : un grand renne blanc, d'un blanc immaculé dont seuls les bois sont noirs.

La bête a jailli de la forêt et s'est placée au cœur du halo qui à présent la nimbe. Elle est aussi figée qu'eux et les regarde. Et cela dure indéfiniment. Le stupide ronflement d'une auto qui démarre sur le parking du relais rompt le charme.

Une nouvelle lueur et le renne blanc s'est évanoui.

— Quelle merveille ! s'exclame le Président. Je savais qu'il existait des rennes blancs, mais je n'en avais jamais vu.

Il se tait, déconcerté par l'attitude de sa compagne. Noëlle s'est pris la tête à deux mains et suffoque comme quelqu'un qui ne parvient pas à éclater en sanglots. Elle émet des petits jappements avortés en haletant de plus en plus vite. Et puis se sauve à travers le marécage. Elle fait quelques pas et tombe à cause du sol instable. Son halètement cesse. Noëlle se débat sur les mottes d'herbe gorgée d'eau. Elle parvient à se mettre à genoux. Elle hurle. Hurle comme un carnassier à la lune.

Tumelat se précipite vers elle.

— Noëlle, ma chérie ! Mais que t'arrive-t-il ?

Elle ne répond pas. L'a-t-elle seulement entendu ? Elle continue de pousser des cris, de plus en plus inarticulés et qui vont en décroissant parce qu'ils l'étouffent.

Horace se jette à genoux, la prend dans ses bras.

— Noëlle, je t'en conjure, dis-moi ce que tu as !

Elle le regarde, égarée, paraît enfin le reconnaître.

— Mon père, dit-elle. Mon père ! Je viens de comprendre que mon père est mort ! Oh ! mon Dieu, je ne le savais pas encore ! Il est mort ! Papa ! Il venait me regarder dormir, la nuit, en chemise. Il me chuchotait sa tendresse à l'oreille, croyant que je n'entendais pas, mais il m'arrivait d'entendre. Et même d'entrouvrir les yeux. Et alors je le voyais avec ses fesses blanches que sa veste de pyjama ne parvenait pas à cacher. Papa ! Mais il est donc vraiment mort ! Et je parlais de sa mort sans comprendre, sans savoir ! Papa ! Et j'ai continué de vivre. Papa ! Le merveilleux gentil !

— Allons, allons, mon petit ange, mon petit ange ! balbutie le Président, bougrement embêté, contrit et tout ce que tu voudras. Pourquoi la vue de ce renne blanc t'a-t-elle provoqué cette crise ?

Noëlle continue de haleter. Elle se cramponne désespérément à son vieil amant. Ils ont les pieds et les jambes détrempés.

— Il m'avait offert une reproduction dans un cadre doré quand j'étais petite. Cela représentait un cerf blanc au milieu d'un halo de lumière. L'animal avait une croix dorée entre les cornes. Je l'ai eu sous les yeux pendant des années, jusqu'au jour où la gravure s'est décrochée. En tombant, le verre et le cadre se sont brisés et ma mère a flanqué le tout à la poubelle ! J'ai beaucoup pleuré. Et à l'instant, un renne blanc a surgi pour m'annoncer que mon père est mort. Car c'est bien cela que cette merveilleuse bête est venue me dire, n'est-ce pas ? A moi qui ne l'avais pas compris. Mon père est mort ! Il a fallu que vous m'ameniez au Cercle polaire pour que je le sache enfin ! Il me semble que désormais je ne pourrai vivre qu'en me tordant les mains de chagrin.

— Non ! Oh ! non, fait le Président, révulsé à cette dure perspective.

Il pose sa tête dans les cheveux de Noëlle. Sa tête où germe le tracé de sa nouvelle vie.

Car un renne blanc surgi en une clairière lapone n'apporte pas que du malheur.

XII

Depuis le coup de chaussure administré par l'Italien, Eric dort mal ; le talon lui a endommagé le nez et il a de la difficulté à respirer. Il s'éveille en sursaut, suffoquant, au plus fort d'un cauchemar onirique. Il se lève pour aller se rafraîchir et examiner son visage tuméfié dans la grande glace de la salle de bains. Coquet de nature, épris d'harmonie, il supporte mal cette passagère mutilation qui lui brouille les traits.

Cependant, il n'en veut pas à Tonazzi : quand on joue avec le feu, il est normal qu'on se brûle. Le Rital a montré de la dignité. Surprise vaguement admirative d'Eric qui le jugeait davantage « toutou » et avide de plonger entre les cuisses d'Eve.

L'avocat ne se montre plus. Eric l'a cherché en vain, au bar et aux alentours de la piscine ; probablement est-il allé visiter Praslin ou la Digue, voir Birds Island pour fuir ce drôle de couple.

Eric regarde sa montre : elle raconte 4 heures 20. Son nez lui fait mal. De retour à Paris, il passera une radio. Il faut très peu de chose pour enlaidir ce qui est beau. La grâce est fragile, il suffit d'affubler la Joconde d'une moustache pour la ridiculiser. Lui, avec son nez enflé et violacé, il se chope une bille de clown déconcertante.

« Tu parles d'une frime de député ! »

Le bruit de l'appareil à refroidir l'air est horripilant quand on se met à l'écouter. Ronron implacable, avec parci, par-là, un léger couac qui ressemble à un bruit de gorge.

Le garçon se sert un verre de l'eau contenue dans une bouteille thermique. Les glaçons tintent contre la paroi.

438

Eve tressaille dans son sommeil. Un instant, il croit qu'elle va se réveiller, mais non, elle enfouit son visage dans l'oreiller et continue de dormir. Tout est charme, chez elle. Il est difficile à un être humain de conserver dignité et noblesse dans l'inconscience. Elle est un grand ennemi de l'individu. Franchise absolue du physique qui a cessé de tricher et s'abandonne à toute critique. Eve possède un merveilleux profil. Il aime le mouvement souple de la mâchoire, les cheveux flous, sur la tempe, l'oreille délicate. Et cependant, bon Dieu, quoi de plus laid, de plus inesthétique qu'une oreille !

Eric s'approche pour l'écouter respirer. Son souffle est lent, presque silencieux. Il n'entraîne aucun mouvement de poitrine.

Eric la contemple un long moment. Il pourrait la rendre si heureuse, cette femme éperdue d'amour... Si heureuse. Au lieu de cela il la torture sans cesse, la blesse, la contraint, l'humilie, la traîne dans les ornières du mépris. Il se demande quelles auraient été leurs réactions à l'un et à l'autre, si l'Italien avait profité de l'aubaine ? Peut-être la gêne, la détresse auraient-elles été trop fortes et se seraient-ils séparés ? Et peut-être que non. Et sûrement que non, au contraire. Ce crime de lèse-dignité aurait pu les lier davantage, comme un forfait lie des complices quand il ne les divise pas.

N'importe. Il parviendra à ses fins. Son instinct le guide. Infaillible, l'instinct ! Il parviendra à la noyer dans la fange de son désordre. Elle est sa chère victime ; l'holocauste dont il a si grand besoin pour pouvoir — croit-il — surmonter ses phantasmes. Proie rêvée, faite pour l'immolation. Si totalement consentante ! Si prête à tout souffrir de lui, pour lui. Sa Noëlle à lui. Mais d'une autre trempe ! Rétive, magistralement domptée par l'amour-passion. Noëlle, c'est l'ange accroupi sur le plancher d'une Mercedes dans l'attente du dieu Horace. Eve, c'est une guerrière vaincue. Ils ont combattu et se sont fait très mal. Il a gagné, alors elle est devenue son esclave. Loi de la guerre ! Il est le vainqueur sans magnanimité, le dur soudard pour qui la victoire n'est que le chemin de la vengeance. Bourreau chinois des temps héroïques, il ne la mettra pas à mort, mais la dépècera vivante, cassera un à un chacun de ses os, tranchera chacun de ses muscles, laminera son orgueil, annihilera sa volonté. Elle ne sera rien de plus qu'un chiffon poisseux servant à essuyer les jauges à huile.

Chère Eve, naguère triomphante !

Il la revoit, la nuit, chez *Lipp*, lui apportant le journal d'infamie. Guettant ses réactions pour se repaître de sa détresse. Et la voici dans son lit, jetée, à lui. Sa chose ! Comme il est écrit dans les littératures plus merdiques encore que la mienne. Sa chose ! Il dispose du pouvoir discrétionnaire. Le besoin lui prend de se prouver la réalité du fait.

Cette femme endormie lui appartient. Il cherche comment concrétiser cette certitude. Il regarde autour de lui, perplexe. Avisant le slip d'Eve, au sol, il le ramasse et le passe. Pour pouvoir engager ses cuisses dans les ouvertures, il va fendre les côtés, d'un coup de ciseau, dans sa salle de bains. Voilà, il est affublé du slip blanc, agrémenté de menues fleurettes roses. Le vieux Jean-Lou lui en faisait porter quelquefois. Des trucs incroyables, achetés dans les sex-shops : ouverts à l'entrejambe, avec une chierie de dentelle putassière. Eric abaisse le slip d'Eve et le fend en son milieu. Ainsi mis en haillons, le sous-vêtement ne ressemble plus à grand-chose. Eric se regarde dans la glace. Son sexe ému passe par l'ouverture. Il trouve la vision excitante et se met à bander pour de bon.

— Eve !

Elle n'émet ni gémissement ni grognement avant-coureur, mais s'éveille spontanément à l'appel de la voix souveraine. Elle ouvre les yeux, puis lui sourit.

— Je veux te prendre, Eve !

Tu parles qu'elle est d'accord, la chérie ! N'est-elle pas perpétuellement en attente de « ça » ? Elle adopte une posture de circonstance pour l'accueillir. Elle a vu son accoutrement sans marquer de réaction. Toutes ses fantaisies sont acceptées d'avance.

— Non, pas comme ça !

D'un geste il lui indique de pirouetter. Eve obéit, en éprouvant un léger pincement à devoir se placer dans la position qu'exige son époux.

Tout ce qui peut lui rappeler Luc l'incommode. Eric entreprend de la forcer d'une façon dont il n'a jamais usé jusqu'à présent.

— Non ! proteste sa maîtresse, pas cela, je t'en prie.

440

Son refus fouette aussitôt le jeune homme. N'était-ce pas ce qu'il escomptait ? Ce presque viol constituera l'épreuve qu'il tenait à lui infliger.

— Si, dit-il, il le faut !

— Je ne pourrai pas, mon chéri !

— Connasse !

Il devient féroce et son érection trouve une espèce de surpuissance.

— Eric ! Non, je t'en supplie !

— C'est ça, supplie, ça m'excite !

Il accentue sa manœuvre, s'efforçant de modérer sa frénésie pour la lui rendre tolérable. Son sexe est dur comme l'acier. Il en conçoit un orgueil fantastique, le môme. Une trique pareille, cela ne doit pas se produire souvent dans une existence d'homme ! Il se sent capable de défoncer un mur. Eve sanglote de douleur. Lui, inexorable, continue sa poussée. Un viol ! Un viol ! se répète-t-il. Putain d'elle ! il se retient de ne pas en finir d'un coup de reins féroce. Il voudrait la déchirer dans un assaut irrémédiable. Ce qui le modère, c'est la crainte qu'elle ne perde connaissance.

— Laisse, chuchote-t-il, laisse, ça va être formidable.

Sotte promesse ! Vaine promesse ! Ridicule promesse ! Odieuse promesse !

— Tu as honte, j'espère ? ajoute-t-il.

Elle continue de gémir et de sangloter. Elle se mord le dos de la main jusqu'au sang. Eric finit par la pénétrer. Sa bandaison n'a pas faibli. Il exulte et se prend pour Caligula.

— L'amour, tu vois, c'est également cela ! dit-il niaisement.

« Un garçon boucher débiterait probablement la même phrase d'excuse en pareil cas », songe Eric.

C'est piètre à souhait, mais il se veut ainsi : bestial et borné. Une sale brute !

Que pourrait-il ajouter encore pour faire folklore ?

— Ça devient bon, hein ? Dis-moi que c'est bon !

Elle pleure.

— Dis que c'est bon ou je t'enfile à bloc, espèce de salope ! Dis-le que c'est bon !

Eve gémit que c'est bon. Ses sanglots redoublent. Eric achève sa conquête et passe au rituel libératoire. Il ne tarde pas à s'abandonner pleinement, poussant pour une fois un grand cri de jouissance éperdue.

Eve se laisse tomber à plat ventre sur le lit. Elle pleure de souffrance, elle pleure de vivre cela. Surtout : elle pleure d'aimer cet homme.

Eric se débarrasse du slip à fleurs, passe aux ablutions, puis revient se coucher. Eve se lève en titubant. Elle a le corps en feu. Il voit qu'elle va regagner son appartement et s'insurge.

— Ah ! non, alors. Tu restes avec moi ! Reviens te coucher tout de suite, Eve !

— Il faut que j'aille à la salle de bains.

— Non ! J'exige que tu reviennes immédiatement, avec ton cher joli cul meurtri, ma belle. Je t'aime ! Tu vois : après l'amour l'animal n'est pas fatalement triste. Je me sens heureux, moi. Joyeux. La chair en fête et l'âme en paix. Pardonne-moi de t'avoir fait souffrir. La défloration est une meurtrissure qui prélude à des ivresses. Nous nous aimons trop pour que nos amours ne soient pas totales. J'ai dû te sembler un peu cosaque, pas vrai ? Mais c'était une forme de ma passion. Allez, viens...

Elle se résigne, revient s'allonger contre lui en gémissant encore. Il l'enserre de son bras nu, dépose de rapides baisers sur son cou. Un grand contentement triomphal le stimule. Il est fier de la souffrance qu'il lui fait endurer. Cela aussi lui appartient. Tout est à lui !

Il s'endort lourdement, assommé par l'intensité de l'étreinte. Eve reste immobile dans la pénombre. Dehors des oiseaux chantent déjà, le bruit de la mer se confond avec celui de l'appareil à air conditionné. Elle a mal et honte de son mal. Mal odieux. Mal inavouable. Ridicule et sauvage.

Elle pense à l'innocent bambin en train de dormir au-dessus d'eux. Pour la première fois, elle est consciente de son indignité. Des expressions tournoient dans sa tête : « mère dénaturée », « femme privée de sens moral ». Tous les clichés, les poncifs ! Elle fait un complexe d'ogresse, de marâtre, Eve, la jolie Eve. Se décide profanée, abîmée. Elle devrait fuir cet être de malédiction, ce petit tyran minable. Mais plus elle s'exhorte à rompre, plus elle comprend qu'elle lui est attachée. Mon Dieu, comme l'amour souvent, s'enrobe de bassesses.

442

Ils sont éperdument soudés, sur cet îlot de l'océan Indien perdu à deux mille kilomètres de toute côte. Canailles d'amour, fripouilles d'amour. Ecœurants complices qui jouent, l'un à aimer meurtrir, l'autre à aimer souffrir.

Et Boby, au-dessus, innocent...

Elle place l'oreiller sur sa tête, ne se ménageant qu'un étroit tunnel pour pouvoir respirer. Une nostalgie de Paris lui vient, doucette, piquante. Elle compte les jours qu'il leur reste à passer ici, sept ou huit... C'est trop, ça n'en finit plus. Le désœuvrement accroît le sadisme d'Eric. Et puis ils boivent plus que de raison (cliché). A Paris, son amant retrouvera le cours de ses occupations. Sa soumission au Président Tumelat est un gage de retenue. Le Vieux est une guenille politique, mais qui se cantonne au moins dans les limites d'un certain raisonnable. Il sert de garde-fou à ce fou.

Dans la touffeur de l'oreiller qui lui épargne les bruits et le recommencement de la lumière, elle finit par trouver un sommeil malsain, écran à cauchemars, qui ne fait que prolonger son tourment.

∴

Eric sursaute en entendant une clé fourrager dans la serrure. L'étrange gazouillis d'une femme de chambre à l'accent créole retentit. Le soleil libéré saute dans la chambre par la trouée de l'escalier.

Le garçon est furieux de cette intrusion. D'ordinaire, le personnel entre en piste à une heure raisonnable.

— Vous ne pouvez pas nous foutre la paix, bordel !

Il se dresse sur un coude. Eve, réveillée par son agitation, arrache l'oreiller protecteur.

Le soleil refoulé par la porte refermée rend la chambre à la pénombre. Eric croit à quelque fausse manœuvre domestique et reprend en maugréant une position de partance pour un ultime somme.

— Que se passe-t-il ? questionne Eve d'une voix dolente.

— Une conne de larbine qui voulait déjà nous imposer ses balais, dors !

— Je n'ai plus sommeil, dit Eve.

— Fais semblant.

Eric régularise sa respiration pour faciliter le passage dans l'inconscience. Il aime dormir comme d'autres aiment manger. Cela le prend par crises. Réflexe de noctambule en manque. Quand les circonstances le lui permettent, il devient marmotte et rêve d'hibernation.

Un bruit craquant le fait tressaillir. L'on dirait un grincement de chaussure neuve. Il bondit, se met à genoux, face à l'entrée.

— Il y a quelqu'un ? lance-t-il.

Effectivement, il distingue une silhouette dans l'ombre de l'escalier. Eve se dresse également en plaquant le drap contre sa poitrine.

Quelqu'un ! Quelqu'un qui descend à pas lents et ne répond pas à l'interpellation. Donc, quelqu'un de dangereux.

Eric pense qu'il fait grand jour et qu'on n'attaque pas des pensionnaires de palace en plein jour dans leur chambre. Sa main tâtonne pour actionner le commutateur électrique de la grosse lampe ventrue placée au chevet du lit. Curieusement, en cherchant ce commutateur, il l'actionne. Dans la clarté blonde, il découvre l'intrus, déjà au bas des marches. Un homme mal rasé, au regard fiévreux, vêtu d'un pantalon de flanelle grise, d'un blazer bleu marine et d'une chemise blanche.

Il a déjà vu cet homme. Se demande en quel lieu, en quelles circonstances.

Eve est devenue livide à la vue de Luc, son époux. S'il était allongé avec les yeux clos, l'on pourrait penser que Miracle est mort. Oui, l'expression de mort-vivant conviendrait à cet instant pour le décrire. Son masque a dépassé le stade de la douleur. Ni chagrin ni esprit de vengeance sur ses traits, mais le désert gris succédant aux longues agonies.

Voit-il seulement ce couple en ardent flagrant délit ? Ne pouvant le concevoir, il paraît l'ignorer. De l'épaule, il prend appui contre le mur blanc.

Eric réalise l'identité du survenu à l'expression horrifiée de sa maîtresse. Le mari ! Quelque chose commence à s'amuser en lui. Une lente jubilation se met en rotation ; grisante, un peu morbide. Pour un peu, il éclaterait de rire.

— Eh bien, voilà une visite inattendue, dit-il, presque jovial.

Sa cruelle impertinence semble revigorer quelque peu Luc Miracle.

— Où est Boby ? demande-t-il d'une voix enrouée.

— Au-dessus, balbutie Eve.

Le mari a un maigre acquiescement rassuré.

— Peut-on savoir ce qui nous vaut l'honneur de votre visite ? questionne Eric.

Luc tire un papier froissé de sa poche et le jette sur le lit. Le « député » s'en saisit, le déplie et lit à mi-voix :

Si vous portez encore quelque intérêt à votre femme, délivrez-la des griffes du jeune coquin avec qui elle s'affiche au Barbarons Beach Hotel. *Dante Tonazzi, avocat.*

Le jeune homme lance dédaigneusement le télégramme sur le plancher.

— Seigneur, gardez-nous des anges gardiens ! dit-il. De quoi je me mêle ! La délation au secours de la morale. Fumier de Rital !

Eve lutte contre une immense nausée. Elle n'est plus qu'un endolorissement, me permets-je de déclarer ici avec toute l'autorité que me confère ma naissance à Bourgoin-Jallieu. Le monde est un grand paquebot blanc qui s'éloigne de l'îlot où elle subit le bannissement perpétuel. Elle appréhende les mots à dire, les scènes à subir : colère, chagrin... Je te quitte, je ne t'aime plus, « mon PAUVRE » Luc. Ne pas omettre le « pauvre Luc ». Pas de scène de rupture sans ce tendre apitoiement qui, plus que les pires mots, consacre la décision irrévocable.

Luc cesse de s'appuyer à la cloison. Il se met à « voir », à comprendre la scène. Eux deux, là, nus, poisseux d'amour, fraîchement décollés, peau chiffonnée, ventre exténué... Eux, si terrifiants pour son amour à lui. Eux, les assassins de foyer. Les moureurs d'époux ! Eux ! Lui, elle ! Elle qu'il croyait à lui. Elle, sa femme. Elle, sa raison de lutter. Elle, la mère de son Boby endormi au-dessus de cette infâme copulation.

Il soupire :

— Viens faire les valises pendant que je préparerai le petit.

Mais Eve secoue la tête.

— Non, Luc. Je ne pars pas.

— Si, il le faut. L'enfant ne rentrera pas à la maison sans sa mère. Par la suite, nous verrons. Nous prendrons un vol de nuit sur la Lufthansa ; en attendant, nous irons dans un autre hôtel.

Elle s'obstine :

— Emmène Boby, il ne se posera pas de questions du moment qu'il sera avec toi. Moi, je reste !

Il la regarde, sans haine. D'un œil presque distrait.

— Tu vas rentrer avec nous, Eve. Sinon Boby se retrouvera seul sur cette île, sa mère étant morte et son père en prison. Tu ne peux pas lui faire cela.

Eve cesse de regimber.

— Va, conseille Eric. C'est la moindre des choses !

Sa maîtresse hausse une épaule, ce qui fait glisser le drap coincé sous son aisselle.

— Luc, dit-elle : je ne te demande pas pardon car je suis folle de lui. On n'a pas à s'excuser de vivre en état passionnel. Tu as tort d'exiger mon retour, il ne fera qu'accroître nos souffrances respectives.

— Va faire les valises ! répond Luc.

— D'accord. Tu veux bien nous laisser un instant ?

— Non !

— Ecoute, je...

— Non, monte ! Je voudrais ne tuer personne, tu comprends ?

Elle comprend d'autant mieux qu'elle sait sa force impulsive, sa jalousie bouillonnante, son orgueil de mâle. Le calme apparent de Luc est plus inquiétant que la tempête. Luc est une bombe à ultrasons qu'une mauvaise syllabe peut faire exploser. Eric le sent également et caresse son effroi comme s'il s'agissait d'un gros matou assoupi.

Griserie sauvage de l'artificier se déplaçant en terrain miné. Il mouille d'excitation.

— Vous devriez au moins vous détourner par pudeur, conseille-t-il.

L'autre paraît pâlir davantage encore. Dopé, Eric poursuit :

— Imaginez-vous que je l'ai sodomisée cette nuit, la pauvre âme ! Une grande première ! Mais ces petites fantaisies impliquent de vilaines séquelles.

Eve se lève vivement pour essayer d'aider Luc à se contrôler. Elan inutile car il vient de leur tourner le dos et le voilà qui escalade l'escadrin quatre à quatre. Il grimpe jusqu'à la chambre du haut. Ils l'entendent crier :

— Boby ! Boby ! C'est papa !

Et puis pousser un grand cri, comme Anthony Quinn à la fin de *La Strada* lorsque la mort de Giuletta Masina lui fait enfin comprendre qu'il l'aimait, mais que ni jours passés ni les amours reviennent.

QUATRIÈME PARTIE

L'AURÉOLE NOIRE

I

Le Président promène son regard des grandes circonstances sur l'aréopage réuni au siège du R.A.S. Gueules atterrées, en berne. Mitterrand a été élu la veille et tu materais ces frimes sinistrées, mon pote ! A la tienne, Gaston ! La ravageance intégrale ! Qu'à peine ils parviennent à articuler des mots, à vagir, à pleurnicher des « c'est pas vrai, j'y croye pas, pardon : j'y croille pas ! ».

Tumelat se marre, lui. Rendant grâce à notre cher Seigneur de lui avoir scrafé la grande politicarde à temps, de justesse extrême. Si bien qu'il ne distingue de l'événement que le côté poil à gratter.

La leçon d'anatomie, mon lapin ! Ambroise Paré. Paray-le-Monial ! Figures de cire, belles comme des bites de morts ! Silence coupé de reniflades. Pour un peu, on parlerait latin, ceux qui savent. Langue morte, mais noble, propice aux chuchotis, extrême-onctions, requiems quoi ! Mitterrand est passé. A a a a men. Ah ! meeeeerde !

Ils voient s'enfuir leur brouet, les pauvrets. La Revanche de Zorro. Youyouille ! Eux, rendus à leurs tristets foyers. Redevenus avocat, épicier, rémouleur... Happés par la mesquinerie du pain quotidien. Foutus, quoi ! La faute à ce grand vilain Giscard, qu'a pas su, qu'aurait dû, qui n'a pas compris que... Cette idée aussi, d'aller reconnaître ses erreurs, regretter le chômage, prétendre qu'il a changé et fera mieux la prochaine fois ! Merde ! Est-ce un langage ? Avouer ses faiblesses, quand on est chef, c'est se subalterniser, donc se condamner. Fallait caracoler, soutenir mordicus, affirmer, réfuter, glapir, tonner ! Coulé par sa bonne éducance, est-ce con ? Par son style ! Et voilà le résultat de son jacté seizième : la France devenue pays de l'Est, tout soudain ! Cette idée grenue de partir dernier, alors que neuf rigolos lui aboyaient aux basques, déchiraient le bas de son futal !

Lui attend d'être en haillons, en dépeçage, pour entreprendre campagne. La bat, oui, la campagne ! Mes chères Françaises, mes chers Français ! Zob ! Trop tard, finito, chères Françaises chers Français sont désamorcés de sa pomme. Branchés sur l'alternatif. Alors eux, les gens du R.A.S. qui ont finassé dans la majorité, tu piges leur désemparance ? Que faire ? Que dire ? Vers qui courir ? Après quoi ? Demander pardon aux nouveaux ? S'entre-cracher à la gueule ? Abjurer pour conjurer ? Amender honorablement ? Renier ? Ou alors quoi ? S'unir pour de bon ? Sucer, d'accord, mais qui ? Tout le monde, par sécurité ? Tu crois ? Bon.

Bayeur se tourne vers le Président.

— Quelle stratégie préconises-tu, Horace ?

Sa Majesté implorée sourit.

— Moi ? Je tire ma révérence, mes chers compagnons et néanmoins amis. Je trouve l'occasion opportune. Fin d'une époque : Tumelat a été. A vous d'organiser la nouvelle droite.

— Votre démission en ce moment serait considérée comme une désertion devant l'ennemi, objecte Perduis, un enflammé de la garde montante.

Tumelat lui virgule un regard flétrisseur.

— Primo : je m'en fous ! mon petit Perduis ; et deuxio vous mettez à côté de la plaque. Officiellement, je me retire dans mon chagrin, vieux sanglier blessé. Je vais pleurer sur la France, mon ami. J'achète une grosse de mouchoirs, et en avant mes lacrymales ! C'est noble un baroudeur vaincu. Mon pays porte à gauche ? Que le tailleur s'en arrange ; moi je garde mes testicules à droite !

— Alors c'est fini ? interroge Pierre Bayeur.

— Définitivement ; je vivrai d'autre chose et surtout autrement. Me ferai promoteur, patron d'une fiduciaire, voire écrivain si je ne suis pas foutu de monter une affaire. J'écrirai mes Mémoires. Quarante ans de luttes ! Beau, hein ? Quarante ans de coups fourrés, de coups foireux, de basses combines ! Et tous ces grands illustres cons que j'ai à raconter ! La manière que rote le chancelier Untel, que pète le roi de Patchoulie, l'odeur de la reine d'Angleterre, les oreilles aliborones du père Gaulle. Ça se vendra ! Ils aiment qu'on soulève le couvercle des poubelles de l'Histoire. Ne vous tourmentez pas pour moi. Si j'ai un avenir j'emménagerai dedans le plus confortablement possible. Il y aura le gaz et l'électricité.

Bayeur hausse les épaules.

— Tu es plus jeune que Mitterrand.

— Et alors ?

— Tu décroches au moment où pour lui tout commence vraiment.

— Mais non, tout finit pour lui, et tout commence pour moi. Toute apogée prélude à une dégringolade.

« Jusqu'à présent, il était ascensionnel, avec des paliers, des chutes ; c'est à partir de maintenant qu'il va descendre, n'importe l'action qu'il accomplira. Moi, parvenu à la saison des colchiques, j'entreprends l'œuvre de ma vie, c'est-à-dire ma mort. Ma mort dans la sérénité. Cette vie qui nous est venue sans crier gare et à laquelle nous nous sommes habitués au fil des ans, il va falloir la rendre, comme un militaire rend son fourbi, la classe arrivée. Prière de laisser les lieux dans l'état où vous les avez trouvés en entrant.

« Ça fait déjà un bout de temps que je vous parle de ma démission, eh bien ! aujourd'hui je vous la donne. »

— Merci pour l'héritage ! ricane Perduis.

Que le Président, s'il ne se retenait pas, foutrait une baffe au trouduc merdeux à qui il a permis de se hisser jusqu'à la grande mangeoire.

Il lui brûle les sangs en lui décochant une œillade à cent degrés.

— On va parler de ma fidélité à Giscard, reprend Tumelat, je serai respecté car on admire toujours ceux qui gardent leur amitié aux grands vaincus. Nous risquons d'être peu nombreux à porter cette bannière en berne.

— Et le R.A.S. ? soupire Bayeur.

Horace hausse les épaules :

— Je vous le laisse, là est mon véritable héritage, n'en déplaise à ce cornichon. A vous de le faire fructifier. Sachez éviter l'écueil majeur. Ceux qui étaient gouvernementaux vont essayer de le rester, l'habitude étant prise ; ceux qui étaient dans l'opposition sont devenus gouvernementaux, ça va faire beaucoup de monde à bâbord et le bateau France risquera de prendre de la gîte. Mon ultime conseil : cramponnez-vous à tribord, les gars ; je le dis pour le bien général à commencer pour celui de vos petites carrières. Un pays sans opposition véritable devient vite un pays sans âme. La grandeur de la gauche, c'est de vouloir sauver les médiocres. Sa faiblesse, c'est qu'il y en a trop ! Le pire service que vous rendriez au nouveau président, serait de continuer à balayer le perron de l'Elysée.

Tumelat prend dans son porte-documents une feuille de son papier à lettres exceptionnel, celui qui comporte son nom en anglaise gravée sur papier « bouffon ». Quelques lignes y sont tracées de sa large écriture Louis Quatorzième.

— Voici le texte de ma démission, messieurs. Là-dessus, je ne rentre pas chez moi, mais en moi.

Il rit et commence à serrer les mains funèbres qu'on lui consent maussadement. Lorsque c'est au tour d'Eric Plante, il murmure :

— Accompagnez-moi, j'ai à vous parler !

Et les voici dehors.

— Si nous marchions un peu ? propose le Président.

Son collaborateur opine. Le Vieux crie à César de les attendre dans l'automobile. La pluie de mai s'est arrêtée, mais il fait vilainement gris et des rafales de vent lutinent les femmes habillées en femme.

— Eric, attaque Tumelat, le temps de la séparation est venu pour nous aussi. Dorénavant, je n'ai plus besoin de collaborateur.

Plante s'arrête pile.

— Impossible, monsieur le Président. Quoi que vous fassiez, je souhaite demeurer près de vous. Si vous vous lancez dans l'épicerie, je deviendrai épicier. Si vous ne faites rien, je vous regarderai ne rien faire. Si vos moyens ne vous permettent plus de me verser une mensualité, je travaillerai la nuit pour gagner mon steak frites ; mais ne me demandez pas de vous quitter, je vous en conjure. Ma vie est trop assujettie à la vôtre. Je suis une plante parasite fixée à votre arbre, l'en arracher équivaudrait à la détruire. Vous ne voulez pas ma destruction ?

454

Horace considère le jeune homme sans émotion. Sa détresse n'éveille en lui aucun écho.

— Ecoutez, Fiston, si la conjoncture politique avait été autre, j'aurais tout de même démissionné du R.A.S. et me serais séparé de vous.

— Je vous ai déçu ?

— Non, jamais, au contraire.

— Eh bien ?

Tumelat reprend sa déambulation sur le trottoir, les passants se retournent en le reconnaissant.

— L'expiation, dit-il.

— Quelle expiation, monsieur le Président ? glapit Eric qui lui court après pour revenir à sa hauteur.

Horace lui oppose un masque sévère :

— Vous le savez bien !

Et l'autre, éperdu, ne comprenant pas, secoue la tête en bafouillant :

— Mais non ! Parole !

Parole ! Le mot fouaille Tumelat. Parole ! Parole de misérable petite frappe paniquée !

— Elle gisait sur le plancher, très malade, fait-il à voix basse. Et vous l'avez frappée à coups de pied. A coups de pied ! Cette malheureuse...

— Mais elle cherchait à vous nuire !

Le Président continue :

— Ensuite, vous avez ouvert le gaz pour la tuer.

— Tout ce que j'ai fait, je l'ai fait pour vous, afin de maintenir votre sécurité !

— Oui, Eric, vous l'avez fait pour moi, je le sais. Et c'est parce que je sais cela que le remords me hante ! Je passe des nuits blanches à imaginer cette pauvre fille, à terre, tandis que vous la martyrisiez.

« C'est pour moi un cauchemar constant dont je ne guérirai jamais. Nous allons nous séparer, mon garçon, et tant mieux si cela vous coûte. J'ai fait de vous un député ! Le plus jeune député de France ! Même dans la confusion d'une période troublée par une gigantesque campagne nationale, il fallait le faire, non ? »

Eric ricane :

— Parlons-en du plus jeune député de France ! Je n'ai pas siégé une seule fois et la Chambre va être dissoute dans quelques jours. Vous m'abandonnez à ce parti R.A.S. où je suis jalousé et haï et où je vais passer du statut de chouchou à celui de paria maintenant que vous n'y serez plus ! Mais si j'y remets les pieds, ils me lyncheront ! D'abord parce qu'ils me détestent, ensuite pour se venger de votre démission qui fait d'eux des orphelins.

Tumelat sent croître son agacement.

— A ton âge, Fiston, les deux mots, *ancien député*, font très bien sur une carte de visite. D'ailleurs, tu as tout pour réussir : tu es beau, intelligent, sans scrupules et capable de te faire enculer si nécessaire. Allez, salut, mes vœux t'accompagnent.

Il le laisse net, rebrousse chemin pour regagner sa voiture. Avisant un petit café discret, il y entre en coup de vent et prie un bougnat effaré de lui servir un ballon de Côtes du Rhône.

II

La vieille Maryse revient d'accompagner Boby à l'école. Voyant Luc Miracle sortir sa voiture du garage, elle lui fait signe de stopper.

L'industriel attend avec quelque impatience. Il a beaucoup changé en deux mois. La servante est frappée par le brusque vieillissement de son patron. Il lui est venu une quantité de cheveux blancs, en outre il est amaigri comme s'il sortait d'une grave maladie.

Il actionne la vitre électrique de sa portière et se penche à l'extérieur.

— Qu'y a-t-il, Maryse ?

Elle hésite, intimidée tout à coup par son ton sans bienveillance. Elle avait plutôt besoin d'encouragement pour parler. Les élans du cœur supportent mal les obstacles.

— Oh ! c'était au sujet de Madame, mais si vous êtes pressé.

— Mais non, dites ! répond Luc.

Une sale musique retentit dans son cœur dévasté. Une musique lugubre, plus funèbre qu'une marche funèbre.

— Eh bien, j'ai peur pour elle, se risque Maryse.

— Qu'entendez-vous par là ?

— Depuis qu'elle a quitté son journal, elle file du mauvais coton.

Euphémisme ! La vieillarde est au courant de la situasse qu'il ne lui a pas été difficile de reconstituer en interrogeant habilement le gamin ; elle sait qu'Eve était aux Seychelles en compagnie de « Ric »; et que papa est venu les chercher un matin. Et qu'il pleurait. Et que, pendant le voyage de retour, ils ne se sont pas parlé, maman et lui. Et puis des

457

choses encore, enregistrées par l'œil vigilant d'un enfant dont l'innocence, curieusement, stimule l'esprit d'observation.

— Oui, elle traverse un état dépressif, admet sèchement Miracle, je vais la conduire chez un médecin.

— Il ne faudrait pas tarder, assure Maryse, à tout moment je redoute qu'elle fasse une sottise. Vous voyez ce que je veux dire ?

Il voit. Lui aussi envisage cette possibilité. Eve vit prostrée. La période qui a suivi leur retour restera pour Luc un cauchemar. Eve a été impressionnée par l'ampleur, la démesure de sa peine. Pendant des jours il s'est tu, poussant parfois un petit cri déchirant et s'enfuyant pour aller cacher ses larmes. Pas un reproche, pas la moindre invective. Elle n'a pas osé le quitter en le voyant dans cet état. Il vivait un martyre et le laisser seul aux prises avec son effroyable chagrin eût été un crime de non-assistance à personne en danger, le pire de tous. Elle sentait que sa présence l'aiderait à surmonter son mal. Ils ne se parlaient pas, ne se regardaient pas, mais il y avait leur mutuelle présence, leur chaleur animale, leurs ondes, et par-dessus cela le trait d'union que constituait Boby, lequel, parlant à l'un, parlant à l'autre et parlant de l'un à l'autre continuait d'assurer le contact.

Eve démissionna du journal sans y avoir remis les pieds et coupa court à l'insistance de Mathieu Glandin. Une espèce d'existence concentrationnaire s'établit alors pour elle. Elle cessa de sortir, fût-ce pour promener son fils ou aller l'attendre au sortir de la classe, ne répondit plus au téléphone, et se terra dans sa chambre. Maryse tenta à plusieurs reprises de la « secouer », mais elle eut pour la vieille domestique des rebuffades cinglantes.

Elle se savait femme perdue, femme déchue. Le soir les réunissait autour d'un repas qu'elle prenait distraitement. Elle pensait à Eric, à lui seul, follement. Il était en elle comme un arbre dans la terre. Mais Eve n'aspirait plus à le revoir. Un étrange fatalisme la ligotait. Si le bellâtre italien avait pris la peine d'adresser ce télégramme à son époux, c'est que le destin en avait décidé ainsi et qu'il fallait lui obéir pour qu'il soit vraiment le destin. L'absence d'Eric lui apportait en sourdine une espèce de soulagement. Le drogué en manque souffre mille morts mais l'esprit de conservation veillant en chaque individu lui promet confusément la délivrance. Eve ne pouvait plus vivre sans Eric pourtant son agonie était suave comme une exsanguination.

Elle avait espéré qu'il viendrait la chercher, ou du moins qu'il se manifesterait ; mais son amant restait absent et silencieux et elle ne pouvait s'empêcher de croire qu'il avait peur de son mari. Cette lâcheté, jointe à ce qu'il lui avait fait subir achevait de l'inciter elle-même au renoncement. Puisqu'il ne donnait plus signe de vie, c'était donc qu'Eve ne lui était pas nécessaire, or, quand on n'est pas nécessaire en amour, on est inutile. Elle acceptait cette inutilité.

— Je ne sais pas si vous vous en êtes aperçu, dit Maryse, mais depuis quelque temps, Madame boit.

Cette révélation fait enfin réagir Luc.

— Comment, elle boit ?

— De la pire manière, déclare la domestique : à la bouteille ! Je l'observe, vous savez ; elle s'empare de n'importe quoi, car tout lui est bon : whisky, cognac, Martini. Hop ! une grande rasade au goulot. Une femme de cette classe ! J'en suis malade... Ecoutez, Monsieur, je n'ai pas l'habitude de me mêler de ce qui ne me regarde pas, mais, vivant avec vous, je me sens moralement obligée de vous prévenir que ça n'ira pas loin.

Epuisée par ses épanchements, fruits d'un long tourment, la vieille femme s'offre quelques larmes du genre larmes sèches, à savoir qu'elles sont plus intenses qu'abondantes et constituent de l'extrait de chagrin.

— Je pense à ce pauvre bijou ! lamente-t-elle par-dessus le marché.

La frimousse neuve de Boby vient s'insérer dans la scène, un court instant. Pour l'heure, il trace des « o » sur un cahier ligné ; mais au-delà du cahier à couverture bleue, le destin le guigne et il faut prendre cette perspective en considération.

— Attendez-moi une minute ! dit Luc en quittant l'auto à demi sortie du box.

Il retourne au fond du garage pour gagner l'intérieur de leur hôtel par la porte de service, gravit en trombe la volée de marches en ciment laquées d'une vilaine peinture rouge.

Eve sort de son bain. Elle est nue, si belle ! Luc se précipite sur elle et la prend dans ses bras. Il n'en peut plus de se contenir, jour après jour, muré dans le mutisme et la feinte indifférence.

— Je t'aime, lui dit-il. Je t'aime, Eve. Je vais employer le restant de ma vie à essayer d'oublier et de te reconquérir. Tu es ma femme !

Elle reste inerte contre lui. Il note que son haleine effectivement sent l'alcool. Elle vient de boire de la chartreuse. Luc donnerait n'importe quoi pour une réaction de tendresse : un baiser, une pression de main, un regard... Mais elle demeure inaccessible, indifférente à son transport. Il tremble d'amour et elle ne s'en aperçoit même pas.

— Tu es ma femme ! répète-t-il.

Eve murmure, très bas : « Non. »

Et ce « non » poignarde Luc Miracle en pleine poitrine. Lui fait davantage mal encore que la vision d'Eve au côté de son godelureau dans le lit du *Barbarons Beach*.

— Alors, il faut que tu foutes le camp ! dit-il, sans rudesse, presque dans un gémissement.

Et il retourne en courant jusqu'à sa voiture. Maryse qui attend, serrée contre le capot, n'a que le temps de se dégager au moment où il démarre. Elle suit l'automobile du regard, écoutant miauler ses pneus au tournant de la rue, puis ferme la porte du box et va aux nouvelles. La domestique craint, vu l'état de Luc, qu'il vienne de molester sa femme et, qui sait ? de la tuer peut-être. Mais elle trouve Eve affairée devant une valise ouverte.

— Vous partez ? balbutie-t-elle.

La jeune femme opine.

— Pour de bon ? insiste gauchement Maryse.

Eve sourit. Pour de bon. Les humbles restent des enfants, leur vie durant.

— Oui, fait-elle : pour de bon...

— Mais, madame...

Un temps, la vieille espère une réaction d'Eve. Eve empile des vêtements dans la valise, non pas en « fourre-tout » comme dans les films, mais avec application, en tenant compte des nécessités de saison.

— Et Boby ? glapit la servante. Hein, dites ? Boby ? Vous le laissez aussi ? Vous trouvez normal qu'un petit ange soit privé de mère ?

— Il n'a plus de mère, répond Eve.

— Allons donc ! Comment osez-vous dire une telle

monstruosité ! Tant que vous vivrez il aura une mère et il aura besoin de cette mère.

— Vous vous occuperez de lui, Maryse, soupire Eve. Et, d'ici quelque temps, je m'arrangerai pour le revoir. Ne dramatisez pas, des milliers, des dizaines de milliers d'enfants ont des parents séparés. Laissez-moi !

— Mais où allez-vous ?

La question prend Eve au dépourvu. Tiens, oui, c'est vrai : où va-t-elle ?

Dans un premier temps, elle part.

Mais dans un second, elle doit décider de sa destination. Partir, bon. Mais pour se rendre où ?

Perplexe, elle s'assoit sur le lit, un coude sur sa valise débordante d'effets.

— Je crois que je vais aller voir un cheval, finit-elle par murmurer.

III

Elle s'approche du lit, se penche et dans la presque obscurité, constate qu'il ne dort pas.

— Je vais devoir sortir, chuchote-t-elle : j'ai rendez-vous chez mon dentiste.

Eric grogne un acquiescement.

— Je n'en aurai pas pour longtemps, poursuit Adélaïde, il habite le village et ne me fait jamais attendre.

Bon, qu'elle se casse, tonnerre de Dieu ! Il était à peu près bien, dans une vague torpeur ; son tourment « jouait relâche ». Il « en veut » encore. Il a tellement besoin de colmater les brèches faites à son moral.

— Vous n'avez pas déjeuné, voulez-vous que je vous prépare un en-cas que vous prendriez au lit ?

Pour lors, cette perspective le séduit. Il constate qu'il a faim et pense que ce serait bien de bouffer dans la mollesse de cette vaste couche.

— Volontiers, merci.

— Il fait un temps magnifique, voulez-vous que j'ouvre les rideaux ?

— Surtout pas !

Bourrique de bonne femme ! Pourquoi vient-elle lui annoncer qu'il fait beau, alors qu'il a tellement besoin de pénombre ?

Effarouchée par sa brusquerie, elle s'éclipse en promettant de revenir avec un plateau. Eric se met à plat ventre. Cette maison constitue son ultime refuge. Après une nuit de basse beuverie, terrorisé à la perspective de se retrouver seul rue Saint-Benoît, il a sorti sa moto et a piqué sur Gambais. La mère Adélaïde dormait encore. Il l'a virée des toiles pour prendre sa place toute chaude et dormir d'un sommeil obtus.

« Je devrais passer quelques jours chez elle, songe-t-il dans le noir de l'oreiller. Puisqu'à présent je n'ai rien d'autre à fiche, autant me pelotonner dans ce lit et voir venir... »

Son esprit cesse de cohérer pour vasouiller dans l'incertain. Et voilà Adélaïde de retour, portant un plateau d'acajou à anses de cuivre. Eric se met sur son séant et actionne l'une des deux lampes de chevet en opaline rose. Il est nu. S'il ramène drap et couverture sur son sexe, c'est moins par pudeur que pour constituer une plate-forme au plateau qu'on lui présente.

Elle a ouvert une petite boîte de caviar, disposé des toasts chauds beurrés sur une serviette empesée et un couvre-plat en argent massif dissimule le contenu d'une large assiette.

— Que voulez-vous boire : du vin blanc ou de la vodka ?

— Tiens, oui : vodka. Elle est bien frappée ?

— J'en conserve toujours une bouteille au freezer.

— Merveilleux. Avec vous, la vie va toute seule. Un jour, je vous ferai l'amour !

Adélaïde se sauve en rougissant. C'est une sorte de vieille fille ratée. Eric commence de tartiner le caviar sur les toasts croustillants. Décidément, il a rudement bien fait de venir soigner sa déconvenue chez l'épouse de celui qui la lui a infligée. Juste retour des choses. Il mord dans la tartine de caviar. Drôle de petit déjeuner. Adélaïde apporte la vodka dans un minuscule seau à glace. Quelles bonnes servantes ces bourgeoises feraient ! Eric sourit à son hôtesse en se demandant si elle est amoureuse de lui. Oui, probablement. Sinon pourquoi se comporterait-elle ainsi, cette dame de belle éducation, à principes, guindée de partout ? L'instinct maternel inemployé, qui lui remonterait du bas-ventre ?

— Je serai de retour dans moins d'une heure.

— Prenez votre temps, ma chérie.

A dessein il a usé de ce terme tendre, afin de vérifier ses réactions. Une fois encore, Adélaïde marque la plus grande confusion. Il se rappelle le jour où il lui a demandé de toucher son sexe. Il en jubile encore !

Elle part. Sa Mini se met à ronfler sur le terre-plein

tapissé de graviers. Eric verse la vodka dans son verre à eau. Il en écluse une puissante lampée. Incomparable, le mariage caviar-vodka ! L'alcool parfumé lui brûle la gorge délicieusement.

« Et si je maquais la vieille », se dit-il. Elle est déjà dominée, déjà soumise. Une bite dans le cul, et il la fera grimper au mur ! Cette perspective, par ricochets, lui ramène le souvenir d'Eve, un peu comme un chiot rapporte un objet qui n'est pas celui qu'on a lancé au loin. Eve ! Le mal d'elle est lancinant. Il se tient au plexus. Il agit tel un ulcère, par crises. Cela arrive sous la forme d'une nostalgie aiguë. Tantôt il la jugule, tantôt la chose croît jusqu'à le faire souffrir intolérablement. Mille fois il a composé six chiffres de son numéro pour l'appeler, mille fois il n'a pas composé le septième. Une brusque frousse l'en a toujours dissuadé au dernier moment. Ce n'est pas son mari qui lui fait peur, car il ne souffre pas de cette forme de lâcheté, mais les perspectives d'avenir. Eric grignote ses toasts, boit un second godet de vodka et alors seulement soulève la carapace du couvre-plat. Des filets de sole grésillent dans un beurre noircissant. Il les engloutit en un instant. Derrière l'assiette de poisson il trouve des litchis au sirop dans une conque de porcelaine.

Eric déteste ces fruits à la saveur de rose. Il boit un troisième godet de vodka en guise de dessert et dépose le plateau sur le tapis. Il est bien, le plus jeune député de France ! Pour quelques jours encore ! Mais ce titre n'impressionne que les gogos, la presse et les milieux politiques savent parfaitement qu'il n'est qu'une invention du Président ! Un caprice de Tumelat. Le bruit de son éviction doit déjà se répandre et déclencher les gorges chaudes. Bonheur des petits copains crevant de jalousie ! C'est décidé : Eric va maquer la vieille. Ainsi donc, il conservera le beau rôle malgré tout. Sa défaveur viendra de ce qu'il trompait le boss ! Mais cette perspective ne lui plaît pas car, malgré son ressentiment, il conserve pour Horace la même vénération. Le Président demeurera la grande rencontre de sa vie.

Ses prunelles se mouillent à évoquer le Vieux. Il met ses poings contre ses yeux pour chialer comme un petit garçon. Car il sera toujours un petit garçon, n'importe ses fumiardises, son sadisme et ses basses combines. Un môme qui casse ses jouets. Enfant perdu, capable de toutes les malfaisances par revanche orpheline. Si près du bien, mais incapable de l'atteindre, il cherche refuge dans ce que l'on nomme le mal, faute d'un vocabulaire plus riche.

Une pendule égrène trois coups dans le silence de la maison. Eric ne connaît de cette demeure que le couloir et la chambre où il se terre. Il ne veut pas en savoir davantage. Il n'a besoin que d'un lit dans le clair-obscur. Si pourtant : il aimerait se rendre à la cuisine, inspecter le réfrigérateur. Adélaïde lui ayant dit que sa vieille bonne est en vacances (elle va à Abano pour ses rhumatismes, pendant la basse saison) il se lève, à poil, s'empare de son plateau et l'évacue hors de la chambre.

Il trouve aisément l'office, pimpant, d'un rustique coûteux ; carreaux de Provence, éléments en bois d'arole blond, constellé de nœuds, ustensiles ultra-modernes. Des senteurs de melon dominent celles des produits d'entretien.

Il ouvre l'immense frigo pour admirer les denrées qui l'emplissent, savamment rangées. Eric aperçoit des pommes dans le compartiment du bas et en prend une. Un ronflement de voiture l'informe qu'Adélaïde est déjà de retour. Elle va puer le désinfectant. Au moment où il croque sa pomme, la porte d'entrée s'ouvre et le Président paraît. Il sourcille en découvrant son ex-secrétaire nu dans le hall. Mais Tumelat n'a jamais été pris en défaut par une situation, qu'elle fût dramatique ou saugrenue.

— Allons, bon ! fait-il.

Eric ne songe même pas à voiler sa nudité. Tu vas te foutre de ma gueule d'écrivain à la con, mais ce qui l'affole, à cet instant, c'est d'avoir la bouche pleine. Il ne parvient pas à mastiquer son tronçon de pomme et ne peut ni l'avaler ni le recracher.

— Eh bien, Fiston, déclare Horace, on a quitté un patron pour une maîtresse ?

Eric mâche sa pomme, ce qui constitue la meilleure manière de s'en débarrasser.

Il expédie sa bouchée d'un coup de glotte géant et dit fermement :

— Malgré les apparences, il n'y a rien entre Mme Tumelat et moi, monsieur le Président.

Son interlocuteur décrit un tourbillon avec sa main dolente.

— Alors là, no problème, Fiston. Il m'est impossible de vous exprimer à quel point je m'en fous.

— Peut-être, seulement, moi, je tiens à cette précision, monsieur le Président.

Tumelat regarde autour de lui et demande :

— La gente dame n'est pas là ?

— Chez son dentiste.

— Elle a raison : c'est pas le moment de se laisser aller.

Il rit et ajoute :

— Comme quoi, on ne devrait jamais débarquer à l'improviste, surtout chez soi.

— Savez-vous ce que je viens faire ici, monsieur le Président ?

— Ben... croquer la pomme, non ?

— Dormir. Votre lit est le seul point du monde où je peux trouver le repos. Voyons, monsieur le Président, on n'invente pas une excuse pareille, il faut me croire.

— Eh bien ! pourquoi ne vous croirais-je pas, Eric ? Et la vieille est d'accord ?

— Je l'ai subjuguée, j'ai lancé un défi à sa morale bourgeoise. Elle aurait logiquement dû ameuter la garde, elle ne l'a pas fait.

— Elle en pince ?

— Peut-être, là n'est pas la question. Disons qu'elle tolère cette folie. Monsieur le Président, je n'aime que trois êtres au monde : mon père, sa femme, et vous. Le reste n'est pour moi qu'un théâtre d'ombres.

Tumelat contemple le garçon, devine l'immensité de sa détresse et a un hochement de tête compréhensif.

Il lui mettrait la main sur l'épaule si Eric n'était nu ; mais Horace abomine le contact de la viande masculine.

Par la fenêtre du hall, ils voient revenir Adélaïde. Elle a reconnu la Mercedes de son bonhomme et se précipite, affolée, vers la maison. Elle entre en coup de vent et stoppe en avisant les deux hommes face à face.

— Bonjour, ma grande, dit le Président.

Il s'approche d'elle pour l'embrasser. Il ne montre aucune paillardise et sa voix n'est pas sarcastique le moins du monde.

— J'avais besoin de te voir d'urgence, Adélaïde. La

466

France change de société et moi d'existence. Cela dit, elle et moi ne ferons que continuer notre pauvre bonhomme de chemin.

« Allons dans ta chambre, je sais qu'elle te sert de boudoir. »

Même cette dernière phrase est dépourvue d'ironie. Alors ils regagnent la chambre. Eric s'assied en tailleur dans le lit, remontant le drap jusqu'à son ventre. Horace prend place à l'autre bout du plumard de manière à s'adosser à la partie basse. Adélaïde reste debout, le cœur chaviré par l'embarrassante situation.

— Prends un siège, ma bonne, sinon tu vas m'obliger à garder la tête levée, ce qui me foutra le torticolis.

Adélaïde dégage le pouf de sa coiffeuse et s'y dépose chastement.

Elle juge étrange le comportement de son Illustre. Lui, si persifleur, si cinglant en toutes circonstances, ne semble pas s'offusquer de trouver son ex-secrétaire à poil chez sa femme.

— Adélaïde, tu as dû apprendre que je me retire de la vie politique ?

— Pour mieux y sauter, sans doute ? murmure ironiquement Mme Tumelat. Tu vas fonder un nouveau parti socialiste, je parie ?

Il secoue la tête :

— Non, ma vieille. J'entends consacrer ce qui me reste d'existence à des tâches plus ambitieuses.

— Lesquelles ?

— Je les ferai connaître en temps utile ; peu importe. Je suis venu te parler de Noëlle.

Elle recroqueville de la frime, Mémère. Les gonzesses, tu les sais, n'est-ce pas ? Irréductibles en jalousie. Pas de compromis, *never*. Une rivale reste à jamais une rivale, quelle que soit l'évolution de la situasse. On ne pardonne pas, dans le jupon !

— C'est un sujet de conversation qui ne m'emballe guère, Horace.

— Il est indispensable cependant que nous l'abordions.

Eric fait un mouvement.

— Ma présence est inopportune, monsieur le Président ; je vais vous laisser.

— Non ! dit péremptoirement Tumelat, puisque vous

467

vous trouvez ici, restez-y, un arbitre n'est pas négligeable dans les tractations délicates.

Il déboutonne son veston et adopte une posture relaxe.

— Adélaïde, nous avons cessé tous rapports physiques, Noëlle et moi.

— Ne me dis pas que c'est l'âge, Horace !

Il grogne « connasse ». Un reliquat de ses emportements d'antan.

— Une vie nouvelle s'est organisée entre elle et moi.

— Donc, « ça » continue ! grince la vieille girouette rouillée.

— Oui « ça » continue, et « ça » continuera jusqu'à ma disparition. Seulement Noëlle n'est plus, ne sera jamais plus ma maîtresse.

« Mon Dieu ! mais c'est qu'il paraît sincère, songe Adélaïde. Que lui est-il arrivé ? Serait-il frappé d'impuissance, ce bouc insatiable ? »

Elle ne peut imaginer autre chose. Un homme comme le Président n'abdique que contraint et forcé. Elle est persuadée que s'il a démissionné de son parti, c'est par calcul, à cause de la nouvelle conjoncture gouvernementale, pour mieux préparer sa résurrection politique ; et que s'il est vrai qu'il ne baise plus Noëlle, sans pour autant la répudier, c'est parce qu'il ne bande plus.

— Je viens te proposer de reprendre la vie commune, poursuit Horace. Abandonnons la procédure de divorce. Tu pourras naturellement continuer d'habiter Gambais si tu le préfères ; mais j'aimerais que tu redeviennes Mme Horace Tumelat.

Il ajoute, avec un fin sourire :

— Que tu le redeviennes tout à fait.

Elle réagit femelle :

— Sous le même toit que Noëlle.

— Justement.

Elle ne comprend plus. Elle n'ignore pas que rien n'est simple avec son mari, mais cette fois, il l'entraîne par des voies trop subtiles.

— Justement quoi ?

— Tu sais qu'elle est orpheline depuis quelques mois ; j'ai l'intention de l'adopter.

Le mot est lâché. Il fixe son épouse posément, soucieux de bien capter ses réactions, de les saisir là où elles naissent, à la source de ses pensées, de ses émotions.

— NOUS l'adopterions.

Adélaïde se tourne vers Eric, comme si elle attendait de son hôte qu'il confirme l'énormité. Plante reste impavide, brossant les poils fournis de sa poitrine de sa main aux doigts écartés.

— Horace, murmure l'épouse, O Horace...

Tu te croirais dans du Corneille !

— Laisse aller ta bile, ma grande, déclare le Président. Ensuite nous pourrons parler calmement.

— Tu me demandes d'adopter ta maîtresse ?

Il lui fait signe de poursuivre.

— Tu veux que je devienne la gentille maman d'une petite pute qui dort dans ta chambre, vit accroupie dans ta voiture et qui m'a fait chasser de mon foyer ! C'est cela que tu me demandes ?

— Je procède à une redistribution des rôles, Adélaïde. Mon amour pour Noëlle a changé de forme : il est devenu paternel ; si bien que je ne lui fais plus l'amour. Par contre, je ratifie cette mutation en l'adoptant. Nous n'avons pas d'enfant, cette initiative ne lésera personne.

— Tu as espéré que j'accepterais de devenir légalement la mère de ta poule ?

Tumelat opine :

— C'est parce que j'ai osé tout espérer que j'ai tout obtenu.

— Tout, mais sûrement pas cela, Horace ! Jamais ! Tu as consacré ta vie à dépasser les bornes, cette fois, tu vas trop loin.

Elle s'offre un brin de rire hystérique, manière de donner tout son jus à sa réprobation. Ulcérée jusqu'à la moelle, Mme Tumelat !

— Tu imagines ce que les gens diraient devant une telle énormité ! s'écrie-t-elle.

Le Président est plein de tendre commisération.

— Ma pauvre chérie ! Ta vie n'aura été qu'un long malentendu. Tu as vécu dans le souci permanent de ce que « les gens » pensaient de toi. Sais-tu ce que c'est « les gens » ? Ouvre un poste de radio, et tourne le bouton sélectif, à toute allure. Il se produit une cacophonie idiote et désagréable, inaudible en tout cas. Eh bien c'est la voix des gens, ma grande. Du bruit, des pets sonores, une rumeur, un brouillage d'ondes, des crachotements. Les gens ne pensent qu'à eux et ne sont reconnaissants envers les autres que d'une seule chose : de les scandaliser.

Il se lève. Comme à son habitude lorsqu'il s'excite, il lui faut arpenter son territoire.

— Une telle énormité ! Merde ! Où, l'énormité ?

D'un geste brusque il rabat le drap recouvrant le sexe d'Eric.

— Ce petit gars nu, dans ton lit, ton lit qui continue d'être également le mien, c'est pas énorme, peut-être ? Non, car c'est secret. Est-ce que je m'en offusque ? Non, parce que c'est la vie ! La vie, bordel ! Adélaïde, lamentable bique stérile, vas-tu enfin passer outre tes foutues convenances ?

« Tu as cinquante-six ou sept ans, ou plus, j'ai oublié ta date de naissance, le moment est venu de t'allonger sur un transat pour regarder le soleil en face, la vieille ! Confie-lui enfin tes pattes d'oie, tes nichons fripés, ton cul en goutte d'huile ! Le soleil, tu ne connais pas ? Alors, grouille : dans pas longtemps on te foutra sous la terre. »

Il enfonce ses mains dans les poches de son pantalon, très fermier sur ses terres. Tumelat a retrouvé son tonus, sa superbe, sa force maquignonne. Adélaïde se dresse pour, courageusement lui faire front, œil dans œil, puisque l'instant est grave.

— Tu auras beau clamer à tous les vents ta philosophie de bistrot, jamais tu n'obtiendras de moi que j'adopte cette petite pouffiasse.

Tumelat blêmit, brusquement accablé, il baisse les yeux.

— Tu n'es qu'un misérable, continue Adélaïde, l'homme le plus abject que...

Elle n'achève pas. Eric a bondi du lit et, d'une bourrade, la fait pirouetter. Il la gifle par deux fois de toutes ses forces. Mme Tumelat, étourdie, suffocante, s'affale en travers du lit.

— Laissez-nous ! dit Eric à Tumelat. Je vous fous mon billet qu'elle acceptera.

Le Président se retire sans oser regarder sa femme.

Ainsi se comportent certains justes qui abandonnent l'injustice à ceux qu'elle n'effraie pas.

IV

Boulou se met à pleurer, doucement, comme tombent certaines petites pluies d'été alors que le ciel paraît presque serein.

Eric cesse de piocher dans ses frites :

— Qu'est-ce qui t'arrive, ma choute ?

— Un pépin, répond Marien, cette conne a oublié ses pilules et la voilà enceinte.

— Tais-toi ! intime méchamment la môme à travers ses larmes.

Elle a honte que l'on évoque « son état » devant ce beau garçon dont elle est folle et qui n'est (hélas !) pour rien dans cet événement.

— Bien sûr, c'est tracassant, admet Plante, le tout est de savoir ce que vous en pensez en vos âmes et consciences. Vous le gardez ou vous l'expédiez dans les limbes ?

— Le garder ? tu en as de bonnes, avec cette vie de con, bougonne le gros Marien.

Boulou écarte ses coudes sur le marbre de la table pour mieux laisser pendre sa tête accablée.

— Ce que c'est fièrement salaud, un homme ! dit-elle.

Ses larmes redoublent. Eric interroge Marien du regard par-dessus le chagrin de la fille. Marien paraît vaguement honteux. Plante se dit que, dans le fond, la perspective de devenir papa ne l'effraie pas tellement. Seulement, il croirait déchoir. Il tient à son étiquette de battant, style « ni Dieu ni maître ».

— Je peux donner mon avis ? demande-t-il.

— Vas-y toujours, répond prudemment Marien.

— Tu as trente-deux ans, non ?

— Tu oublies les mois de nourrice !

— Bon, à plus forte raison. Depuis le temps que vous vivez ensemble, on peut estimer votre période probatoire comme positive ; vous devriez vous marier, les gars. Ce serait un garçon dont je deviendrais le parrain et que j'emmènerais au cinoche le mercredi après-midi.

— Tu en as de bonnes, proteste mollement Marien, avec mon job de fou... Toujours parti de gauche à droite.

— Objection non valable, gros lard. Les terres-neuvas ont des familles nombreuses.

— De moutards dont ils ne sont pas toujours les pères !

— Pour qui prends-tu les Bretonnes !

Ils éclatent de rire et se mettent à parler d'autre chose, mais Eric est persuadé qu'il n'a pas parlé en vain et que l'idée va se développer dans la caboche de son homme de main. Pour un peu, il les envierait. Marie et lui auraient-ils des gosses, à l'heure actuelle, s'ils s'étaient mariés ? En passant du fils au père, n'a-t-elle pas abdiqué le bonheur de la maternité ?

— C'est toi qui as l'air d'avoir le bourdon, à présent ? remarque Boulou en souriant à travers des reliquats d'ondée.

Eric hoche la tête.

— Je suis chômeur, ça préoccupe.

— Tu es député ! s'exclame Marien pétri d'admiration.

— Pour quelques jours encore, tu sais bien que le nouveau Président va dissoudre l'Assemblée.

— On te fera réélire !

— Penses-tu : le vent a tourné. Il faut attendre. Voir venir. Rien n'est jamais gagné en politique, et rien, par contre n'est jamais perdu. Se garder des fausses manœuvres.

— De quoi vas-tu vivre ?

— J'écrirai.

— Un livre ? Des articles ?

— Des lettres anonymes, elles rapportent davantage que celles de la mère Sévigné. Je dispose d'un fichier dans lequel je n'aurai qu'à puiser. Tu as vu pour mon élection, la baguette magique qu'il représente ?

— Tu ne travailles plus du tout pour le Vieux ?

Plante a un petit rire aigrelet.

— Disons que je fais quelques extra pour lui : par exemple je gifle sa femme. C'est une vocation chez moi : gifleur de femmes. Un don. J'ai la baffe naturelle, élégante, convaincante. Si tu savais la grâce que je mets à baigner la gueule d'une bourgeoise blette ! Le plus cocasse, c'est qu'au lieu d'appeler la police, elle se pâme. On vit une époque où les coups se perdent et c'est dommage. On pose des bombes, on tire des rafales de mitraillette, mais on ne cogne plus ! Regardez comme la police est démunie depuis qu'a été supprimé le passage à tabac ! Comme les maîtres sont bafoués, les pères mystifiés dès lors qu'on ne pratique plus le châtiment corporel ! La civilisation n'avance bien qu'à coups de pompe dans les miches et de tartes dans le museau. Si un jour j'ai des enfants, je les aimerai tellement que je les frapperai beaucoup.

Boulou, rassérénée, attaque son entrecôte à l'arme blanche. Des idées de mariage et de maternité tournoient dans sa tête et dans son ventre. Eric est pour elle un élixir de bonheur. Le voir, le regarder, la survolte.

— Et ta dulcinée ? demande-t-elle.

Eric secoue la tête :

— Toujours pas de nouvelles.

— Alors c'est fini fini ?

Il hésite, soupire et finit par murmurer :

— Non.

Un peu déçue, Boulou grogne :

— Qu'en sais-tu ?

— Ces choses-là, on ne les sait pas, on les sent ! Il s'est produit un vilain traumatisme dans son existence d'où a découlé pour elle de rudes conséquences. Ainsi, je sais qu'elle a quitté *le Réveil*. Elle est mariée à un vilain jaloux qui n'est pas près d'accepter son infortune. Entre le brusque désœuvrement et l'enfer de la vie conjugale, elle est en train de se chercher.

— Tu ne lui donnes pas signe de vie ?

— J'attends qu'elle se trouve !

.·.

Une heure plus tard, ils quittent le petit restaurant de la rue du Dragon avec des senteurs de fritaille accrochées à leurs fringues. Marien propose d'aller boire une bière chez *Lipp*. Eric se sent en grande désœuvrance morale. Seul ! Horriblement seul. Pour un peu, il retournerait à Gambais, chez Adélaïde. Une vraie pute soumise, la bêcheuse dadame ! Après le départ du Président, comme elle pleurait sur son plumard de semi-vieille fille, il a entrepris de la caresser. Douche écossaise : baffes et branlette.

Il l'a menée gentiment, avec deux doigts, jusqu'à un orgasme maladroit, plein de confusion, un peu mondain somme toute. Il s'en est allé tout de suite après sans évoquer cette affaire d'adoption, nouveau caprice ahurissant du Président. Mais il y reviendra bientôt. Cette histoire lui tient à cœur parce qu'il la trouve énorme, vachement plaisante. Moi aussi, pour tout te dire, anticonformiste farouche comme tu me sais. J'aime l'anticonformisme, non pas parce qu'il choque la peuplade de gens raisonnables dans laquelle nous vivons, mais parce qu'il est un régal pour l'esprit et représente une forme de liberté.

Ils traversent la terrasse couverte de *Lipp*, surbondée. Ça sent la bière et le journal. Les gens stagnent autour des tables, un peu égarés avec des airs grognons, ils paraissent inquiets de leur existence. Au fond de cette terrasse vitrée, Plante avise un type qu'il lui semble reconnaître ; mais il s'empresse de détourner son attention afin de couper à l'assaut éventuel d'un raseur.

En passant devant le guéridon où Eve lui remit le journal qui le déshonorait, Eric ressent un pincement nostalgique. Il croit la voir, sûre et belle, orgueilleuse, avec ce regard qui guettait le moindre tressaillement de son visage, regard de garce d'un soir, au-delà duquel déjà rôdaient la compassion et l'amour.

Il lui est réconfortant de constater qu'il tient à elle et supporte de plus en plus mal leur séparation.

Marien finit par dénicher une extrémité de table, près du portemanteau. Ils se blottissent à trois sur un bout de banquette. L'un des pingouins vient s'enquérir. Et alors, bon : ce sera trois bières. Boulou, émoustillée par le contact d'Eric, se frotte à lui telle une chienne en chaleur, cette petite garce. Enceinte et toujours en mouillance, faut avoir le diable au cul, non ?

Ça brouhahate dans le secteur : converses, bruits d'assiettes, raclements de chaises. Eric ne peut supporter les mouvements de hanche de Boulou, sa chaleur salope. Aussi écluse-t-il sa bière presque cul sec et déclare-t-il tout de go qu'il est rompu et a besoin de dormir, il les largue sans cérémonie.

A la sortie, le type de la terrasse, qu'il a entraperçu en entrant, se dresse et se précipite sur lui. Eric le reconnaît alors : Luc Miracle, le mari ! Beaucoup changé, dans les tons vert-cadavre, la barbe qui lui jaillit des joues comme des gouttes de sueur noire, le regard insoutenable.

Sans un mot, il biche Plante par le bras et les voilà sur le boulevard Saint-Germain.

Quand le printemps revenait, les marronniers du boulevard Saint-Germain refleurissaient...

Giraudoux... Siegfried. Un bout de réplique qui lui revient. Forme d'autodéfense. Cet homme en transe est peut-être décidé à me tuer. Ne pas l'encourager par ma peur. La peur des victimes excite les bourreaux. Alors, *quand le printemps revenait, les marronniers du boulevard Saint-Germain...*

Ils traversent dans un premier temps la rue de Rennes, puis, dans un second, le boulevard de manière à se retrouver devant l'église. Ce cheminement ne correspond à rien de précis et ils seraient bien en peine de dire lequel des deux en a pris l'initiative. Confusément, ils se sont rendus à l'endroit le moins populeux et le moins éclairé du carrefour.

Luc lâche le bras de son compagnon.

— Comme vous n'étiez pas à votre domicile, je suis allé chez *Lipp* pour attendre, explique-t-il.

Il s'approche de la grille bordant le square et saisit deux barreaux poussiéreux. Ses mains s'y crispent si fortement que les arêtes du métal meurtrissent profondément ses paumes.

Il souffre. Eric est rassuré : cet homme ne l'agressera pas. Il s'offre le luxe de rejoindre Miracle et de s'adosser à la grille.

— Où est-elle ? demande l'époux.

— Elle est partie ? s'étonne Eric.

— Depuis hier. Vous ne l'avez pas vue ?

— Non.

— Elle ne vous a pas téléphoné non plus ?

— Non plus.

— C'est vrai ?

— Parole !

Miracle voudrait secouer la grille, mais c'est son corps athlétique qui ballotte.

— Vous avez fait un beau gâchis, dit-il. Bon Dieu, à quoi ça rime de faire souffrir les gens pareillement, d'autant plus que vous vous en foutez, vous, n'est-ce pas ? Il n'est que de vous regarder vivre pour s'en convaincre. Vous continuez ! Tout va bien, vous êtes jeune, la vie est belle ! Quel fumier ! Où est-elle allée ? Se foutre en l'air dans un coin tranquille ? Elle s'était mise à boire.

Il lâche la grille et essaie de respirer profondément.

— J'en crève, assure-t-il, croyez-moi : j'en crève.

Ensuite, il va s'asseoir sur les marches de l'église Saint-Germain, où sont déjà vautrés quelques vagues hippies chevelus et hagards.

Eric le rejoint de nouveau. Il pose un pied sur une marche et s'accoude sur son genou de manière à lui faire face, presque à bout portant, à Miracle.

— Elle est partie au cours d'une scène ?

— Quelle scène ? Je vous dit qu'elle ne parlait plus.

— Il y a bien eu quelque chose, un déclic, non ?

Luc prend sa tête à deux mains.

— J'ai voulu lui pardonner. Mais elle m'a répondu qu'elle ne m'aimait plus. Alors je lui ai ordonné de foutre le camp.

— Et ça vous surprend qu'elle soit partie ?

— Je veux savoir où elle se trouve.

— Je l'ignore. Elle n'a rien dit ?

— A notre vieille bonne, si. Elle lui a déclaré qu'elle allait voir un cheval. Vous comprenez quelque chose à ça, vous ? Un cheval !

— Non, affirme Plante, je ne vois pas.

Miracle hausse les épaules.

— Un cheval ! Elle détestait les chevaux. Elle les trouvait stupides parce qu'une babiole les fait se cabrer ou bien détaler au triple galop.

— Vous manquez de logique, déclare durement Eric.

— Pourquoi ?

— Vous dites à votre femme de foutre le camp, elle le fait et vous êtes sidéré !

— Je ne manque pas de logique : je l'aime. Je l'aime, tu

comprends ça, petit con ? Je la prenais tous les soirs, en levrette.

— Instincts sodomiques, murmure le jeune homme. Moi, j'ai eu le courage de mes opinions !

— Tu espères quoi, soupire Luc, que je te massacre ?

— Qui sait ?

— Si au moins ça pouvait me soulager...

— Essayez toujours.

Miracle saisit Eric par le cou et pose sa tête contre son épaule.

— J'en crève, sanglote-t-il, j'en crève !

« Si tu l'aimais, tu me comprendrais. »

— Je l'aime, affirme Eric. A ma façon.

— Il n'existe pas plusieurs façons d'aimer ! dit Miracle en pleurant de plus rechef.

— C'est juste : il n'y en a qu'une par individu.

Cette tête d'homme en désarroi, contre lui, désoblige Plante. Il aimerait la repousser, seulement l'autre s'agrippe, et l'autre, c'est le mari de sa maîtresse.

Pourquoi se met-il à éprouver de la haine pour Luc alors qu'il devrait lui inspirer de la pitié ?

— Où crois-tu qu'elle soit allée, hein ? Voir un cheval ! Il y a de « toi » là-dessous, bordel ! Tu le sens bien, non ? Voir un cheval ! Vous avez vu des chevaux, ensemble ?

— Ensemble, on baisait, répond Eric.

— Tu n'es pas inquiet pour elle ?

— Non.

— Tu t'en fous ?

— Je sais qu'elle va revenir.

— Chez nous ?

— Chez moi. Chez vous c'est fini. Quand bien même je ne voudrais plus la revoir, elle ne retournerait jamais chez vous, mon vieux. J'ignore pourquoi elle est partie, mais je sais pourquoi elle ne reviendra pas.

— Tu me le dis ?

— Ça ne se dit pas : ça se regarde. Maintenant que je la connais et que je vous vois, je comprends pourquoi elle m'aime.

— Eh bien, dis-le, dis-le-moi.

Eric repousse la tête accablante de l'époux, comme on éloigne de soi l'ivrogne qui s'accroche.

— Nous venons du même endroit, Eve et moi, et nous y retournons.

— Tu ne peux pas être plus explicite ?

— Non, j'ai déjà trop dit.

— Tu dois être une belle saloperie, déclare Miracle.

— Pas mal, merci !

— Et elle t'aime ?

— Elle m'idolâtre.

— Tu crois qu'elle te voit tel que tu es ?

— C'est pour cela qu'elle est conquise. Parce qu'elle me voit, en effet, *tel que je suis*.

— Et qu'es-tu, d'après toi ?

Eric caresse ses genoux. Il a l'air frileux et pauvre.

— Un saint, fait-il, ou quelqu'un d'approchant. Eve est la seule personne qui l'ait compris.

— Moi, je te méprise.

— C'est très bien ainsi, approuve Eric. Vous ne voudriez quand même pas me trouver édifiant.

— Tu es un saint avec une auréole noire !

Eric sourit, la formule le séduit ; les cons comme Luc en trouvent parfois, mais c'est par inadvertance. Un saint avec une auréole noire !

— Admirable, dit-il, merci.

Ils restent un moment assis sur la froide marche. Les paumés vautrés sur les autres degrés fument des choses à l'arôme douceâtre et écœurant. Cela rappelle à Eric des angines avec de l'eucalyptus qui infusait dans un clapotis d'ébullition. Il ne s'est jamais drogué, lui si curieux de tout, lui qui défie tout. Evasion dérisoire ; se placer sous le joug d'une accoutumance, quelle faillite !

— Tu permets que je t'embrasse ? demande Luc.

— On ne va pas se mettre à faire du cinéma, proteste Eric.

— Il me semble que ça me soulagerait.

— En ce cas...

Il se penche pour présenter sa joue. Luc le reprend par le cou et appuie son visage mouillé contre celui du jeune homme. Eric se met à compter les secondes. Il décide que si Luc ne l'a pas lâché à vingt, il gueulera. A vingt, Luc le tient toujours et il ne dit rien. Il offre ce moment effroyable au Président, pour l'honorer, comme le matador offre la mort du taureau à quelqu'un de l'assistance.

478

— Explique-moi, bieurle (1) le veau malheureux, dis, je te le demande, explique-moi.

Eric croit comprendre la supplique.

— Elle et moi ?

— Non : toi. Comment peut-on, une femme comme Eve, la séduire à l'en rendre folle ?

— Toutes les femmes sont séduisables.

— Séduisable n'est pas français, hargnit méchamment Luc.

— Elle avait besoin d'un homme qui ne parle pas toujours français. La langue, c'est comme les fleurs, cela doit respirer. La folie fait respirer la raison, le mal fait respirer le bien.

— Fais quelque chose pour moi, implore Luc Miracle. Tu dois bien pouvoir m'aider, nom de Dieu, puisque c'est toi qui as tout dévasté ? Les décombres, c'est pas une finalité, merde ! Tu me dois aide et assistance, saligaud !

Eric se dresse. Il a le bas du dos gelé par la froideur sépulcrale de la pierre.

— Je vais voir, dit-il, attendez-moi ici.

— Tu te débines ?

— Je vous jure que non, au contraire, je vais chercher du secours.

— On ne peut pas me laisser comme ça, pleurniche encore l'homme en peine, je vais me supprimer si ça continue.

— Non, assure Eric, quand on se tue, c'est avant que ça continue. Mais je vais faire quelque chose pour vous.

Il file en courant et caracole follement dans le flot des voitures afin de regagner la brasserie *Lipp*. Marien et Boulou n'ont pas encore quitté la table. Ils parlent d'avenir en se chamaillant. Le gros en est déjà à son troisième demi tandis que sa dulcinée s'est convertie aux cerises à l'eau-de-vie.

— Tu permets que je t'enlève ton jules un instant ? fait cavalièrement Eric en ordonnant du geste à son copain de le suivre.

— Tu peux le garder ! ronchonne la môme.

Marien est très intrigué par le retour inopiné d'Eric.

— Problème ? interroge-t-il.

_____
(1) Ne cherche pas : c'est un mot à moi et je t'interdis de l'utiliser.

— A peine. J'ai un service à te demander. Sur les marches de l'église, il y a des mecs assis, parmi lesquels un type costaud, avec une veste claire et une cravate tricotée. Tu as fait du foot autrefois, n'est-ce pas ?

— *Yes, sir.*

— Alors tu vas lui tirer un penalty en pleine gueule. En pleine gueule, tu m'entends, Marien ? Je veux que tout craque : le nez, les lèvres, les dents.

Marien acquiesce. Avant d'accomplir sa mission, il demande :

— C'est qui, ce mec ?

— Un homme avec un gros problème qui a absolument besoin de penser à autre chose.

V

Les tourterelles s'en donnent à gorge déployée. Vieux Charlot écoute leur ramage et y goûte un plaisir délicat. Jadis, ce bruit l'énervait et il tirait un coup de fusil dans l'arbre hébergeant la chorale ailée. Au fil des ans, il a appris à l'aimer. Rien de plus grisant que les conversions. Clovis : quel pied !

Il écoute, essayant de dénombrer les oiseaux à leurs voix. Il adore leur couleur délicate, qui va du blanc au beige clair en passant par le gris argent et le rose pâle ; leur jabot gras, leur collerette soyeuse.

Charles Plante se tient assis sur le banc de pierre circulaire qui enserre le gros tilleul. Dans le jardin proche, Marie cueille des roses. Elle a l'art des bouquets ; entre ses doigts, les fleurs sont transcendées. Le claquement sec de son sécateur ponctue le concert des tourterelles. Plante contemple la silhouette de sa femme qui s'est quelque peu épaissie ces toutes dernières années ; mais ce qu'elle a perdu en grâce, elle l'a gagné en sensualité et Charles la juge plus bandante « qu'au début ».

Il est bien. C'est un instant éblouissant de plénitude. Tout se ligue pour provoquer le bonheur d'harmonie.

D'ailleurs, sa vie à lui est harmonieuse. Vachement épicurien, Vieux Charlot ! Il sait le beau côté des choses et ignore les autres. Une forte activité physique et sexuelle l'a gardé intact. L'âge est un rémouleur qui aura affûté ses sens. Il est bien dans sa peau, bien dans sa maison, bien dans sa femme. Il aime son cellier, ses terres et son cheval. Il est convaincu qu'il pense juste et Dieu n'est pour lui qu'une promesse d'au-delà.

Les tourterelles se taisent brusquement à cause d'un formidable grondement amplifié par les échos du parc.

Une moto débouche de l'allée cavalière, montée par un guerrier noir. Elle coupe à travers la pelouse et vient s'arrêter au pied du vieux tilleul.

Eric stoppe le bolide et se débarrasse de son casque.

— Tiens ! voilà le député-motard, claironne Vieux Charlot, merci pour le gazon !

Il désigne le sillon laissé dans l'herbe rase par les roues de la moto.

Eric se bat un instant avec la béquille et finit par caler sa péteuse dans le sentier semé de graviers blonds. Il s'avance pour embrasser son père. Il a fière allure avec ses gants de cuir et ce casque miroitant qu'il tient sous un bras, dans une attitude de bretteur.

— Bonjour, papa.

Deux baisers miaulent à vide. Ils se sont à peine effleuré les joues.

— Quel bon vent ? interroge Charles Plante d'un ton prudent.

Eric l'enveloppe d'un regard froid.

— Je viens en chercher une, dit-il.

Son père fronce les sourcils.

— Une quoi, monsieur le député ?

— Une femme, répond Eric.

Il tire sur la large fermeture Eclair de sa combinaison histoire de s'aérer le buste.

— J'ai eu deux maîtresses, père, et elles sont ici l'une et l'autre. Rends-m'en une : celle que tu voudras, ou plutôt celle dont tu ne veux plus.

— Qu'est-ce que tu racontes ?

— Je raconte qu'Eve est ici. Tu peux la garder si tel est ton bon plaisir, mais alors rends-moi Marie. En général, ce sont les enfants qui dépouillent les parents, toi tu as tendance à faire mentir la règle.

Vieux Charles est devenu pâle.

Il quitte le banc et flanque un soufflet à son fils.

— Tu vas changer de ton, Eric ! Et tout de suite.

— Oui, papa, soupire le garçon, aussitôt soumis.

— J'attends tes excuses.

— Je te prie de me pardonner. Mais Eve est ici, n'est-ce pas ?

— Elle y est venue de son plein gré.

— Je sais ; elle avait envie de voir un cheval, reste à savoir s'il s'agit du tien ou du mien. Qu'est-ce qui l'a poussée à se réfugier chez toi ?

— J'ai trop le sens de l'hospitalité pour le lui avoir demandé, déclare Vieux Charlot.

— Tu ne t'es pas posé la question ?

Charles Plante opine.

— Je pense qu'elle a eu irrésistiblement besoin d'un havre de paix et qu'elle a pensé à cette maison.

— Belle aubaine pour toi, n'est-ce pas ?

Le Vieux soupire.

— Je ne vais pas passer ma matinée à te gifler, Eric, si tu entends poursuivre dans l'agressivité, tu peux réenfourcher ta saloperie puante et disparaître.

— Suppose que je sois malheureux ? murmure Eric.

— Si tu es malheureux : chiale, j'essaierai de te consoler, mais ne viens pas m'aboyer contre comme un roquet. Pas toi, pas mon fils !

— Ça signifie quoi, pour toi, ton fils, papa ?

— Ç'aurait pu signifier quelque chose de formidable si je n'avais pas touché une frappe, affirme durement Vieux Charlot. Je me suis efforcé de t'élever selon un concept en vigueur dans la famille : santé physique, santé morale. Force et vigueur. Réalisme bon enfant. La vie au grand air. L'âme en fête. Dieu et mon droit ! Tout le bataclan. J'ai obtenu un pleurnicheur rentré. Un garçon fille se complaisant dans les alcôves équivoques, les salles de rédaction frelatées, les antichambres suintantes. Un combinard, un type à voile et vapeur. Mijoteur de coups bas. Le contraire de moi, le contraire de mon père et du père de mon père. Journal de chantage pour commencer carrière, puis porte-coton d'un vieux faisan de la politique, élu député à la suite de quelles louches manœuvres, Seigneur, je préfère l'ignorer ! Incapable d'assumer son amour pour une femme. Je continue ou si tu trouves que j'ai fait assez bonne mesure ?

— A toi de juger, mon père. C'est toi que tu soulages !

Vieux Charlot bouge les oreilles, un peu comme le fait son cheval lorsqu'il lui parle.

— Et alors, monsieur le député est mis à pied ? Tu vas te représenter ?

— Non.

— Ta mission politique est déjà terminée ? A moins que la gauche régnante ne t'effraie ?

— Tout se conquiert : la gauche comme la droite, car les hommes sont partout identiques ! J'agirai en temps opportun.

— Comme tous les opportunistes ! ricane Charles Plante. Cela dit, je t'avais annoncé le changement, non ?

— Il était prévisible. Et à toi, châtelain, il te fait peur le nouveau Président ?

— Tu rigoles ! Il ressemble à Tino Rossi. Qui donc aurait peur de Tino Rossi ?

— Installe Tino Rossi à l'Elysée et tu changeras probablement d'avis.

Marie vient les rejoindre, les bras chargés de roses. Elle est déjà bronzée par les premières journées ensoleillées. Eric ressent un curieux picotement dans la poitrine, de la lave glacée coule dans ses membres. Et puis, cette musique. Une musique de fête foraine d'autrefois, crincrin, rouillée... La musique des regrets éternels.

Elle a vu arriver le coursier de feu, évidemment, mais discrète, elle a laissé les deux hommes à leur premier contact.

Ils s'embrassent brièvement, chastement, comme à l'accoutumée. Leurs yeux s'évitent et leurs sourires restent crispés.

— Bonjour, Marie.

— Bonjour, Eric.

Et quoi d'autre ? Le reste ? Ce serait trop, impossible à formuler. Ils ne se parleront jamais plus. Même quand Vieux Charlot sera au cimetière. Il existe des maléfices irréversibles, tu sais. On attend beaucoup de la vie, mais elle garde pour elle l'essentiel.

— Eve est encore couchée ? demande Eric.

Il surprend un regard en biais de Marie à son père. Probablement était-il convenu que s'il téléphonait, on ne ferait pas état de la présence d'Eve au domaine.

Il dépose son casque sur le réservoir d'essence de sa moto et marche vers la façade. Parvenu au milieu du terre-plein, il hurle :

— Eve !

On perçoit le caquetage des volailles depuis le poulailler. Et il y a aussi les abeilles dans la roseraie. Des odeurs de foin. C'est prodigieux, mai. Ça culmine... Mai-juin... Ils arrivent sans bruit, après les giboulées. Herbes hautes et boutons-d'or. Et déjà, derrière eux, les jours diminuent. On n'attend pas assez le mois de mai.

— Eve !

Un volet finit par s'écarter au premier. Un volet de sa chambre. Eric distingue tout juste la tache blême d'un visage.

— Mets n'importe quoi, on s'en va !

Le volet se referme.

Eric recule jusqu'à la pelouse et s'y étale, les bras en croix sur le vert tendre, tel un guerrier noir. Tel un guerrier mort.

VI

— Tu peux entrer, maintenant ! crie le Président.

Noëlle pénètre à pas confus dans le bureau du Seigneur, évitant de regarder en direction de la cheminée. Elle va se mettre en place, au côté de Tumelat, près du grand canapé car elle souhaite avoir une vue d'ensemble de la pièce.

Alors seulement elle regarde et ce qu'elle découvre l'impressionne profondément. Dans un énorme cadre doré, mouluré, tourmenté, plein de feuillage d'or, de nœuds et de gaufrettes, règne le portrait de Ginette Alcazar. Simple poster prélevé dans une photo de groupe duquel on l'a dissocié, photo rendue floue par la démesure d'un agrandissement mal supporté, et puis coloriée comme jadis l'on coloriait les portraits photographiques, avec des teintes italiennes, troublantes, un peu surréalistes : verts de soufre, rouges violacés, bleus madone, jaunes lampions. L'œuvre a l'air d'une gigantesque image pieuse fastueusement encadrée. A la demande du Président, le photographe, un vieux bonhomme de quartier qui lui tire ses photos d'identité dans le style Lartigue, a dessiné une auréole autour de la tête de sainte Ginette Alcazar, salope et martyre. La rampe lumineuse réglable qui, naguère, mettait en valeur une toile de Vlaminck, éclaire langoureusement le visage de la disparue, avivant le regard cochon de la dame, dont les prunelles, là-dessus, ressemblent à deux éclaboussures de foutre.

Ginette est devenue Joconde pie, par la grâce d'un vieux bricoleur de la pellicule peu contaminé par la focale variable, la cellule automatique ou le développement instantané. Elle trône dans toute sa gloire éternelle, la rude gaillarde au cul fumant. Impressionnante présence qui mobilise l'attention, fascine, et met l'âme en état d'alerte.

486

— Qu'en penses-tu, mon enfant chérie : demande presque heureusement le Président.

— C'est très beau, admet Noëlle.

— On n'a pas envie de parler, n'est-ce pas ?

— Non, en effet.

— Il faut l'écouter, car elle nous en dit, des choses, ne le
sens-tu pas ?

— Oh ! si.

Horace sort de sa poche une boîte de carton intérieurement garnie de feutrine noire. Le méchant coffret contient
deux médaillons d'argent, parfaitement jumeaux, munis
chacun d'une chaînette.

— Vois, dit Tumelat, je les ai choisis le plus humble
possible. J'aurais pu les prendre en or, mais alors ils seraient devenus des bijoux. Or, un scapulaire ne saurait
avoir les apparences d'un bijou ; d'ailleurs, on devrait les
fabriquer en étoffe.

Il en prend un et, maladroitement de ses doigts
d'homme, fixe la chaîne au cou de Noëlle.

— Jure-moi que tu ne t'en sépareras jamais ?

— Je vous le jure, répond la jeune fille en grand élan
mystique.

Ayant fixé au cou de sa future fille le premier médaillon,
il présente le deuxième à Noëlle pour qu'elle lui rende le
même service. Lorsqu'elle s'est acquittée de la besogne, le
Président déclare :

— Vois-tu, mon enfant, pour le profane, ce geste pourrait paraître ridicule, voire même carrément sacrilège. Seulement il ne faut pas oublier que tout est « signe » en ce
monde.

« Nos intentions ont besoin de symboles pour être ouvertement déclarées. Les objets de piété, pour dérisoires qu'ils
soient, n'en représentent pas moins une attestation. En
portant désormais, toi et moi, une mèche des cheveux de
Ginette sur notre poitrine, nous ne célébrons pas un culte
païen, mais nous attestons notre certitude qu'elle nous a
bien révélé LA route. »

VII

Exténué, Eric s'arrête à une station pour le plein. Un restauroute prolonge les alignements de pompes.

— Va retenir une table, j'arrive ! ordonne-t-il à Eve.

Elle s'éloigne sans un mot. Ils n'en ont pas proféré un seul depuis leurs retrouvailles du matin. Eve est descendue de sa chambre peu après l'appel de son amant. Alors il s'est levé et il est allé récupérer la moto restée à l'ombre plantureuse du vieux tilleul. Son père l'a regardé agir en silence, se contentant de faire une horrible grimace quand le bolide s'est mis à ronfler.

Eve est en robe imprimée légère, avec une veste de laine blanche. Au cou un sac Vuitton contenant ses paperasses. Il lui a fait signe de grimper derrière lui et elle a obéi, retroussant haut sa robe. Ils sont partis sans prendre congé de son père. Simplement, Marie leur a adressé un signe d'infini depuis la fenêtre du salon. Cela pouvait constituer un geste d'adieu définitif.

Ensuite, ils ont roulé pendant plusieurs heures dans le jour lumineux. L'air est tellement limpide que les confins reculent à mesure qu'on les sonde.

Lorsque le plein de carburant est fait, Eric verrouille son engin et va rejoindre Eve au restauroute. Il la trouve seule à une table, dans un renfoncement de la salle.

Il est frappé par sa maigreur et son regard lointain. Le vent de la course l'a chiffonnée. Ses cheveux ébouriffés confirment son air hagard. Elle si coquette, si soucieuse de maintenir constamment son élégance n'a pas seulement tenté d'aplatir de la main les mèches dressées. Il prend place en face d'elle.

— Je crois que je ne t'ai pas encore dit bonjour, fait le jeune homme.

Elle sourit pâle.

— Bonjour, murmure Eric.

— Bonjour, répète-t-elle.

Il lui propose le menu en forme de triptyque.

— Non, non : ce que tu voudras, murmure Eve.

— Tu as un côté « Dame aux Camélias », déclare-t-il.

Haussement d'épaules résigné. Elle a l'air d'une femme égarée parce qu'elle est égarée. D'une femme malade parce qu'elle est malade de mal-être (antonyme de bien-être).

— Melon-jambon de Parme ? Andouillette à la crème ?

— Le premier me suffira.

— Du blanc, du rouge ?

— Peu importe.

— Tu dois bien avoir une préférence : il paraît que tu bois ?

Elle s'étonne :

— Qui t'a raconté cela ?

— Ton mari.

— Il est allé te voir ?

— Evidemment : quand une femme s'en va, où veux-tu que son mari aille la chercher sinon chez son amant ? Ce qui prouve bien qu'il n'a jamais rien compris à ton personnage.

— Pourquoi ?

— Parce que tu n'es pas partie pour aller chez ton amant. Tu es bien plus subtile.

Le serveur arrive, avec sa veste blanche tachée et l'air de leur en vouloir d'être là. Eric passe la commande et réclame du mâcon blanc glacé.

— Comment as-tu su ? questionne Eve.

— Ton cher époux, toujours, ce majestueux con ! Tu aurais dit à votre bonne que tu allais voir un cheval. Ç'a été révélateur pour moi. Réflexion faite, tu ne pouvais pas te réfugier ailleurs que chez mon père.

Elle baisse le nez. A une table proche, des Hollandais qui remontent de la Côte d'Azur, déjà peinturlurés de coups de soleil rougeoyants, éclatent de rire.

— On devrait pouvoir tuer qui on veut, quand on veut, assure Eric, en les regardant avec irritation. Ainsi donc tu as cessé d'écrire ? *Le Réveil* a annoncé ton départ avec des trémolos dans les rotatives. Cela dit, tu as bien fait. Militante de gauche, comment exercerais-tu ton talent de pamphlétaire maintenant que la gauche est au pouvoir ? Tu ne serais plus qu'une espèce de « nettoyeur de tranchées ». Le drame des victoires, c'est qu'elles rendent les armes inutiles. En ce moment, j'envie *Minute*, par contre, je me fais de la bile pour *le Canard enchaîné* : le côté « ... ils furent heureux et eurent beaucoup d'enfants », c'est pas son ballon de beaujolais ! Enfin, la vie est ainsi : à force de lutter, on gagne, et ensuite les ennuis commencent.

« Toi tu n'es plus journaliste, moi je ne suis plus député, nous allons devoir nous réorganiser, ma poule. Vivre sans rien faire, certes : mais de quoi ? »

Il se met à rire de bon cœur. Un grand contentement le prend. Il ne peut s'empêcher d'être heureux. Il a récupéré Eve et après cette période de purgatoire, elle lui appartient définitivement. Il va pouvoir en disposer pleinement, la disloquer à sa guise.

Le loup se pourlèche.

— Ça te ferait plaisir que je t'épouse ? Non, ne me regarde pas avec ce drôle d'air, je suis sérieux. Tu divorces, tu laisses le môme Boby à Ducon : souvenir, souvenir. Tu ne réclames pas de pension : on a sa dignité. Et alors on joue « Nous deux » à bureaux fermés. Je te proposerais bien de te faire un autre gosse, mais tu n'as pas tellement la fibre maternelle. Et puis, un enfant, c'est une atteinte à la liberté !

Elle ne répond rien, continuant de l'écouter passionnément, tout en gardant son expression détachée.

— Tu sais, on risque de bien se marrer, ensemble, en dehors du lit. J'ai des dossiers brûlants sur des tas de personnages importants ; je dispose en outre de mon vieux para, Marien, l'homme de main idéal : pas d'objections, des actes ! Sais-tu qu'il a écrabouillé la gueule de ton mari ? C'est un faucon, je te jure, perché sur mon gantelet. Je le lâche à ma guise. Il pique droit. Tu n'aurais pas envie de faire l'amour, Eve ? Moi, je trique en te parlant. Trente-six heures que je n'ai pas dormi : ça porte aux sens. Les plus beaux coups, on les tire quand on est mort d'épuisement. Tu vas voir ton petit cul, en arrivant, ma belle ! La troussée du siècle ! On est le combien ? Tu devras retenir la date. A

490

propos, notre dernière nuit des Seychelles ne t'a pas trop éprouvée ?

Le serveur apporte un seau à champagne où trempe la bouteille commandée. Eric plonge la main dans l'eau du récipient, constate qu'elle est presque tiède.

— Et la glace, bordel de merde ! se met-il à vociférer avec tant de violence que tous les convives du restauroute retiennent leur souffle. Y en a marre des simulacres ! La gauche est au pouvoir, nom de Dieu !

« Il va falloir nous décider à jouer franc jeu, sinon : le goulag, mes drôles ! Amenez un seau plein de glaçons ! Des vrais, pas des glaçons bidons, en plastique ! Je suis commissaire du Peuple et te vais vous envoyer le contrôle des Prix, celui de l'Hygiène ! Les Polyvalents ! »

Un gérant atterré se pointe, blafard et mal content. Il dit que l'endroit est impropre aux scandales, tout ça. Les mots usuels des cons usuels en circonstances déviées.

Eric lui coupe le sifflet en déballant sa carte de député.

— Et ça, c'est de la merde, monsieur le taulier ?

L'autre n'en revient pas. Il se trouble. Eric redouble de vitupérations, qu'à la fin, Eve soupire :

— Oh ! je t'en prie, arrête !

Alors Eric saute au cou du gérant, l'embrasse sur les deux joues et lui demande pardon.

Sa surexcitation n'est pas calmée pour autant. La fatigue, la joie bouillonnante d'avoir retrouvé Eve, mettent ses nerfs à vif. Il voudrait danser au milieu de cette usine à bouffe. Danser sur les présentoirs de denrées. Faire de la moto entre les tables. Des folies ! Des folies !

Il rit, joue du tambour sur son casque en se servant de son couvert comme de baguettes.

— Tu vois : je t'aime ! dit-il à sa compagne. Seulement il va falloir changer de figure, ma chérie. Participer ! L'ivresse devient triste si elle reste solitaire. Ris-moi ! Tu es là, comme en deuil ! Je veux que tu me ries ! Pas dif : tu retrousses un peu tes lèvres. Allez : vas-y !

Eve garde son visage abattu, presque tragique.

Eric en est tardivement alarmé. Il se crispe, l'angoisse lui bloque le gosier.

— Quoi, c'est le drame ? demande-t-il.

Elle ne bronche pas.

— C'est d'avoir largué ton foyer ? Boby ?

Elle secoue négativement la tête.

— Ne me dis pas que tu regrettes ce grand trou du Luc de mari ! Rien que dans cette salle je t'en retrouve deux autres en aussi bon état et presque aussi cons.

Elle pâlit visiblement, à croire qu'elle va défaillir.

— Tu ne m'aimes plus ?

— Si ! Oh ! mon Dieu si ! Hélas...

— Pourquoi, hélas ! C'est un bonheur d'aimer, non ? déclame Eric avec une funèbre emphase.

Elle croise les bras sur la nappe de papier vert et voilà qu'elle paraît vieillir sous les yeux d'Eric. Il la voit, telle qu'elle sera à quarante ans, puis à cinquante, et ainsi de suite... Très vieillarde dame, solitaire et glacée. Perdue dans un salon figé. Momifiée. Inconvoitée par la mort.

— Parle-moi, au lieu de vieillir ! fait-il d'un ton implorant.

Eve se décide :

— Sais-tu pourquoi je suis allée chez ton père ?

— Parce que c'était le *sas* idéal entre chez toi et chez moi ?

— Non, Eric. Pour en finir.

— En finir avec quoi ? En finir avec qui ?

— Avec tout. J'ai essayé de me mettre hors d'atteinte. Je ne veux plus vivre chez moi, et ne peux pas vivre chez toi. Des semaines de méditation m'ont convaincue de cette double évidence.

— Connasse ! Et tu prétends m'aimer !

— Je ne le prétends pas. Je t'aime mortellement, Eric.

— Drôle d'adverbe pour un drôle d'amour !

— Pour continuer dans le beau langage : ma vie est brisée. J'étais la femme d'un grand amour, hélas ! c'est toi que j'aime. Toi qui n'as pas d'autres buts que de m'humilier jusqu'à la trame, de me laminer jusqu'à ce qu'il ne subsiste plus rien de ce que je fus. J'accepte de mourir de cet amour empoisonné, mais de lui et non de toi. La mort d'un cancéreux est parfois devancée par la décision d'un médecin compatissant. On la prend de vitesse, par dignité humaine. Mon sursaut aura été de te prendre de vitesse.

— Oh, bonté divine, accouche ! Je ne comprends rien à ces salades !

— Tu vois que tu es moins intelligent que tu ne le crois !

A moins que tu m'aimes. Et l'amour t'empêche de comprendre.

— Mais de compendre quoi ?

— Que je suis allée chez ton Vieux Charlot uniquement pour faire l'amour avec lui.

Le garçon apporte les melons découpés en tranches trop minces sur un lit de jambon trop épais. Il essaie de ne pas regarder ce client hystérique. Il dispose les petites assiettes à beurre, emplit les verres. A-t-il omis un détail susceptible de reprovoquer l'énergumène ? Il vérifie d'une œillade professionnelle : la corbeille à pain, les serviettes de papier vert frappées du sigle de l'établissement. Tout est O.K.

— Quand on en sera à l'andouillette, vous me la servirez bien grillée, lui dit Eric.

Il glisse un billet de cent francs dans la poche du garçon.

— Et puis je vous demande pardon, pour mon éclat de tout à l'heure. Je suis gueulard, mais pas mauvais bougre dans le fond. Plutôt une espèce de saint avec une auréole noire.

VIII

Charles Plante écrit sur l'abattant garni de cuir noir d'un secrétaire Louis-Philippe. Ecrit en caractères penchés, en caractères rageurs une lettre rageuse à son fils. Répudiation crépitante de termes cinglants. Vieux Charlot rédige sa lettre au fouet. Il n'admet pas. Il étouffe de rage. Il n'est qu'une vaste maudissure. Le garnement ! Sous-gueux ! Lopette motocyclée ! Pourquoi ne l'a-t-il pas frappé à coups de cravache ? Un soufflet caressant pour fustiger pareille attitude ! Oh ! mais dites donc, oh ! oh ! ne tomberait-il pas dans la sénilité précoce le maître du domaine ? Ne serait-ce pas cela, vieillir ?

La sonnerie intempestive du téléphone trouble son ardente rogne. Un appareil se trouvant à portée de main, il se penche pour décrocher.

— Vieux Charlot ?

La voix timide d'Eric. Sa voix de petit garçon époustouflé par l'autorité et les mille prouesses de papa.

— Tu m'appelles pour me dire au revoir ? gronde le vieux dogue.

— Je t'appelle pour te demander s'il est vrai que tu as couché avec Eve, répond le fils, lamentable.

Vieux Charles hennit, kif un bourrin en cabrade. Que ne peut-on massacrer par téléphone ! Il voudrait démanteler ce fils unique, au physique parfait comme une coquille. Outrage à Vieux Charlot ! Mais le monde s'écroule donc.

— Et c'est pour une pareille question que tu m'appelles ? Tu n'es qu'une lopette !

— J'ai droit à ta réponse.

— Tu n'as droit qu'à mon mépris !

Il raccroche. Il tremble. Une vilaine barre inconnue traverse sa poitrine, un peu oblique, écrasante.

Il a un regard pour sa lettre que trois répliques ont rendue inutile. Déjà, la sonnerie reprend. Charles Plante est tenté de laisser sonner, mais la cuisinière décrochera et viendra le chercher. Alors il s'empare du combiné.

— Papa, écoute-moi : tu m'as donné la vie, tu ne vas pas me la reprendre !

Ce langage et la modération de la voix apaisent le bonhomme.

— Quel est ce boucan, autour de toi ? fait-il bêtement.

— Je t'appelle d'une cabine, en bordure de l'autoroute. Ma tête se dessine en ombre chinoise au-dessus de l'appareil, sur la paroi du fond. Si on suivait les contours avec un crayon, on obtiendrait probablement la dernière représentation de moi.

— Qu'est-ce que c'est que ce charabia ! Tu ne peux pas t'exprimer clairement ?

— Mais je m'exprime clairement. Eve m'a dit que vous avez fait l'amour. Je te demande de confirmer ou d'infirmer la chose. Tu me dis oui, tu me dis non. Trois lettres dans un cas comme dans l'autre.

— Elle s'est foutue de ta gueule, petit con !

Vieux Charles raccroche. Sa colère revient, comme s'accentue le va-et-vient d'une balançoire.

Eric retourne à sa moto. Eve monte la garde auprès de l'engin.

— Mon père dit que tu t'es foutue de ma gueule, fait-il négligemment.

— Il faut toujours croire son père, répond-elle.

L'un et l'autre enfourchent le bolide. Eric enclenche le tonnerre d'un coup de talon. Presque aussitôt, il coupe les gaz et demande, sans se retourner :

— Lequel de vous deux ment ?

— Là est la question, dit Eve.

— Tu espères quoi, me torturer ?

— Où as-tu mal, Eric : à l'orgueil ou à l'âme ?

— Aux couilles ! riposte Plante.

Cette fois il démarre.

Eve hurle :

— Tu as oublié ton casque dans la cabine !

Il rit en guise de réponse. La moto rejoint la bande de

roulement conduisant à l'autoroute, puis fonce en atteignant presque instantanément son paroxysme.

Eve se cramponne au cavalier. Elle ferme les yeux. Son corps a peur, mais son esprit s'abandonne à l'ivresse. Peut-être a-t-il laissé sciemment son casque ? Parce qu'il compte se précipiter sur un obstacle ?

En ce cas, il l'aimerait donc ?

L'aimerait à en mourir ?

Elle l'étreint si fortement qu'elle perd le souffle. « Oui : emporte-moi ! Emporte-moi dans l'au-delà si tu ne vois pas d'autres refuges meilleurs. »

Elle aurait aimé écrire cela, cette sensation inouïe de plénitude enfin conquise, au plus haut prix, mais conquise, conquise, conquise !

Eric ! Elle t'aime !

∴

Ils doublent tout dans un rush effarant. A peine captés par l'œil, les véhicules roulant sur la même voie sont rejoints, happés, engloutis. Il en surgit toujours de nouveaux, qui se précisent, deviennent violemment présents, puis absents comme par magie. La machine effleure à peine le sol. Son vacarme s'oublie. La chaussée est un fleuve, une espèce de torrent plat. La glissière de sécurité ondule comme ruban au vent. L'air leur brûle le visage. Eric sent le cuir. L'autoroute sent le foin et l'huile brûlante. Eve pense ardemment que tout va cesser dans une monstrueuse dislocation dont elle aura à peine conscience. Elle meurt de frousse et d'extase. Elle accepte. Y avait-il une autre solution ? Elle pense au soir « de l'article », quand il s'est agenouillé sur le trottoir de la rue Saint-Benoît pour poser sa tête contre sa jambe. Et puis des sensations fulgurantes. Des spasmes. Agonie d'amour. Ses jouisseries indicibles. Lui en elle. Ses cheveux en sueur collés contre sa joue brûlante. Lui ! lui, l'aimé, le tant aimé ! L'incompréhensiblement aimé ! L'aimé roi ! Le divin salaud ! Eric le pathétique, dont il suffit qu'elle prononce le nom pour que ses yeux s'embuent. Lui, si déchiré, si déchirant, froide lope orgueilleuse et monstrueusement vindicative. Lui qui ne pardonnera jamais à Eve de l'avoir combattu, et non plus de l'avoir aimé. Lui, le magistral amant ! Œuvre de chair !

Lui, le cruel ! Cavalier de l'Apocalypse selon le joli saint Jean ! Lui qu'elle révère sans savoir très bien pourquoi, mais révère en dépit de toutes limites, de toute logique, de toute morale. Lui pour qui elle abandonne tout ce qui, avant sa venue, constituait sa raison d'être : son métier, son enfant, son milieu, ses habitudes, ses convictions, son âme et sa dignité, avec en prime le gentil époux adorateur. Lui qui la tient sans avoir à poser ses mains sur elle : ô l'inexplicable bonheur ! Qui l'ensorcelle sans avoir à poser les yeux sur elle ! Lui, la petite ordure de pissotières ! Lui, l'ange sombre aux pensées noires et au cœur d'encre. Lui, Eric. Son élu, son amant, son vrai môme !

Ils déferlent de par le monde, en trombe, en folie d'aller vite ! Se précipitent vers une imminente catastrophe ! Courent à la mort qu'il n'aura peut-être même pas à décider, tant leur vitesse est démentielle.

Et là-bas, au bout de l'horizon autoroutier, une silhouette vite reconnue : celle d'un motard. Chose troublante, il leur tourne le dos, et pourtant leur adresse un geste impératif de la main droite pour leur intimer de stopper. Il est droit sur son bolide de chasse, casqué, sanglé.

Eric a une courte hésitation, puis décélère. L'autre est maintenant à leur hauteur, sur la gauche, qui continue avec son bras en cou d'autruche de leur enjoindre de stopper.

Plante obéit. Il paraît sortir d'un sommeil artificiel, nauséeux. Sa moto, craquante de ce surmenage fou, produit les menus bruits des abat-jour de parchemin quand on vient d'allumer les ampoules.

Le motard réussit à se tenir en équilibre sur sa monture, sans mettre pied à tere. Il dit :

— Vous êtes signalés comme roulant à deux cent quatre kilomètres heure. Et sans casques ! Allez vous ranger sur le prochain parking.

— Vous permettez ? dit Eric en produisant sa carte de député.

Le motard la regarde à peine.

— Faites ce que je vous dis !

Etrange équipage. Eux trois... Le gendarme se comporte comme un chien de berger, les dépassant, se laissant dépasser, les serrant pour s'écarter soudain, jouant un rôle d'entonnoir mouvant afin de les canaliser jusqu'au parking.

D'autres véhicules piégés, aux conducteurs consternés, sont rassemblés derrière un fourgon bleu de la gendarmerie, sommé d'une longue antenne.

Il faut attendre. Le motard les confie à un gendarme à pied qui s'empare des papiers d'Eric et lui demande d'attendre son tour.

Le jeune homme est écœuré, dessoûlé, sottement vaincu par les représentants de l'ordre. L'attirail répressif vient de lui voler une conquête ténébreuse. Il se sent tout con, avec un goût de rage, de gueule de bois en bouche.

Il demande à Eve, sans se retourner :

— C'est vrai que Vieux Charlot et toi ?...

Elle se presse contre le dos de cuir. Il a tellement besoin qu'elle réponde « non », ne serait-ce que pour se donner une bonne raison d'abandonner sa charge infernale.

— Je ne sais plus.

— Tu es une salope !

— Si tu veux.

— Je me vengerai !

— Tu as commencé depuis des mois déjà !

— Vieux Charlot t'a fait l'amour, j'en suis certain. Tout dans son attitude me le prouve.

— Rien ne te le prouve, mais tu le croiras chaque fois que cela t'arrangera.

— M'arrangera !

— Oui : t'arrangera. Tu le croiras quand tu auras besoin de boire de la ciguë, et tu ne le croiras plus quand tu préféreras l'orgeat du confort mental. Tu verras comme tu sauras bien jouer de ce doute, Eric ! En virtuose. Je t'ai apporté ce qui te manquait : un motif pour me torturer. Désormais tu l'as. Qu'il te soit profitable !

— C'est à vous ! annonce le gendarme.

Eric grimpe dans le fourgon bleu.

∴

— Ils sont vachement teigneux, depuis le nouveau régime, rouscaille le jeune homme en revenant à la moto.

— Ils t'ont retiré ton permis ?

— J'ai obtenu de passer devant une commission. Nous verrons bien. Si on me le retire, tu me serviras de chauffeur.

Voilà, il a raccroché avec la vie. Il ne les tuera pas cette fois. L'appétit lui est revenu, vaille que vaille.

Il se tait et la regarde longuement dans le soleil gris. Eve se risque à sourire. Un sourire qui ressemble à la lumière pâle de cette journée de printemps.

— Pourquoi me fixes-tu ainsi, Eric ?

— Je t'imagine avec Vieux Charlot ! Il est toujours gênant de penser à son père en train de baiser. Mais le moyen de fuir cette image ? Il ne se passe pas un seul jour que je ne le voie grimper Marie. Je sais la chatte de Marie, ravissante, duveteuse, avec un léger renflement et des lèvres comme des pétales de roses trémières. Bien entendu, j'ignore le sexe de mon père en érection. Au repos, ça, il n'en fait pas mystère...

Il se tait.

— Ne me raconte jamais le sexe de papa, Eve ; promets même si un jour je te pose la question dans un moment de crise.

— Oh ! écoute, balbutie-t-elle.

— Que j'écoute quoi ? Tu es une belle vache de m'avoir dit ça. Tu éprouves du plaisir à bousiller un homme ?

— La vie est ficelante, répond Eve.

Ils réenfourchent la moto noire qui se remet à gronder et à vibrer entre leurs cuisses. Eric repart à moyenne allure. L'intervention des policiers a accru son humiliation. Il se sent bafoué entièrement. Tout lui échappe : il perd le contrôle de son destin. Le Président l'a abandonné, il ne sera plus député dans quelques jours, n'aura plus de situation, sa maîtresse se met à le contrer d'odieuse manière, on va lui retirer son permis de conduire et il se met enfin à haïr son père. Aucune perspective intéressante ne se profile à l'horizon de son existence. Il va falloir repartir à zéro, sur d'autres bases.

Il aimerait se consacrer à quelque cause périlleuse, s'engager dans des brigades rouges ou blanches. Plus simplement, il utilisera les fiches récupérées chez Alcazar afin de pressurer des gens en place. Un jeu. Le profit ne l'intéresse pas. Il n'a pas besoin de beaucoup de fric pour subsister. Les biens matériels lui restent étrangers. Jamais il n'a rêvé de posséder autre chose que le pouvoir, un maximum de pouvoir. Il ne rêve pas de propriétés fastueuses, d'automobiles super-luxueuses, d'œuvres d'art de grande valeur.

Tout en pilotant son coursier d'acier, il imagine Vieux Charlot en train de se payer Marie et Eve. Il se le figure centaure en rut. Taureau au sexe monstrueux. Bouc en délire. Satyre. Faune. Diable bandant. Le sale salaud ! L'immonde mec ! Des lancées brûlantes vrillent son cerveau. Confus désirs de meurtre. Pas exactement de meurtre : il souhaite la disparition de son père, son élimination physique, mais ne rêve pas de la perpétrer.

Ils roulent sur une centaine de kilomètres. Eve agrippée à Eric. Eric planté sur sa moto, héroïque dans son malheur. Princier ! Je te l'ai dit en commençant cette torve et louche et sale histoire : princier ! Noble dans les haines qui le tourmentent, grandi par ses besoins éperdus de vengeances éperdues. Superbe ! Eric, prince noir, saint noir à l'auréole noire. Eric en misère infinie ; en colère de vie. Il roule, princier, sur l'engin cracheur de gaz. Noble chevalier du désespoir. Faisant front à ses tourments, jambes et bras écartés, front baissé dans le vent de la vitesse.

Où vont-ils ? Vers quoi ? Vers quel destin impossible ? C'est la question que se pose Eve. Elle se sent pantelante à l'intérieur d'elle-même, un peu morte. Sans espoir ni appétit. Livrée à Eric une fois pour toutes. Elle a risqué l'impossible pour essayer de le faire réagir. Elle compte que son orgueil brisé l'amènera peut-être à composition. Mais sans y croire vraiment. Elle l'aime. Elle aime une toile d'araignée. Elle aime une promesse de souffrance. Elle essaie de penser à Boby, l'image dérape. Se peut-il qu'une mère se désintéresse à ce point de son enfant ?

Le bolide ralentit brutalement à l'orée d'une aire de parking. Eric emprunte résolument la rampe y conduisant et va stopper à l'ombre d'une haie de jeunes chênes. Quelques voitures particulières sont en stationnement près de la petite construction réservée aux toilettes et au téléphone. Un fort camion-citerne est remisé à l'écart, sans doute parce que son conducteur a eu besoin de piquer un somme. Eric se dirige à pied vers le monstre.

— Où vas-tu ? lui demande Eve.

Il a un haussement d'épaules et poursuit son trajet sans répondre. Parvenu devant la cabine de l'attelage, il se hisse sur le marchepied pour regarder à l'intérieur. Effectivement, il avise un routier endormi sur la couchette ménagée derrière les deux sièges. Alors il descend de son perchoir histoire d'ouvrir la portière. Le routier se réveille en sursaut. Tout de suite sur son séant, il braque sur ce jeune loup en combinaison noire un regard méfiant.

— Qu'est-ce qu'il y a pour ton service, mon pote ?

Eric prend un instantané mental du personnage. Pas très baraqué, du genre noiraud nerveux, avec un petit strabisme convergent, des cheveux longs et des favoris descendant jusqu'à l'angle de la mâchoire. Il est vêtu d'un jean, d'un T-shirt réclame blanc sale et d'un blouson de cuir tellement râpé qu'il semble couvert d'écailles.

— J'ai une petite propose à te faire, dit Eric.

Son sourire lumineux se veut désarmant, pourtant le camionneur reste sur la défensive.

— Quel genre ?

— Viens regarder quelque chose, je t'expliquerai après. Le routier hésite.

— Quoi, t'as les jetons ? plaisante Eric. Tu redoutes quoi ? Que je veuille te piquer ton taxi ou ta Rolex ? Rassure-toi, c'est plein de pèlerins dans ce parking.

Alors le petit homme descend de sa couchette et vient à la portière.

— Tu vois ma moto, sous les arbres ?

— Et alors ?

— Tu vois la gonzesse qui est dessus ?

— Et alors ?

— Elle a envie de s'envoyer en l'air ; tu serais partant pour lui en mettre un petit coup dans les baguettes ?

L'autre fait la bouille d'un qui ne pige pas très vite.

— C't'idée, murmure-t-il. C't'idée !

— Beau cadeau, non ? On m'a toujours dit que les routiers chibraient à tout-va, tu ne vas pas déclarer forfait ?

Le chauffeur s'arrange les cheveux, au-dessus des oreilles, en un geste d'instinctive coquetterie.

— Et toi ? demande-t-il.

— Eh bien ?

— Pourquoi tu te la fais pas, si elle a envie d'aller au fade ?

— Moi, je grimpe sur les motos, pas sur les frangines, chacun ses goûts, non ?

Le routier a un petit rire bête, indécis.

— Je vais te la chercher ?

— Pourquoi pas ? finit par répondre le citernier après un temps de réflexion.

Eric lui adresse un clin d'œil et rejoint Eve.

— Qu'est-ce que tu voulais à ce type ? demande la jeune femme.

— Qu'il te baise, répond Eric. C'est d'accord, tu peux t'amener.

Elle acquiesce.

— Oui, bien sûr, il faut absolument que cela arrive, n'est-ce pas ?

— Absolument.

— Tu veux pouvoir me traiter de putain ?

— Viens !

Il marche devant. Eve le suit. Des oiseaux gazouillent dans la chênaie, malgré le formidable grondement de l'autoroute proche. Le soleil paraît un peu moins pâle.

— Voilà, annonce Eric. Du produit surchoix, mon pote ! Tu vas te régaler !

Il présente sa main à Eve pour l'aider à monter. Eve escalade le marchepied. Sans doute les femmes arrêtées par la Gestapo eurent-elles les mêmes mouvements résignés quand on les faisait grimper dans des wagons. Elle reste agenouillée sur la banquette, côté passager.

— Salut ! dit le routier intimidé.

— Il y a une couchette, à l'arrière, avec des couvertures, s'il te plaît ! annonce Eric.

Eve s'y hisse assez maladroitement, car ses membres sont engourdis par le voyage à moto.

— Bon, tu nous laisses, hein ? enjoint le conducteur d'un ton changé. J'aime pas que ça soye télévisé quand j'opère !

Eric s'écarte du véhicule dont il claque la lourde porte. Il lit le nom tracé en caractères imitation relief, blanc et pourpre, sur le bleu pâle de la carrosserie. *Les Caves Fellicin, Montpellier.*

Une chanson d'école lui revient. Il se met à la fredonner à mi-voix :

> *Adieu l'hiver morose*
> *Vive la rose*
> *Adieu l'hiver morose*
> *Vive la rose*

Sa gorge se noue. Il sent s'accélérer les battements de son cœur.

— Marie, soupire-t-il, ô Marie !

En souplesse, il escalade le marchepied pour couler un œil dans la cabine. Il avise un moutonnement confus, derrière les banquettes : le cul du routier qui monte et descend en affreuse cadence. Une main d'Eve est agrippée au dossier. Sur l'accoudoir central, le garçon avise une tache pâle : le slip d'Eve.

Il saute au sol et se met à tourner autour de l'attelage.

Brusquement, il flanque de grands coups de pied sauvages dans les énormes pneus qui ne bronchent pas.

IX

Viens, car c'est l'instant !
L'instant du livre.
L'instant de tout.
Viens : il le faut. Ne me laisse pas seul, moi pauvre écrivaillon de Bourgoin-Jallieu, pour aborder ces ultimes pages. Elles m'effraient.

Je vais certes en être l'auteur, mais n'oublie pas, je te le redis, qu'un livre s'écrit tout seul, et qu'il va là où il veut, comme il le veut. Il fait son chemin, pareil à l'eau qui coule.

∴

— On ne va pas monter tout de suite, déclare Eric, parvenu rue Saint-Benoît.

Elle ne répond rien.

Il cale et enchaîne sa moto. Puis il prend Eve par la taille et la guide vers le bistrot le plus proche. Le soleil s'attarde dans la grisaille du quartier. Eric a le visage hâlé par la partie du voyage accomplie sans casque.

Il s'accoude au zinc en déclarant qu'un comptoir est réservé aux seuls ivrognes. Les verres pleins ne s'y éternisent pas.

— Deux champagnes-framboises ! commande-t-il.

Le barman les sert avec une grande prestesse professionnelle. Eric présente la flûte embuée à Eve, puis se saisit de la sienne.

— A nos amours, ma petite pute ! chuchote-t-il.

Et il avale d'un trait le champagne parfumé. Eve repose son verre sans y toucher. Il s'en étonne :

— Pas soif, jolie pétasse ?

Deux grosses larmes coulent avec une lenteur infinie sur les joues de la jeune femme.

— Pourquoi pleures-tu ?

— Pour rien.

A-t-elle mis de l'ironie dans sa réponse ? Il en est remué. Ce « pour rien » contient toute la détresse du monde, tout l'écœurement, toute la lassitude qui peuvent frapper un être.

— J'ai vu, dans un feuilleton télé, un prestidigitateur en gibus qui recueillait de l'index les larmes d'une fillette et les transformait en œufs. Je voudrais attraper les tiennes et les transformer en roses.

Elle sort brusquement du café. Eric vide la coupe de sa compagne et dépose un billet sur le comptoir. Le barman murmure :

— Y'a de l'eau dans le gaz ?

— Non, répond Eric : on a coupé le gaz.

Il se précipite à la poursuite d'Eve. Elle est allée se blottir sous le porche de son immeuble. Il la cueille par la taille et l'entraîne dans la vieille maison ventrue où rôdent des odeurs vieillasses.

Une fois dans son appartement, il déclare en dégrafant le haut de sa combinaison de guerrier :

— Il va falloir qu'on aille t'acheter des fringues.

— Ça ne presse pas, dit Eve.

Elle examine les lieux, comme si elle y venait pour la première fois. Va-t-elle pouvoir exister dans cet appartement de dandy célibataire ? D'emblée quelque chose d'indéfinissable, de très hostile, l'en expulse. Elle y est malvenue. La vie à deux ? Impossible. Ils ne constitueront jamais un couple. Une malédiction les frappe. Eve doit se résigner à continuer seule sa route. Elle cherche désespérément vers qui aller. Artémis ? Oui, peut-être, pendant deux ou trois jours. Ou bien quoi ? En dehors de son mari et de son fils, elle n'a plus de famille ; et s'il lui en restait, il est certain qu'il la haïrait en cet instant de cauchemar. Retourner chez elle ? Jamais ! Elle pense qu'elle dispose de biens personnels qu'il lui faudra réaliser. Peut-être pourrait-elle partir. Mais partir pour où ? Partir en s'emmenant ? Nul lieu ne peut plus l'accueillir. Non : elle va demeurer auprès d'Eric. C'est l'unique coin d'ombre qu'il lui reste. Tant pis pour ce qui suivra. Elle préfère être détruite par lui plutôt que d'en être privée. Elle accepte leur malédiction. Elle accepte l'enfer. L'enfer avec ce princier, avec ce charmant, ce doux maudit qui torture si diaboliquement.

— Bon, on commence ? demande-t-il.

— On commence quoi ?

— Notre vie commune.

Elle se dirige vers la salle de bains. Eric évoque la souillure du routier. Maintenant, elle est profanée à souhait. Misérable tout à fait... Avilie, non ? Tu trouves qu'elle a subi un véritable avilissement, toi ? A demi violée. Mais est-on *à demi* violée ? Sa soumission ne constitue-t-elle pas une participation. Et d'abord, les violées ont-elles droit encore à l'honorabilité ?

Il écoute les bruits d'eau en souriant.

Pauvre femme !

Quelle sotte idée l'a saisie, un jour, à son journal, d'écrire des garceries sur son compte ? Il ne lui demandait rien, ne savait son existence que par on-dit. C'est elle qui est venue mettre ses doigts dans la prise. Elle ne doit pas s'étonner d'être électrocutée.

Il s'approche de la porte de la salle d'eau et y toque doucement.

— Eve !

— Oui ?

— Tu me jures que tu as couché avec Vieux Charlot ?

— Laisse !

— Tu es folle ! Laisser ! Moi ! Une question pareille !

— Je n'y répondrai plus jamais, Eric, quoi que tu fasses !

Elle affirme cela en se lavant le cul. Il mate par le trou de serrure et l'aperçoit accroupie sur le bidet. Dedieu, comme tout cela est grotesque !

— Il faudra bien que tu y répondes, et que tu y répondes par la vérité, ma jolie cavalière !

Eve devine qu'il l'observe et, vivement se redresse, paniquée par un accès de pudeur. Elle se drape le bassin d'une serviette, prend appui des deux mains sur le bord du lavabo : il lui semble qu'elle va vomir. Ses cheveux pendent sur son front. Pourquoi à cet instant pense-t-elle à sa chienne Mouchette ? L'animal, désorienté depuis plusieurs mois d'être privé des promenades en forêt et de sa couverture du journal, lui faisait la gueule, avec ce parti pris déconcertant dont font montre les animaux ulcérés.

Mouchette ! Peut-être la récupérera-t-elle ? Elle n'a pas envie de son petit garçon, mais de sa chienne ! Ah ! comme elle est bien un être en maudissure ! Comme elle mérite ce qui lui arrive ! Comme elle est digne de ce grand amour arsénieux !

— Eve ! Réponds ! Tu as couché avec Vieux Charlot ?

— N'insiste pas, Eric. Tu pourras me tuer si tu veux, mais je ne répondrai plus à cette question.

— Bon !

Il s'assoit sur la moquette, le dos à la porte.

— Tu veux que je t'en apprenne une bien bonne, moi ?

Elle reste sans réaction. Eric insiste :

— Ce qui m'embête, si je te le dis tout de suite, c'est que je vais rater ton expression.

La porte s'ouvre brutalement et le garçon doit opérer un rétablissement pour conserver son assiette.

— Ce serait dommage, en effet, dit Eve. Voilà mon visage, tu peux parler. Je te rends ta politesse du soir chez Lipp quand tu as accepté de lire mon papier devant moi.

— Le télégramme expédié des Seychelles à ton mari, tu penses bien que ce n'est pas le bon signor Dante Tonazzi qui l'a expédié !

Eve a une mimique contrariée.

— Mais bien sûr ! C'est toi ! Faut-il que je sois aveuglée par l'amour pour toujours croire que tes manigances sont dues à d'autres au moment où elles se présentent.

« Je ne te demande pas pourquoi tu as commis cette nouvelle infamie, tu me répondrais sans doute que c'est par goût de l'irrémédiable, n'est-ce pas ? Tu adores suppléer la fatalité. Tu vois, pour la première fois une certitude me vient : tu es fou, Eric. Fou pour de bon, si je puis dire. »

Le jeune homme se détend dans un froissement de cuir. Souple comme un félin, le voici à la verticale.

Il prend la tête d'Eve entre ses mains et baise délicatement ses lèvres.

— Garde-toi de porter un jugement sur l'homme que tu aimes, dit-il. Essaie plutôt de ne plus m'aimer, car là est ton salut, ma chérie. Retourne à l'indifférence de nous, comme on retourne au néant pour y chercher refuge. Nous n'étions faits que pour nous haïr et ton amour a tout faussé ! Je viens de te révéler une chose que tu aurais pu ignorer toujours, pour récompenser ma franchise, tu vas me dire une bonne fois la vérité en ce qui concerne Vieux Charlot.

— Non, non, jamais ! s'obstine Eve. Jamais, je le jure sur l'amour que j'ai de toi ! Jamais, Eric ! Jamais plus ! Désormais, c'est toi qui devras donner les réponses à cette question. Je te fais cadeau de cette torture ; elle est digne de toi !

— Et tu prétends m'aimer !

— Oui : je prétends t'aimer.

Il attend un peu, il ne sait quoi. Puis, comme rien de ce qu'il espère confusément ne vient, il prononce ces trois syllabes énigmatiques :

— C'est l'instant.

Eve est nue sous la serviette nouée à sa taille. Elle a une exquise poitrine, de volume modeste, mais drue et pulpeuse. Eric l'entraîne à sa suite dans la cuisine. Il fait un crochet par la fenêtre du séjour où deux pigeons échangent des grâces redondantes sur le rebord de zinc. Les deux volatiles s'esbignent à son approche.

Dans la cuisinette, il va récupérer la corde lovée au fond d'un tiroir et la fait couler lentement entre ses doigts. A ses moments perdus, il a continué de l'huiler comme un chiffon, et maintenant elle est souple et docile comme une corde fatiguée.

— Oh ! non, soupire Eve, tu ne vas pas recommencer ton numéro !

Il ne répond pas, affairé par ses honteux préparatifs. La chaise placée sous le crochet servant à supporter une ancienne suspension. L'extrémité de la corde nouée audit crochet. Et puis le nœud coulant fatidique, soigneusement étudié, si souventes fois répété qu'il naît entre ses doigts comme l'anse d'un panier dans les mains du vannier.

Eve s'est appuyée contre l'évier. Elle a mis ses mains en conque sur sa poitrine, non par pudeur, mais parce qu'elle a froid. Elle regarde, comme si elle était assise dans un fauteuil de cinéma, regarde les gestes minutieux, quoique théâtraux, de l'amant enfiévré par ses tourments, ses rages inguérissables.

Un vague attendrissement l'émeut pourtant : il est si gosse. Si garnement, si tête à claques !

Eric grimpe sur la chaise, puis retrouve son équilibre instable de sa première démonstration, un pied posé sur le dossier, prêt à la basculade. Les deux pigeons sont revenus sur la fenêtre et roucoulent à s'en faire péter le jabot.

— Tu vois : c'est l'instant ! fait Eric. L'instant de la vérité, de la vraie. Si tu ne me réponds pas, au sujet de Vieux Charlot, je saute !

Il paraît très grand, ainsi dressé dans sa combinaison de cuir noir, luisante comme une carapace d'insecte. La corde verticale sur sa nuque semble l'allonger encore.

Eve se recroqueville au fond d'une coquille imaginaire. L'instant est venu également pour elle. L'instant d'abandonner le jeu sinistre, de quitter la ronde infernale des tourments complaisants.

Le garçon pose sur sa victime un regard implorant.

— Il faut me dire, tu le comprends bien. Tu ne veux pas que je meure, Eve ?

Elle ne répond rien.

— Alors, réponds juste par oui ou par non. Même pas : un hochement de tête, de haut en bas ou de gauche à droite.

Elle reste immobile, pétrifiée par le contact froid de la faïence sur laquelle elle prend appui. La chaise frémit sous le poids d'Eric.

— Je ne plaisante plus, assure-t-il. Tiens : pour te le prouver, je vais mettre mes mains dans mes poches.

Il agit très lentement, car un faux mouvement romprait son équilibre précaire.

— Tu vois, dis, tu vois ? J'ai les mains dans mes poches. Si je bascule, je ne pourrai rien pour me retenir.

Elle continue de le contempler de très loin, par l'autre bout de la lorgnette.

— Eve, mon amour...

Il oscille dangereusement, mais elle sait qu'il donne priorité au pied droit, c'est-à-dire à celui qui se trouve sur le plateau de la chaise.

— Réponds, Eve. Réponds tout de suite, sinon il sera trop tard. C'est oui ou c'est non ?

Eve demeure en léthargie absolue.

— Je compte jusqu'à trois, Eve. En ce moment tu es en train de décider de ma mort. Un, deux...

Elle est toujours sans réaction. Il s'en étonne, il panique.

Une expression de petit garçon étonné se répand sur son visage d'ange.

— Je vais dire trois, Eve, proteste Eric.

— Dis-le !

— Et je vais... je vais sauter !

— Saute !

Eric a le regard fou, un regard bredouilleur, un regard de chien fouetté sans motif.

— Trois ! fait-il.

— Bon, trois, ensuite ?

Cette voix froide, presque cruelle, est-ce bien la voix d'Eve ? Et ces yeux tranquilles, où se lit une indifférence éperdue, sont-ce donc les siens ? Les siens, à l'aimante ? Les yeux d'une femme qui lui a fait tous les dons ?

Il reste planté sur sa chaise, dérisoire. Ses épaules et ses jambes tremblent. Ses lèvres frémissent.

— Eh bien ! tu as dit trois : saute ! répète Eve. Allons, petit lâche : saute ! Hop ! Saute !

Elle se décolle de l'évier et s'avance. Dresseuse de chiens malsavants. Eve parle d'un ton agacé, âpre, perfide même.

— Saute ! Mais saute donc ! Saute !

La voici tout près de la chaise, visage brandi dans sa direction.

— Toi, tu as tes mains dans tes poches, moi je mets les miennes dans mon dos.

Elle abandonne ses seins drus, bellement ocrés.

— Va jusqu'au bout, Eric ! Saute ! Tu es allé trop loin, tu as franchi le point de non-retour. Saute, mon amour ! Saute, mon chéri ! Sois un homme, au moins une fois dans ta vie. Assume-toi, Eric. Saute ! Saute !

« Saute ! »

Il secoue négativement la tête. Il est au bord des larmes. Il va sans doute crier.

Alors Eve donne un grand coup de pied dans la chaise. Un coup de pied net, précis. La chaise choit sur le carrelage. Elle la voit rouler, l'entend rouler. Mais à travers ce bruit de meuble malmené elle en a perçu un autre. Bruit bref et sourd. Un bruit comme on ne sait pas qu'il en existe. Un bruit qu'on ne peut imaginer vraiment.

Eric est descendu presque à son niveau. Ses pieds ne sont guère qu'à une quinzaine de centimètres du sol. Ils s'agitent désespérément pour retrouver un point d'appui, cognent la chaise sans parvenir à la récupérer. L'une de ses mains est sortie de sa poche. Mais elle bat l'air de façon désordonnée. Il nage dans un reste de vie. S'y noie piteusement. Elle examine son visage qui violit, se gonfle. La bouche avide tente de respirer. Son regard se fait énorme et lourd. Il est plein d'angoisse et de stupeur. Ne voit plus rien que le sombre entonnoir prêt à l'engloutir. Des spirales lumineuses commencent à brouiller son entendement pour mieux le déraciner.

Eve recule jusqu'à l'évier. Elle se laisse glisser au sol et s'assoit en tailleur. Ses mains reviennent coiffer ses seins.

Elle ne pense pas. Elle regarde...

L'agitation désordonnée d'Eric se calme. Quelques soubresauts l'agitent encore, mais s'espacent. Son visage devient laid, et c'est comme une heureuse surprise pour Eve.

Alors, elle attend.

Attend, sans trop de confiance que les honteuses métamorphoses de la mort l'aident peut-être à ne plus l'aimer.

Et c'est l'instant, aussi, où le Président convie sa fille Noëlle à s'agenouiller devant le portrait de la bienheureuse Ginette Alcazar, afin de prier pour la France.

Presses Pocket

8 rue Garancière
75006 Paris
tél. 329 12 80

IMPRIMÉ EN FRANCE PAR BRODARD ET TAUPIN
7, bd Romain-Rolland - Montrouge.
Usine de La Flèche, le 09-12-1983.
1528-5 - N° d'Editeur 2038, décembre 1983.